Die Erben der Collins

Fred M. Stewart

Die Erben der Collins

Roman

Scherz

Meiner geliebten Frau Joan gewidmet,
die nie das Vertrauen in mich verlor,
und meiner Urgroßmutter Emma Busch, die
im vorigen Jahrhundert aus Deutschland
nach Amerika kam.

Erste Auflage 1991
Titel der Originalausgabe: «The Glitter and the Gold».
Einzig berechtigte Übersetzung aus dem Amerikanischen
von Margarete Längsfeld.

Schutzumschlag von Manfred Waller
unter Verwendung einer Illustration
von Robert Gunn/Image Bank.

Prolog

Die Passingers haben gerade angerufen, sie fragen, ob wir morgen nach Marbella kommen», sagte Guy de Lambert, als er ins Badezimmer seiner Suite im Pariser Ritz trat. «Ich habe zugesagt.»

Seine Frau Claudia Collins de Lambert, eine gebürtige Amerikanerin, sah ihn aus der Badewanne an. «Aber du kannst Marbella nicht ausstehen», sagte sie. «Und auf die Passingers bist du auch nicht gerade versessen. Du hast immer gesagt, Rodney geht dir auf die Nerven.»

«Ja, schon, aber du hast Margot doch gern. Außerdem warst du monatelang im Château eingesperrt, und es ist unser Hochzeitstag. Ich dachte, wir könnten uns ein paar schöne Ferientage machen. Margot sagt, es geht ein Zehn-Uhr-Flug von Orly nach Malaga, und sie holt uns am Flughafen ab.»

«Du hättest mich fragen können, bevor du zugesagt hast.» Claudias gewöhnlich angenehme Stimme klang spitz.

Ihr Mann sah auf seine Uhr. «Du mußt dich beeilen. Unser Tisch ist für acht Uhr reserviert», erinnerte er sie, als er sich anschickte, das Badezimmer zu verlassen.

«Guy!»

«Ja?»

Seine seltsame Nonchalance ärgerte sie, aber nicht genug, um Streit anzufangen.

«Nichts», seufzte sie.

Er lächelte sie an. «Weißt du, du bist immer noch so schön wie an jenem Tag vor zwei Jahren, als ich dich kennenlernte.»

Und du siehst immer noch so verdammt gut aus, dachte sie, als er das Badezimmer verließ. Er manipulierte sie, und sie wußte nicht, warum. Daß er die Einladung nach Marbella angenommen hatte, war ebenso untypisch für ihn, wie eine Suite im Ritz zu beziehen, die tausend Dollar pro Nacht kostete. Etwas Sonderbares ging vor, aber sie wußte nicht, was es war. Sie fragte sich sogar, ob dieser zweite Hochzeitstag nicht vielleicht ihr letzter war. Der gutaussehende Franzose übte nach wie vor eine starke Anziehungskraft auf sie aus, aber im tiefsten Innern wußte sie, daß ihre Liebe zu ihm fast so schnell erlosch, wie sie aufgeflammt war. Sie seifte die Arme mit ihrem Schwamm ein und dachte an den zauberhaften Tag vor zwei Jahren.

Sie war durch die noch wenig vom Tourismus entdeckte Provinz Charente-Maritime im Westen Frankreichs gefahren und hatte Schlösser fotografiert, als sie auf ein winziges Juwel von einem Gebäude oberhalb des Flusses Charente stieß. Es war ein Märchenschloß, komplett mit einem Rundturm, der von einem Spitzdach gekrönt war. Das Tor zu dem ummauerten Hof stand offen. Sie bog in die kurze Auffahrt ein, parkte ihren gemieteten Peugeot unter einer Kastanie, hängte sich ihre Nikon über die Schulter und ging zu dem Tor. Im Hof jätete ein Gärtner ein Beet mit Ringelblumen, die in der Augustsonne flimmerten.

«Verzeihung», sagte sie in ihrem leidlichen Französisch und trat hinter den Mann. «Können Sie mir den Namen dieses Schlosses sagen?»

Als der Gärtner aufstand und sich umdrehte, schlug ihr Puls Kapriolen. Er sah aus wie ein Filmstar.

«Sind Sie Amerikanerin?» fragte er zu ihrer Überraschung auf englisch. In dieser ländlichen Gegend waren englisch sprechende Franzosen so selten wie Touristen.

«Ja...»

Ein Lächeln überzog sein sonnengebräuntes Gesicht. «Ich mag die Amerikaner.»

«Und ich mag die Franzosen. Können Sie mir den Namen dieses Schlosses sagen?»

«Es ist das Château de Soubise.»

«Ist der Besitzer da? Ich mache Aufnahmen für ein Buch über französische Architektur, und dieses Schloß ist so bezaubernd, ich hätte gern seine Erlaubnis, es zu fotografieren.»

Der Gärtner – er hatte tiefschwarzes, dichtes Haar – lächelte. «*Ich* erteile Ihnen die Erlaubnis. Außerdem lade ich Sie zum Mittagessen ein.»

«Das ist sehr liebenswürdig, aber ich sollte lieber den Besitzer fragen...»

«Gestatten Sie, daß ich mich vorstelle. Ich bin Guy Octave de Lambert, Comte de Soubise.»

«O mein Gott. Und ich hielt Sie für den Gärtner!»

«Der Gärtner bin ich obendrein. Nun, wie steht's mit dem Mittagessen? Und verzeihen Sie mir, wenn ich ausspreche, was auf der Hand liegt, aber wenn ich eine schöne blonde Amerikanerin sehe, denke ich: Aha! Sie muß aus Florida sein.»

«Falsch. Ich bin aus Kalifornien.»

Claudia stieg aus der Badewanne und zog den weißen Frottierbademantel an, um sich abzutrocknen. Alles war so unglaublich romantisch gewesen; sie hatte sich in ihn verknallt wie ein verzückter Teenager. Sie waren in das Château gegangen. Das Mittagessen wurde von Marie-Claude gekocht und aufgetragen, einer dicken alten Frau, die für *Monsieur le Comte* gesorgt hatte, seit er ein Baby war. Es war schlicht und vorzüglich: *Mouclade*, eine Spezialität der Charente – eine Schüssel Muscheln in süßer Sahnesoße mit Schalotten, Safran und Weißwein, dazu gemischten Salat und eine Flasche *Graves*. Sie aßen in dem kühlen Speisezimmer mit der hohen Decke und den Stilmöbeln; sie bemerkte, daß einige von ihnen ziemlich schäbig waren. Fenstertüren führten zu dem rückwärtigen Garten und der von Weiden und Wiesen gesäumten Charente. Guy hatte von seinem Cognac und seinen Weinbergen gesprochen, auf die er überaus stolz war. Sie hatte seiner sanften Stimme mit dem kuriosen französisch-englischen Akzent gelauscht – er habe ein Jahr in Rugby verbracht, erklärte er. Selig und verträumt trank sie den Wein. Seine Einladung, ein paar Tage auf dem Château zu verbringen, um «die Gegend kennenzulernen», nahm sie ohne weiteres an.

Eine Woche später telefonierte sie mit ihrem Vater, Spencer Collins, in Kalifornien.

«Daddy, schnall dich an.»

«Was ist passiert?»

«Ich werde eine französische Gräfin.»

«Eine *was*?»

«Er ist ein ganz wunderbarer Mann! Sein Name ist Guy, Comte de Soubise, und er besitzt eine Cognac-Brennerei, und ich bin ganz verrückt nach ihm! Wir heiraten in einer Woche, du mußt also sofort rüberfliegen –»

«Halt, halt!» Die Stimme ihres Vaters blaffte um den halben Erdball. «Hat er's auf dein Geld abgesehen?»

«Er weiß nicht, daß ich welches habe.»

«Was hast du ihm gesagt, wer du bist?»

«Die Tochter eines Farmers.»

«Eines Farmers? Hast du ihm erzählt, daß diese ‹Farm› die Calafia-Ranch ist, die größte Privatranch in Kalifornien?»

«Nein, habe ich nicht. Zum ersten Mal in meinem Leben hat sich jemand in *mich*, die arme Claudia, und nicht in Claudia de Meyer Collins verliebt.»

«Herrgott, wirst du denn nie erwachsen? Du hast eine Verantwortung mir und der Ranch gegenüber.»

«Daddy!» Sie hätte am liebsten geschrien, aber sie ermahnte sich, ruhig zu bleiben. Spencer Collins war ein Eigenbrötler, der allein auf der 26 000 Hektar großen Calafia-Ranch in Orange County lebte und dessen einzige Leidenschaft Sportwagenrennen waren. Er war ein reizbarer, schwieriger Mensch, der außer sich geriet, wenn er mit einer neuen Situation konfrontiert wurde. Daß sein einziges Kind einen Ausländer heiratete, war entschieden eine neue Situation. «Daddy, du weißt, ich bin eine verantwortungsbewußte Person und liebe die Ranch. Aber es ist mir wichtig, einen Mann zu finden, der mich liebt, mich und nicht das Collins-Erbe. Nach der Hochzeit kannst du ihm sagen, was du willst.»

«Claudia, Schätzchen, ich liebe dich, aber du denkst immer noch wie eine Zwölfjährige. Also gut, heirate deinen verdammten Franzosen. Es ist dein Leben. Aber wenn er sich als Ekel entpuppt, komm bloß nicht heulend zu mir gelaufen. Wieviel Land besitzt er?»

«Ungefähr vierzig Morgen. Es ist das beste Land in Cognac.»

«Vierzig mickrige Morgen? Herrgott, du wirst ein Königreich in Kalifornien erben und heiratest einen Franzmann, einen Fuselproduzenten mit vierzig Morgen? Meine Güte, ich versteh dich nicht.»

«Daddy, es ist ganz leicht zu verstehen: Ich bin verliebt.»

«Verliebt!» schaubte er. «Das ist ja der verdammte Ärger in dieser Familie; dauernd haben's die Weiber mit der Liebe.»

Liebe. Sie setzte sich auf den Hocker vor dem Marmorbecken und fönte sich die Haare trocken. Sie dachte an die Hochzeit in der kleinen Kapelle in Soubise. Dann die Hochzeitsreise nach St. Jean Cap Ferrat an der Riviera, eine Woche Schwimmen, Bootfahren, Tennis und Sex. Dann in der ersten Septemberwoche die Rückkehr ins Château, da die *vendange*, die Weinlese, bevorstand.

Da war die Realität in das Märchen eingedrungen. Statt beeindruckt zu sein, daß seine junge Frau eine Millionenerbin war, zeigte Guy sich verstimmt. Bei ihrem ersten Streit war es um Geld gegangen. Claudia wollte sich einen Mercedes kaufen, aber Guy hatte eingewandt, diese Autos seien zu teuer. Als Claudia darauf bestand, war er aus der Haut gefahren und hatte sie eine verdammt verwöhnte reiche Amerikanerin genannt – das hatte sie nie verwunden. Guy war zudem ein eingefleischter *phallocrate*, was soviel hieß wie «männliches Chauvinistenschwein». Claudia war keine Radikalfeministin, aber sie war sehr frei in Kalifornien aufgewachsen und gewöhnt, als Gleichberechtigte behandelt zu werden. Sie erfuhr bald, daß eine Frau in Guys Augen keineswegs gleichberechtigt war. Sie hatte einen Mann mit einer Lebensanschauung des neunzehnten Jahrhunderts geheiratet – vielleicht sogar des vierzehnten Jahrhunderts.

Schlimmer noch, sie argwöhnte, daß er seine Reben beinahe mehr liebte als sie. Der Weinbau war seine Leidenschaft, und das Leben in dem kleinen Château mit seiner Jahrhunderte alten Routine füllte Guy ganz aus. Claudia ging es allmählich auf die Nerven. Vielleicht wäre es besser gewesen, wenn sie Kinder gehabt hätte, aber Guy wollte vorerst keine. Infolgedessen war sie nicht ausgefüllt. Sie fragte sich, ob ihr Vater doch nicht recht gehabt hatte. Hatte sie ein Königreich in Kalifornien für vierzig Morgen in einer französischen Provinz aufgegeben? Sie dachte oft an ihre Familie, deren Geschichte eng mit der Geschichte Kaliforniens verknüpft war, insbesondere an ihre Ururururgroßmutter, die legendäre Emma de Meyer. Emma hatte sich genau so heftig in Archer Collins verliebt wie Claudia in Guy, aber Emma hätte niemals neben einem Weinstock die zweite Geige gespielt.

Claudia schüttelte die wirren Locken. Vorige Woche war etwas Mysteriöses und ziemlich Beunruhigendes geschehen. Guy war aus der Brennerei nach Hause gekommen, um ihr zu sagen, daß nachts zuvor Einbrecher fünfzig Kisten von seinem Cognac zerstört hatten. Nicht gestohlen: zerstört. Sie hatten die Flaschen auf dem Betonboden zerschmettert. Die Polizei hatte keine Ahnung, wer solch einen Akt sinnloser Gewalt verübt haben könnte. Guy hatte ebenfalls keine Ahnung, das behauptete er jedenfalls. Aber sein Verhalten hatte sich über Nacht verändert. Seine Hände zitterten beim Essen. Als sie ihn darauf ansprach, wechselte er das Thema. Sie war sicher, daß er vor etwas Angst hatte. Kurz darauf schlug er vor, ihren Hochzeitstag im Ritz zu feiern, was Guy, der ein ausgemachter Geizkragen war, gar nicht ähnlich sah. Und jetzt diese Reise nach Marbella...

«Liebling, wir müssen uns beeilen.» Er steckte den Kopf ins Badezimmer. «Ich möchte mich nicht verspäten.»

«Ich komme schon.»

Sie stand auf und zog sich an. Etwas ging hinter den Kulissen vor, etwas Unheilvolles, das sie nicht verstand.

Claudia fühlte sich plötzlich von einem finsteren Schatten bedroht.

«Glaubt ja nicht, daß Marbella nur eitel Sonnenschein und Glamour ist», sagte Margot Passinger. Margot war auf dem College Claudias

Zimmergenossin gewesen. «Hier unten gibt's jede Menge Abschaum und eine starke Drogenszene», fuhr sie fort, als sie in ihrem weißen Ferrari zu dem Ferienort an der Südküste Spaniens unterwegs waren. «Aber insgesamt ist es himmlisch. Vier Millionen sexsüchtige Touristen, die sich die Nächte mit Verrenkungen in Discos um die Ohren schlagen. Sexsüchtiger Euro-Mob und arabische Milliardäre, die sich sinnlos besaufen. Rodney und ich gehen heute abend mit euch in den Marbella-Club, da könnt ihr die ganze Szene erleben. Dagegen kommt einem der Untergang des Römischen Reiches wie ein Kaffeekränzchen vor.»

«Seht euch bloß diese Typen hier an!» rief Margot am Abend, als sie und Rodney Claudia und Guy durch das Gedränge im Marbella-Club lavierten. Die Luft war rauchig, der Geräuschpegel wie eine Sprengladung. Sonnengebräunte Blondinen mit langen Goldketten und Männer mit Goldkettchen über der behaarten Brust quetschten sich um winzige, mit Diät-Cola und Whisky beladene runde Tischchen. «Der Schuppen ist rammelvoll mit Adelstiteln; der Olymp des Euro-Mobs! Verzeihung, Claudia, ich hab vergessen, daß du durch Heirat zum Euro-Mob gehörst.»

«Ich finde ‹Euro-Mob› nicht gerade eine besonders attraktive Bezeichnung für meine Frau oder mich», sagte Guy, dessen Abneigung gegen die Passingers von Minute zu Minute sichtbarer wurde.

«Guy, Lieber, ich liebe dich leidenschaftlich», sagte Margot, «aber man kann dir keinen Sinn für Humor unterstellen. Ich habe nichts gegen Titel. Ich bewundere Titel.»

Sie wurden von zwei Männern auf der anderen Seite des Raumes beobachtet. Der eine war groß und schlank, mit markanten Zügen und glatt zurückgekämmten silbergrauen Haaren. Er trug einen Blazer mit dem Signet seiner Jacht auf der Brusttasche, ein am Hals offenes weißes Sporthemd, eine weiße Segeltuchhose und weiße Espadrilles ohne Socken. Der Mann neben ihm hatte einen schwarzen Mephistobart und einen ausladenden, aufwärts gezwirbelten Schnurrbart. Er trug ein Monokel auf dem rechten Auge, sein am Hals offenes Hemd ließ zwei Goldkettchen sichtbar werden, und im Revers seines weißen Anzugs steckte eine rote Blüte. Er war Don Jaime de Mora y Aragòn, der Bruder der belgischen Königin, und er kannte den gesamten Klatsch und Tratsch von Marbella.

«Das ist die Comtesse de Soubise», sagte er, auf Claudia deutend. «Sie ist Erbin einer Riesenranch in Kalifornien.»

«Ja, ich weiß», sagte Nigel Sinclair, der erste Viscount Northfield. Zu Don Jaimes Überraschung schickte sich Nigel an, den Raum zu durchqueren. War es möglich, daß Nigel ebensogut informiert war wie Don Jaime?

«Das da drüben ist Gunilla von Bismarck», sagte Margot gerade zu Claudia. Sie wies auf eine goldhaarige Schönheit in einem nabelfreien, mit Pailletten besetzten Kleid, die eben hereingekommen war. «Sie ist auf jeder Party, über die es zu berichten lohnt. Ihr Bruder, Prinz Ferdinand, baut den Marbella-Hill-Club – o mein Gott, da ist Lord Northfield, und er kommt zu uns herüber.»

«Wer ist Lord Northfield?»

«Herzchen, du warst zu lange in der Provinz begraben. Lord Northfield ist zufällig der drittreichste Mann der Welt mit der zweitgrößten Jacht – oder ist es umgekehrt? Ich kann mir das nie merken. Mehr davon später», flüsterte sie, als Nigel an den Tisch trat. Rodney erhob sich und streckte seine Hand aus, sein Lächeln enthüllte grauenhafte Zähne. «Nigel, alter Knabe», sagte er, denn sie kannten sich von Oxford. «Kennst du die de Soubises?»

«Natürlich. Wie geht's, Guy?»

Zu Claudias Überraschung schüttelte ihr Mann dem Engländer die Hand. Mit gezwungenem Lächeln erwiderte Guy, es gehe ihm gut. Dann wurde Lord Northfield Claudia vorgestellt. Der silberhaarige Viscount küßte ihr die Hand, seine blauen Augen bohrten sich in ihre grünen.

«Ich wünsche mir seit Jahren, Sie kennenzulernen», sagte er. «Ich habe gehört, daß Sie die schönste Gräfin des Charente-Maritime sind, und ich kann nun bezeugen, daß das die Wahrheit ist. Guy, haben Sie etwas dagegen, wenn ich mit Ihrer Frau tanze?»

«Natürlich nicht.»

«Claudia?»

«Es ist mir ein Vergnügen.»

Er führte sie auf die überfüllte Tanzfläche, dann nahm er sie in seine Arme und drückte sie, durch das Gedränge gezwungen, eng an sich. Dutzende Augen beobachteten sie. Er war einen halben Kopf größer als sie, aber ihre Körper harmonierten gut. Claudia trug ein kurzes schwarzes Kleid von einer jungen Pariser Modeschöpferin, und als einzigen Schmuck muschelförmige goldene Ohrclips.

«Wußten Sie, daß ich auf der Calafia-Ranch aufgewachsen bin?» fragte er.

«Tatsächlich? Komisch, ich bin auch dort aufgewachsen und habe Sie nie bemerkt.»

Er lächelte. «Ich bin in meiner Phantasie dort aufgewachsen. Als Junge zog ich mit meinem Vater durch ein halbes Dutzend Länder. Er wurde dauernd gefeuert oder ging bankrott. Ich kam mir ziemlich heimatlos vor, und als ich anfing, Bücher über den amerikanischen Westen – besonders Kalifornien – zu lesen, war ich so fasziniert, daß ich ihn zu meiner Heimat erkor. Da Ihre Familie so sehr damit verknüpft war – der Goldrausch, die Tong-Kriege – habe ich alles über die de Meyers und die Collins gelesen. Und hier bin ich nun und tanze mit Claudia de Meyer Collins. Das ist furchtbar aufregend.»

«Ich bin geschmeichelt. Woher kennen Sie meinen Mann?»

«Guy? Ich bin ein Liebhaber guten Cognacs. Ich besitze außerdem eine Kette von Ferienhotels und suche persönlich die Weine dafür aus – oder besser gesagt, die Spitzenweine. Ich habe eine Menge Soubise-Cognac gekauft. Guy habe ich in seiner Brennerei kennengelernt.»

«Schade, daß er Sie nie ins Château eingeladen hat.»

«Ja, das finde ich auch, zumal ich Sie jetzt kennengelernt habe. Aber das läßt sich nachholen. Morgen gehe ich mit meiner Jacht auf eine dreitägige Kreuzfahrt. Wir wollen nach Tanger und dann ein bißchen die afrikanische Küste entlang segeln. Es werden einige interessante Leute an Bord sein. Hätten Sie und Guy Lust, mitzukommen?»

Eine Alarmglocke schrillte in Claudias Kopf: Das Ganze war ziemlich seltsam. Andererseits gefielen ihr sein angenehmes Äußeres, seine kräftige Hand auf ihrem Rücken, der schwache, herbe Duft seines Colognes. Aber sie spürte, Nigel war ein Tiger. Natürlich wurde man nicht einer der reichsten Männer der Welt, wenn man ein Lamm war.

«Wir sind Gäste der Passingers», wich sie aus.

«Oh, Rodney und Margot kommen auch mit. Rodney ist nämlich mein Börsenmakler. Das heißt, einer davon. Wir sind alte Schulkameraden.»

«Wenn Guy mitkommen will, wäre es mir ein Vergnügen.»

«Fein. Dann ist es abgemacht. Es wird fabelhaft.»

«Ich sagte, wenn Guy mitkommen will.»

«Ja, ich hab's gehört.»

Er schien sehr sicher, daß Guy mitkommen wollte.

Nigels weißer Rolls-Royce holte sie am nächsten Morgen von der Villa ab und fuhr sie nach Puerto Banus, dem Hafen von Marbella. Als er bei einer enormen weißen Jacht anhielt, stieg Claudia aus und besah sich das Riesenspielzeug. Reichtum war ihr weiß Gott nicht fremd, aber ihr Vater würde niemals auch nur davon träumen, ein solch schreiendes Beispiel für prestigebedingtes Luxusleben zu besitzen. Vier Mann der Besatzung eilten die Gangway hinab, um ihr

Gepäck in Empfang zu nehmen. Unter der sengenden Mittelmeersonne stiegen sie auf das makellose Teakholz-Hauptdeck, wo ein Offizier in weißer Uniform salutierte. «Willkommen an Bord der *Calista*. Ich zeige Ihnen Ihre Kabinen.»

Er führte sie an dem schimmernden weißen Schott vorbei nach achtern. Im Bootshafen lagen die Jachten dicht an dicht, viele davon mehr als dreißig Meter lang, doch die *Calista* war um so viel länger, daß sie eine Klasse für sich schien – fast sechzig Meter, schätzte Claudia. Auf dem Oberdeck war ein Hubschrauber festgemacht. Der Decksaufbau starrte von Navigationsgeräten.

Ein fernes Dröhnen war zu hören, das allmählich lauter wurde. Margot wies auf einen Mann, der auf Jet-Skiern auf die Jacht zugedüst kam. «Unser Gastgeber», sagte sie. Die Jet-Skier dröhnten vorbei wie eine Kreissäge. Nigel winkte.

«Sag mal, womit hat er sein Geld verdient?» fragte Claudia.

«Er nennt sich Unternehmer», sagte Rodney, der angesichts dieses Luxus überwältigt dreinsah. «Andere nennen ihn allerdings Pirat. Er kauft Firmen billig auf –»

«Und verkauft sie teuer?»

«So hat er es anfangs gemacht. Aber dann behielt er die Firmen und machte sie rentabel. Er hat eine Menge Betriebe umgekrempelt. Er wird gehörig kritisiert, aber ich glaube, niemand wird bestreiten, daß er was drauf hat. Er spendet Unmengen für die Tories, deswegen hat Mrs. Thatcher veranlaßt, daß er einen Titel verliehen bekommt. Aber sie bewundert ihn auch.»

«Woher kennst du ihn, Guy?» fragte Claudia beiläufig.

«Wir kennen uns von Rugby», erwiderte er.

Er lügt! dachte sie. Aber warum? Sie können nicht mal ihre Geschichten koordinieren: Nigel sagte, sie hätten sich in der Brennerei kennengelernt.

Warum belügt er mich, seine Frau?

«Was geht hier vor?» fragte Claudia ihren Mann, als sie am Abend auf dem Deck zum großen Salon der Jacht schlenderten. Die Jacht hatte nach dem Mittagessen abgelegt und hielt auf die afrikanische Küste zu.

«Was meinst du mit ‹was geht hier vor›?» entgegnete Guy.

«Warum sind wir hier? Du kannst Marbella nicht ausstehen, du kannst die Passingers kaum ertragen, und doch bringst du uns hierher. Plötzlich taucht Nigel aus dem Nichts auf und lädt uns auf seine Jacht ein. Ich glaube nicht, daß alles bloß Zufall ist. Was geht hier vor?»

«Ich habe keine Ahnung, wovon du sprichst.»

«Und ob du das hast! Du belügst mich, Guy – das spüre ich instinktiv! Und ich habe diese Lügen verdammt satt –»

Sie sah Nigels andere Gäste auf sie zukommen und verstummte. Sie hatten Billie Tsching und seine Frau beim Mittagessen kennengelernt. Billie, ein mondgesichtiger Mann aus Hongkong, war der Präsident der Bank von Südchina. Seine Frau, eine Schönheit namens Perfume, hatte so ganz nebenbei verkündet, daß sie jährlich eine halbe Million Dollar für Kleidung ausgab.

«Je verseuchter das Mittelmeer wird», sagte Nigel, nachdem sie in dem klimatisierten Speisesalon Platz genommen hatten, «um so schwerer wird es für die Fischer, *Loup* zu fangen. Aber meiner Meinung nach ist es die Mühe wert. Ich halte ihn für den besten Fisch der Welt.»

«Der beste Fisch der Welt ist Haifisch», sagte Perfume, die links von Nigel saß, sofern «saß» das passende Wort war; denn der ungeheuer bauschige schwarz-rote Rock ihres Kleides zwang sie zu einer leicht gekippten Haltung. Sie trug ein hinreißendes Collier aus Smaragden und Diamanten mit passenden Ohrgehängen, die im Kerzenlicht glitzerten. Ihre schwarzen Ponyfransen wippten über ihren Mandelaugen, die Claudia über den Tisch hinweg anstarrten. Ihr Englisch war etwas eigenartig. «Ihre Kleid gefallen mir», sagte sie. «Ist Giorgio Armani, nein?»

«Ja.»

«Ist hübsch. Sie hübsch. Wieviel bezahlen Sie für Kleid?»

Claudia machte ein verlegenes Gesicht, während Margot ein Kichern unterdrückte.

«Sagen wir einfach, es war nicht billig.»

«Wetten, Sie bezahlen vielleicht dreitausend», fuhr Perfume unbeirrt fort. «Wissen Sie, wieviel ich für dieses Christian Lacroix bezahle, und jetzt heißt es, bauschige Röcke sind out? Ich bezahle fünfundzwanzigtausend Dollar … Ich müssen verrückt sein, nein?»

«Sie müssen reich sein», sagte Margot.

«O ja, massig reich. Billie ist reichster Mann in Hongkong – und das ist schwer reich.»

Billie, der rechts von Claudia saß, brummte etwas auf chinesisch. Perfume zuckte die Achseln. «Billie mir gerade sagen, es ist vulgär, von Geld zu sprechen», fuhr sie unbekümmert fort. «Dann Billie muß richtig vulgär sein, denn das ist alles, worüber er spricht – Geld. Wieviel etwas wert, was es kostet, wieviel er verdient. Geld macht, daß die Welt sich dreht, warum dann nicht drüber reden? Ist das Interessanteste auf der Welt, außer vielleicht Sex. Vielleicht interessanter als Sex, wer weiß?»

Die weißbejackten kambodschanischen Kellner reichten die Silbertabletts mit gegrillten Fischfilets und Fenchel herum. Als Billie etwas von dem erlesenen Fisch auf seinen Teller lud, sah er seine Frau finster an. «Perfume, du langweilst.»

Beim Mittagessen hatte Claudia über seine makellose englische Aussprache gestaunt. Sie war auch beeindruckt von seinen perfekten Tischmanieren, seinem tadellos geschnittenen Smokingjackett und seinen goldgefaßten Lapislazuli-Manschettenknöpfen.

Perfume zuckte die Achseln. «Du sagst, ich langweile, aber ich wetten, alle sind fasziniert. Vor fünfzig Jahren sprechen niemand über Sex, heute lassen alle alles raus. Warum nicht dasselbe mit Geld? Wenn ich nach New York komme, reden sie von nichts sonst.»

«Dieses Gespräch erinnert mich an Oscar Wildes Definition von einem Zyniker», sagte Claudia.

«Sehr richtig», sagte Lady Calista, Nigels Frau, eine große, attraktive Blondine in einem schwarzen, mit Pailletten besetzten Kleid, das im Kerzenlicht schimmerte. «Ein Zyniker kennt den Preis von allem und den Wert von nichts. Ich stimme Ihnen voll und ganz zu, Gräfin. Wenn wir nicht ein paar Dinge geheimhalten können, dann können wir ebensogut alle nackt im Mondschein tanzen wie die Druiden. Oder haben die Druiden nicht nackt getanzt?»

«Doch, sie haben ihre Körper blau angemalt», sagte ihr Mann, während der Weinkellner sein Glas erneut mit *Château Grillet* füllte.

«Es klingt vielleicht furchtbar abgedroschen», fuhr Claudia fort, «aber ich glaube, die besten Dinge im Leben sind umsonst. Wie die Sterne und der Mond und das Land.»

«Ach», sagte Billie Tsching neben ihr, «Sie glauben, das Land ist umsonst? Grundbesitz ist das Wertvollste auf Erden. Würden Sie Ihre Calafia-Ranch umsonst hergeben?»

«Natürlich nicht. Aber ich dachte nicht an Grundbesitz –»

«Aber alles Land ist Grundbesitz, oder? Und da die Vereinigten Staaten langsam zu einem zweitrangigen Land werden, verkaufen sie immer mehr an uns Ausländer, bloß um sich über Wasser zu halten. Als Letztes werden sie ihren Grundbesitz verkaufen, und dann wird die Geschichte einen Kreis vollzogen haben. Amerika, das als Kolonie begann, wird wieder als Kolonie enden.»

Sie sah auf sein glattes Buddha-Gesicht, ein Halbmond im Helldunkel des Kerzenlichts. «Erstens», sagte sie, «glaube ich nicht, daß Amerika ein zweitrangiges Land wird –»

«Aber Sie sind in letzter Zeit nicht zu Hause gewesen. Ungefähr zwanzig Prozent der Amerikaner sind praktisch Analphabeten. Mehr als die Hälfte von Ihren jungen Leuten weiß nichts von Geschichte – sie können nicht einmal den Bürgerkrieg auf fünfzig Jahre genau datieren. Das Hirn von euch Durchschnittsamerikanern ist durch ständige Rockmusik, Starkult und triviale Unterhaltungssendungen zu Wackelpudding verkommen. Die meisten Amerikaner wissen mehr über Madonna als über Abraham Lincoln. Infolgedessen können Sie nicht mit uns gebildeteren Ausländern konkurrieren, und Ihre Handelsbilanzdefizite werden steigen, bis Sie darin ertrinken. Das ist die häßliche Wahrheit, aber Ihre Politiker fürchten sich, sie zuzugeben. Und wenn das keine Definition eines zweitrangigen Landes ist, dann weiß ich keine.»

«Amerika ist *finito*», sagte Perfume. «Puff!» Sie wedelte mit ihrer juwelengeschmückten Hand.

«Ich meine mich zu erinnern, daß vor vierzig Jahren Europa ohne uns *finito* gewesen wäre – von China gar nicht zu reden», parierte Claudia verärgert.

«Sie haben den Krieg gewonnen», meinte Billie Tsching, «aber Sie haben den Frieden verloren. Amerika rutscht in den Abfalleimer der Geschichte hinab, und die Ironie dabei ist, Sie tun es ganz von allein.»

«Wir verbünden uns gegen unsere Amerikaner», sagte Nigel, «das ist nicht fair.»

«Darf ich rauchen?» fragte Perfume. «Ich weiß, Raucher sind unbeliebt, aber ich esse nichts, damit ich in dieses verrückte Kleid für fünfundzwanzigtausend Dollar passe. Ist Rauchen also erlaubt?»

Sie hatte die Zigarette schon im Mund. Guy neben ihr zog ein schmales goldenes Feuerzeug aus seiner Tasche und ließ es aufflammen.

«Bulgari», sagte Perfume, indem sie auf das Feuerzeug deutete. «Massivgold. Hat Sie zwanzigtausend Piepen gekostet, möcht ich wetten.»

Sogar Claudia lachte. Sie hatte es Guy letzte Weihnachten gekauft, und es hatte zweitausend Dollar gekostet.

«Ich gäbe was dafür, wenn ich wüßte, was Sie gerade denken», sagte Nigel. Er trat zu Claudia, die an der Reling stand und die Lichter von Tanger in der afrikanischen Nacht betrachtete. Sie war kurz nach dem Abendessen hinausgegangen, um Luft zu schnappen.

«Oh, ich habe mich gefragt, ob es stimmt, daß Amerika am Ende ist», sagte sie. «Und dann bekam ich schreckliches Heimweh.»

«Nach der Ranch?»

«Ja.»

«Lieben Sie sie?»

«Natürlich.»
«Warum haben Sie sie dann verlassen und einen französischen Cognacproduzenten geheiratet?»
«Ich habe mich verliebt. Mein Vater glaubt natürlich, ich drücke mich vor meiner Familienverantwortung.»
«Und die wäre?»
«Nun ja, meine Familie war, wie Sie sagten, so sehr mit der Geschichte Kaliforniens verknüpft, daß...» Sie zuckte die Achseln. «Ich weiß nicht. Vielleicht bin ich ein bißchen davor weggelaufen. Womöglich habe ich jetzt ein etwas schlechtes Gewissen.»
«Was wäre, wenn es für Sie eine Möglichkeit gäbe, wieder in die Geschichte Ihrer Familie einzusteigen?»
«Wie meinen Sie das?»
Er nahm ihren Arm. «Kommen Sie. Ich zeig's Ihnen.» Er führte sie zum Bug der Jacht und in sein großes getäfeltes Büro. Die silbrige Decke wurde aus einer Vertiefung in der Wand beleuchtet, und es waren etliche erlesene Bilder vorhanden – Claudia erkannte einen Odilon Redon. Aber das alles nahm sie eher flüchtig wahr; denn auf einem großen Tisch mitten im Raum stand ein topographisches Modell, das sie fesselte. Meer und Flüsse waren blau gestrichen, das Land lila-braun, ganz ähnlich wie das der Calafia-Ranch. Und da erkannte sie ihre Heimat.
«Ja, es ist die Ranch», sagte Nigel. «Eine Modellbaufirma in Paris hat sie nach Zeichnungen von Gabriel Catoux angefertigt, einem jungen französischen Architekten, der meiner Meinung nach ein Genie ist. Sehen Sie her.»
Langsam umrundete Claudia den Tisch und sah winzige Modellstädte, die entlang der Küste errichtet waren – was für Städte? dachte sie. Es gab keine Städte auf dem Land der Ranch.
«Gabriel hat Calafia sechs Monate lang nach Luftaufnahmen und topographischen Karten studiert», sagte Nigel. «Er hat einfach an alles gedacht, einschließlich eines Systems von Wasserreservoirs oben in den Bergen – sehen Sie?»
«Ja...»
«Unseren Studien und Schätzungen nach werden wir innerhalb von fünf Jahren eine Bevölkerung von über einer Million angesiedelt haben, also brauchen wir unbedingt Wasserreservoirs, weil die Niederschläge nicht annähernd so viele Leute versorgen können.»
Sie sah ihn mißtrauisch an. «Sie wollen die Calafia besiedeln? Wer ist ‹wir›?»
«Ich und Billie Tsching. Wir sind Eigentümer einer Firma namens

World Leisure Group. Wir haben eine sehr erfolgreiche Feriensiedlung in der Nähe von Biarritz und eine große Wohnsiedlung an der Westküste von Florida gebaut. Außerdem gehört uns die Excelsior-Hotelkette mit fünfundachtzig erstklassigen Hotels in aller Welt, daher halten wir uns für vollauf qualifiziert, das Land der Calafia-Ranch zu erschließen. Das würde unser größtes und aufregendstes Unternehmen.»

«Weiß mein Vater davon?»

Nigel lehnte sich an seinen englischen Schreibtisch aus dem 19. Jahrhundert, verschränkte die Arme und lächelte. «O nein. Wir wissen, daß Spencer Collins Bauunternehmer haßt. Deswegen wenden wir uns zuerst an Sie. Die Ländereien der Calafia-Ranch gehören zu den wertvollsten Grundstücken, die in Amerika noch übrig sind, und sie müssen richtig erschlossen werden, nicht nur, um die Landnutzung bis zum Höchstmaß zu steigern, sondern auch, um die Umwelt zu schützen. Wir wollen keine protzigen Einkaufsstraßen und Schnellimbißketten, und Sie wollen das auch nicht. Deswegen dachte ich, wenn ich Sie hier auf die Jacht holen könnte, Sie ein bißchen kennenlernte, Gelegenheit fände, Ihnen zu zeigen, daß wir nicht bloß Unternehmer sind, die auf schnelles Geld aus sind, sondern davon träumen, so viel wie möglich von der natürlichen Schönheit der Ranch zu erhalten – kurz und gut, daß wir Sie bewegen könnten, sich mit uns zusammenzutun. Wir haben uns bereits an Ihren Cousin Jeffrey Brett gewandt, der die anderen fünfzig Prozent der Ranch hält und den Rest Ihrer Familie – oder, formeller gesagt, die Hauptaktionäre der Collins AG repräsentiert. Jeffrey interessiert sich für unser Vorhaben, und wenn Sie auf unserer Seite wären, hätten wir Ihrem Vater einen gewichtigen Vorschlag zu machen.»

«Aber ich sage Ihnen, mein Vater würde die Ranch niemals verkaufen.»

«Vielleicht. Aber alles hat seinen Preis.»

«Sie hören sich an wie Perfume.»

«Sie mag vielleicht recht haben. Wer weiß? Geld scheint wirklich zu machen, daß die Welt sich dreht. Wie dem auch sei, unser Angebot beläuft sich auf zwei Milliarden Dollar.»

Claudia stutzte. «Zwei Milliarden?» wiederholte sie leise.

«Ja. Das ist eine Menge Geld.»

«Sicher, aber es ist auch eine Menge Land. Ich war zwar zwei Jahre nicht mehr in Kalifornien, aber ich habe den Kontakt nicht ganz verloren. Ich weiß, was in Orange County vorgeht. Die Erschließung und Bebauung steigt sprunghaft an. Die Ranch ist leicht zwei Milliarden wert. Was hat mein Mann damit zu tun?»

«Wir baten ihn, uns zu helfen, Sie hierher zu bringen.»

«Warum sind Sie nicht gleich zu mir gekommen?»

«Viele Leute, einschließlich Jeffrey Brett, haben mir versichert, wenn wir uns unverblümt an Sie wendeten, würden Sie nicht mit uns sprechen. Meine Hoffnung war, daß wir auf diesem Wege ins Gespräch kommen würden. Sehen Sie, Claudia, die Ranch muß am Ende doch besiedelt werden. Es ist unmöglich, daß so viel Land so dicht bei Los Angeles und San Diego unerschlossen bleibt. Die Frage ist, wie man es *richtig* macht. Ich hoffe Sie überzeugen zu können, daß wir die besten Leute für diese Aufgabe sind. Erscheint Ihnen das plausibel?»

«Kaum. Aber Sie haben mich regelrecht überrumpelt. Sie erwarten doch nicht, daß ich Ihnen *jetzt* eine Antwort gebe?»

«Natürlich nicht. Nehmen Sie sich so viel Zeit, wie Sie wollen. Es ist ein bedeutsamer Entschluß.»

Sie betrachtete wieder das Modell.

«Es könnte einer der wichtigsten Entschlüsse meines Lebens werden. Und jetzt gedenke ich zu Bett zu gehen. Ich muß darüber schlafen.»

«Gewiß.» Lächelnd öffnete er ihr die Tür. «Gute Nacht, Claudia.»

«Gute Nacht.» Sie trat in die kühle Nachtluft hinaus. In ihrem Kopf drehte sich alles. Nigel war ein raffinierter Vertreter des Big Business; er hatte sie völlig überfahren. Sie ging in ihre Suite zurück. Im Wohnraum war niemand, aber sie hörte Wasser im Badezimmer laufen. Sie schloß die Tür und ging ins Schlafzimmer. Guy war schon ausgezogen und putzte sich im Bad die Zähne.

«So, das Rätsel wäre gelöst», sagte sie. «Jetzt weiß ich, warum ich hier bin. Ich darf hinzufügen, daß ich anscheinend die letzte bin, die es erfährt. Ich fühle mich regelrecht übers Ohr gehauen.»

Er spülte seinen Mund aus und räumte seine Zahnbürste weg. «Hat Nigel dir das Modell gezeigt?»

«Ja. Und du hast die ganze Zeit Bescheid gewußt?»

«Ja.»

«Und Margot und Rodney? Ich nehme an, sie waren auch eingeweiht?»

«Natürlich. Rodney ist Nigels Börsenmakler. Nigel schustert ihm jährlich Aufträge für eine halbe Million Pfund zu.»

«Aber Guy, warum hast du mir nichts gesagt? Warum habe ich nichts von dieser ausgeklügelten Farce erfahren? Ich bin zufällig deine Frau.»

«Nigel wollte es so. Er sagte mir, ich sollte an unserem Hochzeitstag mit dir ins Ritz ziehen, er würde die Kosten übernehmen –»

«Verdammter Mist! Soll das heißen, sogar das war geplant?»

«Du weißt, daß ich für so etwas kein Geld habe. Er wollte dich in gute Stimmung bringen, um ‹dich für die Präsentation vorzubereiten›, wie er es ausdrückte. Dann solltest du hierher gebracht werden, und er wollte den Rest besorgen.»

«Wie konntest du mich nur so behandeln? Du hast mich hintergangen!»

Er trat zu ihr und wollte seinen Arm um sie legen, aber sie stieß ihn weg und ging ins Schlafzimmer.

«Okay, es ist verständlich, daß du böse bist.»

«Böse? Ich bin wütend! Und wieviel hat er dir gezahlt?»

«Es ist gemein von dir, so etwas zu sagen!»

Sie fuhr ihn an: «Wieso? Rodney, der Mann meiner besten Freundin, hat mich für Aufträge über eine halbe Million Pfund verkauft. Es interessiert mich, wieviel ich meinem Mann wert bin.»

«Um Gottes willen, Claudia, mach nicht so ein Drama daraus! Nigel hat mir nichts gezahlt. Die Frage ist, wirst du mitmachen?»

«Ich weiß es nicht.»

«Eine Milliarde Dollar ist eine unglaubliche Stange Geld, und die würdest du für deine Hälfte bekommen.»

«Oh? Ist das mein Preis? Du hast immer über mein Geld gespottet. Du hast mich eine verwöhnte reiche Amerikanerin genannt – das habe ich nicht vergessen –, aber eine Milliarde Dollar läßt mich plötzlich ein bißchen weniger verwöhnt aussehen?»

«Das ist nicht wahr, das war ekelhaft von dir! Du weißt, wenn ich etwas hasse, dann ist es dein verdammtes Geld!»

«Warum dann?» Sie schrie beinahe. «Warum hast du mich betrogen? So sehe ich das nämlich: als Betrug.»

Trotz seiner Sonnenbräune konnte sie die Farbe aus seinem Gesicht weichen sehen. Er setzte sich aufs Bett und begrub das Gesicht einen Augenblick in den Händen. Dann sah er sie an und flüsterte: «Ich hab's getan, weil ich Angst vor ihnen habe.»

«Angst?» wiederholte sie. Sie wußte, er sprach die Wahrheit. «Guy, steckt Nigel hinter den Männern, die vorige Woche in die Brennerei eingebrochen sind?»

«Ja. Claudia, tu um Gottes willen, was sie sagen. Gib ihnen, was sie wollen. Diese Männer sind gefährlich.»

Seine Furcht war ansteckend. «Was glaubst du, was sie tun könnten?» flüsterte sie.

Er ballte die Fäuste und öffnete sie wieder. «Billie Tsching ist der gefährlichste», erwiderte er. «Ich habe mit meinem Schwager in Paris gesprochen, der mit mehreren Bankiers sprach. Man munkelt, daß Billies Bank in Hongkong als Geldwäscherei für die Triaden dient –»

«Für wen?»

«Die Hongkong-Banden. Die Chinesen beteiligen sich an Verbrechen auf der ganzen Welt, und Hongkong ist ihre Ausgangsbasis – zumindest bis die Festlandkommunisten es von den Engländern übernehmen. Nigel möchte dich dazu verleiten, mit ihnen gegen deinen Vater gemeinsame Sache zu machen. Aber wenn es nicht klappt...»

«Was dann?»

«Billie Tsching hat uns durch den Einbruch in die Brennerei eine Botschaft zukommen lassen. Sie lautet, daß sie womöglich Gewalt anwenden.»

«O mein Gott, inwiefern?»

«Ich weiß es nicht und will es auch nicht wissen.»

Sie begann hin und her zu gehen, bemüht, ruhig zu bleiben. «Nun gut», sagte sie, «wir werden nicht in Panik geraten. Keine großen Szenen. Ich werde Nigel morgen sagen, daß ich nach Kalifornien möchte, um mit Daddy zu reden. Du kehrst ins Château zurück. Wir tun so, als machten wir mit, bloß damit wir von dieser verflixten Jacht runterkommen.» Sie drehte sich plötzlich herum. «Aber Guy, warum hast du es mir nicht früher erzählt? Das kann ich noch immer nicht verstehen. Warum hast du mir nicht vertraut?»

Er sprang vom Bett. «Du, du, *du*!» brüllte er. «Ist das alles, woran du denkst? Was ist mit mir? Was ist mit meinem Château, das seit drei Jahrhunderten im Besitz meiner Familie ist? Soll ich es aufs Spiel setzen, bloß wegen deiner blöden Ranch in Amerika, die mir absolut nichts bedeutet?»

«Wovon redest du?»

Er durchquerte das Schlafzimmer und trat an einen lackierten Einbauschrank. Er zog die obere Schublade auf, holte seine Brieftasche heraus, entnahm ihr ein zusammengefaltetes Blatt Papier und drückte es Claudia in die Hand.

«An dem Morgen, nachdem sie in die Brennerei eingebrochen waren», flüsterte er, «wurde dies mit der Post im Château abgeliefert. Es ist Billie Tschings zweite Botschaft.»

Sie faltete das Papier auseinander. Es enthielt zwei rüde Federzeichnungen. Die eine stellte das Château Soubise dar – unverkennbar mit seinem Rundturm und Spitzdach. Das Château stand in Flammen.

Die andere Zeichnung zeigte ein Messer, das ein Paar Hoden abschnitt.

Zwei Tage später hob am Morgen eine Concorde von der Rollbahn des Flughafens Charles de Gaulle ab und durchbohrte mit ihrer langen, spitzen Nase den bleiernen Himmel. In der gedrängt vollen Kabine sah Claudia, auf einem Ledersitz angeschnallt, Europa durch die Scheibe abwechselnd zwischen den Wolken unten auftauchen und verschwinden. Nach zwei Jahren flog sie nach Hause, und im tiefsten Innern wußte sie, daß sie nie nach Frankreich zurückkehren würde, zumindest nicht als Comtesse de Soubise. Sicher, die Drohung mit Brandstiftung und Kastration hatte Guy eingeschüchtert, aber wenn er es ihr doch gesagt, wenn er ihr vertraut hätte! Statt dessen hatte er vor Nigel und Billie gekatzbuckelt wie eine Marionette und ihnen seine übertölpelte Frau in die Hände gespielt. Guys Betrug hatte ihrer Liebe den Rest gegeben. Die Branddrohung gegen sein kostbares Château hatte seine Prioritäten deutlich gezeigt: Das Schloß war ihm wichtiger als seine Frau. Vielleicht war sie ungerecht, sogar grausam, doch sie konnte ihn nicht mehr lieben. Sie hatte es ihm noch nicht gesagt, aber sie wollte ihn um die Scheidung bitten.

Sie hatte Scheidung immer für etwas ganz Normales gehalten. Doch jetzt, da sie selbst betroffen war, schmerzte es mehr als sie gedacht hatte. Ich bin fünfundzwanzig, ohne Mann, und ich stehe vor einem Krieg. Ist das möglich? dachte sie zum hundertsten Mal. Billie Tsching mit seinem Oxford-Englisch? Nigel, so höflich, so reich, der in die engsten Kreise des englischen Establishments hineingeheiratet hatte. Wandten sie Gewalt an wie gewöhnliche Gauner?

«Manche nennen ihn einen Piraten.» Rodneys Worte klangen ihr noch in den Ohren. Die zerschmetterten Cognacflaschen, die rüden Drohungen. Ja, es war möglich. Sie hatte die Jacht in scheinbarer Freundschaft verlassen, aber sie machte sich keine Illusionen, daß sie Billie und Nigel zum letztenmal gesehen hätte. Die Jacht war lediglich das erste Scharmützel in einem Krieg um die Calafia-Ranch, und bei Billies Verbindungen zu den Triaden von Hongkong versprach der Krieg so blutig und schmutzig zu werden wie die *Tong*-Kriege im vorigen Jahrhundert. Nun, ihre Vorfahrin Emma hatte die *Tong*-Kriege und Schlimmeres überlebt. Claudia würde diesen Krieg überleben.

Aber sie würde so stark und erfinderisch sein müssen wie Emma, wenn sie retten wollte, was ihre Familie über so viele Generationen aufgebaut hatte.

I

Emma de Meyer konnte nicht ahnen, daß es ihr letzter Klaviervortrag in der Alten Welt sein würde.

An einem warmen Maisonntag im Jahre 1849 saß sie, ein Traum an Liebreiz, im überfüllten Ballsaal im Hause ihres Vaters an dem Rosenholzklavier. Einige der anwesenden Gäste fanden es unerhört, daß eine erst seit kurzem verwitwete Frau ein weißes Seidenkleid mit modischen Puffärmeln trug, aber Emma hatte alle vorgeschriebenen Trauerrituale für ihren Mann gewissenhaft befolgt und dachte nicht daran, weiterhin schwarze Kleider anzuziehen. Ihre tiefschwarzen Haare waren aus dem Gesicht gestrichen und fielen als Lockenkaskade auf ihren Rücken. Ihre großen amethystfarbenen Augen – von denen ihre Mutter stolz behauptete, es seien die schönsten Augen in Deutschland – beobachteten aufmerksam ihre über die Elfenbeintasten huschenden Finger. Ihre Stirn war vor lauter Konzentration gekraust, die Nase aber glatt und gerade, der Mund klein, mit einem Anflug von Sinnlichkeit, und wenn sie lächelte, zeigte sie weiße, ebenmäßige Zähne. Ihr einziger Makel war das kleine Muttermal auf der unteren rechten Wange. Emma nannte es ihren Schönheitsfleck, und dagegen hätte wohl kaum jemand etwas einzuwenden gehabt.

Sie ist die Vollkommenheit in Person, dachte David Levin, Emmas zweiundzwanzigjähriger Großcousin aus London. Er lebte seit zwei Jahren im Hause der de Meyers, um Emmas ohnehin schon exzellentes Englisch zu vervollkommnen. Aber sie wird mich niemals lieben, dachte er, mich mit meinem Aussehen wie ein Stubengelehrter. Sie hat mich gern. Sie bewundert meinen Verstand und die Tatsache, daß ich Schriftsteller werden möchte. Aber könnte sie mich jemals lieben?

Wie lange wünschte er sich schon, sie in seinen Armen zu halten, sie zu küssen? Davids keusche Seele konnte sich allerdings kaum vorstellen, tatsächlich in Liebe mit Emma vereint zu sein, auch wenn sie nach zweiwöchiger Ehe mit dem unglückseligen Anton Schwabe nicht mehr Jungfrau war.

Emma beendete die Beethoven-Sonate und erhob sich, um knicksend den Beifall der geschlossenen Welt der Frankfurter jüdischen Elite entgegenzunehmen. Durch die hohen Balkontüren in der zweiten Etage wehte eine angenehme Brise herein, und draußen auf der Straße hatte sich eine kleine Zuhörerschaft versammelt, um der Musik zu lauschen. Als Emma den gut dreißig Menschen in dem weiß-goldenen, mit zwei Kristallüstern geschmückten Ballsaal zulächelte, schenkte sie Baron Henckel von Hellsdorf, einem der wenigen anwesenden Nichtjuden, ein extra Lächeln. Mit seinen dichten blonden Haaren und dem hellen Schnurrbart war Henckel eine imponierende Erscheinung, und Emma hatte eine Schwäche für gutaussehende Männer.

Deshalb war sie so wütend auf ihre Mutter gewesen, die sie gezwungen hatte, Anton Schwabe zu heiraten. Es hatte sie jedesmal geschaudert, wenn er sie berührte, was er für ihren Geschmack allzu häufig tat. Sie hatte sich pflichtschuldig mit der Heirat abgefunden, weil sie ihre Mutter liebte, die ihre Tochter mit Schwabe vermählt sehen wollte, weil Antons Onkel der geachtetste Rabbi in Deutschland war. Aber Gott konnte launisch sein. Trotz des Rabbi-Onkels wurde Anton kurz darauf bei einem Kutschunfall getötet, und Emma war unvermutet frei, um sich nach einem gutaussehenden neuen Ehemann umzusehen.

Emma betrachtete sich gerne als Romantikerin, doch insgeheim mutmaßte sie, daß sie auch die praktische Seite ihrer Mutter geerbt hatte. Und als sie Henckel anlächelte, hatte sie nicht nur sein gutes Aussehen, sondern auch seinen Barontitel im Sinn.

Natürlich ist er nur hinter Papas Geld her, und außerdem ist er dumm wie Bohnenstroh, dachte sie, als sie sich wieder hinsetzte und ihre Auswahl Chopin-Walzer zu spielen begann. Und Mama würde mir nie erlauben, einen Nichtjuden zu heiraten.

Sieh mal an, dachte Mathilde de Meyer, die in einem taupefarbenen Kleid mit schwarzer Paspelierung in der ersten Reihe saß, Baron von Hellsdorf, ausgerechnet. Die Habgier steht ihm in den Augen geschrieben. Die Gojim interessiert nichts als Geld und Titel, und uns werfen sie Habgier vor! Wenn meine Emma nur nicht so eigensinnig und stolz wäre. Sie beharrt sogar darauf, sich wieder Emma de Meyer zu nennen, als sei sie nie verheiratet gewesen! Sie hat ein Auge auf ihn geworfen, das sehe ich.

Neben Mathilde saß ihr Ehemann. Frau de Meyer war groß und wurde immer fülliger, Felix de Meyer dagegen war ein zierlicher, zartknochiger Herr. Alle Leute waren sich einig, daß Emma ihr hinreißendes Aussehen von ihrem Vater geerbt hatte. Felix hatte ein träumerisches, weiches Gesicht mit großen, traurigen violetten Augen, welche die borstige Grimmigkeit seines ergrauenden Bartes Lügen straften. Er hatte Tränen in den Augen, als er dem Spiel seiner Tochter lauschte, denn er liebte sein einziges Kind abgöttisch.

Doch selbst während des Zuhörens war er von schlimmen Vorahnungen erfüllt. Als Jude und Frankfurts führender Juwelier konnte er die verhängnisvollen Vorgänge, die sich überall abspielten, nie ganz vergessen. Ein bewaffneter Aufstand in Dresden vor einer Woche, der auf die Revolutionen in Berlin und Paris im vergangenen Jahr gefolgt war. Gerade hatten die Leute geglaubt, die Lage beruhige sich, da war der Ausbruch in Dresden geschehen. All diese Zwistigkeiten kündeten von einem Wiederaufleben des Judenhasses.

Sie hatten in Deutschland große Fortschritte gemacht, obwohl die deutschen Ghettos erst seit einem knappen halben Jahrhundert geöffnet waren; das von Frankfurt war eines der schlimmsten gewesen. Als Mayer Amschel Rothschild vor einem Jahrhundert seinen Weg aus dem Frankfurter Ghetto begann, waren die Juden per kaiserliches Dekret gezwungen gewesen, in der Judengasse zu wohnen, einem dreieinhalb Meter breiten, zwischen der Stadtmauer und einem Graben eingezwängten Sträßchen, das durch schwere Eisentore vom übrigen Frankfurt abgeriegelt war – angeblich zum Schutz vor den Christen. Die Juden mußten einen gelben Flicken auf ihren Mänteln tragen, sie durften ihre Perücken nicht pudern und mußten eine Judensteuer bezahlen, wenn sie die Mainbrücke überquerten. Aber unterdessen hatte sich vieles geändert, und die de Meyers lebten in einem der elegantesten Viertel im Westen der Stadt, keinen Häuserblock von den Rothschilds entfernt, von denen viele zu Felix de Meyers besten Kunden zählten.

Doch nur ein Narr konnte glauben, daß der Antisemitismus in Deutschland tot sei. Als in ganz Europa Revolutionen ausbrachen, beschuldigten Royalisten und Konservative die Juden, sie finanzierten die Revolutionäre, um die alten Regierungen zu stürzen, während Liberale, Kommunisten und viele Studenten die Juden als habgierige Kapitalisten brandmarkten, die mit ihrem Judengeld die Finanzmärkte der Welt zu beherrschen suchten. Europa brach auseinander, und Felix fühlte dasselbe wie viele andere deutsche Juden: Amerikafieber. Er war noch jung, dreiundvierzig... Amerika, welch ein Abenteuer würde das sein! Die unerforschten Wälder, die Befreiung vom jahrhundertelangen europäischen Antisemitismus, und neuerdings die Berichte über Goldfunde in Kalifornien. Es war berauschend. Natürlich, dachte er, würde Mathilde nie einverstanden sein, in ein unkultiviertes Land wie Amerika zu ziehen. Sie hatte einmal gesagt, sie bezweifle, daß es in ganz Amerika zwei Klaviere gebe. Doch das Land lockte Felix wie eine Lorelei.

Emma beendete eine temperamentvolle Interpretation des Minutenwalzers und stand auf, um knicksend den Applaus der behandschuhten Hände entgegenzunehmen. Ihre Zuhörer erhoben sich sodann unter Fächerwedeln, indes Felix' Lakaien, die in ihren gepuderten Perücken wie aus dem 18. Jahrhundert wirkten, auf Silbertabletts Gläser mit Champagner und Schüsseln mit Erdbeeren hereintrugen. Der hohe Raum summte von Geschwätz, wie er noch vor wenigen Augenblicken von Melodien angefüllt gewesen war. Die Nachmittagssonne flutete durch die Fenster mit den goldbrokatenen Vorhängen. Als Emma von ihren Freunden und Verwandten umringt, geküßt und zu ihrem Vortrag beglückwünscht wurde, meinte sie niemals glücklicher gewesen zu sein.

«Mein Fräulein!» Der schmucke Henckel bahnte sich einen Weg zu ihr. Als er ihre Hand an die Lippen hob, schenkte sie ihm ihr gewinnendstes Lächeln. «Ihr Spiel war bezaubernd», sagte er. «Und das, obwohl ich Cernys Musik oberflächlich finde –»

«Das war Chopin, Baron.»

«Ach, ich wußte doch, es fing mit C an.»

Die anwesenden Mädchen, von denen keines von Henckels gutem Aussehen unbeeindruckt blieb, kicherten. Henckel lachte über seinen Irrtum. «Na ja, es ist zwecklos vorzugeben, daß ich etwas von Musik verstehe», sagte er und nahm einem vorüberkommenden Lakai ein Glas Champagner ab. «Ich sage immer, Musik ist etwas für Damen. Ihr Instrument, meine liebe Emma, ist das Klavier. Meins ist die Schrotflinte. Sie schießen mit Noten, ich schieße mit Kugeln.»

Mathilde trat zu ihrer Tochter und nahm ihren rechten Arm. «Dein Vortrag hat mir sehr gefallen, mein Liebes», sagte sie, wobei sie Henckel anlächelte. «Mir scheint jedoch, du hast den letzten Walzer etwas zu schnell gespielt. Die Beherrschung der Technik kann niemals Gefühl und Innigkeit ersetzen. Komm jetzt, du mußt dich unter deine Gäste mischen. Wir können nicht zulassen, daß Baron von Hellsdorf dich mit Beschlag belegt.»

Sie führte Emma zwischen den Gästen hindurch. Und da hörten sie das Skandieren. Es begann als ein Murmeln wie das Surren ferner Heuschrecken, wurde jedoch rasch lauter und deutlicher. Ein einziges Wort war auszumachen: «Juden, Juden, Juden.»

Die Unterhaltung der Gäste erstarb, und die elegant gekleideten Menschen wandten sich den drei geöffneten Balkontüren zu.

«Juden, Juden, Juden.»

Die Stimmen waren jetzt lauter, bedrohlich begleitet vom steten Ratatabum einer Trommel.

«Juden, Juden, Juden.»

Sie knisterten vor Haß.

David Levin trat an ein Fenster und sah hinaus. Die gepflasterte Straße hatte sich geleert, als hätten sich die Leute, die kurz zuvor Emmas Musik gelauscht hatten, vor dem aufkommenden Sturm zerstreut. Und da sah er sie: Studenten, viele mit den Mützen ihrer Verbindung auf den blonden Köpfen, marschierten die Westendstraße entlang. Es war ein wild aussehender Haufen. Etliche hatten Bierkrüge in den Händen und waren offensichtlich betrunken. Einer, er schien nicht älter als fünfzehn, trug die Trommel. Andere trugen Spruchbänder: «Verband radikaler Studenten», «Vereinigung von Kommunisten und Blanquisten», «Nieder mit den jüdischen Kapitalisten!», «Enttarnt das jüdische Komplott zur Beherrschung der Welt!»

«Radikale Studenten!» rief David den Gästen zu.

«Juden, Juden, Juden.»

Felix eilte durch die mittlere Fenstertür auf den schmalen Balkon. Inzwischen hatten sich die Studenten – es schienen an die hundert – vor dem Haus zusammengeschart. Mathilde trat zu ihrem Mann. «Das kommt von dem Artikel!» Sie mußte schreien, um die Sprechchöre zu übertönen. «Ich habe dir gesagt, sprich nicht mit diesem Reporter. Jetzt haben wir sämtliche Fanatiker von Frankfurt hier!»

«Ich sagte lediglich, daß die Wirtschaft nicht überleben könnte, wenn die Ordnung nicht wiederhergestellt würde –»

«Du hättest den Mund halten sollen. Sprich nie mit der Presse.»

Felix und Mathilde waren entdeckt worden. Jetzt begannen die Studenten, sie zu verhöhnen. «Da sind sie!»

«Der dreckige jüdische Kapitalist!»

«Judenschwein, Judenschwein!»

«Ordnung willst du?» schrie einer, der einen Pflasterstein herausgewuchtet hatte. «Wir geben dir Ordnung: die Ordnung der Straße!» Er schleuderte den Stein zur mittleren Fenstertür hinauf. Er traf Mathilde an der Stirn.

«Mutter!» schrie Emma. Ihre Mutter sackte rückwärts auf das Parkett des Ballsaals. Emma und Felix knieten neben ihr nieder, indes weitere Pflastersteine durch die Fenster geflogen kamen. Der Stein hatte Mathildes Stirn eine tiefe, klaffende Wunde beigebracht. Blut sickerte heraus und verschmierte Emmas weißes Kleid, als sie ihre Mutter in ihren Armen wiegte.

«Holt einen Arzt!» brüllte Felix.

David Levin lief zu der Flügeltür, indes die anderen Gäste von den drei offenen Fenstertüren zurückwichen. Ein Pflasterstein traf einen Lüster, worauf dieser wie verrückt schwankte und ein Kristallregen sich klirrend auf den Fußboden ergoß. Ein weiterer Stein zerschmetterte eine große, kostbare chinesische Vase. Die Gäste drängten sich kreischend zur Türe.

«Ich kann es nicht glauben», sagte Felix, der die linke Hand seiner Frau in seinen beiden Händen hielt. Er hatte Tränen in den Augen. «Sie ist tot.»

«Mama», schluchzte Emma. «Mama...»

Während immer mehr Steine in den gold-weißen Ballsaal krachten, starb Emma de Meyers elegante kleine Welt.

Archer Collins, neunzehn Jahre alt, stand im Regen vor dem frisch aufgestellten Grabstein seiner Mutter: «Martha Collins, 1811–1850.» Neununddreißig Jahre alt, dachte Archer, während ihm der Regen übers Gesicht rann. Meine liebste Mutter, mit neununddreißig gestorben. «Das Fieber», hat Doc Brixton es genannt, aber verflucht, was wußte der denn schon? Ich konnte ihm ansehen, daß er keine Ahnung hatte, was mit Ma vorging. Arme liebste Ma. Eine Woche tot! Eine Woche im kalten Grab. O Gott, wie ich sie vermisse!

Er war fast zwei Meter groß und schlaksig, die blonden Haare hingen ihm fast bis auf die breiten Schultern. Er hatte blaue Augen, eine klare Haut und scharfgeschnittene Züge – ein Gesicht, das den Frauen der Nachbarschaft, die es «Engelsgesicht» nannten, stets einen Seufzer entlockte.

Archer hatte seinen einzigen Anzug angezogen, einen schwarzen aus grobem Tuch, um sich zum Kirchhof von Critersville zu begeben, einem winzigen Landstädtchen im Nordwesten von Ohio. Es war ein kalter Märztag, und Archer trug seinen fransenbesetzten Wildledermantel über dem Anzug. Der Regen bildete Pfützen zu seinen Füßen, die in Stiefeln steckten. «Joseph Collins, 1806–1846.» Das Grab seines Vaters lag neben dem seiner Mutter. Joseph war knapp vierzig gewesen, als er in einem heftigen Hagelsturm von einem herabstürzenden Ast getötet wurde.

Ich bin ganz allein, dachte Archer.

Er schauderte, als ein Windstoß ihn in Regen hüllte. Nachdem er den Grabstein seiner Mutter geküßt hatte, ging er zu seinem Pferd und machte sich auf den Heimweg zu der vierzig Morgen großen Farm, die Joseph Collins für vierzig Golddollar gekauft hatte, als er 1824 aus dem Staat New York nach Ohio gekommen war. Damals hatte es dort Indianer gegeben, und das Leben war hart gewesen, als das Land gerodet und die Blockhütte zusammen mit der Scheune und dem Hühnerstall errichtet wurde. Doch langsam begann die Farm sich zu rentieren. Doch dann hatten zwei aufeinanderfolgende schlechte Jahre, 1840/41, seinen Vater gezwungen, eine Hypothek aufzunehmen, und seither waren die Collins aus den Schulden nicht mehr herausgekommen. Während er heimritt, sagte sich Archer, er könne sich möglicherweise halten, wenn die Bank ihm nur über den nächsten Sommer hinweg helfen würde. Wenn das Wetter einigermaßen gut wäre und er eine gute Ernte hätte, könnte er mit der Rückzahlung der Hypothek beginnen. Wenn, wenn, wenn – die Landwirtschaft bestand aus lauter Wenns.

Er kam um die Biegung und sah ein Pferd und einen Einspänner vor der Blockhütte stehen. Als er einen dicken Mann erspähte, der an der Eingangstür ein Schild anbrachte, spornte Archer sein Pferd zum Galopp. Die Hufe platschten durch Schlammpfützen.

«He!» brüllte Archer. Er zügelte sein Pferd und sprang ab. «Verdammt, was machen Sie da?»

Es war Mr. Perkins von der Bank. Mr. Perkins mit seinem neumodischen Gummiregenmantel und dem schwarzen Hut. Er drehte sich um, als Archer auf die Veranda zurannte.

«Hallo, Archer.»

Er sah auf das Schild. Es war die Zwangsvollstreckung durch die *Lima Bank and Trust Company*. «Das können Sie nicht machen, Mr. Perkins», brüllte er.

«Archer, wir in der Bank können nichts tun. Deine Mutter war fünf Monate mit den Hypothekenzahlungen im Rückstand, ehe sie verschied. Und wir wissen, daß du nach den Beerdigungskosten kein Geld mehr hast. Wir haben euch jede mögliche Fristverlängerung gewährt, Archer. Jetzt bleibt uns keine andere Wahl, als zu vollstrecken. Es tut mir leid.»

Archers regenglänzendes Gesicht verzerrte sich vor Wut. «Aber das hier ist mein Zuhause. Sie können es mir nicht wegnehmen... ich werde arbeiten, ich werde schuften wie ein Sklave. Sie wissen, ich bin ein guter Arbeiter. Sie müssen mir eine Chance geben!»

Mr. Perkins schüttelte den Kopf. «Tut mir leid, Junge. Ich würde dir gerne helfen, aber wir haben Verpflichtungen gegenüber unseren Deponenten. Wir geben dir bis Ende der Woche Zeit auszuziehen. Es tut mir ehrlich leid, Archer.»

Er legte seine Hand auf Archers durchnäßte Schulter und schickte sich an, die Veranda zu verlassen. Archer schob die Hand wütend fort.

«Von wegen, es tut Ihnen leid», brüllte er. «Froh sind Sie. Sie wissen, daß dieses Land zum besten in Ohio gehört! Was werden Sie tun, Mr. Perkins? Es selbst kaufen für 'nen Apfel und ein Ei? Glauben Sie, ich bin dumm, Mr. Perkins? Glauben Sie, ich hab nicht von der Waldo-Farm gehört? Und der Wharton-Farm? Und der Tucker-Farm? Kommen Sie mir nicht mit dem Mist, daß es Ihnen leid tut, Mr. Perkins. Sie sind ein verdammter Gauner, der sich Bankier schimpft!»

Mr. Perkins stieß ihn mit dem Finger. «Du verläßt dieses Haus bis morgen mittag, du Saukerl, oder ich laß dich vom Sheriff rauswerfen, verstanden?»

Archer zitterte vor Wut. «Verschwinden Sie von meinem Grund und Boden», brüllte er. «Los, verschwinden Sie!» Er stürzte sich auf Perkins und stieß nach ihm. Der Bankier, dessen Leibesumfang für jedes seiner sechsundvierzig Jahre zweieinhalb Zentimeter maß, stolperte die Holzstufen hinab, rutschte aus und sank in einer Pfütze auf die Knie. Er rappelte sich wütend hoch.

«Es ist dein Grund und Boden, Collins, aber nur noch für etwa vierundzwanzig Stunden.» Sich den Schmutz von der Hose wischend, marschierte er zu dem Einspänner und stieg ein. «Bis morgen mittag», brüllte er.

Dann knallte er mit der Peitsche, und der Wagen setzte sich ruckartig in Bewegung. Archer sah ihm mit wütendem Gesicht von der Veranda aus nach. Als der Wagen dann um die Biegung fuhr, sackte er in sich zusammen. Langsam ging er zur Tür und betrachtete das Schild. Er biß sich auf die Lippe. Dann lehnte er sich gegen die Brettertür und weinte mit aller Bitterlichkeit seiner neunzehn Jahre.

«Das Land», schluchzte er. «Sie haben mir mein Land genommen.»

Nach einer Weile hörte er zu weinen auf und straffte sich. «Es ist nicht gerecht, verdammt noch mal», sagte er, als seine Wut wiederkehrte. «Wer ist wichtiger? Bankiers oder Farmer? Es ist nicht gerecht.»

Ein entschlossener Ausdruck trat in sein Gesicht. Plötzlich wußte er, was er zu tun hatte. Archer besaß einen starken idealistischen Zug. Wenn die Welt aus den Fugen war, nun gut, dann lag es in seiner Hand, das wieder einzurenken.

Am nächsten Morgen um Viertel nach neun betrat ein großer Mann in einem staubigen schwarzen Anzug und schwarzem Hut die aus zwei Räumen bestehende *Lima Bank and Trust Company*. Er hatte ein rotes Halstuch vor die untere Gesichtshälfte gebunden und hielt ein Gewehr in der rechten Hand.

«Hände hoch!» sagte er. Mit der linken Hand schloß er die Tür der

Bank hinter sich, dann zog er das grüne Rouleau vor dem Türfenster herunter.

«Ach du liebe Zeit», sagte eine alte Frau, die gerade zwanzig Dollar einzahlte. «Ich glaube gar, das ist ein Räuber. Na so was, wir haben sonst nie Räuber in Lima.»

«Nicht sprechen, Mrs. Crawford», sagte Frank Pardee, der kahlköpfige Kassierer, und hob hinter dem Eisengitter seines Kassenschalters die Hände. «Nur ruhig bleiben.»

Der Räuber, dessen dichte blonde Haare ihm fast bis auf die Schulter hingen, eilte zum Kassenschalter. Das Gewehr in seiner rechten Hand zitterte. «Entschuldigen Sie, Ma'am», sagte er zu der winzigen alten Dame mit der schwarzen Haube. Sie umklammerte ihre schwarze Handtasche mit beiden weißbehandschuhten Händen, als sie beiseite trat, wobei sie den Räuber aufmerksam beobachtete.

«Geld her», sagte der Räuber zu Frank Pardee. Seine Stimme zitterte. «Das Gewehr ist geladen!»

«Das bezweifle ich nicht, Kleiner», sagte Pardee. «Machst du das zum erstenmal?»

«Bloß ... geben Sie mir bloß das Geld.»

«Klar, Kleiner.»

«Sagen Sie nicht ‹Kleiner› zu mir! Und ...» Er zögerte, unschlüssig, was er als nächstes sagen sollte. «Und beeilen Sie sich!»

«Ich mach so schnell ich kann. Leider habe ich nur siebenhundert in der Schublade.»

«Siebenhundert? Das glaub ich Ihnen nicht! Was ist das hier für eine Bank?»

«Wir sind eine kleine Bank. Wenn du mehr Geld willst, mußt du Mr. Perkins im Hinterzimmer sprechen. Er bewahrt das meiste Bargeld im Geldschrank auf.

Pardee zog das Gitter hoch und schob einen Papiersack herüber. Der Räuber nahm ihn zögernd.

«Du mußt wissen, Kleiner, Bankräuber können gelyncht werden», sagte Pardee sanft. «Die Leute haben es nicht gern, wenn man ihnen ihr Geld stiehlt. Ich würde das nicht zum Beruf machen.»

«Verzeihung», sagte die alte Mrs. Crawford und zupfte den Räuber am Rockschoß. «Ich weiß, wer du bist. Ich erkenne dich an deinen Haaren. Archer, deine Mutter würde sich furchtbar schämen, wenn sie dich eine Bank ausrauben sähe. Du liebe Güte, du stammst aus einer braven Familie –»

«Mrs. Crawford, bitte seien Sie still!» Archer schrie es beinahe. Er geriet in Panik und rannte hinaus.

«Du liebe Zeit, er schien mir immer ein braver Junge zu sein.» Mrs. Crawford schüttelte den Kopf, indes Frank Pardee zur Hintertür lief. «Und seine Mutter ist noch keine Woche im Grab, die Ärmste.»

Archer lief durch einen schmalen Flur zum Hintereingang des Gebäudes.

«Mr. Perkins», schrie Pardee. «Ein Räuber ist in der Bank! Er läuft zur Hintertür hinaus!»

Archer stieß die Tür auf und rannte in die Gasse. Sein Herz hämmerte. Er hatte sein Pferd lose an einen hölzernen Pflock gebunden. Er band es los, sprang auf, grub dem Pferd die Sporen in die Flanken und galoppierte los. So ein Pech! dachte er verstört. Daß Mrs. Crawford in der Bank sein mußte.

Er hatte die Hauptstraße von Lima fast erreicht, als er hinter sich einen Knall hörte. Er spürte einen furchtbaren, stechenden Schmerz in der linken Schulter.

Als er sich umdrehte, sah er Mr. Perkins in der Gasse stehen und eine Schrotflinte nachladen. Gerade als er sie hob, um erneut zu schießen, galoppierte Archer auf die Straße, bog nach links ab und war außer Sicht. Die wenigen Fußgänger, die an diesem nieseligen Morgen unterwegs waren, sahen den Mann mit dem Halstuch vor dem Gesicht die schlammige Straße entlang galoppieren und fragten sich, ob ein Raub stattgefunden habe. Wie aufregend, falls es stimmte, denn in Lima, Ohio, passierte nie etwas.

Drinnen in der Bank schüttelte Mrs. Crawford den Kopf. «So ein braver Junge», sagte sie zu Mr. Pardee, der den Vordereingang aufschloß, um sich zum Sheriff zu begeben. «Mit einem Engelsgesicht. Der hübscheste junge Mann, den ich je gesehen habe. Es scheint einfach nicht möglich, daß er eine Bank ausrauben kann. Freilich habe ich gehört, daß Mr. Perkins auf seiner Farm die Zwangsvollstreckung vorgenommen hat, was mir nicht ganz gerecht scheint...» Sie verstummte, als sie merkte, daß sie ganz allein war.

Dr. Parker H. Robertson wollte gerade zum Mittagessen in die Küche gehen, als er aus dem Fenster seines Sprechzimmers einen Reiter auf sein Haus zu galoppieren sah. Der Mann war sonderbar nach vorn gebeugt. Plötzlich rutschte er aus dem Sattel und fiel auf die Erde. Dr. Robertson praktizierte seit zehn Jahren als Arzt in Van Wirt, Ohio, aber er brauchte keinen Doktortitel, um zu erkennen, daß da etwas nicht stimmte.

Er eilte in die Diele, warf sich einen Mantel über den Kopf, öffnete die Tür und lief in den Regen hinaus. Der junge Mann lag bewußtlos neben dem scharrenden Pferd. Blut drang durch die Kleidung an seiner linken Schulter. Der Arzt kniete sich hin und schob seine Hand unter den Rock. Als er sie zurückzog, war sie blutbeschmiert.

Mit einiger Mühe schleppte Dr. Robertson Archer ins Haus.

«Ah, du bist wach.» Morgensonnenlicht überflutete das im zweiten Stock gelegene Schlafzimmer. Als Dr. Robertson, ein großer Mann mit braunem Bart, hereinkam, saß Archer aufrecht im Bett. Seine linke Schulter war verbunden.

«Was macht die Schulter?» fragte der Arzt und trat ans Bett. Archer starrte ihn ängstlich an.

«Hm... verzeihen Sie, Sir, wer sind Sie?»

«Ich bin Dr. Parker Robertson. Du bist gestern vor meinem Haus vom Pferd gefallen. Du bist infolge des Blutverlustes ohnmächtig geworden.»

«Ja, jetzt erinnere ich mich. Ich habe Ihr Arztschild gesehen – das war gestern?»

«Richtig. Du warst lange bewußtlos. Ich habe dir einen Haufen Schrot aus der Schulter geholt. Du hast Glück gehabt. Nichts gebrochen. Du wirst deine Schulter ein paar Tage schonen müssen, aber in etwa einer Woche dürfte sie wieder in Ordnung sein. Wie ist das passiert?»

«Ich, hm... es war ein Jagdunfall.»

Dr. Robertson zog sich einen Holzstuhl heran und setzte sich. «Archer, ich weiß, wer du bist», sagte er. Archer verkrampfte sich. «Ich habe das Geld in deiner Satteltasche gefunden, und der Sheriff hat deinen Steckbrief im ganzen Land aufgehängt.»

Archer zwang sich zu einem Grinsen, aber er war nervös. «Ich bin wohl nicht besonders gut als Bankräuber, wie?»

«Warst du schon mal im Gefängnis? Ich meine nicht als Insasse; ich weiß, daß du bislang nie gegen das Gesetz verstoßen hast. Aber hast du schon mal ein Gefängnis von innen gesehen?»

«Nein, Sir.»

«Aber ich. Mein Onkel war Direktor des Gefängnisses von Zanesville, und ich bin viele Male in dem Gefängnis gewesen. Mein Onkel war ein anständiger Mensch und leitete das Gefängnis so gut, wie man ein Gefängnis eben leiten kann, aber es war dennoch ein schrecklicher Ort voll schrecklicher Männer. Gewalttätige Männer, Mörder, Diebe, Vergewaltiger. Willst du die besten Jahre deines Lebens hinter Gittern verbringen, Archer? Und langsam zu einem brutalen Kerl werden?»

«Nein, Sir.»

«Warum hast du dann die Bank ausgeraubt?»

«Weil sie meine Farm zwangsvollstreckt hat. Weil sie das Land genommen hat, das mein Vater mit Gold bezahlt hat. Sie müssen mir nicht mit Gefängnisgeschichten Angst machen, Doc. Angst habe ich sowieso schon. Aber ich bereue nicht, daß ich's getan hab, Sir. Ich hab vielleicht gegen das Gesetz verstoßen, aber ein Gesetz, das erlaubt, daß Bankiers wie Mr. Perkins eine Farm zwangsvollstrecken und sie dann für 'nen Apfel und ein Ei aufkaufen, ist ein falsches Gesetz.»

Der Arzt sah ihn lange an und sagte schließlich: «Ich stimme dir zu. Ich weiß, wie Perkins vorgeht. Ich finde es erstaunlich, daß diese Bank bisher noch nie ausgeraubt wurde. Himmel, es wundert mich, daß den noch keiner erschossen hat. Ich möchte eine Abmachung mit dir treffen, Archer.»

«Was meinen Sie?»

«Ich sehe keinen Sinn darin, ein junges Leben wegen siebenhundert Dollar zu zerstören. Ich bin bereit, dir zu helfen, wenn du mir schwörst, nie wieder gegen das Gesetz zu verstoßen. Willst du das schwören?»

Archer runzelte die Stirn. «Heißt das, Sie wollen mich nicht verraten?»

«Ja. Wo wolltest du hin?»

«Ich hatte gedacht nach Kalifornien zu gehen.»

«Keine schlechte Idee. Du könntest da drüben neu anfangen. Ich helfe dir hinzukommen. Du kannst das Geld von der Bank verwenden – nennen wir es eine Art Darlehen. Du wirst das Geld brauchen, um nach Kalifornien zu kommen, und du kannst es eines Tages zurückschicken, wenn du ehrliches Geld verdient hast. Du darfst mir übrigens zehn Dollar für die Behandlung deiner Schulter schicken. Schwörst du, Archer?»

«Ja, Sir.»

«Sag: Ich schwöre bei Gott, daß ich nie wieder gegen das Gesetz verstoßen werde, solange ich lebe.»

«Ich schwöre bei Gott, daß ich nie wieder gegen das Gesetz verstoßen werde, solange ich lebe.»

Der Arzt stand auf. «Ich werde sehr gekränkt sein, wenn du mich enttäuschst, Archer.»

«Ich werde Sie nicht enttäuschen, Sir. Ich schwöre, daß Sie eines Tages stolz auf mich sein können. Und danke, Sir. Ich danke Ihnen von ganzem Herzen.»

«Ich räume deine Sachen in den Schrank. Übrigens, dein Gewehr war nicht geladen.»

«Ich weiß.»

Dr. Robertson lächelte. «Deswegen fand ich, daß du kein sehr gefährlicher Verbrecher warst. Du solltest dir lieber Munition kaufen. Wie ich höre, geht es in Kalifornien ziemlich rauh zu, und dorthin zu gelangen ist auch kein Honiglecken. Aber es soll ja die Reise wert sein. Es ist sogar die Rede davon, daß es ein eigener Staat werden soll, nachdem wir es den Mexikanern weggenommen haben. Der große Staat Kalifornien. Hört sich gut an, nicht?»

«Ja, Sir, allerdings.»

«So, meine Frau wird dir ein Frühstück heraufbringen.»

«Ich zieh mir lieber mein Hemd –»

«Es hängt draußen zum Trocknen. Sarah hat das Blut herausgewaschen. Und sie hat schon öfter nacktes Fleisch gesehen. Ich nehme an, sie wird es überleben, wenn sie deins sieht.»

Als der Arzt hinausgegangen war, überlegte Archer einen Moment. Dann ging ein Lächeln über sein Gesicht. «Kalifornien», flüsterte er. Das klang viel besser als Gefängnis.

2

Sind irgendwelche interessanten Leute an Bord?» Der große Mann, der auf der Steuerbordseite an der Reling des Flußschiffes lehnte, war elegant gekleidet. Er trug einen gut geschnittenen schwarzen Rock, eine schmale karierte Hose, eine Fliege und einen Zylinder. Ein Zigarillo rauchend, sah er das südliche Ufer von Indiana vorübergleiten, als der nach Louisville bestimmte große weiße Raddampfer auf dem Ohio flußabwärts fuhr. Der Mann, Ben Byrd mit Namen, war vor einer Stunde in Cincinnati an Bord gekommen.

«Ja, wir haben in der Tat etliche interessante Passagiere», erwiderte der Schiffszahlmeister, Hans Friedrich Richter. Der geborene Hamburger hatte zehn Jahre auf deutschen Schiffen den Nordatlantik befahren, ehe er beschloß, Amerikaner zu werden. Er war nach Pittsburgh gezogen und hatte eine Anstellung auf dem Flußschiff bekommen. «Eine Familie aus Frankfurt ist in Pittsburgh an Bord gekommen. Sie reisen erster Klasse nach New Orleans, von wo sie auf der *Empress of China* eine Passage nach Kalifornien gebucht haben.»

«Erster Klasse bedeutet Geld. Nach Kalifornien reisen ebenfalls.»

«Ich glaube, sie haben einen Haufen Geld. Sie haben drei Kabinen belegt, Nummer sieben, neun und elf. Der Name des Vaters ist Felix de Meyer. Er war ein bekannter Frankfurter Juwelier, aber seine Frau wurde letztes Jahr bei einem politischen Aufstand ermordet, und sie haben die Nase voll von Deutschland. Die Tochter ist eine richtige Schönheit. Emma heißt sie. Und sie haben einen englischen Cousin namens Levin bei sich. Er ist derjenige, mit dem ich gesprochen habe. Der Vater sondert sich meistens ab.»

«Warum haben sie die *Empress of China* nicht ab New York genommen?»

«Sie geht erst nächste Woche, und sie haben beschlossen, das Flußschiff zu nehmen und ein wenig von Amerika zu sehen. Der Vater hat einen jiddischen Akzent, aber das Mädchen spricht ein gepflegtes Deutsch. Sie spricht auch ausgezeichnet Englisch – der Cousin ist ihr Lehrer. Oh, sie haben Geld, gewiß, aber im Schiffstresor haben sie nichts deponiert.»

«Interessant. Vielleicht kannst du es arrangieren, daß ich heute abend an ihrem Tisch sitze.»

«Ist schon geschehen.»

Ben Byrd, ein Amateurschauspieler, wegen seiner hochtrabenden Deklamationen des großen Dichters als Shakespeare-Ben bekannt, schüttelte lächelnd seine langen, fettigen schwarzen Haare. «Du denkst aber auch an alles, Hans, du Sauerkraut-Gauner.»

«Wir haben auch noch einen jungen Mann hier, der heute nachmittag in Cincinnati mit dir an Bord gekommen ist. Sein Name ist Alex Clark, er hat Kabine Nummer zehn. Er möchte alle Mahlzeiten in seiner Kabine einnehmen, weil ihn das Schlingern des Schiffes krank macht, wie er sagt. Er kommt mir ziemlich merkwürdig vor.»

«Wenn das Schlingern ihn nicht erledigt, dann tut es eure Verpflegung. Aber diese deutsche Familie hört sich interessant an. Schön, schön. Wie der unsterbliche Will schrieb: ‹Blick harmlos wie die Blume, doch sei die Schlange drunter.› *Macbeth*, erster Akt, fünfte Szene.»

Er schnippte sein Zigarillo in das bewegte Wasser des Ohio.

Emma blickte in den kleinen Spiegel über dem Waschbecken in ihrer Kabine und kniff sich in die Wangen. Die Monate des Schmerzes und Kummers über den schrecklichen Tod ihrer Mutter wurden allmählich Vergangenheit. Der Schmerz würde immer in ihrem Herzen bleiben, denn sie hatte ihre Mutter innig geliebt. Doch langsam heilten die Wunden, da die Aufregung des Eintritts in die neue Welt ihr Leben erfüllte. David Levin hatte gebeten, auf die lange, gefährliche Reise nach Kalifornien mitkommen zu dürfen. Felix war darüber erstaunt gewesen, Emma jedoch nicht. Sie hatte seit geraumer Zeit gespürt, daß David weitaus leidenschaftlichere Gefühle für sie hegte, als es einem Cousin anstand; darüber hinaus hatte er in Kalifornien wesentlich glänzendere Aussichten, ein Vermögen zu machen, als in England. Emma war froh über Davids Gesellschaft; denn er war gescheit und lieb. Doch obwohl sie ihn ausgesprochen gern mochte, hatte sie nie auch nur annähernd so etwas wie Liebe für ihn empfunden.

Rasch fuhr sie sich noch einmal mit der Bürste durch ihre glatten schwarzen Haare und zupfte das Bolerojäckchen ihres dunkelblauen Samtkleides zurecht, das sie in New York gekauft hatte. Emma liebte

Kleider und hatte entzückt festgestellt, daß die Frauen in New York ebenso elegant gekleidet waren wie in Hamburg oder London. Doch jenseits des Hudsons sah die Sache anders aus. Die meisten Frauen auf der *City of Pittsburgh* waren schlecht angezogen, wenn nicht gar regelrechte Vogelscheuchen, und Emmas elegante Garderobe hatte viele Blicke auf sich gezogen – einige mißbilligende seitens der prüderen Damen, doch zumeist neidische. Emma liebte es, Blicke auf sich zu ziehen. Ihr größter Fehler war, daß sie nicht bescheiden, scheu und zurückhaltend war, wie es von anständigen jungen Damen erwartet wurde und wie ihre Mutter es ihr unentwegt eingebleut hatte. Emma war zu lebhaft, um scheu und zurückhaltend zu sein.

Es klopfte an der Lamellentür ihrer engen Kabine.

«Ich komme.» Sie nahm einen türkisch gemusterten Schal vom Haken ihrer Schranktür und legte ihn sich um die Schultern. Es war der erste Frühlingstag, aber nach Sonnenuntergang lag noch winterliche Kälte über dem Fluß. Sie öffnete ihre Tür und lächelte David Levin an.

«Gerade wurde der erste Gang angekündigt», sagte David und bot ihr seinen Arm.

«Hoffentlich gibt es nicht wieder diese gräßliche Gemüsesuppe.» Sie schloß ihre Tür ab, dann nahm sie seinen Arm. «Was die Amerikaner mit Suppe anstellen, sollte verboten werden.» Die englische Aussprache, die David ihr beigebracht hatte, wirkte inmitten der nasalen Töne des Mittelwestens nahezu fremdländisch. Felix, der die Kabine neben seiner Tochter hatte, schloß sich ihnen an. Sie gingen über das Oberdeck des Schiffes zum Erster-Klasse-Speisesalon. Es war ein kühler, klarer Abend. Am Kentucky-Ufer nach Backbord glimmte gelegentlich ein Licht im Fenster eines Bauernhauses, meistens aber sah das bewaldete Ufer dunkel und verlassen aus, und das Flußschiff schien sich durch einen leeren Kontinent zu schieben.

Der Vorschlag ihres Vaters, in die Neue Welt zu ziehen, hatte Emma überrascht, und ihre erste Reaktion war ablehnend gewesen. Hatte ihre Mutter nicht gesagt, in Amerika gäbe es keine Klaviere? Doch Felix hatte sie überzeugt, daß Kalifornien ein großartiges Abenteuer sein und er genügend Geld mitnehmen würde, um ein Dutzend Klaviere zu kaufen, und so war ihre Abneigung bald in Begeisterung umgeschlagen. Zudem hatte sie den abscheulichen Antisemitismus, der ihre Mutter getötet hatte, und die nachlässige Reaktion der Frankfurter Polizei auf den Mord erlebt. Sie teilte den Pessimismus ihres Vaters im Hinblick auf die Zukunft der Juden in Europa. Kalifornien mochte entlegen und vielleicht rauh sein, aber sie konnten mit guten

Möglichkeiten neu beginnen, und das kam Emma ebenso entgegen wie ihrem Vater.

Sie betraten den Speisesalon, einen langen, schmalen Raum, mit stuckverzierten weißen Säulen. Weißgedeckte Tische waren in einer Reihe in der Mitte aufgestellt und ließen auf jeder Seite einen schmalen Gang für die schwarzen Kellner frei. Der Oberkellner führte die drei an ihren Tisch, wo schon ein Mann mit einem länglichen Gesicht saß. Ben Byrd erhob sich, die Augen auf Emma geheftet. Er legte die linke Hand aufs Herz, streckte die rechte aus und deklamierte mit seiner vollen Baritonstimme: «‹Doch still, was schimmert durch das Fenster dort? Es ist der Ost, und Julia die Sonne.›» Er beugte sich über den Tisch, wobei er beinahe einen Wasserkrug umstieß, und küßte Emma die Hand.

«Schöne Maid, wer Sie auch seien, Sie haben Freude an diesen Tisch gebracht. Darf ich mich vorstellen? Ich bin Ben Byrd, der von Boston bis Baltimore sämtliche Hauptrollen des unsterblichen Dichters gespielt und glücklicherweise den Beifall von Kritikern und Zuschauern gleichermaßen gefunden hat. Würden Sie meine Ohren mit Ihrem Namen beglücken, wie Sie meine Augen mit Ihrem strahlenden Glanz gebannt haben?»

Emma unterdrückte ein Kichern über seine bombastische Übertriebenheit. «Gewiß, Sir, ich bin Emma de Meyer, und dies sind mein Vater Felix und mein Cousin, Mr. Levin.»

«Willkommen, liebe Freunde», tönte Ben. Er setzte sich wieder, als die anderen ihre Plätze einnahmen. «Wie ich höre, läßt die Speisekarte auf diesem Schiff zu wünschen übrig, aber ‹Nicht Essen, nein, Zufriedenheit, schafft an der Tafel Fröhlichkeit.› Stimmt's, liebe Freunde?»

«Wir fanden das Essen bislang meistens annehmbar, Mr. Byrd», sagte Emma, indem sie ihre Serviette entfaltete. «Doch sagen Sie: Gibt es in diesem Teil Amerikas viele Theater? Dem wenigen nach, was wir bis jetzt gesehen haben, scheint diese Gegend kaum besiedelt.»

«'s ist leider wahr, es gibt nur wenige Theater. Doch ich halte es für meine Pflicht, den rauhen Farmern der Weststaaten die Werke des unsterblichen Dichters nahezubringen, und habe überall in Ohio in Dörfern und Weilern Lesungen gehalten. Ich bin jetzt auf dem Weg nach New Orleans, um mich einer Truppe anzuschließen, die im Süden mit drei der größten Tragödien auf Tournee geht. Ich werde die Ehre haben, unter anderen Rollen den Hamlet darzustellen.» An dieser Stelle konnte er sich nicht enthalten, eine längere Passage daraus zu deklamieren.

Dann hielt er theatralisch inne. Der sich rasch füllende Speisesalon war in Schweigen verfallen, alles lauschte Byrds Vortrag. Die Passagiere brachen in Beifall aus.

«Sie sind wunderbar!» rief Emma lächelnd und applaudierte.

Shakespeare-Ben verneigte sich tief. «Ich bin nur ein bescheidener Thespisjünger, liebe Dame.»

Der Zahlmeister sah sich nach beiden Seiten um. Als er feststellte, daß das Oberdeck leer war – alle saßen beim Essen –, zog er einen Hauptschlüssel aus der Tasche und schloß Kabine elf auf. Er ging hinein, machte die Tür zu und zündete die Öllampe neben dem Waschtisch an. Schnell und geschickt durchsuchte Richter Felix de Meyers Kabine, die zwei Koffer und den Kleiderschrank, dann sah er unter den Matratzen des zweistöckigen Kojenbettes nach.

Als er nichts von Interesse fand, löschte er die Lampe, ging hinaus und verschloß die Tür wieder. Er wiederholte die Prozedur in Emmas Kabine nebenan.

Dies beobachtete aus dem Schatten der Bugseite des Oberdecks ein großgewachsener junger Mann in einem schwarzen Anzug und mit kurzen schwarzen Haaren.

Eine Stunde später kehrten Emma und ihr Vater aus dem Speisesalon in ihre Kabinen zurück. «War der nicht amüsant?» fragte sie.

«Der Schauspieler? Er hatte etwas von einem Schmierenkomödianten, nicht? Und es gefällt mir nicht, daß David mit ihm in die Bar gegangen ist.»

«Er will doch nur den Bourbon probieren. Mr. Byrd sagt, wenn wir Amerikaner werden wollen, müssen wir lernen, Bourbon zu trinken.»

«Lächerlich. Ich bleibe bei Wein und Bier, und das würde ich David auch raten. Noch besser, er würde überhaupt nicht trinken. Ich gehe zu Bett. Gute Nacht, Emma.»

«Gute Nacht, Papa.»

Er küßte sie auf die Stirn, begab sich sodann in Kabine elf und verschloß die Lamellentür. Emma schloß gerade ihre Tür auf, als sie ein «Psst!» hörte. Sie wandte sich in Richtung des Geräusches und sah einen Mann, der an der Bugseite des Oberdecks stand. Er winkte ihr. Sie zögerte, dann ging sie zu ihm. Auch beim Näherkommen konnte sie ihn im Dunkeln kaum erkennen. Im flackernden Licht zweier riesiger, an Steuer- und Backbord angebrachter Laternen, die das Ruderhaus über ihnen erhellten, konnte sie lediglich sehen, daß der Fremde dunkle Haare hatte.

«Ist das Ihre Kabine?» flüsterte er, auf ihre Tür deutend.

«Ja, Nummer neun. Warum? Und wer sind Sie?»

«Mr. Clark, Kabine zehn auf der anderen Seite. Wer war der Mann, mit dem Sie eben zusammen waren?»

«Mein Vater.»

«Während Sie beim Essen waren, ist der Zahlmeister in Ihren Kabinen und in der auf der anderen Seite von Ihrer gewesen – Nummer sieben, glaube ich.»

«Mr. Richter? Aber warum sollte er das tun?»

«Ich hatte den Eindruck, er hat etwas gesucht.»

Emma sah zu ihrer Kabine hinüber und überlegte einen Augenblick. Herr Richter? Der nette rotgesichtige deutsche Zahlmeister, der so freundlich war?

«Das muß ein Irrtum sein ...» Sie drehte sich wieder um. Aber Mr. Clark war verschwunden.

Sie lief eilig zur Tür ihres Vaters und klopfte. Sie sah das Licht durch die Lamellen. «Wer ist da?»

«Ich, Papa. Mach auf.»

Felix entriegelte die Tür, und Emma schlüpfte in die enge Kabine. Er hatte ein Flanellnachthemd und Pantoffeln an.

«Hast du die Diamanten?» flüsterte sie, als er die Tür geschlossen hatte.

Seine Augen blitzten überrascht auf, seine Hände betasteten den Geldgürtel unter dem Nachthemd. «Ja, natürlich. Du weißt doch, daß ich den Gürtel nie abnehme. Warum?»

«Weil mir gerade jemand gesagt hat, der Zahlmeister habe während des Essens unsere Kabinen durchsucht.»

«Siehst du?« sagte Felix. «Ich tat recht daran, die Steine nicht im Geldschrank zu deponieren. Wir trauen niemandem, bis wir in Kalifornien sind. Aber woher wußte er ...?»

«Er hat wohl gedacht, daß wir irgendwo Geld haben. Ich finde, wir sollten ihn dem Kapitän melden.»

Felix runzelte die Stirn. «Nein. Wenn der Zahlmeister ein Dieb ist, könnte der Kapitän auch einer sein. Natürlich wissen wir nicht sicher, was der Zahlmeister gemacht hat ... Wer hat es dir gesagt?»

«Ein Mann an Deck, ein Mr. Clark in Kabine zehn. Ich vermute, er hat den Zahlmeister gesehen.»

«Du vermutest? Hat er es dir nicht erzählt?»

«Nein. Er ist einfach verschwunden wie ein Phantom.»

«Ach», murmelte Felix, «das ist ja verrückt – Phantome, unehrliche Zahlmeister ... verrücktes Amerika! Nun, wir können heute abend nichts tun. Geh zu Bett, ich werde mir etwas einfallen lassen.»

Er ließ sie hinaus, dann machte er die Tür zu und schloß ab. Er langte unter sein Nachthemd und band den ledernen Geldgürtel los, ging damit zu seiner Koje, setzte sich, öffnete einen von den Beuteln und nahm eine Handvoll Diamanten zwischen einem halben Karat bis über zwei Karat heraus. Als er sie in der Hand hielt, funkelten sie im Lampenlicht.

Nach dem Verkauf seines Juweliergeschäfts und seines Hauses in Frankfurt hatte Felix sein ganzes Vermögen in Diamanten angelegt, um es mit nach Kalifornien zu nehmen. Er trug einen Wert von über einer Dreiviertelmillion Dollar um seine schmale Taille – 1850 ein Vermögen. Er war sich darüber im klaren, daß es gefährlich war, aber wie sonst konnte er seinen Reichtum um die halbe Welt an einen Ort transportieren, wo es keine Banken gab?

3

Emma lief rasch um die Steuerbordseite des Schiffes herum und klopfte bei Nummer zehn. Kurz darauf kam eine Flüsterstimme durch die Lamellen. «Ja?»

«Mr. Clark? Ich bin's, Emma de Meyer, von Kabine neun. Kann ich Sie einen Augenblick sprechen?»

Es folgte eine dermaßen lange Pause, daß sie sich schon fragte, ob er schlafen gegangen sei. Dann flackerte Licht, die Tür öffnete sich, und Emma stand vor dem bestaussehenden jungen Mann, den sie je erblickt hatte. Archer Collins trug ebenfalls ein Flanellnachthemd, aber im Gegensatz zu ihrem Vater war er barfuß. «Kommen Sie herein», flüsterte er und trat beiseite. Sie ging in seine Kabine, die klein und eng war wie ihre eigene. Er schloß die Tür. «Was wollen Sie?»

«Sie sagten, der Zahlmeister hätte etwas in unseren Kabinen gesucht. Wie kommen Sie darauf?»

«Warum wäre er sonst hineingegangen?» Mein Gott, dachte er, sie ist hinreißend!

«Vielleicht hat er etwas überprüft, was mit dem Schiff zu tun hat.»

«Fünf Minuten in jeder Kabine?»

Sie starrten sich an.

«Ja, da mögen Sie recht haben. Nun, hm...» *Geh jetzt*, du Gans! dachte sie. Und doch wollte sie bleiben. «Haben Sie heute abend nicht gegessen?»

«Doch, hier, in meiner Kabine. Auf Schiffen wird mir im Magen immer ein bißchen...»

Schweigen. Wieder starrten sie sich an. Ihre Augen, dachte er, nie hab ich eine so schöne Farbe gesehen. Wie Veilchen...

«Ja, ich verstehe, was Sie meinen», sagte sie, verzweifelt bemüht, sich auf die steife Konversation zu konzentrieren, während sie dachte, seine Augen sind so blau wie Kornblumen. Nie hatte sie eine so starke körperliche Anziehungskraft gespürt. Sie hatte das heftige Verlangen, ihn zu berühren. «Bei der Überquerung des Ozeans war mir furchtbar schlecht.»

«Sie kommen aus England?»

«Nein, aus Deutschland. Wollen Sie nach New Orleans?»

«Nein, ich wechsle in Cairo das Schiff...»

«In Ägypten?»

«O nein, in Illinois. Ich will nach St. Louis, und dann rüber nach Independence und mich einem Wagentreck anschließen.»

»Sie gehen nach Kalifornien? Wir auch! Wollen Sie zu den Goldfeldern?»

«Nein, Ma'am. Ich bin Bibelverkäufer.» Um nicht von der Polizei entdeckt zu werden, hatte Archer sich nicht nur die Haare schwarz gefärbt, er hatte sich zudem neben einem falschen Namen auch ein falsches Gewerbe zugelegt.

«Bibelverkäufer?» Sie legte die Hand auf den Mund, bemüht, ihr Lächeln zu verbergen.

«Ist das vielleicht was Schlimmes?» Er war über ihre Reaktion ziemlich verwirrt.

«Nein, es ist bloß... ich weiß nicht, es scheint mir bloß komisch, so etwas zu verkaufen. Ich kann mir keinen Thoraverkäufer vorstellen.»

«Thora? Was ist das?»

Sie starrte ihn, ungläubig jetzt, an.

«Sie haben noch nie von einer Thora gehört?»

«Nein, Ma'am.»

«Also, das ist eine Art...» Sie zögerte, unsicher, wie sie am besten zu beschreiben sei. «Also, es ist eine Rolle im Tempel... eine Art jüdische Bibel.»

Er blinzelte verständnislos.

«Ich bin Jüdin», fügte sie hinzu, um ihm zu helfen.

«So?» Er sagte es verwundert, fast als habe er es mit einem Mythos zu tun.

«Ist das vielleicht was Schlimmes?» fragte sie ziemlich steif.

«O nein. Wir haben bloß keine Juden in Ohio, soviel ich weiß. Na, ist das nicht 'n Ding? Ich wollte schon immer jemand von eurem Volk kennenlernen.»

«Warum?»

«Meine Ma hat mir immer aus der Bibel vorgelesen, und da stand, daß euer Volk Jesus getötet hat und –»

«Guten Abend, Mr. Clark.» Sie ging zur Tür.

«He, hab ich was Falsches gesagt?»

Sie drehte sich um, ihre amethystblauen Augen blitzten. «Ich hatte gehofft, in Amerika gäbe es keinen Antisemitismus. Ich habe mich offenbar geirrt.»

«Anti – *was*?»

«Ach, Sie sind so dämlich wie Henckel von Hellsdorf!»

«Wer?»

Sie ging hinaus und knallte die Tür zu. Auf halbem Weg zu ihrer Kabine fragte sie sich, ob sie nicht vielleicht ungerecht war. Er schien absolut nichts von Juden zu wissen, wie konnte er da Antisemit sein? Sie machte kehrt, um sich zu entschuldigen, dann besann sie sich anders. Offensichtlich glaubte man in Amerika ebenso daran, die Juden seien am Tod Jesu schuld wie in Europa. Also war dieser Mr. Clark vielleicht Antisemit. Vielleicht waren alle Nichtjuden Antisemiten, ob bewußt oder nicht.

Aber sie mußte gegenüber Mr. Clark gerecht sein. Vielleicht hatte er nicht beleidigend sein wollen – und mein Gott, er sah so gut aus! Obwohl mit seinen Haaren etwas nicht stimmte.

Sie wollte gerade ihre Tür aufschließen, als sie ein Würgen hörte. Sie blickte übers Deck und sah einen über die Reling gebeugten jungen Mann, der sich übergab.

«David!» Sie lief zu ihm. «David, was hast du?»

Er richtete sich auf, wischte sich den Mund mit dem Ärmel ab, während er sich mit der anderen Hand an der Reling festhielt. Er schien Höllenqualen zu leiden und zitterte.

«Der Whiskey, mir ist schlecht. Ich –»

«David, du bist ja betrunken», flüsterte sie.

«Ja, ich – hicks! – hab zuviel getrunken. Fühl mich abscheulich.»

«Ich bring dich in deine Kabine. Leg deinen Arm um mich.»

Er lehnte sich schwer auf sie. Sie führte ihn zu seiner Tür, wobei sie über den Gestank nach Erbrochenem und Whiskey die Nase rümpfte. «Du stinkst», sagte sie.

«Oh, welch ein Schurk' und niedrer Sklav' bin ich», deklamierte er laut.

«Schscht. Wenn du Papa aufweckst, wird er böse.»

«Ja, du hast recht ... Das hat Shakespeare-Ben zitiert – hicks! Ist der komisch ... schrecklich übertrieben – hicks! ‹Sein oder Nichtsein, das ist hier die –› Hicks! O mein Gott ...»

Er lief an die Reling und übergab sich wieder. Während Emma geduldig an seiner Tür wartete, wurde ihr plötzlich klar, was bei Mr. Clark nicht stimmte. Seine Haare waren schwarz. Aber er war unrasiert gewesen, und seine Barthaare waren blond. Er hatte sich die Haare gefärbt. Aber warum? Und dann dämmerte es ihr, als sie an seine verstohlene Art dachte. Er versteckt sich, dachte sie. Ja, ich bin sicher, daß er sich versteckt. Sonderbar.

Aber wovor versteckt er sich?

«Sie haben Diamanten», sagte Shakespeare-Ben flüsternd zum Zahlmeister. Sie standen achtern auf dem Hauptdeck. Hinter ihnen drehten sich mit grimmiger Gleichmäßigkeit die tropfenden Schaufeln des riesigen Heckrades, das wild in das schwarze Wasser des Ohio tauchte und das Flußschiff mit steten zwölf Knoten stromabwärts trieb. Es war Mitternacht, und die Decks waren mit Ausnahme der beiden Männer verlassen.

«Woher weißt du das?« fragte Richter.

«Ich hab den Kleinen mit Bourbon abgefüllt. Er erzählte mir, daß Juden nie viel trinken, aber der Whiskey schien ihm zu schmecken. Er fing an, über die de Meyers zu reden, und erzählte, wie wunderbar sie sind – ich glaub, er ist in das Mädchen verknallt. Dann sagte er, daß der Vater ihm die Reise nach Amerika bezahlt hat und wie dankbar er ihm ist, und ich meinte, drei Erster-Klasse-Passagen über den Atlantik müßten eine Menge Geld gekostet haben. Und er lachte und sagte: ‹Mr. de Meyer hat die Hälfte der Diamanten von Frankfurt bei sich.› Glaub mir, in nüchternem Zustand hätte er das nicht gesagt.»

«In den Kabinen ist aber nichts. Ich habe alle drei durchsucht.»

«Er muß sie am Körper haben.»

«In einem Geldgürtel?»

«Vermutlich.»

«Wie können wir da rankommen?»

Shakespeare-Ben beugte sich vom Wind ab nach vorn, um sich ein Zigarillo anzuzünden. Dann richtete er sich auf. «Hm», sagte er ausatmend, «mir scheint, wir werden einen Unfall arrangieren müssen. Der Fluß ist groß.»

Der Zahlmeister runzelte die Stirn. «Klingt nach Mord», flüsterte er.

«Ja, nicht wahr. Aber ‹die Hälfte der Diamanten von Frankfurt› klingt nach einer Altersrücklage für uns beide.»

Hans Friedrich Richter überlegte einen Augenblick. «Wie du sagst», flüsterte er, «der Fluß ist groß. Und zum Teufel, es ist bloß ein Jude.»

Archer lag in seiner Koje, starrte an die Decke und fragte sich, womit er die schöne Emma de Meyer dermaßen gekränkt hatte. «Emma», flüsterte er. Sie war offensichtlich beleidigt über seine Bemerkung, daß die Juden Jesus getötet hatten, aber war es denn nicht die Wahrheit? Und was um alles in der Welt war Antisemitismus? Wenn das gegen Juden sein bedeutete, nun, er hatte bestimmt nichts gegen sie. Jesus Christus war doch Jude, oder nicht? Er begriff überhaupt nichts mehr, aber er hatte sie eindeutig verletzt. Er dachte an den Ausdruck in ihren wundervollen Augen und daran, wie sie die Kabinentür zugeknallt hatte. Nie hatte er ein so aufregendes, ein so schönes Mädchen gesehen. Eigentlich hatte er überhaupt nicht viele Mädchen gesehen, doch die wenigen hatten ihn nie so berührt wie dieses. Emma de Meyer war das Mädchen seiner Träume.

Er setzte sich auf. Er mußte ihr erklären, daß er sie nicht hatte kränken wollen. Er stand auf, zog das Nachthemd über den Kopf und warf es auf die Koje. Hastig kleidete er sich an. Ich muß sie sehen, dachte er, muß es ihr erklären, und ich trau mich bei Tag nicht aus dieser verflixten Kabine, aus Angst, daß mich jemand entdeckt. Wenn wir nur erst in Louisville wären, dann wäre ich in Sicherheit. Wenn, wenn, wenn...

Als er sich angezogen hatte, verließ er seine Kabine. Die Sterne schimmerten auf dem dunklen Fluß, indes das riesige Schaufelrad eintönig rauschte. Er lief um das Oberdeck auf die andere Seite in Richtung Kabine neun. Da sah er zwei Männer aus der anderen Richtung kommen. Rasch drückte er sich ans Schott. Die beiden Männer blieben vor Kabine elf stehen. Archer erkannte in einem von ihnen den Zahlmeister.

Richter zog den Hauptschlüssel aus der Tasche und steckte ihn ins Schloß, drehte ihn herum und öffnete die Tür. Shakespeare-Ben, der ein Gewehr in der rechten Hand hielt, schlüpfte an ihm vorbei, trat in die Koje und hieb Felix den Kolben auf den Schädel, worauf dieser stöhnte und das Bewußtsein verlor.

«Die Lampe», flüsterte Ben.

Richter schloß die Tür und zündete die Lampe an. Shakespeare-Ben beugte sich über Felix, der auf der linken Seite lag. Wo das Gewehr ihn getroffen hatte, verklebte Blut seine Haare.

«Ja, er hat ’nen Gürtel.»

Ben zog Felix’ Nachthemd hoch, band den Gürtel los, hielt ihn an die Lampe und öffnete einen Beutel. «Herrje, schau mal.» Er zog eine Handvoll Diamanten heraus. Sie glitzerten im Lampenlicht.

«Verdammt, das ist ein Vermögen!»

«Nichts wie raus hier», sagte Richter nervös. «Keiner hat uns gesehen, da ist es am Ende gar nicht nötig, ihn umzubringen.»

«Und was passiert morgen früh? Er wird das Schiff auf der Suche nach diesen Klunkern auseinandernehmen. Wenn wir ihn über Bord werfen, könnte es wie ein Unfall oder wie Selbstmord aussehen, und wer merkt schon den Unterschied?»

Die Kabinentür ging auf. «Hände hoch.»

Die beiden Männer gafften den jungen Mann mit dem Gewehr an, der in der Tür stand. Shakespeare-Ben griff nach seinem Gewehr und wollte es gerade heben, als Archer feuerte.

«Autsch!»

Ben war an der rechten Schulter getroffen. Er ließ sein Gewehr sinken. Sich die Schulter haltend, fiel er gegen die Wand. Richter riß die Arme hoch und rief: «Nicht schießen!»

«Werfen Sie mir den Gürtel her. Ja Sie, Mr. Richter.»

Zitternd hob der Zahlmeister den Gürtel auf und warf ihn herüber. Als der junge Mann ihn auffing, ergossen sich die Diamanten aus dem offenen Beutel auf das Deck. «Jetzt schieben Sie mir das Gewehr rüber. Los!»

Richter schob Bens Gewehr mit dem Fuß, und es rutschte zwischen den Diamanten hindurch. Immer noch mit seinem Gewehr zielend, kniete Archer sich hin und hob es auf.

«Mr. Clark! O mein Gott, Papa!»

Archer drehte sich um. Hinter ihm stand Emma in einem Morgenrock. Als er schrie: «Gehen Sie weg!», sprang Shakespeare-Ben ihn an und stieß ihn so fest gegen das Schott, daß Archer das Gleichgewicht verlor. Ben schnappte sich den Geldgürtel und rannte aus der Kabine. Als Emma aufschrie, rannte Ben zur Reling.

«Er springt!»

Ben schwang ein Bein über die Backbord-Reling, dann das andere. Den Gürtel mit dem verwundeten rechten Arm über dem Kopf und die Reling hinter ihm mit der Linken haltend, setzte er zum Kopfsprung an, wobei er in das schwarze Wasser zehn Meter unter ihm starrte.

Der Zahlmeister eilte hinter Archer heran, der aufs Deck gestürzt war, und entwand ihm eins der Gewehre. Er zielte auf Bens Rücken und schoß. Der Schmierenschauspieler aus Irvington, New York, der wegen eines bewaffneten Raubüberfalls schon drei Jahre im Staatsgefängnis von Pennsylvania abgesessen hatte, wurde zwischen den Schulterblättern getroffen. Heulend fiel er mit dem Gesicht nach vorn in den Fluß; den Gürtel ließ er los, als er auf dem Wasser aufprallte. Der Sog des schnell dahineilenden Schiffsrumpfes zog ihn unter das Kielwasser. Nur noch halb bei Bewußtsein gewahrte er in der kalten Schwärze des Flusses, daß sich etwas auf ihn zubewegte. Sch-sch-sch. Dann zerschmetterte ihm eine Schaufel des riesigen Heckrades den

Schädel und enthauptete ihn, indes sein übriger Körper in den Mahlstrom des Kielwassers zurückgeworfen wurde.

«Alles in Ordnung!» rief der Zahlmeister den Dutzenden erschrokkener Passagiere zu, die die Schüsse gehört hatten und aus ihren Kabinen gekommen waren. «Ein Dieb ist in Kabine elf eingebrochen, aber jetzt ist er tot.»

«Ein Dieb?» rief Archer und stand auf. «*Sie* haben ihn reingelassen!»

Richter sah ihn erstaunt an. «Verzeihung, Sir, ich habe ihn soeben getötet, wie alle gesehen haben. Die Wahrheit ist, er zwang mich mit vorgehaltener Waffe, ihn in diese Kabine einzulassen, aber ich war bestimmt nicht sein Komplize. Bitte gehen Sie alle in Ihre Kabinen zurück», rief er mit dem Rücken zu Archer. «Es ist alles in Ordnung. Gehen Sie wieder zu Bett.»

Emma hastete an Archer vorbei in die Kabine und kniete neben ihrem Vater nieder. Sie zog sein Nachthemd herunter und berührte sein Gesicht. «Jemand soll einen Arzt holen!» rief sie Archer zu. «Bitte, lieber Gott», flüsterte sie und schauderte, als sie das angetrocknete Blut berührte, «nimm Vater nicht auch noch von mir.»

Nach einer kleinen Weile regte sich Felix ein wenig und stöhnte. Dann öffnete er die Augen und sah seine Tochter verständnislos an. «Emma, was ist passiert?» fragte er. Er wollte sich aufsetzen und legte sich stöhnend wieder hin. «Mein Kopf...»

«Die Diamanten», flüsterte sie. «Sie sind gestohlen.»

Keuchend tastete er seine Taille ab. Angst trat in seine Augen. «Er ist weg», flüsterte er. «Alles ist weg.»

«Nicht alles», sagte Archer, der die Diamanten auf dem Deck aufgehoben hatte. Er trat an die Koje und streckte seine gewölbten Hände aus, die mit Steinen gefüllt waren. Felix setzte sich auf und betrachtete sie.

«Aber das ist nicht ein Zehntel von dem, was ich besaß», flüsterte er.

Emma umarmte ihn. «Das macht nichts, Papa. Hauptsache, du lebst. Und das haben wir Mr. Clark zu verdanken.»

Sie lächelte Archer an, der sie anstarrte. Ihre Schönheit verschlug ihm die Sprache. Da sah sie das Rot sich langsam auf dem weißen Hemd unter seinem schwarzen Jackett ausbreiten. «Mr. Clark», rief sie, «Ihre Schulter! Sie sind verletzt.»

Archer gab Felix die Diamanten, dann befühlte er seine linke Schulter unter dem Jackett. Als Shakespeare-Ben ihn gegen das Schott gedrückt hatte, war die Wunde an seiner Schulter wieder aufgegangen und hatte sein Hemd durchweicht. «Ach nein, ich muß mir die Schulter an der Tür gestoßen haben.» Sich die Schulter haltend, eilte er an dem

Zahlmeister vorbei, der ihn eindringlich musterte. In seiner Kabine angekommen, zog er rasch Jackett und Hemd aus und besah seine Schulter im Spiegel. Das Blut hatte schon zu gerinnen begonnen, es war offensichtlich nichts Ernstes. Archer machte einen Waschlappen naß und rieb das angetrocknete Blut von seiner Haut. Als er seine Schulter gesäubert hatte, zog er etwas Watte aus der Schachtel, die Dr. Robertson ihm in Ohio mitgegeben hatte. Ziemlich unbeholfen legte er einen neuen Verband an.

Fünf Minuten später hörte er ein leises Klopfen an der Tür. Er warf sich das Hemd über die Schultern, ging zur Tür und flüsterte durch die Lamellen: «Miss de Meyer?»

«Ich bin's. Mr. Richter, der Zahlmeister.»

Archers Herz fing zu hämmern an. Wütend öffnete er die Tür. «Was wollen Sie?»

«Was macht die Schulter?» fragte der Zahlmeister und stieß die Tür zu. Ohne Archers Antwort abzuwarten, hob er dessen offenes Hemd an und betrachtete den Verband. Dann ließ er das Hemd los und sah Archer an. «Hat eine Kugel Sie getroffen?» fragte er.

«Nein, ich habe mich an der Tür gestoßen.»

Richter lächelte und nickte zu dem Hemd hin, während er etwas aus der Tasche zog. «'ne Menge Blut für 'nen Stoß. Bist du sicher, daß der Stoß nicht von einem Gewehr kam, Archer Collins?»

Archer erstarrte, als der Zahlmeister einen Steckbrief in die Höhe hielt.

Dieser Mann hat am 15. März die *Lima Bank and Trust Company* in Lima, Ohio, überfallen und entkam mit $ 700 in Gold! Er ist 19 Jahre alt, ungefähr 1,80 m groß, hellhäutig mit langen blonden Haaren. Er wurde wahrscheinlich bei der Flucht an der linken Schulter verletzt.

Er gilt als GEFÄHRLICH!

Für Informationen, die zu seiner Festnahme führen, ist eine Belohnung von 1000 Dollar ausgesetzt!

In der Mitte war eine Federskizze, die Archer ein bißchen ähnelte. «Ich dachte mir doch gleich, als du an Bord kamst, daß mit dir etwas nicht stimmt», sagte Richter. «Versteckst dich in deiner Kabine. Und jetzt die verletzte Schulter, und plötzlich – klingelingeling! Eine Glocke läutet in meinem Kopf. Ich geh runter in mein Büro und seh mir dieses Plakat an und sage mir: ‹Wir haben eine Berühmtheit an Bord.› Nun?»

Archer zitterte. «Was werden Sie tun?» flüsterte er.

«Tja, Archer, wir treffen eine kleine Abmachung, ja? Du deckst meine Geschichte, daß Shakespeare-Ben mich gezwungen hat, heute abend Herrn de Meyers Kabinentür aufzuschließen, und ich erzähle der Polizei in Louisville nichts von diesem Steckbrief. Klingt das vernünftig? Aber wenn du meine Geschichte nicht deckst, bin ich natürlich gezwungen zu tun, was jeder gesetzestreue Bürger tun würde, und dich für die tausend Dollar Belohnung an die Polizei zu verraten. Also, was meinst du?» Spöttisch lächelnd fuchtelte er mit dem Steckbrief vor Archers Gesicht herum. Dann faltete er das Papier zusammen, steckte es wieder in die Tasche und zog seine goldene Taschenuhr hervor.

«Es ist fast halb drei», sagte er und steckte die Uhr wieder ein. «In fünf Stunden legen wir in Louisville an. Ich bin in meinem Büro. Teile mir deine Entscheidung mit. Gute Nacht, Archer – Verzeihung, Mr. Clark.»

4

Oh, Mr. Clark, ich wollte gerade zu Ihnen.» Emma, wunderschön im frühen Morgenlicht, war auf dem Oberdeck fast mit Archer zusammengestoßen. Es war am nächsten Morgen um Viertel vor acht. Die *City of Pittsburgh* hatte gerade am Kai von Louisville festgemacht. Der junge Mann, der die Leiter vom Hauptdeck heraufstieg, kam Emma nervös und besorgt vor. «Mein Vater und ich möchten Ihnen für heute nacht danken», sagte sie. «Ihr mutiges Handeln hat wenigstens etwas von unserem Vermögen gerettet. Wir können Ihnen gar nicht genug danken, und ich bin auf ewig in Ihrer Schuld.»

«Ach, das war doch nichts. Wie geht es Ihrem Vater?»

«Der Kopf tut ihm noch weh, aber ich glaube, es wird schon wieder, dem Himmel sei Dank. Aber, Mr. Clark, meinen Sie nicht, wir sollten an Land gehen und der Polizei in Louisville melden, was passiert ist?»

Sie war erstaunt über die Furcht, die plötzlich in seinen Augen aufschien. «Der Kapitän macht die Meldung», sagte er kurz angebunden.

«Aber» – sie senkte die Stimme – «woher wissen Sie, daß der Kapitän nicht mit Richter unter einer Decke steckt? Ich bin nicht sicher, ob wir irgendwem auf diesem Schiff trauen können.»

«Nein, Mr. Richter war nicht beteiligt. Ich meine, er hat wohl mitgemacht, aber nur, weil Shakespeare-Ben ihn gezwungen hat, die Kabine Ihres Vaters aufzuschließen.»

Sie runzelte die Stirn. «Aber heute nacht haben Sie gesagt –»

«Ich weiß, aber ich muß mich geirrt haben. Entschuldigen Sie mich, Miss de Meyer, aber mir ist heute morgen etwas komisch im Magen.»

Zu ihrer Verwunderung entschwand er eilends in Richtung seiner Kabine.

«David, ich weiß, daß etwas nicht stimmt», sagte sie, als sie eine Stunde später auf dem mit Bohlen belegten Bürgersteig der Hauptstraße von Louisville spazierte und Schaufenster betrachtete. Sie trug einen Schirm aus schwarzer Spitze, um sich vor der Sonne zu schützen, die warm schien, obwohl der Frühling eben erst begonnen hatte. Hübsch und weiblich, wie Emma aussah, war sie doch im Begriff, eine Pistole zu kaufen.

«Was meinst du?» fragte David Levin, der wie gewöhnlich punkto Schneiderkunst so reizlos aussah wie Emma elegant.

«Mr. Clark verbirgt etwas. Er ist irgendwie in Schwierigkeiten. Ich weiß, daß der Zahlmeister an dem Vorfall heute nacht beteiligt war, und Mr. Clark weiß es auch. Jetzt bestreitet er es. Da geht etwas höchst Merkwürdiges vor.»

David hatte jämmerliches Kopfweh und überdies ein jämmerlich schlechtes Gewissen. «Emma, wegen heute nacht ... ich glaube, es war vielleicht meine Schuld. Ich glaube, als ich diesen scheußlichen Whiskey trank – nun ja, da habe ich möglicherweise die Diamanten erwähnt. Ich kann mich nicht genau erinnern, aber –»

«Ach, David, das habe ich längst durchschaut. Sie haben dich absichtlich betrunken gemacht. Aber keine Sorge, du hast es nicht böse gemeint, und ich werde Papa nichts sagen.»

«Danke, Emma. Ich kann mir nicht verzeihen, was passiert ist, aber wenn dein Vater wüßte, daß ich es war, der ihn um so vieles gebracht hat, würde er mir das nie verzeihen, und das könnte ich nicht ertragen. Felix ist fast wie ein Vater für mich.»

«Ich weiß.» Emma hörte kaum zu, ihre Gedanken weilten bei dem mysteriösen Mr. Clark. Er ging ihr nicht aus dem Sinn. Er braucht Hilfe, dachte sie. Und ich muß ihm helfen, weil wir ihm so viel verdanken. Wenn er letzte Nacht nicht sein Leben riskiert hätte, dann hätten wir nichts mehr. Ja, ich gehe heute abend nach dem Essen zu ihm in seine Kabine. Er scheint mir ein Mensch, der die Dunkelheit vorzieht.

«Ist der nicht hübsch?» Sie blieb vor einem Schaufenster stehen und zeigte auf einen weißen Schutenhut mit einem hellblauen Seidenband. «Das ist der erste schöne Hut, den ich seit New York gesehen habe. Aber sieh nur den Preis. Dreißig Dollar, das ist unverschämt, und nach heute nacht kann ich mir das nicht leisten. Außerdem bin ich auf der Suche nach Pistolen, nicht nach Hüten. Gebranntes Kind scheut das Feuer.»

Als sie weiterging, blickte David traurig auf den Hut und dachte: Es ist meine Schuld. Hätte ich mich nicht so dämlich betrunken, hätten sie nie von den Diamanten erfahren, und Emma könnte hundert Hüte kaufen. Verdammt, was war ich für ein Esel! Ausgerechnet diesen Menschen wehzutun! Die Frau, die ich liebe, kann sich nicht mal einen Hut kaufen. Er holte tief Luft und eilte in das Hutgeschäft.

Emma kehrte wenige Minuten vor elf, der planmäßigen Abfahrtszeit, auf das Schiff zurück. Die Mannschaft war schon bereit, die schweren Hanftrossen loszumachen. Emma eilte die Gangway des großen weißen Schiffes hinauf. Das Hauptdeck war gedrängt voll von Passagieren, und die meisten begannen zu flüstern, als sie Emma erspähten. Sie war überzeugt, daß sich die Kenntnis von dem Geldgürtel und den verbliebenen Diamanten auf dem ganzen Schiff verbreitet hatte, was bedeutete, daß die Gefahr eines neuerlichen Überfalls bestand. Aus diesem Grunde hatte Felix zögernd beschlossen, eine Pistole bei sich zu tragen. Weder ihm noch seiner Tochter behagte der Gedanke an Schußwaffen, aber offenkundig mußten sich die Leute in Amerika schützen, besonders wenn sie sich der Besiedlungsgrenze näherten. Deshalb hatte Emma für ihren Vater eine 32er Smith & Wesson mit Elfenbeingriff und für sie eine elegante 45er einschüssige Derringer gekauft. Die Derringer war so klein, daß sie in ihre Handtasche paßte.

Als sie in ihre Kabine kam, fand sie auf ihrer Koje eine elegante Hutschachtel vor. In der roten Schleife steckte eine Karte, auf der zu lesen stand: «Ich werde meine Schuld – und meine Liebe – mit ins Grab nehmen. Dein Dich liebender Cousin David.» Sie öffnete die Schachtel und hob den Schutenhut heraus, den sie so bewundert hatte. Stirnrunzelnd nahm sie ihren Hut ab, trat vor den Spiegel und probierte den neuen auf. Er stand ihr ungemein gut.

«Gefällt er dir?»

Sie drehte sich um und sah David in der Tür stehen, seine großen braunen Spanielaugen auf sie gerichtet.

«David, du hättest ihn nicht kaufen sollen. Wir müssen jetzt alle mit dem Pfennig rechnen – besonders du –, und das letzte, was ich brauche, ist ein neuer Hut.»

Als sie sein bestürztes Gesicht sah, ging sie zu ihm und lächelte. «Aber ja, natürlich gefällt er mir. Danke. Du bist schrecklich im Umgang mit Geld, aber du weißt, daß du mein bester Freund bist.»

Und sie küßte ihn auf die Wange.

Freund, dachte er. Verdammt, das ist in diesem Moment das häßlichste Wort, das es gibt!

«Mr. Clark, ich bin's, Emma de Meyer.» Sie hatte ihre Kabine nach dem Abendessen verlassen und an die Tür von Nummer zehn geklopft. Kurz darauf sah sie Licht durch die Lamellen, und die Tür ging auf. Wie am Abend zuvor war Archer in ein Flanellnachthemd gehüllt und barfuß.

«Darf ich hereinkommen?» Als er zögerte, lächelte sie. «Ich weiß, die Leute könnten reden», flüsterte sie, «aber das kümmert mich nicht.»

«Dann kümmert's mich auch nicht.»

Sie trat in die Kabine, und er schloß rasch die Tür.

«Ich wünschte, ich könnte Ihnen einen Stuhl anbieten», sagte er, «aber leider ist die Koje alles, was ich Ihnen anbieten kann.»

Sie setzte sich, wobei sich ihr blauer Rock wie der Kelch einer Winde über der zerknitterten Bettwäsche bauschte. Archer beäugte Emma zaghaft. Er war nie einer eleganten Europäerin begegnet, und er war eingeschüchtert. Gleichzeitig begehrte er sie, doch er vermutete, das stand außer Frage. Er entdeckte den schmalen goldenen Trauring an ihrem Finger.

«Sind Sie verheiratet?»

«Ich war es. Leider dauerte es nur zwei Wochen. Mein armer Mann wurde bei einem Wagenunfall getötet.»

«Sie sind schrecklich jung für eine Witwe.»

«Ja, ich weiß. Es war eine arrangierte Heirat, mit Liebe hatte es nicht viel zu tun. Das ist mit ein Grund, warum ich froh bin, daß wir nach Amerika gekommen sind: Ich habe nämlich gelesen, daß es hier keine arrangierten Heiraten gibt. Hier heiraten die Leute aus Liebe, und das finde ich sehr wichtig, Sie nicht, Mr. Clark?»

«Ich denke schon. Aber ich weiß nicht viel von Liebe oder Heiraten. Wo ich herkomme, heiraten die Leute» – er zuckte die Achseln – «einfach so. Es funktioniert anscheinend ganz gut.»

Sie fand seine Unwissenheit ausgesprochen reizvoll. «Bei Ihnen hört sich alles ganz einfach an, und vielleicht ist es das ja auch. Aber nie wieder wird mir jemand sagen, wen ich zu heiraten habe. Einmal war genug. Mr. Clark, darf ich Ihnen eine Frage stellen, die Ihnen vielleicht unverschämt vorkommt? Warum färben Sie sich die Haare?»

«Ich glaube nicht, daß Sie das was angeht –» stieß er heftig hervor.

«Ach bitte.» Sie beugte sich vor. «Glauben Sie mir, ich möchte Ihnen helfen. Ich merke doch, daß Sie in Schwierigkeiten sind ... ich bin nicht blind: Die Haare auf Ihren Beinen sind blond, aber die Haare auf Ihrem Kopf sind schwarz. Ein Mann färbt sich nicht die Haare, wenn er nicht in Schwierigkeiten steckt. Sie haben heute nacht etwas so

Großartiges für uns getan, können Sie nicht verstehen, daß ich Ihnen helfen möchte, so weit es in meinen Kräften steht? Ich weiß, es ist nicht meine Sache, aber ich mache es zu meiner Sache.»

Er hatte neben dem Waschbecken gelehnt, jetzt aber rutschte er die Holzwand hinab, bis er mit angezogenen Knien auf dem Fußboden saß. Einen Moment bedeckte er das Gesicht mit beiden Händen. Dann sah er zu Emma auf. «Ich hab in Ohio eine Bank ausgeraubt», flüsterte er. «Ich werde von der Polizei gesucht. Der Zahlmeister weiß es. Er hat gesagt, wenn ich seine Geschichte von wegen letzter Nacht nicht decke, übergibt er mich der Polizei.»

«Sie haben eine Bank ausgeraubt?» fragte Emma ungläubig.

Archer nickte. «Die Bank hat mir meine Farm gestohlen – sie haben die Hypothek für verfallen erklärt, als meine Mutter gestorben war. Deshalb kam ich auf die Idee, daß ich der Bank was stehlen müßte. Irgendwie bin ich froh, daß Sie mich zur Rede gestellt haben. Ich bin hier so allein, ich weiß nicht, ob ich es noch viel länger aushalten könnte.»

«Mr. Clark –»

«Das ist nicht mein Name. Mein richtiger Name ist Archer Collins. Und ich bin natürlich kein Bibelverkäufer.»

«Archer.» Sie rollte den Namen genüßlich auf der Zunge. «Der Name gefällt mir. Er ist schrecklich romantisch.»

«Davon versteh ich nichts. Meine Geschichte ist jedenfalls nicht sehr schön, aber ich wär Ihnen sehr dankbar, wenn Sie sie niemandem weitererzählen würden.»

«Glauben Sie mir, Ihr Geheimnis ist bei mir gut aufgehoben. Außerdem weiß ich, daß Sie unschuldig sind. Nicht nur, daß Sie unschuldig aussehen, was sich bestimmt albern anhört, sondern ich spüre instinktiv, daß Sie ohne Grund nie jemandem etwas zuleide tun könnten.»

Sie verstummte und sah ihn an. Indem er ihren Blick erwiderte, fühlte er, wie er unten steif wurde. «Sie sind also Witwe?» fragte er schließlich.

«Ja.»

«Wie war Ihr Mann?»

«Er hieß Anton und war zweiundzwanzig. Er war groß und hatte hängende Schultern, wie mein Cousin David.»

«Haben Sie zur Zeit irgendwelche Verehrer?»

«Nein.»

«Sie sind so hübsch, ich glaube nicht, daß Sie große ... Schwierigkeiten hätten ...»

Er konnte kaum sprechen, so sehr begehrte er sie. Langsam stand er auf. Die kleine Kabine war von unsichtbaren Schwingungen erfüllt, als die zwei jungen Menschen stumm nach einander verlangten. «Ich möchte mich entschuldigen für das, was ich über die Juden gesagt habe», sagte er leise. «Tatsache ist, ich weiß nicht viel darüber oder über Ihre Religion.»

«Das habe ich gemerkt. Unsere Religion ist eigentlich ganz einfach, deshalb finde ich sie so schön. Wir glauben nicht an ein Leben nach dem Tode. Es gibt keinen Himmel, um uns zu belohnen, wenn wir gut sind, und es gibt keine Hölle, um uns zu bestrafen, wenn wir schlecht sind. Und weil wir nur ein einziges Mal durch dieses Leben gehen, müssen wir – oder zumindest glauben wir, daß wir es müssen – die Dinge anpacken, wenn sie geschehen ... wie die Liebe.»

Er stand direkt vor Emma. «Ja», flüsterte er. «Das Leben ist so voller Ungewißheiten, wir müssen ... die Liebe anpacken. Und ich glaube, ich liebe dich, Emma.»

Er beugte sich zu ihr herab, und ihre Lippen berührten sich. Sie schloß die Augen, ihr war, als treibe sie, wie im Traum. Er zog ihr sachte den Schal vom Kopf und legte ihn aufs Kissen. Dann setzte er sich neben sie, nahm sie in seine Arme, küßte sie. Alles geschah ganz rasch und natürlich. Sie leistete keinen Widerstand, sie genoß die Wärme und Kraft seines jungen Körpers. Als er sie wieder und wieder küßte, wurden die Küsse leidenschaftlicher. Seine Hände begannen, ihre vollen Brüste zu streicheln. Zum erstenmal im Leben hatte Emma wirklich Freude am Liebesspiel. Es war gefühlvoller und schöner als in ihren ausschweifendsten Träumen. Einen Moment wollte sie versuchen, Archer zurückzuhalten. Aber sie konnte es nicht. Außerdem waren sie schon zu weit gegangen. Sie begehrte ihn, begehrte ihn heiß. Es war zu spät für Zimperlichkeit oder Flirten. Sie wollte Ekstase.

Sich ihres voluminösen Kleides und der sich verheddernden Unterkleider zu entledigen, war sehr mühsam für sie, so mühsam, wie es für ihn leicht war, sein Nachthemd auszuziehen. Dann waren beide nackt im milden Lampenlicht der Kabine und betrachteten mit der Begierde der Jugend einer des anderen Schönheit.

«O Gott», flüsterte sie und streckte ihre Arme nach ihm aus, «komm zu mir, mein Liebster.»

Er kam zu ihr und küßte sie, indes sie die Beine um ihn schlang und das reinste, sinnlichste Glück ihres Lebens fühlte.

«Danke», flüsterte sie hinterher und küßte ihn zärtlich. «Du hast mir so ein schönes Geschenk gemacht: das Geschenk der Freude. Ich werde es nie vergessen, und wenn ich hundert Jahre alt werde. Oh, wie kann etwas so Schönes wie dies als verderbt gelten? Doch es ist verderbt, nehme ich an. Und ich bin ein verderbtes Weib.»

Er stützte seinen Kopf auf eine Hand, während er die andere auf ihre linke Brust legte. «Wenn das stimmt, dann mag ich verderbte Weiber.»

«Archer?»

«Ja?»

«War es das erste Mal bei dir?»

«Ja. Ich war wohl nicht sehr gut, nein?»

«Oh, du warst wunderbar. Du warst Romeo, der vollkommene Liebhaber. ‹Liebhaber.› So ein wundervolles Wort! Aber weißt du, mein Liebling, du darfst dich mir in keiner Weise verpflichtet fühlen. Du hast gesagt, du liebst mich, aber du brauchst es nicht zu sagen.»

«Aber ich liebe dich doch!»

Ihr Gesicht strahlte. Das war es, was sie hören wollte. «Wirklich?» flüsterte sie.

Er küßte sie. «Nie im Leben war ich glücklicher als jetzt, also muß es Liebe sein, oder?»

«O mein Liebling, liebster Archer!» Sie setzte sich auf und umarmte ihn. «Du mußt deine Pläne ändern.»

«Wie meinst du das?»

«Komm mit uns auf der *Empress of China* nach Kalifornien. Es ist viel einfacher und sicherer als mit einem Wagentreck; wie ich höre, sterben die Menschen bei solchen Fahrten wie die Fliegen an der Cholera. O ja, du mußt mit uns kommen.»

«Ich glaube, der Weg durch die Magellanstraße ist auch nicht gerade ein Honiglecken.»

Sie lehnte den Kopf an seine Brust und genoß den sauberen Geruch seiner glatten Haut. «Bitte sag, daß du mit uns kommst», flüsterte sie. «Ich glaube, ich könnte es nicht ertragen, dich zu verlassen.»

Er strich ihr übers Haar. «Du hast recht. Ich könnte es auch nicht ertragen, dich zu verlassen.»

«Dann ist es abgemacht.» Sie legte ihre Hand auf seinen Schenkel. «Wir sind wie Adam und Eva, nicht? Emma und Archer in unserem winzigen Paradies.»

Er küßte sie aufs Ohr und flüsterte: «Weißt du was?»

«Was?»

«Ich möchte es wieder tun.»

«Archer, ich nehme an, du bist beinahe so verderbt wie ich.»

«Verderbt sein könnte zur Gewohnheit werden.»

5

Du willst also deine Passage nach New Orleans umbuchen?» fragte Hans Friedrich Richter, der in seinem Büro auf dem Hauptdeck saß, Archer am nächsten Morgen.

«Irgendwelche Einwände?»

«Durchaus nicht. Es wird dich natürlich einiges kosten.»

«Wieviel?»

Der Zahlmeister zog eine Schreibtischschublade auf und nahm den Steckbrief heraus.

«Mal sehen», meinte er nachdenklich, «du hast der Bank siebenhundert Dollar geraubt, und deine Erster-Klasse-Passage von Cincinnati nach Cairo hat vierzig Dollar gekostet, also hast du... sagen wir, sechshundert Dollar übrig. Deine Passage nach New Orleans kostet dich also sechshundert Dollar.«

«Sie gemeiner Dieb –»

«Ah, ah, nun mal langsam. Du bist der Dieb, Collins – Entschuldigung, Mr. Clark. So steht es auf diesem Steckbrief. Außerdem entgehen mir die tausend Dollar Belohnung, wenn ich dich nicht ausliefere. Deswegen ist es nur fair, wenn du mir sechshundert zahlst – in Gold. Andernfalls» – er hielt den Steckbrief in die Höhe – «unser nächster Halt ist morgen in Cairo, und ich bin sicher, die dortige Polizei wird sich hierfür interessieren.»

«Wir haben eine Abmachung getroffen!»

«Stimmt, aber Abmachungen muß man nicht unbedingt einhalten. Ich darf hinzufügen, daß nicht allzu viele Leute dem Wort eines Bankräubers wie du trauen dürften, wenn es gegen das Wort eines ehrenwerten Mannes wie ich steht. Es gibt freilich noch eine andere Möglichkeit.»

«Welche?»

«Jemand von meiner Mannschaft hat mir erzählt, daß er Fräulein de

Meyer heute früh deine Kabine verlassen sah. Ich kann dir sagen, wie erschüttert ich war, daß auf diesem Schiff Unzucht getrieben wird, aber ich will von einer Moralpredigt absehen.»

Archer stand vor dem Schreibtisch. Jetzt preßte er seine Fingerknöchel auf die Platte. «Ein Wort über Miss de Meyer», sagte er leise, «und ich bringe Sie um, Sie Schuft.»

«Das möchte ich bezweifeln. Aber deine Ritterlichkeit rührt mich. Ich kann nur annehmen, daß zwischen euch beiden eine gefühlvolle romantische Zuneigung entstanden ist.»

«Wir lieben uns! Ist das vielleicht schlimm?»

«Als ein in Deutschland, der Wiege der Romantik, Geborener werde ich kaum etwas gegen die Liebe haben, oder? Der springende Punkt ist, ihr Vater besitzt immer noch ein kleines Vermögen an Diamanten. Wenn du mir diese Diamanten besorgen könntest, dann könntest du dein Gold behalten.»

Archer langte über den Schreibtisch, packte Richters Hemd, riß ihn aus seinem Sessel und knallte ihm seine Faust auf die Nase. Der Zahlmeister machte «uff» und plumpste in seinen Sessel zurück, der umkippte. Richter glitt rückwärts aufs Deck und schlug mit dem Hinterkopf ans Schott.

«Ich bringe Ihnen mein Gold», sagte Archer und öffnete die Tür. «Und Sie können es sich sonstwo hinstecken.»

Er verließ die Kabine und knallte die Tür zu.

Richter rappelte sich hoch. Aus seiner Nase lief Blut. Er zog ein Taschentuch aus seiner Tasche und hielt es sich an die Nase.

«Das wirst du mir büßen, Collins», murmelte er, indem er den Steckbrief in die Schublade zurücklegte. «Das wirst du mir schwer büßen.»

Sie gehörte zu den Frauen, von denen die Franzosen sagen, sie seien «in einem gewissen Alter». Sie war vierzig, hätte aber ohne weiteres für zehn Jahre jünger gelten können. Als sie an diesem Abend in den Erster-Klasse-Speisesalon rauschte, drehten sich alle nach ihr um, und nun war es an Emma, neidisch zu sein. Diese Frau wäre an den Höfen Europas aufgefallen, um wieviel mehr auf einem Flußschiff voller Vogelscheuchen. Ihr kastanienbraunes Kleid mit schwarzer Paspelierung war von schlichter Eleganz. Sie trug einen Diamantstern und Federn in ihrem schön frisierten Haar. Emma war überzeugt, daß eine französische Zofe der blonden Farbe nachgeholfen hatte. Es war jedoch die Haltung, die ihr eine natürliche Vornehmheit verlieh: Die Frau besaß Stil. Sie wurde vom Obersteward an den Tisch der de

Meyers geführt. Als Felix, David und Archer sich erhoben, lächelte sie und sagte mit einem leichten Akzent, den Emma nicht zu definieren vermochte: «Guten Abend. Ich bin Gräfin Davidoff, und man hat mir Ihren Tisch zugewiesen. Gestatten Sie, daß ich mich zu Ihnen setze?»

«Selbstverständlich, Gräfin», sagte Felix und hob ihre behandschuhte Hand an seine Lippen. Archer sah fasziniert zu. Er hatte noch nie einen Handkuß gesehen und eine Gräfin erst recht nicht. Er war ziemlich erstaunt, daß sie keine Krone trug. «Gestatten Sie, daß ich mich vorstelle?» sagte Felix. «Ich bin Felix de Meyer, früher wohnhaft in Frankfurt, und dies sind meine Tochter Emma, mein Cousin Mr. Levin und Mr. Clark.»

«Welch ein Glück für mich, in Gesellschaft so stattlicher Herren zu speisen», sagte sie und setzte sich neben Felix. «Aber, Herr de Meyer, habe ich nicht gehört, daß Sie das Opfer des Überfalls gestern abend waren?»

«Doch, da haben Sie leider recht gehört.»

«Es ist ein Skandal», sagte sie, indem sie ihre Serviette entfaltete. «Wie ich höre, gibt es auf diesen Flußschiffen alle möglichen Verbrecher. Diebe, Berufsspieler und Hochstapler. In meiner Heimat wäre so etwas nicht erlaubt.»

Als Emma fragte: «Und was ist Ihre Heimat, Gräfin?», da beneidete Archer die Europäer um die Leichtigkeit, mit der sie Konversation machten.

«Rußland. Ich bin aus Petersburg. Mein verstorbener Mann, Graf Davidoff, war im *Corps Diplomatique*. Ich bin auf dem Weg nach Buenos Aires, um meine Tochter zu besuchen, die mit einem *estanciero* draußen in den Pampas verheiratet ist. Meine Tochter hat selbst zwei Töchter, die ich noch nie gesehen habe, so können Sie sich vielleicht vorstellen, wie sehr ich mich auf Argentinien freue.»

«Es ist ein Vergnügen, eine elegante Dame wie Sie an Bord zu haben, Gräfin», sagte Felix, während er eine hübsche Brosche mit einem Diamanten und einem Rubin auf ihrer linken Schulter beäugte. «Und darf ich Sie als Juwelier zu Ihrer Brosche beglückwünschen? Ein schönes Stück, und der birmanische Rubin ist sehr erlesen.»

«Danke. Es ist ein Geschenk meines Mannes.»

«Darf ich annehmen, daß er es in Paris bei Lemmonier gekauft hat?»

Sie lächelte entzückt. «Herr de Meyer, Sie sind ein Genie. Ich bin ungeheuer beeindruckt.»

Felix errötete. Papa interessiert sich für sie, dachte Emma und faßte unter dem Tisch nach Archers Hand. Wie absurd! Ich habe nie gesehen, daß er sich für eine andere Frau als Mutter interessiert hat.

David, der zu Emmas Linken saß, sah ihre Hand in Archers, und sein Herz füllte sich mit Zorn.

«Darf ich fragen, Gräfin», sagte Emma, «warum Sie nicht auf direktem Weg nach Buenos Aires fahren?»

«Ach, das wäre so langweilig gewesen. Ich wollte dieses neue Amerika sehen, von dem alle reden. Ich bin in Louisville an Bord gekommen und mußte leider mit einer leichten Erkältung das Bett hüten. Aber die ist nun vorbei, und ich freue mich auf die Reise nach New Orleans.»

«Da wollen wir auch hin», sagte Felix. «Von dort aus nehmen wir die *Empress of China* nach Kalifornien.»

«Aber das ist ja fabelhaft! Ich nehme die *Empress of China* nach Buenos Aires.» Sie lächelte Emma an. «Wir müssen Freundinnen werden.»

Doch etwas sagt mir, wir werden keine, dachte Emma.

Emma mag diesen Clark, weil er gut aussieht, dachte David in heller Empörung.

«Ich muß Sie warnen, Gräfin», sagte Archer. «Hinterlegen Sie Ihren Schmuck nicht beim Zahlmeister. Man kann ihm nicht trauen.»

Gräfin Davidoff richtete ihre grünen Augen auf Archer. Ein ungewöhnlich gutaussehender junger Mann, dachte sie. «Danke, Mr. Clark. Ich werde Ihren Rat bestimmt beherzigen.»

Diese Frau ist eine Abenteurerin, dachte Emma voller Abneigung. Auf der Jagd nach Männern. Aber sie soll sich hüten, Jagd auf meinen Archer zu machen, sonst kratze ich ihr die grünen Augen aus!

Emma wartete ungeduldig in ihrer Kabine bis halb zwölf. Sie war überzeugt, daß die Decks um diese Zeit verlassen und die meisten Passagiere im Bett sein würden. Dann ging sie hinaus, schloß leise ihre Kabine ab und begab sich über das windige Deck zu Kabine zehn. Eine Gestalt trat aus dem Schatten und packte sie am Arm.

«Emma, wo gehst du hin?» Es war David.

«Ich konnte nicht schlafen. Ich dachte, ich spaziere eine Runde ums Deck –»

«Du lügst. Du gehst in *seine* Kabine, stimmt's?»

«Was meinst du? Laß mich los!»

«Du weißt genau, was ich meine. Emma, wie kannst du dich so erniedrigen? Clark ist ein Flegel, ein ungebildeter unkultivierter Tölpel – beileibe kein Gentleman.»

Sie entwand ihm ihren Arm und ohrfeigte ihn kräftig. «Wie kannst du es wagen, so etwas über einen Mann zu sagen, der Vater das Leben gerettet hat? Mr. Collins ist ein feiner Kerl! Er ist sanft, aufrichtig und –»

«Wer ist Mr. Collins?»

Sie zögerte. «Ich meine Mr. Clark. Und ich lasse mir weder von dir noch von sonst jemand sagen, was ich tun oder lassen darf.»

David hielt sich die Backe. Ihre Ohrfeige hatte geschmerzt, doch ihr Verhalten brach ihm das Herz. «Liebst du ihn?» flüsterte er.

«Und wenn?»

«Aber er ist ein Gojim.»

Sie biß sich auf die Lippen, ungeduldig fortzukommen. «David, du bist nicht nur ein Snob, du bist bigott.»

Wieder packte er sie, und zum ersten Mal im Leben wurde ihm klar, daß er energisch vorgehen mußte, wollte er dieses Juwel erringen. «Ich liebe dich», flüsterte er. «Und es bringt mich um, wenn ich mitansehe, wie du dich und deinen Ruf an diesen dämlichen Amerikaner wegwirfst.»

«Er ist nicht dämlich. Und inwiefern werfe ich meinen Ruf weg?»

«Du hast mit ihm geschlafen!» Sein Flüstern war von so neidvoller Heftigkeit, daß es fast ein Zischen war.

Wieder entwand sie sich seinem Griff. «Um Gottes willen, ich bin doch keine Jungfrau», flüsterte sie zornig. «Und es geht dich überhaupt nichts an. Hör auf, mir nachzulaufen!»

Sie drehte sich trotzig um und marschierte über das Deck.

Sie soll verdammt sein, dachte David mit Tränen der Wut und Eifersucht in den Augen. Sie ist es nicht wert, daß mir ihretwegen das Herz bricht.

Aber es brach ihm dennoch.

Als Emma Archers Tür erreichte, zögerte sie, bevor sie anklopfte. Die Worte ihres Cousins hatten sie ungeheuer aufgewühlt. Obwohl sie wütend über seine Einmischung war, mußte sie ihm doch in vielem recht geben. In Deutschland hatte die Mittelschicht, zu der Emma gehörte, einen strengen Moralkodex, die jungen Romantiker aber, angeführt von Künstlern, Dichtern und Schriftstellern, hatten sich gegen die biedermeierliche Prüderie aufgelehnt und die «freie» Liebe gefordert.

Emma wollte kein verderbtes Weib werden, auch wenn sie es halb im Scherz sagte. Andererseits war die körperliche Ekstase, die sie mit Archer erlebt hatte, so wunderbar, daß sie nicht glauben konnte, daß es wirklich etwas so Verderbtes war. Und je mehr sie sich von den Zwängen der europäischen Gesellschaft entfernten und der Besiedlungsgrenze Amerikas näherten, desto weniger verderbt schien es ihr.

Doch David würde ihre Gefühle nie verstehen, so wenig wie ihr geliebter Vater.

Aber wenn sie es recht bedachte, dann wußte sie, sobald sie heute nacht an Archers Tür klopfte, würde sie viele bequeme Brücken hinter sich abbrechen.

Sie klopfte an.

Während sie wartete, klangen ihr die Worte ihres Cousins in den Ohren: Flegel, ungebildet, unkultiviert, Tölpel, kein Gentleman. Sie mußte zugeben, die Beschreibung von ihrem Liebsten war treffend. Ein Land ohne Klaviere – hatte ihre Mutter nicht Amerika so beschrieben? Chopin, Beethoven – auf einmal fehlten sie ihr und das, was sie für sie verkörperten: Schönheit, Kultur, die erlesensten Dinge im Leben. Was tue ich? dachte sie. Was habe ich getan?

Die Tür ging auf, und da stand ihr Geliebter. Sie trat in seine Kabine, und er schloß die Tür, nahm sie in die Arme und küßte sie begierig. Einen Augenblick später wich er von ihr zurück. «Was ist?» fragte er.

«Es ist... nichts.»

«Doch, ich merke, daß dich etwas bedrückt.»

Sie wandte sich von ihm ab. «Archer», sagte sie schließlich, «hast du je von einem Mann namens Frédéric Chopin gehört?»

Schweigen. Sie sah ihm ins Gesicht. Er ist ein Gott, dachte sie nicht zum ersten Mal. Sein Gesicht ist so schön. Aber er ist so ungebildet.

«Frédéric wie?»

Er ist wie Henckel von Hellsdorf, dachte sie mit einem flauen Gefühl, schön, aber dumm. Nein, das ist nicht fair. Er ist eine leere Leinwand. Er ist Rousseaus edler Wilder.

«Es spielt keine Rolle.»

«Doch, es spielt eine Rolle. Wer ist der Mann? Ein Bekannter von dir?»

Sie unterdrückte ein Lachen. «Frédéric Chopin ist ein berühmter Komponist, der voriges Jahr gestorben ist.»

Er runzelte die Stirn. «Ach so. Na, ich schätze, so berühmt kann er nicht sein.»

Sie nahm seine Hand. «Es spielt wirklich keine Rolle», sagte sie lächelnd.

«Das sagst du andauernd. Okay, ich habe nie von Chopin gehört. Glaubst du, ich merke die Unterschiede zwischen uns nicht? Ich hab's heute abend gesehen, beim Essen mit dieser Russin. Ihr Ausländer versteht zu plaudern, ihr habt geschliffene Manieren, und ich bin bloß ein Bauer. Jemand hat dir das gesteckt, stimmt's? Wer? Dein Vater?»

«Nein, mein Cousin David. Er ist nämlich eifersüchtig auf dich. Er weiß, daß wir ein Liebespaar sind, und er wünscht, er wäre an deiner Stelle. Deshalb hat er dich kritisiert. Und mich. Er sagte, daß ich meinen Ruf wegwerfe und mich nicht wie eine Dame benehme. Und vermutlich hat er recht.»

«Ist dir dein Ruf wichtig?»

«Natürlich ... nehme ich an.»

Er entzog ihr seine Hand. «Dann geh lieber. Ich verstehe. Übrigens, ich habe deinem Vater erzählt, daß der Zahlmeister mich beim Umbuchen meiner Passage nach New Orleans zu überreden versucht hat, eure restlichen Diamanten zu stehlen.»

Plötzlich fiel ihr ein, was Archer für sie getan hatte, wieviel sie ihm verdankten. Er mag ein einfacher Bauer sein, dachte sie, und er mag nie von Chopin gehört haben, aber bei Gott, er *ist* ein Gentleman. Er ist zweimal so viel wert wie David, der sich betrank und Shakespeare-Ben von den Diamanten erzählt hat.

«Mein Cousin ist mir egal!» platzte sie heraus und schlang ihre Arme um ihn. «Und Chopin ist mir auch egal! O Archer, ich liebe dich, und es ist mir egal, wenn ... wenn du denkst, die Erde ist flach.»

Er lachte, während sie sein Gesicht mit Küssen bedeckte. Dann erstarb sein Lachen, und er begann, ihre Küsse zu erwidern.

Binnen Sekunden lag sie in der Koje, die Augen verzückt geschlossen, während er ihren Brustansatz und ihren Hals küßte. Emma stöhnte vor Wonne.

«Archer», flüsterte sie. «Mein Liebster.»

Dann war sein Mund auf ihrem, seine Zunge bahnte sich einen Weg zwischen ihren Lippen. Er preßte seinen Körper gegen den ihren und ganz langsam – *largo*, wie sie es in Gedanken mit einem musikalischen Begriff bezeichnete – drang er in sie ein.

Chopins liebliches *Nocturno* in Es-Dur kam ihr plötzlich in den Sinn. Dann, als ihr Pulsschlag sich beschleunigte, eine *Valse Brillante*. Dann die wogende Erregung von Beethovens Waldsteinsonate. Und dann, als sie vor Leidenschaft stöhnte, der mächtige, beckenschlagende Schlußchor der Neunten Symphonie.

«*Freude*», flüsterte sie auf deutsch, als er neben ihr lag.

«Was?»

«Ich habe Freude auf deutsch gesagt. Das singt der Chor im letzten Satz von Beethovens Neunter Symphonie. Von Beethoven hast du doch bestimmt schon gehört?»

«Ich habe noch nie eine Symphonie gehört.»

Sie drehte sich auf die Seite, nahm sein Gesicht zwischen ihre Hände und küßte ihn. «O mein Liebling», flüsterte sie, «eines Tages nehme ich dich mit in ein Symphoniekonzert, und wir halten uns bei den Händen und hören die Neunte, und du wirst so begeistert sein wie ich es beim ersten Mal war, als ich sie von Mendelssohn dirigiert hörte!»

«Von wem?»

«Ist doch egal. Archer, Liebling, du hast mir die Freude der Liebe geschenkt, dafür werde ich dir ewig dankbar sein. Und eines Tages werde ich dir die Freude der Musik schenken.»

Archer dachte einen Moment darüber nach, dann sagte er: «Du bist meine Freude, und du bist meine Musik.»

Sie seufzte. Er war wahrhaftig der edle Wilde.

Noch nie hatte sie so tief und so friedlich geschlafen. Als sie jetzt von dem Klopfen an ihrer Kabinentür geweckt wurde, war sie noch von der Süße des Liebesaktes erfüllt. «Archer», murmelte sie vor sich hin, indem sie sich auf die rechte Seite drehte.

«Emma! Bist du wach?»

Es war ihr Vater. Sie setzte sich gähnend auf. «Momentchen, Papa.» Sie rieb sich die Augen, stand auf und spritzte sich etwas Wasser aus dem Waschbecken ins Gesicht, trocknete sich rasch ab, zog ihr Negligé an und ging öffnen.

Felix war ein eleganter Herr. Sein guter Geschmack und seine schlanke, angenehme Erscheinung verliehen ihm eine aristokratische Eleganz, die Emma bewunderte. Heute morgen war er gepflegt wie immer mit seinem grauen Zylinder und dem Spazierstock mit dem goldenen Handgriff. Aber nach einem Blick in sein Gesicht wußte sie, daß etwas nicht stimmte.

«Guten Morgen, Papa. Wie spät ist es?»

«Fast Mittag.»

«Gütiger Himmel, ich hab verschlafen.»

«Vielleicht, weil du bis drei Uhr heute morgen nicht in deiner Kabine warst. Darf ich hereinkommen?»

Sie trat beiseite. Jetzt wußte sie, was nicht stimmte. Ihr Vater kam herein und nahm seinen Zylinder ab. Sie schloß die Tür.

«Bitte, nimm Platz, Papa.»

«Danke, aber ich stehe lieber.»

Sie lächelte recht unsicher und setzte sich selbst auf das Bett.

«Emma, nach dem tragischen Tod deiner Mutter habe ich es übernommen, dir Vater und Mutter zu sein, sofern das möglich ist. Ich fürchte jedoch, hie und da versagt zu haben. Wie ist deine genaue Beziehung zu Mr. Clark?»

Sie holte tief Luft. «Ich will nicht lügen, Papa. Ich liebe Mr. Clark.»

«Ich nehme an, du warst heute nacht bei ihm?»

«Ja.»

Er runzelte die Stirn. «Dies ist eine heikle Frage, aber hast du ... ich meine, hast du mit ihm ... verkehrt?»

«Ja.»

«Aha.» Er fuhr sich mit dem Zeigefinger über die schmalen Lippen, eine Geste, die sie oft bei ihm gesehen hatte, wenn er nachdachte. «Ich habe nichts gegen Mr. Clark», fuhr er fort. «Wir stehen vielmehr tief in seiner Schuld, weil er wenigstens einen Teil unseres Vermögens gerettet hat. Übrigens habe ich seit dem Vorfall in jener Nacht gründlich darüber nachgedacht, ob wir bei unseren verminderten finanziellen Verhältnissen die Reise nach Kalifornien fortsetzen sollen. Ich bin zu dem Schluß gekommen, daß wir immer noch genug Geld haben, um uns in Kalifornien niederzulassen, obwohl wir natürlich nicht in so großem Maßstab operieren können, wie ich mir das vorgestellt hatte. Findet dieser Entschluß deine Zustimmung?»

«Natürlich, Papa. Ich wäre nie auf die Idee gekommen, nicht nach Kalifornien zu gehen.»

«Aber ich. Doch da wir die Passage auf der *Empress of China* schon bezahlt haben, was keine geringe Summe war –»

Er wurde von dem traurigen Tuten der Schiffssirene unterbrochen. Felix zog seine goldene Taschenuhr hervor und sah nach der Uhrzeit. «Mittag», sagte er. «Welche Mängel dieses Schiff auch haben mag, es hält sich wenigstens an seinen Fahrplan. Wir sollen um zwölf Uhr mittags in Cairo ablegen.»

Das Schiff erbebte, und Emma hörte das ferne Rauschen des Heckrades. Felix schob die Uhr wieder in die Tasche. «Ist dir bekannt», fuhr er fort, «daß Mr. Clark einen falschen Namen trägt?»

«Ja, aber woher weißt du das?»

«Das ganze Schiff weiß Bescheid. Dein junger Liebhaber hat offenbar eine Bank in Ohio ausgeraubt.»

Sie wurde starr vor Angst. «Papa, was ist passiert?»

«Vor zwei Stunden kam die Polizei an Bord, kurz nachdem wir in Cairo angelegt hatten. Sie haben Mr. Clark verhaftet, dessen richtiger Name anscheinend Collins lautet.»

«Archer!» Sie stand auf. «Ich muß zu ihm. Wo ist er?»

«Sie haben ihn mit an Land genommen. Er soll nach Ohio zurückgebracht und vor Gericht gestellt –»

«Archer!»

Als sie zur Tür stürzte, hob Felix seinen Spazierstock, um ihr den Weg zu versperren.

«Es ist zu spät. Das Schiff hat abgelegt.»

Sie wandte sich ihm mit gequältem Gesicht zu, und ihre Augen füllten sich mit Tränen. «Warum hast du mich nicht geweckt?» Sie schrie es beinahe.

«Du mußt Mr. Collins vergessen, Emma. Es wird am Anfang schmerzlich sein, aber du mußt ihn vergessen.»

«Das hast du mit Absicht getan. Du hast mich schlafen lassen, als sie ihn abholten.» Ihre Augen nahmen einen erschrockenen Ausdruck an. «Der Zahlmeister muß ihn verraten haben.» Sie stieß den Spazierstock beiseite, lief zur Tür und riß sie auf.

«Emma?»

Sie lief hinaus, barfuß und im Negligé.

«Emma, komm zurück!»

Sie rannte zum Heck, stieß gaffende Passagiere beiseite, bis sie an die Reling gelangte. Sch-sch-sch, die riesigen Schaufeln des Heckrades sausten auf sie zu, tauchten hinab und warfen ihre Gischt in den Wind, als sie das Schiff vom Ufer von Illinois abstießen und dem großen Mississippi zustrebten. Der Wind blies durch Emmas offene Haare, während sie auf die kleine Stadt Cairo starrte, die in der Ferne verschwand.

«Archer», schluchzte sie.

Zwei Geschäftsmänner mittleren Alters aus Louisville eilten herbei, um sie aufzufangen, als sie auf dem Deck zusammenbrach. Als sie Emma in ihre Kabine trugen, trat die Gräfin Davidoff zu Felix. «Mein lieber Mr. de Meyer, was ist Ihrer schönen Tochter zugestoßen?»

«Ich fürchte», sagte er traurig, «daß ihr Herz soeben einen Sprung bekommen hat.»

6

Als Emma in New Orleans an Bord der *Empress of China* ging, wußte sie, daß sie schwanger war. Ihre Regel war ausgeblieben, außerdem spürte sie ein Werden in ihrem Innern. Die Erkenntnis, daß sie Archers Kind in sich trug, nahm sie mit gemischten Gefühlen auf. Einerseits freute sie sich insgeheim über dieses lebendige Andenken an den jungen Mann, in den sie sich so hoffnungslos verliebt hatte, und sie rappelte sich allmählich aus der Verzweiflung hoch, in die seine Verhaftung sie gestürzt hatte. Andererseits sah sie sich vor die enormen Probleme einer nicht verheirateten werdenden Mutter gestellt. Ihr Vater hatte nicht viel zu ihrem Bekenntnis, mit Archer geschlafen zu haben, gesagt, aber sein Handeln machte deutlich, was er dachte. Er hatte mit dem Wecken gewartet, bis das Flußschiff sich anschickte, Cairo zu verlassen, und hatte so verhindert, daß sie den törichten Versuch unternahm, Archer zu folgen. Daher wußte sie, was er sagen wollte: «Archer ist ein netter junger Mann – für einen Bankräuber – aber es ist besser, wenn er aus deinem Leben verschwindet.» Felix würde es kaum begrüßen, daß sie in anderen Umständen war – ohne geordnete Umstände.

Sie wünschte sich verzweifelt jemanden, mit dem sie reden konnte, aber an wen konnte sie sich wenden? Sicher nicht an David, den Archers Verschwinden zu freuen schien. Der Dreimastklipper *Empress of China* hatte kaum ein Dutzend Passagiere, da er hauptsächlich ein Frachtschiff war, und mit fremden Leuten konnte Emma unmöglich über so ein intimes Thema sprechen.

Am zweiten Tag nach dem Auslaufen von New Orleans, als das nach Havanna und sodann nach Buenos Aires bestimmte Schiff den heißen Golf von Mexiko durchsegelte, beschloß sie, sich an Gräfin Davidoff zu wenden. Die elegante russische Adlige, die mit einer französischen Zofe namens Cécile reiste, hatte sich in zunehmendem Maße mit ihnen angefreundet. Und obwohl Felix auf eine Weise, die mit jedem Tag zusehends romantischer wurde, von ihr eingenommen war, hatte sich die Gräfin zu Emmas Verwunderung untadelig verhalten und nichts getan, was Emmas ersten Eindruck von einer Abenteurerin bestätigt hatte. Ihr Charme hatte Emmas anfängliche Feindseligkeit dahinschmelzen lassen, und deshalb beschloß sie, nach dem Mittagessen mit ihr zu reden. Sie wartete auf dem Hauptdeck, bis die Gräfin erschien, um ihre Runde um das Schiff zu machen. Unterdessen beobachtete sie interessiert die Geschäftigkeit auf dem Klipper, der von nun an mindestens vier Monate lang ihr Heim sein würde.

Der Klipper war der Stolz von Amerika und der schnellste Segler auf allen Gewässern. Bislang war Emma von der Tüchtigkeit der Mannschaft und der Sauberkeit des Schiffes, dessen Heimathafen Boston war, beeindruckt, obwohl ihr die Beengtheit ihrer Kabine gründlich mißfiel. Jetzt blickte sie hoch, um zuzusehen, wie die Mannschaft in die Takelage kletterte. Die großen weißen Segel blähten sich vor dem kräftigen Wind und krängten das Schiff nach Backbord, als es den Golf durchpflügte.

«Schön, nicht wahr?» sagte eine Stimme neben ihr. Sie wandte sich um und sah einen Mann in der Uniform des Schiffskapitäns. Sie schätzte ihn auf Anfang vierzig, eine imponierende Erscheinung mit breiten Schultern und schmaler Taille. Sein volles Haar war flammend kupferrot, und sein Gesicht war fast ebenso rot, wohl verbrannt von tausend Tagen auf See. «Das Schiff», fügte er hinzu, indem er an seinen Dreispitz tippte. «Ich finde, ein eleganter Klipper ist so schön wie irgendwas auf Erden, ausgenommen eine reizende Frau wie Sie. Gestatten Sie, daß ich mich vorstelle? Ich bin Kapitän Scott King, Skipper dieses Schiffs und auch der Besitzer. Sie sind, glaube ich, Miss de Meyer von Passagierkabine drei?»

«Das ist richtig, Herr Kapitän.» Sie hatte entschieden den Eindruck, daß Kapitän King, der fast einen Kopf größer war als sie, in bezug auf sie Vorstellungen hegte, die über seine Berufspflichten hinausgingen, und sie beschloß, diese mit aller ihr zu Gebote stehenden Kühle und Förmlichkeit im Keim zu ersticken.

«Da wir uns die nächsten hundert Tage recht häufig sehen werden», sagte er, «sollten wir uns kennenlernen.» Er lächelte ziemlich unverschämt.

«Ich wußte nicht, daß der Erwerb einer Schiffspassage einen verpflichtet, mit der Mannschaft Freundschaft zu schließen.» Sie dachte, das würde ihn zum Schweigen bringen.

Er sah sie mit blaugrünen Augen an, die so unverschämt waren wie sein Lächeln. «Ich bin nicht die Mannschaft, Miss de Meyer. Während Sie sich auf meinem Schiff befinden, bin ich der liebe Gott. Guten Tag.» Er machte Anstalten zu gehen, zögerte dann und sah in ihre blitzenden Augen. «Ich glaube, Miss de Meyer, wenn Blicke töten könnten, wäre ich jetzt tot.»

«Rothaariger Hornochse!» murmelte sie, als er im Schiffsinnern verschwand. «Was bildet der sich ein, wer er ist? ‹Der liebe Gott›, du meine Güte!»

Das Schiff knarrte und ächzte unentwegt, während der Wind es nach Havanna trieb.

«Aber meine liebe Emma, er *ist* der liebe Gott», sagte Gräfin Davidoff, als die zwei Frauen zwanzig Minuten später über das Deck schlenderten. «Es war nicht klug von Ihnen, Kapitän King zu düpieren. Während wir auf See sind, ist er der Herr über unser aller Schicksal.»

«Kann schon sein, aber mir kam er wie ein eingebildeter Affe vor.»

Die Gräfin lachte. «Sie sind sehr streng mit ihm. Wie ich höre, ist er einer der reichsten Schiffseigner von Boston. Ich habe ferner gehört, daß er ein ziemlich skandalöses und rätselhaftes Liebesleben führt.»

«Tatsächlich?» Emmas Interesse war unwillkürlich angestachelt. «Inwiefern?»

«Ah, wenn wir das wüßten, wäre es kein Rätsel, nicht wahr? Und wenn es etwas Unbefriedigenderes gibt als ein ungelöstes Rätsel, dann ist es ein gelöstes Rätsel.»

Emma lächelte. Der schneidende Humor der Gräfin Davidoff war amüsant, und ihre fremdländische Aussprache verlieh ihm eine elegante Pikanterie.

«Aber ich kann Ihnen gar nicht sagen, wie froh ich bin, die Farbe in Ihre Wangen zurückkehren zu sehen», fuhr sie fort. «In den letzten Tagen habe ich beobachtet, wie Ihre Stimmung stieg – was Ihren Vater freut, darf ich hinzufügen. Er hat sich nämlich Sorgen um Ihre Gesundheit gemacht. Doch ich habe ihm gesagt: ‹Zeit, mein lieber Felix, geben Sie ihr Zeit. Die Zeit heilt alle Wunden, sogar die Wunden des Herzens.›»

«Diese Wunde wird die Zeit niemals heilen, Gräfin.»

«Sie werden sehen, daß selbst der forsche Mr. Collins eines Tages in Ihrer Erinnerung verblaßt.»

«Das ist nicht sehr wahrscheinlich, da –» sie atmete tief durch – «da ich ein Kind von ihm erwarte.»

«Ist das wahr?»

«Leider ja.»

«Sie haben es Ihrem Vater nicht erzählt?»

«Nein, und offen gesagt, habe ich Angst. Ich liebe Papa von ganzem Herzen, aber ich glaube nicht, daß er, was geschehen ist, mit denselben Augen sieht wie ich. Ich weiß, ich habe gesündigt, und ich bin bereit, die Verantwortung dafür zu tragen. Aber der arme Papa», seufzte sie, «ich fürchte, das könnte ihm das Herz brechen.»

«Er wird natürlich erschüttert sein, das ist zu erwarten. Andererseits, Ihr Vater ist ein vernünftiger Mann, deswegen habe ich ihn ja so gern ... vielleicht möchten Sie, daß *ich* es ihm sage? Es ist womöglich besser so.»

«Ja! O ja, ich glaube, es wäre viel besser. Papa hat Sie gern, das merke ich, und ... ja, ich hatte gehofft, daß Sie vermitteln würden. Ist das nicht seltsam? Als ich Sie kennenlernte, dachte ich, ich könnte Sie nicht leiden, und nun werden wir Freundinnen. Zumindest hoffe ich das.»

Die Gräfin tätschelte Emmas Arm. «Das hoffe ich auch», sagte sie lächelnd. Dann überlegte sie einen Moment. «Ich muß es Ihrem Vater bald sagen. Ihre Schwangerschaft wirft gewisse Probleme auf außer dem nächstliegenden, daß es keinen Vater gibt.»

«Was meinen Sie?»

«Dieses Schiff wird in den südamerikanischen Wintermonaten Kap Hoorn umfahren. Es wird unvermeidlich heftigen Stürmen ausgesetzt sein. Für eine Frau, die ein Kind erwartet, wird es nicht gerade so sein, wie in Frankfurt auf einer Chaiselongue zu liegen. Es könnte sogar gefährlich werden.»

«Das hatte ich nicht bedacht.»

«Sie haben eine Menge nicht bedacht. Aber darum dreht es sich leider bei der Liebe: die Ekstase des Augenblicks, wenig Gedanken an die Zukunft. Sie sind jung, meine Liebe. Ich war auch einst jung, und ich weiß, wie das ist, deshalb verurteile ich Sie nicht. O nein, ich muß Ihnen helfen.»

«Liebe Gräfin, Sie sind so gut.»

«Nicht so sehr gut wie praktisch. Aber Sie müssen mich Zita nennen. Gräfin ist so steif. Ist Zita nicht ein wundervoller Name? Ich habe ihn mir ausgedacht, als ich fünf war. Mit meinem richtigen Namen heiße ich Irina, wie meine liebe Tochter, aber Zita klingt viel lustiger, finden Sie nicht? Irgendwie zigeunerhaft.» Sie runzelte die Stirn. «Hm, wie bringen wir es Ihrem Vater bei?» Sie zuckte die Achseln. «Vielleicht ist der direkte Weg der beste: ihm die Wahrheit sagen. Nach einer guten Mahlzeit und einem Glas Wein natürlich. Vielleicht sogar zwei Gläsern Wein.»

«Ich habe das Gefühl, Sie verstehen viel von Männern.»

«O ja, ich verstehe eine ganze Menge von ihnen. Eines Tages muß ich

Ihnen meine Lebensgeschichte erzählen. Sie ist fast so skandalös wie die von Kapitän King.»

Das Bild des großen rothaarigen Kapitäns blitzte in Emmas Kopf auf, und mit einemmal brannte sie vor Neugierde, seine Geheimnisse zu erfahren.

Trotz seiner bescheidenen Herkunft und seines Hangs zu Kraftausdrücken im Umgang mit seinen Schiffskameraden hatte Scott King nie beabsichtigt, sein Leben lang ein ungebildeter Ignorant zu bleiben. Vor fünf Jahren hatte er der Harvard-Universität zwanzigtausend Dollar gespendet und deren Präsidenten gebeten, ihm fünfzig Bücher zu nennen, durch deren Lektüre er sich bilden könne. Präsident Edwards hatte sie für eine so ansehnliche Spende gerne zusammengestellt, und Scott hatte sich schon durch zwanzig hindurchgebissen und sehr zu seiner Verwunderung festgestellt, daß ihn der Heide Plato viel mehr interessierte als die meisten christlichen Schriftsteller, mit denen er sich befaßte. Jetzt ging er an den Bücherschrank, der eine ganze Wand seiner geräumigen Kajüte bedeckte. Die durch Messingstangen vor dem Stampfen des Schiffes geschützten Lederbände sahen beeindrukkend aus. Er zog einen schwer verständlichen, jedoch faszinierenden philosophischen Wälzer hervor, den er zur Zeit las. Er ging damit zu der gepolsterten Fensterbank, warf ein paar Kissen darauf und streckte sich aus. Der Schiffsjunge brachte ihm eine Karaffe Jamaikarum. Die Kajüte war großzügig ausgestattet. Scott legte großen Wert auf Komfort und sah keinen Grund, auf See darauf zu verzichten.

Es klopfte. Der Schiffsjunge ging öffnen. Felix de Meyer stand vor der Tür. «Kann ich Kapitän King sprechen? Ich bin Mr. de Meyer von Kabine fünf.»

«Kommen Sie herein, Mr. de Meyer.» Scott sprang auf und schüttelte dem gut gekleideten, bärtigen Juwelier aus Frankfurt die Hand. «Ein Gläschen Rum gefällig, Mr. de Meyer? Oder vielleicht ein Glas Portwein?»

«Nein, danke, Herr Kapitän.»

«Nehmen Sie Platz.» Scott bot seinem Gast einen roten Plüschsessel an und machte dem Schiffsjungen ein Zeichen zu verschwinden. Felix setzte sich und stützte sich mit den Händen auf seinen Spazierstock. «Herr Kapitän, Sie sind doch ermächtigt, auf See Trauungen vorzunehmen?» fragte er.

«Das stimmt.»

«Könnten Sie dann wohl morgen meine Tochter mit Mr. Levin vermählen?»

Scott betrachtete Felix' bärtiges Gesicht. Er roch den Braten eindeutig. «Ja, schon, aber –»

Die Tür flog auf, und Emma, in einem grünen Samtkleid, platzte herein, die Augen weit aufgerissen, die behandschuhten Hände ausgestreckt. «Nein», rief sie, auf ihren Vater zueilend. «Papa, du kannst mich nicht zwingen, David zu heiraten. Ich liebe ihn nicht, und ich lasse mich nicht ein zweites Mal zwingen, einen Mann zu heiraten, den ich nicht liebe!»

«Emma, geh in deine Kabine.»

«Nein!» Sie wandte sich an Scott: «Es muß doch eine Regel geben, daß Sie eine Frau nicht gegen ihren Willen trauen können, nicht?»

Scott verschlang sie mit den Augen. Als er sie das erste Mal sah, hatte er sie schön gefunden. Jetzt fand er sie gewaltig. Ihr Zorn unterstrich ihre Schönheit und verlieh ihr Feuer. Mein Gott, dachte er, ich habe mich geirrt. Sie ist nicht bloß eine Frau. Sie ist eine Göttin.

«Sie haben durchaus recht, Miss de Meyer. Es gibt zwar keine solche Regel, aber ich würde weder Sie noch sonst eine Frau gegen ihren Willen trauen.»

Sie lächelte. «Danke, Herr Kapitän.» Darauf wandte sie sich wieder an ihren Vater: «Siehst du, Papa? Wir sind nicht im Mittelalter, und man kann mich nicht wie ein Sklavin herumkommandieren. Ich habe Anton Schwabe geheiratet, weil Mama es wünschte, aber ich werde David nicht heiraten. Ich liebe einen anderen.»

«Einen Bankräuber, der vermutlich jetzt im Gefängnis sitzt.» Felix stand auf. «Wann kommen wir nach Havanna, Herr Kapitän?»

«Wenn der Wind sich hält, dürften wir übermorgen da sein.»

«Ich lasse David dort Vorkehrungen für die Trauung treffen. Ich glaube sogar, daß es in Havanna eine Synagoge gibt, was mir natürlich lieber wäre.»

«Papa –»

«Ich will nichts mehr davon hören!» unterbrach er sie, die Stimme fast zum Schreien erhebend, was er noch nie getan hatte. «Ich liebe dich, Emma, das weißt du. Ich würde dich niemals zu etwas zwingen, was zu deinem Nachteil wäre. David ist ein tadelloser junger Mann und wird dir ein fabelhafter Ehemann sein. Mehr gibt es zu diesem Thema nicht zu sagen.» Er verließ die Kajüte und schloß die Tür hinter sich.

Einen Moment rührte Emma sich nicht; sie starrte die Tür an, während Scott Emma anstarrte. Schließlich flüsterte sie: «Ich tu's nicht.»

«Wäre ich ein Wetter, würde ich einen hohen Einsatz riskieren, daß Sie es doch tun werden.» Er hatte wieder dieses unverschämte Lächeln.

Sie wollte ihn schon anfahren – sie konnte ihn wirklich nicht ausstehen – überlegte es sich jedoch anders. Er ist ein Verbündeter, dachte sie, und im Moment brauche ich jede Hilfe, die ich bekommen kann.

«Gibt es in Havanna eine Synagoge?» fragte sie.

«Nein. Aber eine Menge katholischer Kirchen. Glauben Sie, Ihr Vater begnügt sich mit einer katholischen Trauung?»

«Eher würde er sterben. Dann bin ich vielleicht gerettet –»

«In Jamaika gibt es eine Synagoge.»

Sie sah ihn mißtrauisch an. «Wir legen doch nicht in Jamaika an?»

«Warum nicht?» Wieder dieses unverschämte Lächeln. Mistkerl, dachte sie. Er spielt mit dir wie die Katze mit der Maus. Ich könnte ihm einen Tritt versetzen! Aber ich bin lieber nett zu ihm ... «Sie waren so galant, Herr Kapitän», sagte sie sanft und ließ ihr betörendstes Lächeln aufblitzen. «Ich meine, daß Sie sich geweigert haben, mich zu trauen. Dafür bin ich Ihnen sehr verbunden. Sie haben doch gewiß nicht die Absicht, in Jamaika anzulegen, oder?»

Er machte eine spöttische Verbeugung. «Eine junge Dame in Not weckt stets die besten Eigenschaften in mir», sagte er. «Wir werden nicht mal in die Nähe von Jamaika kommen. Ich könnte natürlich den ganzen Schlamassel bereinigen, wenn Sie möchten.»

«Ist das wahr? Und wie?»

«An der Ungeduld, wie Sie das eben gesagt haben, erkenne ich, daß Sie diesem Mr. Levin in tiefer Liebe zugetan sind.»

Mistkerl! dachte sie wieder. «David ist mein bester Freund, aber ich liebe ihn nicht – das dürfte ja wohl klar sein. Kapitän King, ich wäre Ihnen sehr verbunden, wenn Sie mich nicht immer wie eine Schwachsinnige behandeln würden.»

«Ich sehe, Ihre Zunge ist so scharf wie Ihr Temperament. Ob Mr. Levin weiß, worauf er sich da einläßt? Etwas sagt mir, daß Sie sich heute in zwanzig Jahren als richtige Xanthippe entpuppt haben werden.»

«Kümmern Sie sich nicht um heute in zwanzig Jahren. Sie sagten, Sie wüßten einen Ausweg?»

«Erzählen Sie mir zuerst, warum Ihr Vater so darauf erpicht ist, Sie zu verheiraten. Irgendwie schwebt mir da eine Mußheirat vor.»

Sie erstarrte, errötete jedoch nicht. Emma war noch nie im Leben errötet. «Ich schäme mich nicht, die Wahrheit zu gestehen», sagte sie. «Ich erwarte ein Kind.»

Er grinste. «Ich nehme an, der glückliche Vater ist dieser Bankräuber, den Ihr Vater erwähnte?»

«Ja, aber das geht Sie nichts an.»

«Dafür, daß Sie noch so jung sind, Miss de Meyer, haben Sie ein reges Leben geführt. Ich nehme nicht an, daß ich Sie bewegen könnte, sich in mich zu verlieben, wenn ich eine Bank ausraubte?»

«Kapitän King, wenn ich Eva wäre und Sie Adam, würde ich als alte Jungfer sterben, bevor ich mich in Sie verlieben würde.»

«Das würde ernste Folgen für die Menschheit haben. Erzählen Sie mir von dem Bankräuber.»

«Er ist lieb und mutig und sieht unglaublich gut aus, und ich werde ihn lieben bis zum Tage meines Todes, und bitte sagen Sie mir, wie Sie mir zu helfen beabsichtigen.»

So ein faszinierender kleiner Drachen, dachte er. «Wenn wir nach Havanna kommen, Miss de Meyer», sagte er verbindlich, «werde ich es Ihnen zeigen.»

So ein unsympathischer Kerl! dachte sie. «Dann muß ich wohl bis Havanna warten, wie? Danke, Kapitän King. Ich bin Ihnen sehr verbunden für alles, was Sie für mich tun.»

Sie ging auf die Tür zu, doch geschwind wie eine Katze schob er sich davor. «Sie könnten mir Ihre Verbundenheit beweisen», sagte er grinsend.

Sie blieb stehen. «Kapitän King –»

«Sagen Sie Scott zu mir.»

«Ich ziehe es vor, unsere Bekanntschaft auf einer formalen Ebene zu belassen, danke. Bitte machen Sie Platz.»

«Sie scheinen die Situation nicht zu begreifen. Ich tue niemandem sonst einen Gefallen. Wenn Sie wollen, daß ich Ihnen helfe, den Klauen von Mr. Levin zu entkommen, müssen Sie mich dafür bezahlen – zumindest mit einem Kuß.»

Sie funkelte ihn böse an. «Sie sind offensichtlich kein Gentleman.»

«Da Sie ziemlich freizügig zu einem hübschen jungen Bankräuber waren, würde ich sagen, Sie sind keine Dame. Emma, Sie sind wunderbar, wenn Sie wütend sind, aber die errötende Exjungfrau gehört nicht zu Ihren besten Rollen.»

«Sie sind der ungehobeltste Mensch, der mir je begegnet ist. Und ich habe Ihnen nicht gestattet, mich Emma zu nennen.»

«Ich weiß. Nun, ich habe was Besseres zu tun, als mit Ihnen zu streiten.» Er gab die Tür frei und durchquerte die Kajüte. «Hoffentlich werden Sie glücklich mit Mr. Levin.»

Als er auf seinem Schreibtisch eine Karte entrollte, funkelte Emma ihn wütend an. «Na gut, küssen Sie mich.» Sie trat zu ihm und hob ihm ihr Gesicht entgegen. Er sah einen Moment auf sie herab. Ihre Augen waren ganz nach rechts verdreht, um ihm auszuweichen.

«Ich warte», sagte er schließlich, «bis Sie mich ansehen. Wirklich, Emma, ich bin kein so schlechter Anblick.»

Ihre Augen blickten funkelnd in seine. «Beeilen Sie sich. Ich habe nicht die ganze Nacht Zeit.»

«Sie haben eine wunderbare Art, romantische Gefühle in einem Mann zu wecken. Aber eines Tages, Emma, werden Sie mich anflehen, Sie zu küssen.»

«Eines Tages geschehen Zeichen und Wunder. Ich warte.»

Er nahm sie in die Arme und drückte seinen Mund fest auf ihren. Er hielt sie fast eine Minute. Dann ließ er sie los. Sie sahen sich an. Wieder trat das unverschämte Lächeln auf seine schmalen Lippen. «Nun? Habe ich ein Freudenfeuer entfacht?»

«Sie haben nicht mal einen Funken geschlagen.»

Sie verließ die Kajüte. In dem engen Flur legte sie ihre Hand aufs Herz und lehnte sich ans Schott. Tief atmend sah sie zu der über ihr schwingenden Laterne hoch. Mein Gott, dachte sie, so bin ich noch nie geküßt worden. Ich bin mir richtig unzüchtig vorgekommen.

Dann straffte sie sich, und ein entschlossener Ausdruck trat in ihr Gesicht. Aber nie wird er von mir erfahren, daß es mir gefallen hat, dachte sie, als sie zu ihrer Kabine ging. Der eingebildete Affe.

7

Fünf Jahre.

Die Worte des Richters hallten in Archers Kopf wie das Dröhnen von Begräbnistrommeln. «Archer Collins, du bist des bewaffneten Raubüberfalls für schuldig befunden. Ich verurteile dich hiermit zu fünf Jahren Haft im Staatsgefängnis.»

Jetzt saß er mit sechs weiteren Gefangenen in einem von vier Pferden gezogenen Fuhrwerk. Sie hatten eiserne Beinketten, und ihre Handgelenke waren von Eisenfesseln umschlossen. Man hatte sie angewiesen, nicht zu sprechen. Zwei bewaffnete Wärter saßen hinten im Wagen und beobachteten sie mit gelangweilter Miene. Zwei weitere bewaffnete Wärter fuhren vorne beim Kutscher mit.

Das Fuhrwerk hielt vor der sechs Meter hohen Mauer des Staatsgefängnisses von Ohio außerhalb von Columbus. Das riesige Eisentor öffnete sich langsam nach innen. Der Wagen rumpelte in einen Hof. Sobald das Tor geschlossen war, hielt der Wagen an. Der hintere Schlag wurde geöffnet, und die zwei Wächter stiegen aus.

«Okay, ihr Brüder, raus mit euch», sagte der eine. «Willkommen in eurem neuen Heim.»

Das neue Heim war ein riesiges, neu erbautes Steingebäude, das aus vier großen, um einen Innenhof errichteten Zellenblöcken bestand. An allen Ecken erhoben sich mit Zinnen versehene Wachtürme, und die gesamte Anlage war von der hohen Mauer umschlossen. Die Türme im zeitgemäßen neugotischen Stil verliehen der garstigen Stätte das Aussehen eines Märchenschlosses oder vielmehr einer Drachenbehausung.

Archer starrte die grimmige Festung an und schauderte.

Fünf Jahre.

«Ich bin Gefängnisdirektor Edward Ridley», sagte der Mann mit dem gütigen Gesicht, auf dessen scharf geschnittener Nase ein Kneifer saß.

«Du bist hier in einer der modernsten Strafanstalten in Amerika. Der Zweck deiner Haft ist nicht nur, dich für dein Verbrechen zu bestrafen, sondern auch, deine Moral wieder aufzurichten, damit du, wenn du diese Mauern verläßt, deinen Platz als nützliches Mitglied der Gesellschaft einnehmen kannst.» Er hielt inne. Archer stand in Habachtstellung vor dem Schreibtisch in dem geräumigen, über dem Haupteingang des Gefängnisses gelegenen Büro des Direktors. In den vergangenen zwei Stunden hatte man Archer entkleidet, entlaust und ihm zwei Garnituren quer gestreifte Baumwolluniformen nebst zwei gestreiften runden Kappen ausgehändigt, ihm die Haare auf zwei Zentimeter Länge gestutzt und eine Nummer zugewiesen: 4162. Dann hatte er die sackartige Uniform angezogen und war in das Büro des Gefängnisdirektors gebracht worden. Er fühlte sich nicht mehr als Mensch. Er war eine Nummer.

«Du hast am Tag, bei der Arbeit und bei allen Mahlzeiten ein absolutes Schweigegebot zu befolgen. Du wirst im Marschtritt mit gesenkten Augen gehen. Erst wenn du am Abend in deine Zelle zurückkehrst, darfst du sprechen, aber nur mit deinem Zellengenossen. Jedes rüpelhafte Benehmen wird streng geahndet. Jede Verletzung der Gefängnisvorschriften bringt dir Einzelhaft bei Wasser und Brot ein. Ich kann dir garantieren, das ist äußerst unangenehm. Du bist gut beraten, wenn du es vermeidest. Dennoch meine ich, daß dies eine humane Anstalt ist. Ich habe nicht den Wunsch, einen abgebrühten Kriminellen aus dir zu machen. Wenn du dich gut führst, kann dir Zeit gutgeschrieben werden, wie wir das nennen. Für jeweils zehn Tage Haft ohne Verletzung der Vorschriften kann dir ein Tag deiner Strafe erlassen werden, so daß du deine Haftzeit um ein Zehntel oder, in deinem Fall, um sechs Monate verkürzen kannst. Eine einzige Verletzung der Vorschriften jedoch, und deine gutgeschriebene Zeit wird vollständig gelöscht. Hast du mich verstanden? Du darfst sprechen.»

«Ja, Sir.»

«Schön. Eine Bibel steht dir zur Verfügung, falls du göttlichen Beistand wünschst. Du bist in Zelle einundvierzig eingewiesen. Ich wünsche dir viel Glück, 4162. Schickt den nächsten Gefangenen herein.»

Der Wärter packte Archers rechten Arm und führte ihn aus dem Büro und einen breiten Flur entlang, wo Ölgemälde des Gouverneurs von Ohio und zweier Senatoren hingen, bis er an eine weitere Eisentür kam. Darüber stand ein Schild: «Sie betreten Zellenblock A.» Der Wärter läutete eine Glocke. Ein Guckloch ging auf. Darauf wurde die Tür aufgeschlossen und schwang nach innen. «Gefangener 4162, eingewiesen in Zelle einundvierzig», meldete der Wärter. Man hatte Archer die Beinketten abgenommen, aber seine Handgelenke waren noch gefesselt. Jetzt wurde er von einem anderen Wärter durchsucht. Sie standen in einem kleinen Vorraum. Vor ihnen erhoben sich schwere Eisengitter vom Steinboden bis zur Decke. Dahinter erstreckte sich ein ungeheuer langer, drei Stockwerke hoher Raum. Rechterhand lagen die Zellen in drei Etagen übereinander. Aus den Mauern ragten Gasbrenner. Durch die vergitterten Fenster zur Linken sickerte blasses Licht fast unwillig herein. Der Zellenblock war leer und unheimlich still.

«Gefangener 4162, eingewiesen in Zelle einundvierzig», meldete der zweite Wärter einem dritten auf der anderen Seite der Gitterstäbe. Dieser schloß das Tor auf. Archer wurde hindurchgestoßen. Der Wärter verschloß das Tor wieder, dann packte er Archers linken Arm. Seine Finger gruben sich ihm schmerzhaft ins Fleisch. Der Wärter führte ihn den langen Zellenblock entlang zu der Eisentreppe. Es war ein junger Wärter, mit schwarzen Haaren und pockennarbigem Gesicht.

«Dein Zellengenosse wird dir gefallen, 4162», sagte er leise. «Er ist 'ne Rothaut und haßt uns Weiße. Du bist 'n richtiger Weißer, 4162, also paß gut auf deinen Arsch auf, sonst könntest du eines Morgens tot aufwachen. Wie findest du das?»

Archer wollte etwas sagen, dann fiel ihm ein: Schweigen. Gutgeschriebene Zeit. Der Wärter grinste: «Ich sehe, du bist schlau, 4162. Hast mir nicht geantwortet. Aber eines Tages vergißt du dich und sprichst, und dann muß ich dich ins Loch schicken. Das möcht ich 'nem netten Jungen wie dir nicht gerne antun. 'türlich würdest du nach ein paar Wochen Loch nicht mehr so nett aussehen.» Und er fing an zu kichern. Archer bekam eine Gänsehaut. Der Wärter roch nach schalem Tabak. «Mein Name ist Sergeant Woolridge, 4162», fuhr der Wärter fort, während sie die Eisentreppe hinaufstiegen. «Bin richtig beliebt bei den Sträflingen. So richtig beliebt. Wir zwei werden auch gute Freunde, 4162. Gibt hier sonst nicht viel zu tun, außer gut Freund sein und warten. Und du hast 'ne lange Wartezeit, 4162. 'türlich haben wir dir 'ne hübsche Zelle im zweiten Stock gegeben. 'ne Zelle mit Aussicht sozusagen. Auch geräumig, wie alle unsere Zellen. Du und Joe Thunder werdet's richtig gemütlich haben. Joe Thunder ist dein Zellengenosse. Er ist 'ne Shawnee-Rothaut und richtig fies. Er soll mal 'nen fünfjährigen weißen Jungen skalpiert haben. Stell dir vor! Also sei auf der Hut, 4162. Wie gesagt, du bist 'n richtiger Weißer. Da wären wir. Willkommen daheim.» Sie waren im zweiten Stock angelangt und gingen den vergitterten Gang entlang, vorbei an Eisentüren mit kleinen Gitterfenstern. Vor einer mit 41 gekennzeichneten Tür blieben sie stehen. Woolridge löste einen Schlüsselring vom Gürtel und schloß die Tür auf. «Die Sträflinge sind gerade beim Abendessen», sagte er. «Du kriegst heute abend kein Essen, aber du verpaßt nicht viel. Ehrlich gesagt, die Verpflegung hier ist beschissen.» Er nahm einen anderen Schlüssel und schloß Archers Handschellen auf. Während Archer seine wunde Haut rieb, schloß Woolridge: «Okay, 4162. Dies ist deine Zelle. Halte sie sauber, wir inspizieren überraschend, und wenn deine Zelle schmutzig ist, kann ich dich ins Loch stecken. Und bestell Joe Thunder 'n schönen Gruß von mir.» Er stieß Archer in die Zelle, schlug die Eisentür zu und schloß ab.

Archer sank auf die untere Pritsche. Sie war aus Eisen, darauf lagen eine dünne Matratze und am Fußende eine ordentlich zusammengefaltete Decke. Die Zelle war einen Meter breit, zwei Meter lang und zwei Meter hoch, ein Steinkäfig, in dem man Platzangst bekam. Das kleine Fenster in der Tür war der einzige Zugang für Lüftung und Licht, denn es gab weder ein Fenster nach draußen noch eine Beleuchtungsvorrichtung. Ein Schmutzwasserkübel auf der Erde diente als Toilette.

«O Gott», flüsterte Archer und hielt sich die Hände vors Gesicht. Er war lebendig mit einem mörderischen Indianer namens Joe Thunder begraben. Sein Körper sehnte sich nach Emma, wie sein Geist sich nach Freiheit und Kalifornien sehnte. Er fragte sich, ob er die eine oder das andere jemals wiedersehen würde. Er legte sich auf der Pritsche auf die Seite, rollte sich zusammen und versuchte, diese entsetzliche Welt durch Schlaf auszusperren.

Er wurde von einer Hand wachgerüttelt, die seinen Arm packte und ihn hochriß.

«Was machst du auf meiner Pritsche, Weißer?» flüsterte der übelst aussehende Mann, den Archer je erblickt hatte. Sein Gesicht wies eine riesige Narbe auf der rechten Backe auf, durchbohrende schwarze Augen, eine Adlernase, hohe Backenknochen, rotbraune Haut, dichtes schwarzes Haar. Der Mann hob Archer einfach hoch und warf ihn auf den Fußboden. «Ich bin Joe Thunder, und kein Weißer legt sich auf meine Pritsche, verstanden?»

Der Indianer, der groß und muskulös und dem Aussehen nach um die Zwanzig war, beugte sich über Archer und funkelte ihn böse an. Archer, dessen Kopf auf dem Boden aufgeschlagen war, sah Sterne.

«Ich wußte nicht, daß es deine ist», stieß er wütend hervor. Er versuchte sich aufzusetzen. Joe Thunder warf ihn zurück und sprang auf seinen Bauch. Archer stöhnte vor Schmerzen.

«Verdammt noch mal, was dachtest du denn, wem sie gehört? Ich bin zwei verflixte Jahre in dieser Zelle, ich bin hier drin der Boss, verstanden?»

Archer schlang beide Arme um Joe Thunders Fußgelenke und riß sie nach vorn, so daß er ihn in die Luft warf. Der Indianer machte einen Salto rückwärts und schlug mit dem Kopf gegen die Eisentür. Heulend vor Schmerzen und Wut fiel er über Archer her, der gerade auf die Beine kam. Archer senkte den Kopf und rammte ihn Joe Thunder wie ein Widder in den Bauch. Joe Thunder heulte auf, flog abermals durch die Luft, diesmal über den gebückten Archer hinweg. Es gelang ihm mit Mühe, auf den Füßen zu landen, wobei er den Schmutzwasserkübel knapp verfehlte. Jetzt gingen die zwei Männer, eingeschränkt durch die Enge der Zelle, brüllend und heulend aufeinander los. Der Lärm durchdrang die Stille des gruftartigen Gefängnisses wie ein Messer und riß die Insassen der anderen Zellen mit, die zu brüllen anfingen und gegen ihre Zellentüren traten und hämmerten. Der hohe Zellenblock tobte von dem aufgestauten Lärm von zweihundert frustrierten Männern, die eine der seltsamsten Neuerungen im modernen Strafvollzug zum Schweigen verdammte. Wärterpfeifen schrillten. Sergeant Woolridge schloß die Tür auf, drückte sich dann mit zwei anderen hinein, und ihre Knüppel sausten auf die zwei kämpfenden Gefangenen nieder.

«Bringt beide ins Loch!» brüllte Woolridge. Der eine Wärter packte den halb bewußtlos geschlagenen Joe Thunder, und der andere griff sich Archer, als dieser die Hand hob und das Blut fühlte, das aus einer klaffenden Wunde über seinem linken Auge strömte. Beide wurden aus der Zelle gezerrt. «Dreißig Tage Einzelhaft für jeden!»

«He, Weißer!» brüllte Joe Thunder. «Du kämpfst gut! Bist okay!» Archer konnte kaum verstehen, was er sagte. «Bis nächsten Monat», trällerte der Indianer wie von Sinnen. «Wir kommen prima miteinander aus, du wirst sehen.»

«Ruhe!» gellte Woolridge und hieb Joe Thunder seinen Knüppel über den Schädel. Der Indianer stöhnte und verlor das Bewußtsein.

8

Jamaika», sagte Gräfin Davidoff leise. «Einmalig schön. Es ist wie ein Traum.» Die Russin stand an der Backbordreling, während der Klipper die Küste der karibischen Insel entlang segelte. Im blendenden Sonnenschein lagen weiße Sandstreifen vor bewaldeten Hängen, die sich in den dunstigen Gipfeln der Berge im Landesinnern verloren. Die Insel in dem klaren, türkisgrünen Wasser war zauberhaft. Doch auf Emma, die neben Zita stand, wirkte Jamaika bedrohlich.

«Warum hat er es sich anders überlegt?» fragte sie. Sie hielt einen weißen Spitzenschirm, der ihren Teint vor der glühenden Sonne schützte. «Warum segeln wir nicht nach Havanna?»

«Kapitän King sagt, er hat den Kurs Ihretwegen geändert», erwiderte Zita, die ebenfalls einen Sonnenschirm hielt. «In Kingston gibt es eine Synagoge. Ich finde das sehr rücksichtsvoll von ihm.»

«Ja, aber ...» Emma biß sich auf die Lippe. Sie hatte Zita gern, wagte aber nicht recht ihr anzuvertrauen, daß Scott King versprochen hatte, ihr in Havanna zu helfen, ohne genauer zu sagen, wie. Statt dessen hatte das Schiff plötzlich Kurs auf Jamaika genommen. Er hat mich betrogen, dachte sie beinahe verzweifelt. Aber warum?

Emma wandte sich um und sah Scott über das Deck auf sie zukommen, die Hände hinter dem Rücken verschränkt, ein Lächeln auf dem gebräunten Gesicht. So ein Affe, dachte sie. Wie er lächelt. Er hat mich wahrhaftig betrogen. Ich könnte ihn umbringen!

«Guten Morgen, meine Damen.» Scott lüftete den Hut und machte eine vollendete, wenn auch knappe Verbeugung. «Wir können uns kaum prächtigeres Wetter für eine Hochzeit wünschen, nicht wahr? Und wie geht es der jungen Braut?» Er grinste mit blitzenden weißen Zähnen.

«Die junge Braut war der Meinung, daß die Hochzeit in Havanna stattfinden würde.» Emma spie ihm die Worte nahezu ins Gesicht.

«Ah, aber Jamaika ist viel romantischer. Wußten Sie, daß das Wort ‹Jamaika› von dem kubanisch-indianischen Wort ‹Xaymaca› stammt und daß –»

«Es ist mir völlig schnuppe, was Jamaika bedeutet», unterbrach Emma ihn, «aber ich weiß, was King bedeutet. Es bedeutet König der Verräter.»

Scott lachte. «Tja, wer weiß. Wir werden um die Mittagszeit den Hafen von Kingston anlaufen. Ich werde vor Port Royal Anker werfen, und Ihr Verlobter wird in einem Boot an Land gehen, um die Vorkehrungen für die Heirat zu treffen.»

«Er ist nicht mein Verlobter!» Emma brüllte es beinahe und ballte ihre Fäuste.

»Nennen Sie ihn, wie Sie wollen, jedenfalls heiratet er Sie morgen. Unterdessen –» wieder lüftete er den Hut, und als Emma ihn wütend anfunkelte, schlenderte er weiter.

«Emma, warum sind Sie so garstig zu dem Kapitän?» fragte Zita.

«Er hat etwas an sich, das ich nicht ausstehen kann.» Was soll ich tun? dachte sie. Ich will David nicht heiraten. Ich will Archer. O Archer, wo bist du, mein Liebster?

Zita sah die Tränen in Emmas Augen und drückte ihr verständnisvoll die Hand. «David ist so ein lieber junger Mann», sagte sie. «Und er liebt Sie. Es wird alles gut, Sie werden sehen.»

«Nichts wird gut», sagte Emma leise. «Ich liebe ihn nicht. Ach Zita, kann eine Ehe ohne Liebe überhaupt gutgehen?»

«Meine ist gutgegangen.» Zita lächelte. «Sie verwechseln Liebe mit Leidenschaft, was für eine junge Frau wie Sie normal ist. Sie werden feststellen, daß die Leidenschaft nicht von Dauer ist. Aber die Liebe, die wahre Liebe kann vielleicht sogar das Grab überdauern.»

Doch mit neunzehn interessierte sich Emma nicht für Gräber. Für sie war die Liebe ohne Leidenschaft sinnlos.

Die Segel wurden geborgen und der Anker der *Empress of China* geworfen, als der Klipper in den prächtigen Hafen von Kingston eingelaufen war. Nach Steuerbord erstreckte sich die längliche Halbinsel, die den Hafen schützte; an ihrem Ende befanden sich die Reste von Port Royal, das 1692 nach einem furchtbaren Erdbeben im Meer verschwunden war. Nach Backbord lag die Stadt, die im Nordwesten leicht zum Long Mountain hin anstieg; dahinter erhob sich der Dallas Mountain, der nach einer Familie benannt war, zu welcher auch der Mann gehörte, der soeben eine Amtszeit als US-Vizepräsident beendet und einer Stadt in Texas seinen Namen gegeben hatte.

David Levin, der in seinem besten Anzug nebst Zylinder ungewöhnlich gut aussah, stand auf dem Hauptdeck und hielt Emmas Hände. «Ich bin heute abend zurück», sagte er lächelnd, das Gelehrtengesicht von Liebe verklärt. «Liebste Emma, ich glaube, ich bin der glücklichste Mann der Welt. Bist du auch so glücklich wie ich?»

«Ja», sagte Emma ausdruckslos. Neben Zita und Felix stand Scott King grinsend an der Reling, die Arme vor dem gewaltigen Brustkasten verschränkt.

«Küssen Sie die Braut», dröhnte er jovial. «Wir wollen eine kleine Turtelei sehen!»

Angehörige der Mannschaft wieherten, als Emma ihm einen tödlichen Blick zuwarf. «Kapitän King, ich wäre Ihnen sehr verbunden, wenn Sie sich um Ihre eigenen Angelegenheiten kümmern würden.»

«Aber Miss de Meyer, wir armen Seeleute schmachten nach Romantik. Unsere Seelen schreien nach Zärtlichkeit. Kommen Sie schon, Mr. Levin, tun Sie Ihre Pflicht, küssen Sie Ihre Braut, Sir!»

«Mit Vergnügen, Herr Kapitän!»

David schlang begierig seine Arme um Emma und küßte sie mitten auf den Mund, indes die Mannschaft applaudierte und pfiff. Einen Augenblick später schob Emma ihn fort. «Das genügt, David», murmelte sie und rückte ihren Hut zurecht, den er verschoben hatte. «Und jetzt geh bitte.»

«Sie liebt ihn», jauchzte Scott. «Hat man je eine solche Leidenschaft gesehen? Verdammt, ich könnte heulen.»

Mordlust in den Augen, klappte Emma ihren weißen Spitzenschirm zu, ging zu Scott hinüber und schlug ihm damit über den Kopf. Die Mannschaft geriet außer sich, sie jubelte und lachte. Scott rieb sich grinsend den Kopf, indes Emma davonstürmte.

Ihr Vater lief ihr empört nach. «Emma!» sagte er, als er sie eingeholt hatte. «So einen unwürdigen Auftritt habe ich noch nie gesehen.»

«Du wirst noch mehr zu sehen bekommen», sagte sie und klappte ihren Sonnenschirm wieder auf. «Du zwingst mich zu dieser ... dieser unmoralischen Heirat.»

«Darf ich dich daran erinnern, daß du es warst, die sich unmoralisch benommen hat? Und du wirst dich sicher erinnern, daß du zu einer Dame erzogen wurdest und nicht zu einem Flittchen.» Der Ausdruck war so gemein, daß es ihr den Atem verschlug und sie tatsächlich beinahe errötete.

«Papa», flüsterte sie, «das ist grausam, ich bin erschüttert!»

«Und ich bin erschüttert über dich. Von jetzt an wirst du dich benehmen.»

Amüsiert beobachtete Scott diesen Wortwechsel. Dann wandte er sich an David: «Ihr Boot ist bereit, Sir.»

«Danke, Herr Kapitän.»

David kletterte das Fallreep hinab in ein kleines Boot mit zwei Matrosen.

«Leben Sie wohl, Mr. Levin», brüllte Scott hinunter und winkte fröhlich. David winkte zurück, als er unbeholfen in das Boot einstieg. Er ließ sich auf eine Ruderbank fallen, und die Matrosen stießen ab. «Sobald das Boot zurück ist», sagte Scott zu Mr. Roseberry, seinem Navigator, «laufen wir aus. Nehmen Sie Kurs auf Port of Spain, Trinidad. Wir laden dort Vorräte statt in Kingston.»

Der Navigator machte ein verblüfftes Gesicht. «Aber Kapitän, was ist mit Mr. Levin?»

«Was soll mit ihm sein?»

Als Emma eine Stunde später die Männer in der Takelage die Segel klarmachen sah, war sie verwirrt. Als dann die großen weißen Segel sich flatternd mit Wind füllten und das Spill, das die Ankerkette einzog, die letzte Windung vollführte, fragte sie einen der Mannschaft: «Was geht hier vor?»

«Wir segeln nach Trinidad, Ma'am.»

«Aber Mr. Levin...?»

Der Matrose zuckte die Achseln. Emma machte ein verwundertes Gesicht. Als das Schiff jedoch wendete, um aus dem Hafen auszulaufen, fing sie an zu lachen. Sie eilte übers Deck und verschwand in der Tür, die zu Scotts Kajüte führte, hastete die Leiter zu dem kleinen Laufgang hinab und klopfte an seine Tür. Abner Peabody, der sommersprossige Schiffsjunge, öffnete. «Ist Kapitän King da?» fragte sie.

«Nein, Ma'am, er ist auf Deck.»

«Oh.»

«Aber wenn wir aus dem Hafen von Kingston ausgelaufen sind, kommt er zum Mittagessen herunter. Wenn Sie auf ihn warten wollen, sag ich ihm, daß Sie hier sind.»

«Ja, danke.»

Abner trat beiseite und ließ Emma eintreten. Als er die Tür hinter ihr geschlossen hatte, sah Emma sich um. Die getäfelte Kajüte mit der niedrigen Balkendecke war ein sehr maskuliner Raum. Emma trat an das Bücherregal und las die Titel auf den Lederrücken. Sie fuhr mit dem Finger über mehrere Bücher: kein Staub. «Er muß sie tatsächlich lesen», dachte sie beeindruckt.

Sie ging um den roten Plüschsessel herum, der am Boden festgeschraubt war, und trat an Kings Schreibtisch. Dahinter war ein Kartenschrank aus Walnußholz mit säuberlich etikettierten schmalen Schubladen. Sie zog eine auf und betrachtete eine Karte des Südatlantiks. Sie fuhr mit dem Finger die südamerikanische Küste entlang, dann über die Magellanstraße. Ihr fiel ein, was Zita gesagt hatte: Sie würden Südamerika im Winter umfahren, was ihre Schwangerschaft gefährden konnte. Schaudernd schob sie die Schublade zu. Dann besah sie den Schreibtisch. Ein Pfeifenhalter, ein hübsches silbernes Tintenfaß – als sie es aufheben wollte, stellte sie fest, daß es am Schreibtisch angeschraubt war. Bisher war die Fahrt nach Kalifornien einigermaßen ruhig verlaufen, aber der Umstand, daß etwas so Gewöhnliches wie ein Tintenfaß zu einem gefährlichen fliegenden Objekt werden konnte, gemahnte sie wieder an die bevorstehende rauhe See. Sie legte ihre Hand auf den Bauch. In ihr entstand ein Kind. Archers Kind. Sie mußte es um jeden Preis beschützen.

Ein schwaches Übelsein versetzte sie schlagartig ins Hier und Heute zurück. Ihr Blick heftete sich auf die Steuerbordseite der Kajüte und Kings Koje, die so untadelig war wie alles auf dem Schiff. Beim Nähertreten sah sie etwas unter dem Kissen hervorlugen. Sie zog eine kleine Daguerreotypie in einem ovalen, erlesen ziselierten Goldrahmen hervor. Es war das Porträt einer unglaublich schönen jungen Frau in fremdartiger Kleidung. Emmas Augen wurden weit, als sie erkannte, daß es sich bei der Frau um eine Chinesin handelte.

«Herr Kapitän, ich verlange eine Erklärung für diese Unverfrorenheit!» herrschte Felix de Meyer, der wegen des starken Windes seinen Zylinder festhalten mußte, Scott auf dem Achterdeck an. Scott hielt ein Fernrohr vor sein linkes Auge und sah Backbord achteraus auf Port Royal, als die *Empress of China* aus dem Hafen auslief.

«Welche Unverfrorenheit, Mr. de Meyer?» fragte Scott unbekümmert.

«Sie haben Mr. Levin in Kingston zurückgelassen, Sir.»

«Ach so, *diese* Unverfrorenheit. Es tut mir ja schrecklich leid, aber das Barometer fällt rapide, und um der Sicherheit des Schiffes willen hielt ich es für das Beste, unverzüglich auszulaufen.»

«Aber Sie werden doch sicher seinetwegen noch einmal zurückkehren?»

Scott ließ das Fernrohr sinken. «Das kann ich leider nicht, Mr. de Meyer. Wir müssen unsere Route einhalten.»

Felix machte ein bestürztes Gesicht. «Aber Sie können den Jungen doch nicht einfach zurücklassen. Er hat sehr wenig Geld –»

«Sie haben vielleicht den anderen Klipper im Hafen gesehen? Das ist die *Flying Cloud* aus New Bedford. Ich habe Kapitän McKinney benachrichtigt, er möge Mr. Levin abholen und mit nach San Francisco nehmen. Der Kapitän ist ein alter Freund von mir und hat zugesagt. Wenn alles glatt geht, wird Mr. Levin ein paar Tage nach uns in San Francisco eintreffen.» Scott reichte dem Navigator das Fernrohr und lächelte Felix an.

«Wofür Sie mich auch halten mögen, Sir, ich bin kein Narr.» Felix war verärgert. «Das war ein abgekartetes Spiel, nicht wahr? Hat meine Tochter Ihnen diesen irrsinnigen Plan vorgeschlagen?»

«Ihre Tochter hat keine Ahnung, Mr. de Meyer. Ich weiß, es bricht ihr das Herz, wenn sie der Gesellschaft Mr. Levins für vier Monate beraubt sein wird. Doch etwas sagt mir, daß sie es überleben wird. Obwohl der Inbegriff von femininem Charme, ist Ihre Tochter eine sehr zähe junge Dame. Ich nehme an, Emma würde das Ende der Welt überleben. Wenn Sie mich jetzt entschuldigen wollen, Sir, es ist Zeit zum Mittagessen.» Er tippte an seinen Hut, spazierte vom Hüttendeck und ließ den gewöhnlich so gefaßten, nun aber vollkommen verdutzten Frankfurter Juwelier stehen.

Kurz darauf öffnete Scott die Tür zu seiner Kajüte. Emma, die an seiner Koje stand, versteckte blitzschnell die Hand hinter dem Rükken und sah Scott erschrocken an. Sie trug ein grün paspeliertes weißes Baumwollkleid mit eng anliegendem Oberteil, schwarzem Gürtel und bauschigem Rock. Er hatte sie wütend gesehen und gewaltig gefunden. Als er nun sah, wie Schuldbewußtsein ihr das Blut in die Wangen trieb, fand er sie unwiderstehlich. Sie ist wirklich atemberaubend, dachte er.

«Willkommen, Miss de Meyer.» Er schloß die Tür. «Mein Schiffsjunge sagte mir, daß Sie mir einen Besuch abstatten.» Er nahm seinen Hut ab und nickte zu einem Tisch vor dem Fenstersitz hinüber. «Vielleicht möchten Sie mir beim Essen Gesellschaft leisten?»

«Das ist sehr liebenswürdig, Herr Kapitän, und ich nehme die Einladung an, obwohl ich an der Art und Weise, wie Sie David losgeworden sind, erkenne, daß Sie einen verschlagenen Charakter haben und sich darin gefallen, Ihre Spielchen zu treiben.»

«Was vollkommen in Ordnung ist, solange die Spielchen Ihnen zupaß kommen?» sagte er, während er seinen Hut an einen Haken hängte.

«O ja. Ich bin bestimmt nicht hierhergekommen, um Sie zu tadeln, Herr Kapitän. Ich bin gekommen, um Ihnen zu danken, und ich möchte mich für mein Benehmen heute vormittag entschuldigen.»

Scott rieb sich den Kopf. «Ja, Sie haben einen harten Schlag. Vielleicht sollte ich einen Helm tragen, wenn ich in Ihrer Nähe bin.»

«Ich schwöre, ich werde es nie wieder tun.»

«Hm. Ich habe eben mit Ihrem Vater gesprochen, der fuchsteufelswild aussah. Ich habe ihm erklärt, daß ich Mr. Levin eine Passage auf einem anderen Schiff besorgt habe, aber er sah trotzdem fuchsteufelswild aus.»

«Ich verstehe immer noch nicht, warum Sie nach Jamaika gefahren sind statt nach Havanna.»

«Ich wußte, daß die *Flying Cloud* in Kingston war und ich Mr. Levin loswerden konnte, ohne ihm allzuviele Ungelegenheiten zu bereiten.»

«Das war sehr lieb von Ihnen, und ich bin auf ewig in Ihrer Schuld.»

«Diese Schuld gedenke ich eines Tages ernsthaft einzutreiben. Darf ich fragen, was Sie hinter Ihrem Rock verstecken?»

Sie zögerte, dann hielt sie die Daguerreotypie hoch. «Wer ist das?»

Zorn trat in seine blaugrünen Augen. Er schritt auf Emma zu und riß ihr das Bild aus der Hand. «Sie Hexe! Verdammt noch mal, wer hat Ihnen erlaubt, in meiner Kajüte herumzuschnüffeln?»

«Ich habe nicht geschnüffelt –»

«Ich möchte wissen, wie Sie das dann nennen!»

Er zog eine Schublade seines Schreibtisches auf, legte die Daguerreotypie hinein und knallte die Schublade zu. So schnell sein Zorn aufgeflammt war, so schnell beherrschte er sich nun. Seine ironische Maske kehrte mitsamt dem kleinen Lächeln zurück. Faszinierend, dachte Emma. Er ist ein Schauspieler. Unter seiner gefaßten, beherrschten Fassade ist er ein leidenschaftlicher Mensch.

Es klopfte, und der Schiffsjunge schaute herein. «Kann ich den Tisch decken, Sir?»

«Ja. Wir sind zu zweit. Miss de Meyer leistet mir Gesellschaft.»

«Zu Befehl, Sir.»

Als er fort war, trat verlegene Stille ein.

«Sie heißt Tschingling», sagte Scott leise. «Ihre Mutter ist eine Mandschu-Prinzessin. Ihr Vater, Prinz Kung, war nach dem Kaiser und dem Obereunuchen wohl der mächtigste Mann in China. Aber er nahm Bestechungsgelder an, der Kaiser erfuhr davon und ließ ihn enthaupten. Kungs Gemahlin Ah Toy und seine Tochter konnten fliehen. Ich lernte sie bei einem Empfang im Hause eines englischen Kaufmannes in Kanton kennen. Ah Toy kam mit ihrer Tochter auf mein Schiff und bat mich, sie mit nach Amerika zu nehmen. Ich konnte nicht gut nein sagen und nahm sie mit. Sie leben heute in San Francisco.»

«Ist das alles?»

Er zuckte die Achseln. «Genügt das nicht?»

«Es genügt nicht, um zu erklären, warum Sie so wütend wurden, als ich Tschinglings Bild unter Ihrem Kopfkissen fand, oder warum die Leute über Ihr geheimes Liebesleben flüstern. Ist es nicht die schlichte Wahrheit, Kapitän King, daß Tschingling Ihre Geliebte ist?»

Wieder sah sie Zorn in seinen Augen aufflammen. «Und wenn es so wäre?» fragte er leise.

Emma steuerte auf die Tür zu. «Danke für die Einladung zum Mittagessen, Herr Kapitän, aber mir ist gerade eingefallen, daß ich schon eine andere Verabredung habe.»

«Verdammt, tun Sie nicht so zimperlich, Sie Luder», fuhr er sie an. Er kam um seinen Schreibtisch herum. «Reden Sie offen. Was ist? Ist es, weil ich mit einer Chinesin ins Bett gehe?»

«Ja», schrie sie. «Ich wußte von dem Augenblick, als ich Sie kennenlernte, daß Sie etwas an sich haben, das mir mißfällt, und jetzt weiß ich, was es ist.»

«Ah, Sie schöne Betschwester...» Er packte sie an den Armen, zog sie an sich und küßte sie. Sie wollte sich losreißen, doch er stieß sie von sich aus weg. «War dieser Kuß etwas anders als der letzte?» fragte er.

Sie wischte sich mit dem Ärmel den Mund ab. «Ja, ich konnte Tschingling schmecken, Sie furchtbarer, abstoßender, unmoralischer Mensch.»

Er stemmte die Fäuste in die Hüften und lachte.

«Was ist daran so komisch?» schrie sie.

«Sie! Reden von Unmoral. Wer ist denn mit einem gutaussehenden Bankräuber ins Bett gegangen und hat sich schwängern lassen?»

«Oh! Sie... Sie Ekel!» Sie schlug ihn, und zwar kräftig.

«Sie Miststück!» Er schlug genauso kräftig zurück. Emma machte ein so verblüfftes Gesicht, daß er wieder lachte. «Sehen Sie der häßlichen Wahrheit ins Gesicht, meine liebe Miss de Meyer. Sie haben kein Recht, die Nase über meine Moral zu rümpfen – oder genauer gesagt, über ihr Nichtvorhandensein. Sie sind eine blasierte kleine Scheinheilige, die dringend eine Tracht Prügel braucht, und wenn ich mich nicht gerade nach Kräften bemühte, mich wie ein Gentleman zu benehmen, würde ich sie Ihnen verabreichen. Ja, Tschingling ist meine Geliebte, oder meine Konkubine, um es vornehmer auszudrücken. Ich gehe nicht mit der Wahrheit hausieren, aber ich schäme mich ihrer auch nicht. Tatsache ist, daß Tschingling im kleinen Finger mehr Gefühl für die Liebe hat als Sie in Ihrem ganzen, recht ansehnlichen Körper. Und scheinheilig ist sie auch nicht.»

«Hören Sie auf damit. Ich bin nicht scheinheilig.»

«Wie nennen Sie das dann? Und ich bin ehrlich erstaunt, daß Sie als Jüdin so intolerant sein können, wo doch Ihr Volk seit Jahrhunderten das Opfer von Vorurteilen ist.»

Es klopfte. Abner steckte den Kopf herein. «Kann ich jetzt den Tisch decken, Sir?»

«Ja. Aber Miss de Meyer ißt nun doch nicht mit.»

Emma sah ihn an. Dann straffte sie sich entschlossen. «O doch», sagte sie.

Langsam verbreitete sich ein Grinsen auf Scotts Gesicht. «Ich glaube, ich fange an, Sie zu mögen, Miss de Meyer. Ist das nicht die Höhe? Tatsächlich dünkt es mich höchst unwahrscheinlich.»

Sie bedachte ihn mit einem überlegenen Lächeln. «Sie sagten neulich, ich würde Sie eines Tages bitten, mich zu küssen, Herr Kapitän. Nun, vielleicht bitten *Sie* mich eines Tages darum.»

Scott starrte auf ihren Rücken, als sie zum Fenstersitz ging, um auf das Karibische Meer hinauszusehen.

9

Warum haben Sie mir geholfen?» fragte Emma eine halbe Stunde später, als Abner das Geschirr abräumte. Das Mittagessen war köstlich gewesen. Sie hatte zwei Gläser erlesenen Weißwein geleert und trank soeben ihr drittes.

«Sie meinen, warum ich Sie von Mr. Levin befreit habe? Wenn ich bedenke, was Sie dem Ärmsten angetan hätten, wenn Sie mit ihm verheiratet wären – nämlich ihn auffressen und wieder ausspucken – könnte man sagen, ich habe einen Akt der Nächstenliebe begangen.»

Emma kicherte, sie fühlte sich von dem Wein besäuselt. «Sie sind wirklich ein furchtbarer Mensch. Ich muß Ihnen ein Geständnis machen: Ihre Haarfarbe gefällt mir.»

Scott nahm eine Zigarre aus dem Kistchen, das Abner ihm hinhielt. «Es freut mich, daß Sie mich nicht ganz und gar abstoßend finden. Haben Sie etwas dagegen, wenn ich rauche?»

«O nein, ich liebe Zigarren.»

Das Kinn in der Hand, den Ellbogen auf dem Tisch, sah sie zu, wie Abner Scott die Zigarre anzündete. Er stieß eine Rauchwolke aus. Abner zog sich still aus der Kabine zurück.

«Um Ihre Frage zu beantworten: Ich habe mich Mr. Levins entledigt, weil mein verqueres Hirn im Begriff ist, einen üblen Plan auszuhecken.»

«Wovon reden Sie?»

«Lassen Sie mich Ihnen etwas über mich erzählen, Emma. Ich bin keine romantische Natur. Ich bin an Geld und Macht interessiert, nicht an Sentimentalitäten. In den letzten Jahren war ich Zeuge eines Wunders: Kalifornien hat sich von einer verschlafenen mexikanischen Provinz in die blühendste Region auf Erden verwandelt. Man sagte mir in New York, daß wir höchstwahrscheinlich noch vor Ablauf des Jahres ein eigener Staat werden, doch selbst wenn es jetzt noch nicht dazu kommen sollte, ist die Eigenstaatlichkeit am Ende unvermeidlich. Ich glaube, wenn Sie Kalifornien sehen, werden Sie sich genauso in das Land verlieben wie ich. Dort gibt es einfach alles.»

«Ich denke, Sie sind nicht romantisch veranlagt?»

Er lächelte. «Nun gut, ich bin ein *bißchen* romantisch veranlagt.»

«Bei Ihnen hört es sich an wie ein unanständiges Wort.»

Er zuckte die Achseln. «Das Geschäftsleben besitzt eine gewisse Romantik. Die Schaffung eines Imperiums hat sehr viel von einem romantischen Abenteuer.»

Sie sah ihn erstaunt an. «Sie wollen ein Imperium schaffen?»

«Vielleicht. Infolge des Goldrausches ist es mir gelungen, ein beträchtliches Vermögen anzusammeln. Nein, das ist zu bescheiden, ich habe es angehäuft. Die Fracht dieses Schiffes zum Beispiel: Haben Sie eine Ahnung, was wir geladen haben?»

«Nein.»

«Schaufeln, Ziegel, Nägel, Eisenwaren. Das Schiff ist eine schwimmende Gemischtwarenhandlung. Warum? Weil San Francisco Schaufeln, Ziegel und Nägel braucht und ich einen Profit von tausend Prozent herausschlagen kann, wenn ich sie liefere. Das ist vermutlich nicht so romantisch wie Gold zu finden. Aber das Vermögen, das in den Goldfeldern verdient wird, wird für die Artikel in meinem Lagerhaus ausgegeben. Auch der Grundstückshandel ist nicht gerade romantisch, aber das Land, das ich jetzt billig erwerbe, wird in ein paar Jahren ein Vermögen wert sein. Langweile ich Sie?» Er zog an seiner Zigarre und sah Emma an.

«Keineswegs.»

«Schön. Mein Glaube an Kalifornien ist so groß, daß ich dorthin ziehe. Ich habe mein Haus in Boston verkauft und baue eins in San Francisco. Ein großes, prächtiges Haus. So groß wie nur irgendeins in der Stadt.»

«Sie sind wahrhaftig kein Gentleman. Sie sind ein Parvenü.»

«Aber das Angenehme an San Francisco ist, daß jedermann ein Parvenü ist. Das ist sehr erfrischend. Ich habe die feste Absicht, der mächtigste Mann im Staate zu werden. Und eines Tages werde ich vielleicht sogar Gouverneur.»

«Sie sind wirklich ehrgeizig. Aber steht Ihnen da nicht ein kleines Problem im Wege? Ich weiß, es geht rauh zu in Kalifornien, doch sogar die Kalifornier könnten zögern, einen Mann zu wählen, der eine chinesische Konkubine hat.»

Er sah sie kühl an. «Hier kommen Sie ins Spiel.»

Ihr Verstand war plötzlich klar und wachsam. Ihre Augen wurden schmal. «Ich glaube, ich sehe allmählich, worauf Ihr übler Plan hinausläuft.»

Er beugte sich vor und senkte die Stimme. «Wir sind uns sehr ähnlich, Emma. Wir sind Kämpfernaturen, und wir sind Siegernaturen. Ich brauche eine Frau, um respektabel zu werden. Sie brauchen einen Mann, um respektabel zu werden, und damit Ihr Kind ehelich auf die Welt kommt. Wir können beide gewinnen. Heiraten Sie mich, und ich mache Sie zur Königin von Kalifornien. Ich schenke Ihrem Kind die Welt. Wir würden ein verdammt gutes Gespann abgeben, Emma, ein unschlagbares Gespann. Was meinen Sie?»

«Ich meine, Sie haben eine Kleinigkeit vergessen: die Liebe.»

«Ich sagte Ihnen schon, ich bin nicht romantisch veranlagt.»

«Aber ich. Für mich ist die Liebe das Wichtigste auf der Welt.»

«Sie reden viel von der Liebe, aber wenn Sie mich fragen, Sie sind ein gerissenes Luder. Wenn Sie meinen Antrag von der praktischen Seite sehen, Emma, werden Sie meiner Denkweise zustimmen.»

Durch nichts hätte er sie mehr erzürnen können, denn er hatte seine Finger direkt auf das gelegt, was sie als ihre Achillesferse betrachtete: Sie besaß tatsächlich eine praktische Veranlagung. Sie war so praktisch und gerissen wie ihre Mutter, die die vorteilhafte Heirat mit Anton Schwabe arrangiert hatte. Sie stand auf und bedachte Scott mit ihrem eisigsten Blick. «Ich danke Ihnen für Ihren liebenswerten Antrag, Herr Kapitän, aber ich muß entschieden ablehnen. Sie mögen ja der reichste Mann in Kalifornien sein, doch Sie werden nie so reich sein wie ich, die ich jemanden liebe. Das werden Sie jedoch offenbar nie begreifen.»

Als sie sich um den Tisch schob, sprang er auf und packte sie am Handgelenk: «Verdammt noch mal, Emma, seien Sie nicht töricht. Ihr Vater wird Sie mit irgendwem verheiraten, also vergessen Sie das ganze Gewäsch von wegen Liebe. Ich biete Ihnen die Welt auf einem Silbertablett.»

«Lassen Sie mich los! Ihr Angebot interessiert mich nicht. Begreifen Sie denn nicht? Sie tun mir leid. Sie haben keine Liebe im Herzen. Alles, was Sie haben, ist ein Haufen Nägel, Ziegel und Eisenwaren.» Sie entriß ihm ihre Hand und ging auf die Kajütentür zu.

«Ich hatte Sie für klug gehalten», sagte er leise. «Vielleicht habe ich mich geirrt. Heiraten Sie doch Ihren verdammten Bankräuber – falls er jemals aus dem Gefängnis kommt.»

Ihre Hand faßte die Klinke und hielt sich grimmig daran fest. Um Fassung bemüht, schloß sie die Augen. «Eines Tages kommt er heraus», flüsterte sie. «Und ich werde auf ihn warten.»

«Hoffen Sie lieber, daß Falten ihm nichts ausmachen.»

Sie riß die Augen auf. Er grinste, seine Miene zeigte wieder die übliche Unverschämtheit. Emma sah sich in der Kajüte um, dann brüllte sie ihn an: «Ich würde mit irgendwas nach Ihnen werfen, wenn hier nicht alles angeschraubt wäre – außer dem Bild von dieser verdammten Tschingling.» Dann stieß sie die Tür auf und ging.

Scott paffte heftig an seiner Zigarre, dann atmete er aus. Kurz darauf verzog er grinsend den Mund. «Es gibt mehr Wege als einen, eine Katze zu häuten», sagte er laut. «Und dieses Weib ist todsicher eine Katze.»

Sergeant Woolridge und zwei Wärter, Patterson und Evans mit Namen, marschierten die Steintreppe zum Keller von Zellenblock A in der Strafanstalt von Ohio hinunter. Sie schlossen eine Gittertür auf und traten in einen engen, muffigen Korridor, spärlich erhellt von schmalen vergitterten Kellerfenstern, die seitlich an der niedrigen Decke verliefen. Sie passierten rechterhand eine Reihe Eisentüren von einem Meter Höhe und blieben vor einer mit «Vier» gekennzeichneten stehen. Sie war aus massivem Eisen, ausgenommen vier Löcher, sechs Quadratzentimeter groß, und eine schmale Luke von der Größe eines Briefkastenschlitzes.

«Aufmachen», sagte Woolridge.

Patterson zog einen Schlüsselring hervor und wählte einen Schlüssel, während Evans eine Blendlaterne hielt, deren Strahl die Düsternis durchdrang. In dem Korridor herrschte ein fauliger Gestank, und die Wärter rümpften die Nase. Patterson drehte den Schlüssel herum und stieß die Tür auf. Die Angeln quietschten in der Stille. Drinnen war alles schwarz.

»Collins», verkündete der Sergeant, «deine dreißig Tage sind um. Du kannst rauskommen. Aber halt dir die Augen zu, sonst tun sie dir weh.»

Schweigen.

«Collins?»

Schweigen.

«Scheiße», flüsterte der Sergeant, «ist das Schwein tot?»

«Nee, er hat heute morgen sein Brot und Wasser genommen. Komm raus, Collins.»

«Geh rein und zieh ihn raus.»

«Jesses, Sergeant, das is'n Scheißloch. Schicken Sie mich da nicht rein. Herrje, er war einen Monat da drin, und letzte Woche war's heiß.»

«Leuchte mit der Laterne rein ... nein, warte. Da kommt er ja.»

Ein nackter Mann kroch langsam auf allen vieren aus der winzigen,

1,50 Meter hohen Einzelzelle. Seine blonden Haare waren verfilzt, und sein blonder Bart war zehn Zentimeter lang. Er konnte nicht mehr als neunzig Pfund wiegen. Seine Rippen und alle Muskeln waren unter der bleichen, schmutzverkrusteten Haut sichtbar. Seine Augen waren geschlossen. Als er aus der Zelle auftauchte, atmete er tief durch und füllte seine Lungen mit der weniger stinkenden Luft des Korridors. Aus der Zelle strömte ein Übelkeit erregender Gestank.

«Puh!» Patterson zog ein Gesicht. «Himmel, der stinkt ja fürchterlich!»

«Von denen duftet keiner nach Rosen», sagte Woolridge. «Bringt ihn zur Untersuchung ins Krankenrevier, dann lassen wir die Rothaut raus.»

«Wetten, der stinkt wie das Affenhaus im Zoo. Los, komm, Collins. Dalli-dalli.»

Die zwei rangjüngeren Wärter packten Archer unter den Armen und rissen ihn hoch.

«Der hübsche Junge ist gar nicht mehr so hübsch.» Woolridge grinste. «Hast du deinen Aufenthalt genossen, 4162?»

Archers geschlossene Lider öffneten sich langsam. Er sah Woolridge an. Sogar in dem düsteren Korridor mußte er nach dreißig Tagen vollkommener Finsternis blinzeln. Seine blauen Augen funkelten vor Haß. Aber er blieb stumm.

«Das zahl ich denen heim», flüsterte Joe Thunder, als er am Abend auf seiner Koje in Zelle 41 lag. «Ich betrink mich und erleichter 'nen Lebensmittelladen um dreihundert Piepen, und dafür buchten sie mich hier vier Jahre ein. Dann stecken sie mich dreißig Tage in das Stinkloch. Ich zahl's ihnen heim.»

«Zahl's ihnen ohne mich heim», sagte Archer. Er lag auf der oberen Koje. Beide waren gebadet, rasiert und mit einer Mahlzeit versorgt worden, bevor man sie in ihre Zelle brachte. «Ich geh nie wieder in das Loch. Nie wieder. Ich hab gedacht, ich werde verrückt.»

«Tja, es war meine Schuld, ich weiß. Ich bin dir was schuldig, Weißer. Ich entschuldige mich. Von jetzt an werden wir Freunde sein, du wirst sehen.»

«Ich fang an, mir Zeit für gute Führung zu verdienen. Ich werde jede verflixte Regel befolgen. Ich komm hier raus, sobald ich kann, und dann geh ich nach Kalifornien und suche Emma.»

«Deine Squaw?»

«Eines Tages wird sie's vielleicht.»

«Du willst also nach Kalifornien? Hab ich auch schon mal dran gedacht. Dachte, ich würde Gold finden. Aber dazu ist es jetzt zu spät. Der weiße Mann hat sich wohl schon alles unter den Nagel gerissen. Scheiße, dir haben sie die Farm genommen, aber uns hat der weiße Mann das ganze Land weggenommen. Am liebsten würde ich jeden weißen Mann auf der Welt umbringen – außer dir. Du bist mein Freund.»

Feiner Freund, dachte Archer. Er starrte an die dunkle Decke. Aber was soll's, wir sind für lange Zeit zusammengesperrt. Er ist ein bißchen verrückt, aber ich glaube, er meint es ehrlich.

«He, Weißer, vielleicht gehen wir eines Tages zusammen nach Kalifornien?»

«Vielleicht. Klar, warum nicht? Aber zuerst muß ich hier raus. Und der einzige Weg nach draußen ist, ihre Spielregeln zu befolgen.»

Während Joe Thunder finster die Eisenkoje über sich anstarrte, dachte er darüber nach, was der weiße Farmersjunge gesagt hatte. Vielleicht hat er recht. Vielleicht müssen wir zusammenhalten und sie in ihrem eigenen Spiel schlagen.

Am zweiten Tag, nachdem sie aus Kingston ausgelaufen waren, klopfte Abner Peabody an die Tür von Kabine fünf. Es war drei Uhr am Nachmittag eines weiteren milden Tages, und die aus vierzig Mann bestehende Mannschaft der *Empress of China* schrubbte die Decks, polierte die blanken Schiffsteile und inspizierte die Taue. Kurz darauf ging die Tür auf, und Felix de Meyer, der im Morgenrock war, sah hinaus. «Ja?»

«Ich bringe Grüße vom Kapitän, Mr. de Meyer. Er bittet Sie um die Ehre, heute abend um sieben in seiner Kajüte mit ihm zu speisen.»

«O danke. Ich nehme mit Vergnügen an.»

«Gräfin Davidoff ist auch eingeladen.»

Der Schiffsjunge salutierte und schlenderte davon. Felix schloß die Tür und drehte sich zu Zita um, die sich in seiner Koje aufgesetzt hatte und sich ein Laken vor die Brüste hielt. «Woher wußte er, daß ich hier bin?» flüsterte sie.

Felix machte ein unbehagliches Gesicht. «Keine Ahnung.»

Zita lächelte. «Vielleicht weiß unser schneidiger Kapitän King mehr über die Vorgänge auf diesem Schiff, als wir glauben.»

«Er ist kein Gentleman», sagte Felix. Er setzte sich neben sie und küßte sie auf die bloße Schulter. «Er hat Emma neulich auf dem Hauptdeck zum Gespött gemacht. Ich muß allerdings gestehen, daß Emma auch keine Dame war, als sie ihm ihren Sonnenschirm über den Kopf hieb.»

«Ich fand das alles sehr lustig.»

«Du hast einen unbeschwerten Sinn für Humor.»

«Mein lieber Felix, wenn man in Rußland keinen Sinn für Humor hätte, würde man ja ganz verrückt. Und jetzt sei nicht mehr grantig und komm wieder ins Bett. Es fing gerade an, Spaß zu machen.»

«Wissen Sie», sagte Scott am Abend, als sie beim Essen saßen, «die Mannschaften der verschiedenen Schiffe tratschen. In New Orleans sprachen einige von meinen Leuten mit welchen von der Mannschaft des Flußschiffes, auf dem Sie den Mississippi heruntergekommen waren. Sie erfuhren von dem Überfall auf Sie, und daß Sie von einem jungen Mann namens Collins gerettet wurden.»

«Das stimmt», sagte Felix, der mit Zita an dem kleinen Tisch in Scotts Kabine saß.

«Derselbe Collins wurde später wegen Bankraubes verhaftet. Ich nehme an, das ist der junge Mann, für den sich Emma interessiert?»

Felix blickte von seinem Teller auf. «Obwohl meine Tochter verheiratet war – ganz kurze Zeit –, hatte sie kaum Gelegenheit, Erfahrungen mit dem anderen Geschlecht zu machen», sagte er schließlich taktvoll. «Tatsächlich weiß sie so gut wie nichts von den Männern. Collins war ein netter Junge, obwohl es ihm gänzlich an Bildung oder Kultiviertheit fehlte, und ich fürchte, er war für Emma das, was wir in Deutschland als ‹Schwärmerei› bezeichnen, eine flüchtige Leidenschaft. Aber Emma neigt dazu, aus ihren Gefühlen ein Melodrama zu machen.»

«Ich verstehe.» Scott machte Abner ein Zeichen, die Weinkaraffe noch einmal herumzureichen, dann sagte er: «Darf ich fragen, was für Pläne Sie haben, Mr. de Meyer, wenn wir nach San Francisco kommen?»

«Ich kann, was vielleicht anmaßend ist, behaupten, daß ich in Frankfurt ein erfolgreicher Juwelier war. San Francisco hat Millionen in Gold, aber wie ich vermute, sehr wenig, wofür man sie ausgeben könnte. Ich beabsichtige, ein Juweliergeschäft zu eröffnen.»

«Von Ladengeschäften verstehe ich praktisch nichts», sagte Scott. «Aber Sie haben sicher recht, daß es in San Francisco keine Juweliere gibt. Es dürfte nicht schwierig für Sie sein, großen Erfolg zu haben. Doch ich habe Ihnen einen anderen Vorschlag zu machen und möchte gern, daß Sie darüber nachdenken.»

«Und der wäre?»

«Ich besitze drei Lagerhäuser am Embarcadero. Ich fülle sie mit den Handelsgütern, die meine Schiffe aus aller Welt nach San Francisco bringen. Die hiesigen Kaufleute kaufen *en gros* bei mir ein. Das hat die letzten Jahre ganz gut funktioniert, aber es ist umständlich, und ich denke mir, warum soll ich diese Geier den Wiederverkaufsprofit einheimsen lassen? Freilich, ich bin Seemann, kein Kaufmann. Es würde ein Fiasko werden, wollte ich versuchen, all die Güter, die ich herbringe, weiterzuverkaufen, außerdem habe ich weder Zeit noch Lust dazu. Sie dagegen sind vielleicht genau der Mann, den ich gesucht habe. Was würden Sie dazu sagen, Mr. de Meyer, wenn Sie mein Partner würden und statt eines Juweliergeschäftes ein großes Warenhaus wie diejenigen in New York und Boston eröffnen? Ein Haus, das alles verkauft, einschließlich Schmuck?»

Felix legte seine Gabel hin und erschrak über das Klirren, das sie verursachte. Er sah Zita an, dann wieder Scott. Lange Zeit sprach er nicht, dann sagte er leise: «Herr Kapitän, das ist eine faszinierende Idee.»

«Ja, nicht wahr?»

«Ich werde bestimmt darüber nachdenken. An welche Art Partnerschaft hatten Sie gedacht?»

«Ich habe in letzter Zeit viele Grundstücke gekauft und besitze eins in Portsmouth Square. Das ist mitten in der Stadt, meiner Meinung nach eine perfekte Lage für ein Warenhaus. Ich würde den Grund zur Verfügung stellen, wenn Sie das Warenhaus bauen, und dann könnten wir uns den Profit teilen. Ich darf vielleicht hinzufügen, da ich das meiste Baumaterial importiere, könnten Sie alles benötigte Bauholz *en gros* bei mir kaufen. Ach was, da wir Partner wären, würde ich es Ihnen noch günstiger anbieten. Sie könnten das Warenhaus spottbillig bauen.»

«Ich sehe nicht, wie wir scheitern könnten», rief Felix.

«Täuschen Sie sich nicht, Mr. de Meyer. In San Francisco wimmelt es von Schurken und Dieben – in dieser Stadt ist man vor nichts sicher. Aber in Scott King haben Sie einen Partner von einigem Einfluß. Nun, wir haben noch viel Zeit, um die Einzelheiten zu besprechen, Felix – wenn ich Sie so nennen darf?»

«Ich bitte Sie darum.»

«Wir haben noch eine lange Reise vor uns, und ich will Ihnen nicht vormachen, daß es leicht sein wird. Wir nehmen morgen in Trinidad frische Vorräte an Bord, aber sie werden knapp werden, bevor wir Buenos Aires erreichen. Wie Sie wissen, ist dies kein Passagierschiff, deswegen können wir uns so viel Zeit lassen. Aber es gibt wenig Annehmlichkeiten, und da ich meinen wenigen Passagieren die Reise so angenehm wie möglich machen möchte, bitte ich Sie, freizügig von meiner Bibliothek Gebrauch zu machen, wenn Sie dazu Lust haben.» Er wies auf den Bücherschrank.

«Ihre Bücher scheinen mir ziemlich schwierig zu sein, Herr Kapitän», sagte Zita. «Ich nehme nicht an, daß Sie französische Romane haben?»

«Leider nein, Gräfin.» Scott warf ihr einen wachsamen Blick zu. «Sie lieben pikante Romane?» Sie lebt sie auch, dachte er. Die Mannschaft hatte ihm von ihren Besuchen in Felix' Kabine berichtet.

Zita hob spöttisch die Augenbrauen. «Nur, solange die Heldin tugendhaft bleibt», versetzte sie lächelnd.

«Ah, natürlich, Heldinnen müssen immer tugendhaft bleiben, zumindest bis sie heiraten. Ich nehme an, danach kann eine Heldin so ziemlich tun, was ihr beliebt.»

«Sie haben eine reichlich leichtfertige Vorstellung von der Ehe, Herr Kapitän.»

«Mir ist aufgefallen, daß diese Vorstellung von anderen geteilt wird. Liebt Ihre Tochter Bücher, Felix?»

«Sehr. Sie ist eine eifrige Leserin. Ihre größte Liebe gilt allerdings dem Klavierspiel.»

«So? Sie spielt selbst?»

«Sehr gut. Tatsächlich war eins meiner größten Probleme, sie zu überreden, nach Kalifornien zu gehen, ihre Furcht, dort würde es keine Klaviere geben.»

«Vermutlich hat sie recht», sagte Scott. Er wählte eine Zigarre aus der Kiste, die Abner bereitgestellt hatte.

Klaviere, dachte er. Interessant.

10

Acht mordlüsterne Gauchos ritten in den Pampas, dem Herzen Argentiniens, zur *Estancia* von Don Jaime Maria Uribelarrea, der mit Irina Alexiewna, der Tochter der Gräfin Davidoff, verheiratet war. Einer sprengte das Türschloß mit einem Flintenschuß. Die Männer traten in die von einer Öllampe erhellte kleine Halle, ergriffen die Lampe und stiegen die Treppe hinauf.

Der Gewehrschuß hatte Don Jaime und seine Frau geweckt. Don Jaime nahm eine Pistole von seinem Nachttisch und wollte gerade zur Tür, als sie aufgestoßen wurde. Don Jaime erschoß den ersten Gaucho, doch der zweite feuerte mit seiner Flinte. Don Jaime war sofort tot. Als Irina schrie, wurde sie von Gewehrkugeln durchlöchert. Sodann warfen die Männer die Öllampe ans Fußende des Himmelbettes. Die Bettwäsche fing Feuer und verwandelte das Bett in einen Scheiterhaufen. Darauf begaben sich die Gauchos ins Kinderzimmer und durchsiebten Don Jaimes zwei kleine Töchter in ihren Bettchen mit Kugeln.

Bevor sie in die Nacht galoppierten, warf ein Gaucho ein Stück Holz auf die Erde. Darin waren die Worte eingeschnitzt: «Tod allen Feinden des großen Caudillos Juan Manuel de Rosas!»

Die Mordtat, die binnen fünf Minuten geschah, wurde bald als das Massaker der Pampas bekannt.

«Ein Klavier!» rief Emma aus. Scott hatte sie in den kleinen Speisesalon der *Empress of China* geführt. Felix und Zita folgten ihnen, und auch einige andere Passagiere versammelten sich, denn die Zeit zum Abendessen rückte näher. «Wo kommt das her?»

«Ich habe es heute morgen in Port of Spain gekauft», sagte Scott. «Es ist ein Spinett.»

Emma setzte sich an das winzige Piano, das gegen das Backbordschott am Deck festgeschraubt war. Sie spielte die Sonate in A-Dur von

Schubert. Die süße Weise erfüllte den niedrigen Raum und bezauberte die Zuhörer, obwohl das endlose Ächzen des Schiffes, das vor dem zunehmenden Wind geigte, eine unheimliche Hintergrundmusik lieferte. Als Emma endete, applaudierte ihre kleine Zuhörerschaft.

Emma erhob sich vom Hocker. «Danke», sagte sie mit ihrem hübschesten Lächeln zu Scott.

Scott nickte. «Ich danke Ihnen. Die Musik war wunderschön.»

Sie drückte sich hinter ihm vorbei. Ihr weiter Rock streifte seine Beine. Sie ist vielleicht keine Dame, dachte er, aber sie stammt aus guter Familie. Sie würde eine beeindruckende Gouverneursfrau abgeben. Und Teufel noch mal, wer will überhaupt eine Dame? Damen sind langweilig im Bett. Aber etwas sagt mir, daß diese...

«Wie aufmerksam von Kapitän King, das Piano zu kaufen», sagte Zita, als sie mit Emma nach dem Abendessen einen Rundgang auf dem Deck unternahm. Die Sonne ging soeben unter. Eine Meile nach Steuerbord lag die Küste von Venezuela.

«Ja, nicht wahr?» erwiderte Emma.

«Er ist wirklich ein netter Mensch.»

«Der ist ungefähr so nett wie eine Klapperschlange.»

«Bist du nicht ein kleines bißchen ungerecht?»

«Ach, Zita, ich kenne den Mann. Erstens, das düstere Geheimnis seines Liebeslebens ist, daß er eine chinesische Geliebte hat. Obwohl ich mich nicht für einen Ausbund an Tugend halte, finde ich, das geht etwas zu weit. Zweitens hat er mich gebeten, ihn zu heiraten, damit er sich in San Francisco einen Anschein von Respektabilität geben kann. Es war ein kaltblütiger, berechnender Heiratsantrag – David Levin hat mich wenigstens aufrichtig geliebt. Aber dieser Kapitän King hat keine Spur von Liebe im Leib. Und wenn es mich auch freut, daß er das Klavier gekauft hat – obwohl es verstimmt ist –, wenn er denkt, er kann mich damit bestechen, damit ich eine bessere Meinung von ihm habe, dann wird er sich wundern.»

«Meine Liebe, du weißt, ich habe dich sehr liebgewonnen, aber ich muß gestehen, ich finde *dich* ein bißchen verstimmt.»

«Inwiefern?»

«Ich bin schon länger auf der Welt als du und glaube etwas mehr von dieser eigentümlichen Sache zu verstehen, die wir Leben nennen. Es gibt schöne Dinge, die uns während unseres kurzen Aufenthalts auf diesem Planeten widerfahren können, und es gibt furchtbare Dinge. Aber ich finde, das Wichtigste ist, daß man Kinder hat, damit das Leben weitergehen kann. Ich habe meine schöne Tochter, und sie hat wiederum zwei Töchter, auf die ich mich schrecklich freue. Ich hatte ein erfülltes, reiches Leben, aber meine Nachkommen sind meine wahren Schätze, du erwartest ein Kind, und eines Tages wird es dein Schatz sein. Aber du bist dafür verantwortlich, Emma. Es genügt nicht, von Liebe zu sprechen, so wichtig die Liebe auch ist. Es liegt in deiner Verantwortung, einen Vater für dein Kind zu finden. Einen guten Mann, der dem Kind alles geben kann, was es im Leben braucht – gesellschaftlichen Rang, Wohlstand und, ja, Liebe. Du sagst, Kapitän King hat keine Liebe in sich, aber woher willst du das wissen? Du wirst eine lange Zeit auf diesem Schiff sein, und hier sind nicht viele Männer, die für dich in Frage kommen. Vielleicht ist es an der Zeit, daß du, sagen wir, ‹richtig gestimmt› wirst?» Die Gräfin sah sie nachdenklich an, dann entfernte sie sich.

Emma lehnte sich auf die Reling und blickte in den Ozean. Archer... der Gedanke an ihn wogte in ihr auf. Würde sie ihn nie wiedersehen? Doch sie mußte zugeben, daß an dem, was Zita gesagt hatte, etwas Wahres war. Vermutlich eine Menge Wahres. Das Kind war das Wichtigste.

Seufzend sagte sie sich, daß sie den Kapitän mit den kupferroten Haaren vielleicht gründlicher in Augenschein nehmen sollte. Sie mußte zugeben, daß der Mann eine erfreuliche Erscheinung war.

Und er küßte wie der leibhaftige Teufel.

Scott kontrollierte an seinem Schreibtisch sein Logbuch, als er ein Klopfen an der Tür vernahm. «Wer ist da?»

«Miss de Meyer.»

Ein Grinsen breitete sich auf seinem Gesicht aus. Er klappte das Logbuch zu, stand auf und ging öffnen. In dem schwarzen Kleid, über das sie einen in Trinidad erstandenen schwarzrot geblümten Schal geworfen hatte, sah sie im milden Schein der Öllampen wie eine Zauberin aus. Er verschlang sie langsam mit den Augen, von Kopf bis Fuß und umgekehrt.

«Sind wir in Trauer um Mr. Levin?» fragte er.

Wie immer, erzürnte sie seine sarkastische Art. «Natürlich nicht. Darf ich hereinkommen?»

«Ohne Anstandsdame?»

«Wie Sie sehr wohl wissen, bin ich nicht nur Witwe, sondern auch eine unverheiratete werdende Mutter, da dürfte es wohl etwas spät sein für eine Anstandsdame.»

«Da mögen Sie recht haben. Kommen Sie herein. Was verschafft mir die Ehre?» Er trat beiseite. Sie kam mit raschelnden Röcken in die

Kajüte und ging zum Fenster. Während sie hinaussah, versuchte sie, sich zu fassen. Tu so, als ob du ihn magst, gebot sie sich. Dann drehte sie sich um. «Nun...» Lächeln! Sie lächelte. «Vielleicht können Sie mir mehr über Kalifornien erzählen.»

«Mit Vergnügen, das ist eines meiner Lieblingsthemen.» Er schloß die Tür. «Setzen Sie sich lieber. Es ist etwas böig. Möchten Sie ein Glas Portwein?»

Dankbar nahm sie auf dem Fenstersitz Platz, denn von der Schlingerbewegung des Schiffes wurde ihr übel. «Ja, gerne.»

Er nahm die bauchige Glaskaraffe aus der Halterung und schenkte zwei Gläser von dem dunkelroten Portwein ein. «Was möchten Sie über Kalifornien wissen?» fragte er, als er ihr das Glas brachte.

«Oh, alles mögliche. Wie sind die Frauen in San Francisco?»

Er setzte sich lachend in den roten Plüschsessel. «Hm, das hängt davon ab, ob Sie hübsche Lügen oder die häßliche Wahrheit wollen.»

«Ich möchte letztere.»

«Es gibt dort nicht viele Frauen, und die wenigen sind, sagen wir, leichte Mädchen.»

»Wie Tschingling?»

Sein Gesicht wurde steinern. «Ich möchte nicht über sie sprechen.»

«Warum? Schämen Sie sich ihrer?»

Er wirkte verwirrt. Zögernd versuchte er zu erklären: «Tschingling kommt aus einer anderen Kultur, die viel älter und in vieler Hinsicht entwickelter ist als unsere. In Tschinglings Welt sind Konkubinen keine berüchtigten Frauen. Sie können sogar großes Ansehen genießen. Die Konkubinen des Kaisers können zum Beispiel große Macht am Hof erlangen.»

«Sie haben meine Frage nicht beantwortet.»

«Ob ich mich ihrer schäme? Keineswegs. Aber ich bin auch kein Dummkopf. Ich weiß, was die Leute hinter meinem Rücken über mich reden. Es spricht für Sie, daß Sie wenigstens so ehrlich sind, mir ins Gesicht zu sagen, was Sie über Tschingling denken.»

«Jetzt wünsche ich, ich hätte es nicht gesagt. Sie hatten recht: Wir Juden sind die letzten Menschen auf Erden, denen Intoleranz anstünde. Ist sie so schön wie auf der Daguerreotypie?»

«Sie ist ein Mondstrahl.»

«Ist sie –?» Sie biß sich auf die Lippe.

Er lachte. «Das ewige Weib! Sie brennen darauf, zu erfahren, ob sie schöner ist als Sie. Könnte es sein, daß Sie eifersüchtig sind?»

«Sie sind der eingebildetste –» Sei nett! Außerdem, vielleicht bin ich eifersüchtig... Sie betrachtete ihn näher. «Wie alt sind Sie?»

«Vierunddreißig.»
«Hätten Sie früher geheiratet, wenn Tschingling nicht wäre?»
«Darüber habe ich mir nie viele Gedanken gemacht.»
«Wollen Sie keine Kinder?»
«Natürlich, aber ich hab's nicht eilig.»
Sie trank noch etwas Portwein. «Sie sagten ... wenn ich Sie heiraten würde, wollten Sie für mein Kind sorgen. War das Ihr Ernst?»
«Warum? Wollen Sie sich meinen Antrag noch mal überlegen?»
Sie spürte es im Magen, als sich das Schiff in ein Wellental senkte und dann rasch wieder hob. Blaß werdend fragte sie: «Und wenn es so wäre?»
«Tun Sie das nicht. Sie haben mich hochmütig zurückgewiesen – na ja, vermutlich hatten Sie recht. Die Liebe ist das Allerwichtigste, und Sie lieben einen anderen, der zweifellos entschieden edler ist als ich. Mein Heiratsantrag war schlicht und einfach ein Fehler. Außerdem wollen Ihr Vater und ich miteinander ins Geschäft kommen, und Geschäfte und romantische Abenteuer vertragen sich nicht gut. Vergessen Sie meinen Antrag, Emma. Es war richtig von Ihnen, mich abzuweisen: Ich bin nicht gut genug für Sie. Noch etwas Portwein?» fragte er lächelnd.
Sie stand recht unsicher auf. «Sie Teufel!» Sie spie es nahezu hervor. «Ich würde Sie nicht heiraten, und wenn –»
«Wenn ich der letzte Mann auf Erden wäre. Ja, ich verstehe Ihre Gefühle durchaus. Wie es aussieht, sind wir beide zu leidenschaftlicher Ehelosigkeit verdammt.»
«Die einzige Leidenschaft, die ich habe, ist Wut! Bei aller Unverschämtheit ziehen Sie auch noch Ihren Antrag zurück. Sie sind ein gemeiner Schuft, Sir, und – o mein Gott.»
Das Schiff tauchte abermals in ein tiefes Wellental. Emma ließ das Glas fallen und sank, sich an den Magen greifend, auf den Fenstersitz zurück. Als das Schiff sich wieder hob, stöhnte sie: «Oh... Ohhh...»
Scott eilte zu ihr und hob sie sachte auf die Arme. «Meine liebe Miss de Meyer», sagte er, indem er sie durch die Kajüte trug, «ein Vögelchen flüstert mir zu, daß Sie seekrank werden.»
«O Scott, ich fühle mich schrecklich.»
«Das beste Heilmittel ist frische Luft.» Er öffnete die Tür und trug sie hinaus. «Ich bitte Sie, sich nicht auf mir zu erbrechen, wenn es sich vermeiden läßt.»
«Das ist gar nicht komisch –» Sie würgte.
Er trug sie zum Hauptdeck und stellte sie an der Reling auf der

Leeseite auf die Beine. «Halten Sie sich an der Reling fest und lassen Sie's raus.»

«Oh...»

Sie sank auf die Knie und umklammerte die Reling mit beiden Händen. Das Schiff schaukelte wie wild. «Nicht zuschauen!» rief sie wütend.

Er brüllte lachend über den Wind hinweg: «Keine Angst, liebes Kind, ich wende meine Augen ab. Und doch, gibt es etwas Romantischeres?»

«Oh, Sie... Sie...»

Sie würgte und erbrach sich über die Reling. Scott lachte. Gischt von den Wellenbergen ergoß sich über beide. Gründlich durchnäßt stand Emma langsam auf.

«Besser?» fragte er.

Sie nickte schwach.

«Ich helfe Ihnen in Ihre Kabine.»

Er nahm ihren Arm, aber sie entwand sich ihm. «Ich brauche Ihre Hilfe nicht. Und Sie haben zugesehen, das hätte ein Gentleman nicht – o Gott...»

Sie lief wieder an die Reling und übergab sich abermals.

Mr. Roseberry kam zu Scott und salutierte. «Kapitän, der Wind dreht nach Nordwest.»

«Ja, es wird unangenehm. Ich gehe auf die Brücke. Bringen Sie Miss de Meyer in ihre Kabine.»

«Zu Befehl.»

Scott ging aufs Hüttendeck, indes der Navigator Emma aufhalf. «Halten Sie sich an mir fest», brüllte er. «Wir kriegen schlechtes Wetter.»

«Danke. Ich fühle mich... etwas besser.» In Wirklichkeit fühlte sie sich so schwach, daß sie kaum stehen konnte. Doch mit Roseberrys Hilfe gelangte sie in ihre Kabine, wo sie sich auskleidete, ihr nasses Kleid an einen Haken hängte und auf ihre Koje sank.

Er spielt wieder mit mir, dachte sie zähneknirschend. Ich könnte ihn umbringen. Und doch dachte sie daran, wie kräftig seine Arme sich angefühlt hatten, als er sie zum Hauptdeck trug. Diese Kraft hatte ihr durchaus gefallen.

Drei Stunden später erwachte sie aus unruhigem Schlaf und stellte fest, daß ihre Seekrankheit vergangen war, obwohl das Schiff immer noch bockte wie ein wildes Pferd. Sie setzte sich in der winzigen Kabine auf und drückte die Nase an das kalte Glas des einzigen Bullauges über der Koje. Draußen wie drinnen war es dunkel, aber als ihre Augen sich an die Dunkelheit gewöhnten, sah sie den Schaum der riesigen Wellen, in denen das Schiff schlingerte. Das Ächzen des Schiffes, wenn es von einer Seite auf die andere rollte, war beängstigend, und jetzt verstand sie, warum alles auf dem Schiff festgeschraubt oder mit Haltevorrichtungen versehen war.

Sie hatte einen gräßlichen Geschmack im Mund. Sie verließ die Koje, zündete die Öllampe an, die wie verrückt hin und her schaukelte, ging zum Waschbecken und gurgelte mit Rosenwasser. Wie demütigend, daß ihr in Gegenwart dieses grinsenden Gorillas übel geworden war! Und doch ... Sie lächelte matt. Es machte Spaß, sich mit ihm anzulegen. Er hatte eine satanische Ader, die ihr gefiel, so sehr er sie auch in Rage brachte. Und was war das für eine Bemerkung gewesen, daß er mit ihrem Vater ins Geschäft kommen wollte?

Als das Schiff sich abermals in eine Welle senkte, schlich sie in ihre Koje zurück und kuschelte sich in die Ecke. Er zog also seinen Antrag zurück? Das wollte sie erst mal sehen. Sie wollte ihn zwar nicht lieben, aber niemand zog sich so einfach von Emma de Meyer zurück.

Kurz nach Tagesanbruch legte sich der Wind, und Scott, der die ganze Nacht am Ruder gestanden hatte, ließ sich von seinem Zweiten Offizier ablösen. Erschöpft ging er in seine Kajüte hinunter, zog seine nassen Kleider aus und legte sich schlafen. Um zehn Uhr wachte er auf, stand auf und begann sich zu rasieren.

Er war halb fertig, als es an die Tür klopfte. «Herein.»

Emma trat ein. Sie trug ihr weißes Kleid mit der grünen Paspelierung. Als sie Scott erblickte, machte sie ein erschrockenes Gesicht. «Oh, ich wußte nicht, daß Sie –»

«Guten Morgen, Miss de Meyer. Geht es Ihnen heute besser?» Er fuhr fort, sich zu rasieren.

«Ja, danke. Ich habe übrigens mit meinem Vater gesprochen. Er hat mir von dem Geschäft erzählt, das Sie beide im Sinn haben. Ich wollte Ihnen bloß sagen, daß ich das für eine glänzende Idee halte und daß Ihre und meine Meinungsverschiedenheiten nicht zwischen Sie und Papa kommen dürfen.» Sie starrte auf seine breiten Schultern und seinen muskulösen Rücken, und was sie sah, gefiel ihr.

«Sehr richtig. Wie ich gestern abend schon sagte, Geschäft und Liebe vertragen sich nicht. Womit nicht gesagt sein soll, daß zwischen Ihnen und mir der Verlust einer großen Liebe zu beklagen wäre. Verflucht, ich habe alles versucht, um nett zu Ihnen zu sein, aber Sie können mich wirklich nicht ausstehen, nicht wahr?» Er beendete seine Rasur, spülte sein Rasiermesser ab und spritzte sich Wasser ins Gesicht.

«Sie haben Ihren Antrag so geschwind vorgebracht und zurückgezogen, daß ich kaum eine Chance hatte, Sie kennenzulernen.»

«Oh, Sie meinen, ich habe ihn zurückgezogen?»

«Wie würden Sie das sonst nennen?»

«Ich muß meinen Stolz berücksichtigen. Ich habe Ihnen in vollem Ernst einen Antrag gemacht, und Sie gaben mir zu verstehen, ich solle mir meinen Antrag sonstwohin schieben.»

«Sie brauchen nicht vulgär zu werden.»

Er warf sein Handtuch hin und packte sie am Handgelenk. «Du könntest ein bißchen Vulgarität gebrauchen», sagte er leise.

Ehe sie etwas entgegnen konnte, war sein Mund auf ihrem, und er hatte sie in seine Arme gezogen. Ihr schwindelte, als sie seinen Kuß erwiderte. Er roch schwach nach Rasierseife. Aber was sie erregte, war die pure, rohe Kraft seines Körpers. Gleichzeitig fühlten ihre Hände die weiche Haut auf seinem Rücken. Sie leistete keinen Widerstand, als er ihr Kleid im Rücken aufzuknöpfen begann. Dann löste er seinen Mund von ihrem. «Ihr verdammten Weiber bedeckt euch mit soviel Zeug, daß man eine Spitzhacke braucht, um euch auszuziehen. Zieh dich aus, während ich abschließe.»

Zum erstenmal im Leben war Emma um Worte verlegen. Sie starrte ihn an, als er die Tür verriegeln ging. Dann zog er sich aus.

«Tu nicht so, Madam, als hättest du noch nie einen nackten Mann gesehen», sagte er. «Es sei denn, Archer Collins hätte die Hosen anbehalten, als er dich schwängerte, was ich ernsthaft bezweifle. Ziehst du dich jetzt aus, oder muß ich dir die Kleider runterreißen?»

Rasch löste sie ihren Gürtel und legte ihn auf den roten Plüschsessel. Dann stieg sie aus ihrem Kleid. «Sie hätten nicht den Mumm, mich zu vergewaltigen», sagte sie.

«Eine müßige Feststellung, da eine Vergewaltigung ganz offensichtlich nicht nötig sein wird.» Seinen blaugrünen Augen entging nichts, als er ihr zusah. Sie zog ihre zwei Unterröcke aus und stand in Hemd und gerüschten Beinkleidern da.

«Weiter», drängte er. «Ich warte auf das große Finale.»

«Sie haben die Moral eines Straßenköters.»

«Stimmt. Genau wie du. Oder willst du mir etwa weismachen, deine jungfräuliche Sittsamkeit hindere dich daran, dich vor einem Angehörigen des anderen Geschlechts auszuziehen? Wenn ja, dann bist du schon etwas zu weit gegangen, um überzeugend zu sein.»

«Ich finde Ihre Haltung abstoßend, und Ihre grobe Vulgarität beweist, daß Sie keine Erziehung haben.» Sie stieg aus ihren Beinkleidern.

Er lachte. «Sehr richtig, meine Liebe. Also, ich würde sagen, deine

Beine sind äußerst wohlgeformt. Welche Schande, sie zu verdecken! Ihr Weiber seid ausgesprochen dumm, daß ihr so viele Röcke und Unterröcke anzieht. Doch ich sehe, daß Mr. Collins Geschenk sich schon ein bißchen zeigt, oder ist unsere Verpflegung zu nahrhaft?»

Sie runzelte die Stirn, wußte sie doch nur zu gut, daß ihre Röcke zu kneifen begannen. «Ich an Ihrer Stelle würde Archer Collins nicht ausgerechnet in diesem Moment erwähnen», sagte sie.

«Der große Bankräuber. Zweifellos bestahl er die Reichen, um die Armen zu beschenken?»

«Genau – der Arme war er selbst! Und er war sanft und lieb, Eigenschaften, die Ihnen leider fehlen.»

«Bei Gott, Emma, ich werd dich vögeln, bis du vergißt, daß es je einen Archer Collins gab.»

«Was für ein abstoßendes Wort!»

«Glaub mir, von einem *Wort* bist du nicht schwanger geworden.»

Er hob sie auf seine Arme, trug sie zu seiner Koje und legte sie auf den Rücken. Sie sah zu ihm auf. «Du bist eine Hexe», flüsterte er, «aber eine schöne.»

«Schöner als Tschingling?»

«Du brennst darauf, es zu wissen, nicht? Ich sage nur, wenn sie ein Mondstrahl ist, bist du ein Sonnenstrahl. Genügt dir das?»

«Nein.»

«Im Augenblick muß es genügen. Ich bin gerade anderweitig beschäftigt.»

Und er legte sich auf sie, sein breiter, rotgolden behaarter Brustkasten drückte sich an ihre Brüste. Sie war von seiner Männlichkeit restlos überwältigt. Sie mußte zugeben, Scotts enorme Vitalität, seine körperliche Größe und Kraft hatten etwas Erregendes. Gemein, sarkastisch, vulgär – ja.

Hinterher sagte sie sich, daß sie sich ganz leicht an seine Vulgarität gewöhnen könnte.

«Habe ich diesmal ein Freudenfeuer entfacht?» fragte er, als er neben ihr lag.

«Ich rieche Rauch», säuselte sie.

Er lachte. «Wo Rauch ist, ist auch Feuer. Ich weiß, du willst jetzt von mir hören, daß du mir nicht aus dem Sinn gehst. Verdammt, es ist wahr. Die ganze Nacht habe ich bei diesem verfluchten Sturm an dich gedacht.»

«Wirklich?»

«Ja, wirklich. Vielleicht bin ich in dich verliebt und zu dumm, es zu merken. Aber daß du mich nicht liebst, weiß ich; dein Herz ist bei

Ohios Version von Robin Hood. Aber ich bin ein Mann, der zu seinem Wort steht. Du hast mich gekränkt, Emma, und ich gebe zu, deswegen habe ich meinen Antrag zurückgezogen. Aber er gilt trotzdem noch. Ich kann mich nicht gut selbst trauen, aber wenn wir nach Buenos Aires kommen, können wir in aller Form heiraten, und das Kind in deinem Bauch wird ehelich. Was hältst du davon?»

«O Scott, ich glaube, vielleicht liebst du mich tatsächlich», sagte sie entzückt. «Jetzt gib's zu: Ist es nicht ein wundervolles Gefühl?»

Er wieherte. «Mein Gott, du gibst nie auf, wie? Nun gut, es ist ein wundervolles Gefühl.» Er schielte und streckte die Zunge heraus.

Sie lachte und kniff ihn. «Du schrecklicher Mensch.»

«Dieser schreckliche Mensch hat dir zum zweiten Mal einen Heiratsantrag gemacht und wartet noch auf eine Antwort.»

«Wenn ich ja sage, darf ich dann für den Rest der Fahrt hier einziehen? Meine Kabine ist so eng.»

«Ja, du kannst hier einziehen, *nachdem* du Mrs. King geworden bist. Ich werde dich zwingen, bis dahin anständig zu sein.»

Sie zog ein Gesicht. «Wann kommen wir nach Buenos Aires?»

«In zwei Wochen, wenn der Wind sich hält.»

Sie kuschelte sich an ihn, fuhr mit der Hand über seinen Brustkasten und den flachen Bauch. «Darf ich dich bis dahin besuchen kommen?» flüsterte sie.

«Ja», erwiderte er, ebenfalls flüsternd. «Du kannst in meine Kajüte kommen, wenn dein Vater in Gräfin Davidoffs Kabine geht.»

Sie fuhr hoch und starrte ihn mit offenem Mund an. «Das kann nicht dein Ernst sein!» flüsterte sie.

«Aber ja.»

«Papa und Zita? Ich wußte, daß sie sich mögen, aber gehen sie miteinander ins...?»

«Allerdings. Mein Schiffsjunge hält mich über alles auf dem laufenden.»

«Papa ist seit Mamas Tod so einsam gewesen. Oh, ich bin so froh, daß sie sich lieben!»

«Sie lieben es, miteinander ins Bett zu gehen. Zieh daraus keine voreiligen Schlüsse.»

Sie schmiegte sich wieder in seine Arme. «Du schrecklicher Mensch.»

«Das sagtest du bereits.»

«Darf ich mich nicht wiederholen? Du bist schrecklich. Und vulgär.»

«Ob es richtig ist, was ich tue?» fragte Emma.

«Daß du Kapitän King heiratest? O ja, bestimmt», sagte Zita. Sie standen an der Reling, als das Schiff sich dem Kai von Buenos Aires näherte. «Ich bin erstaunt, daß du Bedenken hast.»

«Ich habe viele Bedenken», sagte Emma traurig. «Erstens ist da natürlich Archer. Ich weiß, ich verrate ihn –»

«Mein Liebe, wie kannst du so töricht sein?» unterbrach sie die Gräfin. «Du tust doch das Bestmögliche für ihn, indem du einen verantwortungsvollen Vater für sein Kind findest. Und Kapitän King wird ein mustergültiger Ehemann sein. Du findest ihn doch ganz gewiß attraktiv?»

«Ich finde ihn ganz annehmbar.» Das war geschwindelt. In Wirklichkeit fand sie ihn ausgesprochen aufregend, doch es lag ihr fern, das zuzugeben. «Aber er hat keine Manieren. Er hat die schreckliche Angewohnheit, in meiner Gegenwart zu fluchen. Ich glaube, er will mich damit schockieren, aber es ist furchtbar geschmacklos.»

«Ach, weißt du, Männer sind eben Männer. Die Hälfte der russischen Adligen schlägt ihre Ehefrauen und flucht wie die Bauern. Kapitän King ist vielleicht nicht vollkommen – wer ist das schon? –, aber er wird dich glücklich machen. Und wenn du willst, kannst du ihn zähmen. Darin liegt das halbe Vergnügen einer Ehe, das wilde Tier zu zähmen, das sich Mann nennt. Und er liebt dich, davon bin ich überzeugt.»

«Ja, ich denke, auf seine Art liebt er mich ein wenig. Aber sein Herz gehört Tschingling, wie meins Archer gehört. Daher darf ich wohl nicht zu kritisch mit ihm sein.» Sie seufzte. «Das wird eine seltsame Ehe.»

«Sei dir nicht allzu sicher, daß sein Herz der Chinesin gehört.» Zita zog ihren Zobelpelz enger um sich, um die Kälte abzuwehren. «Und sei dir nicht allzu sicher, daß dein Herz Archer gehört.»

Emma sah sie überrascht an. «Oh, das bin ich aber!»

«Die Zeit spielt seltsame Streiche, meine Liebe. Zeit und Nähe. Ich habe nie daran geglaubt, daß Trennung das Herz zärtlicher macht. Ganz im Gegenteil: Trennung läßt das Herz vergessen. Merkwürdig, ich sehe meine Tochter nicht am Kai. Sie wird doch meinen Brief bekommen haben?»

Der Himmel über der argentinischen Hauptstadt war bleiern, und ein kalter Wind blies die Schaumkronen hoch, als die *Empress of China* am Kai anlegte, der bis auf die Schauerleute leer war. Emma drehte sich zum Achterdeck um, wo der Mann, den sie heute nachmittag heiraten würde, mit einigen seiner Offiziere stand und das Festmachen überwachte. Zum tausendsten Mal grübelte sie über ihre wahren Gefühle für Scott nach. Keine Frage, sie genoß die Liebe mit ihm – so sehr, daß der Gedanke, was ihre Mutter über ihre Lüsternheit denken würde, sie schaudern machte. Lüsternheit, das war eine akkurate Bezeichnung für das, was sie in den vergangenen zwei Wochen getrieben hatte. Doch was Moral und Religion betraf, hatte Felix sich als viel großmütiger erwiesen als seine verstorbene Frau. Emma wußte, daß dies hauptsächlich seiner Liaison mit Zita zuzuschreiben war. Somit stand es Felix nicht an, Moralpredigten zu halten. Überdies rechnete sie Scotts absolute Interesselosigkeit für Religion und damit seine Vorurteilslosigkeit zu seinen liebenswerteren Eigenschaften. Zu einer Zeit, als der Antisemitismus in Amerika um sich griff, war Scott wohltuend frei davon. Doch wie immer bei Scott wurde jede positive Eigenschaft durch eine negative ergänzt. Die Existenz dieser schönen Chinesin zum Beispiel war Emma ein Dorn im Auge. Auch wenn sie Scott nicht liebte, war ihr der Gedanke, ihn zu teilen, verhaßt. Scott brachte sie in Rage, aber er amüsierte sie auch. Er war rauh, aber gutmütig. Sie heiratete ihn aus Vernunftgründen. Doch ihre wahren Gefühle für ihn waren ... verwirrend.

«Das muß Irina sein», rief Zita und zeigte auf eine elegante Kutsche, die soeben auf dem Kai erschienen war. «Ihr Mann ist sehr stattlich. Sie haben sich vor vier Jahren in Paris kennengelernt, es war Liebe auf den ersten Blick. Er stammt aus einer der ältesten Familien Argentiniens. Irina schrieb mir, daß er in die Politik verwickelt ist. Es scheint, daß sie versuchen, sich von diesem fürchterlichen Diktator Juan Manuel de Rosas zu befreien, der offenbar vor nichts zurückschreckt.» Zita runzelte die Stirn. Ein wohlbeleibter Herr in pelzbesetztem Mantel und Zylinder war der Kutsche entstiegen. «Das ist Graf Scheremetew», sagte Zita, «der russische Botschafter. Was tut er hier?»

«Kennst du ihn?»

«Ja. Er war ein Mitarbeiter meines Mannes.»

Der Botschafter ging an Bord, sagte etwas zu Scott, dann kam er zu Emma und Zita. Er zog seinen Hut und küßte Zita die Hand. Er sagte kurz etwas auf französisch zu ihr, dann führte er sie ins Schiffsinnere. Wenig später hörte Emma einen Schrei.

Scott kam zu ihr. «Scott, was ist geschehen?»

«Der Botschafter hat mir berichtet, daß der Diktator de Rosas ihre ganze Familie ermorden ließ.»

«O nein! O Gott, die arme Zita! O Scott! Ich muß ihr helfen –» Sie wollte zur Tür, aber Scott hielt sie zurück. «Ich habe nach deinem Vater geschickt. Laß ihn zu ihr gehen.»

Emma sah ein, daß er recht hatte. Es war, von dem Klavier abgesehen, das erste Mal, daß sie ihn rücksichtsvoll handeln sah. Vielleicht könnte ich lernen, ihn zu lieben, dachte sie. Und da ich seine Frau werde, muß ich mich jedenfalls bemühen.

Aber, lieber Gott, ich weiß es immer noch nicht: Ist es richtig, was ich tue?

11

Nach fünfmonatiger Reise ging die *Empress of China* am 12. September 1850 in der Bucht von San Francisco vor Anker. Es war ein warmer, strahlend heller Tag, doch Emma war vom ersten Anblick der Stadt, die ihre neue Heimat werden sollte, enttäuscht.

«Das ist ja überhaupt keine Stadt», sagte sie zu Scott, der, seinen Arm um ihre unterdessen sehr füllig gewordene Mitte, neben ihr stand. «Nichts als ein Haufen Baracken.»

«Was hast du erwartet – Paris? Du mußt bedenken, vor drei Jahren war es noch ein mexikanisches Dorf mit etwa dreihundert Einwohnern. Jetzt leben hier dreißigtausend Menschen, und ihre Zahl steigt sprunghaft an. Du mußt zugeben, die Bucht ist herrlich.»

«Ja, sie ist großartig.»

«Also dann, willkommen in deiner neuen Heimat.»

Felix und Zita traten zu ihnen. Graf Scheremetew hatte der Gräfin in Buenos Aires gesagt, er könne nicht für ihre Sicherheit garantieren, wenn sie an Land ginge, daher blieb Zita keine andere Wahl, als nach San Francisco weiterzureisen. Sie war wochenlang untröstlich gewesen. Doch nach und nach war es Felix gelungen, ihre Gemütsverfassung einigermaßen wieder zu festigen. In den Trauerkleidern, die sie ihre Zofe in Chile hatte kaufen lassen, schritt sie nun das Fallreep hinab. Ihr schwarzer Schleier wehte im leichten Wind, was ihrer Erscheinung eine tiefe Tragik verlieh, die Emma zu Tränen rührte.

«Es war lieb von dir, Zita und Papa anzubieten, daß sie bei dir wohnen können», flüsterte sie ihrem Mann zu.

«Ich mag die Gräfin. Sie ist eine tapfere Frau. Außerdem gibt es in der Stadt kein einziges Hotel ohne Wanzen. Komm jetzt.» Scott half seiner Frau, die nun im sechsten Monat schwanger war, auf das Fallreep, und sie kletterten in das Ruderboot hinab, das sie an Land bringen sollte.

«Kann-ich sollte am Kai sein», sagte Scott.

«Wer?»

«Kann-ich, mein oberster Hausdiener. Ich habe ihn so getauft, weil er auf alles mit ‹kann ich› antwortet. Ich habe ihn vor fünf Jahren aus Kanton mitgebracht.»

«Mit Tschingling?»

«Ja, es war tatsächlich auf derselben Fahrt. Kann-ich ist ein heller Kopf. Ich habe ihn mit der Fertigstellung des neuen Hauses beauftragt und bin gespannt, wie es geworden ist. Sieh mal, die vielen Boote, die auf uns zukommen. Das sind Ladenbesitzer, die meine Fracht kaufen wollen. Aber diesmal werde ich sie enttäuschen, nicht wahr, Felix? Nichts von der Ware verläßt meine Lagerhäuser, bevor das Warenhaus de Meyer und King seine Pforten öffnet – mit wenigen Ausnahmen. Bis dahin werden die Kunden derart gierig sein, daß wir unsere Preise verdreifachen können.»

Die kleine Flotte von Booten war bei ihnen angelangt, und ein Mann in Zylinder und schwarzem Jackett winkte ihnen zu. «Hast du die Kleider für Chicago mitgebracht?»

«Hab ich», rief Scott zurück, «zwei Truhen voll, die feinsten von ganz New York.»

«Komm heute abend im *Bonanza* vorbei. Chicago hat drei neue Mädchen, die werden dir die Eier frittieren.»

Scotts Gesicht wurde einen Ton röter. «Slade, dies ist meine Frau, Emma King.»

«Heiliger Bimbam, du hast geheiratet? Verzeihen Sie, Ma'am. Da bin ich ja schön ins Fettnäpfchen getreten... Na so was! Scott King verheiratet! He, Scott, was werden sie in der Dupont Street dazu sagen, hm?» Er lachte schallend, als das Boot weiterfuhr. Scott machte ein finsteres Gesicht.

«Was ist mit der Dupont Street?» fragte Emma.

«Das war Slade Dawson, einer von San Franciscos charmanteren Gaunern. Er besitzt ein Spielkasino namens *Bonanza* am Portsmouth Square.»

«Was ist mit der Dupont Street?» wiederholte Emma.

«Chicago ist seine Freundin. Ich möchte Sie nicht schockieren, Gräfin, aber Chicago ist die berühmteste Puffmutter von San Francisco.»

«Was ist mit der Dupont Street?» fragte Emma zum dritten Mal.

Scott seufzte. «Sie ist das Herzstück von Klein-China.»

Emmas Augen wurden schmal. «Tschingling?» flüsterte sie.

«Ja», erwiderte er kurz angebunden. «Ah, da ist Kann-ich.» Er stand auf und winkte einem jungen Chinesen in einer schicken roten Uniform mit goldenen Knöpfen, der neben einer eleganten offenen Kutsche am Kai stand.

«Warum nennen Sie ihn Kann-ich?» fragte Felix.

«Das werden Sie gleich hören. Kann-ich, fang die Leine!»

«Kann ich!» brüllte Kann-ich, als ein Matrose ihm die Fangleine zuwarf.

Zeig deinen Zorn nicht, dachte Emma, als sie auf den Kai kletterte. Benimm dich würdevoll. Sei eine Dame. Doch innerlich kochte sie vor Wut. Tschingling war offensichtlich beileibe kein Geheimnis in San Francisco, sondern ein stadtbekannter Witz. Mein Gott, dachte sie, die ganze Stadt wird mich auslachen!

Der Kai war voller Menschen, und bis auf ein, zwei Ausnahmen bestand die Menge aus Männern, die noch dazu ziemlich ordinär wirkten. Als sie Emma erspähten, die trotz ihres Leibesumfangs in ihrem weißen Kleid mit passendem weißen Federhut und Sonnenschirm entzückend aussah, brachen sie in Beifall und Pfiffe aus. «Kapitän King», rief ein junger Mann, der einen betrunkenen Eindruck machte, «hast du Chicago ein paar neue Mädchen mitgebracht?»

Emma rang nach Atem. Scott trat auf den Mann zu, packte ihn am Hemd und verpaßte ihm einen Kinnhaken, so daß er rücklings in die Menge flog. Darauf trat erschrockene Stille ein. «Meine Freunde», verkündete Scott, während er sich die Hände an der Hose abwischte, «wir wissen alle, daß Damen in San Francisco Mangelware sind. Aber mir widerstrebt der Gedanke, ihr hättet so lange keine Dame mehr gesehen, daß ihr eine echte russische Gräfin und meine Gattin für etwas anderes halten könnt als für äußerst kultivierte Damen, die den Zauber und die Anmut des schönen Geschlechts in unsere Stadt bringen werden.»

«Käpt'n Boss», rief der erstaunte Kann-ich, «hübsche Missy Ihre Frau?»

«So ist es.»

«Junge, Junge» war alles, was Kann-ich sagte, aber Emma hatte den Eindruck, daß er verstört war.

Scott bugsierte sie alle in den Landauer mit dem heruntergeklappten Verdeck, der von einem weiteren Chinesen in einem roten, goldbetreßten Wams, weißer Hose und glänzenden Lederstiefeln kutschiert wurde. Eine rote Mütze mit einer Feder krönte die Livree, die Emma lächerlich protzig fand. Als das Gefährt den Kai verließ, rief ein Mann in die Menge: «Sie ist eine Schönheit, Kapitän. Gratuliere.»

Emma nahm die Stadt in sich auf. «Kein Pflaster», sagte sie. «Und die

Bürgersteige sind bloß Holzplanken. Es muß schrecklich sein, wenn es regnet.»

«Ist es auch», sagte Scott. «Aber das kommt alles noch, Pflaster und Bürgersteige, und eines Tages werden die Holzbaracken durch Steinhäuser ersetzt – und sei es aus dem einzigen Grund, weil die Stadt immer wieder abbrennt. Letztes Jahr ist die ganze Stadt am Weihnachtsabend abgebrannt.»

Emma lehnte sich zurück und spannte ihren Sonnenschirm auf. Die Kutsche rumpelte durch die Straßen, die gesäumt waren von zwei- bis dreistöckigen Holzhäusern, die mit großen Schildern als Apotheken, Eisenwarenhandlungen, Schmieden, Lebensmittel- und Textiliengeschäfte sowie Gemischtwarenläden gekennzeichnet waren. Die meisten Häuser waren nicht gestrichen, und die Holzwände waren von Wind und Wetter grau geworden. Emma sah keine Blumen oder Grünanlagen, und der auffällige Mangel an Bäumen verlieh den Hügeln ein bedrückendes kahles Aussehen. Alles war überaus häßlich. Ihr war zum Weinen zumute. *Hierfür* hatte sie ihr schönes Heim in Frankfurt aufgegeben und die Strapazen der Atlantiküberquerung und der Umfahrung Südamerikas auf sich genommen?

Die Kutsche fuhr einen Hügel hinauf, und ganz oben sah Emma ein großes weißes Haus, das ringsum von einer überdachten Veranda umgeben war. Darüber ragten noch zwei weitere Stockwerke empor, gekrönt von einem weißen Geländer, das dem Haus das Aussehen eines Gebäudes im neuenglischen Kolonialstil verlieh. In der Mitte des flachen Daches erhob sich jedoch ein italienisch anmutender Turm mit Bogenfenstern. Das Haus war ein architektonischer Mischmasch – manche würden sagen, ein Alptraum –, doch verglichen mit den tristen Gebäuden, die Emma gesehen hatte, sah es nahezu charmant aus.

Kann-ich, der neben dem Kutscher saß, drehte sich mit breitem Grinsen um und zeigte auf das Haus. «Das da ist Ihr neues Heim, hübsche Missy. Gefällt Ihnen?»

«O ja.» Emma lächelte. «Sehr hübsch. Und Bäume sind auch da.»

«Ich habe Kann-ich angewiesen, sie zu pflanzen», sagte Scott. «Die meisten Bäume sind in dem Feuer verbrannt.»

«Oh, sieh mal, ein Zierteich. Wie schön.»

«Er dient auch als Löschteich.»

Die Kutsche passierte ein Holztor, und Emma sah die mit Blumenbeeten und Gras bepflanzten Gartenanlagen des Hauses. Der Kutscher fuhr über die kiesbestreute Auffahrt um den runden Teich herum und hielt vor der Villa an. Zwei weitere junge Chinesen in derselben prunkvollen Livree warteten schon. Einer hielt den Wagenschlag auf, Emma und Zita stiegen aus, gefolgt von Felix und Scott.

Zita nahm Emmas Arm. «Sieh mal.» Sie zeigte hinab auf die Bucht von San Francisco und den Pazifischen Ozean, der sich endlos auszudehnen schien. Emma warf entzückt einen langen Blick darauf. Dann sagte sie zu Scott: «Ich nehme alles zurück. Es ist mir egal, wie häßlich die Stadt ist. Dies hier ist der schönste Ort der Welt.»

Er hob sie auf die Arme und trug sie die vier Stufen auf die breite Veranda hinauf. Zwei weitere Chinesen hielten die zweiflügelige Eingangstür mit den Buntglasfenstern auf, und Scott trug seine Frau ins Haus. «Willkommen daheim, Emma.» Er küßte sie.

«O Scott», sagte sie, als er sie losgelassen hatte, «es ist so groß! Und so herrlich parvenühaft!» Sie sah sich in der riesigen Eingangshalle um, die beherrscht war von einer weißen Holztreppe mit einem roten Läufer, die zu einem mit Palmen bestandenen Absatz führte; hier teilte sie sich und stieg zu einer mit einem reichverzierten Holzgeländer versehenen Galerie im ersten Stock an, die über drei Seiten der Halle verlief. Auf der zweiten Etage gab es eine weitere Galerie. Fast fünfzehn Meter war die Decke der Halle hoch, und in den Turm war ein riesiges Oberlicht aus buntem Glas eingelassen.

«Kann-ich wird dir dein Zimmer zeigen. Nimm ein Bad, ruh dich aus, und heute abend feiern wir mit einem Bankett.» Scott steuerte auf die Eingangstür zu.

«Wohin gehst du?» fragte Emma.

«Ich muß das Entladen des Schiffes überwachen», rief er zurück. «Ich bin heute abend wieder da.»

Sie runzelte die Stirn, überzeugt, daß er log. Und sie glaubte genau zu wissen, wohin er ging.

Der nun geschlossene Landauer rumpelte über die Dupont Street, die Hauptstraße des Chinesenviertels von San Francisco. Die Holzbürgersteige waren von Geschäften gesäumt, die chinesische Delikatessen oder Seiden feilboten. Ladenbesitzer feilschten mit ihren Kunden, und über ihnen flatterten fröhlich bunte chinesische Banner, auf denen die Waren angepriesen wurden.

Scotts Wagen hielt vor einem Holzgebäude mit einem Schild: «King-Schiffahrtsgesellschaft, Lagerhaus vier.» Im Erdgeschoß gab es keine Fenster, aber die oberen zwei Stockwerke zierten Balkone mit rosa Geranientöpfen. Scott stieg aus und ging zu einer Tür unter dem Schild, schloß auf, trat ein und erklomm die spärlich beleuchtete Treppe zum zweiten Stock. Oben angekommen, trat er in einen düsteren Flur. Er runzelte die Stirn, als er die Melodie von «Jesus liebt mich» auf einem verstimmten Klavier hörte. Er ging den Flur entlang und öffnete eine Tür. Dahinter war China. Zumindest das Dekor war chinesisch, seltsam vermischt mit amerikanischem Mobiliar. An der Decke hingen chinesische Laternen, und die meisten der dunklen Möbel und Wandschirme waren chinesisch. Aber an der hinteren Wand stand ein amerikanisches Messingbett und daneben ein Klavier.

An dem Instrument stand mit dem Gesicht zu Scott die Mandschu-Prinzessin Ah Toy, eine Frau von vielleicht vierzig Jahren mit einem schönen, teilnahmslosen Gesicht, das totenbleich geschminkt war. Mitten auf ihre Unterlippe war eine winzige scharlachrote Träne und auf ihre Wangen kleine zinnoberrote Kreise gemalt. Ihr kohlschwarzes Haar war mit langen Ebenholzstäben kunstvoll zur Hoffrisur der Mandschu frisiert. Sie trug ein hochgeschlossenes scharlachrotes Seidenkleid, in das mit schwarzen und goldenen Fäden komplizierte Muster eingewebt waren.

Als Scott die Tür schloß, hielt das Mädchen, das mit dem Rücken zu Scott am Piano saß, mit der schauderhaften Wiedergabe von «Jesus liebt mich» inne und drehte sich um. Sie war zwanzig Jahre alt und in ein silbernes Gewand im Mandschu-Stil gekleidet. Ihre feinen Züge ähnelten Ah Toys genug, um eine Verwandtschaft erkennen zu lassen, aber dem jüngeren Gesicht fehlte der Anflug von Grausamkeit, der das von Ah Toy prägte. «Scott!» rief sie, sprang vom Klavierhocker auf und lief in seine Arme. Sie bedeckte sein Gesicht mit Küssen. «Tschingling so glücklich dich sehen mein Liebling!» sagte sie in dem Kauderwelsch, wie es die meisten Chinesen in Amerika sprachen. «Tschingling machen Scott Glückszeit!»

Scott schob sie sachte fort und sah zu ihrer Mutter hinüber, die noch am Piano stand. «Willkommen daheim, Kapitän», sagte sie. «Wir haben dich vermißt.»

«Ich habe dir gesagt, du sollst ihr nicht diese verflixten Kirchenlieder beibringen», sagte Scott.

«Warum nicht? Meine Tochter muß Christin werden. Dann wird sie eine richtige Amerikanerin. Aber ich sehe, der Kapitän ist schlecht gelaunt. Möchte er Tee? Oder vielleicht eine Pfeife *ah pin yin*?»

«Laß uns allein», befahl Scott.

Ah Toy verbeugte sich, ihr Gesicht war eine geschminkte Maske. Sie ging zu einem blauen Vorhang und hob ihn an. Dahinter war eine Tür. Sie schlüpfte hindurch, und der Vorhang fiel zurück.

Tschingling knöpfte ihr silbernes Gewand auf, streifte es ab und stand in ihrer herrlichen Nacktheit da. Scott verschlang sie mit den

Augen, dann zog er sie an sich und barg sein Gesicht zwischen ihren kleinen Brüsten.

«O Tschingling, mein Liebling.» Er schluchzte fast. «Verdammt, ich liebe dich so sehr!»

Tschingling fuhr mit den Fingern durch sein rotgoldenes Haar. «Tschingling lieben Scott», sagte sie leise. «Tschinglings ganzes Leben ist Scott glücklich machen.»

Er fuhr mit den Händen über ihre festen Hinterbacken, dann ihre glatten Schenkel hinunter. «Du mußt wissen», flüsterte er, «was immer ich tue, ich werde dich immer lieben.»

Ein Anflug von Furcht trat in ihre Mandelaugen. «Was tun Scott Tschingling?»

Er zwang sich zu einem Lächeln. «Wir reden später. Jetzt ist Glückszeit.» Er hob sie auf und trug sie zu dem Messingbett neben dem Piano, dabei fiel ihm ein, daß er Emma vor einer knappen Stunde über die Schwelle seines Hauses auf dem Rincon Hill getragen hatte. Herrje, dachte er, ich muß es ihr sagen. Ich muß! Aber sie ist so schön. Nur einmal noch... nur einmal noch.

Er setzte sie sachte auf das Bett. Tschingling sah ihm zu, als er sich zu entkleiden begann. Er wollte gerade seine Hose ausziehen, als Ah Toy wieder durch den blauen Vorhang trat. «Verdammt, Weib», brüllte er, «siehst du nicht –» Die kalte Wut im Gesicht der Mandschu-Frau ließ ihn verstummen. Sie zischte ihrer Tochter etwas auf chinesisch zu. Tschingling stand vom Bett auf und warf ihr Kleid über. «Was ist los?» fragte Scott. Keine der Frauen sprach ein Wort, als Tschingling durch den blauen Vorhang verschwand.

«So», sagte Ah Toy dann, «es ist geschehen.»

«Was ist geschehen? Und verflixt, warum störst du uns?»

«Ich habe es soeben gehört. Die ganze Stadt weiß es schon: Du hast eine Frau genommen.»

«Es ist wahr«, sagte Scott leise. «Na und?»

Ah Toy kreuzte die Hände vor der Brust. Ihre langen Fingernägel waren wie Stacheln. «Und was wird aus meiner Tochter?»

Scott runzelte die Stirn. «Ich habe euch bislang gut behandelt. Ihr wohnt hier, und ich bezahle alle eure Rechnungen. Ich bin bereit, eine ansehnliche finanzielle Regelung für dich und Tschingling zu treffen. Ihr braucht euch niemals Sorgen wegen Geld zu machen.»

«So einfach ist es leider nicht, Kapitän.» Hinter dem Vorhang war das Wimmern eines Babys zu hören. Ah Toy lächelte matt, als der Vorhang sich blähte und Tschingling mit einem Baby in den Armen erschien. «Wir haben sie Star genannt», fuhr Ah Toy fort. «Ein schöner

Name, findest du nicht, Kapitän? Tschingling, bring Star zu ihrem Vater.»

Eine Lähmung ergriff seine Gliedmaßen, als Tschingling ihm das Baby brachte. «Ist sie nicht hübsch», flüsterte sie stolz. «Du Baby in die Arme nehmen? Du sie küssen? Nur zu, sie tut dir nichts.»

Wie in einem Traum streckte Scott langsam die Arme aus. Tschingling legte ihm das in eine weiße Decke gewickelte Baby hinein. Er starrte es an wie ein Geschöpf von einem anderen Planeten. Das Baby sah zu seinem Vater auf und gluckste. Dann zog es mit einem winzigen Händchen an den Haaren auf seiner Brust.

«Du hast Baby nicht gern, Scott?» fragte Tschingling besorgt. «Du nicht stolz, weil du ihr Daddy?»

«Ich...» Scott holte tief Luft und sah seine Geliebte schamerfüllt an. Dann betrachtete er das Baby wieder. «Das kommt ein bißchen überraschend», sagte er matt. «Aber Star...» Er flüsterte den Namen. «Ja, es ist ein schöner Name.»

«Es ist ihr Taufname», sagte Ah Toy. «Wir werden sie als Christin erziehen. Die Frage ist, wie wird ihr Nachname lauten?» Scott wandte die Augen nicht von dem allerliebsten Babygesicht. «Du bist Christ, nicht wahr, Kapitän?» fuhr Ah Toy fort. «Was schlägst du vor?»

«Ich bin kein guter Christ», murmelte Scott.

«Das ist keine Antwort.»

Das Baby fing an zu weinen. «Sie hat kräftige Lungen», sagte Scott, verzweifelt um leicht klingende Worte bemüht. Er fühlte sich so leicht wie Blei.

Ah Toy sprach auf chinesisch mit Tschingling. «Ich nehme Baby jetzt», sagte Tschingling. «Aber erst mußt du sie küssen.»

Die Kleine fing zu schreien an, als ihr Vater sie auf die Stirn küßte. Dann übergab er sie ihrer Mutter, die Scott flehend ansah. «Du liebst sie, Scott?» fragte sie.

«Ja.»

Tschingling lächelte, dann brachte sie das Baby hinaus. Scott zog sein Hemd an. Ah Toy trat langsam auf ihn zu. «So, Kapitän», sagte sie, «ich habe Tschingling noch nichts von deiner Frau erzählt, aber wenn ich es tue, bricht es ihr das Herz. O ja, du schläfst mit deinem behaarten Körper mit ihr, aber du wirst sie nicht heiraten, weil ihre Augen nicht rund sind wie deine. Und Star, das unschuldige Resultat, Star wird keinen Vater haben. Mein Enkelkind wird keinen Namen haben. Aber sie ist auch deine Tochter, Kapitän. Was schlägst du vor?»

Scott fummelte an seinem letzten Knopf herum. «Ich möchte Tschingling nicht weh tun», sagte er, «obwohl ich es offensichtlich schon getan habe. Aber ich will anständig sein. Ich werde das Kind adoptieren, und mein Finanzverwalter Mr. Fontaine wird für dich und deine Tochter einen Fonds einrichten. Ihr werdet beide euer Leben lang reichlich mit Geld versorgt sein.»

«Geld», sagte sie verächtlich. «Glaubst du, mit Geld kannst du die Kränkung meiner Tochter wettmachen?» Sie hob die rechte Hand und grub ihre langen Fingernägel in seine linke Wange. Als das Blut hervorschoß, sagte sie: «Jedesmal, wenn deine rundäugige Frau diese Narben sieht, soll sie an Tschingling denken.» Während das Blut auf sein weißes Hemd tropfte, verschwand Ah Toy durch den blauen Vorhang.

12

Leider hat mein Mann in Möbeln einen scheußlichen Geschmack», bemerkte Emma zu Zita, als sie durch den großen Wohnraum schlenderten. Sie wies auf die chinesischen Sessel, Tische, Vasen und rosaweißen Gartenstühle.

«Da muß ich widersprechen», sagte Zita. «Ich finde diese chinesischen Sachen phantastisch.»

«So? Vielleicht muß ich erst Geschmack daran finden. Aber das Haus ist nicht mal zu einem Drittel eingerichtet, die oberen Räume haben fast gar keine Möbel. Und Kann-ich sagt, es gibt keine Möbelgeschäfte. Sie beziehen alles aus China oder New York, sogar Kleider.»

«So eine Situation garantiert fast den Erfolg des neuen Warenhauses, nicht?» meinte Zita und ließ sich auf einem Bambusstuhl nieder. «Und was deine Kleider angeht, die werde ich dir anfertigen, genau wie ich das geändert habe, das du anhast.»

«Das ist lieb von dir, Zita, und du bist wirklich geschickt mit der Nadel –»

«Das kommt nicht von ungefähr», unterbrach sie. «Ich war die führende Schneiderin von Petersburg, bevor ich mein Verhältnis mit Graf Davidoff... legalisiert habe.»

Emma war verblüfft. «Ist das wahr? Wie interessant! Warum hast du mir nichts davon gesagt?»

Zita lächelte. «Ich habe Jahre gebraucht, um es in Rußland in Vergessenheit geraten zu lassen, warum sollte ich da meine bescheidene Herkunft in Amerika an die große Glocke hängen? Solange ich mich Gräfin nenne, nehmen die Leute an, ich sei aus vornehmer Familie. Aber in Wirklichkeit war mein Vater Schneider.»

«Schneider?» Emma konnte es kaum glauben.

«Er war natürlich der Hofschneider, und ich habe das Nähen im Blut. Ich hatte einen eigenen Modesalon, der sehr erfolgreich war. Und jetzt, nach dieser furchtbaren Tragödie ...» Sie hielt einen Augenblick inne, um ihrer Gefühle Herr zu werden. «Nun, ich denke, in diesem Land, wo alles anders ist, ist es keine Schande, die Tochter eines Schneiders zu sein – die Tochter des Hofschneiders. Warum soll ich nicht die führende Schneiderin von San Francisco werden?»

«Eine glänzende Idee!»

«Dein Vater will mir einen Platz in dem Warenhaus zur Verfügung stellen, das er und der Kapitän gründen wollen. Und die reiche, schöne Mrs. King, die ganz bestimmt die berühmteste Gastgeberin von San Francisco wird, kann meine erste Kundin sein.»

«O Zita», sagte Emma und umarmte sie, «ich finde das einfach wundervoll.»

«Sieh dich vor, meine Preise werden unerhört sein.»

Emma trat an das Erkerfenster und sah auf den Pazifik hinaus. «Weißt du, wo Scott jetzt ist?» fragte sie leise.

«Nein.»

«Ich wette um tausend Dollar, daß er bei dieser Chinesin ist. Kannst du dir das vorstellen? Mein erster Tag in dieser Stadt, und nach zehn Minuten verschwindet er wie ein brünstiger Kater zu seiner verdammten Konkubine. Ich könnte ihn umbringen!»

Zita trat zu ihr und legte ihren Arm um sie. «Vielleicht, meine Liebe, mußt du lernen, dich mit ihr abzufinden.»

Nie hatte Zita Emmas schöne Augen so traurig gesehen.

Eine Stunde später kam Emma von dem «ersten Innenabort in Kalifornien», wie Kann-ich ihr stolz verkündet hatte, und setzte sich an ihren uneleganten Toilettentisch, um sich die Haare zu bürsten. Sie hatte ihr erstes Bad seit über einem Jahr genommen. Das Wohlbehagen, das es ihr verursachte, genügte jedoch nicht, ihre grimmige Niedergeschlagenheit zu bekämpfen. Ungeachtet der herrlichen Aussicht war das Haus ein halbleeres Grabmal. Zitas zukünftiger Modesalon änderte nichts daran, daß Emma zur Zeit nur zwei Kleider besaß, die ihr paßten. Kalifornien mochte eine goldene Zukunft haben, aber gegenwärtig sah die Realität so aus, daß Emma in einer Barackenstadt ohne Gesellschaft, ohne Kultur und, das Schlimmste von allem, ohne Liebe festsaß. Daß Scott zu Tschingling gegangen war, bewies zweifellos, daß ihre Ehe eine Farce war. Ich war eine naive Närrin, sagte sie sich verbittert. Zuerst Anton Schwabe und jetzt Scott. Zwei liebeleere Ehen.

Sie legte ihre Bürste hin und ging quer durch das Schlafzimmer zu einem Fenster. Sie raffte ihren Morgenrock um sich, der ihr kaum noch paßte. Der Raum war riesig, aber fast leer; er enthielt ein großes Bett, daneben auf dem Fußboden einen kuriosen chinesischen Porzellanhund, der als Nachttisch diente, ihren Toilettentisch nebst Spiegel und sonst nichts. Nicht einmal einen Teppich oder Vorhang. Sie sah auf den Ozean hinaus. Der Himmel bewölkte sich. Sie schloß die Augen und dachte brennend vor Sehnsucht an Archer. Wie grausam vom Schicksal, ihr das zu rauben, was sie sich am meisten auf der Welt wünschte!

Sie öffnete die Augen und ballte die Fäuste. Zum Teufel mit dem Schicksal! Sie wollte selbst Herrin über ihr Geschick sein. Es mußte einen Weg geben, Archer zurückzubekommen, und dann konnte sie ihrem treulosen rothaarigen Ehemann erzählen, was sie wirklich von ihm hielt. Nur, *was* hielt sie wirklich von ihm?

«Emma.» Sie drehte sich um. Scott stand in der Tür. Er hatte sich umgezogen, und zum erstenmal sah sie ihn in Zivil statt in seiner Kapitänsuniform. Sie war erstaunt, daß er sich geschmackvoll kleidete. Sie war ebenso erstaunt über das Pflaster auf seiner linken Backe. «Ich habe dir ein paar Geschenke mitgebracht.» Er trat ins Zimmer, gefolgt von Kann-ich und zwei weiteren livrierten Chinesen. Sie trugen Schachteln, die sie auf dem Bett abluden.

«Was ist mit deiner Backe passiert?» fragte Emma, als er das Zimmer durchquerte und zu ihr kam.

«Auf dem Kai hat mich eine Katze angesprungen.» Das war eine derart lahme Lüge, daß sie ihm beinahe ins Gesicht lachte. Rasch wechselte er das Thema. «Als wir letzten Monat in Santiago waren, bat ich deinen Vater, dies für mich zu kaufen. Ich wollte es für unseren ersten Abend in unserem neuen Heim aufbewahren.» Er überreichte ihr ein schwarzes Schächtelchen. Sie machte es auf und fand darin einen Ring mit einem großen, von Diamanten umgebenen Smaragd. «Laß mich ihn dir anstecken», sagte er. «Es ist dein Verlobungsring – ein bißchen spät, zugegeben. Aber ich schenke ihn dir mit all meiner Liebe.» Er steckte ihr den Ring an den Finger, während sie ihn stumm beobachtete. Dann wollte er sie küssen, doch sie wandte sich ab und bot ihm nur ihre Wange. Er trat zurück und bedachte sie mit einem sarkastischen Blick. «Wie ich sehe, bist du von Dankbarkeit überwältigt.»

«Der Ring ist wunderschön.»

«Dein Vater sagte mir, Smaragde sind die weichsten Edelsteine... man kann sie zerkratzen. Er empfahl mir, einen Diamanten zu kaufen, weil sie hart sind, aber ich dachte, ein Smaragd wäre dir lieber. Vielleicht habe ich mich getäuscht.»

«O nein. Was ist in den Schachteln?» Sie trat ans Bett. Kann-ich hatte die oberste Schachtel geöffnet. Er zog einen Ballen herrlicher grüner Seide heraus und hielt etliche Meter des schimmernden Stoffes in die Höhe. «Gefällt Ihnen, King Taitai?» fragte er lächelnd.

«‹Taitai› ist das chinesische Wort für ‹Mrs.›», erklärte Scott. «Die Seide kommt aus meinen Lagerhäusern. Ich habe genug für zehn neue Garderoben für dich. Zita sagt, sie kann in drei Tagen ein paar Kleider fertig haben.»

Emma strich mit den Fingern über die Seide. «Sie ist wunderschön», sagte sie matt. «Danke.»

Sie ging wieder an ihren Toilettentisch, setzte sich hin und bürstete weiter ihre Haare. Scott machte Kann-ich ein Zeichen, worauf die Chinesen das Zimmer verließen und leise die Tür schlossen. Scott lehnte sich an die Wand und verschränkte die Arme. «Nun, was fehlt dir?»

«Nichts.»

«Ist dir 'ne schwarze Katze über den Weg gelaufen?»

«Zweifellos dieselbe Katze, die dir das Gesicht zerkratzt hat.»

Er trat hinter sie, beugte sich über sie und betrachtete ihr Gesicht im Spiegel. «Du willst wissen, wo ich gewesen bin. Also gut, ich war bei Tschingling, um ihr von dir zu erzählen.»

«Ach? Nur ein *tête-à-tête*? Du hast sie natürlich nicht berührt? Nein, wie dumm von mir. Ich bin überzeugt, eure Beziehung ist rein platonisch, und ihr habt über Metaphysik gesprochen.»

«Wir haben über unser Kind gesprochen.»

Sie machte ein erstauntes Gesicht. «Euer Kind?»

«Ja.» Er ging ans Fenster und schob die Hände in die Taschen. «Ich wußte nichts davon, bis ich heute nachmittag hinkam. Es ist ein Mädchen, Star mit Namen. Aber ich schwöre dir, Emma, du hast von jetzt an keinen Grund mehr, auf Tschingling eifersüchtig zu sein. Ich setze für sie und ihre Mutter eine große Summe aus, so daß Stars Zukunft gesichert ist. Aber ich werde Tschingling nie wieder berühren.»

«Als ob ich das glaubte.»

Er fuhr sie an: «Zufällig ist es die Wahrheit.»

«Als ob du wüßtest, was Wahrheit ist. Kannst du mir aufrichtig sagen, daß du Tschingling nicht liebst?»

«Und wenn, was macht das schon aus?»

«Und *ob* es was ausmacht! Verstehst du nicht, wie mir zumute ist, wenn du mich hier wie einen Berg Schmutzwäsche ablädst und dann in die Dupont Street rennst? Ich bin noch keinen Tag in San Francisco, und schon bin ich vermutlich das Gespött der ganzen Stadt! Und wenn du glaubst, daß du mich mit einem Haufen Seide und Schmuck kaufen kannst, dann hast du meinen Charakter leider falsch eingeschätzt. Aber was mich am meisten erzürnt: Wieso kannst du sie überhaupt lieben und mich nicht?»

«Liebe, Liebe, Liebe!» schrie er. «Du quasselst von Liebe wie eine mondsüchtige Klosterschülerin. Wir haben ein Abkommen getroffen, vergiß das nicht. Ich bin bereit, Tschingling aufzugeben – Allmächtiger, das kostet mich hunderttausend Dollar –»

«Hunderttausend?»

«Einhunderttausend Dollar, Madam. Du krakeelst, daß ich dich nicht liebe. Nun gut, wenn meine Zuneigung ein Preisschild hat, dann hast du's gerade gehört. Jetzt erwarte ich, daß du dich an deinen Teil der Abmachung hältst. Ich erwarte, daß du eine liebevolle, damenhafte Gattin bist. Du brauchst nicht allzu damenhaft zu sein, gerade genug für den äußeren Anschein, dann kannst du in dieser Stadt als Großherzogin gelten. Ich erwarte, daß du dieses Haus auf anständige Art führst und meinem Kind eine anständige Mutter bist –»

«Deinem Kind?» unterbrach sie. «Du hast anscheinend eine bedeutende Tatsache vergessen: Der Vater ist Archer Collins.»

Als er sich über sie beugte, sah sie im Spiegel Haß in seinen Augen. «Archer Collins existiert nicht, verstanden? Das Kind in deinem Bauch ist meins, und niemand wird je erfahren, daß es nicht stimmt.»

«Das war nicht Teil der Abmachung.»

«Das habe ich vorausgesetzt. Mein Gott, Weib, glaubst du etwa, ich will ausposaunen, daß du mit einem Bauernlümmel-Bankräuber geschlafen hast, bevor ich dich geheiratet habe? Es sei denn, du willst, daß wir beide zum Gespött von San Francisco werden.»

Sie wollte gerade etwas einwenden, aber sie wurde von einer ungestümen Bewegung des Babys in ihr zum Schweigen gebracht. Emma glaubte nicht an Wunder, doch der Zeitpunkt dieses Tritts – keineswegs des ersten – war fast ein Wunder. Ob das Baby lauschte?

«Du hast recht», seufzte sie. «Es hat keinen Sinn, daß wir beide wie Idioten dastehen. Schön, Scott, du hältst dich fern von Tschingling, und das Baby ist deins. Damit bin ich einverstanden. Außer...»

«Außer?»

Sie wandte sich ab, biß sich auf die Lippe und kämpfte gegen die Tränen an. Ich werde nicht um seine Liebe betteln, verdammt noch mal, dachte sie. Aber ich will, daß er mich liebt. Mich, nicht sie. Ich weiß nicht, warum mir daran liegt, aber so ist es nun mal.

Das Baby trat wieder.

«Nichts.» Sie stand auf. «Danke für die Geschenke. Ich bin ziemlich müde, ich glaube, ich lege mich vor dem Essen noch etwas hin.» Sie steuerte auf das Bett zu. «Übrigens, dein Kind hat getreten, vermutlich will es sagen: ‹Find einen Daddy für mich.›»

Scott eilte zum Bett, um die Schachteln wegzuräumen. «Tun die Tritte weh?»

«Ein bißchen, aber das macht nichts. Es bedeutet, daß es gesund ist. Gibt es hier einen anständigen Arzt?» Sie ließ sich schwerfällig auf der Bettkante nieder.

«Den alten Doc Gray. Es heißt, er hat seinen Doktortitel mit der Post bekommen, aber er hat eine Menge Babys auf die Welt geholt.»

«Dann wird er wohl genügen müssen. Ich habe nur eine Bedingung für unsere Abmachung, Scott. Aber auf der bestehe ich.»

«Welche?»

Sie sah ihn trotzig an. «Wenn das Baby ein Junge wird, heißt er Archer.»

Er wollte etwas sagen, doch ein Klopfen an der Tür hielt ihn zurück. «Käpt'n Boss», rief Kann-ich. «Mister Einauge ist unten.»

«Ich komme.» Er senkte die Stimme. «Gut, nenn ihn Archer. Nenn ihn Andrew Jackson, ist mir schnurzpiepegal. Aber er ist trotzdem mein Sohn.» Er schritt zur Tür.

«Scott!» rief sie. Sie wußte, daß sie ihn gekränkt hatte.

«Was?»

«Danke für den Ring. Er ist wirklich schön.»

«Vielleicht hätte ich doch lieber einen Diamanten kaufen sollen. Er würde deinem Charakter mehr entsprechen.»

«Wie gemein, so etwas zu –»

Aber er war schon aus dem Zimmer. Unten in der Eingangshalle wartete André Fontaine, der Finanzverwalter der King-Schiffahrtsgesellschaft. Fontaine war Bankangestellter in Paris gewesen und während der Revolution 1848 ins Kreuzfeuer einer Straßenschlacht geraten. Er hatte dabei sein linkes Auge verloren, was ihn veranlaßte, Frankreich zu verlassen und sein Glück in der Neuen Welt zu versuchen. Die schwarze Klappe, die er über dem Auge trug, hatte ihm den Spitznamen Einauge eingebracht.

«Willkommen daheim, Kapitän.» Er schüttelte Scott die Hand. «Ich komme gerade vom Schiff. Appleton versicherte mir, daß mit der Verladung der Fracht in die Lagerhäuser alles glatt geht. Er sagte mir auch, daß Sie am Portsmouth Square ein Warenhaus bauen wollen.»

«Das stimmt, Einauge. Ich möchte, daß Sie mir einen Architekten suchen, falls so ein exotisches Wesen in Kalifornien existiert, denn wir wollen die Sache rasch in Angriff nehmen. Wenn möglich, will ich nächste Woche mit dem Bau beginnen. Ich treffe außerdem eine satte finanzielle Übereinkunft mit Ah Toy und wünsche, daß Sie das für mich aushandeln. Wie groß sind unsere Barmittel?»

«Etwas über siebenhundertachtzigtausend Dollar. Außerdem haben wir Außenstände von vier Millionen.»

Scott runzelte die Stirn. «Nach meinen Berechnungen müßten wir über zwei Millionen in der Kasse haben.»

«Oh, Sie haben es noch nicht gehört. Lagerhaus zwei ist letzte Woche geplündert worden. Eine Bande von den *Sydney Ducks* – zumindest vermuten wir, daß sie es waren – ist eingebrochen und hat die ganze Schiffsladung gestohlen, die die *Southern Cross* aus Hongkong gebracht hat.»

«Und unsere Wächter?»

«Erschossen. Alle beide. Ich habe neue eingestellt und ihre Zahl verdoppelt, trotzdem ...» Er schüttelte den Kopf. «San Francisco ist ein Dschungel.»

«Himmel, die ganze Ladung?»

«Sie haben das Lagerhaus leergeräumt.»

«Irgendeine Ahnung, wer dahintersteckt?»

«Ich habe keine Beweise, aber ich glaube, es war Slade Dawson. Er versucht, die Stadt in seine Gewalt zu bekommen, und Sie sind nicht viel hier.»

«Das wird sich von heute an ändern, darauf können Sie Gift nehmen. Kann-ich!» Er steuerte auf die Eingangstür zu.

«Ja, Käpt'n Boss?»

«Sag King Taitai, daß ich zum Abendessen nicht zu Hause bin.»

«Sie enttäuscht sein, Boss! Erster Abend in Haus.»

«Sie wird es überleben. Sag ihr, ich beginne mit meinem Wahlkampf, um der erste Gouverneur von Kalifornien zu werden. Verdammt, das ganze Lagerhaus!» Er öffnete die Tür und blickte zu seinem Finanzverwalter zurück. «Einauge, das ist Krieg.»

In einem Schlafzimmer im zweiten Stock lag Zita auf dem großen Himmelbett. Felix saß bei ihr. Sie unterhielten sich über Emma. «Scott ist wirklich ein netter Mensch, aber Emma scheint Archer nicht vergessen zu wollen», meinte Zita.

Felix runzelte die Stirn. «Auf dieser Ehe liegt womöglich ein Fluch. Scott ist kein Jude. Ich wünschte, sie hätte David Levin geheiratet.»

«Auf dem Schiff hattest du aber keine Einwände.»

«Ich hatte keine Wahl. Ich wollte, daß Emmas Kind ehelich geboren würde. Aber jetzt quält mich der Gedanke, was ihre Mutter dazu sagen würde.»

«In Wirklichkeit willst du mir sagen, daß du mich aus demselben Grund nicht heiraten willst», sagte Zita. «Weil ich keine Jüdin bin.» Sie zwang sich zu einem Lächeln. «Ich verstehe das, mein Liebling. Aber wir werden das Paar von San Francisco sein, über das am meisten geredet wird. Das wird viel aufregender, als verheiratet zu sein.»

«Ich werde immer für dich da sein, Zita. Du brauchst dir keine Sorgen zu machen. Und wenn das Warenhaus ein Erfolg wird, bauen wir uns ein schönes Haus. Es wird klappen, glaub mir.»

«Ich glaube dir, Felix. Ich habe dich sehr lieb. Für mich bist du mein Mann, und das ist alles, was für mich zählt.»

Er küßte sie. «Meine Frau», flüsterte er. «Du bist meine geliebte Frau. Nur der Tod wird uns scheiden.»

13

Wie steht das Spiel?» fragte Chicago, die dreieinhalb Zentner schwere Puffmutter mit der blonden Lockenperücke. Sie saß wie gewöhnlich im *Café Bonanza* in ihrem maßgefertigten zwei Meter hohen Sessel, der einem Thron auf Stelzen ähnelte und ihr gestattete, die Vorgänge aus der Vogelperspektive zu verfolgen.

«Kapitän King ist um zweitausend voraus», erwiderte Mack, der Kartengeber, der soeben seinen Dienst im Kasino hinter der Bar beendet hatte. Er starrte zu dem Mammutweib in ihrem roten Satinkleid hinauf. Straußenfedern kaschierten ihre alpinen Brüste und nackten Schultern. Chicagos Massen schüchterten ihn jedesmal ein. Ihre winzigen Füßchen, die auf einer Sprosse ihres eigentümlichen Sessels ruhten, waren in geschnürte schwarze Lederstiefeletten gezwängt, und die von unten kaum sichtbaren Strümpfe an ihren Elefantenbeinen hatten grüne und silberne Querstreifen.

Sie blickte finster auf ihn hinab. «Wer gibt?»

«Slade.»

«Ist King nüchtern oder betrunken?»

«Er säuft wie ein Loch, aber mir kommt er nüchtern vor.»

«Scheiße. Komm mal einen Moment rauf.»

Gehorsam stieg Mack die leiterartigen Sprossen an der Seite des Sessels hinauf. Als er auf Chicagos Höhe angelangt war, flüsterte sie: «Hat Slade den Apparat um?»

«Ja, aber er hat ihn noch nicht benutzt. Er wartet wohl auf 'nen großen Einsatz.»

«Aha. Ist gut, du Zwerg. Geh nach Hause, schlafen.»

«Gute Nacht, Chicago.»

Mack kletterte die Leiter hinunter, und Chicago leerte ihren *Gin Fizz.*

Drei Meter weiter, in einem Raum hinter der Bar, in den man durch eine Flügeltür gelangte, waren die Spiele in vollem Gang. Die größte Menschenmenge war um Slade Dawson versammelt. Slade gab. Der vierzig Jahre alte Berufsspieler, ein finsterer, jedoch keineswegs unansehnlicher Typ, dessen schwarzer Schnurrbart zu beiden Seiten seines brutalen Mundes herabhing, wurde an der Ostküste in drei Staaten wegen Betrugs von der Polizei gesucht, aber schließlich wurden schätzungsweise zehn Prozent der Bevölkerung von Kalifornien an der Ostküste von der Polizei gesucht. Deswegen waren sie ja nach Kalifornien gekommen.

Scott, der Slade an dem runden Tisch gegenüber saß, hob seine Karten auf. Er hatte zwei Paare: Buben und Achten. «Ich eröffne mit fünfhundert.» Er schob einen Stapel Hundertdollarchips in die Mitte der grünen Filzunterlage.

Slade besah sein Blatt. Zwei Fünfen, zwei Asse und eine Vier. «Ich erhöhe auf dreitausend.» Er schob drei Stapel Chips vor.

Die Zuschauer pfiffen. Die anderen zwei Mitspieler, ein Franzose und ein Freund von Slade namens Gus Powell, der erwog, für den Posten des Gouverneurs zu kandidieren, warfen ihre Karten hin. Scott und Slade beäugten sich voll Abneigung.

«Das ist 'ne Menge», sagte Scott.

«Ja, nicht?» Slade lächelte.

«Ich glaube, du bluffst.»

«Schon möglich. Was zahlste, um's rauszukriegen?»

Scott schob die Chips vor. Wieder wurde gepfiffen. 6500 Dollar lagen jetzt auf der Filzunterlage.

«Karten?» fragte Slade.

«Eine.»

Scott warf ab, um eine Karte zu seinen Buben und Achten zu kaufen. Als Slade ihm eine Karte gab, öffnete er unter dem Tisch leicht die Knie. Ein drittes As rutschte aus seinem rechten Ärmel in seine Hand. Slade schob das As geschickt zwischen seine anderen Karten und ließ die Vier verschwinden.

«Du kaufst keine?» fragte Scott.

«Nee. Und ich setze dreitausend Dollar. Gehste mit?» Er schob weitere Chipsstapel vor.

Scott betrachtete das kleine Chipsgebirge. Er hatte eine Sechs bekommen. «Ich geh mit.» Er schob seine Chips vor.

«Was hast du?» fragte Slade.

«Zwei Paare. Buben und Achten.»

Slade lachte. «Und ich dachte, du könntest Poker spielen. Bei dem Mistblatt bist du mitgegangen, obwohl ich keine Karten gekauft habe?

Ich hatte ein Full House, Asse und Fünfen. Pech gehabt.» Er legte sein Blatt hin und griff nach den Chips.

Scott zog seine Pistole. «Moment mal, Slade.» Slade blickte erstarrt auf die Pistole. «Ich glaube, du hast nicht fair gespielt, Slade. Ich glaube, du bist ein verdammter Betrüger. Steh auf und zieh dich aus.»

«Wie bitte?»

«Tu, was ich dir sage. Ausziehen.» Bedrohliche Stille senkte sich auf den sonst so lauten Raum. Slade stand langsam auf. Dann zog er blitzschnell seine Pistole. Scott schoß Slade die Pistole aus der Hand. «Ausziehen», wiederholte er.

Zögernd zog Slade seinen schwarzen Rock aus.

«Jetzt die Weste.»

Slade knöpfte seine bestickte gelbe Weste auf und zog sie aus.

«Jetzt das Hemd.»

«Was zum Teufel –»

«Das Hemd!»

Slade knöpfte sein Rüschenhemd auf und zog es aus. An seinem Körper war eine merkwürdige, versilberte Apparatur befestigt, die aus einer Anzahl Rollen, Schnüre und ausziehbarer Rohre bestand, die von seiner Hose zu seinen Schultern und dann die Unterseite seiner Arme entlang verliefen und in einer Klammer mündeten, die Karten halten konnte.

«Sieh mal an, meine Herren», sagte Scott und stand auf, «das neueste Gerät, um Dumme auszunehmen. Ich habe in New York davon gelesen. Zeig ihnen den ganzen Apparat, Slade. Laß deine Hose runter.»

«Geh zum Teufel.»

«Na, na. Tu, was man dir sagt, sei ein braver Junge.»

«Leck mich am Arsch.»

Mit hochrotem Gesicht ließ Slade seine Hose herunter. Die Apparatur verlief durch seine Unterwäsche bis zu den Knien.

«Seht ihr, wie genial das Ding ist?» sagte Scott. «Slade steckt ein As in die Klammer an seinem Handgelenk. Dann wartet er, bis er ein Paar hat wie bei seinem letzten Blatt. Und indem er bloß die Knie spreizt, bringt er die Höllenmaschine in Gang, und das As rutscht in seine Hand. Sauber, was?»

Scott nahm seinen Hut ab, strich sämtliche Chips hinein, dann stellte er sich auf einen Stuhl, um zu den Versammelten zu sprechen. «Meine Freunde», verkündete er, «ich habe heute nachmittag erfahren, daß wir jeden Tag ein Schiff aus dem Osten erwarten, das uns von Präsident Fillmore unterzeichnete Papiere bringt, die dem Gebiet von Kalifornien Eigenstaatlichkeit gewähren. Wir wissen alle, wie es hier in San

Francisco zugeht, zehn Polizisten auf fünfunddreißigtausend Einwohner, und in anderen Städten wie Los Angeles soll es noch schlimmer sein. Es ist höchste Zeit, daß wir ein eigener Staat werden, denn das bedeutet anständige Polizeikräfte, die für Recht und Ordnung sorgen. Und Recht und Ordnung heißt, daß billige Gauner wie Slade Dawson» – er wies auf den finster dreinblickenden Slade, der in seiner Unterhose eher lächerlich als bedrohlich aussah – «anständig werden oder ins Gefängnis kommen. Liebe Mitbürger, ich gebe heute abend bekannt, daß ich meine letzte Reise als Kapitän auf einem meiner Schiffe hinter mir habe. Ich bleibe die ganze Zeit in Kalifornien, um mitzuhelfen, aus dieser Stadt und diesem Staat etwas zu machen, worauf wir stolz sein können. Meine Freunde, ich melde meine Kandidatur als erster Gouverneur des stolzen Staates Kalifornien an, und mein Programm lautet schlicht: Recht und Ordnung, Gerechtigkeit für alle... und Befreiung von Scheißkerlen wie Slade Dawson!»

Schweigen. Offensichtlich fand die Idee von Recht und Ordnung im Kasino vom *Café Bonanza* keinen großen Anklang.

«Zum Teufel», rief ein Zuhörer, «wenn Slade ein gemeiner Betrüger ist, dann hat er uns alle betrogen, und ich sage, hängen wir das Schwein auf!» Das erzeugte Applaus.

«Holt die Bürgerwehr!» rief ein anderer. «Wir sorgen selbst für Recht und Ordnung!»

«Richtig! Wir sind Richter und Geschworene, und Slade kann in einer Stunde baumeln!»

Panik im Gesicht, wollte Slade zur Tür flitzen, doch die unhandliche Apparatur behinderte ihn beträchtlich. Die Menge packte ihn und schlug ihn, indes andere schrien: «Lyncht ihn!» – «Hängt das Schwein auf!» – «Ruft die Bürgerwehr!» Der Lärm war ohrenbetäubend.

Scott zog seine Pistole und feuerte an die Decke. Der Tumult verebbte rasch. «Laßt Slade laufen!» schrie er erbost. «Und daß mir keiner die verdammte Bürgerwehr ruft. Das ist ja das Schlimme an dieser Stadt – zu viele Selbstschutzgruppen, zu viele Lynchmorde. Laßt Slade laufen. Wenn ich ihn verklagen will, weil er mich betrogen hat, sehe ich ihn vor Gericht. Und Slade, ich weiß verdammt gut, daß du mich auch noch woanders als beim Kartenspiel betrogen hast, deshalb sehen wir uns womöglich schon bald vor Gericht wieder. Aber», rief er der ganzen Versammlung zu, «die Bürgerwehren und Lynchmorde müssen ein Ende haben. Sonst wird San Francisco nie was anderes sein als ein verfluchter Dschungel.»

Diesmal erhielt er Beifall, der zuerst spärlich war, sich dann aber steigerte.

«So, er hat dich lächerlich gemacht?» fragte Chicago eine Stunde später. Sie saß im dritten Stockwerk über dem *Bonanza* in ihrer Wohnung, einem Tempel von schreiend schlechtem Geschmack, und verzehrte ein Schweinekotelett.

«Ich mußte mich vor dem ganzen Kasino bis auf die Unterhose ausziehen. Ich bring ihn um. Ich bring ihn um, den Schweinehund.»

«Ach, halt's Maul, Slade. Du hörst dich an wie der Schurke in einem schlechten Straßentheater. Außerdem hat er dir den Hals gerettet, oder? Du könntest in diesem Augenblick da draußen vorm Fenster baumeln.»

Slade schluckte und fuhr sich mit der Hand an die Kehle. Der Beinahe-Lynchmord war ein schreckliches Erlebnis gewesen.

«Und er will Gouverneur werden?» fuhr Chicago fort. «Interessant.»

Die fette Puffmutter, die eine tischtuchgroße Serviette in ihre Schlucht von einem Brustansatz gesteckt hatte, nahm ihr sechstes Schweinekotelett mit den Fingern und begann es zu vertilgen, wobei Fett ihr Mehrfachkinn hinabrann. Chicago war Miteigentümerin des *Bonanza*, und sie teilte sich mit Slade die Fünfzimmerwohnung in der obersten Etage. Aber das Bett teilten sie nicht. Slade schlief mit den Mädchen unten, und Chicago? Sie hatte ihre Schweinekoteletts und ihren Gin.

«Ich glaub, er weiß, daß wir sein Lagerhaus geplündert haben», sagte Slade. «Er hat irgendwas gesagt, daß wir uns demnächst vor Gericht wiedersehen.» Er betrachtete aus einem Fenster die kürzlich installierten Gaslampen auf dem Portsmouth Square.

«Klar weiß er das. Scott ist kein Dummkopf», sagte Chicago und leckte sich die Finger ab. «Wenn wir ein Staat werden und er Gouverneur wird, dann haben wir große Probleme, mein Schatz. Deshalb müssen wir zusehen, daß nicht King Gouverneur wird, sondern Gus Powell. Und dazu müssen wir respektabel werden, Slade. Ich glaub, ich hab den richtigen Dreh für uns.»

«Nämlich?»

«Dieser junge Jude, David Levin, der vor zehn Tagen auf der *Flying Cloud* hergekommen ist. Er hängt in der Bar rum und säuft mehr, als ihm gut tut. Ich hab mit ihm gesprochen. Er kennt Emma King und ihre Familie und ist nicht gut auf sie zu sprechen. Er haßt Scott King. Er möchte eine Zeitung gründen, und ich meine, wir sollten ihn finanzieren.»

Slade sah sie mißmutig an. «Wer will schon 'ne Zeitung?»

«Wir. Du mußt mit der Zeit gehen, Slade. Die Macht der Presse.

Denk nur mal an die ätzenden Leitartikel, die David über Scott schreiben kann.»

«Worte.» Slade feixte. «Worte sind Scheißdreck. 'ne Pistole ist mir allemal lieber als Worte.»

Chicago biß in ihr siebtes Schweinekotelett. «Wir benutzen beides. Geh jetzt runter und hol Gus. Ich finde, es ist Zeit, daß wir uns ernsthaft mit diesem Wahlkampf befassen. Wir müssen ein Thema finden, das die Wähler aufwühlt, und wenn wir keins finden können, lassen wir uns eins einfallen.»

«An seinem ersten Tag in der Stadt versetzt werden, ist eine Sache», sagte Emma, als Scott am Abend in ihr Schlafzimmer kam. Sie saß mit einem rosa Bettjäckchen bekleidet im Bett. «Aber zweimal versetzt werden, das ist schon fast ein Weltrekord. Darf ich mir erlauben, zu fragen, wo du gewesen bist?»

Scott setzte sich zu ihr. «Hat Kann-ich es dir nicht gesagt?»

«Er sagte irgend etwas Albernes, daß du mit deinem Wahlkampf für den Gouverneursposten beginnst.»

«Ich finde den Beginn meines Wahlkampfes durchaus nicht albern, aber lassen wir das. Slade Dawson – der Mann in dem anderen Boot heute morgen – hat den Diebstahl von Waren im Wert von mehr als zwei Millionen Dollar aus einem meiner Lagerhäuser organisiert. Wenn wir in diesem Staat keinen Polizeischutz bekommen, sind wir alle zum Untergang verdammt – warum weinst du?»

«Du verstehst nichts von Frauen», schniefte sie und wischte sich mit dem Ärmel die Tränen ab.

«Das ist allerdings wahr. Frauen sind mir tatsächlich ein Rätsel. Aber ich nehme an, du bist wütend, weil ich nicht zum Essen da war.»

«O nein, es hat mir Spaß gemacht, deinen leeren Stuhl anzustarren. Ach, es ist zwecklos, wütend zu werden, ich kann dich wohl nicht für diese Farce von einer Ehe verantwortlich machen. Es ist allein meine Schuld. Wie hast du mich genannt? Einen mondsüchtigen Backfisch? Vielleicht bin ich das. Und außerdem hast du in deiner ritterlichen Art gesagt, ich bin so hart wie ein Diamant. Ich glaube, ich bin von beidem etwas, Scott. Eine hoffnungslose Romantikerin und hart wie Stein.» Sie seufzte. «Ich bin vielleicht keine perfekte Ehefrau, aber wir haben diese Abmachung getroffen und müssen miteinander auskommen. Deshalb wäre ich dir dankbar, wenn du mir ein wenig Höflichkeit erweisen würdest. Ich bin nun mal deine Frau, ob es dir paßt oder nicht.»

«Du hast recht. Ich habe mich wie ein ungehobelter Schuft benommen. Wie kann ich es wieder gutmachen?» Er nahm ihre Hand. «Sag mir, was du möchtest. Ich gebe dir alles auf der Welt.»

«Was ich möchte», erwiderte sie leise, «kannst du mir nicht geben.»

«O ja, den schneidigen Mr. Collins», sagte er kühl. Er ließ ihre Hand los und stand auf. Er ging zum Fußende des Bettes, dann drehte er sich zu ihr um. «Es gibt in der Market Street einen erstklassigen Detektiv namens Horatio Dobbs. Ich schlage vor, du engagierst ihn, um herauszufinden, was aus Mr. Collins geworden ist. Es wird kostspielig sein und sicher einen Monat dauern, aber bis das Kind geboren ist, solltest du Nachricht von seinem leiblichen Vater haben. Das dürfte dir zumindest einen gewissen Seelenfrieden verschaffen. Ich weiß, wie kostbar dir die Erinnerung an Mr. Collins ist.»

Sie schenkte ihm ihr hübschestes Lächeln. «O danke, Scott. Das ist schrecklich anständig von dir.»

Er nickte kurz. «Als dein Ehemann kann ich dir gar nicht sagen, wie es mich freut, so ein reizendes Lächeln in deinem Gesicht hervorzurufen. Und nun, da deine fortgeschrittene Schwangerschaft es ziemlich beschwerlich macht, mit dir zu schlafen, ziehe ich mich in die Bibliothek zurück und schlafe auf dem Sofa. Gute Nacht, Emma.»

Das Lächeln schwand aus ihrem Gesicht. «Du erwartest von mir, daß ich eine Dame bin, da kannst du dich wenigstens bemühen, ein Gentleman zu sein.»

«Oh, ich bemühe mich, Emma. Wenn ich mir nicht alle Mühe gäbe, ein Gentleman zu sein, würde ich dich vögeln, daß dir Hören und Sehen verginge.»

14

Und wie wollen wir die Zeitung nennen?» fragte Chicago, während sie sich Schokoladenbonbons in den Mund stopfte. Sie lag ausgestreckt auf einer Chaiselongue in ihrer Wohnung und sah David Levin an, der, den fleckigen Hut in der Hand, am Fußende der Chaiselongue stand.

«Wie wär's mit *San Francisco Bulletin*?» schlug David Levin vor. Ein dichter Bart hing ihm bis zum zweiten Hemdknopf und verdeckte seine Krawatte. Das war ein Segen, denn es war seine allerletzte.

«Hört sich gut an. Das Haus nebenan gehört mir, das Erdgeschoß steht Ihnen als Kontor zur Verfügung. Sie können im Hinterzimmer schlafen und unsere Toiletten benutzen. Und ich habe eine gebrauchte Druckerpresse aufgetrieben, die ich für achthundert in Gold kaufen kann. Was brauchen Sie sonst noch?»

«Druckfarbe und Papier natürlich. Einen Schriftsetzer, wenn wir einen finden können. Und Botenjungen.»

«Dafür können wir Chinesen nehmen. Die sind spottbillig. Was für einen Lohn hatten Sie sich vorgestellt? Versuchen Sie nicht, mich auszunehmen, bloß weil ich reich bin.»

«Hm... hundert die Woche?»

«Achtzig. Wenn Sie nicht akzeptieren, lassen wir's bleiben.»

David zuckte die Achseln. «Ich akzeptiere.» Er hätte auch fünfzig akzeptiert. David war verzweifelt. Als er in San Francisco eintraf, war er wie Emma entsetzt gewesen über die primitiven Zustände. Aber er erkannte rasch die Chance für einen Schriftsteller in einer Stadt ohne Zeitung. Mit einem Roman würde er es vielleicht nicht weit bringen, aber wenn er Geldgeber für eine Zeitung fände, könnte er mit einer Tätigkeit, die ihm Spaß machte, Geld verdienen.

«Sie kennen die Tendenz unserer Leitartikel», fuhr Chicago fort. «Es geht darum, Scott King schlecht zu machen, damit unser Mann zum Gouverneur gewählt wird.»

«Glauben Sie mir, es wird mir ein Vergnügen sein, King schlecht zu machen.»

«Aber wie steht es mit Mrs. King? Als Sie neulich nachts betrunken waren, haben Sie mir erzählt, daß Sie sie noch lieben. Ist das wahr?»

David wand sich. «Nein», sagte er schließlich. «Als ich hörte, was auf der Schiffsreise passiert war, und daß Emma mit King geschlafen hat, bevor sie geheiratet haben, ist meine Liebe zu ihr gestorben. Emma de Meyer ist eine Opportunistin und ein Luder.»

Chicago schob sich noch ein Bonbon in den Mund. Zerlumptes Kerlchen, dachte sie. Dürr und schäbig. Aber er hat Feuer im Leib. «Hm, bringen Sie dies ruhig in Ihren Leitartikeln zum Ausdruck, David. Wir können die ganze Bande da oben auf dem Rincon Hill schlecht machen.»

Werde ich das Emma wirklich antun? Er dachte an seinen Schmerz, als er erfahren hatte, daß sie mit Scott verheiratet war, den Schmerz, den er mit Alkohol zu ertränken gesucht hatte. Ja, ich hasse sie.

«Ich bin gekommen, um dich aufzuheitern», verkündete Zita, als sie in Emmas Schlafzimmer trat.

«Gib dir keine Mühe.» Emma setzte sich im Bett auf. Es war ein kalter Dezembertag, und durch die Fenster sah sie den Nebel wie einen Schleier über der Stadt hängen. Sie hatte hübsche blaue Vorhänge an den Fenstern angebracht und einige Topfpflanzen aufgestellt, doch ansonsten wirkte der Raum immer noch kahl. Das Haus war ohnehin leerer geworden. Letzten Monat hatte Felix am Fuß von Rincon Hill ein Häuschen gekauft und war mit Zita aus dem großen Haus ausgezogen. Aber Zita kam Emma mindestens einmal täglich besuchen.

«Punkt eins», sagte Zita und hockte sich auf die Bettkante. «Am 18. Oktober segelt ein Schiff in die Bucht von San Francisco und bringt die wunderbare Nachricht, daß Kalifornien jetzt ein Staat ist. Dein Mann lädt das Haus voller Gäste, um zu feiern, aber wo ist seine bezaubernde Frau? Mrs. King bleibt oben in ihrem Schlafzimmer.»

«Zita, ich bin so dick wie ein Elefant, und es schickt sich nicht, sich zu zeigen, wenn man schwanger ist.»

«Meine liebe Emma, San Francisco ist nicht London oder Paris. Die Anstandsregeln sind hier weit weniger strikt, Gott sei Dank. Punkt zwei: Vor drei Wochen, am 14. November, eröffnen dein Vater und dein Mann mit großem Tamtam das Warenhaus de Meyer und King, und du hast es dir nicht mal angesehen.»

«Ich sag dir doch, ich gehe nicht aus, so wie ich aussehe.»

«Du bemitleidest dich selbst.»

«Kannst du mir das verdenken? Ich sitze in dieser gräßlichen Stadt mit einem gräßlichen Ehemann, der mich haßt –»

«Ich glaube nicht, daß er dich haßt. Er ist ein liebenswerter, großzügiger Mensch.»

«Ach, Zita, ich will nichts mehr von ihm hören. Wenn er so wunderbar ist, warum schenkt er mir dann nicht mehr Beachtung, statt sich überall in ganz Kalifornien herumzutreiben?»

«Meine Liebe, er führt schließlich einen Wahlkampf.»

«Ich kann mir nicht vorstellen, daß jemand, der seine fünf Sinne beisammen hat, für Scott stimmt.»

«Ich verstehe nicht, wie du so grausam zu Kapitän King sein kannst. Ich bin deinem Archer nur einmal begegnet, und ich gebe zu, er sah gut aus, aber mir schien er keine von den Qualitäten deines Mannes zu besitzen.»

Emma sah sie traurig an. «Ich kann nicht erklären, warum ich Archer so liebe. Aber ich denke fast jeden Augenblick an ihn, vor allem jetzt, wo sein Kind bald kommt. Die kurze Zeit, die wir auf dem Schiff zusammen waren – er war so zärtlich, so lieb und unschuldig.» Ihre Augen schwammen in Tränen. «Er war der erste Mann, der mich fühlen ließ, daß ich schön bin.»

Zita seufzte. «Du tust mir leid, du bist ein Opfer der Liebe. Aber ich bin wirklich gekommen, um dich aufzuheitern. Da du dir meinen Salon im Warenhaus nicht ansehen willst, bin ich mit dem Salon zu dir gekommen.» Sie klatschte in die Hände. Die Tür ging auf, und ein hübsches blondes Mädchen trat ein. Sie trug ein pfirsichfarbenes Seidenkleid mit dem ausladendsten Rock, den Emma je gesehen hatte. «Das ist Elaine, eins meiner Mannequins», sagte Zita. «Gefällt dir das Kleid?»

«O Zita, es ist großartig. Aber ist der Rock nicht zu üppig?»

«Das ist die neueste Mode aus Paris. Darunter ist ein Roßhaarstreifen, den man Krinoline nennt. Zeig's ihr, Elaine.»

Elaine trat ans Bett und hob den Rock. Plötzlich griff sich Emma stöhnend an den Bauch.

«Meine Liebe, was fehlt dir?» rief Zita.

«Hol den Doktor», flüsterte Emma. «Ich glaube, das Baby –» Sie stieß einen Schrei aus.

«Lauf!» rief Zita dem Mannequin zu. «Sag der Dienerschaft, man soll Dr. Gray holen!» Elaine eilte hinaus.

«Oh ... o mein Gott.» Emma stieß wieder einen Schrei aus. «Ich glaube, es geht los.»

«Bleib ruhig. Der Doktor wird gleich hier sein.»

«Wo ist Scott? Warum ist er nicht hier? Verdammter ... oh ... o mein Gott.»

Sie zitterte und schwitzte. Kann-ich erschien mit einem Porzellanbecken und Handtüchern in der Tür. «Hübsche Missy kriegt Baby.» Er eilte grinsend ans Bett. «Doktor Gray kommt bald. Junge, Junge, Kann-ich mag Babys. Hab selbst drei, mach noch viel mehr, bevor's mit mir zu Ende geht.»

«Vielleicht», stöhnte Emma, «geht es zuerst mit Kann-ich Taitai zu Ende.»

Drei Stunden später nahm Zita dem Arzt den quäkenden neugeborenen Knaben ab und zeigte ihn Emma. «Schau, ist er nicht süß? Sieben Pfund, zweihundert Gramm und kerngesund.»

Die erschöpfte Emma sah das rotgesichtige Baby an und lächelte matt. «Archer», flüsterte sie, «endlich habe ich deinen Sohn.» Als letztes vor dem Einschlafen dachte sie, daß der Detektiv, den sie engagiert hatte, um Archer zu finden, vielleicht noch vor Weihnachten Nachricht von ihm bringen würde.

«Er ist im Ohio-Staatsgefängnis in Columbus», sagte Horatio Dobbs, ein kahlköpfiger Detektiv, der einen karierten Anzug trug. «Er sitzt fünf Jahre wegen bewaffnetem Raubüberfall.» Er saß mit Scott in dessen Büro im Lagerhaus eins am Embarcadero. Scott lehnte sich auf seinem Stuhl zurück und spielte mit einem Bleistift. «Ist das ein hartes Gefängnis?»

«Eins von den härtesten. Da ist noch keiner entkommen, seit es vor zehn Jahren gebaut wurde.»

«Wer ist der Direktor?»

«Ein Mann namens Ridley.»

«Ist er bestechlich?»

Horatio Dobbs grinste. «Jedenfalls soll er es gewesen sein, als er noch Stadtrat in Cleveland war.»

«Hm.» Scott beugte sich vor. «Ich möchte, daß Sie meiner Frau erzählen, Archer Collins sei bei einem Fluchtversuch von einem Wärter erschossen worden. Ist das klar?»

«Ja.»

«Erzählen Sie es ihr aber nicht vor Beginn des neuen Jahres. Sie hat gerade ein Baby bekommen, und ich möchte nicht, daß sie sich an den Feiertagen aufregt.»

«Ist dieser Collins ein Verwandter von ihr?»

«Das, mein Freund, geht Sie nichts an.» Scott öffnete eine Schreibtischschublade und zog einen Waschlederbeutel heraus, den er dem

Detektiv zuwarf. «Hier sind noch mal extra tausend in Gold für Sie, Dobbs. Das soll Ihnen vergessen helfen, daß ich Sie engagiert habe, bevor meine Frau es tat.»

Horatio Dobbs stand lächelnd auf. «Kapitän, ich kann mich kaum an Ihren Namen erinnern.»

In Erinnerung an den verheerenden Weihnachtsabend vor fünf Jahren hatte Scott darauf gedrungen, daß das Warenhaus de Meyer und King aus Backstein errichtet wurde. Der junge chilenische Architekt, den Einauge aufgetrieben hatte, hatte ein ansehnliches Haus gebaut, um dessen Mansardendach ein Blechsims lief.

De Meyer's, wie der Name des Hauses alsbald abgekürzt wurde, war ein voller Erfolg. In der Stadt wimmelte es von Männern, die Geld zum Ausgeben hatten. Die hübschen Vitrinen in der ersten Etage waren mit Uhren, Silber, Kleidungsstücken, Schnickschnack und Spezialartikeln gefüllt, die den Goldgräbern das Geld aus der Tasche lockten. In einer Ecke befand sich Zitas Damenmodensalon, der sich sehr zögernd anließ, nicht nur aufgrund des Mangels an Damen, sondern auch wegen der astronomischen Preise. Doch ihre Kleider waren so elegant – zumal in einer Stadt, in der Luxusgüter Mangelware waren –, daß die Kundinnen sich allmählich einfanden, angeführt von Chicagos Kellnerinnen, die im *Bonanza* barbusig bedienten. Reich an Gold, das sie damit verdient hatten, daß sie bei der Arbeit fast nichts auf dem Leib trugen, gaben sie ihr Geld mit vollen Händen für Zitas herrliche Kleider, Hüte und Pelze aus. Zita wußte sehr wohl, wie sie ihr Geld verdienten, aber es lag ihr fern, ihre besten Kundinnen abzuweisen. «Später», sagte sie zu Felix, «wenn wir hier richtige Damen haben, dann werden wir sehen. Doch vorerst...»

Felix pflichtete ihr bei. «Unsere ganze Kundschaft ist derzeit derb und schmutzig. Aber wir geben den Ton an, und eines Tages werden die Leute sich nach uns richten. Dann wird San Francisco sehenswert sein.»

«Sie haben das Gold», sagte Zita. «Wir verkaufen ihnen den Glanz.»

Obwohl Felix das ganze Warenhaus leitete und über zweiundfünfzig Angestellte gebot, gehörte sein Herz einer Ecke in der zweiten Etage, wo, nicht weit von der Möbelabteilung, sein kleines Juweliergeschäft lag. *F. de Meyer. Haute Joaillerie. Ehemals Frankfurt, Deutschland* prangte auf dem Messingschild über der Tür. Felix, dessen Leidenschaft Edelsteine waren, stellte Broschen, Ringe und sogar ein Diamanthalsband aus, alle nach eigenen Entwürfen von zwei chinesischen Kunsthandwerkern gefertigt, die er entdeckt und persönlich angelernt hatte. Und hier hatte Emma zehn Tage nach der Geburt des kleinen Archer ihren ersten öffentlichen Auftritt.

Es war eine Woche vor Weihnachten, und im Warenhaus herrschte großes Gedränge. Als Scott Emma aus dem Landauer half, blieben die Passanten stehen und gafften. Ihr perlgraues Kleid von Zita mit dem gewaltigen Krinolinenrock war von einem zobelbesetzten Ottermantel und einem verschwenderisch mit Federn verzierten Hut ergänzt. Obwohl noch bleich, war Emma eine imposante Schönheit. Scott, elegant mit Zylinder und biberverbrämtem Mantel bekleidet, führte seine Frau in das Warenhaus. Die Zuschauer klatschten. Emma wurde von ihrem Vater mit einem Kuß begrüßt. Dann zeigten er und Scott ihr das gesamte Warenhaus; die Führung endete in dem Juweliergeschäft in der zweiten Etage.

«Papa, es ist wundervoll», sagte sie. «Alles ist so elegant. Mir ist, als wäre ich wieder in Europa. Ich bin restlos überwältigt.»

«Aber Emma, Liebste, du mußt Scott auch gratulieren», sagte Felix. «Er hat genauso hart gearbeitet wie ich. Vergiß nicht, das Haus heißt de Meyer und King.»

Sie wandte sich mit gezwungenem Lächeln an ihren Mann. «Selbstverständlich. Ich wollte dich nicht übergehen. Gratuliere.»

«Herzlich wie immer», sagte er. «Übrigens, ich habe ein Geschenk für dich, Emma. Dein Vater hat es entworfen.»

Felix reichte ihm ein schwarzes Samtkästchen. Auf dem Deckel stand in Gold geprägt: *F. de Meyer. Haute Joaillerie. San Francisco.* Scott gab es seiner Frau und sagte leise: «Für den prächtigen Sohn, den du mir geschenkt hast.»

Sie machte den Deckel auf. Eine wunderschöne Blumenbrosche glitzerte im Gaslicht. «Smaragde und Diamanten!» rief Emma aus. «Oh, ist die schön! Danke, Liebling.»

«Smaragde und Diamanten», sagte er mit einer gewissen Bitterkeit, die er nicht zu unterdrücken vermochte. «Das bist du.»

Heiligabend schenkte Scott Emma wieder ein ausgefallenes Schmuckstück, diesmal ein herrliches Collier aus Smaragden und Diamanten, wiederum von Felix entworfen. Sie standen mit Felix und Zita unter dem Weihnachtsbaum in der Eingangshalle. Madame Choy, die pummelige chinesische *amah*, die Scott eingestellt hatte, kam mit Archer die Treppe vom Kinderzimmer im dritten Stock herunter. «Hier kommt Archer, um seinen ersten Weihnachtsbaum zu sehen», verkündete sie. Sie brachte ihn zu Scott, der ihn am Kinn kitzelte und in Babysprache gurrte: «Will Archer sein Weihnachtsgeschenk sehen?»

Emma konnte Babysprache nicht ausstehen, aber das behielt sie für sich. «Hier ist Babys Weihnachtsgeschenk«, sagte Scott. Er legte eine silberne Rassel in Archers Händchen. Das Baby schüttelte sie und krähte. «Gott, ist er niedlich.» Scott lächelte. «Wenn er groß ist, wird er ein richtiger Weiberheld.»

Wie sein Vater, dachte Emma, aber wieder behielt sie die Bemerkung für sich. Was immer sie für ihren Mann empfand, sie mußte zugeben, daß er sich als ein liebevoller Vater erwies, wofür sie nur dankbar sein konnte. Seit Archers Geburt war er die Güte selbst zu ihr gewesen, und obwohl Emma sich weigerte zu denken, daß ihre Zuneigung käuflich sei, mußte sie sich eingestehen, daß es schwer war, Widerwillen gegen einen Mann zu hegen, der ihr ständig so wunderbare Geschenke machte. Überdies war er nach Archers Geburt wieder in ihr Bett gekommen, und der Liebesakt nach wochenlanger Enthaltsamkeit hatte ihre frostige Beziehung erwärmt. Emma mußte zugeben, daß Scott ein feuriger und zärtlicher Liebhaber war. Sie fragte sich sogar, ob er sie nicht doch liebte, wenigstens ein bißchen. Doch ob er sie liebte oder nicht, wichtig war, daß ihr Baby einen liebevollen Vater hatte. Und solange Scott sich an seinen Teil der Abmachung hielt, wollte sie sich an ihren halten und ihm, wenn schon keine liebende, so doch wenigstens eine gute Frau sein.

15

Am 3. Januar 1851 brach ein heulender Pazifiksturm über San Francisco herein. Emma stand am Schlafzimmerfenster und sah dem prasselnden Regen zu, als sie hinter sich die Tür aufgehen hörte. Es war Scott. «Detektiv Dobbs ist unten», sagte er. «Er hat Nachricht von Archer Collins.»

Sie wollte eilends zur Tür. Ihr Mann nahm ihre Hand. «Du weißt, Collins gehört nicht zu meinen Lieblingen auf Erden», sagte er. «Aber um deinetwegen hoffe ich, daß es eine gute Nachricht ist.»

Sie war ehrlich gerührt. «Danke, Scott. Das ist ungemein lieb von dir.» Sie flog beinahe aus dem Zimmer. Nach einer Weile kehrte sie schluchzend zurück. «Er ist tot.» Sie hielt sich ein Taschentuch ans Gesicht. «Er versuchte aus dem Gefängnis zu fliehen, und sie haben ihn erschossen. O Scott ...»

«Das tut mir leid.» Er nahm sie in seine Arme. «Wir haben den kleinen Archer», tröstete er sie und dachte dabei, daß der Detektiv seine Anweisungen gut befolgt hatte.

«Ich weiß, du hast ihn gehaßt», schluchzte Emma, «aber dies hat er nicht verdient.» Sie dachte an den jungen Mann mit dem Engelsgesicht, der sie auf dem Flußschiff so leidenschaftlich geliebt hatte. Als sie an der Schulter ihres Mannes weinte, dachte Scott: Jetzt ist sie mein.

Eine Woche später erhielt Emma diesen in unbeholfener, fast kindlicher Druckschrift geschriebenen Brief:

Liebe Mrs. King! 10. Jan. 1851

Jetzt wo Sie Babybub haben wolln Sie vielleicht sein Stiefschwester Star sehn. Wenn Sie bitte morgen 4 Uhr Dupont Street Nr. 2 kommen wolln zum Tee. Bitte nicht sagen Kap. King wenn Sie kommen.

Hoffe wir werden Freundinnen

Tschingling

Tschingling, die Frau, die sie zu verachten glaubte, bat sie zum Tee, damit sie ihr Baby sähe? Hoffte, sie würden Freundinnen? Absurd. Worüber sollten sie sich unterhalten? Windeln? Töpfchen? Den gemeinsamen Mann?

Dennoch freute Emma sich über den Brief. Sie war nicht nur neugierig auf die ehemalige Konkubine ihres Mannes, sie hatte auch das sichere Gefühl, daß die Frau sie nicht eingeladen hätte, wenn Scott sie immer noch heimlich besuchte. Sie würde die Erinnerung an Archer stets hochhalten. Aber nun, da er tot war und sie den kleinen Archer hatte, geschah etwas Merkwürdiges: Emma war im Begriff, sich in ihren Mann zu verlieben.

Seit Beginn des Jahres reiste Scott im Zuge seines Wahlkampfes durch den ganzen neuen Staat. Gegenwärtig befand er sich in der Kleinstadt Los Angeles. Da er die Unterstützung der Viehzüchter in Südkalifornien benötigte, hatte Scott ein Mittagessen mit einem der mächtigsten unter ihnen arrangiert, Don Vicente Lopez y Guzman, dem Besitzer der riesigen Calafia-Ranch südlich von Los Angeles. Als Scott mit seinem Sekretär zu dem im Missionsstil gehaltenen Ranchhaus hinaufritt, bewunderte er die Schönheit der zerklüfteten Küste. Er hatte diese Klippen oft vom Meer aus gesehen, aber jetzt sah er sie zum erstenmal vom Land her. «Wenn dies nicht Gottes Land ist», sagte er zu Walter Hazard, seinem jungen Sekretär, «dann weiß ich es nicht.» Walter, ein überaus intelligenter junger Mann, war seit über einem Jahr für Scott tätig und hatte sich freiwillig erboten, seinen Wahlkampf zu organisieren. Walter hatte Südkalifornien zuvor erkundet und diese Verabredung mit Don Vicente getroffen. Als sie sich nun dem zweistöckigen, stuckverzierten Haus mit dem orangeroten Ziegeldach näherten, erspähten sie eine Gruppe von drei Menschen, die auf die Veranda hinaustrat.

«Der Dicke ist Don Vicente», sagte Walter. «Die Dame in Schwarz ist seine Frau, Doña Felicidad, sehr aristokratisch, etwas kühl.»

«Wie groß ist die Ranch?»

«Ungefähr 640 000 Morgen.»

«Großer Gott.»

«Don Vicente hat etwa fünftausend Stück Kurzhornrinder. Fünfzig Viehhirten arbeiten für ihn. Aber er ist knapp bei Kasse wie alle Viehzüchter. Außerdem fürchten sie, daß ihre Landrechte von amerikanischen Gerichtshöfen nicht anerkannt werden. Wenn Sie sich die Stimmen der mexikanischen Viehzüchter sichern wollen, müssen Sie ihnen sagen, daß Sie ihnen ihre Landrechte garantieren werden.»

«Ich werde mein charmantestes Lächeln aufsetzen», sagte Scott, als sie vor dem Haus anhielten. Während er abstieg, dachte er: 640 000 Morgen. Was für ein Fang!

«Señor King.» Don Vicente nahm seinen weißen Hut ab und verbeugte sich höflich. *«Bienvenidos. Mi casa es su casa.»*

Mein Haus ist dein Haus, dachte Scott, als er dem fülligen Viehzüchter die Hand schüttelte. Ja, und ich wünschte, deine Ranch wäre meine Ranch.

«Und das ist meine Frau, Doña Felicidad», fuhr Don Vicente fort. Scott küßte der dunklen, üppigen Schönheit, die halb so alt zu sein schien wie ihr Mann, die Hand. Nachdem Don Vicente auch seinen Verwalter vorgestellt hatte, führte er die Gruppe zu Tisch. Das Haus war kühl und schön möbliert. Aufgrund seiner Lage nahe einer Klippe über dem Ozean bot es einen herrlichen Blick. Scott, der im Speisezimmer neben seinem Gastgeber saß, schaute ständig aus dem Fenster auf den prachtvoll blauen Pazifik unter dem wolkenlosen Himmel. «Mein Haus in San Francisco», sagte er zu seinem Gastgeber, «hat eine wunderbare Aussicht auf die Bucht, aber ich muß gestehen, daß Ihr Blick auf den Pazifik noch schöner ist.» Die Ranch ist einmalig, dachte er. Verdammt, ich will sie haben.

Die Diener füllten die blau-grünen Gläser mit Weißwein. «Ja», erwiderte Don Vicente, «ich liebe die Aussicht. König Carlos hat meinem Großvater die Ranch 1776 übereignet – im selben Jahr, als Sie Ihre Unabhängigkeit erhielten.»

«Sie sagen ‹Ihre› Unabhängigkeit, Don Vicente», bemerkte Scott. Die mexikanischen Dienstboten reichten *puchero*, einen Rindfleisch-Eintopf. «Meinen Sie nicht ‹unsere› Unabhängigkeit? Sie sind schließlich jetzt Amerikaner, Sir.»

Don Vicente hob zweifelnd die dichten schwarzen Augenbrauen. «Ach ja, das wurde mir gesagt. Sie sind mein Gast, Kapitän King, und ich möchte Sie nicht beleidigen. Doch wir mexikanischen Viehzüchter in Kalifornien betrachten uns nicht als Amerikaner. Sie haben vor drei Jahren ein paar Schlachten in Mexiko gewonnen und sich zur Belohnung den halben nordamerikanischen Kontinent angeeignet. Das ist keine Kriegsbeute, Sir, das ist Diebstahl! Ihr Gringos seid nach Kalifornien geströmt und habt es eingenommen. Jetzt sollen wir alle Englisch statt Spanisch sprechen. Jemand hat einen Stab geschwungen, und zwei Jahrhunderte spanisches Erbe haben zu verschwinden. Wenn Sie Gouverneur werden, wie wollen Sie Ihre Regierung finanzieren? Ich glaube, ihr Gringos wollt euren neuen Staat mit Grundsteuern finanzieren – die uns Viehzüchter natürlich am schwersten treffen, weil wir das meiste Land besitzen.» Er hatte mit Leidenschaft und schlecht verhohlener Bitterkeit gesprochen.

«Sie haben recht, Don Vicente», sagte Scott. «In San Francisco ist von Grundsteuern die Rede. Deshalb brauchen Sie und die übrigen mexikanischen Viehzüchter in Kalifornien jemanden, der im Norden des Staates Ihre Interessen vertritt. Ich hoffe, daß ich dieser Jemand sein werde.»

«Ich will offen sein, Señor. Sie sind ein Gringo wie Ihr Gegner Powell. Wie kann ich einem Gringo trauen?»

«Sie tun recht daran, Gus Powell nicht zu trauen. Der ist ein richtiger Pferdedieb.» Scott sagte es nur halb im Scherz. «Aber ich denke, ich kann Sie überzeugen, mir zu trauen. Ich habe von anderen Viehzüchtern gehört, daß das Geschäft schlecht geht.»

«Das stimmt. Der Preis für Häute fällt rapide.»

«Wie Sie wissen, befördern meine Schiffe Häute von Kalifornien nach Boston, wo wir sie an Schuhfabriken verkaufen. Ich bin bereit, Ihnen und jedem Viehzüchter, der mich unterstützt, einen Nachlaß von dreißig Prozent auf die Frachtkosten zu gewähren.»

Don Vicente sah überrascht auf. «Das ist sehr entgegenkommend, Sir.»

«Weiter habe ich gehört, daß es für die Viehzüchter im Süden vorteilhafter wäre, Produkte wie Salat und Apfelsinen anzubauen.»

«Dafür regnet es nicht genug.»

«Man könnte nach Wasser für Bewässerungsanlagen graben.»

«Das kostet Geld.»

«Ich bin bereit, Ihnen das Geld für die Installation von Bewässerungsanlagen auf dieser Ranch zu leihen, Don Vicente. Wenn wir beweisen können, daß Ackerbau in Südkalifornien profitabel ist, wäre das ein Segen für den Staat – und für seinen Gouverneur.»

«Das könnte fünfzigtausend Dollar kosten, vielleicht auch mehr.»

«Ich leihe Ihnen, soviel Sie benötigen, gegen drei Prozent Zinsen. Ist Ihre Ranch belastet, Don Vicente?»

«Nein, Sir», erwiderte der Viehzüchter entrüstet, «meine Calafia-Ranch ist schuldenfrei.»

«Meine Sicherheit wäre eine erste Hypothek auf der Ranch.»

Don Vicente runzelte die Stirn. «Dann kommen wir nicht ins Geschäft, Señor. Ich will keine Hypothek auf meiner Ranch.»

Scott beugte sich vor. «Es heißt, daß Gringos Ansprüche auf die großen Ranchs anmelden und die Gültigkeit der Landrechte von amerikanischen Gerichten untersuchen lassen wollen. Ich persönlich bin dagegen, weil es allen möglichen rechtlichen Schiebereien Tür und Tor öffnen würde. Richter sind bestechlich. Die Gelegenheit, billig an Land zu kommen, wird für viele Leute eine allzu große Versuchung sein. Aber, Don Vicente, wenn auf Ihrem Land eine Hypothek wäre, eingetragen auf mich – einen Gringo und möglicherweise Gouverneur dieses Staates –, könnte Ihnen Ihr Eigentumsrecht an der Ranch garantiert werden. Überlegen Sie es sich.»

Während die Diener eine weitere Karaffe des köstlichen mexikanischen Weißweins herumreichten, überlegte Don Vicente Lopez y Guzman. Dann sagte er leise: «Vielleicht irre ich mich, Señor. Vielleicht kommen wir doch ins Geschäft. Ja, ich werde Ihre Kandidatur unterstützen und den anderen Viehzüchtern sagen, daß sie in Scott King einen Freund und Beschützer haben.»

Scott war zufrieden. Mit einer Hypothek habe ich einen Fuß in der Tür, dachte er. Und eines Tages wird die Ranch mir gehören. Er handelte nach einer amerikanischen Grundwahrheit, die er immer gekannt hatte: Mit Politik und Geschäften wurden Imperien errichtet.

16

Das Haus Dupont Street Nr. 2 ragte aus dem dichten Nebel. Emma stieg die Holzstufen hinauf. Das schmale dreistöckige Gebäude gehörte zu den wenigen in der Stadt, die gestrichen waren, weiß mit blauer Umrandung. Während Emma läutete, fragte sie sich, wie es wohl bei einer chinesischen Teestunde zugehen mochte. Die Tür wurde sogleich von einem jungen Chinesen in schwarzem Seidenanzug, schwarzen Stoffschuhen und einer schwarzen Kappe auf seinen zu einem Zopf geflochtenen schwarzen Haaren geöffnet. Er hatte ein hübsches Gesicht, doch Emmas erster Eindruck war, daß es für einen so jungen Menschen einen erheblichen Mangel an Unschuld aufwies. «King Taitai ist willkommen», sagte er in einer recht gestelzten Sprechweise. «Bitte nähertreten.»

Emma, die ihren Ottermantel und einen reizenden blauen Hut trug, trat ins Haus. Der junge Chinese schloß und verriegelte die Eingangstür, dann führte er Emma durch einen schmalen Flur zu einer hinter einem Vorhang verborgenen Tür, durch die er in den Salon trat. Das Zimmer, das auf einen kleinen Garten hinausging, war mit chinesischen Möbeln ausgestattet, die Emma inzwischen widerwillig zu bewundern gelernt hatte. Vom Schoß eines dicken steinernen Buddhas, der neben dem Kamin hockte, kringelte träge der Rauch von Räucherstäbchen zur Decke. Das Kaminsims war in westlichem Stil gehalten, und darüber hing ein ganz und gar unchinesisches Gemälde, ein großes Abbild eines recht weibischen Jesus mit verträumten Augen.

«Da staunen Sie wohl, daß eine Chinesin Christin ist?» fragte eine sanfte, helle Stimme. Emma drehte sich um. Neben einem chinesischen Blumenständer mit einem riesigen Farn stand Tschingling. Sie trug ein enges grünes Seidenkleid, über das sich ein silberner Drache wand. Ihr Gesicht war weiß geschminkt, ihr Mund scharlachrot, und das Haar kunstvoll auf chinesische Art frisiert. Emma verspürte einen

Stich der Eifersucht. Tschingling war bildschön. Die Anziehungskraft, die sie auf Scott ausübte, war nur zu verständlich.

«Ja, das finde ich allerdings erstaunlich», erwiderte Emma.

Tschingling trat lächelnd mit ausgestreckter Hand auf sie zu. «Ich möchte eine gute Amerikanerin sein, und alle Amerikaner sind Christen. Eine sehr gütige Religion. Jesus ist so gütig, er vergibt allen Feinden. Aber die unbefleckte Empfängnis verstehe ich nicht ganz. Und Sie?»

«Nein, das finde ich etwas kompliziert. Aber ich bin ja auch keine Christin. Ich bin Jüdin.»

«Ach so.» Tschingling wirkte leicht verwirrt. «Auch eine hübsche Religion. Ich danke für Ihr Kommen. Ich dachte einst, Sie sind meine Feindin, aber Jesus sagt: ‹Sei nett zu King Taitai.› Drum werden wir Freundinnen, hoffe ich?»

Emma lächelte. «Ja, warum nicht?»

«Crane, nimm Taitais Mantel. Sehr hübscher Mantel, und Ihr Kleid gefällt mir. Vom Salon im de Meyer's?»

«Ja, Gräfin Davidoff hat es entworfen.»

«Ich liebe ihre Kleider. Ich ziehe mich manchmal westlich an, manchmal chinesisch. Wollen Sie jetzt Baby sehen?»

«Bitte.»

Sie sagte etwas auf chinesisch zu dem Jungen. Crane, der Emma den Mantel abgenommen hatte, verbeugte sich und verschwand. Tschingling forderte Emma mit einer Handbewegung auf, in einem Korbsessel Platz zu nehmen. «Crane mein Diener. Sehr tüchtiger Junge. In Kampfsport ausgebildet, hat schönen Körper. Waisenkind, Sohn von Singsong-Mädchen –»

«Was ist das?»

«Mädchen, das Gunst an Männer verkauft. Sie starb, als Crane neun Jahre war. Meine Mutter hat Crane angestellt, daß er mich beschützt, solange sie verreist ist. Sie ist nach China zurückgekehrt. Crane sehr anhänglich, sehr brav.»

Emma hörte ein Baby wimmern. Crane kam zurück, Star auf dem Arm, und brachte sie zu Emma. «Oh, ist die süß», rief sie aus.

«Stattlicher Papa, schöne Mama – Baby muß schön sein, nicht? Gefällt Ihnen Baby?»

«Ja, sehr.»

Tschingling sagte wieder etwas auf chinesisch zu Crane, worauf dieser ihr das Baby abrupt fortnahm. Tschingling setzte sich neben Emma. «Wir trinken jetzt Tee, und ich hab Gebäck gemacht, meine Spezialität. Sie wollen *ah pin yin*-Pfeife?»

«Was?»

«Opium. Ich hab das beste, Patnamischung aus Indien. Macht kein Kopfweh hinterher, nichts, nur schöne Träume.»

Emma war leicht bestürzt, obwohl sie wußte, daß Opiumrauchen bei den Chinesen weitverbreitet war.

«Ich, hm, lieber nicht.»

«Scott, raucht er noch?»

Jetzt war Emmas Miene mehr als nur leicht bestürzt. «Mein Mann hat Opium geraucht?»

«O ja. Nicht immer, aber oft genug.»

«Jetzt nicht mehr.»

Tschingling lächelte. «Sie machen bestürztes Gesicht. Ich erzähl Ihnen viele Dinge von Scott, die Sie bestürzt machen. Aber vielleicht wollen Sie nicht hören.»

Emma wand sich. Es war eine Verlockung. «Was zum Beispiel?» fragte sie schließlich.

Aber da erschien Crane wieder. Er trug ein Silbertablett mit einem silbernen Teeservice, das er vor Tschingling auf einen achteckigen Tisch stellte.

«Ich serviere Tee auf englische Art.» Sie schenkte aus einer Kanne Tee durch ein silbernes Sieb in eine zierliche Tasse, dann aus einer anderen Kanne heißes Wasser dazu. «Milch oder Zitrone?»

«Milch bitte.»

Crane brachte Emma die Tasse. Tschingling reichte ihr einen Teller mit kleinen weißen Plätzchen. «Sie müssen meine Reisplätzchen kosten. Sehr gut.»

Emma biß in eins hinein. Es hatte einen fremdartigen, süßen Geschmack. «Sehr ungewöhnlich», sagte sie.

«Sie mögen?»

«Ja.»

«Dann nehmen Sie noch, bitte.»

Emma nahm ein zweites. «Danke.»

Tschingling senkte die Stimme. «Tschingling erzählt Taitai alle geheimen Liebesdinge, die Scott im Bett gerne hat. Sie kennen geheime Liebesdinge?»

«Ich habe keine Ahnung, wovon Sie sprechen.»

«Scott probiert nie verschiedene Sachen mit Ihnen? Er ist schnell gelangweilt. Ich hab mich sehr angestrengt, mit Phantasie, mit Hilfe von Büchern.»

«Was für Bücher?»

«Hat meine Mutter mir gegeben. Sind vor zweitausend Jahren von weisen Männern geschrieben. *Handbuch der Geheimkunst für Damen, Verhaltensregeln im Jadezimmer, Die Kunst des Schlafgemachs.* Sie beschreiben alle Stellungen, die Mann im Bett glücklich machen. Zum Beispiel, ‹der weiße Tiger springt› heißt, Mann nimmt Frau von hinten.»

Emma verschluckte sich fast an ihrem Tee. «Von hinten?»

«O ja. Scott macht das öfters. Oder ‹der Drache wendet sich›, wo Frau Kehrseite in die Luft hält. ‹Hin zum duftenden Bambus›, da machen Mann und Frau im Stehen. Und ganz vergnüglich ist ‹Jademädchen spielt Flöte›, wenn Frau großes Ding von Mann in Mund nimmt –»

«Schweigen Sie!» rief Emma und stand auf. «So etwas Widerliches ist mir noch nie... Sie gemeines Weibsstück! Ich kann nicht glauben, daß mein Mann etwas so Abstoßendes getan hat!»

Tschingling lächelte. «Oh, Sie irren sich, Taitai. Aber bitte um Verzeihung, daß ich Sie erschreckt habe. Bitte nicht fortgehen. Wir trotzdem Freundinnen, nein? Jesus wünscht, daß wir Freundinnen sind. Hat er mir gesagt.»

Emma starrte sie an und fragte sich, ob Tschingling verrückt sei. Plötzlich sah sie zu ihrer Rechten am Kamin den mysteriösen Hausdiener stehen und sie eindringlich beobachten, was sie aus irgendeinem Grund ängstigte. Der Geruch des Weihrauchs im Schoß des Buddhas stieg ihr unangenehm in die Nase, und sie wurde von Panik ergriffen. «Ich weiß nicht, was Jesus zu Ihnen spricht», sagte sie. «Jesus hat sich nie die Mühe gemacht, zu mir zu sprechen, aber ich bin ja auch keine Christin. Ich möchte jetzt lieber gehen.»

«Taitai böse», sagte Tschingling und erhob sich. «Tschingling sehr, sehr bedauert.»

«Irgendwas sagt mir, daß Tschingling es nicht besonders bedauert. Es war interessant, Sie kennenzulernen. Leben Sie wohl.» Emma wandte sich an Crane: «Meinen Mantel bitte.»

Der Junge verbeugte sich und eilte mit katzenhafter Anmut durch das Zimmer. Er öffnete die Tür, hob den Vorhang und verbeugte sich abermals, als Emma in den schmalen Flur trat. Er drückte sich an ihr vorbei und lief voraus zum Kleiderständer. Er hielt ihr den Mantel, öffnete sodann die Eingangstür und komplimentierte sie unter Verbeugungen hinaus. Dann lief er in den Salon zurück.

«Ist sie fort?» fragte Tschingling.

«Ja.»

«Morgen ist sie tot.»

Crane sah verwundert aus. «Wie meinst du das?»

Tschingling stellte sich vor das Jesusbild über dem Kaminsims und sang leise: «Jesus liebt mich, oh, wie wahr, die Bibel sagt's mir wunderbar.» Dann nahm sie das Bild vom Haken und zerschmetterte es auf dem Haupt des steinernen Buddhas. «Ich hasse Jesus!» schrie sie. «Und ich hasse die Frau, die mir meinen Scott stiehlt!»

Sie entriß der Buddhafigur das zerstörte Bild und warf es in eine Ecke. Dann barg sie weinend das Gesicht in den Händen. Crane betrachtete sie, sein junges Gesicht drückte Kummer und Verwirrung aus. «Was hast du getan?» fragte er schließlich.

Tschingling nahm die Hände vom Gesicht und wischte sich die Tränen ab. «Ihre Reisplätzchen vergiftet», sagte sie kalt. «Ich weiß, dafür muß ich sterben.»

«Warum hast du das getan?» Crane kämpfte mit den Tränen, denn er liebte Tschingling wie eine ältere Schwester.

«Als Scott mich verließ, war ich des Lebens müde.»

«Ich hasse Kapitän King», flüsterte er. Seine dunklen Augen blitzten. «Der rundäugige Schweinehund.»

Sie schüttelte den Kopf. «Für Haß ist es zu spät. Scott hat getan, was er tun mußte, nehme ich an. Ich hab's ihm heimgezahlt, indem ich seine Taitai getötet habe, darum darfst du ihn nicht hassen. Übrigens, das Geld, das er mir gab, bekommst jetzt du. Ich liebe dich wie einen Sohn, Crane. Ich habe dich in meinem Testament zum Alleinerben bestimmt.»

Wieder sah der Junge verwirrt drein. «Aber was wird aus Baby Star?»

«Sie wird bei ihrem Vater leben. Ich habe viel darüber nachgedacht. Es ist besser für Star, wenn sie in der Welt der Rundaugen aufwächst. Aber ich möchte, daß du auf sie achtgibst, Crane. Beobachte sie stets, als wärst du ihr Bruder. Wenn sie in Gefahr ist, beschütze sie, wie du mich beschützt hast. Schwörst du es?»

Er ahnte, daß etwas Furchtbares geschehen würde, und flüsterte mit Tränen in den Augen: «Ich schwöre.»

«Ich habe meiner Mutter einen Brief geschrieben, den mußt du ihr geben, wenn sie zurückkommt. Und weine nicht um Tschingling. Sie fürchtet den Tod nicht. Ohne Liebe ist der Tod dem Leben vorzuziehen.»

Es brach Crane das Herz, doch ihre Tapferkeit beflügelte ihn. Für Crane war Todesverachtung das höchste Lebensprinzip.

Als Emma in der Mietdroschke nach Hause fuhr – sie wollte nicht, daß Kann-ich oder sonst jemand von den Dienstboten wußte, wohin sie ging –, dachte sie über die seltsame Teestunde in dem seltsamen Haus nach. War es möglich, daß Scott Opium rauchte und sich an ausgefallenen Liebesspielen ergötzte? Wenn sie an sich und Scott dachte, schienen ihre sexuellen Begegnungen durchaus konventionell, aber nach seiner Leidenschaft zu urteilen, hatte Scott sie genossen. Aber wußte sie denn, was «konventionell» war? Sie mochte zwar ein uneheliches Kind empfangen haben, doch ansonsten waren ihre amourösen Abenteuer sicherlich zahm gewesen, etwa gemessen am Standard von Lola Montez, der feurigen Tänzerin, über deren Liaison mit dem König von Bayern sich ganz Europa entsetzt hatte. In Emmas Welt, wo die Kenntnis fremder Länder oberflächlich und mit wilden Übertreibungen ausgeschmückt war, galten die Chinesen als exotische Barbaren; die waren imstande, es kopfüber auf den Bäumen zu treiben. Emmas frühere Eifersucht auf Tschingling wurde neu entfacht bei dem Gedanken, daß sie es verstand, Scott mit Methoden zufriedenzustellen, von denen Emma nichts wußte. Eine neue Furcht regte sich in ihr: War Scotts scheinbare Zufriedenheit mit den körperlichen Aspekten ihrer Ehe nur Fassade? Langweilte er sich in Wirklichkeit zu Tode? Bei der zärtlichen Leidenschaft, die sie neuerdings für Scott empfand, wollte sie auf gar keinen Fall eine Vogelscheuche im Bett sein, so daß es ihren Mann nach den verfeinerten Vergnügungen gelüstete, wie sie in zweitausend Jahre alten chinesischen Büchern beschrieben waren.

Die Droschke schickte sich soeben an, Rincon Hill hinaufzufahren, als sich der erste stechende Schmerz in Emmas Magen bohrte. Als der Wagen vor dem Haus anhielt, konnte sie kaum aussteigen. Während Kann-ich ihr half, krümmte sie sich vornüber, hielt sich den Bauch und stöhnte vor Schmerzen.

«Taitai krank?» fragte Kann-ich erschrocken.

«Ich glaube» – wieder bohrte sich ein Stich in ihre Eingeweide – «ich glaube, man hat mich vergiftet.»

«Wo ist Taitai gewesen?»

Emma konnte nicht antworten. Weinend vor Schmerzen stürzte sie aus Kann-ichs Armen auf den Kies. Er rief die anderen Chinesen auf der Veranda, die herbeieilten.

«Ich habe sie nach Dupont Street Nr. 2 gebracht», sagte der Droschkenkutscher.

«O weh! Tschingling! Sie hat ihr Drachenfang gegeben! Schnell! Wir müssen ihr ein Gegenmittel verabreichen! Schnell – o weh!»

Die vier jungen Chinesen hoben die stöhnende Emma auf und trugen sie die Verandastufen hinauf, indes der erstaunte Droschkenkutscher mit der Peitsche auf seine Pferde einhieb und den Rincon Hill hinabraste, um die Neuigkeit in San Francisco zu verbreiten.

17

Sie wollen ein Reporter sein?» brüllte Chicago, die in das kleine Kontor des *San Francisco Bulletin* geplatzt kam. «Emma King liegt im Sterben, und Sie sitzen hier und schreiben Leitartikel über die Notwendigkeit von Bürgersteigen? Bewegen Sie Ihren Hintern nach Rincon Hill und sehen Sie zu, daß Sie die Story kriegen!»

David Levin starrte von seinem Schreibtisch auf den Wirbelsturm von einer weißen Boa, der soeben hereingefegt war. «Emma liegt im Sterben?»

«Ja! Tschingling soll ihr was in ein Reisplätzchen gemischt haben, ein irrsinniges chinesisches Gift. Es zerfrißt ihre Gedärme. Los, beeilen Sie sich!»

Die Emma, die er einst angebetet hatte, fuhr David wie ein Blitz durch den Kopf, während er an Chicago vorbeiraste und auf sein Pferd sprang. Als er nach Rincon Hill galoppierte, wurde sein ganzer Groll von dem Gedanken an die sterbende Emma hinweggespült. Er sah nur ein schönes Mädchen im weißen Kleid in einem weiß-goldenen Ballsaal. Emma im Sterben? Gott nein, sie war zu schön zum Sterben.

«Scott», flüsterte Emma. «Wo ist Scott?» Sie lag schweißgebadet in ihrem Bett, und die erschrocken dreinblickende Zita rieb ihr mit einem Schwamm das Gesicht ab. Dr. Gray fühlte ihr zum zehntenmal den Puls. Felix stand aschfahl am Fußende des Bettes.

«Scott ist auf dem Heimweg», sagte Zita, obwohl sie keine Ahnung hatte, ob es stimmte. Sie wußte nur, daß er eine Woche in Los Angeles war. «Er wird bald hier sein.»

«Scott...» Emma hatte die Augen geschlossen, und die anderen im Zimmer wußten nicht, ob sie bei klarem Verstand war oder im Fieberwahn murmelte. «Ich will nicht ohne Scott sterben.»

Felix ging um das Bett und nahm ihre Hand. «Du wirst nicht

sterben, Schätzchen», sagte er und betete, daß er recht haben möge. Kann-ich hatte ihr ein Brechmittel verabreicht und sie gezwungen, die vergifteten Reisplätzchen zu erbrechen. Das war vor zwei Stunden gewesen, und obwohl die bohrenden Schmerzen offenbar nachließen, schien sie immer schwächer zu werden. Dr. Gray war wie gewöhnlich vollkommen ratlos. «Du wirst wieder gesund», fuhr Felix fort, «es wird alles gut gehen. Hab keine Angst, Schätzchen.»

«Scott», flüsterte sie wieder. Sie warf sich hin und her. «Wo bist du? Ich liebe dich, Scott... bitte komm, bevor ich sterbe...»

Felix küßte ihr die Hand, dann eilte er hilflos und verängstigt aus dem Zimmer. Er konnte nicht glauben, daß seine Tochter im Sterben lag. War es seine Schuld, weil er sie um die halbe Welt an diesen gottverlassenen Ort gebracht hatte, wo chinesische Konkubinen Menschen beim Tee vergifteten und der einzige Arzt ein unfähiger Quacksalber war? Draußen auf der Galerie im zweiten Stock brach er in Tränen aus und bedeckte das Gesicht mit den Händen. Bröckelte sein Leben auseinander? Zuerst Mathilde, und jetzt Emma...

«Felix!»

Beim Klang der bekannten Stimme hob Felix den Kopf. Er wischte sich die Augen und lief ans Geländer. Unten in der Eingangshalle sah ein schäbig gekleideter Mann zu ihm hinauf. Wegen des Bartes erkannte Felix ihn nicht sofort. Dann rief er: «David!»

«Wie geht es Emma?»

Felix schüttelte den Kopf. David rannte die Treppe hinauf, seinen fleckigen Hut in der Hand. Bei Felix angekommen, sagte er erbleichend: «Ist sie tot?»

«Noch nicht.»

«Was kann ich tun?»

«Kapitän King finden.»

David versteifte sich.

«Sie will ihn sehen. Vielleicht hilft es, ich weiß es nicht.»

«Wo ist er?»

«Auf dem Camino Real, vermute ich. Er ist letzte Woche nach Los Angeles aufgebrochen... O Gott, laß sie nicht sterben.» Das Geländer mit beiden Händen umklammernd, fing er wieder zu schluchzen an.

David rannte die Treppe hinunter und zur Haustür hinaus. Er stieg auf sein Pferd und ritt den Hügel hinab zum Camino Real, der alten spanischen Missionsstraße, die den Norden Kaliforniens mit dem Süden verband. Daß er King haßte, darüber mußte er hinwegsehen. Emma lag im Sterben – die gräßlichen Dinge, die er in seinen Leitartikeln über sie angedeutet hatte, quälten ihn nun. Wie mußte sie ihn hassen! Und wie falsch war es von ihm gewesen, ihr nicht einmal die Möglichkeit für eine Erklärung zu geben. Vielleicht hatte das Baby sie gezwungen, Scott zu heiraten. Natürlich, hieß es nicht Archer? Oh, du Narr! sagte er sich. Wie konnte ich die einzige Frau hassen, die ich je aufrichtig geliebt habe?

«Am Ende hatte ich Don Vicente richtig gern», sagte Scott in der rumpelnden Kutsche, wenige Kilometer südlich von San Francisco, zu Walter Hazard. «Ich würde ihn sogar mögen, wenn er uns nicht die Stimmen der Viehzüchter verschaffen würde, aber da er es tut, mag ich ihn um so lieber. Ich bin beileibe kein Altruist, doch wenn aus Kalifornien jemals etwas werden soll, dann müssen wir Gringos und die mexikanischen Viehzüchter zu irgendeiner Art von Zusammenleben finden –»

«Ein Reiter naht!» rief der Kutscher über ihnen. Scott steckte den Kopf zum Fenster hinaus und sah einen jungen Mann herangaloppieren, der seinen gelbbraunen Hut schwenkte.

«Kapitän King!»

Scott erkannte David Levin, den er im Kontor des *Bulletin* am Portsmouth Square hatte ein und aus gehen sehen. Wie oft hatte er sich über seine feindseligen Leitartikel geärgert! David wendete sein Pferd und ritt neben der Kutsche her. «Ihre Frau, Sir!» rief er. «Emma liegt im Sterben! Sie müssen sich beeilen!»

Scott machte ein bestürztes Gesicht. «Soll das ein schlechter Scherz sein?»

«Nein! Sie ist von einer Frau namens Tschingling vergiftet worden!»

«Herrgott! Kutscher, treib die Pferde an! *Los!*»

Die Kutsche ratterte noch heftiger, als die vier Pferde in nördlicher Richtung nach San Francisco galoppierten.

Um neun Uhr abends hielt die Kutsche vor dem Haus auf dem Rincon Hill. Eine große Menschenmenge hatte sich versammelt, denn die Geschichte von Emmas Vergiftung hatte sich wie ein Lauffeuer in der Stadt verbreitet. Als Scott aus der Kutsche sprang, rief einer aus der Menge: «Wir beten für Sie, Kapitän! Und wenn sie stirbt, werden es die verdammten Chinesen büßen!»

«Ja, die Heiden werden's büßen!» schrie ein anderer, und mehrere Leute pflichteten ihm bei.

Scott lief über die Veranda ins Haus, gefolgt von Walter Hazard und David. Er raste die Treppe hinauf zur Galerie im zweiten Stock, wo ihn Kann-ich mit Tränen in den Augen empfing. «Wie geht es ihr?» fragte Scott.

Kann-ich schüttelte den Kopf. «Nicht gut, Käpt'n Boss. Vielleicht können Sie helfen.»

«Ist es wahr? War es Tschingling?»

«Ja. Sie hat Taitai Drachenfangplätzchen gegeben.»

«Himmel...» Scott rannte ins Schlafzimmer. Als Zita ihn sah, sprang sie vom Bett und nahm seine Hand.

«Gott sei Dank, daß Sie da sind», flüsterte sie. «Sie fragt dauernd nach Ihnen.»

«Kann-ich hat ihr ein Brechmittel gegeben», sagte Felix, der zu ihnen trat. «Wenn sie durchkommt, ist es ihm zu verdanken.»

«Ja, und die Menschenmenge draußen ist gewillt, alle Chinesen in San Francisco zu lynchen», murmelte Scott, während er ans Bett trat. Bei Emmas Anblick zuckte er zusammen. So bleich und still war sie, daß er einen Augenblick dachte, sie wäre in den wenigen Sekunden, die sie gesprochen hatten, gestorben. Dann sah er ihre Lippen sich leicht bewegen. Er kniete neben ihr nieder und bedeutete den anderen, das Zimmer zu verlassen. Er wußte, was Drachenfang war: eines der zahlreichen Gifte unter den chinesischen Arzneien, das auf darmzerfressenden Narkotika basierte und am Kaiserhof gerne verwendet wurde, um sich ausgedienter oder unerwünschter Konkubinen, Rivalinnen oder Gegner zu entledigen. Daß Tschingling es fertigbrachte, sich eines so schmerzhaften Giftes zu bedienen, um Emma zu ermorden, machte ihn fassungslos. Wie habe ich ihr unrecht getan! dachte er, als er sich über seine Frau beugte. Ich habe Tschingling aus schlechtem Gewissen, weil ich sie verlassen habe, auf ein Podest gestellt, aber wenn sie Emma ermordet hat, bei Gott, das wird sie mir büßen.

Er küßte Emma auf die Stirn. «Emma», flüsterte er.

Aus einem Meer des Vergessens emportauchend, öffnete sie die Augen. «Scott», murmelte sie. «Du bist da.»

«Ja, und du wirst genesen, mein Liebling.»

Sie lächelte matt, als er ihre Hand nahm. «Wäre es nicht spaßig, wenn ich wirklich dein Liebling wäre?»

«Das ist nicht spaßig. Es ist wahr.»

Tränen traten in ihre Augen. «O Scott, du spielst mit mir. Aber es ist lieb, daß du gekommen bist. Ich wollte dich bei mir haben.»

«Ich spiele nicht mit dir, Emma.»

«Du hast mich nie geliebt», flüsterte sie. Sie schloß die Augen. «Unsere Ehe war eine Farce.»

«Zugegeben, anfangs habe ich dich nicht geliebt. Ich fand dich schön, aber ich liebte Tschingling.»

Sie schlug die Augen wieder auf. «Und ich weiß, warum. Sie hat diese widerwärtigen Sachen mit dir gemacht ... das Jademädchen spielt Flöte ...»

Scotts Augen weiteten sich. «Das hat sie dir erzählt?» flüsterte er.

«Ja. Hat es dir wirklich Spaß gemacht? Und hast du wirklich Opium geraucht?»

Er wurde rot im Gesicht, aber nicht vor Zorn. «Ja, ein paar Pfeifen habe ich geraucht. Und ja, Tschingling hat mir alle Stellungen gezeigt, und ich gebe zu, es hat mir Spaß gemacht. Aber dann kamst du –»

«O Scott», seufzte sie, «du hast einmal gesagt, ich sei keine sehr überzeugende Jungfrau. Und du bist kein sehr überzeugender Romeo. Du brauchst mir nichts vorzumachen.»

«Ich mache dir nichts vor! Ich ...» Er küßte ihre Hand. «Ich bin ein Idiot, Emma. Ich verstehe nicht viel von Romantik, aber ich schwöre bei Gott, du bist die einzige Frau in meinem Leben. Ich habe mich in Tschingling sehr getäuscht. Und ich war so eifersüchtig auf Archer.»

«Archer.» Sie blickte weg. Tränen liefen ihr über die Wangen. «Armer Archer.» Sie sah Scott wieder an. «Versprich mir, daß du gut zu dem kleinen Archer bist, wenn ich tot bin. Versprich es mir.»

«Natürlich verspreche ich es. Aber du wirst nicht sterben –»

«Scott ...»

«Ja?»

«Der Schmuck, den du mir geschenkt hast, er ist so schön, aber wenn ich tot bin, wirst du Papa veranlassen, ihn zu verkaufen und das Geld für den Bau eines Krankenhauses hier in San Francisco zu verwenden? Die Stadt braucht so dringend ein Krankenhaus. Ich möchte, daß man mich auf diese Weise in Erinnerung behält. Wirst du das für mich tun?»

«Ja, ich tue alles für dich, aber du wirst nicht sterben! Du gräbst dir dein eigenes Grab mit diesem ewigen Selbstmitleid. Du mußt kämpfen.»

«Es macht mir nichts aus zu sterben. Und du darfst Tschingling nicht böse sein. Sie hat es nur getan, weil sie dich noch liebt. Liebe. Mein Leben lang habe ich mir Liebe gewünscht, und jetzt ... jetzt bin ich aus Liebe getötet worden.»

«Sei nicht so rührselig», sagte er aufgebracht. «Wenn du an etwas stirbst, dann daran, daß du in deinen Tränen ertrinkst. Hör jetzt mit dieser verdammten Sterbebettszene auf und kämpfe um dein Leben.»

Sie schlug die Augen auf, und er sah es in ihnen aufblitzen. «Du bist ein schrecklicher Mensch», fauchte sie. «Verfluchst mich, wenn ich im Sterben liege –»

«Du stirbst nicht!» schrie er.

«Woher weißt du das?» schrie sie schwach zurück.

Er richtete sich lächelnd auf. Jetzt wußte er, wie er sie retten konnte.

«Das ist schon besser. Da du dich weigerst zu glauben, daß ich dich liebe, werde ich dich so verdammt wütend auf mich machen, daß du vor lauter Wut nicht sterben kannst. Dein geschätzter Archer ist nicht tot. Ich habe den Detektiv bezahlt, damit er dir das erzählt.»

«Was?» Ihr Kopf zuckte hoch. «Warum?»

«Weil es der einzige Weg war, ihn aus deinem Leben zu vertreiben. Weil ich dich liebe und dich für mich haben wollte. Ich habe Einauge nach Ohio geschickt, damit er den Gefängnisdirektor besticht, Archer in Haft zu behalten.»

«Das glaube ich nicht!» stöhnte sie.

«Es ist wahr. Ich dachte mir, wenn sie Archer noch fünf Jahre hinter Gittern behielten, würdest du ihn bis dahin vergessen haben.»

«Du schrecklicher Mensch! Oh, mein liebster Archer... er lebt?» Sie wollte aus dem Bett, doch Scott hielt sie zurück.

«So sehr es mich freut, dich vom Grabesrand zurückweichen zu sehen, meine Liebe, halte ich es doch für etwas übereilt, das Bett so zeitig zu verlassen.»

«Laß mich in Ruhe!» Sie entriß ihm ihre Hand. «Oh, ich hasse dich! Du bist ein Untier, ein Lügner, ein gemeiner, nichtsnutziger, selbstsüchtiger... Oh!» Sie packte ein Kissen und warf es nach ihm. Scott fing es lachend auf, ging zur Tür und öffnete sie. Da standen Felix, Zita, David und Kann-ich, alle mit überaus traurigen Gesichtern.

«Ihr könnt das Begräbnis abbestellen», sagte Scott grinsend. «Meine geliebte Frau ist soeben wunderbarerweise genesen.»

Etwas traf ihn am Hinterkopf. Zita hielt den Atem an, als Scott einen Satz nach vorn machte und der Gegenstand auf die Erde knallte. Es war Emmas silberne Haarbürste. Dann hörten sie einen Schrei im Schlafzimmer. Zita schob sich an Scott vorbei und sah Emma auf dem Fußboden neben dem Bett knien.

«Alles in Ordnung?» Zita kniete sich neben sie.

«Ich war wohl», keuchte Emma, «ein bißchen zu optimistisch.»

«Du mußt wieder ins Bett und drin bleiben», sagte Zita bestimmt und half ihr auf. «Du bist sehr krank gewesen.»

«Er hat mich belogen, Zita», flüsterte sie, als sie wieder ins Bett stieg. «Archer lebt. Er hat gelogen! Das verzeihe ich ihm nie. Ich habe den schrecklichsten Mann auf der Welt geheiratet.»

«Vielleicht.» Zita zog ihr die Bettdecke zurecht. «Andererseits, vor einer Viertelstunde lagst du noch im Sterben, und jetzt?» Sie schüttelte die Kissen auf. «Jetzt wirst du wohl noch etwas länger unter uns weilen. Wenn Kapitän King auch ein schrecklicher Mensch sein mag, so ist er vielleicht doch kein so schlechter Arzt, hm?»

18

Während Scott zur Dupont Street Nr. 2 galoppierte, versuchte er, die Tschingling, die Emma zu ermorden getrachtet hatte, mit dem süßen Mädchen, das er kannte, in Einklang zu bringen. Scott hatte an ihr nie einen gewalttätigen Charakterzug bemerkt. An Ah Toy schon. Die Mandschu-Prinzessin war zu jeder Grausamkeit fähig. Aber ihre Tochter? Es schien unmöglich.

Er band sein Pferd an, stieg die Stufen zu Tschinglings Haus hinauf und läutete. Stille. Er läutete noch einmal. Dann versuchte er, die Tür zu öffnen. Sie war nicht verschlossen. Er spähte in die dunkle Eingangshalle. Er erinnerte sich, daß auf dem Tisch am Fuß der Treppe eine Öllampe stand, tastete nach ihr und zündete sie an. Langsam wurde es hell. Er schloß die Haustür und durchquerte die Halle. Warum war es so still im Haus? Die Stille hatte etwas Unheimliches, Beängstigendes. Am Ende der Halle hob er den Vorhang und öffnete die Tür. Der Salon war trübe erhellt von zwei fast heruntergebrannten Kerzen, die im Luftzug flackerten. Die Kerzenständer standen auf dem Fußboden beiderseits des steinernen Buddhas am Kamin. Davor kniete Tschingling, mit dem Rücken zu Scott. «Tschingling?» sagte er leise. Keine Antwort. Er stellte die Öllampe auf einen Tisch. Er wußte, daß Tschingling tot war, noch bevor er ihre Schulter berührte. Sie fiel auf die Seite. Er sah das Messer in ihrem Bauch und die angetrocknete Blutlache darunter.

«Sie hat sich umgebracht», verkündete eine Stimme. Scott drehte sich um und sah Crane aus dem Schatten hervortreten. «Sie wußte, weil sie Ihre Frau vergiftet hatte, würde es unter den Rundaugen einen Aufschrei gegen uns Chinesen geben, und sie würde gewiß getötet werden, vielleicht von der Bürgerwehr. Auch andere würde man womöglich töten. Um das zu verhindern, nahm sie sich das Leben. Sie sagte mir, sie hätte sowieso nichts mehr, wofür es sich zu leben lohnte.»

«Aber warum? Und warum hat sie Emma vergiftet? Ich kannte Tschingling. Sie war nicht gewalttätig.»

Crane kam näher, sein Gesicht war von der Öllampe erhellt. «Wie gut kannten Sie Tschingling?» fragte er leise. «Sie hat Sie geliebt. Sie hat Ihnen Freude geschenkt, sie hat Ihnen eine Tochter geschenkt, und dann haben Sie sie wegen der rundäugigen Frau verlassen. Sie hat tagelang geweint. ‹Mein Scott, er hat mich verlassen›, sagte sie immer wieder. Und langsam verwandelte sich ihre Liebe in Haß. Es ist Ihr Glück, daß sie nicht versucht hat, Sie zu töten. Sie haben ihre Liebe wegen der Form ihrer Augen und der Farbe ihrer Haut zurückgewiesen. Sie sind ein rundäugiger Schweinehund. Ihretwegen ist sie tot.»

Scott zuckte zusammen. Was Crane sagte, war wahr. Der junge Mann stand keinen halben Meter von ihm entfernt, seine flammenden Augen bohrten sich erbarmungslos in Scotts. «Und Star?» flüsterte Scott. «Was wird aus Star?»

«Star ist Ihre Tochter. Nehmen Sie sie, wenn Sie wollen. Alles andere gehört mir. Ich bin der Erbe.»

«Du?»

«Ja. Wenn Sie mir nicht glauben, gehen Sie zu Tschinglings Anwalt. Er hat das Testament.»

«Und was ist mit Ah Toy?»

«Ist in China. Vielleicht kommt sie zurück, vielleicht nicht. Vorerst bin ich jetzt der reichste Chinese in San Francisco. Ich werde der *Kai Yee* von Klein-China.»

«Kai Yee?»

«Der große Boss. Chinese Nummer eins.»

Scott lächelte spöttisch. «Du hast große Flausen für ein Kind.»

Cranes Gesicht erstarrte. Er drehte sich zur Seite und hob die geballten Fäuste. Blitzschnell riß er den rechten Fuß hoch und versetzte Scott einen Tritt ins Zwerchfell, so daß der stämmige Kapitän durchs halbe Zimmer flog und in ein Bambussofa krachte. Als er, sich stöhnend den Bauch haltend, auf die Erde fiel, lächelte Crane. «Von wegen Kind.»

«Ich komme mir so unterlegen vor», sagte Emma am nächsten Morgen im Bett. «Scott hat mich besiegt.»

«Das hört sich nach einem Krieg an», sagte Zita, die bei ihr saß und eine Babydecke für den kleinen Archer strickte.

«Vielleicht ist die Ehe ein Krieg. Jedenfalls, Scott hat gewonnen.»

«Liebe Emma, du bist zu melodramatisch und viel zu streng mit ihm.»

«Ach Zita, ich habe ja versucht, ihn zu lieben. Ich dachte sogar schon, ich liebte ihn. Doch immer wieder tut er etwas Gemeines wie das, was er Archer angetan hat. Scott hat einen grausamen Charakter. Ich weiß nicht, wie ich mit ihm weiterleben kann. Was soll ich nur tun?»

«Hat er nicht gestern versucht, dir das Leben zu retten?»

«Und wenn schon, das kann niemals rechtfertigen, was er Archer angetan hat. Er hat sein Leben zerstört –»

Es klopfte. Zita legte ihr Strickzeug hin und stand auf.

«Wenn es Scott ist, sag ihm, er soll weggehen. Ich habe ihm nichts zu sagen.»

Zita ging die Tür öffnen. «Guten Morgen, Kapitän.»

«Wie geht es Emma?»

«Geh weg», rief sie vom Bett her.

Zita hob die Augenbrauen, als wolle sie sagen: Die Zeit ist nicht günstig.

«Ich bleibe nur eine Minute», flüsterte Scott. «Ich wäre Ihnen dankbar, wenn Sie uns allein ließen.»

Zita trat beiseite und ließ Scott eintreten. Dann schlüpfte sie taktvoll hinaus und schloß die Tür. Emma funkelte Scott böse an. «Ich habe dir wirklich nichts zu sagen.»

«Dann rede *ich* eben. Ich weiß, du bist wütend, und ich kann's dir nicht verdenken. Ich habe einen Fehler gemacht, was ich bedaure.»

«Du bedauerst? Und was ist mit Archer?»

«Ich möchte, was ich getan habe, wieder gutmachen. Mein erster Offizier, Mr. Appleton, ist vor einer Stunde mit der *Pacific Zephyr* nach New York ausgelaufen. Er wird Panama mit der neuen Eisenbahn durchqueren, somit könnte er in sechs Wochen in New York und in acht Wochen in Ohio sein. Einauge dürfte schon in der Strafanstalt gewesen sein, daran läßt sich jetzt nichts ändern. Aber Appleton wird mit dem Gefängnisdirektor reden und ihn, wenn nötig, mit einer noch höheren Summe bestechen, um, was Einauge getan hat, ungeschehen zu machen. Und ich deponiere in einer Bank in Columbus zehntausend Dollar für Archer, wenn er aus dem Gefängnis kommt. Er ist noch jung, und das Geld sollte ihm einen guten Start ins Leben ermöglichen.»

Er hätte ihr kaum eine größere Überraschung – oder Freude – bereiten können. «Hm», meinte sie schließlich, «ich muß zugeben, das hört sich anständig an.»

«Und jetzt habe ich ein Geschenk für dich.»

«O Scott, ich möchte nicht noch ein Schmuckstück.»

«Dies ist eine andere Art von Schmuckstück.» Er öffnete die Tür und winkte. Madame Choy kam mit einem Baby herein und trug es ans Bett. «Tschingling hat Selbstmord begangen», sagte Scott.

«Guter Gott, wann?»

«Letzte Nacht. Ich werde Star aufziehen und später adoptieren, um sie zu meiner rechtmäßigen Tochter zu machen. Das heißt, wenn du einverstanden bist. Ich hoffe, daß du meine Tochter so liebgewinnen wirst, wie ich deinen Sohn liebgewonnen habe.»

Das Baby, das geschlafen hatte, wachte auf und machte ein Bäuerchen. «Geben Sie sie mir», flüsterte Emma und nahm das Baby von der *amah* entgegen. Sie wiegte Star in ihren Armen und summte ein Wiegenlied.

«Du bist einverstanden?» fragte Scott, bemüht, sich seine Spannung nicht anmerken zu lassen.

«Natürlich. Sie ist entzückend.»

Scott wirkte erleichtert.

«Das mit Tschingling tut mir leid», fuhr Emma fort, «trotz allem, was sie mir angetan hat. Bist du sicher, daß es Selbstmord war?»

«Ja.»

Wieder klopfte es an der Tür. Zita schaute herein. «Kapitän King, Mr. Levin ist da. Er sagt, er muß Sie unbedingt sprechen.»

«Ich komme sofort.» Scott steuerte auf die Tür zu.

«Warte!» sagte Emma. «Bring ihn her. Ich möchte ihn sehen.»

«Warum? Du hast doch gelesen, was für einen Mist er über uns geschrieben hat.»

«Ja, aber das schreibt er nur, weil ich ihn verletzt habe. Und du auch.»

«Er schreibt es, weil Slade und Chicago ihn dafür bezahlen.»

«Vielleicht können wir ihn für uns gewinnen. Jedenfalls ist es Zeit, daß ich mich bei ihm entschuldige und versuche, mich mit ihm zu versöhnen. Scott, geh und hole ihn. Zita soll mir helfen, damit ich einigermaßen annehmbar aussehe.»

Scott zögerte. «Hm, vielleicht hast du recht.» Er ging hinaus. Emma überließ Star wieder Madame Choy, und Zita brachte Haarbürste und Spiegel ans Bett.

«Ich bin so blaß», meinte Emma, als sie in den Spiegel sah. «Und ich möchte um Scotts willen hübsch aussehen. David hat mich einmal geliebt; er könnte uns ein Freund statt ein Gegner sein. Kann ich dein Rouge benutzen?»

Zita holte lächelnd ihre Handtasche. «So ist's recht. Die Natur kann immer ein bißchen Nachhilfe gebrauchen. Aber ich dachte, du hättest für deinen Mann nichts übrig.»

Emma fuhr sich mit der Bürste durchs Haar. «Vielleicht habe ich ihn falsch eingeschätzt.» Das war alles, was sie sagte.

Als David fünf Minuten später ins Schlafzimmer kam, warf er einen einzigen Blick auf Emma, und seine ganze Liebe flammte wieder auf. Sogar Scott war überrascht, wie strahlend Emma auf einmal aussah, bis er erkannte, daß die Farbe nicht ganz echt war.

«Liebster David», sagte Emma lächelnd. «Du hast dir einen Bart wachsen lassen. Richtig flott siehst du aus.»

«Ich...» stammelte David und starrte sie an.

«Du bist mich nie besuchen gekommen, David.»

Er rang nervös die Hände. «Es war... ach, verdammt, Emma, ich dachte, du wolltest mich nicht sehen. Ich meine, nach dem, was ich im *Bulletin* geschrieben habe.»

«Ich hatte gehofft, wir würden wieder Freunde werden. Kannst du Scott und mir verzeihen?»

Er hätte sich am liebsten auf die Knie geworfen und sie um Verzeihung gebeten. Statt dessen kam er mit schlotternden Knien ans Bett und küßte Emmas Hand. «Ich könnte nie euer Gegner sein», sagte er. «Was geschehen ist, soll vergessen sein. Die Frage ist, könnt *ihr* mir verzeihen?»

«Natürlich. Du kannst in deiner Zeitung über uns schreiben, was du willst, wir haben Verständnis dafür, solange wir privat Freunde bleiben.»

«Deswegen bin ich gekommen.» Er ließ ihre Hand los und wandte sich an Scott. «Ich habe beim *Bulletin* aufgehört.»

«Warum?»

«Es ist kein Geheimnis, daß Slade Dawson und Gus Powell zwielichtige Gestalten sind, und Chicago ist weiß Gott keine Heilige. Ich wußte das und habe meine Augen bereitwillig vor allem möglichen Schmutz verschlossen, um die Zeitung auf die Beine zu bekommen. Aber heute nachmittag habe ich gehört, was sie auf Tschinglings Beerdigung vorhaben, und damit will ich nichts zu schaffen haben.»

«Was?»

«Sie heuern eine Bande *Sydney Ducks* an, um den Trauerzug zu überfallen.»

«Aber warum wollen sie das tun?» fragte Emma.

«Die ganze Stadt weiß, daß Tschingling dich vergiftet hat, und die Leute glauben, ihr wollt deswegen nichts unternehmen. Slade und Chicago wollen, daß Gus hart gegen die Chinesen vorgeht, um im Wahlkampf die Vorurteile gegen sie anzuheizen. Und gibt es für Gus einen besseren Weg, stark zu wirken und Sie, Kapitän King, schwach aussehen zu lassen, als ein Überfall auf Tschinglings Begräbnis, um Ihre Ehre zu schützen? Die Chinesen haben kein Wahlrecht, und Slade und Chicago rechnen sich aus, daß auf jeden anständig denkenden Weißen drei kommen, die die Chinesen hassen. Das ist glänzende Politik, zumal Gus Powell morgen abend am Portsmouth Square seine erste Kundgebung abhält, aber für mich ist das eine verkommene Moral. Deswegen habe ich beim *Bulletin* aufgehört, und ich bin gekommen, um Sie zu warnen.»

«Ich danke Ihnen, David», sagte Scott auf dem Weg zur Tür. «Slade Dawson will Krieg? Schön. Meine Truppen stehen bereit.»

Er ging hinaus. David wandte sich an Emma. «Was meint er damit?»

«Ich weiß es nicht. Aber ich möchte dir danken, David. Und da du nun keine Zeitung mehr hast, finden Scott und ich vielleicht eine neue für dich.» Ihr strahlendes Lächeln übte seinen alten Zauber auf ihn aus. Er fühlte sich inspiriert. Bislang war er im Leben ein Verlierer gewesen. Würde sein Schicksal sich jetzt ändern?

19

Tschinglings Begräbnis brachte mehr als die Hälfte der Chinesen von San Francisco auf die Beine. Crane hatte die Verantwortung für die Trauerfeierlichkeiten übernommen. Die Beerdigung sollte zwei Tage nach Tschinglings Tod stattfinden, solange ihr Selbstmord noch in aller Munde war, damit sich Cranes Name in der Stadt verbreitete. Er war über ihren Verlust ehrlich betrübt und wollte seinen Schwur, Star zu beschützen, halten. Doch seine Äußerung zu Scott, er wolle der *Kai Yee* von Klein-China werden, war keine leere Prahlerei gewesen, und er beschloß, Tschinglings Beerdigung zu benutzen, um sich ins Rampenlicht zu bringen.

Der lange Trauerzug bewegte sich langsam durch die Dupont Street, begleitet von unheimlicher Klagemusik, von Zimbel- und Trommelschlägen. Auf den Bürgersteigen drängten sich die Zuschauer.

Der Zug war noch keine zwei Häuserblocks weit gekommen, als eine Horde Männer um eine Ecke bog. «Tod den Zöpfen», schrien sie. Viele trugen unbeholfen beschriftete Schilder: «Chinesenheiden raus!» – «Schickt die Chinesen zurück ins Reich der Mitte!» – «Alle Schlitzaugen sind Diebe und Huren!»

Crane sah mit einem Blick, daß es sich um *Sydney Ducks* handelte, dennoch war er erstaunt, daß sie einen Trauerzug überfielen. Steine und Dreck schleudernd, griffen sie den Zug an und beschmutzten die weißen Gewänder der Trauernden. Diese begannen zu rennen, die Menge auf dem Bürgersteig suchte kreischend das Weite. Einige der *Ducks* hatten Holzknüppel, mit denen sie auf Köpfe und Schultern der Trauergäste einschlugen.

Crane geriet über diese Blasphemie in Rage, doch er wußte nicht, sollte er seinen Platz an der Spitze des Zuges verlassen und kämpfen, oder sollte er Tschinglings posthume Würde bewahren, indem er ihren Sarg bewachte. Ein Lehmklumpen, der ihn ins Gesicht traf, rüttelte ihn abrupt aus seiner Unentschlossenheit. Als er sich den Dreck aus den Augen wischen wollte, erhielt er einen Knüppelhieb ins Gesicht, und er stürzte auf die staubige Straße, worauf immer mehr Knüppel auf ihn einhieben. Bis er seine Augen gesäubert hatte, war er von vier stämmigen ehemaligen Sträflingen umgeben, die ihn schreiend verprügelten. «Der ist der Oberzopf!» brüllte einer, ein scheeläugiger Kerl mit einem Viertagebart. «Er war ihr Freund!» schrie ein anderer und knallte seinen Knüppel auf Cranes erhobene Arme.

Eine Schußsalve krachte. Cranes Angreifer erstarrten und sahen sich um. Als weitere Schüsse folgten, kroch Crane behende zwischen den Beinen eines *Ducks* hindurch und sprang auf. Gut drei Dutzend Männer in der Uniform der King-Schiffahrtsgesellschaft stürmten in die Dupont Street. Sie feuerten ihre Flinten unmittelbar über den Köpfen der angreifenden *Ducks* ab. Crane sah zu seiner Verblüffung, daß die Seeleute von niemand anderem als dem Rundauge angeführt wurden, das er am meisten haßte: Scott King.

Die *Ducks* hatten keinen Appetit auf Gewehrkugeln. Sie ergriffen die Flucht. Chinesen beobachteten hinter Fensterläden, wie die Mannschaften von Scotts im Hafen liegenden Klippern das Kommando über die Straßen übernahmen.

«Alles in Ordnung?» Scott trat zu Crane, der aus einer Kopfwunde blutete. Der junge Chinese, dessen Würde trotz Dreck und Blut wunderbarerweise unbeeinträchtigt war, sah Scott kühl an. «Ja», log er. «Aber erwarten Sie nicht, daß ich Ihnen danke, Kapitän King. Ich weiß, warum Sie hier sind. Es hat nichts mit Tschinglings Andenken oder mit dem Schutz von uns Chinesen zu tun. Es geht nur um schmutzige Rundaugen-Politik.» Während er sich den Schmutz vom Ärmel wischte, gewahrte er hinter sich einen entsetzlichen Anblick. «O weh!» flüsterte er.

«Tschingling!» keuchte Scott.

Die Träger hatten die Trage fallen lassen, als die *Ducks* angriffen. Der Fichtensarg war seitlich auf die Straße gekippt, der Deckel offen. Tschinglings in ein Totenhemd gehüllter Leichnam hing halb aus dem Sarg, ihre leblosen Augen starrten in die Sonne.

«Was ist dieser Kapitän King für ein Mann?» brüllte Gus Powell auf der Treppe zum *Café Bonanza* der Menge auf dem Portsmouth Square zu. «Welcher Mann greift ausgerechnet die Männer an, die die Ehre seiner Frau rächen wollen? Diese Tschingling hat Emma King vergiftet, und was tut ihr Ehemann? Er beschützt Tschinglings Trauerzug. Ich sage euch, Scott King ist ein Verräter seiner Rasse!»

Die Menge, darunter einige Leute mit Fackeln, die in dem starken Wind flackerten, murmelte zustimmend; Chicago, die neben Slade auf der Veranda des *Bonanza* stand, bemerkte jedoch, daß die Begeisterung spärlich und die Zustimmung alles andere als allgemein war. Sie beschloß, die Veranstaltung etwas anzuheizen; bislang war diese politische Kundgebung ein Reinfall. «Verflucht, Gus», brüllte sie, «Scott King ist nicht bloß 'n Chinesenliebhaber, er ist auch 'n Judenliebhaber. Guckt euch das Kaufhaus drüben am Platz an. Was steht auf dem Schild? ‹De Meyer und King.› Wer ist seine Frau? Emma de Meyer King! Sind die de Meyers etwa keine Juden? Darauf kannste Gift nehmen!»

Der Judenköder verfing noch weniger als der Chinesenköder.

«Du magst ja recht haben, Chicago», rief einer in der Menge, «aber was hätten wir denn ohne die de Meyers? Es ist der beste Laden westlich der Rocky Mountains.»

«Außerdem», rief ein anderer, «bringt Emma King Klasse in diese Stadt. Und sie sieht verdammt viel besser aus als die ollen Kühe, für die du uns viel zuviel Geld abknöpfst!» Das erzeugte brüllendes Gelächter. Chicagos fettes Gesicht blickte finster drein.

«Und was soll überhaupt ein Überfall auf ein Begräbnis?» rief ein dritter. «Auch wenn's ein chinesisches Begräbnis war. Was sind das für Leute, die ein Begräbnis überfallen?»

«Das kann ich dir sagen!» rief der erste. «Das waren *Sydney Ducks*, diese verdammten ehemaligen Sträflinge aus Australien! Scott King predigt Recht und Ordnung und setzt es mit seinen Leuten durch. Ich sag, weiter so, wenn er damit den *Ducks* und dem Verbrechen in dieser Stadt das Handwerk legen kann!» Das rief grölende Zustimmung hervor.

«Scheiße», sagte Chicago brummend zu Slade, «dieser Gus ist ein mieser Redner. Unterstützen wir etwa einen Verlierer?»

Slade sah zu Gus hinüber, der mit den Armen fuchtelte und vergeblich versuchte, die außer Rand und Band geratene Menge zu überschreien. Dies war die erste Kundgebung des Gouverneurskandidaten Powell, durch Plakate und Ankündigungen im *Bulletin* bekanntgemacht, zeitlich mit dem Überfall auf Tschinglings Begräbnis abgestimmt. Aber nun wurde auf peinliche Weise offensichtlich, daß der Plan ins Auge ging. Gus – mager, mit beginnender Glatze, kaum attraktiv zu nennen – gehörte zu den wenigen Männern der Stadt mit einem juristischen Examen, und deswegen hatten Slade und Chicago beschlossen, seine Kandidatur zu unterstützen. Außerdem war Gus in zahlreiche krumme Geschäfte verwickelt, so daß Slade ihn in der Hand hatte. Doch mit einemmal sah Slade, daß Gus nicht nur keinerlei politische Ausstrahlung besaß, sondern daß Scotts Beliebtheit und damit die Beliebtheit von Recht und Ordnung weitaus größer war, als er und Chicago es sich vorgestellt hatten. Waren die wilden, trinkfesten, hurenden Männer von Kalifornien etwa auf der Suche nach politischer Reife?

«Ich hab dir ja gesagt, Worte sind Scheiße», sagte Slade. «Es gibt 'ne bessere Methode, Wahlen zu gewinnen, als um die Gunst der Wähler zu buhlen.»

«Ich bin so stolz auf dich», flüsterte Emma, als sie in den Armen ihres Mannes lag. «Und ich schulde dir Abbitte.»

Scott streichelte ihre Brüste. «Du schuldest mir nichts.» Er küßte sie.

«Erstens habe ich dir mein Leben zu verdanken. Du hast mich so wütend gemacht, daß ich um mein Leben kämpfen wollte. Und ich habe dir für Archer zu danken – für beide Archers. Und jetzt für Star. Was gründen wir doch für eine ungewöhnliche Familie.»

«Sie wird mehr als ungewöhnlich. Es wird eine außerordentliche Familie, die königliche Familie von Kalifornien.»

Sie küßte ihn auf die Schulter. «David sagt, Gus Powells Kundgebung heute abend war ein Fiasko; vielleicht werden wir wirklich die königliche Familie. Gouverneur Scott King. Hört sich hübsch an.»

«Weißt du, daß du die schönsten Augen auf dem Planeten Erde hast?»

Sie lächelte und küßte ihn. «Und du wirst der bestaussehende Gouverneur in der Geschichte Kaliforniens.»

«In Anbetracht dessen, daß es bislang keinen gegeben hat, nehme ich das Kompliment mit großem Vorbehalt entgegen.»

«Scott, ich muß dir ein furchtbares Geständnis machen.»

«Was?»

«Ich glaube, ich habe dich die ganze Zeit geliebt, ohne es zu wissen.»

«Du meinst, alle unsere Gefechte waren in Wirklichkeit Liebesscharmützel?»

Sie küßte ihn wieder. «Ja. Ist das nicht wundervoll? Und ich glaube jetzt, daß du mich liebst. Ich habe lange gebraucht, um dich zu verstehen. Du bist nicht für jede Frau das Idealbild von einem Ehemann, weißt du.»

«Was stimmt nicht mit mir?»

«Du bist ein wenig durchtrieben. Ich möchte nicht deine Feindin sein, denn du hast ein gutes Gedächtnis und begleichst gern alte Rechnungen. Und machtbesessen bist du auch.»

«Schrecklich machtbesessen. Du weißt doch, die königliche Familie.»

«Aber eins halte ich dir zugute.»

«Was?»

«Du fluchst nicht mehr.»

«Jedenfalls nicht in deiner Gegenwart.»

«Alles in allem bist du wirklich wunderbar.»

«Das höre ich gern.» Er küßte sie gierig.

Sie seufzte vor Wonne. «Ich liebe dich», flüsterte sie. «Du hast mich zur glücklichsten Frau der Welt gemacht.» Sie dachte staunend daran, wie sie sich allmählich in ihren Mann verliebt hatte. Es war nicht die Verzückung ihrer kurzen Liebesbeziehung mit Archer, sondern eine tiefere, reichere Liebe, die mehr auf Charakter, Freundschaft und Bewunderung gründete als auf das Wetterleuchten körperlicher Anziehung. Welch seltsame Wege geht das menschliche Herz, dachte sie. Welch seltsame Wege geht *mein* Herz.

Elftausend ehemalige australische Sträflinge hatten sich zu den kalifornischen Goldfeldern aufgemacht. Bekannt als *Sydney Ducks* säten sie Furcht in die Herzen auch der robustesten Kalifornier. Zwei von ihnen erklommen in einer kalten, windigen Winternacht Rincon Hill und sahen zu den Fenstern von Kings Haus hinauf. Einer trug einen Kanister Lampenöl. «Das ist ein Kinderspiel, Kumpel.»

«Tja, aber bei diesem verflixten Wind greift es vielleicht auf die Stadt über.»

«Wäre nicht das erste Mal. Slade sagt, das treibt die Grundstückspreise in die Höhe.»

Kann-ich lebte mit Frau und Kindern in einem Häuschen dreißig Meter hinter dem großen Wohnhaus. Er benutzte gerade den Nachttopf, als er das Flackern vor dem Schlafzimmerfenster bemerkte. «Feuer», flüsterte er. Dann sprang er vom Nachttopf auf und schrie: «Feuer!»

Barfuß rannte er aus dem Haus zur Feuerglocke, die Scott in weiser Voraussicht installiert hatte, und ergriff das Seil. Die Flammen hatten schon einen großen Teil der Veranda verschlungen und züngelten zum Turm hinauf. Kann-ich zerrte kräftig an dem Seil. Zu seinem Schrecken gab es nach und fiel auf die Erde. Jemand hatte es ausgefranst, damit es beim ersten Zug riß. Die Glocke, drei Meter über Kann-ich, war zu hoch, als daß er sie ohne Leiter erreichen konnte. «Feuer!» schrie er und lief hügelan zum großen Haus. Er brüllte aus Leibeskräften: «Kapitän Boss! King Taitai! Feuer! Rauskommen! Feuer!»

Emma dachte zuerst, sie träumte, sie sei in der Küche, und der Ofen qualmte. Dann erwachte sie. Der Rauch, den sie roch, war kein Traum. Sie setzte sich auf und rieb sich die Augen. Sie sah zum Fenster. Von unten kam flackernder Feuerschein. «Scott.» Sie rüttelte ihn an der Schulter. «Scott, wach auf!»

«Hah?»

«Es brennt.» Sie sprang aus dem Bett, lief zu einem Fenster und riß es auf. Der Wind fegte hinein, so daß ihr Nachthemd und ihre Haare flatterten. Als sie hinauszusehen versuchte, schlug ihr die Hitze von der unter ihr brennenden Veranda ins Gesicht.

«Mach das Fenster zu!» schrie Scott. Er war zur Schlafzimmertür gerannt und öffnete sie. Von der Eingangshalle strömten große Rauchwolken ins Zimmer. Emma schlug das Fenster zu und gebot sich, nicht in Panik zu geraten. Archer, Star...

Scott hatte sich in einen Morgenrock geworfen. «Lauf aus dem Haus!» rief er Emma zu. «Ich hole die Kinder.»

«Nein, nein, ich gehe mit dir –»

«Geh raus!» befahl er. «Schnell, bevor die Treppe einstürzt.» Er schob sie durch die Tür und folgte ihr hinaus. Die hohe Eingangshalle war voll Rauch, und das Feuer auf der Veranda warf ein unheimliches Licht durch die Fenster. Emma lief über die Galerie zur Treppe, indes Scott brüllte: «Madame Choy! Feuer! Bringen Sie die Kinder! Feuer!»

Er wollte gerade die Treppe zum dritten Stock hinauf, da ging die Kinderzimmertür auf. Madame Choy kam in einem gekräuselten Nachthemd mit passender Mütze heraus, die zwei Babys auf dem Arm. «Madame Choy, Gott sei Dank!» Scott stürmte die Treppe hinauf. «Ich nehme Ihnen eins ab.»

Die *amah* kam keuchend die Treppe hinab. Ein Baby wimmerte. Emma war gerade oben an der Haupttreppe angelangt. Jetzt hörte sie ein Läuten an der Haustür. Sie sah Rauch und Licht durch die Flügeltür zum Speisezimmer fluten und gewahrte mit Schrecken, daß auch ein Teil des Hauses brannte. Sie war im Begriff, die Treppe hinunterzulaufen, als Kann-ich das Glasfenster der Haustür einschlug, hindurchlangte und die Tür entriegelte. Als er sie aufstieß, fegte der Wind ins Haus. «Taitai!» rief Kann-ich, als er Emma auf der Treppe erspähte. «Gott sei Dank sind Sie –»

«Tür zu, Kann-ich!» brüllte Scott, der mit Madame Choy und den zwei Babys über die Galerie in der zweiten Etage raste. «Der Wind macht alles noch schlimmer!»

Tatsächlich hatte der Wind das Feuer im Speisezimmer zu einem Inferno angefacht. Flammen schossen in die große Halle, huschten wie orangerote Ratten die Holzwände hinan und erklommen mit rasender Geschwindigkeit die drei Stockwerke zum Oberlicht. Madame Choy, die infolge des immer dichter werdenden Rauchs unaufhörlich hustete, schrie auf und stolperte. Sie fiel auf die Knie und hätte Archer beinahe fallen lassen.

«Herrgott!» Scott, der Star trug, wollte gerade die Treppe hinunter, als er sah, was geschah. «Emma!» rief er. «Nimm Star!»

Emma kehrte auf halber Treppe um und nahm ihrem Mann das Baby ab. Dann rannte Scott die Treppe wieder hinauf zur Galerie und auf Madame Choy zu, die sich gerade hochrappelte.

Emma lief mit Star die Treppe hinunter. Rauch und Flammen waren jetzt so stark, daß auch sie hustete und kaum noch sehen konnte. «Kann-ich!» rief sie. «Hilf Kapitän Boss!»

Kann-ich hielt sich ein Taschentuch vor die Nase und stürmte an Emma vorbei, zwei Stufen auf einmal nehmend, nach oben. Scott lief mit Archer auf dem Arm um die Galerie. Als er Kann-ich sah, schrie er: «Nimm das Baby. Ich hole Madame Choy!»

«Kann ich!» Sie trafen sich oben an der Treppe, und Kann-ich nahm Archer auf den Arm. Scott eilte zu der *amah* zurück, die vor Entsetzen kreischte und sich ans Geländer klammerte, offensichtlich dermaßen von Panik gelähmt, daß sie sich nicht rühren konnte. Kann-ich rannte die Treppe hinunter. Er sah, daß Emma bei der Haustür angelangt war und auf die Veranda wollte. Die Hitze war unerträglich, die Wände brannten, die Flammen leckten zur Decke. Plötzlich zerbarst das Buntglas-Oberlicht. Emma schrie, als messerscharfe Glasscherben herabregneten; eine davon verfehlte Kann-ich knapp, der zum Fuß der Treppe hastete. Das zerbrochene Oberlicht war das Finale: Der Wind stürmte zu der Öffnung hinauf und erzeugte einen Feuersturm.

«Raus, Taitai!» brüllte Kann-ich und raste zur Tür. «Auf die Veranda!»

«Scott!» schrie sie. «Wo bist du?»

«Raus!» Kann-ich schob sie zur Haustür hinaus und an dem Inferno auf der Veranda vorbei. Sie waren auf der Kieseinfahrt angelangt, als sie hinter sich ein furchtbares Krachen hörten. Emma drehte sich um und sah Flammen aus allen Fenstern des Hauses schießen. «Scott!» rief sie wieder, vor der sengenden Hitze zurückweichend. «Scott!»

In der Ferne läutete die große Stadtglocke, nachdem das Inferno auf dem Hügel bemerkt worden war. Der Wind blies die Funken über die Dächer der tieferliegenden Häuser, einige begannen schon zu brennen. Alle Feuerwehren von San Francisco traten in Aktion. Fakkelträger liefen den Löschfahrzeugen voraus und sorgten für Licht, als die Feuerwehrmänner ihre schwerfälligen Spritzen am Seil durch die Straßen zum Rincon Hill zogen. «Sieht übel aus», schrie ein Feuerwehrmann über den Wind hinweg.

«Scott!» Emma wurde langsam hysterisch. Das Haus war eine Flammensäule, doch von Madame Choy und Scott war noch immer nichts zu sehen. Kann-ich hatte beide Babys auf die andere Seite des Teichs gebracht. «Taitai!» brüllte er. «Zurück!»

Ein Teil des Turmdaches, das sich durch die Hitze gelöst hatte, wurde vom Wind hochgerissen. Die lodernde Masse schwebte hinab auf Emma zu, segelte jedoch über ihren Kopf hinweg und krachte in den Teich.

Sie konnte nicht fassen, was geschah. Während sie auf das Inferno starrte, sickerte die entsetzliche Erkenntnis in ihr Bewußtsein, daß der Mann, den sie endlich lieben gelernt hatte, für alle Ewigkeit in dem Ofen eingeschlossen blieb, der ihr Heim gewesen war.

Sie hörte die Feuerglocken in der Ferne. Sie hörte das Rattern der Kutsche ihres Vaters, die von seinem Haus den Hügel heraufgefahren kam. Sie spürte, wie Felix sie in die Arme nahm, wie Zita sie in einen Umhang hüllte, um sie vor dem Wind zu schützen. Schließlich die Ankunft der Löschfahrzeuge, das Ausrollen der Schläuche, die Rufe der Feuerwehrmänner, das Zischen des Dampfes, als die Schläuche ihre Wasserstrahlen in das brennende Haus spien. Sie hörte Leute schreien: «Die ganze Stadt geht drauf!» Doch sie erfaßte nichts davon. «Ich habe ihn verloren», flüsterte sie Zita dumpf zu. «Ich habe Scott verloren. Gerade, als ich anfing, ihn zu lieben –» Sie lehnte sich schluchzend an Zitas Schulter.

«Armer Liebling», sagte Zita. «Komm hinunter in unser Haus. Du mußt ins Bett, bevor du dich erkältest.»

«Na und?» jammerte Emma mit tränenüberströmtem Gesicht. «Spielt jetzt noch irgendwas eine Rolle? Scott, mein Liebster...» Sie drehte sich wie in Trance um und ging, von Felix und Zita gestützt, zur Kutsche. Kann-ich kam mit den zwei Kindern nach. Beide waren wunderbarerweise inmitten des Tumults eingeschlafen. Die kleiner werdenden Flammen des Hauses warfen ein flackerndes Licht auf die schlafenden Gesichter. Emma betrachtete sie. «Ich habe mich geirrt», sagte sie, aus ihrem tranceartigen Zustand erwachend. «*Sie* spielen eine Rolle. Die Zukunft spielt eine Rolle. Gib sie mir bitte, Kann-ich.» Stumm legte er ihr die Babys in die Arme. Emma drückte sie an sich und küßte sie. Dann drehte sie sich nach dem ausgebrannten Haus um.

«Scott», flüsterte sie, und ihre geröteten Augen nahmen einen Ausdruck grimmiger Entschlossenheit an. «Du wirst in diesen Kindern und in meinem Herzen weiterleben. Du wirst stolz auf deine Familie sein, mein Liebster, dafür werde ich sorgen. Sie wird so sein, wie du sie wolltest: die königliche Familie von Kalifornien.» Sie küßte die Kinder abermals. Unter ihr stand halb San Francisco in Flammen.

«Die Stadt brennt ab! Gottverdammich!» sagte einer der vier Nachtwächter des Warenhauses de Meyer und King. Er und die übrigen drei Wächter standen vor dem großen Kaufhaus und sahen die Stadt in Flammen aufgehen.

«Dann bauen wir San Francisco eben wieder auf», sagte ein anderer Wächter. «Wir werden allmählich verdammt gut im Neuaufbau von Städten.»

Der Wind hatte die Flammen vom Portsmouth Square ferngehalten. Der Platz war dunkel und leer bis auf einige Lichter im *Café Bonanza*. Die meisten Stadtbewohner, die nicht aktiv an der Feuerbekämpfung beteiligt waren, sahen den Flammen zu.

Ein Schuß krachte und traf den ersten Wächter in den Rücken. Dann folgte eine ganze Salve von Schüssen. Die anderen Wächter waren niedergemäht, bevor sie ihre Waffen ziehen konnten. Als sie, tot oder sterbend, vor dem Warenhaus fielen, galoppierten zwölf *Sydney Ducks* herbei und stiegen ab. Einer sagte: «Wir haben eine Stunde, um den Laden auszuräumen. Seht zu, daß die Arschlöcher wirklich tot sind. Los, Kumpels, an die Arbeit.» Die anderen liefen in das dunkle Warenhaus, einer blieb zurück und ballerte mit seiner Pistole Gnadenschüsse in die Köpfe der Wächter. Als er dies erledigt hatte, rannte er ins Kaufhaus, wo die anderen schon die Hälfte der Vitrinen zertrümmert und Zitas Salon demoliert hatten.

«Ruiniert», sagte Felix. «Alles ruiniert.» Es war am nächsten Morgen. Überall schwelten noch die Häuser, und der Gestank nach verbranntem Holz hing über der Stadt. Felix stand im Erdgeschoß des geplünderten Warenhauses. Tränen verschleierten seine Augen, als er sich in dem Geschäft umsah, das er mit so vielen schönen Dingen angefüllt hatte. Jetzt war es ein Chaos aus zerschmetterten Schaukästen, überall verstreuten zerrissenen Kleidungsstücken, Abfallhaufen. «Alles, wofür wir gearbeitet haben», sagte er. «Alles dahin.»

«Und die Wächter», sagte Zita, die nach einem Blick auf ihren Salon in Tränen ausgebrochen war, «alle tot. Ich kann nicht glauben, daß so mutwillige Gewalt –»

«Ich schon», sagte Emma am Arm ihres Vaters, die Augen vom Weinen gerötet. «Dies ist eine gewalttätige Welt, und nur die Starken überleben. Bei Gott, ich werde stark sein. Papa, sind wir versichert?»

Felix drückte sie an sich. «Liebe Emma, du hast deine eigene Last zu tragen. Sorge dich nicht um das Geschäft.»

«Tu ich aber. Die Hälfte des Geschäftes gehört jetzt mir. Sind wir versichert?»

Felix sah keine Tränen in den Augen seiner Tochter, sondern eine Schärfe, die ihn stark an seine verstorbene Frau Mathilde erinnerte. «Nein, es gibt keine Versicherungsgesellschaften in Kalifornien, und bislang ist es uns nicht gelungen, Versicherer von der Ostküste hierherzuholen.»

«Nicht versichert», wiederholte Emma leise. «Dann sind uns nur die Schiffe geblieben und das, was in den Lagerhäusern ist. Aber das sollte genügen.»

«Wofür genügen?»

«Um dies alles wieder aufzubauen.» Sie wies auf die Zerstörung ringsum. «Um de Meyer und King wieder aufzubauen und vielleicht auch eine Versicherungsgesellschaft zu gründen. Wir sind nicht die einzigen, die vernichtet sind. Halb San Francisco ist diese Nacht abgebrannt. Es ist zu oft passiert. Die Leute wollen sich versichern, und wir werden es ihnen ermöglichen.»

Felix sah sie an. «Wir? Wie meinst du das?»

«Genau wie ich es sage. Mein Mann wollte in Kalifornien ein Imperium aufbauen. Er ist mir entrissen worden, und ich habe den starken Verdacht, daß derjenige, der seinen Tod zu verantworten hat, auch hinter der Plünderung dieses Geschäftes steckt.» Sie blickte durch die offene Tür über den Platz zum *Café Bonanza* hinüber. «Ein gewisser Herr, der für seine Tat büßen wird.»

«Emma, falls du eine Teilhaberschaft an Scotts geschäftlichen Angelegenheiten erwägst ...»

«Ich erwäge nicht, es ist beschlossene Sache, Papa. Kann-ich hat den Schmuck gefunden, den Scott mir geschenkt hat. Er war in einer Stahlkassette und ist unversehrt. Kannst du ihn für mich verkaufen? Wir brauchen alles Kapital, das wir bekommen können.»

«Ich denke schon.»

«Zita, du rechnest aus, wieviel du brauchst, um den Salon wieder einzurichten. Wir eröffnen in einem Monat. Nein, in zwei Wochen.»

«Aber Emma, du bist eine Dame», rief ihr Vater aus.

«Davon war Scott nicht sehr überzeugt. Außerdem kann ich abends eine Dame sein – was immer das sein mag. Scott wollte ein Imperium, und er soll es bekommen, und wenn ich es für ihn aufbauen muß.» Sie hielt inne. Ist das Emma, die da spricht? fragte sie sich verwundert. Ich habe mich nie um etwas anderes gekümmert als gutaussehende Männer, Liebe und schöne Kleider. In diesem Augenblick erkannte sie, daß die wahre Emma zum Vorschein kam, die Emma, die so praktisch veranlagt war wie ihre Mutter, die Emma, vor der sie sich immer gefürchtet hatte. Aber warum soll ich mich fürchten? dachte sie. Was ist daran schlimm, wenn man stark ist? Bloß weil ich eine Frau bin, muß ich noch lange nicht herumsitzen, Kinder kriegen und den Rest meines Lebens Petit-point-Stickereien machen. «Und je mehr ich über die Idee mit der Versicherungsgesellschaft nachdenke», sagte sie laut, «um so besser gefällt sie mir. Eine Versicherung gegen ... das hier.» Sie zwang sich zu einem Lächeln. «Scott», sagte sie leise, «du wirst stolz auf mich sein können.»

Zita umarmte sie. «Er wird auf uns alle stolz sein können.»

Chicago saß in ihrem erhöhten Sessel und überwachte den Betrieb im *Café Bonanza*. Zwei Nächte waren seit dem Brand vergangen, und das Geschäft lief wieder normal. Sie trank einen Schluck Gin und dachte über die Unverwüstlichkeit der Bewohner von San Francisco nach. «Verdammt, ich möchte wissen, was passieren muß, um diese Stadt kurz und klein zu kriegen», sagte sie bei sich und strich ihr smaragdgrünes Satinkleid glatt. Sie überblickte die Szenerie: die barbusigen Kellnerinnen, die betrunkenen Minenarbeiter. Das Geschäft läuft gut, dachte sie, aber ein bißchen professionelle Unterhaltung könnte nicht schaden. Vielleicht sollten wir eine Bühnendarbietung –

Plötzlich verebbte der Lärm im Café. Aller Augen wandten sich zur Tür, auch Chicagos. Was sie sah, versetzte sie in Erstaunen. In der Tür stand, in einem eleganten schwarzen Kleid, Emma King. Der Schleier ihres schwarzen Hutes war zurückgeschlagen und ließ ihr kreideweißes Gesicht sehen; ihre schwarzbehandschuhten Hände hielten eine schwarze, mit Perlen verzierte Tasche. Es war vollkommen still, als sie hereinkam. Sie trat auf eine erstarrte barbusige Kellnerin zu. «Ist Slade Dawson hier?» fragte sie ruhig.

Die Kellnerin schluckte. Sie hatte ein Gefühl, als ob sie nackt vor der Königin von England stünde. «Ja, Ma'am. Oben bei Letty.»

«Wer ist Letty?»

«Seine Freundin, Ma'am. Eine von Chicagos Huren.»

Die Männer an der Bar kicherten. Doch als Emma sich hoheitsvoll zu ihnen umdrehte, erstarb das Gelächter augenblicklich. «Aha», sagte sie. «Würden Sie mir freundlicherweise sagen, wie ich zu Lettys Zimmer komme?»

Die Kellnerin zeigte auf die Treppe. «Da rauf, Ma'am. Salon A. Der hat den schönsten Blick auf den Platz.»

Die schmutzigen, verschwitzten Minenarbeiter schauten gebannt zu, als die elegante Witwe zur Treppe ging und in den zweiten Stock hinaufstieg. Sie sahen eine neue Art von Unterhaltung: Klasse.

Was hat sie vor? fragte sich Chicago nervös.

Slade Dawson bildete sich etwas ein auf sein Aussehen und seine Art im Umgang mit Frauen, doch im tiefsten Inneren verabscheute er das weibliche Geschlecht. Weiber taugten nicht viel, außer für Bett und Babys. Vom Bett aus betrachtete er Letty Brown, die hübsche, dralle Blondine aus Nebraska, die gerade ihr Negligé anzog.

«Du warst heute abend nicht schlecht, Baby», sagte er und zündete sich eine Zigarre an.

«Vielen Dank. Bist'n richtiger Märchenprinz, deine Schmeicheleien könnten 'nem Mädchen zu Kopf steigen.»

«Was willste, 'n Orden?»

«Vielleicht.» Letty steckte die Haare hoch und wand ein rosa Band darum. Salon A, die beste von Chicagos «Liebessuiten», hatte drei Fenster, die auf den Platz hinausgingen, und war mit billigen chintzüberzogenen Möbeln ausgestattet. Winzige Rosen krochen wie Küchenschaben über die Tapete.

«Slade, ich glaub nicht, daß du mich liebst», sagte Letty zu dem Spieler. «Ich bin nicht dumm. Außerdem glaube ich, du wirst nie eine Frau lieben, weil nicht viel Liebe in dir ist, wenn du mich fragst. Trotzdem solltest du mal ernsthaft über die Zukunft nachdenken. Ich krieg nämlich ein Kind von dir.»

Slade zog die dichten schwarzen Augenbrauen zusammen. «Du willst mich wohl verscheißern.»

«Nein. Und daß es von dir ist, steht außer Frage, wie du weißt.»

Er wußte, daß sie die Wahrheit sprach. Als Mitbesitzer des *Bonanza* hatte er sich selbst das beste Zimmer vorbehalten und Letty vor drei Monaten im Salon A einquartiert. Chicago hatte er gesagt, Letty sei für die Freier tabu. Er zog an seiner Zigarre, dann meinte er grinsend: «Könnte Spaß machen, 'n Kind zu haben.»

«Es wird kein großer Spaß, wenn es keinen richtigen Daddy hat.»

«Wenn du auf 'nen Heiratsantrag aus bist, vergiß es. Ich heirate keine Hure.»

Sie zuckte die Achseln. «Dann wird's eben ein uneheliches Kind, weil ich's auf keinen Fall wegmachen lasse –» Sie verstummte, als die Tür aufging. «Ach du liebe Güte!» rief sie aus.

Emma rauschte ins Zimmer und schloß die Tür hinter sich. Slade zog rasch das Bettlaken hoch. Er sah in ihre amethystfarbenen Augen, die seine fixierten. Er drückte seine Zigarre aus, als Emma ans Bett trat. «Verzeihung, Mrs. King», sagte er, «wenn Sie geklopft hätten, hätte ich meine Unterhose angezogen.»

Emma zog ihre Derringer aus der Handtasche und richtete sie auf sein Gesicht. «Wenn mein Mann noch lebte und Gouverneur geworden wäre, hätte er eine anständige Polizeitruppe aufgestellt, um mit Abschaum wie Sie fertig zu werden. Aber da Sie ihn umgebracht haben, muß ich das Gesetz selbst in die Hand nehmen.»

«Machen Sie, daß Sie hier rauskommen.»

Sie drückte die Mündung an seine Stirn. «Glauben Sie nicht, die wäre nicht geladen.»

Er erstarrte und bekam es zum erstenmal im Leben mit der Angst. «Warten Sie», flüsterte er.

«Warum? Haben Sie uns vorletzte Nacht warten lassen, als Sie die Brandstifter schickten, um unser Haus anzuzünden und meinen Mann zu ermorden? Haben Sie den vier Wächtern eine Chance zu warten gegeben, bevor Sie sie getötet haben?»

«Ich weiß nicht, wovon Sie sprechen.»

«Das wissen Sie sehr wohl. Ich drücke ab, Slade Dawson. Ich bin Ihr Scharfrichter.»

«Himmel!» Er zitterte. «Letty, ruf um Hilfe.»

«Zu spät. Leben Sie wohl, Sie Schwein.» Sie drückte ab. Klick. Letty schrie.

Nichts war geschehen. Emma nahm die Pistole fort und trat zurück. Slade Dawson war schweißbedeckt. «Sie Miststück!» brüllte er. «Sie gottverdammtes Miststück! Sie haben mir einen Mordsschrecken eingejagt!»

«Das war der Sinn der Sache. Ich wollte Sie nicht töten. Aber ich weiß, was Sie getan haben, und damit kommen Sie nicht davon. Ich bin stärker als Sie, Slade Dawson. Sie werden in dieser Stadt nie etwas anderes sein als das, was Sie sind, ein billiger, gewöhnlicher, mörderischer Halunke. Ein Dreck. San Francisco wird entweder eine Stadt für Leute wie Sie oder für Leute wie ich, und ich bin ziemlich sicher, daß eines Tages Sie es sind, der aus der Stadt gejagt wird.» Sie steckte die Waffe in ihre Handtasche zurück und öffnete die Tür. Sie warf Letty einen kurzen, geringschätzigen und Slade einen letzten, tödlichen Blick zu. Dann ging sie, und die Tür fiel klickend ins Schloß.

«Was hat das zu bedeuten?» fragte Letty.

«Dreck», flüsterte er. «Sie hat mich einen Dreck genannt.»

«Na ja, seien wir doch ehrlich, Schatz. Der Papst wird dich nicht gerade in sein Kardinalskollegium berufen.»

Aufbrausend vor Wut sprang Slade aus dem Bett, packte Letty und hob die Faust gegen sie.

«Das Kind!» kreischte sie.

Slade zögerte, dann ließ er die Faust langsam sinken. Das Kind. Sein Kind.

Ein Dreck.

Wir müssen respektabel werden, hatte Chicago gesagt.

Respektabel. Ein Sohn.

Er sah zur Tür und dachte an Emma. Sie war respektabel, verdammt noch mal. Vielleicht sah Kaliforniens Zukunft wirklich so aus.

«Woran denkst du, Schatz?» fragte Letty und legte die Hand auf seine Brust.

Er sah sie an. Herrgott, das Geld hab ich, dachte er. Aber könnte ich diese Hure als Dame ausgeben, wenn ich sie heirate? Weiß Gott, in San Francisco ist alles möglich.

20

»Meines Wissens haben Sie hier einen Strafgefangenen namens Archer Collins», sagte der einäugige Mann.

Gefängnisdirektor Ridley rückte den Kneifer auf seiner Nase zurecht. «Ja, Nummer vier-eins-sechs-zwo. Zu meiner Freude ist er nach einem sehr schlechten Beginn, der ihm Einzelhaft einbrachte, ein Mustergefangener geworden. Er hat sich wegen guter Führung fast einen Monat Straferlaß verdient, und ich werde ihn gerne zur vorzeitigen Haftentlassung empfehlen. Sein Einfluß auf die Mithäftlinge ist beispielhaft. Er hat einen schwierigen Zellengenossen, einen Indianer namens Joe Thunder, aber Collins hat ihn bewogen, sich dem System anzupassen, und ich berichte mit Freuden, daß Joe Thunder vor zwei Wochen vorzeitig entlassen wurde.» Er räusperte sich. «Für mich als Gefängnisdirektor gibt es nichts Erfreulicheres als zu sehen, daß unser Besserungssystem tatsächlich funktioniert.»

Einauges eines Auge war von Langeweile getrübt. «Ja, das glaub ich gern. Wie dem auch sei, Collins ist an höherer Stelle in Kalifornien bekannt. Er hat einen ausgesprochen schlechten Charakter und wird einer Anzahl Verbrechen verdächtigt, für die er nie angeklagt wurde. Leider liegt es in der Natur dieser Verbrechen, daß sie vor Gericht schwer zu beweisen sind. Infolgedessen ist es im Interesse dieser Person in Kalifornien – und im Interesse der Gerechtigkeit –, daß Collins noch mindestens weitere fünf Jahre eingesperrt bleibt.»

Der Gefängnisdirektor machte ein erschrockenes Gesicht. «Mein lieber Mr. Fontaine, das ist unmöglich.»

Einauge zog das Goldsäckchen aus seiner Jackentasche, das er den weiten Weg von Kalifornien nach Ohio gebracht hatte, und legte es stumm auf den Schreibtisch. Der Gefängnisdirektor nahm es und warf einen Blick hinein. Dann sah er den Einäugigen wieder an, der auf der anderen Seite seines Schreibtisches saß. Der Gefängnisdirektor holte tief Luft. «Natürlich gibt es manchmal besondere Umstände, wo die normalen Wege der Justiz blockiert sind...» Er nahm das Säckchen von seinem Schreibtisch und schob es in eine Schublade. «Sagen Sie Ihren Freunden in Kalifornien, Mr. Fontaine, daß Archer Collins für seine» – er räusperte sich abermals – «Verbrechen bestraft wird.»

Archer und Joe Thunder waren nicht nur Zellengenossen, sie waren auch Seelengenossen geworden. Als die Monate sich dahin schleppten, erzählten sie sich flüsternd von ihrer Vergangenheit und ihren Hoffnungen für die Zukunft. Es war eine ungewöhnliche Freundschaft. Archer erzählte Joe seine Träume von Emma, und Joe erzählte ihm seine Träume von einem Indianermädchen namens Rosa Dämmerung. Zusammen markierten sie das Verrinnen der Tage auf ihrem Kalender und klagten fortwährend über das Essen. Joe kannte sich in der Gefängnisküche aus, weil er früher als Tellerwäscher dort gearbeitet hatte.

Als Joe vorzeitige Haftentlassung gewährt wurde, empfing Archer die Nachricht mit gemischten Gefühlen. Er freute sich über die Freiheit für seinen Freund, doch sein Verlust stürzte ihn in Verzweiflung.

«Wenn du rauskommst», sagte Joe am Abend vor seiner Entlassung, «gehen wir nach Kalifornien und feiern Doppelhochzeit, ich mit Rosa Dämmerung, du mit Emma.»

«Klar», sagte Archer mit gezwungenem Lächeln.

«Wie viele Tage hast du für gute Führung gut?»

«Achtzehn.»

«Scheiße, Archer, dann kommt eine vorzeitige Entlassung erst in fünfzehn Monaten für dich in Frage.«

»Ja, ich weiß.»

«Und ich schulde dir eine Menge, alter Freund. Ich war ein verrückter Indianer, bis du mich überredet hast, meine Strafe brav abzusitzen. So was vergißt Joe Thunder nicht. Ich komm dich jeden Monat besuchen.»

Als Joe fort war, legte sich Archer auf die obere Pritsche und starrte an die Decke. Fünfzehn Monate. Ich halte durch, sagte er bei sich. Sie können mich nicht unterkriegen. Aber es wird schwer sein ohne Joe.

Drei Tage nach Joes Entlassung wurde Archer ein neuer Zellengenosse zugeteilt, ein unterwürfig dreinblickender Buchhalter, der fünfzehntausend Dollar veruntreut hatte. Dieser trübsinnige kleine Mann namens Simmons weinte sich jeden Abend in den Schlaf, nachdem er murmelnd Gebete an seine Frau und seine drei Töchter gerichtet hatte.

Das Einerlei des Gefängnisalltags erfuhr nur sonntags eine Abwechslung, wenn ein einstündiger Gottesdienst in der Kapelle die

Monotonie unterbrach. Die übrigen sechs Wochentage waren immer gleich: Wecken um sechs, Frühstück um halb sieben. Dann die stummen geschlossenen Märsche zu den verschiedenen Werkstätten. Archer schuftete von sieben bis zwölf in der dampfenden Gefängniswäscherei. Von zwölf bis eins stummes Mittagessen. Von eins bis zwei stummer Hofgang. Von zwei bis sechs wieder arbeiten. Um sieben stummes Abendessen. Um acht Licht aus. Die Gefangenen wurden dreimal wöchentlich rasiert und gewaschen, persönliche Rasiermesser waren nicht erlaubt, und zweimal im Monat bekamen sie saubere Uniformen und Bettwäsche ausgehändigt.

Als Archer eines Tages Gefängnisuniformen in einem großen Laugenbottich schwenkte, betraten Sergeant Woolridge und zwei andere Wärter die Wäscherei und kamen auf ihn zu. «Vier-eins-sechs-zwo», bellte Wooldridge, «du sollst zum Direktor kommen. Fesselt ihn.»

Zu Archers Verwunderung packte ein Wärter seine Handgelenke und legte ihm Handschellen an. Er hätte gerne «Was soll das?» geschrien, doch jahrelange Übung hieß ihn den Mund halten. Er wurde aus der Wäscherei durch die endlosen Korridore zum Büro des Gefängnisdirektors gebracht. Simmons stand heftig zitternd in einer Ecke. Sein rechtes Handgelenk war verbunden.

«Collins», sagte Ridley und nahm seinen Kneifer ab. «Simmons behauptet, du hast ihn mit einem Messer angegriffen.» Archers Augen weiteten sich. Der Gefängnisdirektor hielt ein primitives Messer in die Höhe. «Das hat Sergeant Woolridge unter deiner Matratze gefunden. Hast du es in der Wäscherei angefertigt? Du darfst sprechen.»

«Nein, Sir. Das ist eine verdammte Lüge.»

«Du beschuldigst Sergeant Woolridge der Unwahrheit?»

«Ja, Sir.»

«Simmons, stimmt es, daß Collins dich in eurer Zelle angegriffen hat? Du darfst sprechen.»

«Ja, Sir.»

«Du lügst!» schrie Archer.

«Ruhe! Ich habe dir keine Sprecherlaubnis erteilt. Collins, du bist ein gefährlicher Störenfried. Deine gutgeschriebene Zeit für gute Führung ist hiermit gestrichen, und du kannst jede Hoffnung auf vorzeitige Entlassung aufgeben. Außerdem habe ich deinen Fall mit dem zuständigen Ministerium besprochen. Man ist meiner Empfehlung gefolgt und hat dir zusätzlich fünf Jahre zu deiner Strafe gegeben.»

«Nein!»

«Ruhe! Du wirst volle zehn Jahre absitzen, ohne Hoffnung auf vorzeitige Entlassung. Und weil du das Schweigegebot gebrochen hast, kannst du den Rest deiner Strafzeit mit einem Monat Einzelhaft beginnen. Bringt ihn fort.»

Er übergab sich beinahe, als die zwei Wärter seine Arme packten. Sein Traum von vorzeitiger Entlassung, dem Ziel, für das er geschuftet hatte, das einzige, wofür er lebte, war ihm plötzlich entrissen worden.

«Es ist eine Lüge!» schrie er. «Das haben Sie eingefädelt, Sie und Woolridge! Sie haben mit Simmons ein Abkommen getroffen –»

«Zwei Monate Einzelhaft!» schrie Ridley. Er stand auf. «Schafft ihn aus meinem Büro!»

«Es ist eine Lüge», kreischte Archer, der mit den Wärtern rang.

«Drei Monate –»

«Ich bin unschuldig –»

«Vier Monate! Vier Monate Einzelhaft, und bei Gott, wenn du noch ein Wort sagst, gebe ich dir ein Jahr!»

Archer starrte ihn an. Sergeant Woolridge rammte ihm grinsend seine Faust in den Magen, dann knallte er ihm seinen Polizeiknüppel über den Schädel.

Archer erwachte im Loch. Schwärze. Er lag vollkommen nackt auf der Seite auf dem Steinboden. Schweiß rann aus seinem Körper, denn in der Loch genannten Einzelhaftzelle war es glühend heiß. Sein Kopf schmerzte von dem Hieb mit dem Knüppel. Als er sich aufsetzen wollte, bohrte sich der Schmerz in sein Hirn. Erinnerungen an den Monat, den er in derselben stinkenden Zelle verbracht hatte, stürmten auf ihn ein: die entsetzliche Einsamkeit, die Platzangst, die Stille, das Unvermögen, Tag und Nacht zu unterscheiden ... Vier Monate. Die Erinnerung traf ihn wie Woolridges Knüppel. «Ich kann nicht», flüsterte er. Zehn Jahre. Keine vorzeitige Entlassung. «Ich kann nicht. Ich will nicht.» Er kroch auf allen vieren in der winzigen Zelle umher, die zu niedrig war, um zu stehen; er konnte nur kriechen wie ein Tier in einem Käfig.

Vier Monate. Zehn Jahre. Keine vorzeitige Entlassung. Keine gutgeschriebene Zeit für gute Führung. «Ich will nicht!» schrie er und hieb mit den Fäusten gegen die Stahltür. «Zum Teufel mit euch! Ich werde nicht essen! Ich will sterben!»

Er ließ sich auf den Fußboden sinken und begrub schluchzend das Gesicht in den Armen.

Emma.

Er wußte nicht mehr, wo er war. Es war ihm egal. Er wollte sterben und in den Himmel kommen und bei Emma sein. Emma war der Himmel.

21

Nach seiner Entlassung aus dem Gefängnis suchte Joe Thunder im *Railroad Saloon* in Columbus Kontakt zu seinen alten Freunden. Er erfuhr, daß Rosa Dämmerung an Lungenentzündung gestorben war und mußte feststellen, daß er als indianischer Exsträfling keine Aussicht auf Arbeit hatte. Der Besitzer der Bar war ein sanftmütiger ehemaliger Sklave namens Tucker. Joe konnte bei ihm anschreiben lassen. Der *Railroad Saloon* war Treffpunkt von Indianern und Negern, die nirgends anders hinkonnten. Bars, Restaurants, Bibliotheken, Hotels und Theater waren nur für Weiße.

«Nachricht von Archer», sagte Tucker eines Morgens, als er Joe sein erstes Glas einschenkte. «Aber keine gute.»

«Was gibt's?»

«Er hat vier Monate Einzelhaft gekriegt und muß fünf Jahre länger sitzen. Er soll seinen Zellengenossen mit einem Messer angegriffen haben.»

Joes Augen blickten wütend. «So eine Lüge! Archer ist sanftmütig, der tut keinem was!»

«Ein einäugiger Mann aus Kalifornien soll den Direktor bestochen haben.»

Joe hatte gerade zu seinem Glas Fusel gegriffen. Dann setzte er es wieder ab. Er wollte sich jetzt nicht betrinken. «Ich muß Archer retten», murmelte er.

«Brüder, der weiße Mann hat unserem Volk übel mitgespielt», sagte Joe am Abend zu seinen indianischen Freunden, «aber das heißt nicht, daß alle weißen Männer schlecht sind. Ich hab meinen Zellengenossen Archer kennen- und lieben gelernt und würde mein Leben für ihn hingeben.»

»Warum?» fragte Charlie, der aus einem zerbeulten Blechkessel Kaffee in einen Becher goß. Er und Joe saßen mit drei weiteren Shawnee-Indianern an dem Holztisch in Charlies Baracke am Stadtrand von Columbus. Charlie, Joes bester Freund, hatte ihm fünfzig Dollar geliehen, von denen Joe lebte. Charlie und Tom, beide um die zwanzig, waren die einzigen, die Arbeit hatten.

«Weil Archer mich bewogen hat, die Gefängnisregeln zu befolgen», sagte Joe Thunder, «und deswegen bin ich draußen. Aber der Direktor hat Archer reingelegt. Der Junge ist zäh, aber keiner kann vier Monate Einzelhaft aushalten – ich weiß das, weil ich einen Monat drin war und fast verrückt geworden bin. Ich hol ihn raus, und dazu brauch ich eure Hilfe. Wollt ihr mir helfen?»

Charlie stellte den Kessel wieder auf den Ofen. «Wie können wir jemand aus dem Gefängnis holen? Da ist noch keiner entkommen, und sie haben siebzig Wächter, alle bewaffnet.»

«Ich kenn das verdammte Gefängnis in- und auswendig, und es gibt einen Weg, ihn rauszuholen. Glaubt mir, ich hab alles genau geplant. Aber ihr müßt mir helfen.»

«Warum soll ich den Hals für einen Weißen riskieren?» fragte Tretender Vogel.

«Weil der weiße Mann uns nicht mehr fürchtet. Er hat uns alles genommen. So viele Stämme von uns sind schon verschwunden – *wir* verschwinden allmählich. Der weiße Mann haßt die Natur. Er verwandelt unser schönes Land in schmutzige Fabriken und Abfallhalden. Wir waren Tausende von Jahren hier und haben dem Land nicht geschadet. Der weiße Mann ist hundert Jahre hier und macht es häßlich. Ich sage euch, unsere einzige Hoffnung ist, daß der weiße Mann uns wieder fürchtet, und ein erster Schritt dazu ist, daß wir dieses große häßliche Gefängnis überfallen und einen von seiner Sorte vor seiner Nase befreien. Dann stehen die weißen Männer dumm da. Und vielleicht hören unsere Brüder im ganzen Land, wie fünf Shawnee-Krieger die Strafanstalt von Ohio überfallen haben, und werden wieder stolz. Vielleicht fangen sie dann an, sich zu wehren.»

Seine Worte hatten eine elektrisierende Wirkung. «Vielleicht hast du recht», meinte einer, den sie Weißes Pferd nannten. «Vielleicht wird es Zeit, daß wir wieder auf den Kriegspfad gehen.»

«Ja, das gefällt mir», sagte Tom. «Wie sieht dein Plan aus?»

«Als erstes brauchen wir Waffen.»

Um vier Uhr morgens galoppierten fünf Shawnee-Indianer in voller Kriegsbemalung in einen kleinen Weiler und stiegen vor einem Waffengeschäft ab. Joe Thunder zerschlug das Fenster mit einem Stein. Die Shawnees langten hinein, griffen sich die ausgestellten Jagdflinten und Munition, stiegen wieder auf und ritten in die Nacht.

Das große Eisentor der Strafanstalt öffnete sich langsam nach innen, und das weiße Fuhrwerk mit der Aufschrift *H. Norman & Söhne, Lieferant feiner Fleisch- und Wurstwaren* holperte in den Gefängnishof und hielt an. Zwei Wächter grüßten Lex Turner, den Kutscher, gingen dann an die Rückseite und öffneten die Wagenklappe. Es war ein heißer Morgen, doch von den Eisblöcken im Wagen wehten Kälteschauer hinaus. Die Wächter warfen einen prüfenden Blick auf die Fleischseiten, die über dem Eis an Haken hingen und schlossen die Klappe wieder. «Okay, Lex», sagte einer. Als der vierspännige Wagen sich ratternd in Richtung des Küchentraktes in Bewegung setzte, schlossen die Wächter das Tor, ohne den Wagen weiter zu beachten. Der Fleischlieferant kam schließlich zweimal die Woche. Zwei Falken zogen über den mit Zinnen gekrönten Mauern träge ihre Kreise am blauen Himmel. Auf den acht Wachttürmen überwachten sechzehn Wächter mit 54-Kaliber-Gewehren das Gefängnis.

Der Fleischwagen fuhr am Lieferanteneingang der Küche vor. Zwei Gefangene öffneten die hintere Klappe. Ein höchst unwahrscheinlicher Anblick bot sich ihnen: Vier Shawnee-Krieger in Kriegsbemalung hielten ihnen vier Gewehre vor die Gesichter. Die Gefangenen wichen in die Küche zurück, indes die Indianer sich schweigend aus dem Wagen zwängten. Tretender Vogel blieb da, sein Gewehr hielt er durch ein kleines Fenster im vorderen Wagenteil auf Lex Turners Kopf gerichtet.

Joe Thunder, der hier drei Jahre Geschirr gespült hatte, wußte, daß ihnen das Schweigegebot zugute kommen würde. Mit uhrwerksartiger Präzision hielten Weißes Pferd und Tom den einzigen Wärter und den verängstigten Rechnungsprüfer des Gefängnisses in Schach, während Charlie und Joe Thunder die Kellertreppe hinunterrannten. Joe baute auf das Überraschungsmoment: Das Gefängnis war darauf ausgerichtet zu verhindern, daß Insassen hinausgelangten. Die Behörden hatten nie die Möglichkeit bedacht, daß jemand eindringen könnte.

Die zwei Indianer liefen schweigend durch den Kellerkorridor zum Aufenthaltsraum der Wärter. Joe Thunder wußte, daß Sergeant Woolridge dort allein sein würde, weil der Rechnungsprüfer jedesmal, wenn eine Ladung Fleisch im Gefängnis eintraf, fünf Prozent von den besten Stücken in den Keller brachte, wo Woolridge sie an die Wärter verteilte – dies war eine der zahlreichen illegalen Nebeneinkünfte, die sich im Laufe der Jahre eingebürgert hatten. Joe Thunder wußte auch, daß Woolridge die Schlüssel zu den Einzelhaftzellen hatte.

Den blauen Uniformrock am Hals aufgeknöpft, saß Woolridge Zeitung lesend und Kaffee trinkend auf dem Sofa. Als er aufblickte, sah er die zwei Shawnees, die ihre Gewehre auf seinen Kopf richteten. «Ein Laut», flüsterte Joe Thunder, «und dein Schädel landet jenseits des Mondes. Nick mit dem Kopf, wenn du kapierst.» Woolridge nickte. «Gib mir den Schlüssel zu Archers Zelle», sagte Joe. Woolridge zog einen Schlüsselbund aus seiner Hose. Er zitterte dermaßen vor Angst, daß er Schwierigkeiten hatte, den richtigen Schlüssel zu finden. Schließlich hielt er ihn in die Höhe. «Welcher Schlüssel gehört zum Einzelhaftflur?» Er hielt einen anderen hoch. Joe nahm die Schlüssel an sich. «Du kommst mit, du pockennarbiger Schweinehund», flüsterte Joe und riß Woolridge hoch. «Und denk dran: Jetzt hast *du* Schweigegebot.» Joe und Charlie schoben Woolridge zur Tür. So weit war alles glatt gegangen, aber jetzt brauchte Joe etwas Glück. Er mußte ungesehen von dem Keller unter dem Küchentrakt zu dem Keller unter Zellenblock A gelangen, wo die Einzelzellen waren. Die Keller waren meistens leer, aber er konnte sich nicht darauf verlassen. Joes Herz hämmerte vor Angst, aber auch vor Übermut. Sie ließen die weißen Männer wahrhaftig dumm dastehen.

Sie hatten Glück. Sie erreichten den vergitterten Eingang zu den Einzelhaftzellen, ohne jemandem zu begegnen. Joe schloß das Tor auf und schob Woolridge in den düsteren, übelriechenden Korridor, der auf einer Seite mit den niedrigen Stahltüren der Zellen gesäumt war. «Wo ist Archer?» flüsterte Joe. Woolridge wies auf eine Tür. Joe lief hin, drehte den Schlüssel im Schloß und riß sie auf. «Archer, ich bin's, Joe. Komm raus. Mach schnell!» Er wandte sich an Woolridge: «Zieh deine Uniform aus.»

Der Wärter wollte etwas sagen, doch Charlie rammte ihm die Mündung seines Gewehrs in den Hals. «Tu, was er sagt, weißer Mann.» Mit zitternden Fingern knöpfte Woolridge seinen Rock auf.

«Archer, wo bist du? Wir holen dich aus diesem Loch.» Die Augen vor dem Licht geschlossen, kroch Archer auf allen vieren heraus.

«Gib ihm deine Uniform», sagte Joe zu Woolridge, «und dann kriechst du in das verfluchte Loch.» Woolridge, im Unterzeug, keuchte. Joe half Archer auf, dann drückte er ihm Woolridges Uniform in die Arme. «Zieh das an, schnell.»

Charlie stieß Woolridge zu Boden und trat ihn in den Hintern. «Rein da mit dir, weißer Mann. Ich zähl bis drei...»

Woolridge hastete in die Zelle. Charlie knallte die Tür zu und schloß ab. Noch blinzelnd zog Archer Woolridges Hose an. «Da sind noch zwei», flüsterte er, «in drei und fünf.»

«Scheiße, Archer, wir können nicht das ganze verdammte Gefängnis befreien», sagte Joe, dann lief er zu Zelle fünf und schloß auf. Er öffnete die Tür und warf die Schlüssel hinein. «Befreit euch selbst», flüsterte er in das schwarze, stinkende Loch. Dann winkte er Archer und Charlie und lief voraus den Flur entlang zu dem vergitterten Tor. Archer zog Woolridges Uniformrock an und taumelte hinterher. Er konnte sein Glück nicht fassen. Freiheit! «Gott segne dich, Joe Thunder», flüsterte er.

«Wieso braucht der Fleischwagen so lange?» fragte ein Wächter, der sich über die Brustwehr des Ostturms lehnte und den Gefängnishof überblickte. Acht Meter weiter unten stand der weiße Wagen von H. Norman & Söhne immer noch vor dem Lieferanteneingang. Ein Pferd schnaubte in der Hitze.

«Vielleicht sind nicht genug Maden im Rindfleisch», sagte der zweite Wächter und verscheuchte eine Fliege.

«Ach komm. Das Fleisch, das sie uns geben, ist nicht schlecht. Aber was sie für die Häftlinge übriglassen, würde ich nicht mal 'nem Hund zu fressen geben – da fahren sie.» Die zwei Wächter sahen den Wagen über den Gefängnishof auf das Tor zurollen. Die zwei Torwächter kamen aus ihrem Haus und gingen zum Tor, um es zu öffnen.

Die Falken zogen weiterhin ihre Kreise am wolkenlosen Himmel.

Ein Wärter, der in die Küche kam, um sich einen Krapfen zu holen, fand den großen Raum leer. «Hallo?» Er sah sich um. In seinen drei Jahren Gefängnisdienst hatte er die Küche nie leer gesehen. Dann hörte er gedämpftes Hämmern gegen die große Holztür zur Kühlkammer. Er hastete um die Kohlenherde herum und öffnete die Tür. Der Rechnungsprüfer taumelte heraus. «Läute Alarm! Halt den Fleischwagen auf! Indianer!»

«Indianer?»

Der Wärter rannte durch den Raum, um die Alarmglocke zu läuten.

«Indianer!» schrie der Rechnungsprüfer. «Sie haben das ganze Küchenpersonal mitgenommen!»

Der Wärter packte die Kette und läutete die Glocke. «Herrjemine, Indianer?»

Im Fleischwagen hörten die sieben Küchensträflinge, Archer und die Indianer die Alarmglocke. Tretender Vogel, der im vorderen Wagenteil kauerte, schrie dem Kutscher durch das kleine Fenster zu: «Du fährst schleunigst durch das Tor, sonst bist du ein toter weißer Mann.»

Der Kutscher gab seinen Pferden die Peitsche. Sie galoppierten zum Tor. Die Dampfsirene meldete schrillend eine Flucht.

Der Wächter auf dem Ostturm zielte mit seinem Gewehr auf den rasenden Wagen unten und schoß. Sein Kamerad eröffnete ebenfalls das Feuer. «Ziel auf die Pferde!» brüllte der erste.

Die zwei Torwächter schickten sich an, das Riesentor zuzuschieben. Der Fleischwagen sauste auf sie zu. Von allen Wachttürmen wurde geschossen. Die erste Massenflucht in der Geschichte des Gefängnisses riß die Wächter aus ihrer Langeweile.

Mit schweißüberströmtem Gesicht betete der Kutscher zu Gott, während er seine Pferde heftiger peitschte und wartete, daß eine Kugel ihn tötete. Das große Tor war halb geschlossen. Er hörte Gewehrschüsse aus seinem Wagen. Die Indianer schossen von der hinteren Klappe zurück auf die Wachttürme.

Der Fleischwagen brauste durch das hohe Tor. «Wir haben's geschafft!» rief Joe Thunder. «Verdammt, wir haben's geschafft!»

Die Indianer, Archer und die Gefangenen brüllten und umarmten sich, als der Wagen die Gefängnisstraße entlang rumpelte.

«Kalifornien!» rief Joe. Die hohen, grimmigen Mauern entschwanden in der Ferne. «Archer, wir gehen nach Kalifornien, du kannst diesen ganzen Scheiß vergessen!»

«Kalifornien!» jubelte Archer. «Darauf kannst du wetten, daß wir nach Kalifornien gehen!»

Emma! dachte er. Sein kostbarster Traum wurde wunderbarerweise wahr. Er war frei – frei! Lachend und weinend umarmte er Joe Thunder. «Weißt du, als ich dich zum erstenmal sah, hast du mir eine Todesangst eingejagt. Aber jetzt siehst du mehr wie ein Engel aus.»

Joe Thunder lachte. «Ein Engel in Kriegsbemalung.»

Als sie Columbus hinter sich hatten, ließen sie den Fleischwagen stehen, nahmen ihre eigenen Pferde und überließen die befreiten Gefangenen sich selbst. Die Shawnees ritten noch ein Stück mit Archer und Joe, dann trennten sie sich. Archer und Joe machten sich auf den weiten Weg nach Kalifornien.

Joe brachte Archer alles bei, was ein Indianer zum Überleben wissen muß. Archer lernte, die Sprache der Natur und der Tiere zu verstehen, sie ernährten sich von Wild und Fischen, kleideten sich in Tierhäute. Archer wurde ein «weißer Indianer» und erhielt von Joe den Namen «Kleiner Bruder».

Nach fünf Monaten, Anfang November, erreichten sie Kalifornien. Unterwegs begegneten sie Farmern und Minenarbeitern, die sich anfangs feindselig verhielten, bis sie erkannten, daß Archer ein Weißer war, worauf sie ihnen widerwillig den Weg nach San Francisco wiesen. Eines Abends rasteten sie wenige Kilometer nördlich der Stadt Sonoma. Sie schätzten, daß sie in zwei Tagen in San Francisco sein würden. Archer wurde immer aufgeregter, da er sich der Verwirklichung seines Traumes, Emma wiederzusehen, näherte. Joe dagegen wurde immer trübsinniger und schweigsamer. Archer fragte ihn verwundert nach den Gründen, doch der Indianer wollte nichts sagen.

Die zwei saßen an einem Feuer. Sie spießten ein erlegtes Wildbret an einem Stock auf und begannen es über den Flammen zu drehen. Da hörten sie Zweige knacken. Ein großgewachsener Farmer näherte sich und richtete eine Flinte auf sie. «Was habt ihr zwei verdammten Indianer auf meinem Land zu suchen?» fragte er.

Archer stand auf, Joe blieb, wo er war. «Wir wußten nicht, daß dieses Land jemandem gehört», sagte Archer.

«Es gehört mir. Ich hab euer Feuer gesehen, und –» Er sah blinzelnd auf Archers goldblonden Bart. «Du bist kein Indianer», sagte er. «Du bist 'n Weißer. Was tust du bei diesem Heiden?»

«Er ist zufällig mein Freund.» Archer unterdrückte den impulsiven Wunsch, dem Farmer eine runterzuhauen.

Der Mann verzog verächtlich den Mund. «Kapier ich nich, wie 'n Weißer mit 'nem Indianer befreundet sein kann, aber ich hab gehört, im Osten sind Leute mit Niggern befreundet, also nehm ich an, alles ist möglich.»

«Wir ziehen morgen früh weiter», sagte Archer. «Wir machen keinen Ärger. Wir sind auf dem Weg nach San Francisco.»

Der Farmer ließ seine Flinte sinken. «In Ordnung, für eine Nacht, weil du 'n Weißer bist. Warum ziehste dich wie 'n Indianer an, Junge?»

Archer zuckte die Achseln. «Kann mir keine anständigen Kleider leisten.»

Joe Thunder beobachtete sie. Er saß mit gekreuzten Beinen, seine schwarzen Augen glänzten.

«Ich würde dir nicht raten, in San Francisco so rumzulaufen. Die Leute haben nichts übrig für Indianer. Haben genug Probleme mit den verdammten Chinesen. Wennste klug bist, verdienste genug Geld, daß du dir bei de Meyer's was zum Anziehen kaufen kannst, wie sich's für 'nen Weißen –»

«De Meyer's?» unterbrach Archer. «Haben Sie de Meyer's gesagt?»

«Jawohl. Größter Laden in Kalifornien. De Meyer und Kings Warenhaus am Portsmouth Square.»

«Gibt es dort... eine Emma de Meyer?»

«Klar doch. Ihr gehört der Laden, ihr und ihrem Papa. Schätze, sie ist die reichste Frau von San Francisco. Warum fragst du, Junge?»

«Sie ist mein Schatz.»

Der Farmer riß vor Staunen den Mund auf. Dann lachte er und schlug sich aufs Knie.

«Worüber lachen Sie?» fragte Archer.

«Über dich!» erwiderte der Mann unter schallendem Gelächter. «Ein Landstreicher in Indianerkluft behauptet, er ist der Schatz von Emma de Meyer King, der elegantesten Dame westlich der Rocky Mountains ...»

«King? Wer ist das?»

«Ihr Mann», prustete der Farmer und wischte sich die Augen. «Bloß, er ist tot. Zu Asche verkohlt, als ihr Haus abgebrannt ist. O Gott, 'n bleichgesichtiger Indianer und Emma King! Das is'n Ding! Dann mach's mal gut, Junge, und viel Glück mit deiner Freundin. Du wirst es brauchen.»

Wiehernd entschwand der Farmer in die Nacht. Archer stand am Feuer und sah ihm mit gequälter Miene nach. Dann drehte er sich zu Joe um. «Emma ist verheiratet ...» Er setzte sich langsam auf die Erde. «Es sollte mich eigentlich nicht wundern, aber ... verheiratet ...»

«Ihr Mann ist tot», sagte Joe mit ausdrucksloser Stimme. «Du hast noch eine Chance. Der Mann hat natürlich recht, du mußt dir anständige Kleider besorgen, wie du's genannt hast. Ich wußte nicht, daß deine Shawnee-Kleider, die du all die Monate anhattest, für dich nicht anständig waren.»

Archer begriff schlagartig, daß er seinen Freund unabsichtlich gekränkt hatte. «Joe, das wollte ich damit nicht sagen.»

«Was *wolltest* du denn sagen?»

«Hm, na ja ... ich hab's nicht so gemeint! Ehrlich. Ich liebe diese Kluft. Gott, du bist mein bester Freund. Diese fünf Monate waren die glücklichste Zeit meines Lebens.»

Joe lächelte traurig. «Ich weiß, du wolltest mich nicht kränken. Aber du wirst keine große Chance bei der eleganten Mrs. King haben, wenn du mit 'nem Indianer in ihrem Wigwam aufkreuzt, was?»

«Es scheint, ich hab ohnehin keine große Chance. Und wenn sie so hochvornehm geworden ist, weiß ich nicht, ob ich sie überhaupt will.»

«Du hast meine Frage nicht beantwortet. Wenn sie dich mit mir sähe, würde sie flüchten wie ein Reh.»

«Das ist nicht wahr –»

«Komm, Kleiner Bruder, machen wir uns nichts vor. Ich hab dich Kleiner Bruder genannt, weil du das für mich warst, als wir in den Wäldern unterwegs waren. Aber jetzt kommen wir in die Stadt, wo der weiße Mann auf seine Art lebt. Vielleicht werde *ich* jetzt dein kleiner Bruder.»

«Das ist verrückt, Joe. Meinst du, ich kenn mich in Städten aus? Ich bin bloß ein Bauernlümmel.»

«Ja, aber ein weißer Bauernlümmel.» Sie saßen eine Weile schweigend. Das Fett von dem Wildbret tropfte zischend ins Feuer. Archer war kläglich unbehaglich zumute. Jetzt konnte er verstehen, warum Joe in letzter Zeit so niedergeschlagen war. «Komisch», sagte Joe schließlich. «Im Gefängnis haben wir davon gesprochen, daß wir nach Kalifornien gehen und ganz von vorn anfangen und vielleicht 'ne Doppelhochzeit haben, weißt du noch?»

«Sicher.»

«Und ich dachte, klar, Kalifornien. Vielleicht kann ich dort heimisch werden. Vielleicht ist da so viel Platz, daß ein Indianer leben kann, wie er will, nicht als Tellerwäscher oder Pförtner. Aber ich glaub, ich hab mich geirrt. Oder ich bin vielleicht zu spät hierhergekommen.»

«Wofür zu spät, Joe?»

«Du hast gehört, was der Farmer gesagt hat. Wir sind auf seinem Land. Indianer haben nie Land besessen, wir haben Amerika nie besessen. Deshalb darf ich mich wohl nicht beklagen, daß der weiße Mann es sich genommen hat. Dafür bin ich zu spät gekommen, Kleiner Bruder. In Amerika ist kein Platz mehr für mich, nicht mal in Kalifornien.»

«Verdammt, Joe, du irrst dich. Überall ringsum ist Land! Ich verstehe, daß du es für falsch hältst, Land zu besitzen, aber vielleicht müssen wir's auf die Art des weißen Mannes machen. Wir können Geld verdienen und Land kaufen. Wir können es bebauen –»

«Ich will kein Bauer sein», unterbrach Joe zornig. «Ich will bleiben, was ich bin: ein Shawnee.» Sein prachtvolles Falkengesicht funkelte Archer an, und zum erstenmal wurde dem blonden Bauernjungen aus Ohio die Ungeheuerlichkeit des Verbrechens bewußt, das der weiße Mann am roten Mann verübt hatte. Aber er wußte nicht, was er sagen sollte.

In der Ferne schrie eine Eule. Der grimmige Ausdruck in Joes Gesicht wurde sanft. «Die Eule ist Teil vom Großen Geist. Sie sagt mir: ‹Geh weiter nach Westen, Joe Thunder. Du hast deine Heimat noch nicht gefunden.›»

«Aber es geht nicht weiter nach Westen, Joe. Wir sind fast am Pazifik.»

«Ja, ich weiß.» Er warf einen Blick auf das Wildbret. «Ich glaub, es ist fast gar, Kleiner Bruder. Danach geht Joe Thunder schlafen. Es war eine lange Reise, und Joe ist müde.»

«Joe?» Archer war soeben aufgewacht und setzte sich auf. Er sah sich um. Das Feuer war erloschen, ringsum war alles still.

Joe war verschwunden. Sein Pferd desgleichen.

«Joe?» Archer sprang auf. Er lief den Hügel hinunter zu dem Fluß, den sie abends zuvor erspäht hatten. Joe war nicht da.

Die Morgendämmerung war prächtig, der Himmel klar und rosig. Archer rannte den Hügel wieder hinauf und stieg auf sein Pferd. Er ritt nach Westen.

Er brauchte vierzig Minuten bis zum Pazifischen Ozean. Weitere zehn Minuten ritt er am Strand entlang, bis er Joes Pferd entdeckte. «O mein Gott...» Er gab seinem Pferd die Sporen. In der Nähe von Joes Pferd bewegte sich etwas in der Brandung. Er galoppierte hin und stieg ab. Er rannte ans Wasser und kniete sich hin. «Joe...» flüsterte er.

Joe Thunder trieb mit dem Gesicht nach oben. Er sah friedlich aus. Er hatte in Kalifornien eine Heimat gefunden. Archer hob den durchnäßten Leichnam auf seine Arme und trug ihn eng an sich gedrückt ans Ufer. Tränen rannen ihm aus den Augen, als er Joe Thunder auf die Stirn küßte. Dann sah er zum kalifornischen Himmel hinauf. «Großer Geist», sagte er leise, «oder Gott, oder wie immer du dich nennst, hilf mir, Joe Thunders Tod zu rächen. Es muß etwas geben, das ich tun kann, um dieser Ungerechtigkeit ein Ende zu machen. Hilf mir, lieber Gott, weil ich Joe Thunder geliebt habe und er mir geholfen hat, aus dem Gefängnis zu fliehen, und mich die Natur verstehen gelehrt hat. Laß Joe Thunder nicht umsonst gestorben sein.» Tränen strömten ihm über die Wangen, als die leichte Meeresbrise ihn und den toten Shawnee umwehte.

22

Das Klaviergeklimper aus dem *Union Saloon* am Portsmouth Square wetteiferte mit den Klängen des Orchesters, das Chicago im *Café Bonanza* um die Ecke engagiert hatte. Es war am frühen Abend, und die Einwohner von San Francisco drängten sich auf dem Platz. Die aufstrebende Stadt entwickelte sich rasch zu einer Metropole. Ein Dutzend Sprachen waren zu hören, und die Menschenmenge war so kunterbunt und absonderlich, daß Archer in seinem wildledernen Shawnee-Gewand nicht allzu viele Blicke auf sich zog. Unter normalen Umständen wären Archer bei dem Gedränge auf dem mit Gaslampen erhellten Platz die Augen übergegangen. Die grell geschminkten Huren und barbusigen Kellnerinnen, die er durch die Fenster des *Bonanza* sah, erregten zwar nach der langen Gefängniszeit seine Sinne, doch ansonsten ließ ihn alles gleichgültig.

Joe Thunders Selbstmord war ein verheerender Schlag für ihn gewesen. Im Rückblick sah er die Anzeichen, die dazu geführt hatten: die wachsende Niedergeschlagenheit, die verächtlichen Blicke und Bemerkungen der Weißen, denen sie unterwegs begegnet waren. Aber die Tat hatte ihn vollkommen überrascht, und er machte sich Vorwürfe, weil er die Tragödie nicht vorausgesehen und verhindert hatte. Der Verlust seines einzigen wahren Freundes, der ihm das Leben gerettet hatte, stürzte ihn in eine tiefe Depression.

Da sah er das Schild: *Warenhaus de Meyer und King.* Emma. Was würde sie von ihm denken? Der Farmer in Sonoma hatte gelacht bei der Vorstellung, daß er der Liebhaber der eleganten Mrs. King sei. Vermutlich war es tatsächlich lächerlich. Er war abgerissen. Er hatte kein Geld. Er war ein verurteilter Verbrecher und entflohener Sträfling. Er ging über den Platz zu dem Warenhaus und betrachtete die erleuchteten Schaufenster: Pelzmäntel, elegante Kleider, schöne Möbel, erlesenen Schmuck, Haushaltwaren. Er hatte so lange ohne Geld gelebt, daß diese materielle Welt ihm unwirklich erschien. Aber wollte er diese Welt? Und wenn Emma so sehr in dieser Welt verwurzelt war, wollte er dann Emma? Sie waren fast drei Jahre getrennt gewesen. Die ganze Zeit hatte er von der Emma geträumt, die er auf dem Flußschiff kannte. Würde die neue Emma noch dieselbe sein?

Er schlenderte zu dem Fenster neben dem Eingang. In einem Schaukasten lag ein großer Goldklumpen auf schwarzem Samt. Auf einem Schild stand in verschnörkelten Buchstaben: «Goldene Weihnachten!» Kleine Gaslampen erleuchteten das Ausstellungsstück, und das Gold glänzte sinnlich im Licht. Je mehr Archer auf den Klumpen starrte, um so zorniger wurde er. Das Gold, die schönen Dinge in den Schaufenstern, das Warenhaus – dies waren die Insignien der Zivilisation, die ihn zu einem Verfemten gemacht und Joe Thunder um sein Erbe gebracht hatten. Haß stieg in ihm auf. Er lief über die Straße zum Park und hob einen Stein auf.

«He, verdammt! Was...?» Ein Kaufhauswächter, der im Eingang stand, sah einen jungen Mann in Indianerkleidung einen Stein werfen. Er zerschmetterte das Fenster und traf genau den Goldklumpen.

Seit Scott Kings Tod hatte Emma Tag und Nacht gearbeitet, um sein Imperium für den kleinen Archer und Star zu errichten. Zwar war die Bezeichnung «Imperium» vorerst noch eine Übertreibung, aber Emmas Tätigkeitsbereich umfaßte dermaßen viele unterschiedliche Unternehmungen, daß die Einwohner von San Francisco sie schon mit den Industriemagnaten an der Ostküste verglichen. Die Golden-State-Versicherungsgesellschaft, die sie mit zwei Vertretern und einem Sekretär gegründet hatte, war unterdessen um das Fünffache angewachsen. Der *San Francisco Times-Dispatch*, die Tageszeitung, die sie David Levin finanziert hatte, konkurrierte mit dem *Bulletin*. Und dann natürlich das Kaufhaus. Nach der Verwüstung durch die *Sydney Ducks* in der Nacht des Großbrandes hatte sie sich mit solch dämonischer Energie auf die Wiedereröffnung verlegt, daß es sich die wenigen Damen in der Stadt angelegen sein ließen, über die Ungehörigkeit zu klatschen, daß eine Frau – noch dazu eine jüngst verwitwete! – mit solch unziemlichem Eifer Männerarbeit verrichtete. Emma war es einerlei, was die Hennen von San Francisco über sie gackerten, und sie hatte das Geschäft erstaunlicherweise in drei Wochen wiedereröffnet. Sie ließ in dem in der zweiten Etage gelegenen Büro ihres Vaters einen Zweierschreibtisch aufstellen, und hier wurden Felix und Emma, einander gegenübersitzend, die ersten Vater-Tochter-Geschäftspartner an der Westküste. Felix oblag die Verwaltung des Kaufhauses, und er ersann auch die Schaufensterdekorationen; der Goldklumpen war seine Idee gewesen. Emma war für die Buchhaltung zuständig, da Zahlen Felix tödlich langweilten. An diesem Abend überprüfte Emma die Außenstände. Das Kaufhaus war schon seit mehr als einer Stunde geschlossen, als es an der Tür klopfte.

«Herein.»

Ein bulliger, schwarzbärtiger Nachtwächter trat ein. «Verzeihen Sie, Mrs. King, wir hatten unten ein bißchen Ärger. Ein Mann hat einen Stein in das Schaufenster mit dem Goldklumpen geworfen.»

«Hat er ihn gestohlen?» fragte sie besorgt. Der Goldklumpen war mit fünftausend Dollar versichert.

«Nein, Ma'am. Er hat nur das Fenster eingeschlagen.»

«Warum? Ist er betrunken?»

«Nein, Ma'am, so sieht er mir nicht aus, aber er führt sich ein bißchen verrückt auf. Ist wie ein Indianer angezogen, obwohl er ein Weißer ist. Er sagt, er kennt Sie, aber das nehme ich ihm nicht ganz ab. Sein Name ist Collins. Archer Collins.»

Emma legte ihren Federhalter hin. «Archer», flüsterte sie.

Der Nachtwächter starrte seine Chefin an und dachte schon, sie hätte einen Schlaganfall. «Alles in Ordnung, Ma'am?»

«Ja, ich ... ist er blond?»

«Ja, Ma'am.»

Sie stand auf. «Wo ist er?»

«Unten. Wir halten ihn fest, bis –»

Als sie an ihm vorbeilief, sah er verwundert, daß sie weinte. Emma de Meyer King, die geschäftstüchtigste, reichste, zäheste Frau in San Francisco, und weinen? Er konnte es nicht glauben. Sie riß die Bürotür auf und lief hinaus, durch den leeren Empfangsraum in die Möbelabteilung. Während sie an der Matratzenabteilung vorbei zur Treppe rannte, dachte sie an das letzte Mal, als sie Archer gesehen hatte, an ihre letzte Liebesnacht an Bord des Flußschiffes. Wie sehr hatte er seitdem gelitten! Appleton war kürzlich mit der Meldung aus Ohio zurückgekehrt, daß Archer von einer Gruppe Indianer aus dem Gefängnis befreit worden war. Die Nachricht hatte sie freudig erregt, aber sie hatte auch von den Schrecknissen der Einzelhaft erfahren. Jetzt ist alles vorüber, mein Liebling, dachte sie, als sie die Haupttreppe hinunterlief. Du bist frei und du bist mein – nicht morgen, sondern jetzt ... *heute nacht!*

Unten an der Treppe angekommen, sah sie ihn über einen Schaukasten mit Uhren gebeugt, von zwei stämmigen Nachtwächtern flankiert. «Archer.» Er richtete sich auf und drehte sich um. Sein Gesicht war schmutzig, und sein Bart wallte ihm bis auf die Brust. «Emma.» Sie lief an den zahlreichen Schaukästen vorbei in seine Arme und küßte ihn. Die Nachtwächter wechselten ungläubige Blicke.

«Warum ...» Sie hatte viele Fragen an ihn, aber vor Glück gleichzeitig lachend und weinend, fiel ihr nur die nächstliegende ein. «Warum hast du unser Fenster zerbrochen?»

Er sah sie an, von ihrer Schönheit betäubt, unfähig zu glauben, daß sie wieder zusammen waren. Er zögerte mit der Antwort, weil ihm klar wurde, daß er mit einem Stein auf de Meyer und King auch einen Stein auf sie geworfen hatte. «Weil ich so wütend war», sagte er schließlich.

Sie erkannte, daß dem unschuldigen Bauernjungen, in den sie sich auf dem Ohio verliebt hatte, die Unschuld gründlich abhanden gekommen war.

«Das ist mein Sohn?» fragte Archer verwundert, als er sich über das Bettchen beugte.

«Archer junior», sagte Emma, die eine Öllampe hielt. Sie waren im Kinderzimmer im zweiten Stockwerk des neuen Ziegelhauses, das sie am Russian Hill erbaut hatte. Ihr Grundstück auf dem Rincon Hill hatte sie für ein neues Seemannsheim zur Verfügung gestellt. «Nächsten Monat wird er ein Jahr, am 7. Dezember. Ist er nicht süß? Schau, er hat deine blonden Haare.»

«Ich hatte keine Ahnung, daß ich Vater bin. Wie heißt er mit Nachnamen?»

«King. Scott hat ihn adoptiert. Es war eine Art Abkommen, das ich mit ihm getroffen hatte.»

«Ein Abkommen über ein Baby?»

«Das ist kompliziert. Und hier drüben ist Star, Archers Adoptivschwester.» Sie führte ihn zu einem anderen Bettchen, wo Star auf dem Rücken liegend schlief.

«Ist sie auch dein Kind?» fragte Archer.

«Ich habe sie adoptiert, das war Teil des Abkommens. Scott war ihr Vater. Ihre Mutter war Scotts chinesische Geliebte.»

«Chinesische Geliebte?» wiederholte er verblüfft.

«In San Francisco ist das Leben etwas exotischer als in Ohio.» Sie stellte die Öllampe hin und führte ihn hinaus. Im Flur zeigte sie ihm die goldgerahmten Ölgemälde, die sie zu sammeln begonnen hatte. Sie blieb vor einer getäfelten Tür stehen und öffnete sie. «Das ist dein Zimmer, Liebling», sagte sie lächelnd.

«Mein Zimmer?»

«Ja. Mein Diener Kann-ich hat es hergerichtet.»

Archer trat in das Schlafzimmer und staunte über die Größe des Raumes. Der Überfluß in dem im Tudor-Stil gehaltenen Haus mit seinen zwanzig Zimmern hatte ihn fast so überwältigt wie die Nachricht, daß er Vater war.

«Und das sind deine Kleider.» Sie zeigte auf das mit reichen Schnitzereien verzierte Walnußbett. Auf der Tagesdecke hatte Kann-ich eine rehbraune Hose, ein elegantes Rüschenhemd mit einer scharlachroten Krawatte, einen Frack, schwarze Seidensocken mit goldenem Muster sowie Unterwäsche ausgebreitet. Auf dem Fußboden standen Lackschuhe. «Ich habe deine Größe geschätzt und die Sachen aus dem Kaufhaus kommen lassen. Hier drüben ist dein Badezimmer. Kann-ich hat dir Rasierzeug hingestellt, damit du diesen gräßlichen Bart los wirst. Bade und zieh dich um, dann essen wir zu Abend. Wir haben uns so viel zu erzählen –»

«Bist du nicht ein bißchen voreilig?» unterbrach er sie. «Erstens, ich kann die Sachen nicht bezahlen. Ich hab überhaupt kein Geld.»

«Sie sind geschenkt, Liebling. Du brauchst nichts zu bezahlen.»

«Zweitens, woher weißt du, daß ich in diesem Haus wohnen will?»

Sie stutzte. «Hm, ich dachte –»

«Ja, du dachtest, wie dein verstorbener Ehemann dachte, es würde mir nichts ausmachen, weitere fünf Jahre in dem Stinkloch zu sitzen, damit er mit dir schlafen konnte. Es hat mir aber was ausgemacht. Ich bin durch die Hölle gegangen, Emma. Glaub mir, wochenlang nackt in einer Zelle zu liegen, die zu niedrig ist, um aufrecht zu stehen, ist verdammt kein Kinderspiel.»

«Glaubst du, das weiß ich nicht? Warum denkst du, versuche ich wiedergutzumachen, was mein Mann dir angetan hat?»

«Und weil wir gerade beim Thema sind: Du hast mich gefragt, warum ich den Stein in euer Schaufenster geworfen habe. Ich sagte, weil ich wütend war. Weißt du, warum ich wütend bin, Emma? Weil dieses Land mich seit meiner Geburt betrogen hat, und es hat auch meinen Freund Joe Thunder betrogen, so sehr, daß er aufgab und in den Pazifischen Ozean ging! Aber dich hat es nicht betrogen, nicht? Gott bewahre! Sieh dir dieses Haus an. Sieh dir deine Kleider an, deinen Schmuck. Du hast dich fein herausgemacht, Emma. Ich habe das schöne Mädchen geliebt, dem ich auf dem Flußschiff begegnet bin, aber ich bin nicht sicher, daß ich lieben kann, was du geworden bist. Joe Thunder hat mich gelehrt, wie ein Indianer zu leben. Es ist ein schönes, natürliches Leben. Wenn du nichts dagegen hast, laß ich meine Indianersachen an, jedenfalls bis ich weiß, ob ich wieder ein weißer Mann sein möchte oder nicht – und im Augenblick spricht viel dafür, ein roter Mann zu sein.»

Sein Ausbruch ärgerte sie, doch sie gebot sich, vorerst den Mund zu halten. «Wie du willst», sagte sie und ging zur Tür. «Aber ich mache dich darauf aufmerksam, daß dein geliebtes indianisches Kostüm zum Himmel stinkt, und dein Bart sieht aus, als ob er Flöhe hätte. *Ich* gehe mich jedenfalls umziehen für die erhoffte romantische Wiedervereinigung zweier Menschen, die sich einmal geliebt haben. Wenn du allerdings lieber wie der letzte der Mohikaner aussehen willst, ist das deine Sache. Ich erwarte dich in einer Stunde im Speisezimmer.»

Als sie hinausgegangen war, betrachtete er die Kleidungsstücke auf dem Bett. Dann hob er den Arm und schnupperte. Für sie stank er vermutlich, doch für ihn war es ein vertrauter Geruch. «Verdammt», murmelte er. Nichts lief so, wie er es sich erträumt hatte.

Emma war wütend über Archers Benehmen, doch absurderweise bestärkte sie das nur in ihrem Entschluß, ihn zu besitzen. So unvernünftig er sich ihrer Meinung nach aufführte, seine Gegenwart hatte ihre alte Leidenschaft für ihn neu entfacht. Sogar sein Wutausbruch hatte sie vor Erregung zittern lassen. Sie hatte seit Scotts Tod mit keinem Mann geschlafen – sie war nicht einmal auf eine Gesellschaft gegangen, so verbissen hatte sie sich ihrem Geschäft gewidmet –, aber jetzt stand sie in Flammen. Sie wollte ihn haben, und sein Gerede von der indianischen Lebensart sollte sie nicht daran hindern, ihn zu bekommen. Sie beschloß, ihn mit der Lebensart des weißen Mannes zu verführen.

Der Zustrom von Franzosen nach San Francisco hatte der Stadt französische Restaurants und Emma eine hübsche französische Zofe namens Adele beschert. Als sie in ihr Schlafzimmer trat, erspähte sie durch die Badezimmertür Adele, die das Bad einließ. Emma ging in ihr Marmorbad, über das ganz San Francisco staunte, und sagte: «Adele, du hast eine Stunde, um mich unwiderstehlich zu machen.»

Adele richtete sich von der Wanne auf. «Ich hab Ihren Monsieur Collins gesehen. Hübsch ist er, aber er sieht aus wie ein Trapper.»

«Er bildet sich ein, er sei ein Indianer», sagte Emma, als Adele ihr das Kleid aufknöpfte. «Du mußt mein Haar absolut sensationell frisieren und mich mit *Nuit d'Amour* förmlich überschütten. Und ich ziehe das rote Samtkleid an, dazu meine Diamanten. Kein Mann kann Rot widerstehen.»

«Darf ich einen Vorschlag machen, Madame? Rot ist nicht raffiniert genug. In dem Blaßgrünen sieht Madame viel verführerischer aus.»

Emma stieg in die Wanne. «Du hast recht», seufzte sie. «Ach, Adele, er war gräßlich zu mir, ausgesprochen gräßlich! Nach all den Jahren fing er an, mich zu belehren. Ich wollte, daß er mich auf seinen Armen ins Bett trägt, und was macht er? Redet von seinen verdammten Indianern.»

Mit einem riesengroßen Schwamm seifte Adele Emmas Schultern ein. «Die Männer sind alle verrückt», sagte sie. «Aber den biegen wir schon hin. Ein Blick auf Madame, und er vergißt seine Indianer und denkt an nichts, als mit Ihnen ins Bett zu gehen.»

«Hoffentlich hast du recht. Gott, bin ich aufgeregt. Indianer! Aber, Adele...?»

«Ja, Madame?»

«Ich bin immer noch verrückt nach ihm.»

«Dann wird Madame ihn bekommen. Kein Mann kann einer verliebten schönen Frau widerstehen.»

Im Speisezimmer hatte Kann-ich die Tafel festlich gedeckt, die Kerzen im Kristallüster und in zwei achtarmigen Silberleuchtern auf dem Tisch angezündet, die den Raum in einen milden Glanz tauchten.

Die Tür ging auf, und Emma rauschte herein. «Taitai sehen sehr schön aus heute abend», sagte Kann-ich aufrichtig. Adele hatte ihr die Haare zu Korkenzieherlocken gedreht, und ihr schimmerndes blaßgrünes Satinkleid ließ ihre Schultern und einen Teil ihres verführerischen Busens frei. Sie hatte den Schmuck, den Scott ihr geschenkt hatte, doch nicht verkaufen müssen, und die Diamanten und Smaragde glitzerten.

«Danke, Kann-ich.« Sie ging an die Anrichte und betrachtete sich in dem vergoldeten Spiegel darüber. Plötzlich wußte sie, daß sie einen Fehler gemacht hatte. «Der Schmuck», murmelte sie nervös und löste den Verschluß des Colliers. «Der ist verkehrt. Archer wird gleich wieder anfangen, mich zu belehren.» Hastig legte sie Collier und Brosche in eine Schublade der Anrichte und machte sie zu, als sie im Spiegel Archer hereinkommen sah.

Er hatte gebadet, seinen Bart abrasiert und die neuen Sachen angezogen. Als sie sich umdrehte und ihn anlächelte, wußte sie, daß sie das erste Gefecht gewonnen hatte.

«Ich bin betrunken», sagte er zwei Stunden später, als er die Kleider auszog, die sie ihn an- und wieder abzulegen verführt hatte. «Ich habe noch nie Champagner getrunken. Ich seh dich zweimal, aber das ist doppelt wundervoll. O Emma, Emma, ich habe so viele Nächte von dir geträumt.»

Sie lag auf ihrem Bett, ihr nackter Körper war von der Nachttischlampe mit dem rosa Schirm sanft beleuchtet. Sie breitete die Arme aus. «Komm zu mir, Liebster», flüsterte sie. «Ich liebe dich. Gottlob, du bist zu mir zurückgekommen...»

Er fand keine Worte, als ihn die reine animalische Gier überkam. Ihre Körper übernahmen die Herrschaft und führten sie zu solchen Höhepunkten, daß Emma dachte, ihr Herz würde zerspringen. Nachdem sie eine Weile einer in des anderen Armen ausgeruht hatten, stand Archer auf, trat an ein Fenster und sah auf die sternenhelle Bucht hinaus. Sie betrachtete ihn begehrlich. «Bist du glücklich?»

Er antwortete nicht gleich, und als er sich zu ihr umdrehte, sah sie zu ihrer Überraschung eine Träne über seine Wange rollen. «Ja, ich bin glücklich», sagte er. «Aber Joe Thunder fehlt mir. Und das Schlimmste ist...» Er zögerte, sein Gesicht zeigte eine angewiderte Miene. «Ich habe ihn verraten. Ich habe mich meiner Shawnee-Kleidung geschämt. Ich habe mich entschieden, ein gottverdammter weißer Mann zu sein.» Er sah wieder auf den Pazifischen Ozean hinaus. «Du wirst dich vermutlich darüber lustig machen, aber es ist wichtig für mich. Ich frage mich, ob ich mir je verzeihen kann.»

«Archer, es ist lieb, daß du Mitleid mit den Indianern hast –»

«Du verstehst mich nicht. Ich bewundere sie.»

«Wie kannst du Wilde bewundern? Die Indianer sind Relikte aus der Vergangenheit. Amerika wird das Land des weißen Mannes, und ich sage nur, recht so. Wir schaffen eine viel reichere Gesellschaft.»

«Aber wird sie besser sein?»

«Natürlich wird sie besser sein. Eines Tages wird es hier ein Opernhaus geben und Kunstmuseen, Theater, Schulen –»

«Trotzdem frage ich, ist das besser? Ist Kunst besser als Natur?»

«Wenn wir das nicht glaubten, welchen Sinn hätten dann fünftausend Jahre Kultur? Aber komm, wir waren so lange getrennt, es ist verrückt, daß wir uns streiten. Wir müssen über deine Zukunft sprechen.»

«Was für eine Zukunft habe ich denn schon?» sagte er bitter. «Ein entflohener Sträfling, ein Bauer ohne Farm, ein Indianer ohne Stamm, ein weißer Mann ohne Geld. Ich tauge zu nichts. Ich könnte ebensogut Politiker sein.»

Ihre Miene hellte sich auf. «Lach nicht, Scott wäre vermutlich Gouverneur, wenn er nicht gestorben wäre. Vielleicht solltest du in die Politik gehen. Slade Dawson beherrscht die Lokalpolitik, weil er keine Opposition hat, seit Scott tot ist... Das ist eine großartige Idee.»

«Du vergißt, daß ich ein verurteilter Verbrecher bin.»

«Wir erkaufen dir die Begnadigung. Man kann alles kaufen. Ich meine wirklich, daß du den Einstieg in die Politik erwägen solltest. Übrigens, du hast Geld. Scott hat zehntausend Dollar auf deinen Namen deponiert. Die gehören dir. Und ich habe so viel Geld – die Geschäfte gehen fabelhaft. Was ich habe, will ich mit dir teilen.»

«Im allgemeinen ist der Mann der Broterwerber.»

«Wer sagt denn, daß du kein Geld verdienen kannst? Wenn du's nicht mit der Politik versuchen willst, dann steig in eins von meinen Geschäften ein – ich brauche weiß Gott Hilfe. Die Versicherungsgesellschaft wächst sprunghaft. Du könntest da arbeiten und sie eines Tages leiten.»

Er verdrehte die Augen. «Versicherungen. Da ginge ich lieber zum Zirkus.»

«Du kannst es dir nicht leisten, so mäkelig zu sein», stieß sie hervor und bereute es augenblicklich.

Er fuhr sie an: «Du hast recht. Ich bin ein Niemand, ein Herumtreiber. Und du bist die große Mrs. King, die eleganteste Dame an der Westküste. Und was machst du mit mir? Ausprobieren, wie's mit einem ist, den du aus der Gosse aufgelesen hast? Du solltest einen besseren Geschmack haben.»

«Archer, bitte.»

Er hob seine Hose vom Fußboden auf und warf sie auf einen Stuhl. «Du kannst deine schicken Klamotten behalten, Emma, und schönen Dank für das Essen. Ich nehm meine stinkigen Indianerkleider und belästige dich nicht mehr – aber die zehntausend Dollar nehme ich, weil ich finde, daß der Mistkerl, den du geheiratet hast, sie mir schuldet.»

«Hör auf!» schrie sie und sprang aus dem Bett. «Erstens, er war kein Mistkerl. Er war ein feiner Mensch, der deinen Sohn adoptiert hat und ihm alles geben wollte –»

«Außer meinem Namen!»

«Ja, außer deinem Namen! Und wenn du ein bißchen Mumm hättest, würdest du mit deinem Gejammer und Gestöhne über die Indianer aufhören und deinem Sohn seinen rechtmäßigen Namen geben!»

«Wie meinst du das?»

»Muß ich es buchstabieren? Muß ich auf die Knie sinken und dir einen Antrag machen? Heirate mich!»

«Aber ...»

Sie schlang ihre Arme um ihn. «Ich liebe dich so sehr, und ich bin so einsam gewesen ... ich habe die viele Verantwortung, und ich möchte, daß die Kinder einen Vater haben. Laß uns nicht über Geld oder Arbeit sprechen. Unsere Zukunft planen wir später. Bitte, Archer, bleib bei mir... sei mein Ehemann und Geliebter. Du hast mir einmal das Herz gebrochen, ich könnte es nicht ertragen, dich wieder zu verlieren.»

Als er in ihre lockenden Augen sah und ihr warmes Fleisch an seinem spürte, schmolz seine Verbitterung dahin. «Es hat mir auch das Herz gebrochen», flüsterte er.

«Heißt das, du willst mich heiraten? Heißt das, du wirst den Kindern der Vater sein, den sie so dringend brauchen?»

Er nickte. «Ja.»

Sie drückte ihn fest an sich. Dann schloß er sie in seine Arme. «In Kalifornien werden alle Leute sagen, ich hätte dich wegen deinem Geld geheiratet», seufzte er.

«Es ist mir egal, was die Leute in Kalifornien sagen. Immerhin, wenn du nicht die Diamanten meines Vaters auf dem Flußschiff gerettet hättest, wo stünden wir dann? Das werde ich ihnen erzählen, wenn sie sagen, du hättest es auf mein Geld abgesehen. Außerdem ist es von jetzt an unser Geld. Du bist so unglücklich gewesen, mein Liebling, aber das ist jetzt vorbei. Ich werde den Rest meines Lebens damit verbringen, dich glücklich zu machen.»

Archer überlegte, daß die Politik am Ende vielleicht gar keine schlechte Idee sei. Als Senator Collins könnte er womöglich etwas für die Indianer tun. Natürlich! Er begriff es blitzartig: Er hatte Gott gebeten, er möge ihm jemanden schicken, der ihm half, Joe Thunder zu rächen, und Gott hatte ihm Emma geschickt. «Glaubst du wirklich, ich könnte Senator werden?» fragte er sie. «Auf diese Weise könnte ich den Indianern vielleicht helfen.»

«Archer, ich werde alles tun, was in meinen Kräften steht, um dich zum Senator zu machen. Es hört sich vielleicht zynisch an, aber mit Geld kann man einfach alles kaufen, und die Zeit besorgt den Rest. Laß uns unser Geld also benutzen, um Gutes zu tun.»

Er lächelte. Eine schwere Last aus Schuldbewußtsein, Unsicherheit und Minderwertigkeitsgefühlen wurde von seinen Schultern genommen. «Vielleicht können wir etwas ändern», flüsterte er, «du und ich.»

«O Liebling. Aber du hast etwas vergessen.»

«Was?»

«Du hast mir nicht gesagt, daß du mich liebst.»

«Das weißt du doch. Ich liebe dich, und ich begehre dich. Und, Emma, zum erstenmal in meinem Leben sieht die Zukunft wirklich aufregend aus.»

23

Der junge Mann im Abendanzug peitschte die Pferde seines Zweispänners die steile California Street zur Kuppe des Nob Hill hinan. «Los, ihr Mistviecher!» brüllte Archer Collins junior. «Los!» Es war an einem Aprilabend des Jahres 1877, und Archer war stark betrunken. Mit fünfundzwanzig Jahren galt er als der reichste, bestaussehende junge Mann von San Francisco, der «Kronprinz der Stadt», wie Sydney Tolliver, der Klatschkolumnist des *Times-Dispatch*, ihn nannte. «Öffentliches Ärgernis Nr. 1» und «Windhund der Westküste» hieß er in den Konkurrenzblättern.

Auf dem Hügel kam der Wagen unter dem Vordach der großen Kalksteinvilla ächzend zum Stehen. Archer taumelte vom Kutschbock und wäre fast auf die Nase gefallen, als er auf die mit Kopfsteinen bepflasterte Auffahrt sprang. Während der chinesische Stallbursche sich des Wagens annahm, wankte Archer zur Eingangstür des Palastes, den seine Eltern vor vier Jahren erbaut hatten. Senator und Mrs. Archer Collins hatten ein Riesengrundstück auf dem Hügel gekauft, der die vornehmste Wohngegend von San Francisco geworden war, und ein Schloß in einem als «Französische Renaissance» bezeichneten Stil bauen lassen. Die Beschreibung des Hauses in den Lokalblättern war atemberaubend gewesen. Sogar der *Bulletin* des gegnerischen Dawson-Clans war begeistert, obwohl Slade Dawson keine Gelegenheit ausließ, in seiner Zeitung über die Collins herzufallen. «Das Haus», schwärmte der *Bulletin*-Reporter, «hat fast so viele Türme wie das Château de Chambord in Frankreich, von dem Mrs. Collins' Architekt sich inspirieren ließ. Es hat 72 Zimmer, mehr Badezimmer als das Weiße Haus, und der Ballsaal soll fast so groß sein wie der Thronsaal im Buckingham-Palast.»

«Mr. Junior, schon wieder betrunken!» rief der weißhaarige Kannich, als er die Tür öffnete. «Sie schlimmer Junge!»

«Scht!» zischte Archer. Einen weißbehandschuhten Finger an die Lippen gelegt, schwankte er durch die Tür. «Die Herzogin braucht es nicht zu wissen. Wo ist sie?»

«Taitai ist in ihrem Büro –»

«Und zählt ihre Millionen. Warum auch nicht? Aber ich wollte zu meinem Vater. Wie geht's ihm?»

«Der Doktor sagt, das Fieber sinkt, er meint, er wird genesen. Aber Sie werden besser schleunigst nüchtern, sonst wird Taitai sehr böse.»

«Ach, sie wird's überleben, Kann-ich. Meine Mutter überlebt alles. Feuer, Rezession, Depression; ich kann mir nicht vorstellen, was sie umbringen könnte – nicht, daß ich meiner Mutter den Tod wünsche. O nein. Weißt du noch, wie lieb sie früher war, Kann-ich? Wie schön sie war, wenn sie Chopin-Walzer spielte?» Er wiegte sich kurz im Walzerschritt.

«Taitai ist noch lieb und noch schön. Kommen Sie jetzt in die Küche, daß Sie nüchtern werden. Schämen Sie sich! Und es ist noch nicht mal Abendessenszeit.»

Grinsend umarmte Archer den rundlichen Chinesen, der kaum halb so groß war wie er. «Kann-ich, willst du mich etwa verprügeln wie früher, als ich klein war?»

«Sie sind zu groß für Prügel, aber verdient hätten Sie's.»

Immer noch schwankend, richtete Archer sich auf. «Sind wir nicht eine verrückte Familie? Mein Vater Senator! Dafür hätte meine Mutter Prügel verdient. Kauft ihm eine Begnadigung, als wär's ein französisches Sofa! Aber was soll's, sie hat alles andere gekauft, warum nicht auch den Senat?» Rülpsend begab er sich durch die drei Stockwerke hohe Eingangshalle zu der großen Doppeltreppe mit dem zierlichen schmiedeeisernen Geländer. Zwischen den Treppen, die in einem riesigen V nach unten verliefen, hing ein lebensgroßes Porträt von Emma, die vor dem Hintergrund der Bucht von San Francisco auf einer Terrasse stand.

«Mutter!» Archer nahm seinen Zylinder ab und verbeugte sich schwungvoll vor dem goldgerahmten Gemälde. «Die Großherzogin von San Francisco.»

«Mr. Junior», sagte Kann-ich und nahm ihn bei der Hand, «kommen Sie in die Küche –»

«Laß mich in Ruhe, Kann-ich! Ich will zu meinem Vater.» Er riß sich los und stolperte über den in Rauten verlegten schwarzweißen Marmorfußboden zur rechten Treppe. Auf das Geländer gestützt, schickte er sich an hinaufzusteigen.

«Archer!»

Er sah hoch. Als sein trüber Blick sich klärte, gewahrte er oben an der Treppe die in seinen Augen schönste Frau der Westküste, wenn nicht der Welt: seine Adoptivschwester. «Star», flüsterte er und sank beinahe auf die Knie.

Star eilte die Treppe hinunter. «Oh, Kann-ich, er ist wieder betrunken. Mutter wird einen Anfall bekommen.»

«Ich wollte ihn in die Küche bringen, Missy Star.»

«Hol Kaffee. Vielleicht können wir ihn nüchtern bekommen, bevor Mutter nach Hause kommt... Archer, du warst wohl wieder im Club?» Sie meinte den Olympia-Club auf der Post Street, einen der ersten Amateursportclubs der Welt, der vor siebzehn Jahren gegründet worden war. Dort verbrachte ihr Bruder die meisten Nachmittage mit Schwimmen, Fechten, Gewichtheben und Trinken.

Er lehnte am Geländer, den Zylinder in der Hand, und lächelte sie in einfältiger Bewunderung an. «Du bist so schön», sagte er.

Sie nahm seinen Arm. «Und du bist so betrunken. Ehrlich, Archer, willst du dich umbringen? Komm jetzt nach oben, ich steck dich in ein heißes Bad.»

«Ziehst du mich aus?»

«Ich helf dir beim –»

«Ich will's genau wissen, ziehst du mich aus?»

«Archer, sei still!»

«Ist doch nichts dabei», nuschelte er. «Wir sind keine richtigen Geschwister. Wir sind überhaupt nicht blutsverwandt, was ist dann dabei, wenn ich dich küsse? Verdammt, was ist dabei, wenn ich dich will?»

«Wir sind Bruder und Schwester, auch wenn wir nicht blutsverwandt sind, und wenn Clayton dich so reden hörte, hätte es sich binnen zehn Minuten in ganz San Francisco herumgesprochen.»

«Clayton Delamere, dieser verfluchte Idiot. Du solltest ihn nicht heiraten, Star. Du bist zu gut für ihn. Du solltest mich heiraten.»

Sie zuckte zusammen. «Sag so etwas nicht!» flüsterte sie.

Er grinste und senkte die Stimme. «Ich könnte dich erpressen», sagte er und blies ihr Whiskeydunst ins Gesicht. «Ich kenne dein Geheimnis.»

Sie stutzte. «Ich habe kein Geheimnis.»

«Hast du wohl. Aber wenn du mich küßt, verspreche ich, es keinem zu erzählen, auch nicht der Herzogin.»

Ihre Bernsteinaugen flackerten furchtsam. «Erzähl's niemandem», flüsterte sie.

«Nicht, wenn du mich küßt.»

Sie blickte übers Geländer. Die Halle mit den Wandteppichen und Rüstungen unter ihr war leer. Darauf sah sie ihren Adoptivbruder an, den sie verehrte, aber auch fürchtete. «Also gut, aber mach schnell.»

Er drückte sie an sich und küßte sie mit einer Leidenschaft, die alles andere als brüderlich war. Sie stieß ihn von sich und schlug ihn ins Gesicht. «Du Teufel!» zischte sie. Während sie die Treppe hinaufrannte, hallte Archers trunkenes Gelächter von den Kalksteinwänden wider.

«Mr. Junior», rief Kann-ich von unten, «ich hab Kaffee.»

«Später, Kann-ich. Ich will zu meinem Vater, dem Senator. Der Arme. Er hat mir mal erzählt, er wäre am liebsten ein Shawnee-Indianer gewesen. Kannst du dir das vorstellen? Senator Archer Collins, der reichste Mann in Kalifornien. Der einzige, der nicht auf der Suche nach Gold herkam und am Ende doch alles gekriegt hat. Ist das nicht verrückt?»

Kann-ich eilte mit Kaffeekanne und Tasse auf einem Tablett die Treppe hinauf, doch Archer löste sich vom Geländer und lief über den Flur zum Schlafzimmer seines Vaters. Der breite Korridor war von guten und schlechten Gemälden gesäumt; Meisterwerke von Tizian, Watteau und de la Tour hingen neben sentimentalem zeitgenössischem Kitsch. Emma, die alle ausgesucht hatte, besaß einen guten, aber nicht unfehlbaren Blick.

Archer wankte zu einer Kassettentür aus Walnußholz am Ende der Galerie und klopfte. Sein Vater war vor sechs Wochen schwer an Typhus erkrankt, und die Familie hatte eine Zeitlang um sein Leben gebangt. Doch der Arzt glaubte, daß die Krise nun überstanden sei, worüber alle sehr erleichtert waren, denn der Senator war in Kalifornien sehr beliebt. Es war kein Geheimnis, daß Emma Collins die treibende Kraft in der Familie war; sie war das Geschäftsgenie und hatte ein Vermögen angehäuft, das dem der Vanderbilts gleichkam. Aber es war der sanfte, verträumte Archer senior, den Mr. Junior verehrte.

Kann-ich eilte herbei. «Trinken Sie Kaffee, Mr. Junior, bitte –»

«Pst. Ich glaube, er schläft», sagte Archer. Er drehte den vergoldeten Türknauf, öffnete die Tür und trat in das große Schlafzimmer mit dem kugelförmigen Kristallgasleuchter. Auf Zehenspitzen schlich er zu dem Walnußbett, Kann-ich hinterdrein.

Als Junge war Archer jr. ungeheuer stolz darauf gewesen, daß sein Vater in Washington fast als einziger für die Rechte der Indianer gekämpft hatte. Archers Klassenkameraden hatten ihn erbarmungslos gehänselt wegen dem «Bankräuber und Indianerliebhaber Senator

Collins», dessen Frau ihm die Begnadigung mit zwanzigtausend Dollar hatte erkaufen müssen, nur damit er wählen beziehungsweise in ein öffentliches Amt gewählt werden konnte. Aber um seines Vaters willen hatte Mr. Junior Sympathie für die Indianer.

Vor zwei Jahren, 1875, hatte General George Armstrong Custer in der Schlacht am Little Bighorn durch Indianerhand den Tod gefunden. In der gesamten Nation war daraufhin ein fanatischer Haß auf den roten Mann ausgebrochen, dem sie Amerika gestohlen hatte. Da hatte es dem «Indianerliebhaber» Senator Collins gereicht. Er war ohnehin nie gerne in Washington gewesen, weil er seine Familie vermißte. Er verzichtete auf seinen Senatssitz und kehrte als gebrochener Mann nach Kalifornien zurück. Es war ihm nicht gelungen, Joe Thunder zu rächen, dabei war diese Rache der einzige große Feldzug seines Lebens gewesen. Daß niemand, auch nicht ein Senator, den Lauf der Geschichte anhalten konnte, spielte keine Rolle: Archer senior hielt sich für einen Versager. Inmitten des unglaublichen Reichtums seiner Frau versank er in Lethargie und träumte von der Zeit vor einem Vierteljahrhundert, als er mit Joe Thunder geritten war. Er hatte seinem Sohn oft erzählt, dies seien die besten Tage seines Lebens gewesen. Mr. Junior bemühte sich vergebens, das zu verstehen. Zu sehr liebte Archer junior den materiellen Luxus, den ihm das Geld seiner Mutter ermöglichte. Weswegen er in betrunkenem Zustand dazu neigte, Emma Vorhaltungen zu machen und seinen Vater zu verherrlichen.

«Vater?» flüsterte Archer. Er lächelte auf den immer noch gutaussehenden Mann herab.

«Kommen Sie, Mr. Junior», flüsterte Kann-ich. «Nicht stören.»

«Vater?» Schrecken überzog Archers Gesicht, als er die Hand seines Vaters auf der Daunendecke ergriff. Sie war kalt und ohne Pulsschlag. «O Gott ... o nein ...» Archer fiel neben dem Bett auf die Knie. «Er ist tot», flüsterte er ungläubig. «Der gütigste Mensch, der je gelebt hat. Er ist tot ...»

Er barg das Gesicht in seinen Armen und schluchzte. Langsam kam ihm zu Bewußtsein, daß er nicht mehr Kronprinz war. Er war jetzt König.

Doch da war noch die Königin, die allmächtige Emma.

Er mochte König sein, aber noch war er nicht das Oberhaupt der Familie.

«Meine liebe Gräfin», sagte Mrs. Leland Stanford, «ich bezweifle durchaus nicht, daß Sie im Umgang mit der Nadel ein Genie sind, aber an mir ist Ihr Talent vergeudet. Ich bin so fett wie eine Kuh.» Die

Gattin des früheren Gouverneurs und Mitorganisators der transkontinentalen Eisenbahn, die seit acht Jahren Kalifornien mit dem Rest Amerikas verband, stand vor einem dreiteiligen Spiegel in Gräfin Davidoffs Haute-Couture-Tempel. Zita zupfte die Tournüre des magentaroten Kleides zurecht. Zwei Näherinnen standen dabei und sahen zu. Jane Stanford mochte wohl eine der reichsten Frauen in Amerika sein, Herrin einer zwei Millionen Dollar teuren Villa am Nob Hill, Besitzerin einer der größten Schmuckkollektionen der Welt mit sechzig Paar Diamantohrringen, aber sie war unleugbar fett. Die Tournüre änderte daran nichts.

«Meine liebe Mrs. Stanford», sagte Zita lächelnd, «ich habe eine wunderbare neue Abmagerungskur: Pampelmusensalat und Tee. Ich habe in einer Woche drei Pfund abgenommen. Die müssen Sie versuchen.»

«Ich habe keine Zeit für Abmagerungskuren. Leland und ich müssen dauernd auf politische Empfänge, und auf Banketten kann man nicht Diät halten. Essen ist das einzige, womit man die langweiligen Reden übersteht. Und da wir gerade von Politik sprechen, wie geht es dem armen Senator Collins?»

«Viel besser, glaube ich.»

«Das freut mich. Er ist so ein netter Mensch – einfach hinreißend. Also Zita, Sie haben's wieder mal geschafft. Das Kleid ist fabelhaft – genau wie die anderen. Ich nehme alle sechs.»

Das neue de Meyer's, sechs Stockwerke in üppiger französischer Empire-Architektur, das eine ganze Seite des Union Square einnahm, war vor fünf Jahren eröffnet worden. Nicht mehr der Portsmouth Square, sondern der Union Square war jetzt der geschäftigste Platz der Stadt. Emma hatte den Sprung dorthin gewagt, und das neue Warenhaus mit seinem Rohrpostsystem und den phantastischen hydraulischen Aufzügen wurde augenblicklich ein Erfolg. In ihrem in der zweiten Etage gelegenen *Salon du Bon Ton* kleidete Zita die Gattinnen der großen Eisenbahnkönige ein, und auch alle anderen neureichen Ehefrauen gelüstete es nach Zitas Kleidern.

Und nach Schmuck. Zehn Minuten nachdem Jane Stanford bei Zita maßgefertigte Kleider im Wert von sechstausend Dollar gekauft hatte, starrte sie in Felix de Meyers Schmuckboutique mit gierigen Augen auf ein prachtvolles Collier aus Perlen und Diamanten mit einem 300 000-Dollar-Preisschild. «Felix», sagte sie, «das ist atemberaubend! Aber Leland sagt, ich gebe viel zuviel Geld für Schmuck aus. Er meint, ich laufe Gefahr, leichtsinnig zu werden.»

«Ah, aber Sie investieren nicht nur in Schmuck», sagte Felix, indem er das Collier in ihrem feisten Nacken befestigte. «Sie investieren in Poesie. Diese Perlen sind die Tränen von Meerjungfrauen.» Felix, der auf die Siebzig zuging, war zwar immer noch elegant, wurde aber zunehmend gebrechlicher. Er hatte es zu ungeheurem Reichtum gebracht, indem er eine der größten Kaufrauschwellen der Geschichte befriedigte. Seine Kundinnen mit ihren locker sitzenden Millionen mußten sich nicht lange zum Kauf überreden lassen, dennoch hörten sie seinen schmeichelnden Worten gerne zu.

«Sie Zauberkünstler», seufzte Jane Stanford, als sie den Schmuck im Spiegel betrachtete. «Es ist phantastisch. Aber Leland sagt... Tränen von Meerjungfrauen. Wie könnte man da widerstehen?»

«Ich habe Mrs. Hearst soeben eine wundervolle Halskette mit Saphiren und Diamanten verkauft, die sie nächsten Monat auf dem Verlobungsball meiner Tochter tragen wird.»

Jane Stanford warf ihm einen Blick zu. «Phoebe Hearst wird allmählich ein bißchen zu hochnäsig, wenn Sie mich fragen. Man sollte meinen, ihr gehört der ganze Nob Hill, so wie die mit ihrem Geld protzt.»

«Zita sagt mir, die Zarin von Rußland besitzt ein ganz ähnliches Collier wie dieses», fuhr Felix fort. Beharrlichkeit war der Schlüssel zum Verkaufserfolg.

Jane Stanfords Augen kehrten zum Spiegel zurück. Sie seufzte. «Ich muß es haben. Ich –»

«Papa!» Alle wandten sich zum Eingang der üppig vergoldeten Boutique im Louis-XIV-Stil. Emma lehnte in einem zobelverbrämten Kleid in der Tür. Tränen strömten ihr über die Wangen.

«Emma! Was ist geschehen?»

«O Papa, Archer ist tot.»

Zita, die Jane Stanford begleitet hatte, eilte an Emmas Seite. Emma sank in ihre Arme und brach in hysterisches Schluchzen aus.

«Tot?» rief Felix. «Aber die Ärzte sagten doch, die Krise wäre überstanden.»

«Diese schrecklichen, dämlichen Ärzte, was wissen die denn schon? Sie haben bis vor zwei Wochen nicht mal gewußt, daß es Typhus war. Ich hätte ihn nach Boston bringen sollen, wo es anständige Krankenhäuser gibt... O mein liebster Mann, er ist dahin, für immer dahin...»

«Liebste Emma, setz dich.» Zita half ihr auf ein Sofa. «Ich habe Riechsalz –»

«Nein, nein, es geht schon. Der gütigste Mensch, der je geboren wurde, ein Engel... einen wie ihn finde ich nie wieder!»

Jane Stanford dachte: Sie findet nie wieder einen, der sich so herumkommandieren läßt, wäre zutreffender.

Am nächsten Morgen beim Frühstück sagte Emma unvermittelt zu ihrem Vater: «Ein Krankenhaus.»

«Was?»

«Ein Krankenhaus. Ich baue ein Krankenhaus und nenne es nach Archer. Die Stadt braucht ein erstklassiges Krankenhaus, und ich baue das beste im ganzen Land. Das Archer-Collins-Hospital. Papa, ist das nicht eine gute Idee?»

«Ja, Liebling.» Felix nahm ihre Hand. «Eine wundervolle Idee.»

«Und auf diese Weise wird die Welt ihn nie vergessen.»

24

Nun hat sie also Ehemann Nummer zwei begraben», sagte Slade Dawson nachdenklich. Er saß in seiner Villa am Nob Hill beim Frühstück und las die Morgenzeitungen durch.

«Von ihrem ersten ist nichts zum Begraben übriggeblieben», sagte seine Frau, die ihren Namen Letty in Loretta geändert hatte und in die episkopalische Kirche eingetreten war, um ihre Vergangenheit als Prostituierte zu verschleiern. «Nichts als ein Häufchen Asche. Weißt du noch, wie sie im *Bonanza* in mein Zimmer kam und dir die Pistole an den Kopf hielt?»

Slade war immer noch mager, aber sein schwarzes Haar und sein Schnurrbart waren grau geworden. Er trank einen Schluck Orangensaft und brummte: «Das werd ich nie vergessen. Das Miststück hat mir einen Mordsschrecken eingejagt.»

«Das Miststück hat uns nicht zum Verlobungsball ihrer Tochter eingeladen», sagte Loretta. Sie bestrich eine Scheibe Toast dick mit Butter und Marmelade. Nachdem sie Slade zwei Kinder geboren hatte, hatte sie sich gehen lassen und war zu dick geworden. «Sie lädt uns nie ein, die eingebildete Person. Nicht, daß ich hingehen würde, obwohl ich ihr Haus gern mal von innen sähe.»

«Meine Gesellschaftskolumnistin war dort. Sie sagt, es ist kein bißchen besser als unseres.» Er trank seinen Orangensaft aus, dann zündete er sich ein Zigarillo an, um es beim Kaffee zu rauchen. 1858 hatte ein Minenarbeiter seine im *Bonanza*-Kasino auf fünftausend Dollar aufgelaufenen Spielschulden beglichen, indem er seine Anteile an einer Silbermine in Nevada auf Slade überschrieb. Sechs Monate später wachte der ehemalige Berufsspieler als Teilhaber von Comstock Lode auf, einer Fünfzig-Millionen-Dollar-Silbermine. Nachdem er so über Nacht zu sagenhaftem Reichtum gelangt war, legte Slade einen großen Abstand zwischen sich und die *Sydney Ducks*. Daß Emma ihn einen

Dreck genannt hatte, klang ihm noch in den Ohren, und er beschloß, respektabel zu werden, jedenfalls so respektabel, wie er mit einer ehemaligen Hure als Ehefrau werden konnte. Er verkaufte Chicago seinen Anteil am *Café Bonanza* und begann neben der Herausgabe des *Bulletin* Grundstücke zu erschließen. Slade hatte seit seinen Tagen als Betrüger und Spieler einen weiten Weg zurückgelegt.

Er schnippte die Asche seines Zigarillos in einen silbernen Aschenbecher. «Übrigens», sagte er, «vielleicht findet gar kein Verlobungsball für Miss Star Collins und den Lackaffen Mr. Clayton Delamere statt.»

«Wieso?» fragte Loretta, den Mund voll Toast.

«Ich hab fünfundzwanzig Jahre gewartet, um Emma Collins eins auszuwischen. Jetzt hab ich einen Reporter auf die reizende Miss Star angesetzt, und der hat was ausgegraben, das den Collins den Garaus machen wird.»

Loretta beugte sich mit leuchtenden Augen vor. «Erzähl!»

Slade lächelte matt. «Star Collins hat 'nen chinesischen Freund.»

Loretta blieb die Luft weg. «Du machst Witze.»

«Von wegen. Und es kommt noch besser. Die Polizei hat in Chinatown die Leiche eines enthaupteten jungen Chinesen gefunden. Es geht das Gerücht, daß er für den gegnerischen *Hop Sing Tong* spioniert hat und daß die *Suey Sing* ihn ermordet haben. Und der Anführer des *Suey Sing Tong*, der sogenannte *Kai Yee* oder Pate von Chinatown, ist ein Mann namens Crane Kung, der alles Geld von Scott Kings chinesischer Geliebten geerbt hat. Die Polizei glaubt, daß er das Geschäft mit Opium und den chinesischen Freudenmädchen kontrolliert. Dieser Crane Kung ist Star Kings chinesischer Liebhaber.»

«Heiliger Bimbam. Slade, kannst du das beweisen?»

«Ich kann's nicht nur beweisen, ich werd's am Morgen von Star Collins' Verlobungsball publik machen. Und am selben Abend wird die große Emma de Meyer King Collins, die hunderttausend Dollar für dieses Gelage ausgibt, in ihrer großen Prachtvilla vor leerem Haus hofhalten.»

Loretta schnurrte förmlich. «Slade, Liebling, mich kribbelt's am ganzen Leibe. Rache ist noch süßer als Sex.»

Mit der rapiden Entwicklung von San Francisco hatten Namen mit verwirrender Geschwindigkeit gewechselt. Nach dem Bürgerkrieg wurde die Hauptader von Klein-China, die Dupont Street, nach Ulysses S. Grant umbenannt, und die Hauptstraße des Viertels, das nun Chinatown hieß, wurde die Grant Avenue.

Als Crane in Chinatown zu Macht und Reichtum kam, baute er sich auf der Grant Avenue eine mit Stuck verzierte Villa im chinesischen Stil und umgab seinen Garten mit einer hohen stuckverzierten, von drei halbmondförmigen Toren unterbrochenen Mauer. Hier etablierte er sich als chinesischer Kriegsherr, bewahrte jedoch sorgsam eine respektable Fassade. Die rund um die Uhr ums Haus aufgestellten *Suey Sing*-Wachen ließen darauf schließen, daß die Villa keine Hochburg von «Recht und Ordnung» war, doch die Polizei von San Francisco war geneigt, die Augen vor den vermeintlich angeborenen kriminellen Machenschaften des «heidnischen Chinesen» zu verschließen. Zehntausend kantonesische Bauern waren zu vierzig Dollar pro Kopf aus China importiert worden (und hatten der King-Schiffahrtsgesellschaft einen ansehnlichen Profit eingebracht), um die transkontinentale Eisenbahn quer durch die Sierra Nevada zu bauen, und nachdem die Eisenbahn 1869 fertiggestellt war, hatten sie für das Anschwellen der Bevölkerung von Chinatown gesorgt. Von den meisten Weißen verachtet, schwärmten die armen Kulis auf der Suche nach Arbeit, Frauen und Glücksspielsalons durch die engen Gassen von Chinatown. Da das Verhältnis von chinesischen Männern zu chinesischen Frauen erbärmlich unausgeglichen war, war der Import von chinesischen Freudenmädchen die auf der Hand liegende Lösung des Problems. Und mit den chinesischen Huren hatte das Opium Einzug gehalten. Somit galt Chinatown bei den Rundaugen als moralischer Sumpf. Und die Chinesen, die sich abmühten, sich in einer fremden Kultur über Wasser zu halten und eine fremde Sprache zu erlernen, strebten den Geheimbünden, den *Tongs* zu, da diese Organisationen ihnen helfen konnten, im feindlichen Amerika zu überleben.

Schon als Jüngling hatte Crane beobachtet, daß die *Tongs* der Weg zur Macht waren. Mit seinem Geld, dem schwarzen Gürtel im Kampfsport *Taekwondo* und seinem eisernen Willen wurde er bald zum Anführer der mächtigen *Suey Sings.*

Aber es gab andere in Chinatown, die danach trachteten, den Kriegsherrn von San Francisco zu vernichten.

«*Kai Yee*, dieser Brief ist soeben abgegeben worden», sagte Li Wang Yu, Cranes stellvertretender Kommandeur und Kampfsport-Trainingspartner. Crane hatte im Gymnastikraum seiner Villa meditiert, denn er praktizierte auch Yoga. Er öffnete den Brief und las:

Mein einziger Geliebter!
Mein Herz ist so bekümmert. Ich habe nicht nur meinen geliebten Vater verloren, jetzt ist neues Leid hinzugekommen. Mutter ist

überzeugt, daß Du der Mörder des jungen Hop Sing bist. O mein Allerliebster, ich weiß, sie irrt sich, aber ich kann sie nicht von Deiner Unschuld überzeugen. Leider hat sie sich in den letzten Jahren immer mehr von Dir abgewendet. Jetzt hat sie mir sogar verboten, Dich zu sehen. Ich weiß nicht, was ich tun soll.

Als Du vor zehn Jahren zu meiner Mutter kamst und ihr sagtest, Du habest meiner leiblichen Mutter Tschingling gelobt, mich in der chinesischen Kultur zu unterweisen, hast Du mein Leben verändert. Mutter zögerte, doch ich kam eifrig und freudig zu Dir. Daß Du mich die Schönheiten der chinesischen Kultur lehrtest, war wie der lieblichste Regen, der die Blumen des Denkens in meinem Geist erblühen ließ, so wie Deine liebe Person die Blume der Liebe in meinem Herzen erblühen ließ. Doch hast Du auch, was vielleicht unvermeidlich war, die Saat der Verwirrung in mich gesät. Wie habe ich unter den Unterschieden zwischen der Welt meiner Eltern und der Deinen gelitten, denn zu welcher gehöre ich?

Nun ist Vater tot, und Mutter treibt mich in die Ehe mit Clayton. Ich habe Dir gesagt, daß ich Clayton nicht liebe, daß ihn zu heiraten das Letzte ist, was ich mir wünsche. Aber ich bringe es einfach nicht über mich, ihr den Wunsch abzuschlagen, denn sie war so eine gute, liebevolle Mutter. Doch der Gedanke, Dich zu verlieren, reißt mich in Stücke! O Crane, mein Herz gehört Dir und wird Dir immer gehören. Aber was können wir tun? Ich kann nicht in beiden Welten leben, und gehe ich in Deine, muß ich die Bindungen an meine Familie für immer durchtrennen. So bin ich nach reiflichem Überlegen zu dem Schluß gekommen, daß es für uns keine Zukunft gibt. Ich kann mich kaum dazu überwinden, das Wort «Lebewohl» an denjenigen zu schreiben, den ich mehr liebe als das Leben selbst. Ich liebe Dich auf immer, mein Herz.

Leb wohl

Star

Crane las den Brief zweimal. Sein Gesichtsausdruck war mörderisch.

Wenn es um den Tod ging, war Emma ganz eine Frau ihrer Generation. Sie hielt viel von dem trauervollen Pomp der viktorianischen Zeitgenossen, für die Todesszenen so faszinierend waren wie Sex für ihre Nachkommen. Sie drapierte die Villa mit vielen Ellen schwarzen Krepps und empfing zwei Tage lang Besucher. Archers offener Bronzesarg stand, mit Unmassen von Blumen umgeben, in der großen Eingangshalle. Der episkopalische Organist spielte auf der Orgel, die

Emma unter der rechten Treppe hatte aufstellen lassen. Emma stand neben dem Sarg, indes die Reichen und Berühmten von Kalifornien kamen, um dem Mann, der aus dem Gefängnis in den Senat aufgestiegen war, um die unpopuläre Sache des roten Mannes zu verfechten, die letzte Ehre zu erweisen.

Das Begräbnis selbst hingegen war bescheiden. David Levin kam zeitig in seiner Kutsche und wurde an der Eingangstür von dem bedrückten Kann-ich begrüßt. David sah in seiner förmlichen Trauerkleidung dem Anlaß entsprechend düster aus, auch wenn er Archer zu dessen Lebzeiten nie gemocht hatte. Die Jahre hatten es gut mit David gemeint: Sein grauer Bart war modisch gestutzt, und aufgrund des guten Lebens war er zwanzig Pfund schwerer geworden, was ihm eine Würde verlieh, die ihm als jungem Mann gefehlt hatte. Er reichte Kann-ich Hut und Mantel und ging zu Emma, die am anderen Ende der Halle allein neben dem offenen Sarg stand und das Gesicht ihres toten Ehemannes betrachtete. Fast eine Minute lang ließ sie kein Anzeichen erkennen, daß sie David bemerkte. Dann sagte sie: «Merkwürdig. Weißt du, er hat mich verachtet.»

«Inwiefern?»

«Mein Erfolg. Er war dagegen. Archer war ein regelrechter Idealist. Er hat sich bei unserem ganzen Reichtum nie wohlgefühlt. O ja, er hat mich geliebt, doch ich glaube, er wäre glücklicher gewesen, wenn ich... ich weiß nicht, eine Wäscherin oder dergleichen gewesen wäre. Sein Sohn verachtet mich auch, obwohl er ausgesprochen gerne reich ist», fuhr sie fort. «Ich habe Scott geliebt, aber Archer war die einzige wahre Leidenschaft meines Lebens. Ich glaube nicht, daß ich je wieder heiraten werde.»

David drückte mitfühlend ihre Hand. «Sei dir nicht zu sicher», sagte er nicht ganz uneigennützig; denn im Herzen hoffte er noch immer.

«Lieber David», sagte Emma lächelnd, «was haben wir alles zusammen durchgemacht. Doch ironischerweise glaube ich nicht, daß ich erfolgreich bin – zumindest als Mutter. Mein Sohn entwickelt sich zum Säufer, und meine Tochter... du kennst ja meine Bedenken wegen ihrer Beziehung zu Crane. Doch ich denke, daß ich der ein Ende gemacht habe... David, darf ich dich um einen Gefallen bitten?»

«Natürlich.»

«Ich muß eine Beschäftigung für Archer finden. Das einzige, woran er je Interesse gezeigt hat, ist die Zeitung. Meinst du, du könntest ihn beim *Times-Dispatch* beschäftigen? Ich möchte keinerlei Vergünstigungen – er soll ruhig ganz unten anfangen. Würdest du das für mich tun?»

«Natürlich.» Mein Gott, dachte er, dieses verwöhnte Balg unter meine Fittiche?

Emma legte lächelnd ihren Arm um ihn. «Liebster David», flüsterte sie. «Mein bester Freund.»

Dieses Wort! Dreißig Jahre ein gottverdammter Freund.

«Archer soll nichts von diesem Gespräch erfahren», fuhr sie fort und ließ ihn los. «Ich möchte, daß er selbst entscheidet, in welches Geschäft er einsteigt, aber ich glaube, er wird sich die Zeitung aussuchen. Er soll denken, daß es seine eigene Wahl war. Doch ich wollte es zuerst mit dir besprechen.» Sie schenkte ihm ein Lächeln, und war es auch ein trauriges, so verfehlte es dennoch seine bezaubernde Wirkung nicht. Was bin ich doch für ein alter Narr, dachte David. Diese Frau geht mir immer noch nicht aus dem Sinn.

«Archer, bitte betrink dich nicht», sagte Star, als sie in die getäfelte Bibliothek trat. Ihr Bruder schenkte sich aus der Kristallkaraffe einen Whiskey ein. «Nicht ausgerechnet heute abend. Sie tragen gerade Papas Sarg hinaus.»

«Warum soll ich mich nicht betrinken?» Archer nahm einen großen Schluck. «Diese scheußliche Orgelmusik, all der Krepp, der arme Vater in dem häßlichen Sarg –»

«Ich finde ihn nicht häßlich.»

«Alle Särge sind häßlich. Der Tod ist häßlich. Und Vater sollte irgendwo in seinem geliebten Wald begraben werden. Er war ein freier Geist, der von Mrs. Geldsack eingefangen wurde.»

«Du hast anscheinend nichts dagegen, Mrs. Geldsacks Geld auszugeben», sagte eine Stimme hinter ihm. Archer verschluckte sich fast an seinem Whiskey. Schwarzgekleidet, mit drei Perlenreihen um den Hals, stand seine Mutter in der Tür. «Warum bist du so gemein zu mir?» Sie trat zu ihrem Sohn. «Seit dem Tod deines Vaters hast du kaum ein Wort mit mir gesprochen, obwohl ich deine Liebe und Unterstützung brauchte. Und nun diese billige, verächtliche Beschimpfung. ‹Mrs. Geldsack› –»

«Du brauchst meine Unterstützung nicht», sagte Archer zornig. «Du hast nie jemandes Unterstützung gebraucht. Du bist stark – stärker als die meisten Männer! Du warst entschieden stärker als Vater, er ruhe in Frieden.»

«Ist es ein Verbrechen, stark zu sein?»

«Es ist unnatürlich. Du bist eine Frau. Du solltest frauliche Dinge tun wie ... wie –»

«Petit-point-Stickerei?» unterbrach Emma. Ihre Augen loderten.

«Ja! Oder Klavier spielen. Als Kind habe ich dir gerne zugehört, aber du hast das Klavier seit Jahren nicht mehr angerührt. Du denkst nur noch an Geschäfte und Geld. Die meisten Frauen bekommen ihr ganzes Leben kein Büro zu sehen, aber dein Büro ist dein Heim! Deine Bank, deine Versicherungsgesellschaft, das Warenhaus, die Schiffahrtsgesellschaft – da ist dein Herz.»

«Mein Herz ist bei deinem Vater begraben, also sprich mir nicht von meinem Herzen. Aber ich bin stolz auf das, was ich geleistet habe. Ich brauche mich gewiß nicht vor meinem Sohn zu rechtfertigen, dessen bisherige Hauptleistung im Leben eine alle Rekorde brechende Aufnahmefähigkeit für Alkohol zu sein scheint.»

«Ja, ich trinke, und willst du wissen, warum? Die meisten Söhne müssen mit ihren Vätern konkurrieren, und das ist schon schlimm genug. Aber ich muß mit meiner Mutter konkurrieren, und das ist absolut ungerecht! Hast du eine Ahnung, wie schwer das für mich ist?»

Emma sah ihren Sohn an. Sie liebte ihn so besitzgierig, daß sie sich all die Jahre zu einer gefühlsmäßigen Distanz gezwungen hatte, um ihn nicht zu erdrücken, wie es andere Mütter am Nob Hill mit ihren Söhnen machten, was katastrophale Folgen hatte. Aber ihre Liebe machte sie nicht blind. Als sie jetzt sein Gesicht betrachtete, in welchem das angelsächsische gute Aussehen seines Vaters mit einer Spur ihrer jüdischen Schönheit vereint war, entdeckte sie die ersten Anzeichen von Verlebtheit: winzige Fältchen um die blauen Augen, beginnende Aufgedunsenheit der markanten Kieferpartie. Sogar die dichten, glatten blonden Haare dünnten an den Schläfen schon ein wenig aus, dabei war er erst fünfundzwanzig. Doch sie konnte sich leicht vorstellen, wie schwer es für ihn war, mit ihr zu konkurrieren.

«Wir wollen uns nicht streiten», sagte sie und umarmte ihn. «Schon gar nicht gleich nach deines Vaters Beerdigung. Doch deine Konkurrenz sein ist das letzte, was ich möchte, mein Liebling.» Sie entließ ihn aus ihrer Umarmung. «Ich nehme an, vieles, was du sagst, ist wahr. Glaub nicht, ich merke nicht, was die Leute hinter meinem Rücken sagen – sie sagen es mir sogar ins Gesicht. ‹Eine Frau gehört ins Haus›, ‹Sie hat zu Hause die Hosen an›, und so weiter. Viele sagen sogar, ich bin geschäftstüchtig, weil ich Jüdin bin.»

«Dann sind sie's nicht wert, daß man sich über sie aufregt», sagte Archer.

«Natürlich nicht, aber sagen tun sie's trotzdem. In diesem Land geht es nur darum, reich zu werden, egal wie, aber gnade einem Gott, wenn man's schafft, denn dann sagen sie einem alles mögliche nach. Jedenfalls, Archer, ich hoffe, daß du einen neuen Anfang machen kannst. Ich habe dich bis jetzt deine Wege gehen lassen, weil ... nun ja, ich habe dich wohl verwöhnt. Vermutlich ist dein Unmut zum großen Teil meine Schuld. Aber nun ist dein Vater tot, und trotz unserer Differenzen sind wir eine Familie, und die Familie ist das wichtigste. Zumal du jetzt ihr Oberhaupt bist.»

«Bin ich das?» Seine Stimme enthielt keine geringe Spur Skepsis, was Emma nicht entging.

«Ja, wenn du das Glas hinstellst.»

Er sah erstaunt von dem Glas in seiner Hand zu seiner Mutter und dann wieder auf das Glas. Er holte tief Atem, ging zu einem Blumentopf mit einer Palme und schüttete den Whiskey hinein.

Emma lächelte. «Das, mein geliebter Sohn, ist dein erster Schritt zur Männlichkeit. Und jetzt biete ich dir eine Stellung an. Du kannst das Familienoberhaupt sein, aber ich führe die Geschäfte noch, bis wir sehen, ob du etwas taugst, und bis du weißt, worum es geht. Du kannst in jedes beliebige Geschäft einsteigen. Früher hast du mir Fragen über die Zeitung gestellt. Möchtest du dort anfangen?»

«Ja!» sagte er so schnell, daß kein Zweifel blieb, woran sein Herz hing.

«Schön. Melde dich morgen früh bei David Levin. Du kannst das Gewerbe von der Pike auf erlernen. So, meine Lieben, wollen wir jetzt zu Abend essen?»

Alles in allem habe ich das recht gut gehandhabt, dachte Emma.

Star betrachtete sich nackt in dem mannshohen Spiegel. Obwohl sie normalerweise mit ihrem Aussehen zufrieden war, wünschte sie sich doch manchmal, nicht so anders auszusehen. Die Vermischung von Scott Kings mit Tschinglings Genen hatte ein exotisches Geschöpf hervorgebracht, das bei den Männern Staunen und bei den Frauen Neid hervorrief. Stars Haare waren von einem sanften Dunkelrot, fast kupferfarben, ihre Haut war weiß. Doch ihre Bernsteinaugen waren mandelförmig, ihr Gesicht leicht rundlich, und dieser orientalische Zug machte sie zu einer aufsehenerregenden Schönheit. Sie war groß und schlank mit kleinen Brüsten und zierlich gerundeten Hüften.

Sie war für die Liebe geschaffen, und sie war verliebt. Nur war das Objekt ihrer Zuneigung zufällig nicht Clayton Delamere.

Sie trat an ihr Himmelbett mit dem weißen Baldachin und nahm ein weißes Spitzennachthemd mit feinen rosa Schleifen von der Daunendecke. Zita hatte es entworfen wie Stars gesamte Wäsche. Sie zog es über den Kopf und stieg ins Bett. Als Tochter und Enkelin der Besitzer von de Meyer's hatte sie im Warenhaus unbegrenzten Kredit, und ihre drei riesigen Kleiderschränke quollen von Kleidern, Schuhen, Hüten, Handschuhen und Accessoires über. Star liebte Kleider, und sie liebte ihre Mutter, weil sie sie verwöhnte; aber heute abend war sie wegen Emma nervös, und es war nicht das erste Mal. Emma war nicht nur für Archer ein Problem, sondern auch für Star, wenn auch auf andere Weise. Star bewunderte die Art, wie ihre Mutter heute abend mit Archer fertig geworden war, und sie war begeistert, daß ihr Adoptivbruder ein neues Leben beginnen würde. Und falls er tatsächlich das Trinken aufgab, würde das vielleicht auch die Avancen, die er ihr im betrunkenen Zustand zu machen pflegte, beenden.

Die Familie, hatte ihre Mutter gesagt, die Familie sei das wichtigste. Crane Kung gehörte entschieden nicht zur Familie.

Sie drehte die Nachttischlampe kleiner und beobachtete die Schatten, die durch die rosa Seidenvorhänge drangen und auf die altrosa Tapete fielen. Sie mußte sich Crane aus der Seele reißen, mußte ihn ausrupfen wie ein schädliches Unkraut. Sie hatte so vielen heiratsfähigen Junggesellen einen Korb gegeben, daß ihr am Ende keine Ausreden mehr einfielen. Als ihre Mutter sie darauf hingewiesen hatte, daß sie fünfundzwanzig und es an der Zeit sei zu heiraten, hatte sie sich schließlich ins Unvermeidliche gefügt und den Antrag von Clayton Delamere angenommen. Clayton war durchaus kein bloßer Trostpreis. Der gutaussehende, liebenswürdige Sohn eines Silberbarons war eine ausgezeichnete Partie. Außerdem war er wahnsinnig in sie verliebt. Ihn nicht zu heiraten, war ihr unmöglich, es hätte ihre Mutter zugrunde gerichtet. Ihre Familie. Doch als sie die Augen schloß, brannte sie vor Sehnsucht nach dem starken, muskulösen *Kai Yee* von Chinatown, der ihren Leib und ihre Seele entflammt hatte.

Sie wurde von einem Klirren geweckt. Hastig setzte sie sich auf und starrte auf das offene Fenster, unter dem ein seltsamer dreizackiger Eisenhaken die rosa Tapete zerriß. Ein Seil wurde an dem Enterhaken befestigt , und jemand kletterte daran zu ihrem Fenster hinauf. Bevor sie in Panik geraten konnte, sah sie Cranes Gesicht über der Fensterbank erscheinen. Er kletterte rasch hinein und zog das Seil hinter sich hoch. Dann drehte er sich zu Star um. Er trug wie gewöhnlich seinen blauschwarzen Pyjama-Anzug und schwarze Sandalen, die schwarzen Haare waren zu einem strammen Zopf geflochten.

«Bist du wahnsinnig», flüsterte sie. «Für wen hältst du dich, einen chinesischen Piraten? Wenn Mutter das erfährt –»

«Der Teufel soll deine Mutter holen.» Er zog sein Seidenhemd über den Kopf und warf es auf einen Stuhl. Sie betrachtete seinen unbehaarten Oberkörper. Nach jahrelangem Taekwondo-Training zeichnete sich jede einzelne Sehne ab. Er kam ans Bett, legte sein linkes Knie darauf, nahm ihr Gesicht zwischen seine Hände und zog es zu sich. Er küßte sie mit brutaler Leidenschaft. Sie machte nicht einmal den Versuch, sich zu wehren. Sie war wie eine Süchtige, die versucht hatte, sich das begehrte Rauschgift abzugewöhnen, aber nun dem Verlangen wieder nachgab. Ihre Hände rieben seinen muskulösen Rücken, als er sich schwer auf sie legte, seinen Mund noch auf ihrem. Seine unverhüllte Roheit machte sie wie immer wild.

«Crane», stöhnte sie, und er zog ihr das Nachthemd über den Kopf.

Er stand auf, zog sich aus und sagte: «Ich hab deinen Brief gekriegt.» Dann legte er sich wieder zu ihr. Die Hitze, die Kraft und der Geruch seines Körpers hüllten sie ein. «Ein Haufen Lügen. Du kannst mir nicht Lebewohl sagen. Unsere Seelen sind eins. Verlaß Nob Hill und diese blöden Rundaugen. Heirate mich, Star, nicht diesen rundäugigen Schoßhund.»

Jetzt versuchte sie, sich zu wehren. Die Familie. Sie stemmte sich gegen seinen stählernen Brustkasten. «Crane, hör auf –»

«Du willst mich so, wie ich dich will. Sag es!»

«Es ist wahr, ich ... o Gott, mach's mir nicht so schwer. Ich ...»

Sie konnte nicht weitersprechen, so sehr war sie von purer animalischer Gier überwältigt. Er küßte sie leidenschaftlich und beschlagnahmte ihren Körper, nahm sie in Besitz. Es gab keinen Teil von ihr, den er nicht beherrschte, körperlich und geistig.

Nein, nein, dachte sie, ich muß mich gegen ihn wehren. Sie stieß ihn fort, so fest sie konnte.

«Was soll das?» Er hielt inne.

«Das weißt du genau.» Sie war den Tränen nahe. «Ich hab es dir geschrieben: Wir haben keine Zukunft.»

«Wieso? Liebst du mich nicht?»

«Natürlich! Du weißt, ich bin verrückt nach dir, aber ich kann dich nicht heiraten.»

«Weil ich Chinese bin?»

«Crane, ich bin Halbchinesin. Das ist es nicht. Auch hat Mutter in dieser Hinsicht keine Vorurteile. Es ist ...» Sie zögerte.

«Was ist es? Was hat sie über mich gesagt?»

«Sie glaubt, du bist ein Verbrecher.»

«Und du? Was glaubst du?»

«Ich weiß, daß du keiner ...» Wieder zögerte sie. Als sie die Wut in seinen Augen aufflammen sah, fragte sie sich zum ersten Mal, ob ihre Mutter nicht vielleicht recht hatte. «Du bist keiner, nicht wahr?»

«Ein Verbrecher ist jemand, der gegen Gesetze verstößt, die er anerkennt. Da ich die Gesetze der Weißen nicht anerkenne, betrachte ich mich nicht als Verbrecher.» Er stand vom Bett auf und zog seine Hose an. «Du hast allerdings recht, Star. Wir haben keine Zukunft. Du bleibst hier in deiner Villa am Nob Hill und tust, als wärst du ein Rundauge. Ich geh zurück nach Chinatown zu meinen Landsleuten. Wenn du mich genug liebtest, würdest du mit mir kommen.»

«Crane, so einfach ist es nicht. Was meinst du damit, du erkennst die Gesetze der Weißen nicht an?»

«Genau was ich sage.»

«Dann hast du den jungen *Hop Sing* ermordet?»

«Du hörst dich an wie ein rundäugiger Ankläger. Vielleicht mußt du gar nicht so tun, als wärst du ein Rundauge –»

«Hör auf!» schrie sie, sprang vom Bett und lief zu ihm. Sie begann zu weinen und schlug mit den Fäusten auf seine Brust ein. Für einen kurzen Moment zeigte sein Gesicht Erstaunen. Dann packte er ihre Handgelenke. «Warum tust du mir das an?» schluchzte sie. «Warum machst du, daß ich mir so schmutzig vorkomme? Siehst du nicht, wie zerrissen ich bin? Ich liebe dich, Crane! Ich will dich, ich will deine Frau sein, aber ich kann nicht ...» Ihr Gesicht an seiner Brust bergend, schluchzte sie hysterisch. Er hielt sie fest und streichelte ihr Haar.

Die Tür ging auf. Es war Archer in Pyjama und Morgenrock. Er sah seine nackte Adoptivschwester in den Armen eines halbnackten Chinesen. «Du Schwein!» Mit einem wütenden Aufschrei stürmte er ins Zimmer. Star schrie auf, als Crane sie wegschob und sodann eine halbe Drehung machte, um es mit ihrem zum Angriff bereiten Retter aufzunehmen. Archer war auf der Universität Boxchampion im Mittelgewicht gewesen, aber er hatte nicht die geringste Chance. Cranes linkes Bein schnellte vor und rammte sich in Archers Eingeweide. Dann riß Crane den linken Arm hoch und knallte ihm seine Faust ins Gesicht. Die Faust-Fuß-Kombination, mit ritueller Gelassenheit und Anmut ausgeführt, ließ Archer zusammengekrümmt zu Boden sinken.

Crane nahm sein Hemd, ging zum Fenster und warf das Seil hinaus. Dann sah er Star an. «Ich bin zum Nob Hill gekommen», sagte er. «Jetzt bist du dran. Wenn du mich willst, komm nach Chinatown.»

Alles war so schnell gegangen, sie war vor Schreck noch wie gelähmt. Behende wie ein Affe kletterte Crane sodann über die Fensterbank und ließ sich an dem Seil hinabgleiten.

Auf der anderen Straßenseite machte sich ein *Bulletin*-Reporter im Schatten einer Villa Notizen. Digby Lee wußte, mit dieser Story ließen sich Zeitungen in hoher Auflage verkaufen.

25

Hör dir diese Schlagzeile an!» begeisterte sich Slade am nächsten Morgen. Er hielt den *Bulletin* in die Höhe. «Chinatowns *Kay Yee* steigt durchs Fenster in Schlafzimmer von Nob-Hill-Erbin. Was verbindet Star Collins mit Pate von Chinatown?»

«Großartig, Slade!» Loretta saß ihm gegenüber am Frühstückstisch. «Aber ich dachte, du wolltest bis zum Verlobungsball warten?»

«Was für ein Verlobungsball? Du glaubst doch nicht, daß Clayton Delamere sie jetzt noch heiratet? Bestimmt nicht. Außerdem, wenn einem so ein Knüller in den Schoß fällt, wartet man nicht. Es ist unfaßbar! Klettert an 'nem Seil in ihr Fenster rein, und zwanzig Minuten später klettert er wieder raus, ohne Hemd an. Das schlägt dem Faß den Boden aus!»

«Emma Collins muß fuchsteufelswild sein. Die ganze Stadt wird sie auslachen.»

Ihr Mann beugte sich vor. «Stimmt genau, Loretta. Und ich meine, das könnte unsere große Chance sein.«

«Wofür?»

«Wir haben dieses Haus gebaut, aber wir haben noch nie jemand eingeladen.»

Loretta runzelte die Stirn. «Du weißt warum, Schatz. Wir waren gesellschaftlich immer ziemlich weit unten, wegen ... du weißt schon. Die Vergangenheit.»

«Zum Teufel mit der Vergangenheit. Das ist fünfundzwanzig Jahre her. Wir sind so gut wie alle anderen in dieser Stadt.»

«Findest du?» fragte Loretta etwas wehmütig.

«Und ob! Paß auf, was wir machen: Ich hab von meiner Gesellschaftskolumnistin eine Liste von allen Leuten, die Emma zum Verlobungsball ihrer Tochter eingeladen hat. Du schickst an alle, die auf dieser Liste stehen, eine Einladung zu einem Ball am selben Abend hier bei uns. ‹Mr. und Mrs. Slade Dawson geben sich die Ehre, Sie zu einem Empfang oder einer Geselligkeit oder wie auch immer ... Kommen Sie in unser phantastisches neues Haus.› Alicia Beaumont soll dir bei den Einladungen helfen, sie kennt sich da aus. Es wird Zeit, daß wir zwei in dieser Stadt unseren Platz als die wichtigen Leute einnehmen, die wir sind.»

Ihre Augen spiegelten ihre Aufregung wider. «Meinst du, daß die Leute wirklich kommen?»

«Bestimmt. Wenn sie zu denen gehen, kommen sie auch zu uns. Und eins kann ich dir sagen: Nach dieser Schlagzeile setzt kein anständiges Ehepaar in Kalifornien mehr einen Fuß in das Haus der Collins, auch wenn sie den Ball veranstaltet. Und wenn der Ruf der Collins ruiniert ist, machen die Leute womöglich auch keine Geschäfte mehr mit ihnen. Wer weiß, vielleicht können wir sie eines Tages aufkaufen, für 'n Apfel und 'n Ei.»

Seine Frau sah ihn bewundernd an. «Aha, darauf willst du hinaus. Du willst nicht bloß Rache, du willst sie verschlucken.»

«Was dagegen?» Er zündete sich lächelnd ein Zigarillo an.

«Wie konntest du!» schrie Emma, indem sie den *Bulletin* zerknüllte. «Ihn am Abend der Beerdigung deines Vaters in dein Zimmer lassen und mit ihm schlafen! Du hast deine Familie ruiniert. Nach all der Liebe, die dein Vater und ich dir geschenkt haben! Ich kann es nicht fassen, daß du sie uns so zurückzahlst, mit Schande und Spott.»

«Mutter, bitte.» Star saß am Frühstückstisch, das Gesicht vom Weinen verquollen. Archer saß ihr gegenüber, ein Pflaster auf der linken Backe, wo Crane ihn geschlagen hatte. Emma umrundete in rasender Wut den Tisch.

«Mutter, bitte? Bitte was? Bitte verzeih? Natürlich verzeihe ich dir, du bist meine Tochter. Aber wie konntest du so unbesonnen sein? Ich nehme an, das war nicht das erste Mal, daß du mit ihm geschlafen hast?»

«Nein. Und ich liebe ihn –»

«Du begehrst ihn. Das ist was ganz anderes. Ich kann es nicht glauben, du liebst einen Mörder –»

«Das wissen wir nicht!»

«Das wissen wir wohl! Mach dich nicht lächerlich. Meine Reporter decken dieselben Fakten auf wie Slade Dawsons Reporter. Crane Kung ist an den meisten schmutzigen Geschäften in Chinatown beteiligt – Opium und chinesische Freudenmädchen, und er besitzt ein Dutzend Spielsalons. Das ist der Mann, den du begehrst. Das ist der Mann, den du diese Nacht in dein Schlafzimmer gelassen hast –»

«Ich habe ihn nicht hereingelassen! Er ist durchs Fenster geklettert – was hätte ich tun sollen, ihn hinausschubsen?»

«Du hast ihn nicht mal aus deinem Bett geschubst! Ich kann es nicht glauben. Ich bemühe mich, die Oper nach San Francisco zu holen, und meine Tochter führt in ihrem Schlafzimmer eine Operettenszene auf. Oh, ich werde dir keine Predigt halten oder mich für tugendhafter ausgeben als du. Ich war in bezug auf meine Vergangenheit immer ehrlich zu euch beiden, und ich war weiß Gott kein Unschuldslamm. Aber diese schmutzige Romanze, falls man es so nennen kann, die jedem gesunden Menschenverstand zuwiderläuft...» Sie hielt inne, als sie Kann-ich in der Tür erscheinen sah.

«Verzeihung, Taitai. Eben ist ein Brief von Mr. Clayton abgegeben worden.»

Emma schloß resigniert die Augen. «Das habe ich erwartet. Gib ihn mir bitte.»

Kann-ich reichte ihr das Kuvert auf einem silbernen Teller, dann zog er sich zurück, während sie las.

Sie legte den Brief auf den Tisch. «Ihr könnt euch denken, was er schreibt. Clayton bedauert, er liebt dich, aber unter diesen Umständen besteht sein Vater darauf, daß er seinen Heiratsantrag zurückzieht. Das wär's dann wohl.»

«O Mama!» Star stand auf und lief schluchzend hinaus.

Emma ließ sich auf ihren Stuhl sinken und trank ihren Kaffee aus. «Der einzige Mann, zu dem ich sie überreden konnte, und jetzt macht er einen Rückzieher.» Sie seufzte. «Ich frage mich, ob sie jetzt überhaupt noch einen Mann bekommt. Oh, ich kann einfach nicht glauben, was passiert ist.» Sie sah ihren Sohn an. «Meinst du, ich war zu streng mit ihr?»

«Durchaus nicht. Sie hat es verdient. Ich verstehe einfach nicht, was Star an ihm findet.»

«Ich schon. Er ist exotisch, er ist gefährlich, und er ist Chinese. Es war mein Fehler, sie von Crane unterrichten zu lassen, aber als er vor zehn Jahren zu mir kam, fand ich es ganz vernünftig, daß sie Chinesisch lernte. Ich hätte natürlich ahnen müssen, daß es Scherereien gibt. Slade Dawson führt jetzt bestimmt einen Freudentanz auf.»

«Ich muß dir etwas gestehen.»

«Ja?»

«Ich wußte schon eine ganze Weile, daß Star ein Verhältnis mit Crane hatte.»

«Warum hast du mir nichts gesagt?»

«Ich wollte mich da raushalten. Nein, es ist mehr als das. Ich...» Er spielte mit seiner Gabel. «Ich selbst sehe Star mit gemischten Gefühlen. Das war schon immer so.»

«Gemischte Gefühle? Inwiefern?»

«Sie ist sehr schön.»

Emma runzelte die Stirn. «Ja, ich habe eine gewisse Spannung zwischen euch beiden bemerkt. Ich bete zu Gott, daß ich mir deswegen keine Sorgen machen muß.»

Er schüttelte den Kopf. «Bestimmt nicht.»

«Wenn Slade Dawson das ahnte, das wäre wirklich das Ende. Gott, wie ich den Kerl hasse. Er war schuld am Tod meines ersten Mannes, und jetzt hat er uns mit Schande und Spott überschüttet.» Die Faust ballend und öffnend, wandte sie sich ab. Archer, der sie genau beobachtete, entdeckte zum erstenmal im Leben einen Riß in der Rüstung seiner ehrfurchtgebietenden Mutter.

«Können wir nicht zurückschlagen?» fragte er. «Schließlich weiß alle Welt, daß seine Frau eine Prostituierte war.»

«Das ist ja das Problem, alle wissen es. Loretta Dawson ist nichts als ein Witz. Ändert ihren Namen und erkauft sich als eifrige Kirchengängerin ihren Weg in den Himmel. Andererseits könntest du recht haben. Sie sind schrecklich empfindlich in bezug auf Lorettas Vergangenheit. Und vielleicht lassen sich damit ein paar Zeitungen in höherer Auflage verkaufen. Das wäre ein Segen.

«Inwiefern?»

Sie seufzte. «Du kannst ruhig die Wahrheit erfahren, da du jetzt bei der Zeitung anfängst. Die Auflage des *Times-Dispatch* sinkt. David Levin ist ein ausgezeichneter Redakteur, aber er ist zu elitär. Die Leser wollen Skandale und Verbrechen, sie wollen Aufregung. Das bietet ihnen der *Bulletin* – die heutige Morgenausgabe ist bestimmt ausverkauft! –, und der *Times-Dispatch* hat das Nachsehen. Slade hat mir vor drei Jahren sogar ein Kaufangebot gemacht, zu einem lächerlichen Preis. Ich habe natürlich abgelehnt.»

«Ich wünschte, du hättest es mir erzählt.»

«Vor drei Jahren warst du betrunken.»

«Ich wäre es vielleicht nicht gewesen, wenn ich das gewußt hätte.» Er stand auf.

«Wohin gehst du?»

«An die Arbeit. Erinnerst du dich? Du hast mich gestern abend eingestellt.» Er gab ihr einen Kuß. «Und mach dir wegen Slade Dawson keine Sorgen. Ich habe eine Idee, wie ich mit ihm fertig werde.»

«Wie?»

«Abwarten.» Er ging grinsend hinaus.

Als sie allein war, kämpfte Emma mit den Tränen. Jahrelang hatte sie sich bemüht, den Namen Collins gleichbedeutend zu machen mit Klasse, Kultur und Rechtschaffenheit, ebenso wie mit Macht und Reichtum. Und dieser eine unglaublich dumme Vorfall hatte das alles zunichte gemacht. Sofern die Leute in San Francisco nicht erschüttert waren, würden sie brüllen vor Lachen, was für eine so stolze Frau beinahe noch schlimmer war. Und sie war nicht wenig verbittert, daß Slade Dawsons Zeitung ihre eigene übertrumpft hatte. Der Leitartikel im *Times-Dispatch* befaßte sich heute mit dem Bedürfnis nach mehr kulturellen Einrichtungen in San Francisco, einschließlich einer Oper.

Sie mußte etwas unternehmen, aber was konnte sie tun? So wütend sie auch auf ihre Tochter war, sie mußte sie beschützen – falls es nicht schon zu spät war. Ich muß sie aus der Stadt bringen, dachte sie, und irgendwo anders einen Mann für sie finden. Aber wo?

Plötzlich hatte sie eine Idee. Ja, dachte sie, er ist ideal. Und ich möchte schwören, daß er in sie verliebt ist. Das eine Mal, als er sie vor sechs Monaten sah, ist ihm die Kinnlade runtergeklappt. Wenn er nur noch zu haben ist... es gibt nicht viele Frauen da unten...

Hastig läutete sie nach Kann-ich. Es ist keine Zeit zu verlieren. Wenn ich eine Abmachung mit seiner Mutter treffen kann... Und warum nicht? Sie sind praktisch mittellos, und ich halte die Hypothek. Gott sei gedankt für Scotts weise Voraussicht. Er hat immer gesagt, diese Ranch ist eine gute Investition, und wenn sie sich als Stars Rettung erweist, ist sie ein Geschenk Gottes.

«Taitai hat geläutet?» Kann-ich stand in der Tür.

«Ja. Sag dem Kutscher, er soll den großen Wagen bereitmachen. Und Adele soll für mich und für Miss Star genügend Sachen für zwei Nächte einpacken. Und sag dem Koch, er soll uns einen Korb mit Eßsachen mitgeben. Wir werden ein paar Tage fort sein.»

«Ja, Taitai. Was sag ich dem Kutscher, wo's hingeht?»

«Nach Süden. Zur Calafia-Ranch.» Als sie aus dem prunkvollen Speisezimmer eilte, dachte sie: Vielleicht bringen wir ein bißchen spanisches Blut in unsere Familie. Warum nicht? Alles andere haben wir praktisch schon.

26

Die sechs chinesischen Mörder gingen die Ross Alley entlang, die Straße der Glücksspieler in Chinatown. Sie war von finsteren Spielsalons gesäumt, alle als Pfandhäuser oder Wäschereien kaschiert, um die Polizei zu täuschen, die sich freilich nicht täuschen ließ. Die sechs jungen Mitglieder des *Hop Sing Tongs* wurden von einem schwerfälligen Mann mit hängendem schwarzem Schnurrbart und grausamen Schlitzaugen angeführt. Sein Name war Wong Yem Yen, und er beabsichtigte, der nächste *Kai Yee* von Chinatown zu werden.

Sie blieben vor einem heruntergekommenen zweistöckigen Gebäude stehen. Wong Yem Yen und sein Stellvertreter Charlie Kong wußten, daß sich hinter der Bezeichnung «Halle der himmlischen Chance» ein *Fan-Tan*-Salon verbarg. Wong öffnete die Tür und führte seine Mörderbande hinein. Zigarettenqualm, vermischt mit süßem Opiumgeruch, schlug ihnen entgegen. Der schmutzige Raum war mit Holzpritschen gesäumt, auf denen die Opiumraucher ruhten, manche jung, manche alt mit weißen Bärten, allesamt mit glasigen Augen. Die vier Spieltische waren von Chinesen umringt. Am Rande der Menge lauerten ein paar chinesische Freudenmädchen auf die Gewinner. Der Raum war heiß und von Gasbrennern spärlich erhellt. An einem *Fan-Tan*-Tisch nahm der Geber eine Anzahl Spielmarken aus einer Schale, legte sie auf den Tisch und deckte sofort eine Metallschüssel darüber. Die Spieler schlossen nun Wetten ab, welcher Rest blieb, wenn die Marken durch vier geteilt wurden.

Wong und Charlie Kong zogen Pistolen aus dem Hemd. Ein Freudenmädchen sah die Waffen und kreischte.

«Alles raus!» schrie Wong. «Die Geber bleiben da, alle anderen raus!»

Die Spieler drängten zur Tür, einige halfen den besäuselten Opiumrauchern auf die Beine. Als der Salon bis auf die erschrockenen Geber leer war, verriegelte Charlie Kong die Tür. «Der Laden hier gehört Crane Kung», sagte Wong und näherte sich den sich duckenden Gebern. «Dieser *Suey Sing*-Schweinehund hat einen von unseren Leuten ermordet. Für jeden getöteten *Hop Sing* üben wir Vergeltung an vier *Suey Sing*-Lakaien.»

Wong gab ein Zeichen. Mit ihren Messern richteten die Mörder ein Blutbad unter den vier Gebern an. Sodann heftete Wong eine Schriftrolle an eine Wand: «Der *Hop Sing Tong* erklärt dem *Suey Sing Tong* den Krieg! Die *Hop Sings* werden siegreich sein! Tod und Schande allen *Suey Sings!*»

Dann verschwanden Wong und die Mörder durch eine Hintertür.

«Verzeihen Sie, Miss Dawson, aber das Buch würde ich Ihnen nicht empfehlen. Ich habe es gelesen, es enthält gewisse Passagen, die für eine so zarte, kultivierte junge Dame wie Sie etwas zu deftig, um nicht zu sagen, leidenschaftlich sind.»

Arabella Dawson drehte sich um und sah Archer Collins, der in der kleinen Buchhandlung hinter sie getreten war, kühl an. «Mr. Collins», erwiderte die hübsche neunzehnjährige Brünette, «ich brauche weder Sie noch sonst jemanden von Ihrer Familie, um meine Lektüre zu überwachen. Aber vielleicht kann Ihre reizende Schwester mir einige interessante chinesische Romane empfehlen.»

Du kaltes, mieses Miststück, dachte Archer. Er zwang sich zu einem Lächeln.

«Eins zu Null für Sie, Miss Dawson. Doch wenn es um romantische Literatur geht, dürfte Ihre Mutter vielleicht eine bessere Beraterin sein. Soviel ich weiß, hat sie beträchtliche Erfahrung auf diesem Gebiet.»

«Sie Schuft», flüsterte Arabella. Ihr Gesicht lief rot an. «Wagen Sie es nicht, so mit mir zu sprechen. Meine Mutter ist ein aufrechtes Mitglied der episkopalischen Kirche, und alle unflätigen, abstoßenden Gerüchte, die Sie über sie gehört haben mögen, sind gemeine Lügen.»

Archer tippte lächelnd an seinen Homburg. «Wenn das so ist, nehme ich jedes Wort zurück. Das heißt, wenn Sie mir beim Mittagessen Gesellschaft leisten.»

«Lieber würde ich mit einer Klapperschlange essen. Mein Vater hat mir oftmals gesagt, ich soll mich von Ihnen fernhalten, und in diesem Fall gehorche ich ihm mit Vergnügen.»

Archer seufzte. «Nun gut. Dann muß ich meine Nachforschungen wohl anderswo betreiben.»

«Welche Nachforschungen?»

«Ich arbeite seit neuestem beim *Times-Dispatch*. Und da die Zeitung Ihres Vaters meiner Familie eine so interessante Publizität verschafft hat, finde ich es nur gerecht, wenn die Zeitung meiner Mutter sich für diese Gefälligkeit revanchiert. Daher ist es meine erste Aufgabe, eine Artikelserie über die prominente Familie Dawson aus San Francisco zu schreiben – insbesondere über ihre hochinteressante Herkunft. Ich gedachte Arbeit und Vergnügen zu verbinden, indem ich Sie zum Mittagessen ausführe und über Ihre Mutter interviewe. Aber da Sie die Gesellschaft von Reptilien vorziehen, führt mich mein nächster Schritt vermutlich zum Portsmouth Square, um eine gewisse füllige Dame namens Chicago zu interviewen.» Ein strahlendes, listiges Lächeln erhellte sein Gesicht. Arabella biß sich auf die Lippe. Er betrachtete ihr elegantes, grün-weiß gestreiftes Tournürenkleid mit passendem Hut und Sonnenschirm. Ihre Haare waren *à l'africaine* gekräuselt, neben Pudelfransen und *Crève-cœur*-Löckchen eine der neuesten Torheiten im modebesessenen San Francisco. Sie hatte ein Seidenband um den langen Hals und zwei Schleifen ins Haar gebunden, ihre Spitzenstrümpfe waren mit Erdbeeren bestickt, was als das nahezu Gewagteste galt, das ein anständiges Mädchen tragen konnte. Und Arabella Dawson war über die Maßen anständig, nachdem sie im Schatten des zweifelhaften Rufes ihrer Mutter aufgewachsen war. Eine bessere Methode, dieses großgewachsene, hübsche Mädchen mit den flaschengrünen Augen und der voll entwickelten Figur zu erschrecken, hätte Archer nicht einfallen können.

«Gut, Mr. Collins», sagte sie. «Ich nehme Ihre Einladung unter der Bedingung an, daß wir beide erkennen, daß dies Erpressung der übelsten Sorte ist und daß Sie, Sir, kein Gentleman sind.»

«Oh, ich bin Schlimmeres als das.» Er lächelte und reichte ihr seinen Arm. «Ich bin ein verwöhntes Balg und ein Trunkenbold. Weswegen mich die Damen so umwerfend charmant finden.»

«Diese Dame weiß Ihren umwerfenden Charme mitnichten zu schätzen, Sir. Wohin gehen wir essen? Nach Chinatown?»

«Wie wäre es mit dem *Café Bonanza*?» Er lächelte. Wieder biß sie sich auf die Lippe.

«Sie können über meine Eltern sagen, was Sie wollen», bemerkte sie eine halbe Stunde später. Sie saßen in dem eleganten Restaurant des kürzlich eröffneten Palace-Hotels. «Ihr verstorbener und sicher zutiefst betrauerter Vater begann sein Leben als Bankräuber.»

«Das stimmt. Und da Ihr Vater seine beachtliche Laufbahn als Spieler auf den Mississippi-Flußschiffen begann, vermute ich, daß keine von unseren Familien den Preis der Bibelgesellschaft für bürgerliche Tugend erhält.»

Sie funkelte ihn wütend an. René, der Oberkellner, der seine Laufbahn als Tellerwäscher in Paris begonnen hatte, verbeugte sich vor dem gut gekleideten, stattlichen jungen Paar. *«Monsieur Collins, comment ça va?»* fragte er lächelnd. Archer war einer seiner besten Kunden und großzügigsten Trinkgeldgeber.

«Ça va bien, René, Sie Schurke, und kommen Sie mir nicht mit Ihrer gräßlichen Sprache. Sprechen Sie Englisch.»

«Aber das Trinkgeld ist größer, wenn ich Französisch spreche», gab René zurück, und Archer lachte.

«Monsieur Collins n'est pas bien élevé», sagte Arabella. *«Ou peut-être est-il stupide.»*

«Das hab ich verstanden. Ich bin zu blöd, um Französisch zu sprechen. Ich sehe schon, das wird ein ganz reizendes Mittagessen. René, bringen Sie uns zwei Champagnercocktails.»

«Verzeihung, ich bestelle selbst für mich, vielen Dank. Ich rühre keinen Alkohol an. *Une tasse de thé, s'il vous plaît.»*

«Einen Tee. *Oui, mademoiselle.* Und Monsieur Collins? *Du champagne?»*

Archer runzelte die Stirn. Das Versprechen fiel ihm ein, das er seiner Mutter gegeben hatte. Er seufzte. «Ein Glas Wasser.»

René war schockiert. «Wasser? Was ist mit Ihnen passiert?»

«Ich habe mich bekehrt.»

Murmelnd und kopfschüttelnd gab René zwei Kellnern ein Zeichen, dann reichte er Arabella die umfangreiche Speisekarte. *«Je vous recommande les huîtres, mademoiselle. Elles sont superbes aujourd'hui. Et aussi le thon.»*

«Er empfiehlt die Austern und den Thunfisch», sagte Arabella.

«Danke für die Übersetzung», murrte Archer. «Vielleicht beglücken Sie uns nach dem Dessert mit einem Can-Can?»

«Ihnen fehlt es nicht nur an Kultiviertheit, Mr. Collins, Sie sind schlichtweg unfein.» Dabei sieht er verflixt gut aus, dachte Arabella.

«Es wäre interessant, meine Sitten von einer Dawson verfeinern zu lassen», erwiderte Archer. Ihre Mutter mag eine Hure und ihr Vater ein Gauner sein, dachte er, aber sie haben eine interessante Tochter. Die ist nicht auf den Kopf gefallen. Sicher, sie ist schrecklich eingebildet und keine große Schönheit, aber es wird trotzdem Spaß machen, sie zu schwängern. Und dann schreit Slade Dawson Zeter und Mordio.

«Sein voller Name ist Don Juan Ramon José Vicente Santisima Trinidad Lopez y Sepuvelda, aber alle nennen ihn Juanito», sagte Emma zu ihrer Tochter. Staubwolken aufwirbelnd, rumpelte ihre Kutsche den Camino Real entlang. «Er ist zweiundzwanzig, entsetzlich schüchtern und stottert. Sein Vater und sein älterer Bruder sind tot, und er leitet die Ranch mit seiner Mutter, Doña Felicidad. Hörst du mir überhaupt zu?»

Star sah aus dem Fenster auf die braunen, kahlen Hügel von Südkalifornien. Sie befanden sich seit fünf Kilometern auf der Calafia-Ranch; an der Grenze war ihnen ein Viehhirte vorausgesandt worden, um ihre Ankunft im Ranchhaus zu verkünden, bis zu dem es noch knapp dreißig Kilometer waren. «Ja, Mutter.»

«Was habe ich gesagt?»

«Sein Name ist Juanito, und er stottert.»

«Ist dir klar, daß diese Fahrt kein bloßer Ausflug ist?»

Star seufzte. «Mutter, ich weiß genau, weswegen wir hier sind. Du willst mich schleunigst verheiraten.»

»Zu deinem Besten, Liebes. Wenn du nicht dazu bereit bist, verschwenden wir nur unsere Zeit. Ich will dich nicht zur Heirat zwingen, aber –»

«Ich bin bereit.»

Emma sah sie mitfühlend an. «Liebes, ich weiß, es ist schwer für dich – für mich ist es auch schwer –, aber siehst du ein, daß es das Beste für dich ist?»

«Ja.» Ihr Blick wanderte wieder zum Kutschenfenster. In ihren Augen waren keine Tränen mehr, sie hatte sich leer geweint. Jetzt war sie einfach starr. Sie brannte nur noch vor Sehnsucht nach Crane, aber sie hatte sich damit abgefunden, daß sie ihn nie wiedersehen konnte. Wenn dieser Juanito sie heiraten wollte, gut. Es spielte keine Rolle. Ohne Crane war ihr Leben zu Ende.

Sie würde Don Juan Wie-immer-er-hieß heiraten, und wenn er zwei Köpfe hätte.

Er hatte nur einen, und der war bemerkenswerter, als sie ihn in Erinnerung hatte. Als sie vor dem weißen, stuckverzierten Ranchhaus aus der Kutsche kletterte, stand er mit seiner Mutter im Schatten auf der kleinen Veranda. Doña Felicidad, eine imposante weißhaarige Dame in Schwarz, trat vor, als Emma ausstieg. «Señora Collins.» Sie streckte ihre Hand aus. «*Bienvenidas. Mi casa es su casa.* Ihr Besuch ist uns eine Ehre.»

Emma, in einem braunen Reisekostüm mit Schleierhut, ergriff lächelnd ihre Hand. «Danke, Doña Felicidad. Darf ich Ihnen meine Tochter Star vorstellen?»

Star, die ein beiges Kleid trug, knickste, indes Doña Felicidad sie musterte. «Mein Sohn sprach von Ihrer Schönheit, nachdem er Sie vorigen Herbst in San Francisco besucht hatte», sagte sie. «Nun sehe ich, er hat nicht übertrieben. Sie sind entzückend, mein Kind.»

«Danke, Doña Felicidad.»

Die würdige Witwe zeigte auf ihren Sohn. «Sie erinnern sich sicher an Juan? Ihre Mutter war so freundlich, ihn zu empfangen.»

Star sah den jungen Mann an, der auf sie zutrat. Sie erinnerte sich verschwommen, daß er ihr vorgestellt worden war, aber damals waren ihre Gedanken ausschließlich bei Crane gewesen. «Natürlich erinnere ich mich», log sie. Sie war jedoch angenehm überrascht. Im Gegensatz zu seiner Mutter, die wie alle Aristokratinnen ihre Haut niemals der Sonne aussetzte, war Don Juan sonnengebräunt. Groß und schlank, hatte er tiefschwarze Haare, dunkelbraune Augen und ein schmales Gesicht mit einer Adlernase. Er trug einen schwarzen Sombrero mit einem Band aus Silberbrokat, eine reich bestickte Tuchjacke mit auffallenden Knöpfen und *Calzoneras* genannte Überhosen, die an der Außenseite von der Hüfte bis zum Knöchel offen waren. Die Säume waren mit Silberknöpfen besetzt und das Ganze mit Brokatlitze eingefaßt. An den Lederstiefeln klirrten silberne spanische Sporen. Er starrte Star an wie in Trance.

«Juanito», drängte seine Mutter.

Er blickte scheu von ihr zu Star und streckte dann eine zitternde Hand aus. «Gu-gu-guten Tag.» Star gab ihm die Hand und knickste.

«Wollen wir hineingehen, aus der Sonne?» fragte Doña Felicidad. «Sie sind gerade rechtzeitig zum Mittagessen angekommen. Danach kann Juanito der Señorita vielleicht ein wenig von der Ranch zeigen, wenn es sie interessiert.»

«Es interessiert mich sehr», sagte Star mit merklichem Mangel an Begeisterung.

«Sie ist sch-sch-schrecklich groß», sagte Juanito.

Lieber Gott, dachte Star, wenn das der Mann ist, den ich heiraten soll, bin ich wirklich für meine Sünden gestraft.

«Da-da-das ist ein Lasso», sagte Juanito eine Stunde später. Nach dem Mittagessen hatte er Star zu einem Viehgehege geführt, und er beeindruckte sie mit einer Vorführung im Lassowerfen. «Jetzt pa-pa-passen Sie auf, bitte.» Er bestieg einen Schimmel mit einem schönen Sattel aus geprägtem Leder. «Ich schlinge das La-Lasso um den Sattelknauf.» Er grub seine Silbersporen in die Flanken des Pferdes und galoppierte in der Einfriedung herum, dann durch das Gatter. Star sah begeistert zu, als er sein Lasso schwang, es auswarf und gekonnt um den Hals eines Stiers schlang. Darauf sprang er vom Pferd, lief zu dem bockenden Tier, packte es bei den Hörnern. Rasch fesselte er die vier Hufe des Stiers. Als Star applaudierte, stieg er wieder auf sein Pferd und galoppierte zu ihr zurück. «So fa-fa-fangen wir das Vieh ein», sagte er.

«Ich bin sehr beeindruckt.» Zum erstenmal lächelte sie ihn an. Sie wußte, daß Juanito ihr hatte zeigen wollen, daß das einzige Verkrüppelte an seinem Körper seine Zunge war.

«Stars Mitgift wird einhunderttausend Dollar in bar betragen», sagte Emma in dem ziemlich schäbigen Salon des Ranchhauses zu Doña Felicidad. «Ferner werde ich Ihnen die Löschung der Hypothek über hundertachtzigtausend Dollar, die ich auf dieser Ranch halte, zum Geschenk machen. Star wird natürlich auch einen Teil meines Vermögens erben. Ich habe kürzlich ein neues Testament verfaßt, worin ich ihr zehn Millionen Dollar vermache. Wenn Ihr Sohn sie heiratet, wird die Ranch Ihnen nicht nur unbelastet gehören, sondern Juanito wird Multimillionär.»

Während Emma sprach, hatte Doña Felicidad still in einem Sessel gesessen. Jetzt sagte sie: «*Señora*, Ihre Tochter ist ebenso schön wie reich. In den Adern meines Sohnes fließt einiges vom edelsten Blut Neuspaniens. Aber wir sind unbemittelt. Ich nehme an, Ihre Tochter hätte fast jeden Mann an der Westküste haben können. Doch Sie kommen unerwartet hierher und machen mir dieses außergewöhnliche Angebot. Verzeihen Sie, *Señora*, aber ich kann mich des Verdachtes nicht erwehren, daß da etwas nicht stimmt. Ist Ihre Tochter nicht mehr unschuldig?»

Emma war darauf vorbereitet. «Sie ist unschuldig im Herzen. Star ist ein liebes Mädchen, gebildet und kultiviert. Ich habe mich bemüht, sie sorgsam zu erziehen, und ihr gleichzeitig die Freiheit gelassen, nach der es die jungen Leute in San Francisco heutzutage verlangt. Doch ich will Sie nicht belügen, Doña Felicidad. Meine Tochter ist keine Jungfrau mehr. Sie wurde von einem Mann vergewaltigt, der sich als Lehrer der chinesischen Kultur ausgab, aber in Wirklichkeit ein Verbrecher war.»

«Dann wurde sie gegen ihren Willen entjungfert?»

«Das ist leider richtig.» Gott möge mir diese Lüge verzeihen, dachte Emma.

Doña Felicidad erhob sich und trat an ein Fenster. Sie sah Star und Juanito zu dem künstlich bewässerten Orangenhain im Norden der Ranch schlendern. Als das Geschäft mit Rindern infolge der Dürrezeiten sowie der riesigen Rinderfarmen, die nach dem Bürgerkrieg in Texas wie Pilze aus dem Boden schossen, immer weniger lukrativ wurde, hatte sich Scotts Voraussage, daß die Zukunft der Calafia-Ranch in Zitrusfrüchten und Ackerbau liege, bewahrheitet. Trotz alledem hatten sie immer noch schwer an den Rinderverlusten zu tragen. Nur die Kapitalspritze von Scott und Emma hatte die Ranch zusammengehalten. Und jetzt die Verheißung von Millionen, wie ein Blitz aus heiterem Himmel!

Sie drehte sich zu Emma um. «Es wäre mir natürlich lieber, wenn sie unberührt wäre. Aber wenn Juanito sie will und sie sich bereit erklärt, ihre Kinder im katholischen Glauben zu erziehen, werde ich ihnen nicht im Wege stehen.»

«Nun?» fragte Emma am Abend, als sie in das Schlafzimmer ihrer Tochter trat und sich auf die Bettkante setzte. «Was hältst du von Juanito?»

Man hatte ihnen zwei Gästezimmer im zweiten Stock des Ranchhauses gegeben. War die Möblierung auch spärlich, die Architektur des alten Hauses war anmutig, und die dicken Mauern hielten es innen kühl. Stars Zimmer hatte eine Flügeltür, die auf einen Balkon zum hinteren Küchengarten hinausging. Sie hatte sie geöffnet, und ein kühler Abendwind ließ die Vorhänge flattern. Im Osten erhoben sich schwarz die Hügel vor dem mit Sternen besäten Himmel. Im Westen lag der Pazifik.

«Er ist sehr lieb», sagte Star. «Gut, er stottert schrecklich, aber er hat sich heute nachmittag so viel Mühe gegeben, höflich zu sein und mir möglichst viel von der Ranch zu zeigen. Ja, ich glaube, ich könnte ihn gern haben. Und Mama, die Ranch ist herrlich. Juanito meint, er kann mir Reiten im Herrensitz beibringen, wenn ich es lernen will. Ich habe ihm natürlich gesagt, keiner Dame würde es im Traum einfallen, nicht im Damensitz zu reiten, aber ich glaube, wenn ich hier bliebe, würde ich ihn beim Wort nehmen. Die Entfernungen sind so ungeheuer, da ist der Damensattel nicht sehr praktisch. Die Ranch ist so riesig, sie ist wie ein Königreich.»

«Sie kann *dein* Königreich werden, Liebes. Ich habe mit Doña Felicidad gesprochen. Wenn du bereit bist, die Kinder katholisch zu erziehen, hat sie keine Einwände gegen die Heirat.»

«Juanito hat mir noch keinen Antrag gemacht.»

«Er wird es sehr bald tun. Und wenn alles gut geht, ist Samstag Hochzeit. In der Mission in San Juan Capistrano ist eine Kapelle.»

«Du verlierst wahrhaftig keine Zeit, nicht?»

«In diesem Fall nicht. Dann können wir dich und Juanito nach San Francisco bringen, und wir wandeln den Verlobungsball, für den ich schon alle Dekorationen bestellt habe, in euren Hochzeitsempfang um.»

«Wie ich sehe, hast du alles genau ausgeklügelt. Warum zweihundert bestellte Kisten Champagner verschwenden, nur weil ich meinen Verlobten verscheucht habe?»

«Ha, ich bin eben praktisch. Und dein bitterer Ton ist sehr unschön.»

Star seufzte. «Verzeihung. Ist ja auch egal. Ich tu alles, was du willst. Wem liegt schon an der Liebe?»

«Ich habe deinen Vater nicht geliebt, als ich ihn geheiratet habe, aber ich lernte ihn innig lieben.»

«Dann lerne ich vielleicht, Juanito zu lieben, wer weiß? Vielleicht lernt er sogar, mich zu lieben. Aber wenn nicht, macht es auch nichts.»

Emma drückte ihre Hand. «Du wirst dich vielleicht noch wundern, Liebes. Am Ende wirst du womöglich glücklicher, als du es mit Clayton geworden wärst.» Sie stand vom Bett auf und gab Star einen Kuß. «Gute Nacht, Star. Und es freut mich, daß Juanito dir gefällt.»

«Gute Nacht, Mutter.» Als Star allein war, setzte sie sich im Bett auf und blickte zu der schrägen Decke mit den freiliegenden, mit verblaßten Blumen bemalten Balken hinauf. Das bin ich, dachte sie. Eine verblaßte Blume. O Crane... Sie schloß die Augen und ballte die Fäuste. *Nein.* Crane war aus ihrem Leben verschwunden. Crane war ein Mörder, *Kai Yee* von Chinatown, daran bestand kein Zweifel mehr. Dann dachte sie an die Liebe mit ihm und brannte vor Sehnsucht.

Sie hatte gerade die Nachttischlampe heruntergedreht, als sie unter ihrem Balkon leises Gitarrenspiel hörte. Verwundert stieg sie aus dem Bett und ging zu der offenen Tür. Der Mond schien nicht, und der Himmel war atemberaubend schön, wie purpurner Samt. Sie blieb einen Augenblick stehen, gebannt von der Schönheit der Nacht und dem leisen Gitarrengeklimper. Sie trat auf den Balkon hinaus und sah hinunter, aber es war zu dunkel, um jemanden zu erkennen. Dann begann eine reine Tenorstimme *La Paloma* zu singen. Die Stimme gehörte Juanito. Auf spanisch stotterte er nicht.

27

In den ersten Jahren nach dem Goldrausch hatte es in Kalifornien kaum Ressentiments gegen die Chinesen gegeben, doch als nach dem Bürgerkrieg Tausende von Chinesen zum Bau der transkontinentalen Eisenbahn ins Land geholt wurden, machte sich Intoleranz breit, insbesondere bei den unteren Schichten, die mit den Kulis, die bereit waren, praktisch umsonst zu schuften, um Arbeitsplätze kämpften. In den 1870er Jahren hatte die anti-chinesische Stimmung in San Francisco gefährliche Ausmaße angenommen, angefacht durch Geschichten von Verbrechen in Chinatown, von Versklavung der chinesischen Freudenmädchen und Ausschweifungen in Spielhöllen und Opiumhöhlen. Anti-Kuli-Geheimbünde entstanden, und die Androhungen von Gewalt gegen die Chinesen nahmen dermaßen überhand, daß in chinesischen Pfandhäusern ein Ansturm auf Handfeuerwaffen, Dolche und Jagdmesser einsetzte. Chinatown war eine Zeitbombe, die der *Suey Sing Ton*-Krieg zünden sollte.

Am Tag nach den Morden in dem *Fan-Tan*-Spielsalon ging Wong Yem Yen mit seinen zwei Leibwächtern zur Ho Boon Gai, der Fünfzehn-Cent-Straße. Fünfzehn Cent kostete ein Haarschnitt in dieser mit Barbiergeschäften gesäumten Gasse. Wong trat in den Laden seines Lieblingsbarbiers Chin Poy, während seine zwei Leibwächter, der dicke Charlie Kong und Ernie Wu, vor der Tür Posten bezogen.

Wong setzte sich auf den einzigen Frisierstuhl in dem winzigen Laden. Chin Poy legte ihm ein heißes Handtuch aufs Gesicht, dann nahm er sein Rasiermesser und schärfte es an einem Lederriemen, indes er durch das Fenster die Rücken der zwei *Hop Sing*-Wächter beobachtete. Als das Rasiermesser scharf war, trat Chin Poy an den Stuhl, langte unter das heiße Tuch und schnitt Wong Yem Yen so rasch die Kehle durch, daß Wong nicht einmal aufschrie. Er gluckste nur und ging mit einem kurzen Zucken in die Ewigkeit ein.

Sieben Minuten vergingen, ehe Charlie Kong hinter sich blickte und bemerkte, daß der Laden leer war, bis auf den in ziemlich seltsamer Stellung auf dem Frisierstuhl sitzenden Wong. Dann sah Charlie, daß das Handtuch auf Wongs Gesicht sich rot gefärbt hatte. «Scheiße!» brüllte er, eilte in den Laden, gefolgt von Ernie Wu, und hob das Handtuch an. Der Schnitt in Wongs Kehle war so tief, daß ihm der halbe Kopf abgetrennt war. Blut ergoß sich auf den Fußboden. Wütend lief Charlie Kong durch die Hintertür des Ladens auf die schmale, von Menschen wimmelnde Gasse. Aber Chin Poy war verschwunden.

«David, das ist unglaublich», rief Archer, als er in Levins Büro im zweiten Stock des *Times-Dispatch*-Gebäudes, Montgomery Street Nr. 15 platzte. «Du hast den Barbiermord auf Seite sechs versteckt.»

Der inzwischen weißhaarige Levin sah von den Fahnenabzügen auf. Er liebte Emma noch immer, aber ihren Sohn liebte er ganz und gar nicht. «Archer, du arbeitest zwar noch keine Woche hier, aber inzwischen müßtest du wissen, daß ich es schätze, wenn meine Angestellten anklopfen, bevor sie hereinkommen.»

«Angestellter?» sagte Archer stirnrunzelnd. «Ich denke, ich bin wohl etwas mehr als ein Angesteller.»

«Denk, was du willst, für mich bist du ein Angestellter, nicht mehr und nicht weniger. Nun, worüber wolltest du dich beschweren?»

«Du hast den Barbiermord versteckt. Die Sache ist Dynamit. Der *Bulletin* hat sie auf die Titelseite geknallt.»

«Der *Bulletin* ist ein Schundblatt, und der sogenannte Barbiermord ist eine Schundgeschichte. Ich habe sie auf Seite sechs gebracht und werde Schund weiterhin dorthin setzen, wohin er gehört: an versteckte Stelle.»

«Schund?» wiederholte Archer ungläubig.

«Schund. Ich bin seit fünfundzwanzig Jahren Chefredakteur dieser Zeitung, und schauerliche Morde sind nicht der Stoff, den ich für meine Leser auswähle.»

«Hast du überhaupt noch Leser? Diese schauerlichen Morde sind zufällig Nachrichten, und dies ist zufällig eine Zeitung. Ist dir nicht klar, daß in Chinatown ein *Tong*-Krieg im Gange ist? Es mag ein Schundkrieg sein, aber über einen Krieg muß unsere Zeitung berichten.»

«Ich will offen zu dir sein, Archer», sagte David. «Ich war nicht erbaut, als deine Mutter mir sagte, du würdest bei der Zeitung arbeiten, auch wenn sie mir versicherte, du hättest ein neues Leben begonnen. Sicher, du bist mehr als ein Angestellter. Eines Tages wird diese Zeitung dir gehören. Doch vorerst kann ich dich nicht bevorzugt behandeln, weil das unter den anderen Angestellten böses Blut gäbe. Die Moral einer Zeitung ist äußerst wichtig. Du bist im Moment das jüngste Mitglied unserer Mannschaft. Du magst deine eigenen Ideen haben, wie man eine Zeitung macht, aber solange ich Chefredakteur bin, mache *ich* die Zeitung. Ich hoffe, du hast mich verstanden?»

«Vollkommen. Unterdessen verliert meine Mutter ein Vermögen mit diesem langweiligen Käseblatt, unsere Auflage beträgt weniger als fünfzehntausend. Der *Tong*-Krieg ist die heißeste Sache seit dem Goldrausch. Die anderen Zeitungen verkaufen sich bestens, und du redest von Schund – weißt du, was die Leute mit unserer Zeitung machen? Sie wickeln ihre Abfälle rein, also rede du mir nicht von Schund!»

David sah ihn kühl an. «Du bist entlassen.»

Archer blinzelte. «Du kannst mich nicht entlassen.»

«Ich habe es soeben getan. Verlaß mein Büro.»

Archer stützte seine Fäuste auf den Schreibtisch und beugte sich vor. «Du haßt mich», sagte er leise. «Du hast mich immer gehaßt, weil Mutter sich in meinen Vater verliebt hat statt in dich. Du bist ein Nichts, David, mit deinem beschissenen kleinen Garten, deinen räudigen Katzen und deinen Huren. Glaub ja nicht, ich wüßte nichts von deinen Mädchen, deinen heimlichen Besuchen in den Bordellen. Ist das der Grund, weshalb du keinen Schund drucken willst? Weil du selber Schund bist?»

«Mein Liebesleben ist meine Sache.» David vermochte seine Wut kaum zu zügeln. Archer war auf sein schmutziges kleines Geheimnis gestoßen. «Und es steht dir kaum an, Moralpredigten zu halten. Und jetzt verschwinde, bevor ich dich rausschmeiße.»

Archer war erstaunt über Davids Gereiztheit. «Gut, ich gehe. Aber wenn Mutter von der Ranch zurückkommt, wirst du derjenige sein, der seinen Hut nimmt. Eine Zeitung muß mit Schwung gemacht werden, und du hast seit Jahren keinen Schwung. Ich hab ihn, und ich werde diese Zeitung zur größten und besten der Westküste machen.» Damit ging er hinaus.

David bereute nicht, was er getan hatte. Emma mochte ihn dreißig Jahre lang unterjocht haben, aber er wollte verdammt sein, wenn er sich von ihrem Sohn kleinkriegen ließ. Er griff nach seinem Federhalter, um seinen Kündigungsbrief zu schreiben. Er hatte nicht die Absicht, sich hinauswerfen zu lassen.

Kann-ich öffnete die Haustür. Draußen stand ein hübsches, ziemlich nervöses Mädchen in einem entzückenden Abendkleid aus blauem Satin. «Ich bin Miss Dawson», sagte sie. «Mr. Collins erwartet mich.»

«Kommen Sie herein.» Drinnen nahm sie das Chinchilla-Cape ab, das sie vor der Kühle des Maiabends schützte, und reichte es Kann-ich mitsamt dem Chiffonschal, den sie über die Frisur gezogen hatte. «Hier entlang, bitte.» Kann-ich führte sie zu der Doppeltreppe mit dem riesigen Porträt von Emma. Arabella sah sich verstohlen um. Der Diener sollte ihre Neugier nicht bemerken, aber es war ihr unmöglich, dieses Haus, das Stadtgespräch von San Francisco gewesen war und ihre Mutter vor Neid vergehen ließ, nicht in Augenschein zu nehmen. Natürlich konnte sie ihrer Mutter nicht erzählen, daß sie hier gewesen war. Ihren Eltern hatte sie gesagt, sie besuche Clara Flood, die gegenüber wohnte. Ihr Vater hatte ein aufbrausendes Temperament. Er hatte sie selten geschlagen, doch wenn er dahinterkäme, daß sie Archer Collins' Einladung zum Abendessen angenommen hatte, könnte er sich vergessen. «Mr. Archer erwartet Sie oben in der Bildergalerie.» Kann-ich führte sie die rechte Treppe hinauf. «Er meint, Sie möchten sich vor dem Essen Taitais Bilder ansehen.»

«Das wäre reizend.» Arabella bemühte sich, ihre Begeisterung zu verbergen. Bei dem Essen im Palace-Hotel hatte sie nicht eben undeutlich zu verstehen gegeben, daß sie Emmas Gemälde gerne besichtigen würde. Wie so viele wohlhabende Mädchen aus San Francisco war Arabella zur Erziehung ins Ausland geschickt worden. Sie hatte eine vornehme Töchterschule in Paris besucht. Ihr Interesse, das sich bald in Leidenschaft verwandelte, galt der Kunst. Sie hatte voriges Jahr ihr Examen gemacht und anschließend eine zehnmonatige Rundreise zu den wichtigsten Museen und Kathedralen Europas unternommen. Sie war erst vor kurzem zurückgekehrt.

Emmas Architekt hatte die Bildergalerie im obersten Stockwerk der Villa angelegt, so daß die Gemälde durch ein Oberlicht Tageslicht erhielten. Im dritten Stock öffnete Kann-ich eine zweiflügelige Mahagonitür. «Miss Dawson», verkündete er. Arabella trat ein und befand sich am Ende einer von kugelförmigen Gasbrennern erleuchteten langen Galerie. Die Wände waren mit Gemälden behangen, deren erlesene Goldrahmen im Gaslicht magisch schimmerten.

Archer, der im Abendanzug blendend aussah, trat auf sie zu und küßte ihre behandschuhte Hand. «Guten Abend, Miss Dawson. Sie als Kunstkennerin können sich nun an Mutters Bildern ergötzen. Wenn Sie Fragen haben, will ich versuchen, sie zu beantworten.»

«Danke, Mr. Collins.» Arabella ging zur linken Galeriewand, und das erste Gemälde nahm ihr den Atem. «Watteau!» rief sie aus. «Ich liebe Watteau!» Sie sah Archer verlegen an und öffnete ihre Handtasche. «Erlauben Sie, Mr. Collins? Ich bin ein wenig kurzsichtig.» Sie zog ein goldgerändertes Lorgnon hervor und klappte es auseinander. «Ich hänge es nicht an die große Glocke, aber bei einem so außergewöhnlichen Bild ...» Sie hielt das Lorgnon in die Höhe. Als sie das Gemälde fast fünf Minuten betrachtet hatte, räusperte Archer sich. «Das nächste ist ein Rubens», sagte er. «Wenn wir nicht etwas schneller machen, wird aus dem Abendessen ein Mitternachtssouper.»

Arabella ließ das Lorgnon sinken. «Verzeihung. Aber bei so einem Augenschmaus könnte ich ganz auf das Essen verzichten.»

«Es stimmt zwar, daß nur ein vulgärer Mensch angesichts solcher Schönheit – und ich schließe Sie mit ein, Miss Dawson – ans Essen denken kann. Da ich jedoch ein vulgärer Mensch bin ... außerdem würde Mutter mich umbringen, wenn ich ihren Koch verstimmte.»

Ihre Miene wurde verächtlich. «Ich will mich bemühen, mich zu beeilen, Mr. Collins. Aber Kunst sollte man genießen, nicht verschlingen, wofür ein vulgärer Mensch wie Sie vielleicht keinen Sinn hat. Kunst ist eine Religion, der man Hochachtung zollen sollte.»

Sie ging weiter zum nächsten Bild, Rubens' *Der Raub der Sabinerinnen*. «Und woran dachte Rubens wohl, als er das viele Fleisch malte?» fragte Archer trocken. «An Religion?»

Arabella betrachtete das Gemälde, eine lüsterne Huldigung an das menschliche Fleisch. Kurz darauf kicherte sie. Sie sah schuldbewußt zu Archer hinüber, bemüht, ein ernstes Gesicht zu bewahren. Dann sah sie wieder auf das Gemälde. Einen Moment später brach sie in Lachen aus. «Sie schrecklicher Mensch!» prustete sie. Archer lächelte.

Eine Dreiviertelstunde später, als ihre Augen sich an einigen der schönsten Kunstwerke, die es in Amerika gab, sattgesehen hatten, gingen Arabella und Archer die große Treppe ins Erdgeschoß hinunter, wo ihre Ohren sich nun an Beethoven weideten. «Was ist das?» fragte sie.

«Eine Überraschung.» Archer reichte ihr seinen Arm und führte sie zu einer Flügeltür. Sie wurde von innen von zwei Chinesen geöffnet. Archer führte Arabella ins Speisezimmer. Die goldene chinesische Tapete mit dem Dekor eines märchenhaften, mit Pavillons bestandenen Gartens, schimmerte im Kerzenlicht. Am anderen Ende verbarg ein blauer Samtvorhang einen Alkoven. Von dorther kam die Musik. «Eine kleine Kammermusik fördert die Verdauung», bemerkte Archer, als er Arabella zu einem Stuhl an einer Seite des langen, polierten Tisches führte. Dann ging er um den Tisch herum und nahm ihr gegenüber Platz. «Mögen Sie Beethoven?» fragte er, indem er seine Damastserviette entfaltete, während ein Diener die venezianischen Kelche mit Eiswasser füllte.

«Natürlich, Mr. Collins, ich glaube allmählich, Sie sind ein Romantiker, der sich als vulgärer Mensch ausgibt.»

«Vielleicht bin ich ein wenig von beidem.»

Während die chinesischen Diener die Schildkrötensuppe servierten, betrachtete Arabella Archer über den Tisch hinweg. Der draufgängerische junge Lebemann mit dem üblen Ruf erwies sich als vielseitiger und interessanter, als sie sich vorgestellt hatte. Nachdem die Diener sich entfernt hatten, nahm sie ihren Löffel zur Hand. «Mr. Collins, hinter was sind Sie her?»

Er lächelte. «Erraten Sie's nicht? Hinter Ihnen.»

Sie verspürte einen leichten Schauder. Sie wußte nicht, war es Furcht oder Erwartung. Vielleicht war es schlicht Erregung.

Eine Stunde später führte er sie in den Ballsaal. Die Beschreibung des *Bulletin*-Reporters, dieser sei so groß wie der im Buckinghampalast, war reichlich übertrieben, aber der sechs Meter hohe und knapp zwanzig Meter lange Raum war unbestreitbar beeindruckend. Zwei große kristallene Gaslüster verliehen dem Saal ein sanftes Licht, das vom Parkett zurückgeworfen wurde. Am überraschendsten aber war für Arabella die Anwesenheit eines ganzen Orchesters am anderen Ende des Saales. In dem Augenblick, als Archer die Tür öffnete, hob der Dirigent den Taktstock, und die Musiker stimmten den neuen Strauß-Walzer *Geschichten aus dem Wienerwald* an.

«Tanzen Sie Walzer, Miss Dawson?»

«Sie haben mir nicht gesagt, daß Sie einen Ball geben!»

«Tu ich ja nicht. Zumindest ist sonst niemand eingeladen.»

Sie sah staunend auf die leere Tanzfläche. «Sie meinen, wir zwei sind allein?»

«Richtig. Wollen wir Walzer tanzen?» Er breitete die Arme aus.

«Sie sind wahnsinnig!» rief sie aus, als sie aufs Parkett wirbelten. «Sie sind vollkommen verrückt!»

«Wahnsinnig verliebt», sagte er lächelnd. «Und verrückt nach Ihnen.»

Sie fragte sich, ob er sie zum Narren hielt oder ob es möglicherweise wahr sei. In ihrem wild klopfenden Herzen hoffte sie letzteres, denn Arabella Dawson, die ihr Leben lang gelehrt worden war, die Collins zu hassen, war drauf und dran, sich zu verlieben.

28

Archer stieg aus der Kutsche und sah an dem siebenstöckigen *Pacific Bank and Trust*-Gebäude auf der Montgomery Street, im Herzen von San Franciscos Bankenviertel hinauf. Es war das höchste Gebäude an der Westküste. Er trat in das Vestibül aus dunkelgrünem Marmor und stieg die imposante Treppe zum zweiten Stock hinauf. Er hatte eine Verabredung mit seiner Mutter und wußte, daß sie stürmisch verlaufen würde.

Emma war reich geworden, weil sie die richtige Idee zur richtigen Zeit hatte. Die Zeit war vor achtzehn Jahren gewesen, als in Nevada die großen Silberfunde gemacht wurden. Anders als beim Goldrausch, wo man mit einer Spitzhacke, einem Sieb und etwas Glück reich werden konnte, lagerte das Silber in einem Berg. Riesige Kapitalmengen waren vonnöten, um die Schächte zu dem kostbaren Metall zu graben, und die Minenarbeiter waren auf der Suche nach Kapital nach San Francisco gekommen. Und da hatte Emma die richtige Idee: Ihre Versicherungsgesellschaft sammelte mit ihren Prämien riesige Kapitalreserven an. Warum nicht eine Bank gründen?

Die *Pacific Bank and Trust Company* öffnete am 1. Oktober 1859 ihre Pforten und hatte bald Millionen von Dollars an Darlehen zu niedrigen Zinssätzen an die Silberbergleute ausgegeben und ihre Minenaktien als Sicherheit genommen. Als viele mit den Zahlungen in Verzug gerieten, hatte die Bank ihre Aktien kassiert und somit weitere Anteile an den von ihr finanzierten Minen erworben. Was Emma anfaßte, wurde zu Geld: Die Bank war von Anfang an ein Erfolg. Binnen fünf Jahren, als an der Ostküste der Bürgerkrieg tobte, errichtete Emma das *Pacific Bank and Trust*-Gebäude, um ihr Imperium zu festigen: die Bank, die Versicherungsgesellschaft, die Schiffahrtsgesellschaft sowie zentrale Buchungsstellen für die Zeitung und das Warenhaus. Als Archer in ihren Empfangsraum trat und von ihrem Sekretär begrüßt wurde, kam ihm nicht zum erstenmal in den Sinn, daß seine Mutter eine der mächtigsten Frauen in Amerika sein mußte. Das war sicher kein leichter Weg gewesen. Aber Archer hatte die feste Absicht, ihr auf diesem Weg zu folgen.

Er wurde ins Allerheiligste geführt. Das Büro seiner Mutter war darauf angelegt, mit einem Flair maskuliner Macht zu beeindrucken: dunkle Täfelung wie in einem englischen Club, englische Möbel aus dem 18. Jahrhundert und an den Wänden Bilder von den ehemaligen Klippern der King-Schiffahrtsgesellschaft; an exponierter Stelle die *Empress of China*, die Emma einst nach Kalifornien gebracht hatte.

Emma saß hinter ihrem gewaltigen Schreibtisch. Sie war wie stets elegant gekleidet, die Haare in unzähligen Löckchen zur modernen Pudelfrisur hochgekämmt. Die Herzogin von San Francisco, wie Archer sie in Gedanken oft nannte. Wie immer, wenn sie wütend war, kam sie ohne Umschweife zur Sache. «David Levin hat mir einen Kündigungsbrief geschrieben», sagte sie. «Was weißt du darüber? Habt ihr euch gestritten?»

Archer nahm auf dem Stuhl vor ihrem Schreibtisch Platz. «Ja. Ich hab ihm gesagt, daß er eine schlechte Zeitung macht, und er hat mich rausgeworfen. Er weigert sich, den *Tong*-Krieg auf der ersten Seite zu bringen, weil er findet, daß es Schund ist. Hast du die heutige Morgenausgabe gelesen? Die *Hop Sings* haben heute nacht Crane Kungs Haus überfallen, neun *Hop Sings* und vier *Suey Sings* wurden getötet, und er bringt es auf Seite acht! Worum geht's im Leitartikel? Irgendwas von einem Waldbrand! Lächerlich.»

«Du hast ja recht. Er tut der Zeitung nicht gut. Manchmal denke ich, daß dies seine Art ist, sich an mir zu rächen.»

«Weil du nicht Mrs. David Levin geworden bist?»

«Ja. Aber hättest du nicht warten können? Erst fünf Tage bei der Zeitung! Du hättest eine Woche warten sollen, ehe du dich mit dem Chefredakteur anlegst. Warst du unverschämt zu ihm?»

Archer zögerte. «Ja, das war ich wohl.»

«Dann wünsche ich, daß du dich bei ihm entschuldigst. David ist ein lieber Mensch, ich kenne ihn fast mein ganzes Leben, und ich möchte nicht, daß mein Sohn ihn beleidigt.»

«Ich schreib ihm einen Brief.»

«Und ich zahle ihm eine ansehnliche Pension. Aber die Frage ist, durch wen kann ich ihn ersetzen?»

«Warum nimmst du nicht mich?» sagte Archer leise.

«Sei nicht lächerlich. Du bist nicht mal eine Woche dabei. Ich brauche jemanden mit Erfahrung –»

Archer sprang auf. «Mama, laß mich die Zeitung machen, bitte! Nie habe ich mir etwas so sehr gewünscht! Ich kann es schaffen! Ich hab Ideen... Du verlierst ohnehin schon Geld mit der Zeitung, warum willst du mir dann nicht die Chance geben, sie umzukrempeln? Was Schlimmeres als David kann ich auch nicht anrichten, aber ich glaube, ich kann es schaffen.»

«Verstehst du nicht? Wenn ich dir die Zeitung gebe, sagen die Leute, ‹ohne seine Mutter hätte er es nicht gekonnt›.»

«Es ist mir völlig egal, was die Leute sagen. Schau, seit drei Jahren bin ich mit dem College fertig, und drei Jahre hab ich mich nur betrunken und zum Narren gemacht – hauptsächlich aus Angst vor dir. Gut, ich hab dem Alkohol abgeschworen. Aber ich will die verlorene Zeit aufholen. Der *Times-Dispatch* kann eine aufregende Zeitung und ein einträgliches Geschäft werden. Gib mir diese Chance, mich zu bewähren, bitte.»

Sie sah ihm prüfend ins Gesicht. «Hm», meinte sie schließlich. «Im Moment hast du bestimmt keine Angst vor mir, oder?»

«Nein.»

«Gut, die Zeitung gehört dir. Ich zahle dir dasselbe Gehalt wie David, zehntausend im Jahr.»

«Ju-huu», brüllte er und lief um den Schreibtisch, um sie zu umarmen. «Danke, Mama. Du wirst es nie bereuen.»

«Enttäusch mich nicht», sagte sie. «Ich setze großes Vertrauen in dich, Liebling. Mach, daß ich stolz auf dich sein kann.»

«Bestimmt! Du wirst sehen.» Er rannte zur Tür.

«Archer?»

«Ja?»

«Du hast mir noch nicht gesagt, wen du morgen abend zu Stars Empfangsball mitbringst.»

Er zögerte, die Hand auf dem Messingknauf.

«Außerdem», fuhr sie fort, «habe ich eine Rechnung über achthundert Dollar erhalten. Offenbar hast du während meiner Abwesenheit eine Dame nach Hause eingeladen und ein komplettes Orchester nur für euch zwei engagiert. Kann-ich sagt, die betreffende Dame war Arabella Dawson. Ist das wahr?»

Er lächelte. «Dir entgeht kaum etwas, nicht? Ja, es ist wahr. Und ich habe Arabella für morgen abend auf den Ball eingeladen.»

«Hat sie zugesagt?»

«Ja.»

Emma runzelte die Stirn. «Was geht da vor? Loretta Dawson gibt morgen abend einen Ball in ihrem Haus und hat meine halbe Gästeliste gestohlen – die blöde Kuh will mich ausbooten, als ob mir das etwas ausmachte. Aber warum um alles in der Welt will ihre Tochter zu uns kommen?»

«Weil sie in mich verliebt ist. Ich sagte dir doch, ich werde schon mit Slade Dawson fertig.»

Ehe sie ihn noch etwas fragen konnte, war er aus dem Büro gestürmt.

«Mrs. Leland Stanford, Mary Crocker, Phoebe Hearst, alle kommen morgen abend, Nellie!» frohlockte Loretta Dawson. Sie stand in ihrem mit Möbeln überfrachteten Schlafzimmer vor dem Spiegel. Auf allen vieren kriechend steckte ihre australische Zofe den Saum ihres elfenbeinfarbenen Ballkleides. «So ein Triumph! Meinetwegen versetzen die feinsten Damen von San Francisco Emma Collins. Oh, es ist himmlisch, einfach himmlisch. Autsch! Du hast mich gepiekst, du tolpatschiges Frauenzimmer.»

«Verzeihung.»

«Das wird eine Nacht! Kaviar, Champagner – und meiner wird so gut sein wie Emma Collins'. *Perrier-Jouët*, fünf Dollar die Flasche. Oh, von dieser Nacht wird man noch jahrelang sprechen. Die Nacht, in der Loretta Dawson Königin von Nob Hill wurde.»

«Mutter?»

Loretta erblickte im Spiegel ihre Tochter. «Ja, Liebes?»

«Kann ich dich einen Augenblick sprechen?»

«Natürlich. Ich habe gerade zu Nellie gesagt, wie aufregend es morgen abend wird. Stell dir vor, zwei reizende Engländer sind hier beim britischen Konsul zu Besuch, Lord Avondale und Lord Mandeville. Ich hab ihnen Einladungen geschickt, und sie haben zugesagt. Und nicht nur das, Lord Avondale bat um die Ehre, dein Tischherr sein zu dürfen. Denk nur, Liebes, du könntest eines Tages Lady Avondale sein, durch Heirat verwandt mit den besten Familien Englands. Und er ist so stattlich.»

«Lord Avondale wird morgen abend nicht mein Tischherr sein, Mutter.»

Loretta drehte sich zu ihrer Tochter um. «Nein? Was ist passiert? Ist Lord Avondale krank?»

«Soviel ich weiß, ist er bei bester Gesundheit. Es ist nur, ich gehe zu Mrs. Collins' Empfang für ihre Tochter.»

Loretta bekam einen Hustenanfall. Als sie schließlich wieder zu Atem kam, fuhr sie ihre Tochter an: «Was?»

«Archer Collins hat mich eingeladen, und ich habe zugesagt.»

«Nellie, geh raus.»

«Aber, Mrs. Dawson –»

«Raus, du Kröte!» kreischte sie. Nellie rappelte sich hoch und lief zur Tür. Als sie draußen war, fragte Loretta: «Was geht hier vor? Hast du dich hinter meinem Rücken mit Archer Collins getroffen?»

«Ja. Mutter, er ist wirklich ein netter, liebenswürdiger junger Mann –»

«Nett? Liebenswürdig? Ein Trunkenbold und Lüstling ist er. Hat er dich angerührt?»

«Er ist ein perfekter Gentleman.»

«Ich kann es nicht glauben. Ich kann's nicht glauben, daß meine Tochter sich gegen den Willen ihrer Eltern heimlich mit einem Collins trifft.»

«Mama, du siehst das alles ganz falsch. Archer hat dem Alkohol abgeschworen, er trinkt nur Wasser und Orangensaft.»

Eine Hand an ihren üppigen Busen gepreßt, schleppte sich Loretta zu einem Sessel und ließ sich hineinplumpsen. «Das kann nicht wahr sein», keuchte sie. «Ich kann nicht glauben, daß meine eigene Tochter eine Schlange an meinem Busen ist.»

«Ich bin keine Schlange!» rief Arabella empört. «Aber ich gehe morgen abend zu Archer.»

Loretta zeigte anklagend mit dem Finger auf sie. «Ich schließ dich in deinem Zimmer ein.»

«An deiner Stelle würde ich es nicht mit Drohungen versuchen, Mutter», sagte ihre Tochter kühl. «Ich gehe unter anderem deshalb zu Archer, um ihn davon abzuhalten, eine Artikelserie über dich und Vater und das *Café Bonanza* zu bringen.»

Schweigen. Loretta kämpfte mit ihren Gefühlen. Ihr Gesicht lief rot an. Schließlich flüsterte sie: «Du weißt, das sind alles Lügengeschichten.»

«Das dachte ich auch, weil ich dir immer geglaubt habe, daß es Lügen seien. Aber heute hielt ich es für geboten, zum Portsmouth Square zu gehen und mich selbst zu erkundigen. Ich war heute morgen dort und habe mit dieser gräßlichen betrunkenen Chicago gesprochen.» Sie hielt inne und biß sich auf die Lippe. «O Mama», flüsterte sie, «wie konntest du?»

«Ich gebe zu, ich war Kellnerin, weiter nichts, verstehst du? Nichts! Mein Gott, am Abend, bevor dein Vater und ich ganz San Francisco bewirten, willst du mich ruinieren?»

«Natürlich will ich das nicht. Aber Mama, nach all den Jahren des Lügens und der Täuschung will ich die Wahrheit wissen. Du warst nicht bloß Kellnerin, hat Chicago mir gesagt. Du warst, was die Leute höflich mit ‹besudelte Taube› umschreiben. Du warst eine» – sie holte tief Luft, denn es brachte sie fast um, das Wort auszusprechen – ‹Prostituierte›!»

Die beiden Frauen starrten sich an. Schließlich richtete Loretta sich auf. «Na schön, es stimmt.» Trotz schlich sich in ihre Stimme. «Du willst die Wahrheit wissen? Meine Eltern sind auf dem Weg nach Westen an der Cholera gestorben wie Hunderte andere, und als ich nach San Francisco kam, hatte ich nichts als meine Jugend und mein Aussehen. Du hast ja keine Ahnung, wie es damals hier war. Jetzt ist es eine Weltstadt, die Leute nennen sie das ‹Paris der Westküste›. Aber damals war es ein Kaff. Es gab keine Frauen, und die Männer waren schrecklich ... lüstern. Sie zahlten jeden Preis. Einer bot mir dreihundert Dollar in Gold, nur um meine Unterwäsche anzusehen. Ich habe in der Stunde tausend Dollar verdient –»

«Nein!» Arabella hielt sich die Hand vor den Mund.

«O ja! Du bist erschüttert. Du hast nie erfahren, was es heißt, arm zu sein; dir wurde ja alles auf einem Silbertablett serviert – Kleider, Spielzeug, eine Ausbildung in Paris, Schmuck; alles, was du wolltest, hab ich dir gekauft, weil du besser sein solltest als ich. Und das bist du auch. Du bist eine Dame, was ich nie sein werde, und wenn ich hundert Jahre alt würde. Aber rümpf nicht die Nase über mich, weil ich mir meinen Lebensunterhalt auf dem Rücken verdienen mußte. Dein Vater hat mich respektabel gemacht, als ich mit deiner armen Schwester – Gott hab sie selig – in anderen Umständen war. Vielleicht hat Gott mich damit gestraft, daß sie tot geboren wurde. Jedenfalls habe ich alles getan, um die Vergangenheit wiedergutzumachen, und wenn du mich dafür haßt, kann ich es nicht ändern.»

Arabella schlug die Augen nieder; all die Jahre hatte ihre Mutter sie belogen. Leise, wie zu sich selbst, sagte sie: «Wer bin ich, daß ich mir ein Urteil erlauben könnte? Unter diesen Umständen hätte ich vielleicht dasselbe getan.»

«Oh, danke, mein Liebling.» Loretta schnellte aus dem Sessel und umarmte ihre Tochter. «Danke. Das nimmt mir eine Last von der Seele. Und versprichst du mir, daß du dich von Archer Collins fernhältst?»

Arabella fuhr zurück. «Aber warum?»

«Siehst du das nicht? Wenn meine Tochter morgen abend zu den Collins geht, lacht ganz San Francisco über mich.»

«O Mutter, das ist so albern –»

«Es ist nicht albern! In dieser Gesellschaft anerkannt werden ist wichtig, und morgen abend werden sie deinen Vater und mich anerkennen. Außerdem hasse ich Emma Collins. Sie ist so hochmütig.

Wenn ich ihr auf der Straße begegne, sieht sie durch mich hindurch, als ob ich gar nicht da wäre. Was bildet die sich eigentlich ein, wer sie ist?»

«Mutter, wenn es stimmt, was Archer mir erzählt hat, dann hat sie allen Grund, durch dich hindurchzusehen.»

Loretta zündete sich eine Zigarette an. «O ja, sie gibt deinem Vater die Schuld an Scott Kings Tod. Aber sie wird es nie beweisen können. Sie ist böse und rachsüchtig, und ihr Sohn ist noch schlimmer. Versprich mir, daß du dich von ihm fernhältst, versprich es!»

«Nein. Ich gehe morgen abend hin.»

«Das kannst du nicht tun! Du weißt, was der morgige Abend für deinen Vater und mich bedeutet. Du mußt hier sein.»

«Mutter, ich kann dir verzeihen, daß du eine ‹besudelte Taube› warst. Aber ich kann dir nicht verzeihen, daß du ein Parvenü bist. Dein albernes Getue wegen Mrs. Collins interessiert mich nicht. Ich interessiere mich ausschließlich für Archer und mich selbst. Gute Nacht.»

Als Loretta allein war, murmelte sie: «Verdammt» und ballte die Faust, «verdammt.» Dann stand sie auf, packte eine scheußliche Porzellanvase und warf sie mit aller Kraft in den Spiegel, der in tausend Scherben zersprang.

29

Alicia Beaumont, die Gesellschaftskolumnistin des *Bulletin*, schrieb am 18. Mai 1877 folgenden Artikel, der die ganze Titelseite einnahm.

NEUER STERN AM FIRMAMENT VON NOB HILL. HEUTE ABEND GROSSER BALL IN SLADE DAWSONS VILLA
San Franciscos obere Zehntausend rüsten sich zum gesellschaftlichen Ereignis des Jahrzehnts

Heute abend wird in unserer schönen Stadt Gesellschaftsgeschichte gemacht. Ganz San Francisco wird mit Interesse beobachten, wie eine neue führende Dame unserer bewegten Gesellschaftsszene aufsteigt, um an der Westküste den Ton anzugeben: Mrs. Slade Dawson veranstaltet in ihrer prachtvollen Villa am Nob Hill einen Ball unter dem Thema «Eine Nacht im alten Kalifornien». Zu diesem Anlaß haben die herausragendsten Mitglieder der Gesellschaft Wochen darauf verwendet, sich raffinierte Kostüme im alten mexikanisch-kalifornischen Stil anfertigen zu lassen. Mantillas, Spitzenfächer und dunkel blitzende Augen sind unerläßlich, und gewiß wird manche unserer schönsten jungen Damen so manches Männerherz schneller schlagen lassen.
Die Villa selbst dürfte von nicht geringem Interesse sein. Sie wurde vor vier Monaten fertiggestellt, die Kosten beliefen sich auf drei Millionen. Es ist gewiß eines der imposantesten Häuser von San Francisco. Zu den zahlreichen erstaunlichen Einrichtungen des Hauses gehören ein hydraulischer Aufzug, ein Billardzimmer und Badezimmer mit Einlaufhähnen, Ablaufspunden und Brausen.
Die edelsten französischen Weine werden serviert, und zum Mitternachtssouper gibt es *Consommé de volaille*, gedünstete Schildkröten, *Pâté de foie de canard*, Schnepfen und Wachteln und Dutzende

weiterer Köstlichkeiten. Die Dekoration besteht aus Körben mit Veilchen, Heliotropen, Rosen, Hyazinthen, Jasmin, Reseda und anderen Blumen.

Die elegantesten Leute der Stadt werden zugegen sein, und es heißt, eine ehemalige führende Dame der Gesellschaft, deren Familie seit neuestem mit einem Skandal behaftet ist, wird fortan ständig im gesellschaftlichen Schatten schmachten.

Tags zuvor, als Archer so überraschend die Chefredaktion des *Times-Dispatch* übernahm, hatte er seinen Klatschkolumnisten Sydney Tolliver ins Chefredakteurbüro kommen lassen und ihm folgende Titelseite vorgelegt:

Die Hochzeit des Jahrzehnts: Glänzender Empfang für das Paar Collins-Lopez y Sepulveda

Der Name Emma de Meyer King Collins steht für alles Feine und Kultivierte in unserer schönen Stadt. Seit ihrer großzügigen Stiftung eines neuen Krankenhauses für San Francisco wird ihr Name nun auch mit Wohltätigkeit in Verbindung gebracht. Heute abend gibt diese außergewöhnliche Dame in ihrer palastartigen Villa am Nob Hill einen Empfang, um die kürzlich erfolgte Eheschließung ihrer Tochter Star, deren strahlende Schönheit etliche Jahre die hiesige Gesellschaft geziert hat, mit dem Sohn einer der ältesten und vornehmsten Familien Kaliforniens, Don Juan Lopez y Sepulveda, zu feiern. Aus diesem Anlaß hat Mrs. Collins ihre Villa mit fünftausend weißen Tulpen aus den Gewächshäusern ihrer Farm in Palo Alto geschmückt, und San Franciscos beliebtestes 36-Mann-Orchester wird für Musik sorgen. Mr. Archer Collins, kürzlich zum Chefredakteur dieser Zeitung ernannt, nimmt am Empfang seiner Schwester in Begleitung von Miss Arabella Dawson teil, deren Mutter heute abend eine kleine Gesellschaft gibt.

Zwar war es Loretta Dawson gelungen, etliche der bedeutendsten Namen der Stadt auf ihre «kleine Gesellschaft» zu locken, doch Emma zog immer noch gut die Hälfte der vierhundert Leute an, die sie eingeladen hatte. Eine Kutsche nach der anderen hielt auf der Wagenauffahrt der strahlend hell erleuchteten Villa am Nob Hill und entließ ihre mit Pelzen und Juwelen geschmückten Insassen, begafft von der Menschenmenge auf der anderen Straßenseite.

In der Eingangshalle spielte die Orgel bekannte Opernarien, während Kann-ich die Gäste an den Kübeln mit weißen Tulpen vorbei zum Empfangsdefilee am Fuß der Doppeltreppe geleitete. Oben stand Emma in einem Tournüren-Abendkleid aus smaragdgrüner Seide, dessen Dekolleté ringsum mit schwarzen Federn verziert war. Ein Collier aus Rubinen und Diamanten kontrastierte mit dem Grün des Kleides. Natürlich hatte Zita das Kleid entworfen, und nur wenige Frauen besaßen die entsprechende Schönheit oder Figur, um es tragen zu können. Obwohl die Witwe Collins auf die Fünfzig zuging, was für die meisten Zeitgenossinnen das beginnende Alter bedeutete, klammerte sich Emma entschlossen an ihre Jugend. Mit regelmäßiger Diät und Bewegung hatte sie sich ihre Figur so gut erhalten, daß nicht wenige Männer bei ihrem Anblick einen angenehmen Adrenalinstoß verspürten. «Sie sieht so jung aus», flüsterte eine ältere Dame neidisch. «Glaubst du, sie wird noch einmal heiraten?»

«Warum nicht?» flüsterte ihr aufgeregter Begleiter. «Fragt sich nur, wen?»

Zu Emmas Rechten stand Star in einem pfirsichfarbenen Satinkleid mit einem Diamantcollier, einem Hochzeitsgeschenk ihrer Mutter. Daneben Juanito, der im Frack hinreißend aussah. Dann Arabella, strahlend in einem gelben Samtkleid mit ausladendem Rock. Und schließlich Archer.

Dies alles beobachtete auf der linken Treppe ein dünner kleiner Mann mit Schnurrbart, ein Monokel im rechten Auge, eine Orchidee am Revers und ein Notizbuch in der behandschuhten Hand. Sydney Tolliver verehrte Emma und die Collins wie Gottheiten. Jetzt suchte er nach einem unverbrauchten Wort, um das zweifellos luxuriöseste, glänzendste gesellschaftliche Ereignis zu beschreiben, das er je gesehen hatte. «Atemberaubend» habe ich bis zum äußersten strapaziert, ebenso «blendend», «glänzend» und «strahlend». Ich werde ein Wort erfinden! Und mit seinem goldenen Bleistift kritzelte er folgenden unsterblichen Einleitungssatz in sein Notizbuch: «Gestern abend gab Emma Collins in ihrer Villa am Nob Hill einen absolut elefantösen Ball.»

«Ich möchte Ihnen danken, daß Sie nicht über Mutter hergezogen sind», sagte Arabella eine halbe Stunde später, als sie und Archer auf der überfüllten Tanzfläche des Ballsaales einen flotten Galopp hinlegten. «Nach den grausam höhnischen Artikeln im *Bulletin* fand ich Sydney Tolliver ausgesprochen zurückhaltend.»

«Ich habe ihm gesagt, er soll nachsichtig mit ihr sein», erwiderte Archer. «Schließlich stand mir heute abend die Ehre Ihrer Gesellschaft bevor. Da wäre es dumm von mir gewesen, Ihre Mutter zu beleidigen, nicht wahr?»

«Trotzdem vielen Dank. O Archer, Ihre Schwester ist so schön!»

«Ja, nicht wahr?» sagte er beinahe wehmütig. Dann lächelte er. «Aber nicht so schön wie Sie.»

«Ich glaube Ihnen kein Wort.» Arabella zögerte, dann sagte sie lächelnd: «Aber ich höre es gern.»

«Bist du glü-glücklich?» fragte Juanito Star beim Walzer.

«O ja, sehr.» Und sie meinte es ernst.

«Ich li-li-liebe dich.»

«Ich liebe dich auch.» Es stimmte. Der große, schlanke Juanito mochte wahnsinnig stottern, doch im Bett erwies er sich als ein ebenso feuriger Liebhaber wie Crane, ein Don Juan, der seinem Namen Ehre machte. Die wenigen Tage seit ihrer Heirat waren die reine Seligkeit gewesen, und der Schock und die Scham über Crane schienen allmählich zu verblassen.

«Ich ka-kann Archer gu-gut leiden. Meinst du, er ist in Arab-Arabella verli-liebt?»

«Ich weiß es nicht, und es ist mir auch egal. Dies ist unser Abend, Liebling. Wir tanzen Walzer und trinken Champagner und werden ganz beschwipst, und dann trägst du mich nach oben in unser Schlafzimmer und gibst mir zehntausend Küsse.»

«Wir werden vi-viele Kinder haben», sagte er und sah seine wunderbare junge Frau stolz an. «Fü-fünf Jungen und fü-fünf Mädchen.»

«Ich bin schon erledigt, wenn ich nur daran denke», sagte sie lachend. Ganz kurz fragte sie sich, was Crane heute abend machte. Dann verscheuchte sie ihn aus ihren Gedanken.

«Sie ist einfach fabelhaft», sagte Lord Radcliff Willoghby de Vere Mandeville, der zweite Sohn des Marquis von Thornfield, als er Emma beim Walzer mit ihrem frischgebackenen Schwiegersohn Juanito beobachtete. «Ist es möglich, daß jemand so reich und so schön sein kann?»

Sein Begleiter, Sir Percival Gore, der britische Konsul in San Francisco, lächelte. «In Amerika ist alles möglich.»

«Wie reich ist sie?»

«Es heißt, wenn sie alles versilbert, könnte es achtzig Millionen bringen.»

«Achtzig Millionen! Guter Gott, das sollte verboten sein. Und keine Verehrer?»

«Keiner in Sicht, Radcliff. Machen Sie sich Hoffnungen? Mit achtzig Millionen könnte man Thornfield Abbey und das Familienvermögen restaurieren.»

«Und die Spielschulden meines Vaters bezahlen. Einen Versuch ist es sicher wert. Da ich zu spät gekommen bin, um mich in das Empfangsdefilee einzureihen, könnten Sie mich vielleicht vorstellen?»

«Mit Vergnügen.»

«Sie ist ein bißchen alt für mich, aber man sagt ja, Frauen werden mit dem Alter immer besser.»

«Lassen Sie sich nicht von einem romantischen Abenteuer betören, alter Knabe.»

«Das wird kein romantisches Abenteuer. Das wird ein sauberes, schlichtes Geschäft.»

«Mein lieber Radcliff, Geschäfte sind nie sauber und selten schlicht.»

«Romantische Abenteuer auch nicht.»

«Ich sehe Sydney Tolliver herumschleichen und Notizen machen», sagte Emma beim Walzer zu ihrem Sohn. «Du willst doch hoffentlich nicht noch mehr von dem vulgären Mist drucken wie der Quatsch heute morgen auf der Titelseite?»

«Mit dem ‹vulgären Mist› haben wir fünftausend Exemplare mehr verkauft», sagte Archer. «Nicht schlecht für meinen ersten Tag, findest du nicht?»

«Das schon, aber wirklich, Archer! Außer meiner Badewanne hast du in dem Artikel praktisch alles beschrieben.»

«Du hast ihn nicht sorgfältig gelesen. Ich habe deine Wanne mitsamt dem massivsilbernen Wasserhahn erwähnt. Die Leute wollen so etwas lesen. Die Amerikaner nennen sich zwar Demokraten, aber im Grunde ihres Herzens wünschen sie sich ein Königshaus. Und weil sie das nicht haben können, halten sie sich an das nächstbeste: reiche Leute. Das bist du, meine innig geliebte Mutter, und das sind alle anderen hier am Nob Hill. Wenn du niest, drucke ich es, und es läßt sich gut verkaufen.»

«Trotzdem ist es vulgär.»

«Natürlich ist es vulgär.»

«Ich habe dir den *Times-Dispatch* nicht gegeben, damit du ein Schundblatt wie den *Bulletin* daraus machst.»

«Schund! Schon wieder dieses Wort. Aber Tatsache ist, du hast ihn mir gegeben, und ich mache ihn, wie ich es für richtig halte. Verbrechen, Skandale, Klatsch und politische Korruption, darum geht es beim Zeitungsgeschäft, und zum Glück ist das alles in San Francisco reichlich vorhanden. Übrigens, ich esse morgen mittag mit Digby Lee.

Ich biete ihm fünftausend Dollar jährlich mehr, als Slade Dawson ihm zahlt, damit er für mich arbeitet.»

Emma machte ein erschrockenes Gesicht. «Fünftausend Dollar mehr? Das ist ein Vermögen für einen Reporter.»

«Er ist jeden Cent wert. Er ist der beste Reporter in Kalifornien, und er wird für mich arbeiten, egal, wieviel ich ihm zahlen muß. Und ich will versuchen, Kontakt mit Mark Twain aufzunehmen, damit er ein paar humorvolle Artikel für uns schreibt. Oh, ich werde alles neu organisieren.»

«Vermutlich sollte ich dich tadeln», sagte seine Mutter streng. Dann lächelte sie. «Aber eigentlich muß ich zugeben, was du machst, hört sich ziemlich aufregend an, auch wenn es vulgär ist.»

Dreißig runde Tische für jeweils acht Personen waren im Speisezimmer, im Salon, in der Bibliothek und in der Bildergalerie im dritten Stock aufgestellt. Um Punkt zehn Uhr wurde im Ballsaal verkündet, daß das Essen serviert sei. Die zweihundertdreißig Gäste schwärmten durch die Villa, um ihre Plätze zu suchen und sich zum exquisiten Festmahl niederzulassen. Auf den Tischen standen Zuckerbäckermodelle von berühmten Gebäuden, darunter der Triumphbogen, die Vendôme-Säule, das Weiße Haus und das noch im Bau befindliche Washington Monument.

Star und Juanito durchquerten die Eingangshalle, als einer der französischen Ober herantrat und ihr einen Umschlag übergab. «Das wurde soeben abgegeben, Madam.»

Sie öffnete den Umschlag. Auf einem schmutzigen Stück Papier stand geschrieben: «Wenn Sie Crane Kung jemals lebend wiedersehen wollen, seien Sie in einer Stunde beim Reitstall Ihrer Mutter. Kein Wort zu niemandem, und kommen Sie allein, oder Crane Kung stirbt.» Keine Unterschrift, nur eine primitiv gezeichnete Schlange. Star wußte, das war das Emblem des *Hop Sing Tongs.*

«Wa-wa-was ist das?» fragte Juanito.

Star zwang sich zu einem gequälten Lächeln und steckte den Zettel in den Umschlag zurück. «Clara Food von gegenüber hat eine Erkältung und kann heute abend nicht kommen, aber sie schickt liebe Grüße und Glückwünsche.»

Hauptsächlich wegen seines Stotterns schien Juanito ein schüchterner, in sich gekehrter junger Mann zu sein. Aber er besaß ein hitziges spanisches Temperament, den grimmigen Stolz eines spanischen Edelmannes und ein beträchtliches Quantum Eifersucht. Dieses Temperament begann zu knistern, als ihm klar wurde, daß seine junge Frau ihn zum erstenmal in ihrer kurzen Ehe belog. Er griff nach dem Brief. «Gigib her!» flüsterte er.

«Nein!» Sie entriß ihm den Brief und stopfte ihn in den Ausschnitt ihres Kleides. Sie bangte um Cranes Sicherheit. Doch der mörderische Blick ihres Mannes ließ sie im Augenblick ebenso um ihre eigene Sicherheit bangen. Emmas Ankunft rettete die Situation.

«Ihr zwei seid oben in der Bildergalerie», sagte sie lächelnd. «Ich lasse die Jugend die Treppe hinaufsteigen. Wir Alten essen hier unten.» Sie sah Stars gespannte Miene. «Stimmt etwas nicht?»

«Nein, Mutter, alles ist bestens. Es ist ein wunderbarer Abend.» Sie küßte Emma auf die Wange. «Und ich habe dich sehr lieb», flüsterte sie. Darauf eilte sie zur Treppe. Juanito wollte etwas zu seiner Schwiegermutter sagen, dann überlegte er es sich anders und eilte seiner Frau nach. Emma beobachtete die zwei mit zusammengekniffenen Augen, überzeugt, daß etwas passiert war.

«Mrs. Collins?»

Sie drehte sich um. Hinter ihr stand Sir Percival Gore mit einem sehr großen jungen Mann im Abendanzug. «Ah, Sir Percival.» Sie reichte ihm lächelnd ihre Hand. «Ich freue mich so, daß Sie kommen konnten. Ich fürchtete schon, Sie hätten mich wegen dieser anderen Geselligkeit da drüben versetzt.»

Der britische Konsul küßte ihr die Hand. «Die andere Gastgeberin da drüben ist nur eine Sternschnuppe», sagte der Diplomat galant. «Sie, meine Dame, sind dagegen wie der Mond, strahlend, lieblich und eine feste Einrichtung am Firmament von San Francisco.»

Emma lachte und beäugte dabei den jungen Mann neben ihm. «Sie schmeicheln mir, Sir Percival.»

«Darf ich Ihnen meinen Gast vorstellen, den mitzubringen ich mir erlaubt habe? Lord Mandeville, Sohn des Marquis von Thornfield.»

Radcliff hob ihre Hand an seine Lippen. «Ich kam nach Kalifornien, um den wilden Westen zu sehen», sagte er. «Ich hätte nie erwartet, etwas so Elegantes wie dieses Haus oder etwas so Schönes wie Sie zu erblicken. Offenbar haben wir in Europa eine falsche Vorstellung vom amerikanischen Westen. Ich hatte nichts als Cowboys und Indianer erwartet und bekam Champagner und Venus präsentiert.»

«Sie sind hoffentlich nicht enttäuscht, Mylord?» Sie lächelte und dachte: Er ist absolut umwerfend!

«Keineswegs. Cowboys und Indianer sind amüsant, aber wenn das Neue sich abgenutzt hat, werden sie langweilig. Ich kann mir nicht vorstellen, daß Sie langweilig werden, selbst nach tausend Jahren nicht.»

Er trägt reichlich dick auf, dachte sie. Trotzdem, es ist angenehm zu hören... «Ich sollte Ihnen böse sein, Sir Percival», sagte sie. Ihre Augen ruhten noch auf dem jungen Engländer. «Sie hätten mir sagen sollen, daß Sie Lord Mandeville mitbringen, dann hätte ich ihn an einem Tisch plazieren können. Aber Sie können neben mir sitzen, Lord Mandeville. Ich lasse noch einen Stuhl dazwischen quetschen. Und alle werden beleidigt sein, weil ich einem vollkommen Fremden den Ehrenplatz gegeben habe.»

«Ich mag ein Fremder sein, Mrs. Collins, aber ich bin weit davon entfernt, vollkommen zu sein.» Er reichte ihr seinen Arm.

Er flirtet mit mir, dachte sie. Wie amüsant! Seit Jahren hat keiner mehr ernsthaft mit mir geflirtet, weil sie wußten, daß es Zeitverschwendung war. Natürlich ist es albern. Er ist halb so alt wie ich, und mich interessiert kein anderer nach meinem liebsten Mann. Aber es ist amüsant. Und er sieht sogar ein bißchen aus wie mein lieber Archer.

«Es muß schrecklich romantisch gewesen sein, in Thornfield Abbey aufzuwachsen», sagte Emma zwanzig Minuten später, als die Kellner die Consommé servierten. Sie hatte Lord Mandeville zu ihrer Rechten dazwischen gequetscht, zur Verärgerung ihres Vaters, der nun fast auf Zitas Schoß saß.

«Wenn man im Winter frieren für romantisch hält, dann schon», sagte Radcliff. «Es gab keinen modernen Komfort, und die Küche ist fast noch genauso wie im zehnten Jahrhundert.»

«Sie ist we-weg!» rief Juanito, der an Emmas Tisch geeilt kam.

«Wer?»

«Star! Sie ist vor einer ha-halben Stunde vom Ti-Tisch weggegangen, um sich die Na-Nase zu pudern, und jetzt ist sie versch-schwunden!»

«Aber das ist unmöglich –»

«Ich hab den Kellner gefunden.» Archer trat zu seinem Schwager. «Den, der Star den Brief gegeben hat. Er sagt, er wurde von einem Chinesen gebracht.»

«Was für ein Brief?» rief Emma. «Wovon redest du?»

«Star hat vorhin einen Brief bekommen. Juanito sagt, sie behauptete, er sei von Clara Food, aber er meint, sie hat gelogen. Ich habe die Polizei gerufen.»

Kaltes Entsetzen durchfuhr Emma. «Glaubst du...?»

«Ich weiß nicht, was ich glauben soll.»

«Ich will euch sagen, was ich glaube», sagte Juanito. Sein Gesicht war verzerrt vor Furcht und Zorn. «M-meine Frau ist ent-entführt wo-worden.»

30

Crane lag mit seinem schönsten Freudenmädchen in seinem Prunkbett. Süßer Räucherduft aus flachen dreifüßigen Kohlepfannen erfüllte die Luft.

«Kai Yee!» Jemand klopfte an die Tür. *«Kai Yee!»*

«Verschwinde, verdammt!» rief Crane.

«Ein Brief von Charlie Kong. Sie haben Star Collins!»

«Star!» flüsterte Crane. Er stieg aus dem Bett, warf sich einen roten Seidenmorgenrock über und entriegelte hastig die Tür. Draußen stand Li Wang Yu. Er drückte Crane einen Brief in die Hand.

> Verachteter Sohn von tausend Huren!
> Wir haben Star Collins. Wenn Du willst, daß sie am Leben bleibt, komm zum Hauptquartier des *Hop Sing Tongs*, allein und unbewaffnet. Wenn Du unsere Überprüfung bestehst, darfst Du sie sehen, und wir lassen sie laufen. Aber wenn Du unsere Bedingungen nicht erfüllst, stirbt sie eines langsamen Todes.

Keine Unterschrift, nur eine gezeichnete Schlange. Crane faltete den Brief zusammen und schloß die Augen.

«Was ist, *Kai Yee*?» fragte das Mädchen. «Wer hat Star?»

«Charlie Kong.»

«Was werden sie mit ihr machen?»

«Sie töten, wenn ich nicht hingehe. Und wenn ich hingehe, töten sie mich.»

«Dann darfst du nicht gehen. Laß sie Star töten – was bedeutet sie dir schon?»

Crane lehnte sich gegen die Wand und drückte den Kopf an die schwarze Seidentapete. Tränen traten in seine Augen. «Sie bedeutet mir alles», flüsterte er.

Die Nachricht von Stars Verschwinden verbreitete sich in Windeseile unter den Gästen von Emmas Empfang in der Villa am Nob Hill. Die Ankunft der Polizei veranlaßte einige ängstlichere Gäste zum Aufbruch, obwohl das Festmahl noch nicht halb beendet war.

«Glauben Sie, es war Crane Kung?» fragte Polizeiinspektor Browder Archer im Musikzimmer, wohin sie sich zurückgezogen hatten, um ungestört zu sein. «Glauben Sie, er besitzt genügend Macht über Ihre Schwester, um sie mit einem Brief aus dem Haus zu locken?»

«Ganz bestimmt nicht», sagte Emma.

«Moment mal, Mutter», warf Archer ein. «Crane hat irgendwie damit zu tun. Ob er den Brief geschickt hat, ist eine andere Frage. Inspektor, ich meine, Ihre Leute sollten Chinatown durchsuchen.»

«Einverstanden. Zuerst gehen wir zu Crane Kungs Haus.»

«Kann ich mitkommen?» fragte Archer.

«Sicher, wenn Sie wollen.»

Ein Polizist trat ein. «Verzeihung, Inspektor, soeben wurde gemeldet, daß der Anti-Kuli-Bund auf der Kearny Street eine Versammlung abhält. Die Leute sind aufgebracht, weil die Chinesen eine Weiße entführt haben.»

Inspektor Browder runzelte die Stirn. «Das könnte Ärger geben. Ich schicke Polizisten zur Beobachtung hin. Wir gehen inzwischen nach Chinatown, Mr. Collins.»

Im Hinausgehen flüsterte Archer seiner Mutter zu: «Das gibt eine riesige Titelseite in der Morgenausgabe!»

«Archer, das kannst du nicht machen», rief Emma aus. «Es geht um deine eigene Schwester.»

«Nachricht ist Nachricht. Glaubst du nicht, daß der *Bulletin* morgen voll davon ist? Ausnahmsweise wird Slade Dawson unserer Zeitung nicht zuvorkommen.» Er steuerte auf die Tür zu. Emma war über den Reportereifer ihres Sohnes fast ebenso entsetzt wie über das Verschwinden ihrer Tochter.

Als in der Stadt bekannt wurde, daß Star Collins Lopez y Sepulveda von Chinesen entführt worden war, brach sich das seit langem schwelende anti-chinesische Vorurteil Bahn. Die hastig versammelte Menge in der Kearny Street lauschte begierig einem der führenden anti-chinesischen Demagogen, dem Anführer des halb geheimen Anti-Kuli-Bundes. «Was ist ein Chinese?» schrie George Coleman, ein bulliger Baptistenprediger aus Alabama. «Ein Ausländer, der nach Amerika kam und seine eigenen Gesetze mitbrachte. Ein schlitzäugiger, gelber Zopfträger, der sich weigert, die Gesetze und Bräuche von uns Weißen zu achten. Ein Wurm im Apfel Amerika, der seine eigenen Frauen zu

Prostituierten macht Opium raucht und dessen blutrünstige *Tong*-Soldaten drauflos morden. Ich sage euch, meine amerikanischen Mitbürger, wenn die Schlitzaugen sich in Chinatown gegenseitig umbringen, ist das ihre Sache, aber wenn sie ihre üblen Machenschaften in das weiße San Francisco tragen, ist das etwas anderes. Sie haben ihren Abschaum ins Herz von San Francisco geschickt und die Tochter einer der führenden Familien unserer schönen Stadt entführt. Und ich frage euch, wollen wir das zulassen?»

«Nein!» brüllte die Menge.

«Was wollen wir unternehmen?»

«Chinatown muß brennen!» schrie ein Mann in der Menge, und andere stimmten rasch ein: «Chinatown muß brennen! Chinatown muß brennen!»

«Nichts wie hin!» schrie Coleman, und Hunderte weiße Bewohner von San Francisco, viele bewaffnet, drängten nach Chinatown.

In den Gassen von Chinatown wuchs die Spannung, als die Chinesen das ferne Gebrüll des Pöbels immer näher rücken hörten. Obwohl es schon nach Mitternacht war, erschienen überall im Viertel Wandzeitungen von gesetzestreuen Chinesen, die zu Aktionen gegen die *Tongs* aufriefen, die dieses Unheil über sie brachten. Und doch, wandten viele ein, waren die *Tongs* trotz aller Fehler nicht immerhin Chinesen? Konnte ein Chinese den Gesetzen des *Fan kwei*, des fremden weißen Teufels, trauen? So ergab ein Vorurteil das andere, und die Stadt wappnete sich für einen Ausbruch.

«*Kai Yee*, wir müssen etwas tun!» forderte Li Wang Yu. Nahezu sämtliche Mitglieder des *Suey Sing Tongs* hatten sich im Hauptquartier versammelt. Crane saß in seinem zinnoberroten Morgenrock still wie ein Buddha auf seiner Matte vor dem Altartisch mit den aus Weiden geflochtenen Korbschalen und Maiskolben. «Wenn wir nicht handeln», fuhr Li fort, «verlieren wir die Kontrolle über Chinatown.»

«Er hat recht, *Kai Yee*», sagte ein anderer junger *Tong*-Soldat. «Unsere Leute fürchten sich vor den Anti-Kuli-Rundaugen. Wenn wir unsere Leute nicht beschützen, wer dann?»

Schweigend warteten die *Tong*-Soldaten, daß ihr Anführer das Wort ergriff. Cranes Gesicht war steinern, seine angespannten Augen starrten geradeaus, ohne zu blinzeln. Dann erhob er sich. Er wandte sich dem Altartisch zu und hob das Schwert auf, mit dem er den jungen *Hop Sing*-Spion eigenhändig enthauptet hatte. Er hielt das Schwert einen Augenblick mit beiden Händen in die Höhe. Dann reichte er es Li Wang Yu, zog seinen roten Morgenrock aus und legte ihn auf den

Altar. Von der Taille aufwärts nackt, stellte er sich vor seine Leute. «Meine Brüder, ihr wißt, der *Suey Sing* bedeutet mir mehr als mein Leben. Aber eins ist mir noch kostbarer, und das ist Star Collins. Wie ihr wißt, hat Charlie Kong Star in seine Gewalt gebracht, und er wird sie nur freilassen, wenn ich mich ihm stelle. Daher bleibt mir keine andere Wahl, als mich den *Hop Sings* auszuliefern. Wenn dies geschehen und Star zu ihrer Familie zurückgekehrt ist, wird die Gefahr durch die Rundaugen vorüber sein und in Chinatown wieder Frieden einkehren. Aber da Charlie Kong meinen Tod wünscht, ziehe ich es vor, von Freundeshand zu sterben statt von Feindeshand. Deshalb bitte ich dich, meinen geliebten Bruder Li, dem ich das *Tong*-Schwert übergeben habe, meine Hinrichtung zu vollziehen. Schick den *Hop Sings* meinen abgetrennten Kopf. Das wird sie zufriedenstellen.»

«Nein!» rief Li. «Ich weigere mich, dir das Leben zu nehmen. Das soll ein anderer tun.» Er wandte sich an die übrigen. «Bietet sich jemand freiwillig an, den *Kai Yee* hinzurichten?»

Schweigen. «Damit», sagte Crane auf dem Weg zur Tür, «verurteilt ihr mich zu einem grausamen, schrecklichen Tod. Lebt wohl, meine Brüder. Ich gehe allein zu den *Hop Sings*.» An der Tür blieb er stehen und blickte zurück. «Zum erstenmal im Leben», fügte er hinzu, «habe ich Angst.»

Als der von zwei Pferden gezogene Polizeiwagen mit Archer und Inspektor Browder bei den Polizisten ankam, die Browder zu der Anti-Kuli-Versammlung geschickt hatte, fanden sie nur eine Menge Chinesen vor, die die Polizisten beobachteten. Sonst wirkte alles friedlich. Ein Polizist trat an den Wagen und salutierte. «Die Anti-Kulis waren vor einer Weile hier, Inspektor. Aber wir haben ihnen den Weg nach Chinatown abgeschnitten, darauf sind sie abgezogen.»

«In welche Richtung?»

«Zu den Docks.»

«Wieso zu den Docks?» fragte Browder verwundert.

«Wenn sie nicht nach Chinatown können», sagte Archer neben ihm, «versuchen sie vielleicht, einige Schiffe der Gesellschaften zu verbrennen, bei denen Chinesen beschäftigt sind, wie die *Pacific Mail*.»

«Wir fahren zuerst zu Crane Kungs Haus», sagte Browder. Doch als sie hinkamen, war die Villa auf der Grant Avenue leer.

Ein Mann in einer weißen Kapuze mit Augenschlitzen spähte durch das Guckloch in der Eingangstür des *Hop Sing*-Hauptquartiers. Draußen im Nebel stand Crane Kung. Der *Hop Sing* entriegelte die Tür. Mit gezogener Pistole in der Hand öffnete er und sah hinaus.

«Ich bin allein», sagte Crane.

Als der *Hop Sing*-Wächter sich überzeugt hatte, daß Crane die Wahrheit sprach, trat er zurück. Crane, der einen schwarzen Pyjama-Anzug trug, kam herein. Unter einer Öllaterne, die an einem Balken an der niedrigen Decke hing, standen vier in Kapuzen gehüllte *Hop Sings*. Zwei fuchtelten mit Macheten, einer mit einem Beil, einer mit einer Pistole. Nachdem der erste die Tür abgeschlossen und verriegelt hatte, trat der mit der Pistole auf Crane zu. «Hände hoch.»

Crane gehorchte. Der *Hop Sing* durchsuchte ihn flink. «Er ist sauber.»

«Wo ist Star?» fragte Crane.

«Wir stellen hier die Fragen», blaffte der Mann mit der Pistole und stieß seinen Finger in Cranes Brust. «Du hast hier nur eins zu tun: Gehorchen. Ansonsten hältst du die Schnauze. Bringt ihn nach unten.»

Zwei Wächter packten ihn an den Armen und führten ihn durch einen engen Flur zu einer Tür, sodann eine Holztreppe hinunter in einen Kellerraum mit feuchten Mauern. Zwei andere *Hop Sings* in Kapuzen standen vor einer weiteren Tür Wache. Sie öffneten sie, und Crane wurde in einen großen Keller gestoßen, wo lauter Kapuzenmänner auf dem Fußboden hockten.

Ein dicker Mann trat zu ihm und nahm seine Kapuze ab. Es war Charlie Kong. Er lächelte böse. «Wir haben dich erwartet. Willkommen beim *Hop Sing Tong*.»

«Wo ist Star?» fragte Crane. «Ich habe deine Anweisungen befolgt. Ich bin allein und unbewaffnet gekommen. Jetzt mußt du Star freilassen, wenn du ein Ehrenmann bist.»

«Oh, das bin ich. Du wirst deine Liebste sehen – ein letztes Mal. Aber wenn du ihr sagst, wer wir sind, kommt sie hier nicht lebend raus. Sie wurde mit verbundenen Augen hergebracht und geht genauso zurück. Versuch bloß keine Tricks.» Charlie Kong setzte seine Kapuze wieder auf und klatschte in die Hände. Am anderen Ende des Raumes öffneten zwei *Hop Sings* eine Tür. Gleich darauf kam Star herein. Sie trug noch ihr pfirsichfarbenes Ballkleid, hatte ihre Diamanten jedoch am Nob Hill zurückgelassen.

«Crane!» rief sie. «Du lebst!» Sie eilte um die sitzenden *Hop Sings* herum zu ihm. Charlie Kong machte den Wächtern ein Zeichen, die ihn losließen, so daß er Star umarmen konnte. «Ich hatte solche Angst», sagte sie, während er sie eng umschlungen hielt. «Sie wollten mir nichts sagen. Ich bin seit drei Stunden hier und habe gebetet, daß dir nichts passiert.»

«War das so wichtig für dich?» flüsterte er.

Sie sah ihm ins Gesicht. «Wichtiger als alles andere, das weißt du doch.»

»Nein. Du hast einen anderen geheiratet.»

«Weil ich keine andere Wahl hatte.»

«Aber du liebst deinen Mann?»

Sie zögerte. «Ja, aber nicht so wie dich. Du hattest recht: Wir sind eins. Ich bin deinetwegen nach Chinatown gekommen.»

Er schloß einen Moment die Augen. Das war es, was er hören wollte. «Haben sie dir wehgetan?»

«Nein.»

«Küß mich, und dann bringen sie dich nach Nob Hill zurück.»

Sie machte Anstalten, ihn zu küssen, dann zögerte sie abermals. «Und was wird aus dir?» flüsterte sie mit einem ängstlichen Blick auf die Kapuzenmänner.

Er lächelte. «Sie sehen ein bißchen unheimlich aus, aber es handelt sich nur um ein altes Ritual. Diese Männer sind meine Freunde. Wir haben noch etwas Geschäftliches zu besprechen, dann gehe ich nach Hause. Mach dir um mich keine Sorgen.» Er küßte sie mit der ganzen Leidenschaft seines Herzens. Dann flüsterte er: «Für mich gab es nie eine andere als dich.»

Sie hatte Tränen in den Augen. «O Crane, eine Hälfte von mir liebt meinen Mann, aber die andere wird dich immer lieben. Und das ist vielleicht die bessere Hälfte.»

Er lächelte. «Es tut gut, das zu hören. Jetzt geh nach Hause. Wir sehen uns wieder. Irgendwann, irgendwo.»

Ein zweifelnder Ausdruck huschte kurz über ihr schönes Gesicht, aber er legte ihr beruhigend seinen Finger auf die Lippen. Ein Wächter nahm ihre Hand und führte sie fort. An der Tür hielt man sie an, um ihr die Augen zu verbinden. Sie drehte sich noch einmal zu Crane um. Plötzlich wußte sie Bescheid. «Crane!»

«Geh!» schrie er. «Um Gottes willen, geh!»

Sie zitterte, als man ihr die Binde über die Augen legte. «Ich liebe dich!» rief sie. «Du bist mein ein und alles!» Dann schob man sie durch die Tür.

Als die Tür zugeschlagen war, nahm Charlie Kong seine Kapuze ab. «Eine rührende Szene.» Er lächelte. «Und ich gratuliere. Du hast deine

Rolle gut gespielt. Der edle Liebhaber opfert sein Leben für die Sicherheit seiner Liebsten.»

«Ich danke dir, daß ich sie sehen durfte und daß du ihr nichts getan hast.»

«Wie du schon sagtest, ich bin ein Ehrenmann.» Er gab den anderen ein Zeichen. «Bereitet ihn vor.» Drei *Tong*-Soldaten traten zu Crane und begannen, ihm die Kleider vom Leibe zu reißen.

«Was habt ihr vor?» fragte Crane. «Tötet mich, bringt es schnell hinter euch.»

«Aber dann macht es uns keinen Spaß.»

Eine rasende Menge drückte gegen die Stacheldrahttore des Docks, wo die *Pacific Mail* lag. «Werft eure Fackeln!» schrie George Coleman. «Steckt das Lagerhaus in Brand, dann greifen die Flammen auf die Schiffe auf der anderen Seite über!»

Ein Hagel von Fackeln flog über den Zaun. «Brennt, brennt!» brüllte der Pöbel. Die meisten Fackeln verloschen zischend auf der Erde, aber einige trafen mit einem Funkenregen auf die Holzwände des Lagerhauses, fielen auf den Boden und begannen zu schwelen. Zwei erschrockene chinesische Nachtwächter liefen mit Wassereimern aus dem Lagerhaus.

«Schlitzaugen!» kreischte der Pöbel. Einer zog eine Pistole und schoß. Der hintere der beiden Chinesen fiel schreiend mit dem Gesicht nach unten auf die Erde und ließ den Eimer fallen, als er sich an den Arm faßte, wo er getroffen worden war. Dem anderen war es gelungen, eine Fackel zu löschen, als eine Schußsalve ihn mit Kugeln durchsiebte. Er fiel tot auf die Erde. Sein Kollege kroch zur Tür zurück, doch die Menge, die Blut witterte, schoß erneut und tötete auch ihn. Unterdessen hatten zwei Fackeln das Lagerhaus in Brand gesetzt, und die Flammen züngelten zum Dach. Die Menge jubelte, als das Feuer die Nebelfetzen durchdrang.

«Polizei!» schrie George Coleman. Zwei Fahrzeuge näherten sich mit Glockengebimmel den Docks.

«Ich hatte recht», rief Archer im ersten Wagen, «das Lagerhaus brennt. Verdammt, hätte ich bloß einen Zeichner dabei.»

«Feuert über ihre Köpfe!» bellte Browder.

Die Polizisten in beiden Wagen begannen zu schießen, und die gespenstisch heulende Menge zerstreute sich in alle Himmelsrichtungen.

Archer war über die Niederträchtigkeit der Menge entsetzt. Etwas muß diesem Chinesenhaß Einhalt gebieten, dachte er, sonst hat San

Francisco keine Zukunft. Vielleicht sollte ich mitten in dieser ganzen Hysterie einen Leitartikel über die positiven Eigenschaften der Chinesen bringen. Auf jeden Fall – er lächelte – Leitartikel oder nicht, verkaufen wir mit dieser Geschichte morgen zehntausend Exemplare mehr. Dann besann er sich plötzlich. «Star», murmelte er. Wie konnte er an Zeitungsverkäufe denken, wenn seine Schwester vielleicht tot war! Sie hatten Cranes Haus leer vorgefunden. Browder meinte, es bliebe ihnen nichts übrig, als zu versuchen, die Anti-Kulis an den Docks zurückzuhalten. «Inspektor», hatte Archer gefragt, «was ist mit meiner Schwester? Sie ist in Gefahr.»

«Verdammt, Collins, ich kann nicht alles auf einmal machen. Und wo sollen wir sie suchen?»

«Könnte es nicht sein, daß die *Hop Sings* sie haben? Wollen wir's in ihrem Hauptquartier probieren?»

«Zu der Mörderbande in das Rattenloch geh ich nicht, wenn ich nicht mindestens drei Dutzend Männer habe. Und wenn Sie Ihre eigene Zeitung lesen, dann wissen Sie, daß die Polizei von San Francisco hoffnungslos unterbesetzt ist. Ich habe heute nacht jeden verfügbaren Mann auf der Straße, um diese Stadt vor einer Horde Wahnsinniger zu bewahren, die Chinesen umbringen wollen, und so sehr ich Ihrer Schwester helfen möchte, meine erste Pflicht ist es, die Bürger dieser Stadt zu beschützen –»

«Inspektor», unterbrach Archer ihn, «der Pöbel ist nach Hause gegangen. Gehen Sie zum *Hop Sing Tong*, und ich verspreche Ihnen eine Leitartikelkampagne im *Times-Dispatch*, die Ihnen so viele Polizisten bringt, wie Sie haben wollen, und eine Lohnerhöhung für Ihre Leute obendrein.»

Browder flüsterte: «Habe ich Ihr Wort?»

«Gewiß, Sir.»

Als sie in die Stadt zurückrasten, geriet Archers Blut in Wallung. Er erfuhr nicht nur das Aufregende an der Presse, sondern auch ihre Macht.

Charlie Kong leerte langsam den Inhalt eines Honigglases über Cranes Genitalien. Der geknebelte Crane hatte keine Ahnung, was die *Hop Sings* vorhatten, aber er war schweißgebadet vor Angst.

Charlie verschränkte die Arme. «Bringt die Wespen.» Crane starrte ihn zuckend und würgend an. «So ist's recht, *Kai Yee*.» Charlie lächelte. «Zuck nur schön. Wir stülpen dir ein Glas mit drei Dutzend Wespen über deinen Schwanz und deine Eier, *Kai Yee*. Der Honig macht sie verrückt, und sie werden dich in deine intimsten Teile stechen, *Kai Yee*.»

Ein Wächter brachte einen großen Glasbehälter mit einem Stück

Pappe über der Öffnung. Riesige Wespen krabbelten an den Wänden. Mit schweißnassem Gesicht starrte Crane auf die Insekten.

«Das wird sehr unterhaltsam, *Kai Yee*», sagte Charlie. «Los.»

Crane lag rücklings auf einem um fünfundvierzig Grad gekippten Tisch. Der *Hop Sing* trug das Glas langsam zu seiner Körpermitte und hielt mit einer Hand die Pappe fest. Die *Tong*-Soldaten sahen gebannt zu. Der Kellerraum war vollkommen still bis auf das schwache Summen der Wespen. Der *Hop Sing* nahm den Pappdeckel ab, stülpte das Glas über Cranes Geschlechtsteile und hielt es dort fest.

Die Wespen blieben eine Sekunde reglos, wie betäubt von dem plötzlichen Ruck des Glases. Dann rochen sie den Honig. Sie schwärmten über die Geschlechtsorgane, eine zornige, krabbelnde Masse. Charlie Kong sah gebannt zu, als Crane vor Schmerzen zu stöhnen begann. Sein Körper zuckte so heftig, daß der *Hop Sing* Mühe hatte, das Glas an Ort und Stelle zu halten. Dann biß Crane seinen Knebel durch. Der Schrei aus seinem Mund war so entsetzlich, daß sogar Charlie Kongs Blut gefror.

Binnen fünfzehn Minuten waren Cranes Geschlechtsorgane auf ihre anderthalbfache Größe angeschwollen und purpurrot geworden. Da flog die Kellertür auf, und die *Hop Sing*-Wächter kamen schreiend herein. «Polizei!» Inspektor Browder und seine Männer stürmten hinter ihnen herein, schossen zuerst an die Decke, dann, als Charlie Kong seine Pistole zog und zurückschoß, in die *Hop Sings*. Charlie und sechs weitere *Tong*-Soldaten wurden getötet. Die übrigen ergaben sich.

Als Archer in den Keller kam, legten Polizisten den *Hop Sings* gerade Handschellen an. Am Ende des Raumes umstanden Inspektor Browder und vier Polizisten einen gekippten Tisch. Archer ging hinüber. «Herrgott», murmelte er. Der Anblick war grauenhaft. «Ist er tot?»

«Lebendig ist er bestimmt nicht», sagte Browder. Ein junger Polizist warf einen Blick darauf, dann taumelte er in eine Ecke und übergab sich.

Eine Minute vor Ankunft der Polizei hatte ein *Hop Sing* Crane die Genitalien abgeschnitten und ihn von seinen Qualen erlöst.

31

Vater ist wütend!» verkündete Arabella Dawson, als der Ober sie und Archer am nächsten Mittag im Restaurant des Palace-Hotels an ihren Tisch führte. «Ich habe heute morgen gehört, wie er Mutter zurief, daß der *Times-Dispatch* dem *Bulletin* zuvorgekommen ist.»

«Ja», sagte Archer grinsend, «unsere Presse hat vier Sonderschichten gemacht, und wir haben die höchste Auflage seit unserem Bestehen verkauft.»

«Was war Crane Kings ‹grauenhafter Foltertod› genau?» Sie senkte die Stimme. «Das konnte ich aus dem Artikel nicht recht ersehen. Wo haben ihn die Wespen gestochen?»

«Meine liebe Miss Dawson, ich konnte die Wahrheit nicht drucken und werde sie auch einer kultivierten jungen Dame wie Ihnen nicht erläutern. Begnügen Sie sich damit, daß Crane Kung in den letzten Minuten seines Lebens teuer für seine Sünden bezahlt hat. Meine Schwester ist tiefbetrübt, was meinen Schwager nicht gerade freut. Was empfehlen Sie heute, René?»

«Die Pilze sind vorzüglich, Monsieur. Wir haben auch Lammkoteletts, in Anis und Knoblauch gebraten.» Der Ober reichte ihnen die Speisekarten. Das elegante Restaurant war gedrängt voll, und aller Augen ruhten auf Archer und Arabella. Alle hatten heute morgen den *Times-Dispatch* verschlungen.

Nachdem René ihre Bestellung aufgenommen und ihnen verächtlich Eiswasser eingeschenkt hatte, ergriff Archer über den Tisch hinweg Arabellas Hand. «Ich habe diese Nacht Dinge gesehen, die ich mein Lebtag nicht vergessen werde», sagte er leise. «Aber der Teil der Geschichte, den ich nicht gedruckt habe, ist auf seine Art so wundervoll, wie Cranes Tod entsetzlich war. Crane hat sein Leben geopfert, um das meiner Schwester zu retten. Das nenne ich den höchsten Beweis von Mut, und ich nehme an, es ist auch der höchste Beweis von

Liebe. Ich weiß nicht, ob ich den Mut hätte, aber ich weiß, daß ich Sie liebe.»

Arabella errötete. «Bitte, Archer, alle schauen her.»

«Sollen sie doch. Arabella, ich will jetzt ganz ehrlich zu Ihnen sein. Am Anfang wollte ich Sie nur verführen.»

Sie versteifte sich. «Wie meinen Sie das?»

«Ich war wütend auf Ihren Vater wegen dem, was seine Zeitung über meine Schwester geschrieben hatte, und ich wollte es ihm heimzahlen. Ich dachte: Was kann ich Slade Dawson antun, das ihn wirklich trifft? Und da verfiel ich auf Sie. Ich dachte, wenn ich Sie verführen könnte –»

«Oh!» Sie entriß ihm ihre Hand. «Sie gräßlicher Mensch!» Sie senkte die Stimme zu einem Flüstern. «Sie denken wohl, wegen der Vergangenheit meiner Mutter können Sie mit mir machen, was Sie wollen, Sie meinen, es liegt mir im Blut. Aber Sie irren sich.»

«Ich weiß, aber hören Sie mich zu Ende an. Ich hatte vor, Sie zu verführen und Sie dann als gefallenes Mädchen sitzenzulassen, wie es in den Groschenromanen heißt. Aber dann geschah etwas, womit ich nicht gerechnet hatte: Ich habe mich in Sie verliebt.»

«Sie erwarten doch nicht, daß ich das glaube?»

«Es ist aber wahr. Und ich bitte Sie, mich zu heiraten.»

Sie funkelte ihn böse an. «Selbst wenn ich über Ihre unverschämten, beleidigenden Beweggründe hinwegsehen könnte, mein Vater würde mir nie erlauben, einen Collins zu heiraten. Er würde mich zuvor enterben.»

«Schön. Dann wüßten Sie, daß ich es nicht auf Ihr Geld abgesehen habe. Obendrein würde meine Mutter mich vermutlich enterben, wenn ich Slade Dawsons Tochter heiratete, so daß wir beide am Ende arm wie die Kirchenmäuse wären. Dann könnten wir herausfinden, ob es stimmt, daß man von der Liebe leben kann.»

«Sie sind ja wohl nicht bei Sinnen, wenn Sie glauben, ich könnte auch nur eine Minute erwägen, auf mein Erbe zu verzichten, um einen unmöglichen, betrügerischen ...»

«Nicht zu vergessen vulgären ...»

«Das vergesse ich bestimmt nicht! Einen betrügerischen, unmöglichen, vulgären Menschen wie Sie zu heiraten!»

«Das ist vermutlich eine recht gute Beschreibung meines Charakters. Aber Arabella, dieses Zeitungsgeschäft ... ich hab's im Blut. Es ist ungeheuer aufregend. Ich kann wirklich etwas für diese Stadt tun. Haben Sie heute morgen meinen Leitartikel über die Chinesen gelesen? Was halten Sie davon?»

Sie zögerte. «Ich ... er hat mir gefallen. Sie schreiben, daß die Vorurteile gegen die Chinesen falsch sind. Ich halte Ihnen auch zugute, daß Sie den Mut aufbrachten, den Artikel ausgerechnet jetzt zu bringen, wo in der Stadt eine so starke anti-chinesische Stimmung herrscht.»

«Sehen Sie, was ich meine? Die Zeitung kann eine wunderbare Waffe für das Gute sein. Ich möchte diese Waffe benutzen und brauche eine Frau, die mir dabei hilft. Ich brauche Sie, Arabella. Wollen Sie sich meinen Antrag nicht wenigstens überlegen? Ich liebe Sie so sehr.»

Sie funkelte ihn immer noch an, als der Kellner mit einem Lachs auf einem großen Silbertablett hinter Archer trat. «Ich hab's mir überlegt», sagte sie unvermittelt.

«So schnell?»

«Ja. Ich nehme Ihren Antrag an. Ich werde Ihre Frau. Ich sehe über Ihre schrecklichen Eigenschaften hinweg, weil...» Ihr strenger Gesichtsausdruck zerschmolz zu einem Lächeln. «Ich liebe Sie auch.»

«Ju-huuu!» Archer sprang von seinem Stuhl auf, warf beide Arme hoch und stieß dabei an das Tablett mit dem Lachs, das dem Kellner aus den Händen flog. Der Fisch rutschte auf Archers Kopf, sein Schwanz baumelte munter vor Archers Nase. Arabella und alle übrigen Anwesenden im Restaurant brachen in stürmisches Gelächter aus.

«Du hast mich belo-lo-logen!» schrie Juanito, während er seine Hemden in seinen Lederkoffer stopfte. «Und deine Mu-mu-mutter hat auch gelo-logen! Du hast diesen Crane K-k-kung geli-liebt!»

Star stand neben ihm im Schlafzimmer. «Ja, Juanito. Und er hat sein Leben für mich geopfert. Natürlich bin ich ganz durcheinander. Ich hatte Crane sehr gern, das heißt aber nicht, daß ich dich nicht auch liebe.»

«Eine F-frau kann nicht zwei Mä-männer zugl-gleich lieben.»

«Das stimmt nicht!»

Er knallte seinen Koffer zu. «Star, ich li-liebe dich seit dem ersten Moment, als ich dich sah. Aber man hat mich he-hereinge-gelegt. Du w-warst kein u-unsch-schuldiges Mädchen, das von einem bösen Chi-chinesen entju-jungfert wurde; du hattest es g-gern! So sehr, daß ein Br-brief genügt – den du mir nicht ze-zeigen wolltest, mir, d-deinem Mann! –, und sch-schon rennst du aus dem Haus!»

«Es ist gemein von dir, mir das vorzuhalten, nachdem er so ein edles Opfer gebracht hat.»

«Edles Opfer, daß ich nicht la-lache! Mir reicht's je-jedenfalls, ich geh auf die Ranch zurück.» Er riß den Koffer vom Bett und steuerte auf die Tür zu. Star lief ihm nach.

«Juanito, du kannst mich nicht verlassen. Ich bin deine Frau!»

«Du be-benimmst dich aber nicht so. Unter einer Ehefr-frau verstehe ich eine, die nur einen Mann liebt, ihren Ehemann. Das tri-trifft auf dich nicht zu.»

Er öffnete die Tür und trat in den Flur. Sie folgte ihm und klammerte sich an seinen Ärmel. «Du bist ungerecht!» rief sie. «Ich liebe dich. Ich kannte dich ja noch nicht, als ich Crane geliebt habe –»

Mit seiner freien Hand schlug er sie so fest, daß sie rückwärts gegen eine Marmorkonsole fiel und eine chinesische Vase herunterstieß, die auf dem Fußboden zerschellte. *«Puta!»* schrie er wütend, und sie brach in Tränen aus. Dann stürmte er den Flur entlang, die Treppe hinunter und aus dem Haus.

«Armer Liebling», sagte Emma am Abend in der Bibliothek zu Star und umarmte sie.

«Er hat mich eine Hure genannt und mich geschlagen!» schluchzte Star.

«Ja, und eine Ming-Vase ist auch zu Bruch gegangen. Unser Juanito hat doch mehr Temperament, als ich dachte. Vielleicht ist es ganz gut, daß es nicht geklappt hat mit euch.»

«Aber Mama, ich liebe ihn. Du mußt ihn mir zurückholen. Juanito ist meine letzte Chance. Wenn er mich verläßt, will mich kein anderer Mann auf der Welt mehr haben.»

«Ich könnte ihn zwingen, wenn du ihn wirklich haben willst. Aber ich muß dich warnen, es wird ihm vermutlich zuwider sein, und folglich wirst auch du ihm zuwider sein. Einer solchen Ehe gebe ich keine großen Erfolgschancen.»

«Das ist mir egal. Ich will nicht den Rest meines Lebens allein sein.»

«Allein sein ist vielleicht besser als mit jemand verheiratet sein, der dich haßt.»

«Bist du glücklich allein?»

Emma biß sich auf die Lippe. «Nein», gestand sie. «Allein sein ist die Hölle.» Sie sah die Begehrlichkeit in den tränenerfüllten Augen ihrer Tochter und seufzte, wußte sie doch, daß alle Chancen für Stars Glück vertan waren. «Gut, ich hole ihn dir zurück.»

«Und wie?»

«Sei nur froh, daß ich einen schlauen Anwalt habe.»

Es klopfte, und Kann-ich erschien. «Taitai, Lord Mandeville ist da.»

Emmas Hand fuhr mechanisch an ihre Frisur. «Oh. Bitte führ ihn herein. Und leg noch ein Gedeck auf.»

«Kann ich, Taitai.»

Als er gegangen war, fragte Star: «Mama, wer ist dieser Lord Mandeville?»

«Ein ganz reizender junger Engländer, der bei Sir Percival Gore zu Besuch ist. Seinem Vater, dem Marquis von Thornfield, gehört Thornfield Abbey.» Sie trat vor den Spiegel über dem Kaminsims und prüfte ihre Erscheinung.

Gütiger Himmel, dachte Star, Mama interessiert sich für ihn. «Lord Mandeville», verkündete Kann-ich an der Tür. Star sah einen hochgewachsenen blonden, tadellos gekleideten jungen Mann ins Zimmer treten. Und ich sehe, weshalb Mama an ihm interessiert ist!

Ein Viehhirte hatte Juanito vom Pferch geholt, seine Mutter wünsche ihn unverzüglich zu sprechen. Sie habe Besuch von einem Herrn, der von den Collins komme. Als Juanito zwanzig Minuten später in den Salon des Ranchhauses trat, traf er seine Mutter allein an. Sie stand in Tränen aufgelöst an einem Fenster. «Mama, was ist passiert?» fragte er. «Wo ist der Herr?»

Doña Felicidad wischte sich die Augen. «Er ist gegangen. Ach Juanito, wir stecken in schrecklichen Schwierigkeiten.»

«Inwiefern? Wer war dieser Mann?»

«Der Anwalt deiner Schwiegermutter. Hast du den Ehekontrakt sorgfältig gelesen, den du unterschrieben hast?»

«Nicht ganz. Er ist dreißig Seiten lang und so langweilig –»

Seine Mutter hob die Hände und stöhnte. «Wir sind ruiniert!» rief sie.

«Wieso, was ist?»

«Hier! Lies ihn jetzt, wo es zu spät ist!» Von einem Tisch nahm sie ein Dokument, das auf dem jüngst erfundenen Wunder der Bürowelt, der Schreibmaschine, geschrieben war. «Seite zehn, Absatz fünfzehn, Unterabschnitt b.»

Juanito las die betreffende Klausel:

> Wenn der Bräutigam, Mr. Lopez y Sepulveda, die Braut, Miss Collins, innerhalb der ersten fünf Ehejahre aus irgendeinem Grunde verläßt, wird die momentan von Mrs. Collins auf der Calafia-Ranch gehaltene Hypothek in voller Höhe zur sofortigen Zahlung fällig, und die Mitgift von $ 100 000 muß als Strafe zurückgezahlt werden.

«Dieses Miststück!» flüsterte Juanito mit Tränen der Wut in den Augen. Dann trat ein entschlossener Ausdruck in sein mageres, hübsches Gesicht. «Nun gut, es sei: Star schmachtet nach meinem Körper. Ich sorge dafür, daß sie die nächsten zwanzig Jahre schwanger ist, so daß sie keine Chance bekommt, einen verdammten Chinesen oder sonst einen Mann anzusehen.»

Lord Mandevilles blaue Augen berauschten sich am Glanz von Emmas Collier aus Diamanten und Smaragden, das im Licht der Kerzen glitzerte. Prachtvoll, dachte er. Und der Busen auch. Die Haut faltenlos, dabei muß sie fast fünfzig sein.

«Ich gäbe was darum, wenn ich wüßte, woran Sie gerade denken, Mylord», sagte Emma und hob ihr Champagnerglas an die Lippen.

Radcliff lächelte. «Ich habe Ihr Collier bewundert. Prächtige Steine. Ich habe noch nie Smaragde von solcher Leuchtkraft gesehen. Faszinierend.»

«Mein Vater hat sie vor drei Jahren einem indischen Maharadscha abgekauft.»

«Sie müssen ein Vermögen gekostet haben.»

«Genug, um Wasserleitungen in Thornfield Abbey zu installieren.»

Radcliff verschluckte sich fast an seiner Suppe. «Emma, Sie sind eine Hexe», meinte er dann lachend. «Genau das habe ich gedacht. Ich bin ertappt.»

Emma lächelte. «Es würde mir Spaß machen, Ihnen bei der Restaurierung von Thornfield zu helfen. Das heißt, wenn ich rein zufällig Marquise von Thornfield würde.»

Mein Gott, dachte er, sie kommt ohne Umschweife zur Sache.

«Mein Sohn sagte mir heute morgen», fuhr sie fort, «daß er die Tochter des Mannes heiraten wird, den ich am meisten hasse. Das hat mich erschüttert. Und deswegen bin ich so offen zu Ihnen. Wenn ein gewisser reizender junger Engländer eine reiche, einsame amerikanische Witwe bäte, seine Frau zu werden, wäre der Sohn und Erbe der Witwe zweifellos wütend und würde alle möglichen Schwierigkeiten machen. Würde sich aber die Witwe einverstanden erklären, daß er die Tochter des Mannes heiratet, den sie verabscheut, dann wären wir quitt, und auf beiden Seiten könnte es zu einer gütlichen Einigung kommen. Sie verstehen?»

«Ja, hm.» Er wischte sich den Mund mit seiner Serviette ab. «Liebste Emma, seit ich Sie vorige Woche zum erstenmal sah, fühle ich ein Brennen in meiner Brust, das meine zärtlichsten Gefühle zum Brennen –»

«Sie haben zweimal brennen gesagt.»

Er legte seine Serviette hin. «Verdammt, Emma, ich bin miserabel in solchen Dingen. Ich liebe Sie. Wollen Sie meine Frau werden?»

Sie sah ihn fast eine ganze Minute verträumt an. Dann nahm sie ihr

Besteck zur Hand und wandte sich ihrem Essen zu. «Ich muß es mir überlegen», sagte sie.

Er hätte fast mit der Faust auf den Tisch geschlagen.

«Emma, könnte dieses Gerücht möglicherweise wahr sein?» fragte David Levin sie drei Abende später in ihrer Bibliothek.

«Was für ein Gerücht?» Emma schenkte ihrem ehemaligen Lehrer und Chefredakteur ein Glas von seinem geliebten Sherry ein.

«In der Stadt sagen alle, du heiratest diesen Lord Mandeville.»

«So? Und wie kommen sie darauf?»

«Weil er seit einer Woche jeden Abend hier war. Und er bleibt jede Nacht länger.» Letzteres sagte er in drohendem Tonfall.

Emma reichte ihm lachend den Sherry. «Ich möchte wetten, der *Bulletin* brennt darauf, über die wilden Orgien von Nob Hill zu berichten, aber er kann nicht, weil Archer und Arabella heiraten.»

«Du kannst dich darüber lustig machen, aber Archer ist sehr besorgt. Er war heute morgen bei mir, und er war in einer solchen Verfassung, daß ich ihn angehört habe, obwohl ich mir geschworen hatte, nie wieder mit ihm zu sprechen. Er bat mich als deinen ältesten Freund, dich zur Vernunft zu bringen.»

«Wir haben eine Abmachung getroffen!» sagte Emma hitzig. «Ich sagte ihm, ich wäre einverstanden, daß er Arabella heiratet, wenn er mit meiner Vermählung mit Radcliff einverstanden ist. Und jetzt will er sich nicht daran halten? Das werden wir ja sehen. Ich rufe ihn sofort hierher.»

«Emma, bitte, laß ihn erst mal beiseite. Ich möchte mit dir reden als einer, der seit vielen Jahren fast zur Familie gehört.»

«Du gehörst voll und ganz zur Familie, David, das weißt du doch.»

»Also, dieser Lord Mandeville ist halb so alt wie du, und er hat es eindeutig auf dein Geld abgesehen –»

«Das ist durchaus kein Geheimnis.»

«Aber es gehört sich einfach nicht! Du bist eine Institution in dieser Stadt –»

«Eine Institution? Da komm ich mir ja vor wie ein Waisenhaus oder ein Bürgerkriegsdenkmal.»

«Du weißt, was ich meine. Die Leute lieben dich. Du warst praktisch von Anfang an hier, du bist ein Teil der Geschichte von San Francisco. Du kannst nicht einfach weggehen und nach England ziehen –»

«Vielleicht ist es Zeit, daß ich abtrete. Um den Weg für Archer freizugeben. Nebenbei ist es eine aufregende Vorstellung, Marquise zu werden. Und», sie lächelte milde, «Radcliff ist jung und sehr attraktiv. Du weißt, ich hatte immer eine Schwäche für gutaussehende Männer.»

David leerte seinen Sherry in einem Zug und stand auf. «Ja, und das war falsch!» Er schrie es beinahe. «Scott King war ein gemeiner Schweinehund, der dich mir mit einem schmutzigen Trick weggenommen hat. Und dein geliebter Archer war bloß ein hübsches Gesicht mit wenig Verstand. Er wäre am liebsten ein Indianer geworden.»

«Wag es nicht, so von meinem Liebsten zu sprechen.»

«Deinem Liebsten? Er stand fünfundzwanzig Jahre unter deiner Fuchtel. Nun läufst du zum drittenmal in deinem Leben einem hübschen Gesicht hinterher, diesmal ist es einer, der halb so alt ist wie du. Du machst dich lächerlich, weil du völlig unvernünftig bist, wenn es um Männer geht.»

Emma traute kaum ihren Ohren. «So hast du in den dreißig Jahren noch nie mit mir gesprochen, David!»

«Ich weiß, und das war ein Fehler. Du bist eine wunderbare Frau, Emma, aber wenn es um das andere Geschlecht geht, bist du alles andere als vollkommen.»

«Wie ärgerlich. Und wie steht es mit deinem großen Erfolg bei Frauen? Ich habe da Geschichten gehört, David –»

«O ja, meine Frauenzimmer. Ich streite es nicht ab. Ich bin ein Mann mit allen Schwächen eines Mannes. Ich mache mir über mich keine Illusionen, Emma. Ich habe im Leben versagt. Als Schriftsteller, als Redakteur und als Liebhaber. Aber als dein Freund werde ich nicht versagen.»

Sie hörte ihm gebannt zu. Nie hatte sie ihn so entschieden, so aufrichtig erlebt. «Archer war ein Versager», sagte sie leise. «Und doch habe ich ihn mehr geliebt als irgendeinen anderen Menschen. Es ist nicht schlimm, wenn man versagt, David. Die meisten Menschen sind vermutlich Versager.»

«Noch etwas – und hierin würde dein Vater mir beipflichten, und dein liebe verstorbene Mutter auch. Ist es nicht an der Zeit für dich, deinesgleichen zu heiraten? Du warst zweimal mit einem Gojim verheiratet. Solltest du jetzt nicht daran denken, statt diesem englischen Glücksjäger einen Juden zu heiraten?»

«Aber wen?»

Zu ihrem maßlosen Erstaunen kniete er vor ihr nieder und nahm ihre Hand. «Mich», sagte er. «Den Mann, der dich seit dreißig Jahren liebt und für dich nie mehr war als ein Schoßhund. Wenn die Liebe dir irgend etwas bedeutet, dann bitte ich dich, dir meinen Antrag zu überlegen, auch wenn er verrückt ist. Ich liebe dich von ganzem Herzen, und das ist alles, was ich dir bieten kann.»

Sie starrte ihn an. Dies war einer der seltenen Augenblicke in ihrem

Leben, wo sie sprachlos war. Sie erinnerte sich an ihre Mutter und den Ballsaal in Frankfurt vor vielen Jahren, die Rufe der Studenten: Juden! Juden! Juden!

«David, das kommt so überraschend für mich! Ich weiß nicht, was ich sagen soll, außer daß ich furchtbar geschmeichelt bin.»

«Dann antworte mir bitte. Ja oder nein?»

Lord Mandeville und David Levin. Eine unglaubliche Wahl! «Ich muß es mir überlegen», sagte sie.

32

Der große, schlanke Mann, der an einem Märzmorgen im Jahre 1906 die geschwungene Treppe der im spanischen Stil erbauten Villa in Pasadena herabstieg, hatte schon mit sechsundzwanzig Jahren den Ruf eines der härtesten Geschäftsmänner der Welt. «Telegramm an meinen Vater in London», sagte er zu der hübschen Sekretärin, die beinahe rannte, um mit ihm Schritt zu halten. «‹Verhandlungen mit Dallas-Leuten abgeschlossen. Stop. Verkaufen uns *Courier-Journal* für zwei Millionen. Stop. Chester arbeitet Finanzierung mit unserer Bank aus. Stop. Habe Gespräche mit *Herald* in Des Moines eingeleitet. Stop. *Clarion*-Auflage überstieg diesen Sonntag halbe Million. Stop. Viel Spaß in London. Stop. Gruß an Mutter. Curtis.› Haben Sie das?»

«Ja, Mr. Collins.» Rose Markham kritzelte es in Kurzschrift auf ihren Diktierblock.

«Hab ich nicht heute morgen einen Termin beim Zahnarzt?»

«Ja. Zehn Uhr.»

«Sagen Sie ab.»

«Mr. Collins, Sie haben schon zwei Termine abgesagt. Dr. Simmons sagt, wenn Sie Ihre Zähne nicht bald in Ordnung bringen lassen, fallen sie Ihnen aus.»

«Sollen sie. Ich hab heute keine Zeit für Zahnärzte. Guten Morgen, Mary. Wie geht's dem Sohn und Erben?»

Ein molliges irisches Kindermädchen in weißer Uniform kam die Treppe herauf. «Er hat Blähungen, der Ärmste. Brüllt sich die Seele aus dem Leib und stinkt das Kinderzimmer voll.»

Curtis grinste. Sie waren inzwischen in der mit weißem Marmor ausgelegten Eingangshalle angelangt. Martin, der englische Butler, hielt die Haustür auf. Draußen auf der Kiesauffahrt stand Curtis' neues Automobil, ein rot-schwarzer Great Arrow. Der Chauffeur öffnete den hinteren Wagenschlag. Der Great Arrow war «das Automobil für

Anspruchsvolle», wie es in den Anzeigen hieß, was bedeutete, «für Reiche». Curtis Collins, Archers und Arabellas ältester Sohn, war weiß Gott reich. Er hatte auch das gute Aussehen der Collins', genauer gesagt, der de Meyers, geerbt. Das schmale Gesicht und die schwarzen Haare stammten von seiner Großmutter Emma. Rose Markham war mehr als nur ein bißchen in ihn verliebt, der seit vier Jahren ihr Chef war, aber wenn Curtis Collins Weibergeschichten hatte – und sie hatte keine Ahnung, ob es so war – dann sicher nicht mit einer von den fünftausend Beschäftigten des Collins-Konzerns.

«Sie haben die Verträge noch nicht unterschrieben», sagte sie, als sie ihrem Chef durch die Halle nacheilte.

«Ich unterschreibe im Auto. Guten Morgen, Martin. Sagen Sie Mrs. Collins, daß Rose mich in die Stadt zu einem Frühstück mit den Anwälten entführt hat.»

«Mr. Collins, Telefon!» Ein Hausmädchen war in einer Tür unter der Treppe erschienen.»

«Wer ist dran?»

«Mr. Lee. Er sagt, es ist wichtig.»

«Steigen Sie schon ein, Rose.» Curtis eilte zum nächstgelegenen Telefon im Dienstbotenflur unter der Treppe. «Was gibt's, Digby?» Digby Lee war der Chefredakteur des *Clarion* von Los Angeles, der zweitgrößten Zeitung der Stadt, eines der vierzehn landesweit erscheinenden Blätter des Collins-Konzerns. «Ermordet?» fragte Curtis verblüfft. «Herrgott, ich bin in zwanzig Minuten im Büro.» Er hängte ein und rannte aus dem Haus. «Ins Büro, schnell!» wies er den Chauffeur an. Er kletterte neben Rose auf den Rücksitz. Als der Wagen anfuhr, sagte er zu ihr: «Carl Klein ist ermordet worden.» Rose Markham hielt den Atem an.

Cliff Parker von der Kriminalpolizei von Los Angeles sah zu dem neuen zwölfstöckigen Clarion-Gebäude hinauf. Erregung erfaßte den hier geborenen Parker, wenn er die Wolkenkratzer in seiner Stadt wachsen sah; es war der Beweis, daß für Los Angeles die große Zeit anbrach. Vor vierzig Jahren sei es ein «kleines Drecksnest» gewesen, erzählte Parkers Vater immer wieder. Jetzt war es eine Stadt mit mehr als einer Viertelmillion Einwohner, die in schwindelerregendem Tempo wuchs und in Größe und Bedeutung mit San Francisco wetteiferte. Wolkenkratzer! dachte der robuste, dreißig Jahre alte Kriminalbeamte und kratzte sich am strohblonden Schopf. Und Mord. Er trat in die Empfangshalle aus grünem Marmor und ging zu den Aufzügen mit den sechs reliefgeschmückten Bronzetüren. Die gewölbte Decke der

Halle zeigte in einem Fresko die Geschichte von Kalifornien. Es war von der Ehefrau des Erbauers Archer Collins in Auftrag gegeben worden. Die Bekehrung der Indianer zum Christentum, die Missionen, der Camino Real waren zu sehen, hübsch bunt wie in einem Bilderbuch, aber nichts von der Ermordung und Unterjochung der Indianer durch die spanischen Missionare. O ja, dachte Parker, als die Aufzugtür aufging, sehr hübsch, aber wo sind die Indianer heute?

«Ich bin mit diesem Fall beauftragt», sagte er wenige Minuten später in Curtis' Büro im obersten Stockwerk. «Carl Kleins Leiche wurde heute morgen in Santa Monica in der Brandung gefunden. Er wurde gegen Mitternacht durch Kopfschuß getötet. Hat einer von den Herren eine Ahnung, wer Ihren Reporter ermordet haben könnte?»

Curtis saß an seinem Schreibtisch. Er wechselte einen Blick mit Digby Lee, der in einen Ledersessel gesunken war. «Nein», sagte Curtis. «Ich wünschte, ich wüßte es. Carl Klein war ein erstklassiger Reporter, einer unserer besten Mitarbeiter. Ich setze zehntausend Dollar Belohnung für Informationen aus, die zur Ergreifung des Mörders führen.»

«War Klein mit einer bestimmten Geschichte befaßt?»

«Ja», sagte Digby Lee, «er arbeitete an einer Artikelserie über das Owens-Valley-Projekt.»

«Ist das der Plan, aus dem Norden des Staates Wasser nach Los Angeles zu bringen?»

«Sehr richtig.»

«Hört sich doch ganz friedlich an. Ich habe mich erkundigt, Klein ist nicht vorbestraft. Hatte er Ihres Wissens irgendwelche Laster? Frauen? Glücksspiele? Alkohol?»

«Carl Klein führte den untadeligsten Lebenswandel, den man sich denken kann», sagte Curtis. «Ich wüßte nicht, daß ich ihn auch nur einmal ein Bier trinken gesehen hätte. Er war mit unserer Empfangsdame Miss Gwynn liiert, und ich nehme an, er ist auch mit anderen Mädchen ausgegangen, aber ich habe nicht ein einziges Mal flüstern hören, daß er sich unmoralisch verhalten hätte. Er war so gut wie vollkommen.»

Cliff Parker sah die beiden Männer an. «Hm, wem liegt wohl daran, einen vollkommenen Reporter zu ermorden, der über Wasserprobleme schreibt?»

Don Jaime Vicente Juan Ramon Lopez trat aus dem Stall, wo er mit einer kleinen Mexikanerin perversen Lüsten gefrönt hatte, und knöpfte sein Hemd zu. Der Verwalter seiner Ranch stand rauchend an der Tür.

«Raul, zahl ihr fünfzig Dollar und schick sie nach Hause», sagte Jimmie Lopez. Als sein Vater Juanito vor fünf Jahren bei einem Eisenbahnunglück ums Leben gekommen war, hatte Jimmie das förmliche «y Collins» seines Familiennamens abgelegt, weil er es lächerlich fand, und «Jaime» zu «Jimmie» anglisiert. Juanito hatte darauf bestanden, daß seine vier Kinder zweisprachig aufwuchsen. Jimmie Lopez achtete sein spanisches Erbe, aber er war nur zu einem Viertel Angloamerikaner. Sie lebten im 20. Jahrhundert, und er hatte in Harvard studiert. Genug war genug.

Das alte Ranchhaus war 1901 bis auf die Grundmauern abgebrannt. Zwei Dienstboten waren dabei umgekommen. Nach dieser Tragödie hatten Jimmies Eltern eine ihrer schärfsten Auseinandersetzungen. Juanito wollte das Haus im spanischen Stil wieder aufbauen, aber Star, die inzwischen alles Spanische, ihren Ehemann eingeschlossen, gründlich satt hatte, wollte etwas Modernes. Weil sie die Finanzen verwaltete, siegte sie. Das neue Calafia-Ranchhaus war ein großer, mit Schindeln gedeckter Bau mit überdachten Veranden, einem Rundturm und Bogenfenstern mit Meerblick. Es war Juanito so verhaßt, daß er an dem Tag, als seine Frau einzog, in den Zug von Los Angeles nach New York stieg, um sich die neuesten Broadwayproduktionen anzusehen. Dreißig Kilometer hinter St. Louis war sein Zug mit einem Güterzug zusammengeprallt, dreiunddreißig Personen waren getötet worden, unter ihnen Don Juan.

Jimmie stieg die Holztreppe zu der großen Veranda mit ihren weißen Schaukeln, den Korbmöbeln und Blumentöpfen hinauf. An der Tür trat ihm Alicia, eine seiner drei Schwestern, entgegen. «Mutter ruft nach dir», sagte sie. «Sie hat schon wieder nichts mehr.»

«Das ist ja nichts Neues. Laß sie warten. Ich muß erst baden.» Er durchquerte die geflieste dunkle Eingangshalle und stieg die Treppe hinauf. Eine halbe Stunde später war er gebadet und mit einem frischen weißen Leinenhemd bekleidet wieder unten und ging in die Küche zum Telefon. Rauls Frau Chinina rührte in einem Topf auf dem großen Kohleherd. Sie wußte, daß Señor Jimmie in der Gerätekammer eine Stunde mit der *Puta* verbracht und unaussprechliche Sachen gemacht hatte. Ihr rundes Gesicht zeigte Mißbilligung, aber Señor Jimmie bemerkte es nicht, und wenn, hätte es ihn nicht gekümmert. Er nannte der Vermittlung eine Nummer und wartete, bis die Verbindung hergestellt war. «Hallo? Ist Reverend Wonder da? Ja, ich bleibe dran.» Kurz darauf sagte er: «Wanda? Ich bin's, Jimmie. Ich mach mich in zehn Minuten auf den Weg nach Los Angeles. Wir sehen uns bei der Gebetsversammlung.» Er hängte ein, ging in die Speisekammer mit den Anrichten aus rostfreiem Stahl und zog einen Schlüsselbund aus der Tasche. Er schloß die Tür eines Wandschrankes voller Ginflaschen auf. Er nahm eine Flasche heraus, verschloß den Schrank wieder und ging durch das Speisezimmer in die Eingangshalle zurück. Alicia stand am Fuß der Treppe. Als sie die Flasche sah, runzelte sie die Stirn. «Ich dachte, du würdest noch etwas warten», sagte sie beunruhigt. «Die hat sie bis morgen früh leer.»

«Nein. Ich fahre für ein paar Tage nach San Francisco. Ich sag ihr, die muß reichen, bis ich zurückkomme.»

«Jimmie, das übersteht sie nicht. Sie dreht wieder durch.»

«Vielleicht ist unsere liebste Mami schon längst verrückt, und wir haben Angst, es zuzugeben.»

Am Nachmittag des 4. April 1906 schloß Alma Brett die Tür ihres Ateliers auf und ging hinein. Draußen war es trübe und regnerisch, und sie war froh, daß sie das endlose, langweilige Mittagessen im Country Club hinter sich hatte. Das zweistöckige Atelier war ihr privates Refugium in einem entlegenen Winkel ihres achtzig Morgen umfassenden Besitzes auf einem Hügel mit Blick auf die Bucht von San Francisco, weit entfernt von der Villa, die sie mit ihrem Mann Sebastian, den zwei Kindern und zwölf Dienstboten bewohnte. Alma, sechsundzwanzig Jahre alt, eine umwerfende Blondine, war eine der bekanntesten Schönheiten von San Francisco. Sie schüttelte ihren Regenschirm aus und stellte ihn in den Porzellanständer. Während sie die Nadeln aus ihrem großen Hut zog, ging sie durch den kurzen Flur in den weitläufigen zweistöckigen Raum, der sein Licht durch ein Nordfenster erhielt, das eine ganze Wand sowie fast die gesamte Dachschräge einnahm. Der Raum wurde von einer dreieinhalb Meter hohen Marmorstatue beherrscht, die eine Frau mit Schutenhut darstellte. Erhobenen Hauptes, ein Baby im Arm, wanderte sie westwärts über die Prärie nach Kalifornien; ein Marmorwind peitschte ihren Marmorrock gegen ihre Marmorschenkel. Es war ein Denkmal der Pionierinnen. Alma war Bildhauerin, und eine gute dazu. Sie war nur nicht sehr inspiriert. Sie setzte ihren Hut auf einen Ständer und schüttelte ihren Regenmantel aus. Nachdem sie mehrere Lampen angeknipst hatte, umrundete sie langsam ihre Pionierin und betrachtete die fast vollendete Statue. Sie war gerade einmal herumgegangen, als sie eine Hand an ihrer Seite fühlte. «Oh!»

«Alma.» Zwei Arme umfingen ihre Taille, eine rauhe Männerbacke legte sich an ihre glatte Wange. Sie roch das Rasierwasser, das sie so liebte.

«Jimmie! Du hast mich zu Tode erschreckt. Aber es ist eine herrliche Überraschung», sagte sie flüsternd zu Jimmie Lopez. Er küßte sie, und ihre Fingernägel gruben sich in seinen Rücken. Er war splitternackt.

«Und was macht das süßeste Baby auf der ganzen Welt?» Curtis Collins hielt seinen zweijährigen Sohn Joel in die Höhe, und Joel zog seinen Vater an den dichten schwarzen Haaren. «Dada», lachte der pausbäckige Flachskopf.

«Hat er das Kinderzimmer wieder vollgestunken, Mary?»

«Nein, die Blähungen sind vorbei, Gott sei Dank.»

«O-oh, ich glaube, er ist naß.»

«Jesses Maria, ich hab ihn erst vor einer Stunde gewickelt. Kommen Sie, ich nehm den kleinen Liebling, Mr. Collins.»

«Danke, Mary. Gute Nacht, du Stromer.» Der liebende Vater küßte seinen Sohn, dann reichte er ihn Mary und verließ das Kinderzimmer. Curtis war im Smoking und hatte einen Cocktail dringend nötig. Er wußte sehr wohl, daß die Ermordung Carl Kleins der Familie Collins den größten Skandal seit Stars Entführung vor fast dreißig Jahren bescheren konnte. Curtis und sein in San Francisco wohnender Bruder Chester, die Erben des immensen Collins-Vermögens, wollten entschieden keinen Skandal.

«Das war dieser verdammte Cousin, dieser Jimmie Lopez», sagte er wenige Minuten später zu seiner Frau, als er sich in der Bibliothek einen *Gin Tonic* einschenkte. «Ich habe ihn gehaßt, seit wir Kinder waren.»

«Liebling, beruhige dich», sagte Betty Collins, eine hübsche Blondine in einem schwarzen Kleid. «Was hat Jimmie schon wieder angestellt? Und trink nicht so hastig.»

«Jimmie würde eine eingefleischte Abstinenzlerin in den Suff treiben, genau wie sein Vater Tante Star dazu getrieben hat. Jimmie haßt uns Collins, weil sein stotternder Vater sein Hirn vergiftet hat. Für ihn waren wir die blonden Gringos, die sein spanisches Erbe vernichtet haben. Also, du weißt, daß einer von unseren Reportern ermordet wurde. Ich bin überzeugt, der Grund für seine Ermordung war, daß er Jimmie mit einem der schmutzigsten Behördenskandale in der Geschichte Kaliforniens in Verbindung gebracht hat, dem Owens-Valley-Projekt.»

«Moment mal.» Betty steckte eine Zigarette in eine schwarz lackierte Spitze. «Daß Jimmie ein mieser Kerl ist, wissen wir, aber zu einem Mord ist er bestimmt nicht fähig.»

Ihr Mann zündete ihr die Zigarette an. «Ob Jimmie Carl Klein die

Kugel eigenhändig durch den Kopf geschossen hat, weiß ich nicht. Aber ich bin so gut wie sicher, daß er etwas damit zu tun hat.»

«Weiß das die Polizei?»

«Nein, und ich will auch nicht, daß sie es jetzt schon erfährt, denn dies ist der größte Skandal aller Zeiten, der Traum eines Zeitungsverlegers. Der *Clarion* hat in den letzten sechs Monaten eine Menge Nachforschungen angestellt und den ganzen Schmutz aufgedeckt, und einige der mächtigsten Männer in Los Angeles sind darin verwickelt, einschließlich des Herausgebers des *Express*, General J. J. Channing. Der *Express* hält natürlich dicht, und wenn wir die Sache bringen, kommen wir ihm und der Polizei zuvor.»

«Warum bringst du sie dann nicht?»

«Wegen Vater. Er hat mir ein Telegramm aus London geschickt. Wir können nichts tun, bis er zurück ist. Du weißt doch, er empfindet sich als Tante Stars Beschützer, und Jimmie ist ihr Sohn.»

»Den sie haßt. Eine feine Verwandtschaft hast du, Liebling. Treibt Jimmie sich nicht in dieser verrückten Kirche herum, wie heißt sie doch gleich?»

«Kirche der Göttlichen Meditation. Vorsteherin ist diese verschrobene Evangelistin Reverend Wanda Wonder. Warum Jimmie sich bei ihr rumtreibt, ist mir schleierhaft, aber es wird gemunkelt, daß Wanda General Channings Geliebte ist.»

«Das wird ja immer finsterer.»

«Jimmies Motiv ist nicht finster. Es ist schlicht und einfach die alte menschliche Habgier.»

33

Das Beil hatte die Füllung der Schranktür durchschlagen und das Schloß zerstört. «Ich konnte sie nicht zurückhalten», sagte Alicia. «Ich fürchtete, sie würde über jeden herfallen, der in ihre Nähe kam.»

Jimmie zählte die Ginflaschen. «Sie hat drei genommen.»

«Sie war ununterbrochen betrunken, seit du nach San Francisco abgereist bist. Jimmie, was sollen wir tun?»

«Es wird Zeit, daß jemand unserer liebsten Mami einen Denkzettel verpaßt. Ich hab's satt, mir mein Leben von einer alten Säuferin ruinieren zu lassen.» Damit stieg er die Treppe hinauf. Oben angekommen, begab er sich über den Flur zum Turmzimmer und öffnete vorsichtig die Tür.

«Ich hab dein Auto gehört», sagte eine gereizte Stimme. «Willkommen daheim, liebster Jimmie. Willkommen daheim, mein *Sohn.*» Das letzte Wort triefte von Gehässigkeit. Jimmie trat ein und schloß die Tür hinter sich. Das Turmzimmer hatte auf drei Seiten große Fenster mit Blick auf den Pazifik. Star saß auf vier riesige Kissen gestützt im Bett. Ihre seit Tagen nicht mehr gebürsteten weißen Haare lagen auf den schmutzigen Kissenbezügen und umgaben ihren Kopf wie ein Heiligenschein aus Seetang. Ihr einst so strahlend schönes Gesicht war völlig runzlig. Sie hielt ein halbleeres Glas Gin in ihrer klauenartigen Hand. Auf dem Nachttisch standen eine halbvolle Flasche und ein Aschenbecher voller Kippen. Zwei leere Flaschen lagen neben dem Bett auf dem Boden.

«Hier stinkt's wie in einer Kneipe», bemerkte Jimmie. «Mami war sehr ungezogen, als ich fort war. Mami hat den Ginschrank mit einem Beil aufgebrochen.» Als er sich dem Bett näherte, grinste sie ihn an und entblößte nikotinbraune Zähne und faulendes Zahnfleisch. Dann verschwand das Grinsen. «Du Skorpion», krächzte sie. «Wie konnte ich einen Skorpion zur Welt bringen? Womit habe ich das verdient?»

«Vielleicht, weil du eine Hure bist», sagte ihr Sohn leise. «Das hat Vater immer gesagt. Wenn es nicht wegen Großmutter und ihrem stinkenden jüdischen Geld gewesen wäre, hätte er dich nicht mal mit der Kneifzange angefaßt.»

«Ah, er hat mich aber angefaßt. Ein Baby nach dem anderen hat er mir gemacht. Das ist alles, was ich im Leben geleistet habe, Kinder kriegen. Und mein süßestes Baby, mein erstes und reizendstes bist du, lieber Jimmie. Jimmie, der Skorpion, der neuerdings antisemitische Reden führt. Wo hast du das her? Von deiner Busenfreundin Wanda Wonder? Alicia sagt, sie ist Antisemitin.»

«Alicia weiß überhaupt nichts von Wanda.»

«Kann sein. Und wann fängst *du* an, Babys zu machen, mein Sohn? Oder bist du zu sehr damit beschäftigt, deine mexikanischen Huren im Stall auszupeitschen? Wie krank und pervers muß dein Gemüt sein. Wie mußt du die Frauen hassen!»

«Wenn ich die Frauen hasse, dann deshalb, weil meine Mutter eine versoffene Hure ist!» Er riß ihr das Glas aus der Hand und warf es durchs Zimmer. Es krachte gegen das Kaminsims. *«Puta! Puta!»* Er packte ihren dürren Hals mit beiden Händen. Sie röchelte, und er begann sie zu würgen. «Mein Va-Vater hat dich gehaßt!» schrie er. «Und ich ha-ha-hasse dich. Ich ha-halte das nicht mehr aus –»

«Jimmie!» schrie seine Schwester an der Tür. «O Gott – Chinina! Raul! Er bringt sie um! Jimmie, hör auf!» Sie rannte durchs Zimmer, packte seinen Arm und versuchte, ihn von ihrer Mutter wegzuzerren. «Hör auf, hör auf!»

«La-la-laß los, Alicia! La-la-laß los!»

«Er stottert wie Daddy! O Gott, Daddy ist zurückgekommen!»

Raul kam herbeigelaufen. Er packte Jimmies anderen Arm, und gemeinsam mit Alicia gelang es ihm, ihn wegzuzerren. Er keuchte wie ein Tier, in seinen Augen stand tierische Wut. «Dich krieg ich noch, altes Weib!» schrie er. «Ich laß dich in die Irrenanstalt bringen, du verrückte Schl-sch-schlampe!»

Star rieb sich keuchend den Hals, der dort, wo Jimmie sie gewürgt hatte, gerötet war. Dann nahm sie ein Blatt Papier vom Nachttisch. «Das wirst du nicht tun», krächzte sie. «Du wirst gar nichts tun, weil mein Bruder dich nicht läßt. Hier, lies das Telegramm, Skorpion.» Sie warf es nach ihm, und es flatterte auf die Erde. Er hob es auf. Immer noch keuchend, las er:

«Ankomme L. A. morgen früh 8 Uhr. Stop. Jimmie soll hinkommen. Stop. Das ist ein Befehl. Stop. Ich liebe dich. Stop. Archer.»

Langsam zerknüllte Jimmie das Telegramm. Seine Mutter zündete sich eine Zigarette an und grinste. «Du wirst hingehen, nicht wahr? Du traust dich nicht, dich Onkel Archers Befehl zu widersetzen, weil Onkel Archer die ganze Macht besitzt. Und jetzt gib mir ein neues Glas. Mami braucht dringend was zu trinken.»

Von 1890 an gab es fünf Jahrzehnte lang auf der ganzen Welt kein glanzvolleres Statussymbol – die Privatjacht vielleicht ausgenommen – als einen privaten Eisenbahnwaggon. Wenn man alles andere erreicht hatte – einen Palast auf der Fifth Avenue oder am Nob Hill, ein goldenes Eßservice, Heerscharen von Dienstboten, alte Meister an den Wänden – blieb noch ein krönendes Merkmal der Eleganz: ein vornehmer, auf die individuellen Bedürfnisse zugeschnittener Pullmanwagen, der hinten an einen Zug mit den großen Namen angehängt wurde. Wenn man so durch Amerika rollte, durch kleine Bauerndörfer und große Städte, begafften die Leute diese Reichtumssymbole auf Rädern und wunderten sich über die schreiende Ungleichheit in einem Land, laut dessen Verfassung alle Menschen gleich waren. Denn um den Armen sein Geld unter die Nase zu reiben und sozialistische Aufstände zu provozieren, gab es keine geeignetere Methode, als hunderttausend Dollar oder mehr für einen privaten Salonwagen hinzublättern.

Archer Collins war nicht mehr und nicht weniger protzig als seine Mitmillionäre. Er hatte eine verständliche Abneigung gegen den Sozialismus, und ein Privatwagen war für ihn die einzig wahre Form des Reisens. Seine *Arabella* war ein Musterexemplar, außen aus dunkelgrün lackiertem Stahl, innen mit reicher Täfelung, Wandleuchtern und Deckenlampen aus Kristall, roten Samtvorhängen und gepolsterten Sesseln und Sofas. Die *Arabella* hatte eine eigene geräumige Küche, zwei Schlafzimmer und Bäder sowie ein Personalquartier, bestehend aus zwei winzigen Schlafkammern nebst Bad. Ferner gab es ein kleines Speisezimmer, einen großen Salon sowie einen gut sortierten Weinvorrat für die Gäste der Anti-Alkoholiker Archer und Arabella. Die Rufknöpfe für die drei Mann Personal waren aus Perlmutt und die Wasserhähne in den herrschaftlichen Badezimmern aus purem Gold.

Archer und Arabella hatten in sechs Tagen den Atlantik überquert. Arabella war in New York geblieben, um Einkäufe zu machen, und Archer reiste allein weiter. Während sein weißbefrackter Kellner ihm nun Kaffee nachschenkte, sah er durch das doppelt verglaste Fenster auf den Gleisen des Bahnhofs von Los Angeles seinen Neffen Jimmie Lopez nahen.

«Claude», sagte Archer zu seinem Kellner, «kaufen Sie am Bahnhof die Morgenzeitungen – außer dem Käseblatt *Express*. Wir werden auf Gleis acht an den *San Francisco Limited* angehängt, der um neun abfährt. Kommen Sie dorthin.»

«Sehr wohl, Mr. Collins.» Claude brachte den Kaffee in die Küche und stieg hinten aus dem Wagen, während Jimmie vorne einstieg.

«Onkel Archer», rief er mit strahlendem Lächeln. «Willkommen in Los Angeles.» Er streckte seinem Onkel, der in einem Sessel saß, die Hand hin. Sein Onkel reichte ihm seine nicht.

«Setz dich, Jimmie. Dies wird keine erfreuliche Unterredung.»

«So unerfreulich, daß du mir nicht mal die Hand gibst?»

«Ich möchte einem Mörder nicht die Hand geben.»

Jimmie lachte nervös. «Das ist eine gewagte Unterstellung. Wen soll ich ermordet haben?» Er nahm in dem Sessel gegenüber seinem Onkel Platz und legte seinen Hut auf den Beistelltisch.

«Einen von meinen Reportern, Carl Klein.»

«Wie könnte ich jemanden umbringen, von dem ich nie gehört habe?»

«Aber du hast von dem Owens-Valley-Projekt gehört?»

«Natürlich. Eine großartige Idee zur Sicherung der Zukunft von Los Angeles. Ich verstehe nicht, warum deine Zeitungen dagegen sind.»

«Weil der Stadtrat von Los Angeles einer Gruppe nichtsahnender Farmer im Norden einen ganzen See und einen Fluß weggenommen hat, darum. Weil der Wasserbeauftragte seine Leute hingeschickt und Land- und Wasserrechte aufgekauft hat, bevor die Farmer im Owens Valley wußten, wie ihnen geschah. Und jetzt wird das gigantische Aquädukt gebaut, um das Wasser vierhundert Kilometer weit nach Los Angeles zu befördern, was die Steuerzahler Millionen kosten, das Owens Valley in eine Wüste verwandeln und einigen Beteiligten ein Vermögen einbringen wird. Das ist einer der größten Schwindel, die sich eine Bande von gierigen Bürokraten und rücksichtslosen Geschäftsleuten je ausgedacht hat –»

«Moment mal!» unterbrach sein Neffe. «Ich bin nicht hierhergekommen, um mit dir über Wasserprojekte zu streiten. Was hat das alles mit meinem angeblichen Mord an einem deiner Reporter zu tun?»

Sein Onkel zog ein Notizbuch aus seiner Tasche. Er schlug es auf und studierte etliche Zahlen. «Vor zwei Jahren hast du bei Chester in der Bank ein Darlehen über zweihunderttausend Dollar aufgenommen und Anteile deiner Mutter am Collins-Konzern als Sicherheit gegeben. Du hast zu Chester gesagt, du wolltest das Geld in den Valley-Fonds investieren, eine Landerschließungsgesellschaft, die im San Fernando Valley billig Land aufkaufte.»

«Na und? Wieso macht mich das zum Mörder?»

«Ich warne dich, Jimmie. Wenn du deine Valley-Fonds-Aktien verkaufst und das Land verläßt –»

«Verkaufen? Von wegen. Die werden mir ein Vermögen einbringen.»

«Nicht, wenn ich das Geheimabkommen veröffentliche, das du mit deinen Partnern getroffen hast – das Abkommen, das Carl Klein entdeckt und das ihn das Leben gekostet hat.»

«Was für ein Abkommen? Wovon sprichst du, verflucht noch mal?» Jimmie sprang auf. «Das ist ja verrückt. Ich kenne keinen von deinen verdammten Reportern, ich habe niemanden ermordet und gedenke das Land nicht zu verlassen. Und ich will dir noch etwas sagen.» Er kramte in seiner Tasche. «Deine Zeitungen schreiben lauter beschissene Artikel über Mutterschaft und Heim und Familie und die Fahne, während die Schlagzeilen nur von Morden, Vergewaltigungen und Skandalen handeln, weil das die Verkaufsziffern erhöht. Ich will dir was von jemandem aus deiner Familie vorlesen, und dann erzähl du mir noch was von der Heiligkeit deines Heims!» Er hatte ein Blatt rosa Briefpapier hervorgezogen und las: «‹Mein liebster Jimmie! Hier ist der Schlüssel zum Atelier. Verwahre ihn an Deinem Herzen, mein Liebster. Bitte, Liebling, komm so oft wie möglich nach San Francisco. Ich sehne mich nach Deinen Küssen und lebe für Deine Liebe. Deine ergebene Sklavin›» – er sah seinem Onkel in die Augen – «‹Alma›. Alma Collins Brett, deine Tochter. Erkennst du das Briefpapier?» Er hielt den Brief vor das gerötete Gesicht. «Nun, liebster Onkel, wenn du versuchst, mich in deinen schmutzigen Skandal hineinzuziehen, gehe ich mit diesem Brief zum *Express*. Ich sehe schon die Schlagzeile: Verfechter der Familienwerte findet Liebesnest im eigenen Hinterhof.»

Archer Collins, Herr über vierzehn Zeitungen in ganz Amerika, Vorstandsvorsitzender des Collins-Konzerns, zu dem die *Pacific Bank and Trust*, die sechs De-Meyer-und-King-Warenhäuser, die Golden-State-Versicherungsgesellschaft und die King-Schiffahrtsgesellschaft zählten, starrte seinen Neffen an. «Alma?» flüsterte er. «Meine süße Alma ist deine Geliebte?»

«Deine ‹süße› Alma ist ein scharfes Früchtchen, Onkel Archer, und glaub nur nicht, daß ich der erste bin.» Er faltete Almas Brief zusammen und schob ihn wieder in seine Jacke. «Nun, da du auch nicht den

Zipfel eines Beweises hast, um mich mit dem Mord in Zusammenhang zu bringen –»

«O doch.»

Jimmie erstarrte. Die leise Drohung in der Stimme seines Onkels machte ihm Angst.

«Als Curtis von dem Mord erfuhr, hatten er und Digby dich gleich in Verdacht. Dann sagte ihnen die Polizei, daß bei der Leiche ein Zettel gefunden worden sei.» Er warf einen Blick in sein Notizbuch. «Der Zettel ist vom 28. März datiert und lautet: ‹Mr. Klein, wenn Sie mehr über den Valley-Fonds wissen wollen, bin ich bereit zu reden. Wir treffen uns um Mitternacht am Santa-Monica-Amusement-Pier. Unterschrieben mit ‹J.›»

Jimmie schob die Hände in die Taschen und zuckte betont nonchalant die Achseln. «Na und? Es gibt zehn Millionen J.s auf der Welt.»

«Curtis hat deine Handschrift erkannt. Das haben wir der Polizei nicht gesagt – noch nicht. Wir versuchen dich zu decken, Jimmie, obwohl ich mich allmählich frage, warum.»

«Ihr habt noch lange keinen Beweis!»

«Hast du ein Alibi für die Nacht des 28. März?»

«Ja, ich war auf einer Gebetsversammlung der Kirche der Göttlichen Meditation. Reverend Wanda Wonder kann bezeugen, daß ich den ganzen Abend bei ihr war.»

«Die antisemitische Irre?»

«Sie spricht mit Jesus! Sie hat am Abend des 28. mit Jesus gesprochen! Jesus wird mein Alibi stützen!»

«Bist du verrückt geworden?»

«Vielleicht bist du verrückt, sonst würdest du nicht versuchen, deinem eigenen Neffen diesen Scheißmord anzuhängen. Aber da bist du auf dem Holzweg. Und was machst du nun, Onkel Archer?»

Archer funkelte ihn böse an und sagte: «Nun gut, Jimmie. Vielleicht haben wir uns geirrt. Vielleicht bist du nicht direkt in den Mord verwickelt. Aber du bist trotzdem in den Valley-Fonds verwickelt, und du bist trotzdem Abschaum. Du hast mich gefragt, was ich nun mache. Ich fahre nach San Francisco und rede mit meiner Mutter. Ich werde sie überreden, dich aus ihrem Testament zu streichen, was dich um eine Menge Geld bringen wird, Jimmie.»

«Das tut sie nie», zischte er. «Großmama liebt mich.»

«Und ob sie das tut, wenn ich mit dir fertig bin. Und jetzt verschwinde aus meinem Waggon, damit ich ihn ausräuchern kann. Los, verschwinde! Ich will dich nie wiedersehen. Raus!»

Zitternd vor Wut schnappte Jimmie seinen Panamahut vom Tisch und ging zum Ausgang. Dort drehte er sich um. «Wenn Großmama mich aus ihrem Testament streicht, laß ich es Mutter für den Rest ihres jämmerlichen besoffenen Lebens büßen.» Er sprang aus dem Waggon auf die Schienen. So forsch er sich aufgespielt hatte, er war von Panik ergriffen. Der Zettel! dachte er, als er über die Gleise zum Bahnsteig ging. Wie konnte ich so dämlich sein, den Zettel bei der Leiche zu lassen? Noch nie hatte er seinen Onkel so wütend gesehen. Onkel Archer gegen sich zu haben, war nicht gut. Großmamas Geld, das viele herrliche jüdische Geld! Sie konnte ihn nicht enterben... Er blieb stehen, als er eine fauchende Lokomotive rückwärts an den Privatwaggon seines Onkels heranfahren und ihn zum *San Francisco Limited* schieben sah. San Francisco, vielleicht sollte *ich* hinfahren, dachte er. Ja, mit Großmama reden, gut Wetter machen. Vielleicht sogar zu Alma gehen, damit sie ihren Vater beeinflußt. Er lief in die Bahnhofshalle und löste ein Erster-Klasse-Billett nach San Francisco.

34

Alma Collins Brett wählte den Schmuck aus, den sie zum Galadiner ihrer Großmutter Emma Levin tragen wollte, als das Telefon in ihrem Schlafzimmer klingelte.

«Gehst du dran, Herzchen?« rief ihr Mann aus dem Badezimmer. «Ich bin noch beim Rasieren.»

Alma nahm zwei von den zehn Diamantarmbändern aus der ledernen Schmuckschatulle, dann durchquerte sie das geräumige Schlafzimmer und nahm den Hörer ab. «Ja?»

«Alma, hier ist Jimmie.»

Sie blickte nervös zur Badezimmertür. «Nein, ich will die *Saturday Evening Post* nicht abonnieren.» Das war ihr vereinbarter Code, der bedeutete: «Mein Mann ist hier.»

«Ich muß dich sehen. Ich bin eben in San Francisco angekommen.»

«Wir fahren zu Großmamas Diner in die Stadt», flüsterte sie. «Wir übernachten im Grand Hotel.»

«Ich werde auch dort sein. Frag am Empfang nach meiner Zimmernummer.»

«Hören Sie doch endlich auf, mich zu belästigen», sagte sie laut. «Ich kann die *Saturday Evening Post* nicht ausstehen.» Sie knallte den Hörer hin.

«Wer war das, Herzchen?» rief Sebastian, ein stämmiger, großer Mann, der Erbe eines Vermögens in Silber.

«Ach, dieser Idiot, der mir ein Abonnement der *Saturday Evening Post* aufschwätzen will.»

«Schon wieder? Mein Gott, der gibt nicht auf, was? Das muß der beharrlichste Zeitschriftenverkäufer in ganz Amerika sein.»

Alma hob, amüsiert über die Dummheit ihres Mannes, die Augenbrauen. «Vielleicht sollte ich ein Abonnement nehmen, damit er endlich Ruhe gibt?»

Almas Zofe Lily kam herein. «Haben Sie Ihren Schmuck schon ausgewählt, Miss Alma?»

«Ja. Pack diese zwei Armbänder ein» – sie warf sie Lily zu – «und das Saphircollier mit den Ohrringen.»

«Oh, die Saphire passen göttlich zu dem Silberkleid.»

«Ich muß gut aussehen für Großmama. Sag Anthony, er soll den Wagen in zwanzig Minuten vorfahren.»

«Ja, Ma'am.»

Jimmie, dachte Alma. Ihre Haut kribbelte. Was mag passiert sein? Er klang ängstlich. Sie sah wieder zum Badezimmer hinüber. Sebastian hatte sich fertig rasiert und sah nach, ob er Schnitte im Gesicht hatte. So ein Ochse, dachte sie. Wenn er sich heute abend wie gewöhnlich betrinkt, kann ich vielleicht in Jimmies Zimmer schleichen. Ihr Herz schlug schneller bei dem Gedanken an Jimmies Liebeskünste. Ihr Mann war dagegen ein Schlappschwanz. Sie war überzeugt, daß er an Börsenkurse dachte, wenn er mit ihr schlief. Ihr einziger Trost war, daß dies mit jedem Monat ihrer jämmerlichen Ehe seltener vorkam.

Die große Villa am Nob Hill war strahlend erhellt, wie bei so vielen anderen festlichen Anlässen in den vergangenen dreißig Jahren. Emmas zwanzig Dienstboten erfüllten ihre Pflicht mit gewohnter Tüchtigkeit. Der französische Küchenchef gab dem Galadiner den letzten Schliff. Das klassische Menü war ausgesprochen erlesen. Der junge Küchenchef hatte bei Escoffier im Pariser Ritz gelernt und galt als der beste Koch von San Francisco. Er stand an dem riesigen Herd und schlug mit einem Schneebesen die Sauce für die *timbale*.

In der Bildergalerie im dritten Stockwerk überprüfte Emmas Sekretärin ein letztes Mal die Sitzordnung an dem langen ovalen Tisch, der für diesen Anlaß aufgestellt worden war. Sechs riesige vergoldete Leuchter, ein jeder mit zwölf Kerzen, und ein meterhoher Aufsatz verliehen der Tafel ein fürstliches Gepräge. Zwischen den Leuchtern standen hohe vergoldete Vasen mit weißen Tulpen, Emmas Lieblingsblumen, gemischt mit Orangenblüten. Bei jedem Gedeck lehnte eine geprägte Speisekarte an einem Porzellanständer, davor sechs Kristallkelche aus Muranoglas, die im 18. Jahrhundert für einen venezianischen Dogen von Hand gefertigt worden waren. Emma hatte im letzten Vierteljahrhundert zwar Millionen verschenkt, aber sie behielt nach wie vor den Stil einer Rothschild bei.

Sie hatte zu den ersten in San Francisco gehört, die elektrische Leitungen installieren ließen. Spezialllampen beleuchteten die Gemälde an den Wänden der Galerie. Und was für Gemälde! Emmas Sammlung war berühmt. In den letzten zehn Jahren hatte sie auch einige neuere französische Maler erworben: Degas, Monet, zwei Manets und zwei van Goghs. Die neuen Bilder hatten Hohn und Spott hervorgerufen, als Emma sie aufhängte, doch inzwischen wurden sie bewundert.

Der große viertürige Great Arrow hielt unter dem Vordach. Im Fond saß Zita, die für eine Frau über achtzig noch sehr gut erhalten aussah. Sie trug ein herrliches, mit acht großen Rubinen besetztes Diamantcollier, eine der zahlreichen Kostbarkeiten, die Felix seiner Geliebten im Laufe der Jahre geschenkt hatte. Und als er 1894 starb, hinterließ er Zita zehn Millionen Dollar. Der Rest seines Vermögens, seine Hälfte der De-Meyer-und-King-Warenhäuser ging an Emma. Auf dem Totenbett hatte er Zita, die seine Hand hielt, zugeflüstert: «Ich habe dich immer geliebt.» Das war für Zita kostbarer als der Schmuck und das Geld.

Sie stieg aus und ging zur Eingangstür, die von dem alt gewordenen Kann-ich aufgehalten wurde. «Guten Abend, Kann-ich.» Zita lächelte. «Ist Taitai in ihrem Zimmer?»

«O ja, Missy Zita, und sie ist sehr verstimmt.»

«So? Und warum?»

«Die Farbe von dem neuen Kleid gefällt ihr nicht, das Sie ihr gemacht haben.»

Seufzend stieg Zita die Treppe hinauf, dabei warf sie einen Blick auf das große Porträt von Emma und dachte darüber nach, wie so oft in letzter Zeit, wem sie ihr Vermögen vermachen sollte. Nicht nur das Geld, das Felix ihr hinterlassen hatte, sondern auch das, was sie mit ihren Kleidern verdient hatte. Sie hatte so viel und keine Blutsverwandten, denen sie es vererben konnte. Auf dem Weg zu Emmas Zimmer überlegte sie, ob sie es jemandem aus Felix' Verwandtschaft, mit der ihr Leben so eng verknüpft war, vermachen sollte. Vielleicht Curtis' Baby Joel, dem jüngsten von uns allen, dachte sie. Auf diese Weise wird man sich noch bis weit in dieses Jahrhundert hinein an mich erinnern.

Emma stand vor einem mannshohen Spiegel und betrachtete finster ihr neues Kleid. «Kann-ich meint, dein neues Kleid gefällt dir nicht», sagte Zita, als sie ins Zimmer trat.

«Violett ist eine Farbe für alte Damen», sagte Emma.

«Unsinn. Violett steht dir sehr gut.»

«Es ist trotzdem eine Farbe für alte Damen. Ich bin zwar vierundsiebzig, aber ich fühle mich nicht alt. In dem Kleid sehe ich aus, als gehörte ich in einen Rollstuhl.»

«Ich entwerfe deine Kleider seit ewigen Zeiten. Habe ich ein einziges Mal daneben gegriffen?»

«Nein, außer heute – ausgerechnet heute abend! Das Kleid ist schön, bloß die Farbe gefällt mir nicht.»

«Da kommt David. Fragen wir ihn, was er dazu meint.» David kam gerade ins Zimmer. Er trug einen Frack. Obwohl vier Jahre älter als Emma, sah er erstaunlich jung aus. Seine Haare und sein Bart waren schneeweiß geworden. «Emma beklagt sich über ihr Kleid», sagte Zita. «Wie findest du es?»

«Hinreißend», antwortete er. «Liebling, du hast niemals schöner ausgesehen.»

«Was gelogen ist, aber in meinem Alter nimmt man jede Schmeichelei, die man kriegen kann. Na schön, Violett ist keine Farbe für alte Damen. Ich behalte es an.»

«Archer ist unten», sagte David. «Er ist gerade aus Los Angeles gekommen und fragt, ob er hier übernachten kann.»

«Natürlich. Er kann sein altes Zimmer haben.»

«Er möchte dich sprechen. Er wirkt erregt.»

«Sag ihm, er soll heraufkommen.»

«Ich sag's ihm.» Zita ging zur Tür. «Ich geh nach unten. Bleibt ihr zwei Turteltauben nur hier.»

«Turteltauben?» fragte Emma, als Zita gegangen war. «In unserem Alter? Zita ist wohl endgültig meschugge geworden.»

David legte seinen Arm um sie und küßte sie. «Ach, ich weiß nicht. Du siehst heute abend so schön aus. Ich fühl mich fast wieder wie sechzig. Ich könnte etwas Verrücktes anstellen.»

Lachend legte Emma ihre Hand auf seine Wange. «Etwas Verrücktes in deinem Alter? Da landen wir am Ende beide im Krankenhaus. Übrigens, deine Tischdame ist die Gattin des Senators. Ich weiß, sie ist eine Nervensäge wie die meisten Politikerfrauen, aber du mußt sie über dich ergehen lassen.»

«Ich bin sehr stolz auf dich heute abend, Emma. Was du tust, ist einmalig. Das Museum ist ein großartiges Geschenk. Und alle deine Gemälde!»

Jungmädchenhafte Aufgeregtheit ließ ihre Augen aufleuchten. «Glaubst du, es wird den Leuten gefallen?»

«Natürlich. Sie wären ja töricht, wenn es ihnen nicht gefiele. Es ist das Wunderbarste, das du je getan hast.»

«O nein», sagte sie leise. «Das Wunderbarste, das ich je getan habe, war dich zu heiraten. Ich liebe dich so sehr, mein Liebling. Du hast mich zur glücklichsten Frau in Amerika gemacht.»

Sie küßte ihn, und händehaltend schauten sie sich an. Sie sahen ganz so aus, wie Zita sie genannt hatte: wie Turteltauben.

Es klopfte, und Archer kam herein. Emma sah sofort, daß etwas nicht stimmte. Archer, gewöhnlich so lebhaft und voller Tatendrang, wirkte bedrückt. Er gab seiner Mutter einen Kuß und schüttelte David die Hand.

«Wie war's in London?» fragte Emma, während sie zu dem Wandtresor ging, der hinter einer verschließbaren Täfelung verborgen war.

«Neblig und regnerisch. Ich hatte heute morgen eine schreckliche Unterredung mit Jimmie. Schrecklich.» Er ließ sich ans Ende der Chintzchaiselongue seiner Mutter sinken. «Ich habe mich dermaßen aufgeregt, daß ich ausnahmsweise nicht weiß, was ich tun soll.»

«Dann bist du überzeugt, daß er Carl Klein ermordet hat?» Emma stellte die Zahlenkombination ein. Ihr Enkel Curtis hatte sie über den Fall unterrichtet.

«Nein, ich bin nicht sicher, ob er ihn umgebracht hat. Er sagt, er hat ein Alibi, weil er mit dieser verrückten Evangelistin Wanda Wonder zusammen war.»

«Die Antisemitin. Komische Gesellschaft für jemanden aus meiner Familie», bemerkte sie trocken, als sie den Tresor öffnete. Sie entnahm ihm zwei große Lederschatullen, in die *Felix de Meyer, Haute Joaillerie, San Francisco* eingestanzt war, und trug sie zu ihrem Toilettentisch. «Und was ist mit dem Valley-Fonds?» Sie öffnete eine Schatulle und nahm das Diamantcollier mit den acht großen Cabochonsmaragden heraus, die ihr Vater einem indischen Maharadscha abgekauft hatte. Ihr Mann half ihr, das Schmuckstück im Nacken zu schließen. «Haben wir Beweise, daß Channing das Los-Angeles-Aquädukt benutzen will, um das San Fernando Valley zu bewässern?»

«Carl Klein hatte den Beweis im Kopf, und deswegen haben sie ihm eine Kugel hineingejagt.»

«Ich komme da nicht mit», sagte David. «Was ist mit dem San Fernando Valley?»

«General Channing und seine Partner, darunter Jimmie, haben Hunderte von Morgen Land spottbillig aufgekauft», erklärte Emma, während sie ihre Ohrringe befestigte. «Es ist noch Wüste, aber wenn es ihnen gelingt, Wasser von dem neuen Aquädukt dorthin zu leiten, können sie das Tal erschließen und ein Vermögen verdienen. Der Trick dabei ist, daß die Steuerzahler in Los Angeles die Wasserrechnung bezahlen, ohne davon zu profitieren.» Zu ihrem Sohn gewandt, fuhr sie fort: «Aber wenn du nicht glaubst, daß Jimmie Carl getötet hat, weswegen hast du dich dann heute morgen so aufgeregt?»

«Wegen Alma. Jimmie ist ihr Liebhaber.»

«Mein Gott, seit wann?»

«Ich weiß es nicht. Ich bin am Boden zerstört. Du weißt, wie ich an ihr hänge. Ich war sogar so töricht anzunehmen, sie sei glücklich mit Sebastian und den Kindern, aber... Und ausgerechnet Jimmie, dieser dreckige, korrupte...»

Emma setzte sich zu ihm auf die Chaiselongue und nahm seine Hand. Sie bemerkte Tränen in seinen Augen. «Liebling, bist du sicher?»

Er nickte. «Er hat mir einen Brief von ihr gezeigt. Sie hat ihm den Schlüssel zu ihrem Atelier geschickt. Gott, ich komme mir wie ein totaler Versager vor.»

«Lächerlich. Du bist alles andere als ein Versager. Wir sind alle schrecklich stolz auf das, was du aus den Zeitungen gemacht hast. Sogar David gibt zu, daß du Wunder gewirkt hast, dabei ist es kein Geheimnis, daß er nicht zu deinen größten Anhängern zählt.»

«Von wegen Wunder gewirkt. Ich habe einen Zirkus aus ihnen gemacht. Jimmie hat's mir heute morgen gründlich gegeben. Er sagte, ich schreibe Artikel über Mutterschaft und Vaterland und drucke Schlagzeilen über Mord und Vergewaltigung, um die Auflagen zu steigern. Und er hat verdammt recht. Wenn du den überheblichen Blick in seinem häßlichen Gesicht gesehen hättest, als er mir Almas Brief zeigte...»

«Archer, du kannst Jimmie alles mögliche nennen, aber häßlich ist er nun weiß Gott nicht.»

«Für mich ist er häßlich. Ich bin sogar auf den Gedanken gekommen, daß er sich nur an Alma herangemacht hat, um eine Waffe gegen mich in der Hand zu haben, falls ich ihn und Channing wegen dem Valley-Fonds unter Druck setze. Jedenfalls ist er heute abend hier in San Francisco. Ich habe ihn auf dem Bahnhof gesehen. Du hast ihn doch nicht zu deinem Diner eingeladen?»

«Nein.»

«Dann ist er hergekommen, um mich zurückzuhalten.»

«Wovon?»

«Daß ich dich überrede, ihn aus deinem Testament zu streichen.»

Seine Mutter machte ein bestürztes Gesicht. Das Telefon klingelte. «Ich geh dran», sagte David. Er ging zum Nachttisch und nahm den Hörer des Haustelefons ab. «Ja?» Er hörte einen Moment zu, dann legte er auf. «Das ist Kann-ich. Der Senator und der Bürgermeister kommen gerade an.»

«Dann müssen wir hinuntergehen und unsere Gäste begrüßen.» Emma stand auf und reichte ihrem Mann den einen Arm und ihrem Sohn den anderen. So gingen sie zur Tür. «Aber Jimmie muß bestraft werden», sagte sie im Gehen. «Vielleicht hast du recht, Archer. Vielleicht sollte ich ihn zugunsten seiner Schwestern enterben. Die Mädchen sind lieb, besonders Alicia. Ich muß mir das durch den Kopf gehen lassen. Doch jetzt laßt uns den Abend genießen, auf den ich mich schon so lange gefreut habe.»

«Ich möchte Ihnen allen danken, daß Sie heute abend gekommen sind», sagte Emma zweieinhalb Stunden später, nachdem die letzten Schüsseln des erlesenen Diners abgetragen waren. «Und nun müssen Sie für Alains Kochkunst bezahlen, indem Sie sich meine Rede anhören. Ich verspreche aber, mich kurz zu fassen.» An dem langen, ovalen Tisch brach Gelächter aus. Schmuck glitzerte im Kerzenlicht. Die Elite von San Francisco war vollzählig versammelt. Emma stand an einem Ende, die weißen Haare zu der Pudelfrisur aufgesteckt, die zu ihrem Markenzeichen geworden war. «Ich bin vor sechsundfünfzig Jahren nach San Francisco gekommen», fuhr sie fort. «Heute haben wir fast eine halbe Million Einwohner, doch damals war es ein häßliches kleines Nest, und wir träumten von einer Großstadt mit Krankenhäusern, guten Schulen, blühenden Geschäften und einer Oper. Das alles haben wir heute. Nur eins fehlt uns noch, und das ist ein Museum.» Sie lächelte verschmitzt. «Ich beabsichtige, diesen Mangel zu beheben.»

Aufgeregtes Gemurmel erhob sich, und aller Augen wanderten zu den herrlichen Gemälden. Am nächsten Morgen brachte der *Times-Dispatch*, der mit dem *Bulletin* vereint worden war, nachdem Arabella Collins ihn geerbt hatte, die Schlagzeile: «Emma schenkt Stadt ihre Bilder und ein Museum.»

35

Jimmie wurde von einem Klopfen an der Tür geweckt. Er stieg aus dem Bett, zog einen Morgenrock über seinen rotseidenen Pyjama, ging in den Wohnraum seiner Hotel-Suite, knipste das Licht an und schloß auf.

Im Flur stand Alma in einem rosafarbenen Negligé. «Laß mich rein», flüsterte sie.

Er trat beiseite, und sie huschte an ihm vorbei. Er schloß die Tür und drehte den Schlüssel herum, dann nahm er Alma in die Arme und küßte sie.

«Sebastian ist endlich eingeschlafen», flüsterte sie. «Ich bin über die Feuertreppe gekommen. Ich hatte schreckliche Angst, daß ein Hausdetektiv mich sieht.»

«Wie spät ist es?»

«Kurz nach fünf.»

«Sebastian wacht vor Mittag nicht auf. Schön. Gehen wir ins Bett.» Er führte sie zum Schlafzimmer.

«Wir müssen uns eine andere Zeitung einfallen lassen», sagte sie. «Sogar Sebastian wird mißtrauisch, wenn du andauernd wegen der *Saturday Evening Post* anrufst.»

Das sanfte Licht der Morgendämmerung erfüllte das Schlafzimmer, als er ihr das Negligé auszog und es auf einen Stuhl warf. Dann zog er die Träger ihres Nachthemdes herunter und küßte ihre Schultern. Sie bog den Kopf zurück und schloß die Augen, als er ihre Brüste sanft liebkoste.

Draußen ging die Sonne auf, ein frischer Wind kündete einen schönen Tag an. Die Zeiger der berühmten Turmuhr des Ferry-Gebäudes zeigten zwölf Minuten nach fünf. Achtunddreißig Sekunden vor der dreizehnten Minute blieb der Minutenzeiger plötzlich stehen.

«O Jimmie, das tut so gut... Oh, oh... O Gott...» Alma war eine laute Bettgefährtin. Sie wand sich und stöhnte und ihre Nägel zerkratzten ihm in ekstatischer Lust den Rücken.

Plötzlich begann das Zimmer zu wackeln, und die Luft war von einem seltsamen Heulen erfüllt, das sich fast anhörte wie ein donnernder Güterzug. Jimmie hielt inne und sah um sich. Der Kronleuchter über ihm schwankte wie verrückt. Der Spiegel über der Kommode tanzte hin und her.

«Nicht aufhören!» stöhnte Alma. Es war der wildeste Liebesakt, den sie je erlebt hatte.

Das Bett rutschte über den Fußboden.

«Himmel...» Jimmie löste sich von ihr. «Das ist ein Erdbeben...»

Das ganze Gebäude schwankte heftig. Vor ihrem Fenster löste sich das schwere kupferne Dachsims. Es krachte auf den Bürgersteig und tötete den Portier und ein Pferd.

Alma schrie und klammerte sich an Jimmie, der versuchte, aus dem Bett hochzukommen. Der Lärm wurde beängstigend. Die halbe Stuckdecke mit den kunstvollen Rosetten stürzte, die beiden knapp verfehlend, herunter und erfüllte das Zimmer mit Gipsstaub. Der schwankende Kronleuchter fiel auf das Bett, krachte auf Almas linken Arm und brachte ihr eine tiefe Schnittwunde bei. Die gerissenen elektrischen Drähte zischten und schlugen Funken. «Wir sterben!» kreischte Alma. Sie klammerte sich wie eine Ertrinkende an Jimmie und beschmierte seinen nackten Rücken mit Blut. «Wir sterben!»

Unmittelbar unter ihnen schnarchte der betrunkene Sebastian Brett und merkte nichts davon, daß das Grand Hotel auseinanderbrach. Große Teile der Backsteinfassade fielen herab. Plötzlich krachte die ganze Decke auf ihn herunter und zermalmte ihn augenblicklich. Er erfuhr nie, daß seine Frau und ihr Geliebter direkt auf ihm landeten.

Auf dem Russian Hill liebte sich ein anderes junges Paar, Chester Collins und Ellie Donovan, als das Beben ausbrach. Sie hielten sich noch fünfzehn Sekunden aneinander fest, während das Haus schwankte und auseinanderbarst. Dann stürzte der Kamin auf sie herab.

Auf dem Nob Hill schwankten Tizians, Rembrandts und Manets in der Bildergalerie, wo vor wenigen Stunden die Elite von San Francisco so elegant diniert hatte. Als die massiven Kalksteinmauern des Hauses barsten, krachte das über die ganze Länge der Decke verlaufende Buntglasoberlicht herab und zersprang in Millionen Scherben.

Im zweiten Stockwerk setzte sich Emma de Meyer King Collins Levin im Bett auf. Der große Kronleuchter, den sie aus Prag importiert hatte, schwankte, seine Kristalle übertönten unheimlich klirrend und klimpernd das Donnern des Erdbebens. «David!» schrie Emma. Ihr Ehemann setzte sich neben ihr auf und schlang seine Arme um sie. Die Decke und der Kronleuchter stürzten auf sie herab, gefolgt von Teilen des Daches, als die ganze Villa einstürzte.

Für Emma, David, Archer, Chester, Ellie, Sebastian und tausend andere – wie viele, weiß niemand genau zu sagen – waren Gold und Glanz für immer erloschen.

«Du hast wirklich 'nen Mordsdusel gehabt», sagte der dicke Mann mit der Zigarre. «Das ganze Grand Hotel stürzt ein, während du oben vögelst, und du kommst mit nichts als 'nem gebrochenen Handgelenk davon. Und das beste von allem, der Mann deiner Freundin wird getötet, als euer Bett auf ihn knallt. Na, wenn das nicht der verdammteste Dusel ist, der je einem Menschen passiert ist, dann weiß ich's nicht!»

General J. J. Channing schnaubte vor Lachen, wobei sein gewaltiger Bauch fast so heftig bebte, wie San Francisco vor fünf Tagen gebebt hatte. Jimmie, den linken Arm in einer Schlinge, grinste einfältig. Sie befanden sich im Salon von J. J.s Jacht, die vor der Insel Catalina kreuzte. «Schätze, ich hab tatsächlich Glück gehabt», räumte Jimmie ein. «Alma meint, das war der beste Sex ihres Lebens.»

Der Eigentümer des Los Angeles *Express* brach in noch schallenderes Gelächter aus und klopfte sich, in seinem Stuhl hin und her schaukelnd, auf die dicken Schenkel. «Wetten daß!» schnaubte er. «Haha, der Fick, der San Francisco erbeben ließ. Wetten, daß sie das bis zum Tag ihres Todes nicht vergißt. Aber, Jimmie, du hast 'nen Haufen Verwandte verloren, mein Sohn. Deine Familie ist schlichtweg reduziert. Und weißt du – faß das bitte nicht als Beleidigung auf –, sagt das nicht was Komisches über Gott aus, wenn er so 'ne nette Dame wie deine alte Oma tötet und 'nen Fiesling wie dich mit 'nem gebrochenen Handgelenk davonkommen läßt? Na? Das eröffnet dir doch ungeheure Chancen, oder?»

«Was meinst du?»

«Ach komm, Jimmie, streng mal dein Hirn ein bißchen an. Zähl doch mal zusammen: Deine Oma ist tot, sie ruhe in Frieden, und der olle Jude, mit dem sie verheiratet war, auch. Dein Onkel Archer ist tot, dein Cousin Chester ist tot, der Mann deiner Freundin ist tot. Der liebe Gott hat dir 'nen großen Gefallen getan, findest du nicht? Er hat die ganze Familie Collins getötet bis auf Curtis und Alma. Wenn du Alma heiratest und wir uns Curtis vom Hals schaffen, dann erbst du den ganzen Laden, stimmt's? Zumal deine Oma nicht mehr dazu kam, ihr Testament zu ändern.»

Jimmie starrte ihn an. «Ich weiß nicht, J.J. Ich hab noch keine Ahnung, was genau in dem Testament steht. San Francisco wird gerade erst wieder ausgegraben. Ich weiß bloß, daß die Golden-State-Versicherungsgesellschaft mit Forderungen überschwemmt wird.»

«Sicher. Aber verflixt noch mal, mein Sohn, du strengst dein Hirn immer noch nicht an. Ist mir egal, was im Testament steht. Tatsache ist, was mal eine große mächtige Familie war, ist jetzt eine kleine mächtige Familie. Die ganze Macht des Collins-Konzerns mitsamt Bank, Schiffahrtsgesellschaft, Grundstücks- und Versicherungsgesellschaft und vor allem seinen vierzehn Zeitungen liegt jetzt in den Händen von zwei Personen. Alma und Curtis sind die einzigen überlebenden Kinder von Archer, stimmt's? Und du, deine drei Schwestern, Alma und Curtis, ihr seid die einzigen überlebenden Enkelkinder von Emma, stimmt's?»

«Stimmt.»

«Wenn du nun Alma heiratest und wir uns Curtis vom Hals schaffen, bist du der einzige, der übrigbleibt, um die Firma zu übernehmen, stimmt's?»

«Ich hab nie daran gedacht, sie zu übernehmen.»

«Findest du nicht, daß es allerhöchste Zeit für dich ist, daran zu denken? Wenn nämlich du statt Curtis der Boss vom Los Angeles *Clarion* wärst, müßten wir nicht mehr vor Angst schwitzen, daß der *Clarion* unseren hübschen kleinen Grundstücksdeal ausposaunt, stimmt's? Fängst du langsam an zu kapieren, Jimmie?»

Jimmies Gesicht zeigte die ehrfürchtige Miene eines Menschen, vor dem sich die Tore der Münzanstalt auftun. «Aber du sprichst dauernd davon, daß wir uns Curtis vom Hals schaffen. Wie stellst du dir das vor?»

J.J. Channings Schweinsäuglein blinzelten. «Na, genauso, wie wir uns den Reporter vom Hals geschafft haben. Wir bringen ihn um. Und damit schlagen wir zwei Fliegen mit einer Klappe, Jimmie, denn ich wette, Curtis hat rausgekriegt, daß du Carl Klein umgebracht hast.»

Eine großgewachsene Frau in weißem Rock und weißer Bluse kletterte die Leiter zum Hauptdeck hinunter. Sie öffnete die Tür zum Salon und blieb auf der Schwelle stehen. Der Wind zerzauste ihre schneeweißen Haare. Sie hatte ein hübsches Gesicht mit dichten schwarzen Brauen über fanatischen stahlblauen Augen. Sie sah Jimmie und J.J. an. «Ich habe mich gerade mit Jesus unterhalten.»

J.J. drückte seine Zigarre in einen Aschenbecher. «Was hatte Jesus zu sagen, Schatz?»

Wanda Wonder wies theatralisch auf Jimmie. «Jesus sagt, Gott hat San Francisco wegen seinem Stolz und seiner Sünden, seiner Huren und Bordelle, seiner Gier und Sinnenlust zerstört. Aber was noch wichtiger ist, Jesus sagt, Gott hat San Francisco wegen dem Reichtum seiner Juden zerstört.»

Jimmies Augen wurden weit. General J. J. Channing erhob sich von seinem Sessel, watschelte zu Wanda und schmatzte ihr einen feuchten Kuß auf die Wange. «Dazu sag ich Amen, Schatz. Und hier haben wir unseren Freund Jimmie, der übernimmt den ganzen Reichtum und schafft ihn auf unsere Seite, stimmt's, Jimmie?»

Jimmie nickte langsam, wie im Traum. «Ja, J. J.»

«Halleluja!» rief Wanda Wonder aus, wobei sie zu dem bewölkten Himmel über Catalina aufblickte. «Hast du das gehört, Jesus? Emma Levins ganzes Geld, ihre ganze Macht, ihren ganzen Ruhm, alles, *alles* kriegen wir. Lobet den Herrn!»

»Lobet den Herrn!» flüsterte Jimmie. Meines Vaters Rache! dachte er. D-das ist m-m-meines Va-Vaters Rache an den Co-Co-Collins!

«Das kann nur Bestechung sein!» sagte Inspektor Cliff Parker vom Polizeipräsidium Los Angeles beim Frühstückskaffee in seiner Küche. Seine Frau stand am Herd und briet Eier. «Schatz, ich stimme dir zu», sagte sie geduldig. Ihr Mann hatte das Thema die ganze Nacht immer wieder durchgekaut. «Warum hätte Polizeichef Murray dir sonst gesagt, du sollst die Untersuchung eines ungelösten Mordfalls einstellen?»

«Er hat sich nicht mal die Mühe gemacht, einen halbwegs plausiblen Grund zu erfinden. Er sagte einfach: ‹Parker, der Carl-Klein-Mord wird von der Staatspolizei übernommen.› Punkt. Das ist doch purer Blödsinn. Es gibt überhaut keinen Grund für die Staatspolizei, sich mit einem hiesigen Mordfall zu befassen. Und da ist noch etwas –»

«Ich weiß. Curtis Collins weiß mehr, als er zugibt. Das hast du heute nacht alles schon gesagt.»

Cliff seufzte. «Verzeih. Aber diese Sache macht mir wirklich zu schaffen. Jemand hat den Polizeichef bestochen, um diesen Mord zu vertuschen.»

«Offensichtlich war es Curtis Collins.»

«Vielleicht, vielleicht auch nicht. Klein arbeitete an einem Artikel über das Owens-Valley-Projekt, und –»

Das Telefon klingelte. Cliff Parker stellte seine Tasse auf den Tisch und ging den Hörer abnehmen. «Hallo?» Während er zuhörte, trat ein überraschter Ausdruck in sein Gesicht. Dann sagte er: «Ich komme.»

Er hängte ein und drehte sich zu seiner Frau um. «Das war Curtis Collins. Er möchte mich um zehn in seinem Büro sprechen.»

«Ich hab gerade vor einer Stunde mit Jesus gesprochen!» sagte Wanda Wonder von der Kanzel der kleinen Kirche der Göttlichen Meditation. «Ich sagte: ‹Jesus, was wollen wir gegen das nationale Problem der Sünde tun?› Und Jesus sprach zu mir: ‹Wanda, wir krempeln die Ärmel hoch und machen uns ans Werk gegen die Sünde. Du mußt fleißig arbeiten, um deine Seele von der Sünde zu säubern, genau wie du fleißig schrubben mußt, um deinen Küchenboden vom Schmutz zu säubern.› Jesus sprach zu mir: ‹Wanda, was nützt es dir, wenn du eine saubere Küche hast, aber eine schmutzige Seele?› Und so sage ich euch allen: Laßt uns unsere Seelen säubern!»

«Amen!» riefen die fast zweihundert Gemeindemitglieder, die sich in die schlichte Holzkirche gequetscht hatten.

«Und wenn dann unsere Seelen so sauber sind wie unsere Häuser nach dem Großreinemachen, können wir Arme und Herzen öffnen und sagen: ‹Jesus, wir laden dich ein zur Bruderschaft und zum Gebet.› Und wenn das alle amerikanischen Christen tun würden, würde das nationale Problem der Sünde den Abfluß hinuntergeschwemmt, und Amerika würde in die glorreiche Bruderschaft eintreten! Amen. Lobet den Herrn!»

«Lobet den Herrn!»

Wanda, in weiße wallende Gewänder gehüllt, verließ die Kanzel und nahm auf einem breiten Holzstuhl Platz.

Curtis Collins war während Wandas Predigt hereingekommen und hinten in der Kirche stehengeblieben. Jimmie Lopez trat zu ihm. Wie Curtis, hatte er einen schwarzen Trauerflor am Ärmel; den linken Arm trug er noch in der Schlinge. «Danke, daß du gekommen bist», sagte er zu Curtis.

«Ich hätte Wanda um nichts in der Welt verpassen mögen.»

«Ist sie nicht großartig?»

«So könnte man's auch nennen. Du sagtest am Telefon, J. J. will Carl Kleins Ermordung aufklären. Was bedeutet ‹aufklären› genau?»

«Er möchte ein Geständnis ablegen.»

«Du meinst, J. J. hat ihn erschossen?»

«Richtig, und er fühlt sich schrecklich deswegen. Wanda hat ihn schließlich überzeugt, daß es das Beste ist, ein vollständiges Geständnis abzulegen. Sie sprach mit Jesus, und er hat ihr beigepflichtet. Darauf rief J. J. die Polizei. Carlton Murray wartet draußen, um uns zum Pier zu fahren. J. J. ist auf seiner Jacht.»

«Warum kommt J. J. mir so entgegen? Das ist eine heiße Story. Ich würde meinen, er würde sie zuerst einem von seinen eigenen Reportern geben.»

«Jesus sprach zu Wanda, ein Teil von J. J.s Buße ist, daß er dir den Vortritt vor seiner eigenen Zeitung läßt. Schließlich war Carl Klein dein Reporter.»

Curtis starrte seinen Cousin an. «Jimmie, warum spricht Jesus immer mit Wanda Wonder und nie mit ... mit mir, zum Beispiel?»

«Da mußt du Jesus fragen.»

«Ihr seid ein Haufen Irre. Und wenn du glaubst, ich geh allein auf J. J.s Jacht, dann mußt du mich auch für einen Irren halten.»

«Du gehst mit der Polizei.»

«Ich habe Grund zu der Annahme, daß Polizeichef Murray von J. J. geschmiert ist. Schönen Dank für die Einladung, aber nein danke, ich habe eben mit Jesus gesprochen, und er sagte: ‹Mach, daß du hier rauskommst, solange du noch heil bist.› Gute Nacht, Jimmie.» Curtis verließ die Kirche.

Es war ein kühler Abend. Kaum hatte er die zwei Polizisten erspäht, die vor der Kirche standen, da spürte er auch schon, wie sich etwas Hartes in seinen Rücken preßte.

«Das ist eine Pistole», sagte Jimmie leise. «Vermeide, daß ich sie benutzen muß, und steig in Polizeichef Murrays Auto.»

Es war fast Mitternacht, als sie aus dem Motorboot stiegen und das Fallreep, das an der Steuerbordseite von General Channings 30-Meter-Jacht hing, emporkletterten. Hinter Curtis folgten Jimmie, die zwei Polizisten und Polizeichef Carlton Murray, ein fülliger Mann in einem Glencheckanzug und einem grauen, schweißfleckigen Hut. Murray war erkältet und mußte ständig niesen, als das Motorboot die Fahrt vom Pier in Santa Monica über den spiegelglatten Pazifik zur Jacht zurücklegte.

«Willkommen an Bord», sagte J. J. fröhlich, als Curtis das Hauptdeck betrat. «Wie geht's, Curtis? Lange nicht gesehen. Ich möchte mein tiefempfundenes Beileid aussprechen für alle Angehörigen Ihrer Familie, die bei dem Erdbeben getötet wurden.»

«Wieso habe ich das komische Gefühl, daß demnächst ein weiteres Familienmitglied getötet werden soll?»

J. J. lachte. «Aber, aber, wer sagt denn so was. Ist 'n bißchen kühl hier draußen. Gehen wir rein und trinken ein Schlückchen zum Aufwärmen. Übrigens, habt ihr euch alle schon bekannt gemacht? Den Polizeichef kennen Sie natürlich, aber diese gutaussehenden zwei jungen

Gesetzeshüter sind Pete Hawkins und Bill Gray. Pete und Bill sind beide Scharfschützen. Zwei der besten Schützen in Los Angeles, wie mir der Kommissar versichert. Wie hat Ihnen Wandas Predigt gefallen? Ist sie nicht einmalig? Jesus spricht so verdammt oft zu ihr, daß ich manchmal wünschte, sie würde ihm sagen, er soll den Mund halten.» Unter schallendem Gelächter führte er die Gruppe in den Salon. «Ich hab der ganzen Mannschaft heute abend frei gegeben, sie sind alle an Land gegangen. Pete, Sie sind der Barkeeper.» J. J. zeigte auf eine kleine Bar am Ende des Salons. «Curtis, was darf's denn sein? Whiskey?»

«Lassen Sie den Quatsch, J. J. Was wollen Sie?»

Der dicke Verleger zündete sich eine Zigarre an und musterte seinen Gegner. «Nun gut, wenn Sie die Höflichkeiten überspringen wollen, sag ich Ihnen, was ich will. Ich will, daß Sie diesen Brief unterschreiben.» Er zog einen Brief aus einer Tasche seines zerknitterten braunen Jacketts und faltete ihn auseinander. «Er ist an Polizeichef Murray adressiert und lautet: ‹Sir! Hiermit gestehe ich den Mord an meinem Reporter Carl Klein, den ich mit meiner Frau im Bett erwischt habe. Ich bin vor Wut verrückt geworden und habe ihn in den Kopf geschossen. Dann brachte ich seine Leiche an den Strand, ruderte mit ihr aufs Meer hinaus und warf sie über Bord. Ich kann mit meiner Schuld nicht mehr leben. Wenn Sie diesen Brief erhalten, habe ich meine Rechnung mit Gott gemacht. Hochachtungsvoll ...› Und da werden Sie unterschreiben.»

«Das haben Sie sich ja fein ausgedacht, J. J. Gratuliere. Aber bevor ich unterschreibe, sagen Sie mir, wie es wirklich war. Wer hat Carl erschossen?»

J. J. wechselte einen Blick mit Jimmie, der sich auf einen Barhocker gesetzt hatte, die Pistole in der rechten Hand. Pete Hawkins war hinter die Bar gegangen und knabberte Erdnüsse. Polizeichef Murray saß in einem Sessel und putzte sich mit einem Taschentuch die Nase. Bill Gray lehnte am Backbordschott, die Hand am Halfter.

«Nun gut», sagte J. J., «schätze, wir sind hier unter Freunden, ja? Jimmie, sag's ihm.»

«Es war ganz einfach. Ich schrieb ihm, er soll sich am Pier mit mir treffen, und dann würde ich ihm sagen, was er über den Valley-Fonds wissen wollte. Ich würde Namen nennen und alles. Darauf trafen wir uns und kamen im Motorboot auf J. J.s Jacht. Wanda hatte zugesagt, mir ein Alibi zu verschaffen –»

«Warum?» fragte Curtis. «Was hat sie mit alledem zu tun?»

«Wanda Wonder ist meine Freundin», sagte J. J. «Sie mag mit Jesus sprechen, aber vögeln tut sie mit General J. J. Channing. Außerdem hat sie einen Haufen Kirchengelder in den Valley-Fonds investiert. Wanda sieht auf Anhieb, wenn eine Sache sich lohnt.»

«Als wir auf die Jacht kamen, hab ich ihn erschossen», fuhr Jimmie fort. «Wir banden ihm ein Gewicht ans Bein und warfen ihn über Bord, aber wir haben es wohl nicht fest genug gebunden, denn sein Leichnam wurde an Land geschwemmt, wie du weißt.» Er legte eine kurze Pause ein, dann sagte er: «Es war so ziemlich dasselbe, was wir mit dir machen werden.»

Das Schweigen, das darauf folgte, wurde nur von Pete Hawkins' Erdnußknabbern unterbrochen.

«Ihr Mörder», sagte Curtis leise. «Ihr Jesus zitierenden, kaltblütigen Mörder. Ihr habt einem jungen Mann das Leben genommen, um einen Grundstücksdeal zu vertuschen.»

«Oh, das ist mehr als ein Deal, Curtis», sagte J. J. «Wir erschließen das ganze San-Fernando-Tal. Wir machen Los Angeles doppelt so groß. Stellen Sie sich das bloß mal vor. Heute in zehn Jahren ist Los Angeles so groß wie New Orleans oder Kansas City. Und wenn Jimmie und ich unsere Zeitungen vereinen, haben wir eine der bedeutendsten Zeitungen in Amerika.»

«Ach, Jimmie übernimmt den *Clarion*?»

«Sieht ganz so aus. Bleiben ja nicht mehr viele Collins übrig, wenn Sie weg sind, verstehen Sie?»

«Alma und ich heiraten nächsten Monat», sagte Jimmie lächelnd. «Wir werden dich bei der Hochzeit vermissen.»

Die Tür flog auf, und Cliff Parker erschien. Billy Gray wollte gerade seine Pistole aus dem Halfter ziehen, aber Parker schoß zuerst und traf ihn in den rechten Arm. Zwei weitere Polizisten stürzten mit gezogenen Pistolen in den Salon. Jimmie feuerte wie wild auf Parker. Drei Pistolen schossen Jimmie fast gleichzeitig in die Brust. Weitere Schüsse fielen. Pete Hawkins duckte sich gerade rechtzeitig hinter die Bar. Unterdessen kroch ein halbes Dutzend Polizisten, die Pistolen mit beiden Händen umgreifend, im Salon herum. General J. J. Channing, das Gesicht schreckensbleich, hielt beide Hände hoch. Polizeichef Murray brüllte: «Verdammt, wer hat das angeordnet?»

«Ich», sagte Curtis. «Haben Sie das Geständnis notiert?» fragte er Parker.

«Jedes Wort», sagte der Inspektor und hielt ein Notizbuch in die Höhe.

«Ich glaube, der *Clarion* wird morgen einen interessanten Leitartikel bringen.»

«Curtis, wir haben bloß Spaß gemacht!» stieß J. J. hervor.

«Schöner Spaß.»

Curtis kniete sich neben Jimmie, der von seinem Barhocker mit dem Gesicht nach unten aufs Deck gekippt war.

«Wir können ein Abkommen treffen», ächzte J. J. «Teddy Roosevelt ist ein Freund von mir. Ich kann im Weißen Haus anrufen –»

«Maul halten.»

Curtis drehte Jimmie vorsichtig auf den Rücken. Er lebte noch, aber nur schwach. Blut strömte aus den drei Einschußlöchern in seiner Brust. Er sah Curtis mit glasigen Augen an. «Ihr habt gewonnen», flüsterte er. «Die Gringos haben gewonnen.» Dann schauderte er und starb.

Am nächsten Tag verkündete die *Clarion*-Schlagzeile schreiend: «*Express*-Verleger in Mordkomplott verwickelt. Schießerei auf Luxusjacht vor Catalina – Collins-Verwandter getötet – Polizeichef mit von der Partie – Wasserskandal kann Steuerzahler Millionen kosten – Zehn Industriemagnate in Grundstücksschwindel verwickelt – Heldentat Inspektor Parkers.»

«Jimmie!» Schluchzend hieb Alma Brett mit ihrem Holzhammer auf ihre heroische Statue der Pionierin ein. Er krachte in ein Marmorbein und schlug ein Knie ab. «Jimmie! O Gott, sie haben meinen Jimmie umgebracht!» Sie warf den Hammer auf die Erde. Unter hysterischem Weinen lief sie in die kleine Küche ihres Ateliers. «Ich kann ohne Jimmie nicht leben», schrie sie und ergriff ein Schälmesser. Rasch schlitzte sie sich die linke Pulsader auf. Als sie jedoch das Blut herausspritzen sah, ließ sie das Messer fallen, lief zum Telefon und rief im Haupthaus an. «Lily, komm schnell!» rief sie. «Ich hab versucht, mich umzubringen!» Sie hängte ein, riß ein Handtuch vom Haken und wickelte es um ihr Handgelenk.

Sie beerdigten Jimmie Lopez auf einem Hügel oberhalb des Pazifik. Neben seinem Grab lagen die Gräber seines Vaters Juanito und seiner Großeltern. Nach der kurzen Trauerfeier blieben Jimmies Mutter und seine drei Schwestern ein paar Minuten an seinem Grab stehen. Der Wind peitschte ihre schwarzen Schleier und Röcke. Dann kam Curtis herüber und umarmte seine Tante Star. «Es tut mir leid», sagte er.

«Er war eine böse Saat», sagte Star. «Ein Skorpion. Als er ein Kind war, hat sein Vater ihn mit Haß erfüllt. Vielleicht war es meine Schuld, wer weiß? Jedenfalls, vielleicht ist es besser so. Aber so viele Tote! Mutter, Archer und Chester, und jetzt Jimmie. Sind wir verflucht?»

Curtis seufzte. «Ich weiß es nicht. Aber ich möchte für uns Übriggebliebene ein Familientreffen arrangieren. Die Anwälte wollen eine neue

Gesellschaftsform für die Familie ausarbeiten. Großmutters Testament muß verlesen werden, und da Vater tot ist... es ist ein großes Durcheinander, aber die Anwälte sind dabei, die Dinge zu regeln.»

«Ich vermute, du bist jetzt das Oberhaupt der Familie», sagte Star.

«Ja, das ist anzunehmen.»

Curtis sah Alicia Lopez an, und plötzlich wurde ihm klar, daß er sie während der Beerdigung die ganze Zeit beobachtet hatte. Wie süß sie ist, dachte er. Und wie außergewöhnlich schön.

«Es heißt, ich bin eine der fünf reichsten Frauen der Welt», sagte Arabella Collins, während sie die Sieneser Kanzel umrundete, die ihr verstorbener Mann vor drei Monaten in London gekauft hatte. «Gott denkt wohl, das entschädigt mich dafür, daß er mir meinen Mann und meinen Sohn genommen hat, aber da irrt er sich.»

Curtis war mit seiner Mutter in dem Warenhaus in Palo Alto, das sein Vater vor zehn Jahren gekauft hatte. Alle Gegenstände im Warenhaus – Wandteppiche, Waffen, Gemälde, Möbel – hatte Archer erworben, als er schier unersättlich die Antiquitätengeschäfte in Europa durchstöberte. Arabella, ganz in Schwarz gekleidet, war eine Doppel-Erbin; denn das Erdbeben hatte sie mit einem Schlag zur Erbin von Emmas wie auch Archers unermeßlichem Vermögen gemacht. «Und nun Alma», fuhr sie fort. «Als hätte ich nicht schon Kummer genug, versucht Alma sich wegen Jimmie Lopez umzubringen. Zum Glück ist sie dazu nicht imstande. Oh, ich weiß, das klingt verbittert, aber ich kann nichts dafür. Gott sei Dank habe ich dich, mein Liebling.» Sie reichte Curtis die Hand.

«Es gibt auch eine gute Nachricht», sagte er. «Joel spricht schon die ersten Sätze.»

Seine Mutter lächelte traurig unter ihrem schwarzen Schleier. «So ein süßes Baby. Das ist wirklich eine gute Nachricht.»

«Und Betty glaubt, wieder schwanger zu sein.»

«So?»

«Sie geht heute zum Arzt.»

«Hoffen wir, daß es zutrifft. Nachdem die Familie nahezu ausgerottet wurde, haben wir weiß Gott Bedarf an Babys. O Curtis, ich vermisse deinen Vater so sehr. Er war der beste Ehemann der Welt.»

«Mutter», sagte Curtis so taktvoll wie möglich, «wir alle vermissen Vater, aber die Buchhalter wünschen, daß du wegen all dem Zeug, das er gekauft hat, eine Entscheidung triffst.»

«Buchhalter», sagte sie naserümpfend. «Ich kann Buchhalter nicht ausstehen.»

«Mag sein, aber die Versicherung für dieses Warenhaus kostet allein schon hunderttausend Dollar im Jahr. Die Golden-State-Gesellschaft muß über vierzig Millionen Dollar für Ansprüche aus Erdbebenschäden bezahlen, und damit die Gesellschaft das durchsteht, bemühen sich die Buchhalter, jede mögliche Einsparung zu machen –»

Seine Mutter fuhr ihn an: «Einsparung? Du sprichst über einen Traum. Dieses Zeug, wie du es nennst, war der Traum deines Vaters.»

«Das weiß ich, aber es ist vollkommen unpraktisch. Was fängt man mit einer Kanzel an?»

«Was fängt man mit Kunst an? Die Kunst und schöne Dinge sind vollkommen nutzlos, und doch sind sie vielleicht die kostbarsten Dinge der Welt. Dein Vater hat dieses ganze ‹Zeug› geliebt, so wie ich meine Bilder liebe. Die Bilder der armen Emma sind vernichtet worden, genau wie sie selbst und viele andere...» Sie kämpfte mit den Tränen. «Aber Emmas Traum von einem Museum darf nicht zunichte sein. Ich werde es bauen. Und statt ihrer Gemälde kommen meine und alle Schätze deines Vaters hinein. Und das alles wird vollkommen nutzlos sein, aber es wird Generationen von Kaliforniern Freude schenken. Und das ist letztendlich vielleicht das Allernützlichste. Du hältst mich wohl für eine verrückte, verschwenderische alte Frau?»

Curtis küßte sie. «Nein. Ich halte es für eine großartige Idee.»

General J.J. Channing wurde wegen Anstiftung zum Mord vor Gericht gestellt und zu dreißig Jahren Zuchthaus verurteilt, aber aufgrund seines Reichtums und seiner politischen Verbindungen saß er nur zehn Monate in San Quentin ab.

Das gigantische Aquädukt, welches das Wasser aus dem Owens Valley nach Los Angeles brachte, wurde sechs Jahre später fertiggestellt. Es galt als ein technisches Meisterwerk, der Chinesischen Mauer vergleichbar.

Curtis Collins stand im zwölften Stockwerk des Clarion-Gebäudes am Fenster seines Büros und sah zu, wie der Regen auf Los Angeles herunterprasselte. Ironischerweise hatte der Regen nach dem großen, durch den Wassermangel in Südkalifornien verursachten Skandal dieses Jahres zeitig und heftig eingesetzt: Es war die erste Woche im November.

«An alle Beschäftigten des Collins-Konzerns», begann er. Rose Markham, adrett in weißer Bluse und grauem Rock, saß auf ihrem Stuhl und nahm das Diktat auf. «Als neuer Präsident des Konzerns möchte ich die Gelegenheit ergreifen, Ihnen allen für Ihre Unterstützung in diesem für meine Familie äußerst schwierigen Jahr zu danken. Und als... Mensch möchte ich Ihnen danken für Ihre zahlreichen Beileidsbriefe zu meinem jüngsten... persönlichen Verlust...» Er hielt inne. Seine Sekretärin blickte auf. Zu ihrer Verwunderung sah sie ihren dynamischen, energischen Chef weinen. Er zog ein Taschentuch hervor und wischte sich die Augen. Dann kehrte er sich vom Fenster ab und setzte sich an seinen Schreibtisch. Er sah Rose mit geröteten Augen an. «Ist meine Familie verflucht, Rose?» fragte er heiser. «Zuerst das Erdbeben, dann Jimmie Lopez und dann Krebs?» Bettys mutmaßliche Schwangerschaft hatte sich als Gebärmutterkrebs herausgestellt. Sie war letzte Woche gestorben.

Curtis putzte sich die Nase. «Und jetzt hat Joel keine Mutter. Ich muß eine Mutter für ihn finden, Rose. Das Kind muß anständig und streng erzogen werden. Von Joel wird eine Menge abhängen. Ich meine, die Zukunft dieser ganzen Firma.»

Er sah Rose an. «Haben Sie schon mal daran gedacht, nach San Francisco zu ziehen, Rose?»

«Ja, Sir. Wenn Sie mich brauchen, ziehe ich natürlich um.»

«Nachdem mein Vater und mein Bruder beide tot sind, muß ich den ganzen Laden allein schmeißen, und das heißt, ich muß in San Francisco leben. Gut. Ich bin froh, daß Sie mitkommen, Rose. Wenn ich Sie auch noch verlieren würde, dann...» Er zuckte traurig die Achseln. Sie sah in sein schmales, hübsches Gesicht und fragte sich, ob er vielleicht an sie dächte... Mach dir bloß keine Hoffnungen, sagte sie sich. Aber mein Gott, Mrs. Curtis Collins zu sein!

«Was ist das für ein Wagen?» fragte Star Lopez, während sie ihr Glas erneut mit Gin füllte. Sie lag wie gewöhnlich im Turmzimmer der Ranch im Bett. Ihre Tochter Alicia stand auf und trat an ein regengestreiftes Bogenfenster. Ein rotschwarzer Great Arrow hielt vor dem Haus.

«Es ist Curtis!» rief Alicia.

«Curtis?» Ihre Mutter blickte von ihrem Gin hoch und flüsterte: «Ich hab gesehen, wie er dich auf Jimmies Beerdigung angeguckt hat. Und letzte Woche wieder, bei Bettys Trauergottesdienst.»

«Mama, du phantasierst, das macht der Gin. Curtis kann sich doch nicht für mich interessieren.»

«Wieso nicht? Lad ihn zum Essen ein.»

Kopfschüttelnd schloß Alicia die Tür hinter sich. Trotzdem rannte sie die Treppe hinunter in die Eingangshalle und riß die Haustür auf.

«Hallo, Alicia.» Curtis war Alicia immer so distanziert, so geschäftsmäßig erschienen. Er war auch neun Jahre älter als sie. Aber an diesem regnerischen Nachmittag sah er erstaunlich jung und vital aus. «Ich, hm, ich hab zwei Karten für ein neues Theaterstück geschenkt bekommen», sagte er. «Und ich dachte, ob du vielleicht mitkommen möchtest. Es ist in San Francisco.»

«San Francisco?»

«Ja, ich ziehe dorthin, und ich dachte, du möchtest vielleicht für ein paar Tage raufkommen. Das Wetter war ziemlich scheußlich hier. Du könntest bei Mutter wohnen.»

«Komm herein, Curtis, du brauchst nicht auf der Veranda stehenzubleiben. Wann fährst du?»

«Morgen früh. Mutter schickt die *Arabella* her.»

Den privaten Salonwagen. Den hatte sie schon immer sehen wollen.

«Ich muß zuerst Mutter fragen, aber... ja doch, ich komme gerne mit.»

Als Curtis zu seinem Wagen zurückkehrte, nahm er Alicias strahlendes Lächeln mit sich. Sie ist wirklich schön, dachte er. Sie würde Joel eine perfekte Mutter und mir keine schlechte Ehefrau sein.

Außerdem würde durch die Heirat die Calafia-Ranch an die Collins zurückfallen.

36

Nach Arabella Dawsons tödlicher Herzattacke im Jahr 1909 wurde ihr Sohn Curtis das Oberhaupt der so tragisch dezimierten Familie Collins. Einer der reichsten Männer Amerikas, kaufte er sich ein riesiges Areal in der Nähe von Burlingame und ließ sich mit der Aussicht auf die San Francisco Bay eine Villa mit vierzig Zimmern in südländischem Stil bauen. Alicia, Gärtnerin aus Leidenschaft, legte einen Garten an, der einige Jahre später zu einem der Wunder Kaliforniens wurde.

Inzwischen hatten die Familienanwälte unter Führung eines brillanten jungen Mannes namens Lamont Vane das enorme, aber völlig unübersichtliche Geschäftsimperium, das Emma aufgebaut hatte, umstrukturiert. 1910 schätzte das *Wall Street Journal* den Collins-Konzern auf über eine Billion Dollar.

Der zukünftige Erbe davon, Joel de Meyer Collins, war ein Junge von acht Jahren und spielte am liebsten mit Puppen.

«Mein Sohn ist ein ausgewachsener, dünnblütiger Weichling!» Curtis spie die Worte geradezu in Richtung seiner Frau über den Tisch. «Weißt du, was er neuerdings sammelt? Masken!»

«Lieber, in drei Wochen ist *Halloween*. Alle Kinder sammeln Masken», antwortete Alicia.

«Goldmasken mit Federn?»

«Er hat sie selbst gebastelt. Er ist für sein Alter sehr weit voraus. Hast du das weiß-goldene Kostüm gesehen, das er sich gemacht hat? Es ist die Kopie von einem, das er in einem Buch aus der Bibliothek gesehen hat ... Ich glaube, irgendein Höfling trug es bei einem Ballett in Versailles.»

«Mein Sohn will in einem gottverdammten Ballettkostüm aus dem siebzehnten Jahrhundert mit einer gottverdammten Goldmaske aus Federn herumrennen? Nie im Leben. Eher sperre ich ihn ein. Ich sage dir, Alicia, ich habe genug von Joel. Er hat aber auch jeden miesen Zug aus dieser Familie geerbt – und von Bettys Familie dazu. Ihr Bruder Gerald ist Maler im Napa Valley, und jeder weiß, daß er schwul ist. Mein Sohn wird kein Schwuler!»

«Curtis, er ist doch erst acht. Er ist ein sehr sensibles, scheues Kind mit viel Phantasie.»

«Warum nimmst du ihn immer in Schutz?»

«Weil ich ihn liebe. Und weil ich weiß, was es heißt, scheu zu sein. Meine Kindheit war die Hölle, und ich will nicht, daß Joel auch so etwas erleben muß, nur weil er zufällig anders ist.»

«Anders? Merkwürdig ist er. Er mag nicht mal Baseball! Wer hat je von einem Jungen gehört, der Baseball nicht mag? Aber ich werde ihn schon dazu bringen. Weißt du, was ich mache, Alicia? Ich werde ihm einen Trainer engagieren und ihm eine Baseball-Uniform machen lassen.»

Alicia lachte. «Ich wünsche dir Glück. Wie ich Joel kenne, wird er mehr daran interessiert sein, die Uniform zu entwerfen, als sie zu tragen.»

Joel war tatsächlich ein merkwürdig aussehendes Kind, brandmager und groß für sein Alter, mit dicken braunen Haaren, ziemlich kleinen blauen Augen und einer langen Nase. Zwar hatte er viele der Merkmale seiner gutaussehenden Vorfahren geerbt, aber irgendwie schienen sie bei ihm nicht zusammenzupassen.

Er saß auf dem Fußboden seines Schlafzimmers und spielte mit einem Puppentheater, als es an der Tür klopfte und Curtis hereinkam.

«Guten Tag, Vater.»

Curtis kam näher und sah auf das Puppentheater hinunter.

«Was für ein Stück führst du heute abend auf?» fragte er und bemühte sich, seinen Ärger zu verbergen.

«Kein Stück», murmelte Joel, «eine Oper. ‹Carmen›. Ich hab alle Kostüme selbst entworfen und ausgeschnitten, als ich mit den Schularbeiten fertig war.»

«An deinen Schulleistungen habe ich nichts auszusetzen, Joel, aber ... Joel, morgen nach der Schule kommt Mr. Reynolds und wird eine Stunde mit dir arbeiten. Er wird dir beibringen, wie man Baseball spielt.»

Schweigen. Joels Gesicht wurde eisig.

Curtis kniete sich neben ihn und sagte sanft: «Ein Junge sollte statt mit Puppen Baseball spielen. Verstehst du das nicht?»

«Wenn du meinst, Vater.»

«Ja, das meine ich.»

Vater und Sohn starrten sich an. Curtis war überrascht über den Eigensinn in den kleinen, blauen Augen seines Sohnes. Joel mochte zwar mit Puppen spielen, aber in seinem Inneren war er aus Stahl.

«Haßt du mich?» wisperte Curtis, echt neugierig geworden.

Joel preßte die Lippen zusammen, antwortete aber nicht.

«Antworte mir, Joel.»

Schweigen.

Curtis stand auf, nicht länger fähig, seine Wut zu zügeln.

«Du *wirst* Baseball spielen», sagte er. «Und zwar gut. Und all diese verdammten Puppen verschwinden!»

Er stampfte mit dem rechten Fuß das Puppentheater zusammen. Dann stürmte er aus dem Zimmer und warf die Tür hinter sich zu.

Geduldig, mit einem seltsamen Ausdruck in den Augen, begann Joel, es wieder zusammenzusetzen.

37

Ein Ereignis im Jahre 1913 sollte sich auf Kalifornien ebenso dramatisch auswirken wie der Goldrausch vierundsechzig Jahre zuvor. Vor wenigen Jahren waren die ersten Filmateliers gegründet worden. Die *New York Motion Picture Company* hatte 1909 in Edendale ein Atelier eröffnet, das Mack Sennett 1912 übernahm. *Vitagraph* eröffnete 1911 ein Atelier in Santa Monica. Als schließlich Cecil B. de Mille nach Los Angeles kam, um *Der Squaw-Mann* zu drehen, wurde Hollywood geboren, obwohl es dort erst wenige Ateliers gab. Vielleicht müßte es richtiger heißen: Die Idee von Hollywood wurde geboren.

1916, während auf der anderen Hälfte der Erdkugel in Europa ein Krieg tobte, nahmen Alicia und Curtis ihre drei Kinder mit auf die Calafia-Ranch zur Beerdigung von Alicias Mutter Star, deren Leber schließlich den Dienst versagt hatte. Als ihr Sarg zwischen ihrem Ehemann Juanito und ihrem Sohn Jimmie ins Grab gesenkt wurde, vergegenwärtigte sich Curtis ihr Leben. Star war während des Goldrausches geboren und hatte San Franciscos wildeste Zeit erlebt. Heute war alles so respektabel und gezähmt. Chinatown, nach dem Erdbeben wieder aufgebaut, war jetzt nahezu gutbürgerlich. Die schillernde und rauhe Zeit von Stars Jugend diente nun als Stoff für die Kinoleinwand.

Nach dem Begräbnis bestieg die Familie ihren privaten Salonwagen, um für ein paar Tage nach Los Angeles zu fahren. Während Curtis mit der Direktion des *Los Angeles Clarion* konferierte, besuchte Alicia mit Joel und ihren zwei Töchtern das Fox-Atelier am Sunset Boulevard, um beim Drehen eines Films zuzusehen. Joel, unterdessen vierzehn und fast einsachtzig groß, trug seit zwei Jahren eine Brille mit dicken Gläsern zur Korrektur seiner starken Kurzsichtigkeit, was ihn noch seltsamer aussehen ließ. Als er die Kamera bei den Aufnahmen beobachtete, nahmen die kurzsichtigen Augen hinter den eulengleichen Gläsern einen Ausdruck heftiger, beinaher sexueller Erregung an.

An einem regnerischen Nachmittag im Jahre 1920 duschte die Football-Mannschaft der St. Stephen's Academy nach einem Spiel gegen Exeter in den Umkleideräumen der Archer-Collins-Turnhalle, die Joels Vater gestiftet hatte.

«Oh, oh, oh, Jungs», rief der bullige Rechtsaußen Norman Hickby. «Da kommt die Oberschwester. Laßt bloß eure Seife nicht fallen.»

Joel, der ohne Brille fast nichts sah, betrat den plötzlich still gewordenen Duschraum. Alle Augen richteten sich auf seinen mageren Körper mit den leicht gebeugten Schultern.

«Ist die Oberschwester nicht süß?» schrie einer.

Miauen und Pfeifen ertönte, als Joel unter die Dusche trat.

«Hat Daddy das Geld für die Turnhalle gestiftet, damit du es mit Jungens treiben kannst?» schrie ein anderer.

Lautes Gelächter.

Joel seifte sich schweigend ein und duschte. Schweigend verließ er unter dem Gejohle der anderen den Raum.

Am gleichen Abend, als er in seinem Studierzimmer im obersten Flur des Internatsgebäudes seine Schularbeiten machte, klopfte es. Bevor er noch «Herein!» rufen konnte, öffnete sich die Tür. Es war Norman Hickby im Schlafanzug. Er schloß die Tür hinter sich und grinste.

«n'Abend, Joel», sagte er.

Joels dicke Brillengläser wandten sich ihm zu. «Was willst du?»

«Nun», sagte Norman und lehnte sich mit verschränkten Armen gegen die Tür. «Du läßt dir eine Menge von den Jungs gefallen ohne je aufzumucken. Auf eine Art bewundere ich dich.»

«Würde es was nützen, wenn ich es täte? Das sind doch alles Hohlköpfe.»

«Mich eingeschlossen?»

«Das hast du gesagt, nicht ich.»

«Vielleicht würden sie aufhören, wenn du dich wehren würdest. Sie denken alle, du bist ein Hosenscheißer.»

Joel wandte sich wieder seinen Büchern zu. «Vielleicht bin ich das. Vielleicht ist es mir auch völlig egal, was sie denken. Gute Nacht, Norman. Ich hab morgen ein Examen.»

Norman beobachtete ihn einen Augenblick, dann trat er hinter Joel und legte seine Hände auf dessen knochige Schultern. «Ich könnte dich beschützen», sagte er sanft und verstärkte den Druck seiner Hände.

Joel legte sein Buch hin. «Und warum solltest du?»

Norman beugte sich herunter und flüsterte in Joels Ohr: «Wenn du meine Freundin würdest.»

Joel erstarrte. Dann kam aus seiner Kehle ein so wütendes, tierisches Geheul, daß Norman losließ und zurückwich. Joel sprang vom Stuhl auf, zitternd vor Wut. «Du widerlicher Perversling!» schrie er und schmetterte seine Faust so heftig auf Normans Nase, daß der rückwärts taumelte, über einen Papierkorb stolperte und zu Boden fiel.

«Jetzt hör mir mal genau zu», sagte Joel, immer noch zornbebend. «Mein Vater stiftet dieser Schule viel Geld und hat eine Menge Einfluß. Wenn du mich je noch mal anrührst, sag ich das meinem Vater und dem Direktor, und die werden dafür sorgen, daß du den Rest deines Lebens nichts mehr werden kannst außer Friseur. Und jetzt raus!»

Hickby rappelte sich auf und verließ fluchtartig das Zimmer.

An einem warmen Sommermorgen im Jahre 1926 hatte eines der fünf Hausmädchen im Hause Collins gerade Joels Bett gemacht. Charlene Miller war ein hübsches Mädchen, das vor drei Wochen seinen Dienst bei den Collins angetreten hatte. Sie hatte vom Personal schon eine Menge Klatsch über die Familie aufgeschnappt. Mr. Joel, der einzige Sohn, hatte gerade in Yale sein Examen gemacht. Charlene wußte, daß er sich nicht mit seinem Vater verstand, und sie wußte auch, warum. Während sie Staub wischte, wunderte sie sich über die zahlreichen Kuriositäten in dem großen Schlafzimmer. Masken aller Art hingen an den Wänden: Silbermasken, Holzmasken, Clownmasken, gespenstische *Halloween*-Masken. Auf Sesseln und Fensterbänken saßen alle möglichen Puppen: Stoffpuppen, Handpuppen, Porzellanpuppen. Theaterbücher nahmen eine ganze Wand ein: Vollständige Ausgaben von Shakespeare, Ibsen, George Bernard Shaw standen neben aktuellen Broadwaystücken. Auf dem Tisch vor dem Fenster, das auf die Tennisplätze hinausging, stand ein phantastisches Puppentheater. Charlene hielt einen Augenblick inne, um es zu betrachten. Er muß ganz vernarrt ins Theater sein, dachte sie und bückte sich, um die als Hamlet kostümierte Puppe aufzuheben.

«Stell das hin!» Sie fuhr zusammen, ließ die Puppe los und drehte sich um. Joel stand in der Tür. «Bitte», setzte er leiser hinzu. Er trug weiße Flanellhosen und ein am Hals offenes blau-weiß gestreiftes Hemd. Er ist zu lang und zu dünn, dachte Charlene, und er sieht so seltsam aus mit der dicken Brille.

«Verzeihung, Sir», sagte sie. «Ich wollte nichts kaputtmachen.»

«Ich weiß. Wie heißt du?»

«Charlene, Sir.»

Er schloß leise die Tür, während er Charlene mit seinen unheimlichen Augen ansah. «Du bist sehr hübsch, Charlene.»

«Danke, Sir.»

Während er langsam auf sie zutrat, zog er seine Brieftasche aus der Gesäßtasche. Er nahm fünfzig Dollar heraus und hielt sie ihr hin. Seine Hand zitterte. «Würdest du ...?» flüsterte er.

Sie wollte hinausgehen, aber er vertrat ihr den Weg. Er zog noch einmal fünfzig Dollar hervor und hielt sie in die Höhe.

Sie sah ihn verwundert an. «Die Leute sagen, Sie mögen keine Mädchen», flüsterte sie.

«Die Leute irren sich», flüsterte er zurück, indem er ihre Brüste anstarrte.

Sie nahm das Geld, dann schickte sie sich an, ihre Uniform aufzuknöpfen. «Schließen Sie lieber die Tür ab.»

Er hielt den Schlüssel in die Höhe. «Schon geschehen.»

«Wenn man uns erwischt –»

«Keine Bange. Findest du mich häßlich?»

Sie streifte ihre Uniform ab. «O nein, Sir. Häßlich sind Sie eigentlich nicht. Sie sind irgendwie niedlich.»

Er nahm eine Silbermaske von der Wand. Als Charlene den Unterrock über den Kopf zog, beäugte er ihren üppigen Körper durch seine dicken Brillengläser, dann setzte er die Brille ab, legte sie auf einen Tisch und hielt sich die Maske vors Gesicht. «Jetzt kannst du dir vorstellen, ich sei wunderschön», flüsterte er. «Die Phantasie ist stärker als die Wirklichkeit.»

Als er seine Hand nach ihrer Brust ausstreckte, flüsterte sie nervös: «Sie sind wie *Das Phantom der Oper*. Ich hab den Film gesehen. Als Mary Philbin Lon Chaney die Maske abnahm, hab ich geschrien. Mr. Joel, ich wünschte, Sie würden die Maske abnehmen. Sie ist ein bißchen gruselig.»

Aber Joel behielt die Maske auf.

Die Tür zu Curtis' Büro, dessen elegante Ausstattung seine Stellung als Präsident und Hauptaktionär des Collins-Konzerns widerspiegelte, ging auf, und seine Sekretärin führte Joel herein. Joel trug einen konservativen dunkelblauen Anzug, aber, dachte sein Vater, sogar im Bankiersanzug sieht er wie ein seltsamer Vogel aus. «Ah, Joel. Lamont kennst du natürlich.» Er deutete auf Lamont Vane, der neben dem Schreibtisch stand, ein dicklicher Mann, dessen Haar schütter zu werden begann. «Und, wie ich annehme, kennst du auch Miss Miller?» Joel blickte zu Charlene hinüber, die auf einem Ledersofa saß. Sie sah in einem einfachen Kostüm gut angezogen aus. Ein kleiner Hut schmiegte sich in ihre braunen Locken. Joel nickte. «Ich komme gleich zur Sache», fuhr Curtis fort. «Charlene zeigte mir gestern einen Brief von ihrem Arzt, der attestiert, daß sie im zweiten Monat schwanger ist. Sie behauptet, du seist der Vater, und verlangt, daß eine Summe von hunderttausend Dollar für ihr Kind in einem Fonds angelegt wird, andernfalls geht sie mit der Geschichte zur Hearst-Presse. Natürlich ist es höchst unwahrscheinlich, daß du der Vater bist, aber Lamont meinte, wir sollen dich wenigstens fragen.»

Joel sah seinen Vater kühl an, der seinen Blick mit leicht amüsierter Miene erwiderte, als wollte er sagen: *Du* und Vater? Na so was.

«Es stimmt», sagte Joel.

Curtis blieb der Mund offenstehen. «Tatsächlich?» stammelte er.

«Charlene ist seit zwei Monaten meine Geliebte. Als sie mir eröffnete, daß sie schwanger ist, riet ich ihr, dich um einen Treuhandfonds für das Kind zu bitten. Ich selbst gebe ihr fünfzigtausend Dollar und beabsichtige, lebenslänglich für das Kind zu sorgen, aktives Interesse an ihm zu zeigen und ihm eine erstklassige Ausbildung zu ermöglichen.»

Charlene strahlte. «Danke, Joel.»

Curtis starrte seinen Sohn immer noch erstaunt an. Schließlich wandte er sich an Lamont Vane. «Wenn das so ist, Lamont, würden Sie sich um die Einzelheiten kümmern?»

«Selbstverständlich. Miss Miller, würden Sie mit in mein Büro kommen?» Charlene stand auf und folgte Lamont. Als sie an Joel vorbeiging, warf sie ihm eine Kußhand zu. Dann sah sie seinen Vater an. «Ich weiß, was Sie von Joel denken», sagte sie. «Oh, Mr. Collins, da sind Sie im Irrtum. Er ist phantastisch im Bett. Wiedersehen ... Großpapa.» Lächelnd verließ sie mit Lamont das Büro.

Curtis legte das Gesicht in die Hände und verharrte so fast eine Minute. Als er aufsah, waren seine Augen gerötet. «Ich ...» Er räusperte sich. «Ich schulde dir eine Entschuldigung, Joel.»

«Warum? Weil du mich all die Jahre wie eine Mißgeburt behandelt hast?» Joel sprach leise, aber mit ätzender Bestimmtheit. «Weil du dich deines einzigen Sohnes geschämt hast? Weil du dachtest, ich sei schwul, weil ich Baseball nicht mag? Was hast du nur für eine engstirnige, spießige Vorstellung von Männlichkeit! Nie warst du stolz auf etwas, das ich getan habe: Ich habe mein Examen *summa cum laude* gemacht, ich kann Bühnenbilder und Kostüme entwerfen – aber das ist ja alles weibisches Zeug. Sensibel und kreativ sein ist weibisch. Du schuldest mir einiges, Vater. Für eine verkorkste Kindheit, für deine Verachtung, die Liebe hätte sein sollen, selbst wenn ich schwul wäre. Du bist verantwortlich dafür, daß ich ein *Scheiß* bin.»

Die letzten Worte trafen wie ein Schuß. Curtis versteifte sich. Er wollte etwas sagen, dann überlegte er es sich anders. Er stand von seinem Schreibtisch auf, verschränkte die Hände hinter dem Rücken, trat an ein Fenster und sah hinaus. Joel fand, daß er plötzlich ausgesprochen alt aussah. Schließlich drehte Curtis sich um. «Alles, was du sagst, ist wahr. Ich habe dich falsch eingeschätzt. Um ehrlich zu sein, ich habe dich gehaßt.»

«Ich weiß.»

«Ich habe gebetet, daß Alicia mir einen Sohn schenkt, statt dessen gebar sie mir zwei Töchter.»

«Ja, du bist auf mich angewiesen. Den Mädchen ist die Firma egal.»

«Dir nicht?»

«Vielleicht nicht. Aber du mußt dir meine Liebe verdienen, Vater. Du mußt die Vergangenheit wiedergutmachen. Du mußt mir zuerst geben, was ich will.»

«Was willst du, Joel?»

«Ein Filmatelier.»

Zum zweitenmal starrte sein Vater ihn mit offenem Mund an. «Ein Filmatelier?»

«Ja! Ich liebe Filme! Das Theater hat mich immer fasziniert, aber Filme sind die Zukunft! Ich weiß, ich kann fabelhafte, erfolgreiche Filme machen. Kauf mir ein Atelier und finanziere mich sechs Jahre – soviel bist du mir mindestens schuldig. Bis ich dreißig bin, laß mich tun, was mir Spaß macht. Danach verspreche ich, egal, ob es ein Erfolg oder ein Reinfall wird, nach San Francisco zurückzukehren und das Geschäft von der Pike auf zu lernen. Du kannst mich für den Rest meines Lebens haben, aber überlaß mir für sechs Jahre ein Filmatelier.»

Curtis betrachtete seinen mageren, vogelartigen Sohn. «Joel, du machst mich sprachlos, und ich will gar nicht vorgeben, dich zu verstehen. Aber nach all den Jahren wurde mir endlich ein Sohn geschenkt, und darüber ist mein Herz voller Freude. Ich bin einverstanden.» Er ging zu Joel hinüber und umarmte ihn.

Zum erstenmal, seit er ein Baby war, brach Joel Collins, das seltsame Kind, in Tränen aus.

38

An einem Sommertag im Jahre 1928 fuhr Ted Spalding mit seinem T-Model-Ford eine staubige Straße in Iowa entlang, als er eine Anhalterin mit einem kleinen Koffer sah. Sie trug ein weißes Kleid, das oberhalb ihrer Knie endete. Noch nie hatte Ted so wunderbare Beine gesehen. Als er näherkam und ihr Gesicht sah, durchfuhr ihn ein Adrenalinstoß. «Verdammt, sollte heute mein Glückstag sein?» murmelte er und hielt an. «Wohin wollen Sie?» rief er zum offenen Fenster hinaus.

«Hollywood», erwiderte das blonde Mädchen.

«So weit fahr ich nicht, aber bis Des Moines kann ich Sie mitnehmen.» Das Mädchen stieg ein, und Ted fuhr los. «So, nach Hollywood wollen Sie? Wollen wohl 'ne Filmdiva werden?» sagte Ted, der ein freundliches, sommersprossiges Gesicht hatte.

«Stimmt genau.»

«Wie ist denn Ihr Name, Miss Filmdiva?»

«Dixie Davenport. Gefällt er Ihnen?»

«Ja, klingt irgendwie rhythmisch. Ist das Ihr richtiger Name?»

«Natürlich nicht. Den hab ich erfunden.»

«Na, hübsch genug für eine Filmdiva sind Sie ja. Ich hab in den Illustrierten gelesen, daß es in Hollywood schrecklich wild und verrucht zugeht. Nichts für Jungfrauen.» Er grinste sie an. «Puh, ist das heiß heute. Wollen wir uns die Klamotten vom Leib reißen und schwimmen gehen? Ich kenn 'nen Teich hier in der Nähe.»

«Wie heißen Sie?»

«Ted. Ted Spalding.»

«Ted, ich bin nicht die Sorte Mädchen, für die Sie mich halten. Und wenn ich was Wildes und Verruchtes tu, dann in Hollywood, wo es mir was nützt, und nicht mit 'nem rothaarigen Heini, der wahrscheinlich nicht mal weiß, was er mit mir anfangen soll, wenn ich mich ausziehe.»

«Wollen wir wetten? Ich weiß sehr wohl, wie man eine Frau glücklich macht. Kurz vor Des Moines kenn ich ein Motel. Wir dürften in ungefähr einer Stunde dort sein. Ich lad Sie zum Essen ein und zahl das Zimmer. Wie wär's?»

Sie überlegte eine Minute, während der Ford über die staubige Straße rumpelte. «Okay», sagte sie dann.

Am nächsten Morgen um fünf wachte Ted vom Geräusch eines Anlassers auf. Er hob den Kopf und blickte sich verschlafen um. Durch die dünnen Gardinen sah er seinen Wagen davonfahren. «He!» Er sprang wie elektrisiert aus dem Bett und lief ans Fenster. In der rosa Morgendämmerung bog sein Ford vor dem Motel in westlicher Richtung in die Fahrstraße ein. «Du Miststück!» schrie er. Er lief zur Tür und riß sie auf, ohne daran zu denken, daß er nichts anhatte. «Komm mit meinem Wagen zurück, du Miststück!» Der Wagen entschwand seinen Blicken. «Scheiße!»

«Meine Herren, ich habe beschlossen, daß die nächste Collins-Produktion und unser erster Tonfilm *Johanna von Orleans* sein wird.» Joel Collins, der in seinem Konferenzzimmer am Kopfende des langen Tisches saß, hatte dies auf seine übliche ruhige Art angekündigt. Die Reaktion darauf war eine solche Stille, daß sie nahezu tödlich wirkte.

«*Johanna von Orleans?*» wiederholte Chuck Rosen, der für die Finanzierung zuständig war. «Die Heilige?»

«Genau. Eine der größten Geschichten aller Zeiten, und Johanna ist eine der größten Gestalten in der Geschichte.»

Rosen blickte in die Runde. Die anderen acht um den Tisch Versammelten sahen genau so verdutzt drein wie er. «Joel», sagte er, «ich halte die heilige Johanna für eine ausgesprochen schlechte Filmidee. Es sei denn, du willst Geld verlieren, dafür ist es eine großartige Idee. Du hast drei Filme gemacht, seit du das Atelier gekauft hast, und alle drei waren ein Verlustgeschäft. Die Zuschauer sind ausgeblieben, und sie werden bestimmt nicht kommen, um die heilige Johanna zu sehen. Sie wollen Sex und Gewalt, Titten und Maschinengewehre, Lust und Blut. Sie wollen keine gottverdammten französischen Heiligen.»

Joels kleine, durch die dicken Brillengläser vergrößerte Augen sahen seinen Finanzverwalter durchbohrend an. «Trotzdem», sagte er mit seiner dünnen Stimme, «sie werden die heilige Johanna bekommen. Ich bin kein Geschäftsmann, ich bin Künstler. Ich will schöne Filme machen, und wenn die Zuschauer sie nicht mögen, ist es ihr Schaden, nicht meiner.»

Chuck zuckte die Achseln. «Es ist dein Geld.»

«Stimmt genau.» Joel wandte sich an Barry Marshall, seinen Pressechef. «Barry, du mußt mir helfen, ein Mädchen für die Rolle der Johanna zu finden. Und ich möchte, daß es in der Öffentlichkeit bekannt wird. Ruf Wendy Fairfax vom *Clarion* an und sag ihr, ich bin auf der Suche nach dem schönsten, reinsten Mädchen in Amerika, das die heilige Johanna spielen soll. Wir überlassen Wendy die Erstmeldung, damit sie die Story lanciert.»

«Halt dir die Trauben vor die Titten, Herzchen. Wie heißt du?»

«Dixie.»

«Gut, Dixie. Jetzt schön lächeln.» Dixie stand nackt bis auf drei an den heiklen Stellen plazierte Weintraubenbüschel, in einem schmuddeligen Photoatelier am Hollywood Boulevard Modell. Sie lächelte, als der Photograph abdrückte. «Wunderbar, Dixie. Du hast wirklich Talent. Und eine prima Figur, Herzchen. Versuchen wir's jetzt ohne Trauben.»

«Sie meinen, Sie wollen mich mit nichts an photographieren?»

«Du hast's erfaßt. Im Evaskostüm: Titten, Möse, das ganze Drum und Dran. Natürlich kratze ich ein bißchen auf der Platte herum, damit's da unten im Busch unscharf aussieht. Es wird sehr geschmackvoll, du wirst sehen.»

«Mr. Evans, ich stehe nicht nackt Modell.»

Der Kopf des Photographen tauchte unter dem schwarzen Tuch hervor. «Hör mal, Süße, ist es nicht ein bißchen spät für Zimperlichkeiten? Ich zahl dir noch zehn Dollar drauf, wenn du die Trauben wegläßt.»

«Sagen wir zwanzig.»

George Evans zögerte. Kein Zweifel, diese Dixie troff von Sex-Appeal. Als Berufsphotograph, der nebenbei pornographische Aufnahmen machte, hatte er Dutzende hinreißender Mädchen photographiert. Hollywood war voll davon. Sie kamen aus aller Welt, angelockt vom Zauber und Glamour des Filmes. Aber dieses Mädchen war anders. Sie besaß eine Ausstrahlung... «In Ordnung, zwanzig», sagte er.

Dixie Davenport legte die Trauben auf einen Tisch. In ihrer vollkommenen, herrlichen Nacktheit stand sie vor dem Apparat.

Bob Crane las einen Westernroman und hörte Radio, als es an der Tür seines Pensionszimmers klopfte. Es war ein heißer Abend, seine Fenster waren offen, und er war im Unterhemd. Er stand auf und öffnete. Eine der verführerischsten Blondinen, die er je gesehen hatte, stand im

Bademantel im Flur. «Hallo», hauchte sie, hielt ihm eine Tasse hin und schenkte ihm ihr reizendstes Lächeln. «Ich weiß, es ist schon spät, aber könnten Sie mir mit etwas Zucker aushelfen? Meiner ist alle.»

Crane konnte die Augen nicht von ihr lassen. «Na klar. Bin gleich wieder da.» Er verschwand im Zimmer und kehrte mit einer Schachtel Würfelzucker an die Tür zurück. «Ich hab bloß Würfelzucker. Ist Ihnen damit geholfen? Sind Sie neu hier?»

«Ja, ich hab das Zimmer gegenüber gemietet.»

«Sind Sie beim Film?»

«Ich versuch reinzukommen. Bis jetzt hatte ich noch kein Glück. Es ist ziemlich schwierig. So viele Mädchen versuchen dasselbe.»

«Ich weiß. Ich bin Kameramann.»

Dixies Lächeln wurde noch inniger. «Oh, aber ich will Sie nicht länger aufhalten. War nett, Sie kennenzulernen, Mr....»

«Bob. Bob Crane.»

«Und ich bin Dixie Davenport.»

«Wofür wollen Sie den Zucker, Dixie?»

«Ich wollte mir Kaffee machen.»

«Ich hab welchen fertig, wenn Sie –»

Dixie schlüpfte ins Zimmer und schenkte ihm ein Lächeln, das Stahl zum Schmelzen gebracht hätte. «Gerne, Bob.»

Der Wind in den Hügeln zauste das Blondhaar des Mädchens. Ihr nackter Leichnam lag auf dem Rücken in einem Graben in den Hügeln um Hollywood. Man hatte ihr die Kehle durchgeschnitten und ein Stück vom Bauch aufgeschlitzt.

«Hübsch, wie?» meinte Cliff Parker, der inzwischen Chefinspektor der Polizei von Los Angeles war. Er und zwei weitere Polizisten sahen auf die hingemetzelte Leiche herab. Ein Polizeiphotograph nahm sie von allen Seiten auf. *Clarion*-Reporter Gil Amster und sechs andere warteten ein paar Schritte entfernt. «Hat einer eine Ahnung, wer sie war?»

«Wir haben ihre Handtasche gefunden», erwiderte Inspektor Brian Philips. «Sie hieß Trudy Whiteshead. Eine angehende Schauspielerin, die sich zwischendurch für Geld hingelegt hat. Dieselbe Geschichte wie bei den drei anderen. Und wir haben dieselbe Visitenkarte gefunden. Ohne Fingerabdrücke.» Er hielt eine silberne Gesichtsmaske in die Höhe.

«He, Inspektor!» rief Gil Amster. «Dann ist es schon wieder ein Phantommord.»

Chefinspektor Parker sah den Reporter an, der den Ausdruck «Das

Phantom von Hollywood» für den unbekannten Mörder, der als Visitenkarte eine Maske hinterließ, geprägt hatte. «Sieht ganz so aus.»

«Verdammt!» Die Reporter rannten zu ihren Wagen, um die Story durchzutelefonieren.

39

Wendy Fairfax, die Klatschkolumnistin des *Clarion*, lenkte ihren Duesenberg durch die beleuchteten weißen Torpfosten des Anwesens Summit Drive Nr. 1141 in Beverly Hills und hielt vor der Villa im spanischen Stil, die Joel Collins für die horrende Summe von zweitausendfünfhundert Dollar im Monat gemietet hatte. Da Joel sich von dem Gesellschaftsleben von Hollywood fernhielt und sie das Haus noch nie von innen gesehen hatte, freute sie sich auf den Abend. Sie hatte ihn am Vormittag über seine Suche nach einer Unbekannten für die Rolle der heiligen Johanna interviewt, und er hatte sie zu ihrer Überraschung zum Abendessen eingeladen. Er hatte sie nicht zur Annahme überreden müssen.

Sie stieg aus und ging zu der von eleganten Schmiedeeisenlaternen flankierten Eingangstür. Joel öffnete selbst. Die Kleidung, die er trug, war unterdessen zu seinem Markenzeichen geworden: weiße Flanellhose und ein am Hals offenes italienisches Seidenhemd mit einem sportlichen Halstuch. Er war sehr viel größer als Wendy und sah durch seine dicken Brillengläser auf sie herab. «Willkommen», sagte er mit seiner sanften Stimme. Sie betrat die Eingangshalle und umfaßte mit einem Blick die Kassettendecke und den rautenförmig verlegten Marmorboden. «Ich hätte Sie vielleicht warnen sollen», fuhr er fort. «Ich ernähre mich ziemlich eigenartig. Ich bin Vegetarier und esse überhaupt kein Fett – hauptsächlich Salate, Getreideprodukte und Obst. Es macht Ihnen hoffentlich nichts aus.»

«Keineswegs. Ich könnte ganz gut ein paar Pfund weniger vertragen.» Sie hielt überrascht inne. Der riesige Wohnraum war vollkommen leer. «Wo sind die Möbel?»

«Oh», sagte Joel abwesend, und sie merkte, daß er mit den Gedanken woanders war. «Als ich das Haus mietete, war es so häßlich eingerichtet – billige Imitationen aus dem Kaufhaus –, daß ich alles eingelagert habe. Und solange meine Filme Verlustgeschäfte sind, habe ich eine Art Armutsgelübde abgelegt.»

Sie lächelte. «Ungewöhnlich für einen Collins.»

«Das Geld, von dem ich lebe, kommt von jemand, der gar kein Collins war.»

«Von wem?»

«Es gab mal Modellkleider namens Gräfin Zita.»

«Ja, ich erinnere mich aus meiner Kindheit.»

«Eine Gräfin Zita hat es wirklich gegeben; sie lebte mit meinem Ururgroßvater zusammen. Bei seinem Tod hinterließ er ihr mehrere Millionen Dollar. Und als sie 1910 starb, hat sie mir ihr gesamtes Vermögen hinterlassen. Im übrigen lebe ich nicht gern in vollgestopften Räumen. In der Küche stehen ein paar Stühle. Wir können uns dort unterhalten.»

«Haben Sie kein Personal?»

«Nein. Ich lebe sehr bescheiden.»

«Was dagegen, wenn ich das in meiner Kolumne bringe?»

«Glauben Sie, daß das jemand interessiert?»

«Machen Sie Witze? Sie sind ein Collins. Sie brauchen bloß zu niesen, und es interessiert die Leute.»

Er führte sie in eine große, blanke Küche, die wenigstens ein paar Möbelstücke enthielt: einen Holztisch und vier Holzstühle. Der Tisch war mit mexikanischen Tellern und farbigen mexikanischen Gläsern gedeckt. «Möchten Sie Wein? Ich beziehe ihn vom Schwarzhändler meines Vaters. Es ist ein weißer Burgunder.»

«Ja, gerne. Sagen Sie, was sind das für Masken?» Ihr Blick war auf das gute Dutzend Masken gefallen, die an den Küchenwänden hingen. Manche waren silbern, manche golden, manche mit Pailletten und Federn besetzt.

«Oh, die sammle ich.» Joel öffnete den Eisschrank und nahm eine Flasche Wein heraus. «Schon als Kind war ich von Masken fasziniert. Vielleicht wollte ich mich, weil ich als Kind nie mit mir zufrieden war, hinter Masken verstecken und so tun, als wäre ich jemand anders.»

«Sind Sie jetzt mit sich zufrieden?»

«O ja. Jedenfalls einigermaßen.»

Während er die Flasche entkorkte, betrachtete Wendy die Masken. Sodann fiel ihr Blick auf einen Ständer mit Fleischermessern neben dem Ausguß. Dann sah sie sich von Joel mit einem merkwürdigen Ausdruck beobachtet. Wendy Fairfax überlief mit einemmal ein Gefühl, mit dem sie an diesem milden Abend in Beverly Hills nicht gerechnet hatte: Furcht, die ihr Rückgrat kribbeln machte.

Um elf Uhr abends parkte Wendy ihren Wagen vor Barkies Imbißstube am Sunset Boulevard, einem beliebten Treffpunkt der Presseleute, und eilte hinein. Gil Amster saß in einer Nische und aß von Ketchup triefende Pommes frites. Wendy rutschte auf den Platz neben ihn.

»Nun, wie war's bei dem Wunderknaben?» fragte Gil.

«Gespenstisch. Und interessant. Er hat sich schon über fünfzig Mädchen für die heilige Jungfrau angesehen, aber er hat noch nicht gefunden, was er sucht.»

Eine hübsche blonde Kellnerin kam herbei. «'n Abend, Miss Fairfax. Möchten Sie was?»

«Gott ja, ich bin fast verhungert. Bringen Sie mir einen Cheeseburger, Pommes frites und eine Cola.»

«Gern, Miss Fairfax.»

«Ich weiß jetzt, warum das junge Genie so dürr ist», fuhr Wendy fort, als die Kellnerin sich entfernt hatte. «Das Abendessen war ein klösterliches Fastenmahl: Körnermus, Salat und Erdbeeren.»

«Gut, daß ich nicht eingeladen war.»

«Er ist merkwürdig. Er hat kaum Möbel in dem riesigen Haus. Aber, Gil, da ist etwas noch Unheimlicheres.»

«Was?»

Sie beugte sich über den Tisch und senkte die Stimme. «Er sammelt Masken.»

Mit gerunzelter Stirn schob sich Gil Amster das letzte Kartoffelstückchen in den Mund. «Was für Masken?»

«Alle möglichen. Gesichtsmasken. Wie dein Freund, das Phantom.»

Gil überlegte kurz und zuckte die Achseln. «Na und?»

«Na und? Was, wenn Joel Collins ein Massenmörder wäre? Das wäre die Story des Jahrhunderts.»

«He, Baby, du ziehst voreilige Schlüsse.»

«Vielleicht, vielleicht auch nicht. In der Familie Collins ist Abartigkeit verbreitet. Alicia Collins' Bruder Jimmie war ein Mörder, und Curtis Collins' Schwester Alma ist eine ausgesprochene Nymphomanin. Wer sagt, daß Joel nicht so verrückt ist wie die andern?»

«Glaubst du wirklich, Joel Collins ist das Phantom von Hollywood?»

«Es wäre immerhin möglich.»

«Heiliger Strohsack. Das wäre allerdings 'ne Riesenstory. Ich weiß nicht, ob die Collins-Zeitungen sie drucken würden, aber es wär 'ne mordsmäßige Story. Und ich würde liebend gern einen dieser stinkreichen Collins mit Dreck bewerfen.»

«Wie willst du das anstellen?»

Gil Amster überlegte einen Moment. «Vielleicht fang ich damit an, daß ich Joel Collins beobachte.»

«Wer ist die Blonde?» fragte Willard Cornell, der Regisseur von *Des Teufels Tochter*, dem Film über die Französische Revolution, der bei Paramount gedreht wurde.

«Bob Cranes neue Freundin», erwiderte Jeeter Smith. «Er hat gefragt, ob ich sie unterbringen kann.»

«Herrgott, Jeeter, du weißt, daß ich das nicht mag.»

«Ich weiß, aber Bob ist ein feiner Kerl und, na ja, sieh sie dir an.»

«Ja, ich sehe. Sie ist umwerfend. Himmel, bei all dem prachtvollen Fleisch ringsum fällt's einem schwer, ihn in der Hose zu behalten. Stell mich ihr vor.»

Jeeter bahnte sich einen Weg durch die Menge der Komparsen, die vor einer Kulissennachbildung der Bastille standen. Die Beleuchter hatten Probleme mit den Lampen, und die Aufnahmen waren um eine halbe Stunde verschoben worden.

«Entschuldigen Sie, Miss, äh ...»

«Davenport.»

«Mr. Cornell, der Regisseur, möchte Sie sprechen.»

«Oh.» Ein Lächeln. «Mit Vergnügen.» Dixie hatte ihre Brüste in ihrem Bauernkostüm so hoch geschoben wie möglich, und als sie Jeeter durch die Menge folgte, hüpften sie munter auf und ab. Als sie bei Willards Regiestuhl ankamen, verkündete Jeeter: «Mr. Cornell, Miss Davenport.»

Willard, ein kleiner, untersetzter Mann in den Fünfzigern, musterte sie eingehend. «Wenn eine französische Bäuerin so viel Busen gezeigt hätte wie Sie, Miss Davenport, bezweifle ich, daß man die Bastille erstürmt hätte.»

«Die Garderobiere sagte, ich soll alles herzeigen.»

«Aha. Sie befolgen die Anweisungen sehr genau. Soviel zur historischen Authentizität. Haben Sie schauspielerische Erfahrungen?»

«Nein, Sir. Heute ist mein erster Tag, und es ist *so* interessant.»

«Hm. Sie sind eine sehr hübsche junge Dame, Miss Davenport. Viel Glück.»

«Danke, Mr. Cornell.»

Der Oberbeleuchter kam hinzu. «Wir können jetzt loslegen, Mr. Cornell.»

«Gut. Alles auf Anfang. Wir drehen.» Als Dixie zur Dekoration zurückeilte, sagte Cornell zu Jeeter: «Mach einen Probedurchgang mit dem Mädchen. Ich will sehen, ob sie spielen kann.»

«Wird gemacht.»

Cornell, einer der führenden Hollywood-Regisseure für historische Filme, wußte, daß Joel Collins ihn für die Regie von *Johanna von Orleans* in Betracht zog. Er bezweifelte, daß Dixie Davenport das reinste Mädchen in Amerika war, aber eins der schönsten war sie ganz sicher. Wenn sie vor der Kamera gut rauskam, könnte sie möglicherweise die heilige Johanna sein, die Joel suchte. Und wenn Willard Joel die heilige Johanna brachte, konnte Joel ihm die Regie kaum verweigern.

«Wer ist sie?» fragte Joel beeindruckt. Er saß mit Willard Cornell im Vorführraum neben seinem Büro. Auf der Leinwand betete ein weißgewandetes Mädchen an einem Altar.

«Sie heißt Dixie Davenport», erwiderte Willard.

Joel zuckte zusammen. «Das ließe sich ändern. Aber sie ist außergewöhnlich. Sieh dir nur diese Augen an.»

«Sie kommt wirklich gut, nicht?»

«Ich habe noch nie solche... solche Sinnlichkeit verbunden mit solcher Unschuld gesehen. Wie ist ihre Stimme?»

«Bißchen rauchig mit einem leichten Südstaaten-Akzent, aber sie könnte von einem Sprachlehrer ausgebildet werden. Ich glaube, sie ist ein Naturtalent.»

«Ich fürchte mich fast, zu fragen, aber... Ist sie Jungfrau?»

Die Probeaufnahmen waren zu Ende, und der Vorführer machte Licht, bevor er zurückspulte.

«Nein», sagte Willard. «Sie ist mit einem meiner Kameraleute zusammen.»

«Verdammt.»

«Entschuldige Joel, aber du suchst eine Filmbesetzung und nicht ein Opfer für die Götter. Wie viele Jungfrauen gibt es denn noch? Eher findest du ein Einhorn.»

Joel kaute nervös auf seinem Knöchel. Seine Suche nach dem reinsten Mädchen in Amerika hatte schon so viel Publizität errungen, daß es vielleicht katastrophal wäre, die Rolle mit einem schon etwas abgenutzten Mädchen zu besetzen. Und doch sah sie so aus, wie er es sich erträumt hatte.

Gil Amster döste am Steuer seines zweitürigen Dodge. Es war fast drei Uhr morgens. Gil parkte seit Mitternacht gegenüber von Joels Toreinfahrt. Die Wache, die er seit zwei Nächten hielt, brachte seine Schlafenszeiten durcheinander. Er dachte schon, das Ganze sei ein von der überschäumenden Phantasie einer Klatschkolumnistin erzeugter Wahn.

Eine Minute später kurvte eine hellblaue viertürige Mercedes-Benz-Limousine durch die Torpfosten und fuhr die Straße hinunter. Die Scheinwerfer, die Gils Gesicht streiften, weckten ihn. Er sah rasch auf die Uhr und ließ seinen Wagen an. Er folgte dem Mercedes, der nach rechts in den Sunset Boulevard einbog. Aber Gils Dodge war dem Nürburg 460 von 1928, dem letzten in Mannheim gebauten Mercedes-Benz, den der große Dr. Porsche persönlich entworfen hatte, nicht gewachsen. Wer immer ihn chauffierte, er zischte los und verschwand in der Nacht.

Randy Bates kletterte mit seiner Pfadfindergruppe in einer Schlucht herum. Er rutschte eine Senke hinunter direkt in ein Gebüsch. Als er sich auf die Hände stützte, um aufzustehen, fühlte er etwas Steifes und Kaltes. Er sah auf einen Menschenarm hinunter. Schreiend kroch er aus dem Gebüsch. «Mr. Crawford, Mr. Crawford, da unten ist eine Leiche!»

Jack Crawford, der Pfadfinderführer, lief zu dem schluchzenden Jungen. «Randy, was ist?»

«Da unten ist eine tote Frau! Sie ist ganz aufgeschlitzt, und ich hab sie *angefaßt*!»

Die anderen Pfadfinder versammelten sich am Rand der Senke. Mr. Crawford stieg hinunter. Als er das Buschwerk teilte, spürte er einen heißen, galligen Klumpen in der Kehle. Auf der Erde ausgestreckt lag ein hübsches Mädchen mit hellbraunen Haaren. Sie war nackt bis auf ihre Seidenstrümpfe und ihren linken Schuh, der in einer seltsamen Verrenkung noch halb am Fuß hing. Man hatte ihr die Kehle aufgeschlitzt und eine Brust abgeschnitten. Auf ihrem Bauch lag eine Silbermaske.

40

Gil Amster putzte sich in seinem Haus in Beverly Hills die Zähne, ging ins Schlafzimmer und legte sich zu seiner Frau Wendy Fairfax, die für ihre Klatschkolumne ihren Mädchennamen beibehielt, ins Bett. «Gott, bin ich müde», sagte Gil. «Drei Nächte hintereinander Joel Collins' Auffahrt beobachten, das schlaucht einen ganz schön.»

Wendy fragte besorgt: «Was wirst du tun, Gil?»

«Das Mädchen hieß Ellen Busby. Die Zeit ihrer Ermordung wird für vier Uhr heute früh angenommen. Sie war übrigens eine angehende Filmschauspielerin. Joel hat sein Haus heute morgen um drei Uhr verlassen, es ist also durchaus denkbar, daß er das Mädchen ermordet hat. Hinzu kommt, daß er Masken sammelt. Nichts davon beweist, daß er ein Mörder ist, aber ich werde morgen auf jeden Fall die Polizei verständigen.»

«Nein!» Wendy schrie es beinahe.

«Schatz, ich kann Joel Collins nicht selbst beobachten. Ich hab schließlich zu arbeiten. Laß die Polizei sein Haus überwachen.»

«Ich wußte, daß es so kommen würde. Ich könnte mich umbringen, weil ich dir von den Masken erzählt habe.»

«Was soll das heißen?»

«Nachdem ich es dir erzählt hatte, wurde mir klar, daß du der Polizei nichts über Joel Collins mitteilen kannst. Erstens ist er vermutlich nicht der Mörder. Aber was noch wichtiger ist, er ist Curtis Collins' Erbe, und wenn Curtis Collins dahinterkommt, daß du seinen Sohn der Polizei gemeldet hast – und er wird dahinterkommen –, wird er uns beide entlassen. Schlimmer noch, er wird verhindern, daß wir bei einer anderen Zeitung arbeiten. Glaub mir, Collins kann uns übel mitspielen. Wir beide würden nie wieder arbeiten können.»

Gil starrte sie ungläubig an. «Schatz, wir sprechen von Mord. Vergiß, daß wir unsere Arbeit verlieren könnten –»

«Nein, das vergesse ich nicht! Curtis Collins hat mich gern, er zahlt mir 35 000 Dollar im Jahr, das ist verdammt viel Geld, und ich entwickle mich zu einem Machtfaktor in dieser Stadt. Das werde ich nicht aufs Spiel setzen, indem ich Gerüchte über seinen Sohn verbreite.»

«Aber Wendy, ich bin Reporter!»

«Du bist auch Ehemann und Vater. Wir sind zuallererst für unsere Kinder verantwortlich. Vergiß einfach, daß ich jemals irgendwas von Joel Collins' Masken gesagt habe. Vergiß Joel Collins. Und laß die Polizei aus dem Spiel.»

«Du verlangst von mir, gegen meine sämtlichen Prinzipien als Reporter und Staatsbürger zu verstoßen.»

«Vergiß deine Prinzipien! Gil, es geht uns gut. Wir haben eine Arbeit, die uns Spaß macht. Wir haben ein schönes Haus, zwei schöne Töchter. Wir werden uns nicht mit den Collins anlegen! Sie sind zu mächtig.» Sie knipste ihre Nachttischlampe aus. «Damit ist der Fall erledigt.» Sie drehte sich auf die Seite, mit dem Rücken zu ihrem Mann.

«Nein, der Fall ist nicht erledigt.»

«Gil, liebst du mich?»

«Natürlich liebe ich dich.»

«Liebst du unsere Kinder?»

«Natürlich, aber ...»

«Dann ist der Fall erledigt. Du gehst nicht zur Polizei.»

«*Du* verkörperst, was mit diesem Land nicht stimmt!» rief ihr Mann wütend aus. «Du läßt Familien wie den Collins einen Mord durchgehen, weil du dich vor ihnen fürchtest.»

«Da hast du verdammt recht. Laß das Salbadern und mach deine Lampe aus.»

Gil funkelte sie böse an, wollte etwas sagen, knipste dann aber seine Lampe aus. Doch so müde er war, er konnte nicht einschlafen. Er wußte, Wendy hatte recht, aber hier ging es um Prinzipien, und er konnte seine Prinzipien nicht vergessen und ruhig dahinleben. Oder doch?

Dixie Davenport saß auf dem Ledersofa in Joel Collins' Empfangsraum und fragte sich, ob der Blitz, von dem sie träumte, seit sie mit zehn Jahren ihren ersten Film gesehen hatte, nun einschlagen würde. Als Willard Cornell ihr gesagt hatte, daß Joel sie für die Rolle der heiligen Johanna in Betracht zog, glaubte sie zunächst an einen schlechten Scherz. Aber dann kam der Anruf von den Collins-Ateliers, und man hatte sie für den nächsten Morgen um zehn Uhr hierherbestellt. War es ein Traum, möglicherweise der Traum eines jeden hübschen Mädchens in Amerika, im Büro eines Hollywood-Produzenten zu sitzen? «Mr. Collins läßt bitten», sagte die Sekretärin. Dixie stand auf, zupfte nervös am Rock ihres weißen Kleides. Eine innere Stimme hatte ihr geraten, Weiß zu tragen, die Farbe der Bräute, die Farbe der Unschuld, vielleicht gar die Farbe französischer Heiliger.

Dixie trat in Joels Büro. An den Wänden hingen gerahmte Photographien von den Größen aus Joels früheren Filmen. Aber Dixie sah nicht auf die Photographien. Sie sah auf den Produzenten. Joel kam um seinen Schreibtisch herum. Seine vergrößerten Augen fixierten das blonde Mädchen im weißen Kleid.

«Miss Davenport? Ich bin Joel Collins.»

«Hallo.»

Er gab ihr die Hand. «Bitte nehmen Sie Platz, Dixie. Möchten Sie Kaffee?»

«Nein danke. Ich nehme eine Cola, wenn Sie eine haben.»

Joel gab seiner Sekretärin ein Zeichen, und sie ging hinaus. Er rückte Dixie einen Stuhl vor seinem Schreibtisch zurecht, dann setzte er sich ihr gegenüber. «Erzählen Sie mir von sich, Dixie. Übrigens, ist das Ihr richtiger Name?»

«Nein, den hab ich erfunden.»

«Wie ist Ihr richtiger Name?»

«Beulah Snodgrass.»

«Hm. Ich verstehe, warum Sie ihn geändert haben. Woher kommmen Sie?»

«Kentucky. Mein Vater hat eine Tankstelle in einer Kleinstadt namens Pine Grove. Das ist bei Louisville. Er...»

«Ja?»

Sie biß sich auf die Lippe. «Er ist ein Trinker, und ... oh, das hätte ich Ihnen nicht erzählen sollen.»

«Warum?»

«Als Ihr Büro anrief, hab ich mir vorgenommen, mir eine anständige Herkunft auszudenken, damit Sie mich nicht für billig halten. Ihre Familie ist so vornehm –»

«In meiner Familie gab es auch etliche weniger vornehme Leute. Es gab einen Bankräuber und eine Prostituierte, ganz zu schweigen von einem Mörder. Sie brauchen sich also Ihrer Familie nicht zu schämen, Dixie. Sie kann nicht viel schlimmer sein als meine.»

Sie sah ihn erstaunt an. «Komisch, ich dachte, Sie wären irgendwie eingebildet, aber das sind Sie gar nicht.»

Joel lächelte matt. «Ich habe nicht viel, worauf ich mir etwas einbilden kann.»

Die Sekretärin brachte die Coca-Cola für Dixie, dann entfernte sie sich wieder.

«Sie wollten von Ihrem Vater erzählen, Dixie.»

«Wir waren arm. Meine Ma starb, als ich zehn war, und dann hat mein Pa... also wenn er trinkt, wird er böse, und er hat mich geschlagen. Er hat auch andere Sachen gemacht.»

«Zum Beispiel?»

Sie zog die Stirn kraus. «Darüber möchte ich lieber nicht sprechen. Jedenfalls, alles war so gräßlich, und solange ich denken kann, hab ich mich gefragt, warum ich? Warum kann ich nichts Schönes im Leben haben? Ein schönes Kleid oder so was? Und dann hab ich den Film entdeckt, und plötzlich gab's was Schönes in meinem Leben.»

«Und da beschlossen Sie, nach Hollywood zu gehen?»

Sie trank einen Schluck Cola. «Oh, nicht gleich. Aber ich hab andauernd in den Spiegel geguckt und mir gesagt: Du bist hübsch, warum gehst du nicht dahin, wo die Hübschen hingehen? Und dann...» Sie zögerte.

«Dann was?»

«Ach, Mr. Collins, das sollte ich Ihnen lieber nicht erzählen. Sie werden denken –»

«Ich werde denken, daß Sie ehrlich sind, wenn Sie mir die Wahrheit sagen, Dixie, und das könnte für uns beide sehr wichtig sein.»

Tränen traten in ihre blauen Augen, als sie ihn ansah.

«Eines Abends hat Pa sich betrunken, und er kam in mein Zimmer und... er wollte mit mir schlafen. Mein eigener Vater! Und da wußte ich, daß ich weg mußte.»

Sie ist fabelhaft, dachte er. Sie ist nicht nur hinreißend und verführerisch, sie hat auch das gewisse Etwas...

Sie nahm ein Taschentuch aus ihrer Handtasche und betupfte sich die Augen. «So, jetzt wissen Sie, was ich bin, und das ist nicht sehr fein. Aber ich wünsche mir schöne Dinge im Leben, Mr. Collins. Ich wünsche mir schöne Kleider und schöne Autos und Häuser, weil alles in meinem Leben häßlich war.»

«Sie werden es vielleicht nicht glauben, Dixie», sagte er leise, «aber auch ich hatte eine häßliche Kindheit und träumte von schönen Dingen. Vielleicht können wir zusammen schöne Dinge schaffen.» Er stand auf. «Als erstes möchte ich ein paar erstklassige Aufnahmen von Ihnen. Ich übergebe Sie meinem Chef-Maskenbildner Ernie Lawson und meinem Garderobier Burt Karnovsky, die Sie für einen Phototermin heute nachmittag herrichten werden. Das wird viel Zeit beanspruchen, und Sie werden vielleicht denken, daß es ein großer Rummel ist, aber glauben Sie mir, gute Einzelaufnahmen sind unumgänglich. Ich lasse den besten Photographen der Stadt kommen, einen Mann namens George Evans, und ...»

Den Rest hörte sie nicht mehr. Sie hätte schreien mögen. Sie war das Risiko eingegangen, die Wahrheit über ihre Herkunft zu erzählen, jedenfalls fast. Sie fühlte schon, wie der Blitz rings um sie zischte, bereit, einzuschlagen. Sie merkte, daß Joel Collins von ihr beeindruckt war. Und nun sollte alles zerstört werden, weil Joel von allen Photographen in Los Angeles ausgerechnet den Mann ausgesucht hatte, der sie nackt photographiert hatte.

Dixie hatte noch nie so schöne Kleider gesehen. Sie hatte eine Stunde mit Ernie Lawson beim Schminken zugebracht, der ihr sagte, er habe noch nie an einem Gesicht gearbeitet, das so wenig Korrekturen benötige. Nach einer weiteren Stunde waren ihre Haare in einer Weise frisiert, wie sie es sich nie für sich vorgestellt hatte: in der Mitte gescheitelt und auf beiden Seiten glatt zu einer weichen Innenrolle verlaufend, eine Frisur, die sie ausgesprochen glamourös aussehen ließ. In der Garderobe suchten Burt Karnovsky und die Garderobiere aus Dutzenden von Kleidern schließlich ein hautenges, weit und tief ausgeschnittenes Abendkleid aus Silberlamé aus, das an ihrer perfekten Figur sehr gut saß, aber die Garderobiere steckte es im Rücken mit Wäscheklammern sogar noch enger. Dann wurde sie zu George Evans gebracht. Dieser, ein großer, dünner Mann mit unscheinbarem Gesicht und braunen Haaren, sah dieses liebreizende Bild auf seinen Photoapparat zuschreiten und dachte: Wo hab ich sie schon mal gesehen? «George, das ist Dixie Davenport», sagte Burt. «Joel wünscht, daß du sie nach allen Regeln der Kunst photographierst.»

Photograph und Modell starrten sich an. Jetzt wußte er, wer sie war. «Guten Tag, Miss Davenport, wie geht's?»

Dixie lächelte ihn trotzig an. »Danke, gut.»

«Das Kleid wirkt Wunder. Meine Güte, ja wirklich. Burt, könntest du uns allein lassen?»

«Klar.»

«Nun, Dixie, ich möchte keinerlei Requisiten verwenden» – er lächelte kurz – «wie zum Beispiel Weintrauben.» Ihre Augen weiteten sich vor Angst. «Ich möchte mich ganz auf dein Gesicht konzentrieren. Du weißt ja, hier draußen heißt es, dein Gesicht ist dein Vermögen. Obwohl bekanntlich auch andere Körperteile photographiert wurden ...» Er hielt inne, bis Burt hinausgegangen war. «Na, Dixie, du bist ja seit unserer letzten Begegnung einen weiten Weg gegangen.

Joel Collins persönlich. Wer weiß, vielleicht ziehst du das große Los.»

«Haben Sie die Bilder noch?» flüsterte sie.

«O ja. Sie haben mir sehr gefallen. Sie sind mir sehr teuer. Sehr teuer. Und ich denke, ihr Preis ist soeben noch gestiegen.»

«Wieviel?»

«Du willst bestimmt die Glasplatten, die kommen dich teuer zu stehen.»

«Ich hab nicht viel Geld.»

«Das weiß ich. Aber Joel Collins hat alles Geld der Welt. Also reden wir vorerst nicht vom Preis. Wenn er dich nicht engagiert, sind die Platten nicht viel wert, stimmt's? Aber wenn er dich engagiert – wenn Dixie Davenport die heilige Johanna spielt –, das wäre ein Spaß. Die Platten wären ein Vermögen wert. Also warten wir's ab. Zunächst ist es in unser beider Interesse, daß diese Bilder blendend werden. Denk an was Schönes, Süße. Denk an was wirklich Schönes. Wir sind seit den Trauben einen weiten, weiten Weg gegangen, hm?»

Als Joel am nächsten Tag die Probeaufnahmen betrachtete, hatte er Herzklopfen. Sie war glänzend. Ihre Herkunft war ihm egal. Daß sie aus dem Schmutz kam, daß ihr Vater sie zu vergewaltigen versucht hatte, verlieh ihr etwas Irdisches, das einen reizvollen Kontrast zu ihrer ätherischen Schönheit bildete. War Johanna von Orleans nicht ein Bauernmädchen gewesen, das mit den bloßen Füßen fest im Schlamm von Domremy stand, als ihre Ohren die Engelsstimmen vernahmen? Dixies Füße steckten im Dreck einer ländlichen Tankstelle. Dixie Davenport – den Namen würde er ändern müssen –, er würde sie in ein Symbol der Schönheit verwandeln. Er besaß das Geld und die Macht, um die vollkommene Frau, die vollendete Filmdiva zu schaffen.

Endlich hatte Joel Collins eine lebendige Puppe zum Spielen.

Charlotte Collins, Joels schöne Halbschwester, köpfte säuberlich ihr Drei-Minuten-Ei. «Wer ist diese Laura Lord, die Joel zu meiner Verlobung mitbringt?» fragte sie ihre Eltern im Frühstücksraum ihrer Villa.

«Ich weiß es», kicherte ihre jüngere Schwester Fiona. «Ich hab's in Wendy Fairfax' Kolumne gelesen. Sie ist Joels große Entdeckung für die Rolle der Johanna von Orleans. Ich hab ihr Bild gesehen. Sie ist richtig sexy.»

«Fiona! Was für ein gräßliches Wort», sagte ihre Mutter.

«Ach Mummel, wirklich. Du lebst ja noch im Mittelalter. An ‹sexy› ist doch nichts dabei. Alle sagen es.»

«Du bist nicht alle, Liebes.»

«Ich weiß», seufzte sie. «Ich bin eine Collins. Bah, so was Fades.»

«Fiona», sagte ihr Vater, »wenn du deine Familie so fad findest, streiche ich dir mit Vergnügen dein Taschengeld.»

Fiona, eine dunkle Schönheit wie ihre Mutter, verdrehte die Augen. «Ach Quatsch, ich nehm's zurück. Was meint ihr, ist diese Laura Lord Joels Freundin? Wär das nicht das Höchste?»

«Ich weiß von Wendy Fairfax», sagte Curtis, während er seinen Toast mit Orangenmarmelade bestrich, indes der Butler Kaffee einschenkte, «daß sie vorher Dixie Davenport hieß.»

Fiona quiekte vor Lachen. «Oh, das ist köstlich! Dixie Davenport! Das ist so billig, einfach unglaublich!»

«Mummel, wird sie auf meiner Feier eine Blamage sein?» fragte Charlotte.

Alicia warf ihrem Mann einen besorgten Blick zu. «Das will ich nicht hoffen.»

«Joel gibt ein Vermögen für sie aus», sagte Curtis. «Sprechlehrer, Ausspracheunterricht. Er hat sogar eine arbeitslose englische Schauspielerin engagiert, um ihr Manieren beizubringen. Wer weiß, vielleicht werden wir alle staunen.»

«Hollywood.» Alicia rührte naserümpfend ihren Kaffee. «Alle sind verrückt nach Filmen, aber wenn ihr mich fragt, sie verderben die Moral dieses Landes.»

«Ach Mummel, du bist so rückständig», sagte Fiona. «Ich wäre gern eine Filmdiva. Glaubt ihr, daß Joel mir eine Rolle in einem Film gibt?»

«Nur über meine Leiche», sagte Curtis. «*Ein* Kind im Filmgeschäft ist genug.»

«Glaubt ihr, daß Joels Film sexy wird?»

«Über Johanna von Orleans?» meinte ihre Mutter. «Wohl kaum.»

«Der Kummer mit Joels Filmen ist, daß sie nicht sexy genug sind», fuhr Fiona fort.

«Der Kummer mit Joels Filmen ist», seufzte ihr Vater, «daß sie Verlustgeschäfte sind.»

41

Während Laura Lord durch Sprech- und Benimmunterricht langsam in eine vollendete Diva verwandelt wurde, fragte sie sich manchmal, ob Joel Collins jemals einen Annäherungsversuch machen würde. Sie wünschte es. Zu ihrer eigenen Überraschung fand sie den dünnen, eulenäugigen Joel Collins von Mal zu Mal anziehender.

«Ich bin so nervös», sagte sie. Sie saß neben ihm in seinem hellblauen Mercedes, als sie auf der Küstenstraße nach San Francisco fuhren.

«Dazu gibt es keinen Grund. Meine Familie ist ein bißchen steif, aber nett. Sie werden sehen.»

«Heiraten sich bei reichen Leuten immer Cousins und Cousinen?» Laura spielte auf die Verlobung von Charlotte Collins mit ihrem Cousin Alistair Brett an, dem Sohn von Joels Tante Alma.

Joel lächelte. Er fand Lauras Bemerkungen oft wunderbar scharfsichtig. «Hm, ich glaube, reiche Leute bleiben gern unter sich.»

«Arme Leute bleiben unter sich, weil ihnen kaum eine Wahl bleibt. Aber wenn arme Leute ihre Cousins oder Cousinen heiraten, bekommen sie idiotische Kinder.»

«Es gibt eine Menge idiotische Reiche.»

«Mr. Collins, darf ich Sie was fragen?»

«Sicher. Und wollen Sie nicht Joel zu mir sagen?»

«Okay, Joel. Warum nehmen Sie mich mit zu Ihrer Familie?»

«Mein Vater war nie besonders erfreut darüber, daß ich Filmproduzent bin. Und jetzt, wo Barry Marshall eine massive Werbekampagne plant, um Sie im ganzen Land als Mädchen bekanntzumachen, das die Johanna von Orleans spielen wird –»

«Was?»

«Ich sagte, Sie werden die Johanna von Orleans spielen.»

«O mein Gott, ist das wahr? Sie nehmen mich nicht auf den Arm? Ich habe die Rolle?»

«Ja.»

»Oh, ich glaub, ich schrei oder fall in Ohnmacht oder so was. Warum haben Sie mir nichts gesagt?»

«Hab ich doch gerade.»

Sie schlang ihre Arme um ihn und küßte ihn auf die Wange. «Danke. Danke, danke, danke!»

«Vorsicht, ich muß fahren.»

Sie ließ ihn los.

«Jedenfalls möchte ich, daß mein Vater Sie kennen- und schätzenlernt, weil ich hoffe, daß er unsere Kampagne mit seinen neunundzwanzig Zeitungen unterstützt, damit Laura Lord in Amerika der bekannteste Name nach Charles Lindbergh wird.»

«O Joel, ich bin so aufgeregt –» Sie lächelte ihn an. «Sie sind der einzige Mann, der jemals gut zu mir war. Alle anderen wollten mich bloß ausnutzen.»

«Ich nutze Sie auf andere Weise aus.»

«Aber auf eine schöne. O Joel, Sie sind das Schönste, was mir je passiert ist.»

Er schwieg, und sein Gesicht sah sehr angespannt aus, als sei in seinem Kopf ein Gefühlsaufruhr im Gange. Dann sagte er mit einer sanften, leidenschaftslosen Stimme: «Ich möchte Sie auch meiner Familie vorstellen, weil Sie vielleicht eines Tages dazugehören könnten.»

Daß er ihr die Rolle der heiligen Johanna gab, hatte sie umgeworfen. Aber die Andeutung, daß sie eines Tages Mrs. Joel Collins, eine der reichsten Frauen in Amerika sein könnte, traf sie mit der Gewalt eines Hurrikans. War dies der wahre Grund für den Anstandsunterricht, die Sprechlehrer, die endlosen Anproben, die stundenlangen Sitzungen bei Friseuren und Kosmetikerinnen? Formte er sie nicht nur zu einer Filmdiva, sondern zur Frau seiner Träume? «Ich weiß nicht, was ich sagen soll», flüsterte sie.

«Dann sag nichts.»

Beulah Snodgrass aus Pine Grove, Kentucky, blickte durch die Windschutzscheibe auf die vorbeigleitende Küste von Kalifornien. Aber was sie sah, war eine wirbelnde Galaxie von Sternschnuppen, war das Wahrwerden ihrer phantastischsten, unwahrscheinlichsten Träume.

Zu den Klängen eines Orchesters schwebte die Creme der Gesellschaft von San Francisco über den Tanzboden in dem fröhlich gelbweiß gestreiften Zelt, das auf dem Rasen aufgestellt worden war. «Das Leben ist wundervoll», seufzte Charlotte Collins. Sie schmiegte den Kopf an die breite Schulter ihres Verlobten, als sie zu verträumter

Musik tanzten. «Ich muß wohl das glücklichste Mädchen auf der Welt sein.»

«Und ich bin der glücklichste Mann auf der Welt», sagte Alistair Brett, das älteste Kind von Alma und Sebastian. Alistair, ein gutaussehender, angelsächsischer Typ mit langer Kinnpartie, sah ein Paar aus dem Haus auf die Terrasse treten. «Da kommt Mutter», sagte er in einem Ton, der einem Knurren nahekam. «Mit Philippe. Gott, wie peinlich.»

«Nicht, Liebster. Tante Alma liebt eben junge Männer. Das wissen alle.»

«Ja, aber muß sie sie heiraten? Das ist, als würde sie sie kaufen. Es ist widerwärtig. Er ist vierundzwanzig, und sie ist fast sechzig.»

«Laß sie das nicht hören. Er scheint aber sehr nett zu sein, außerdem sieht er gut aus und hat einen französischen Titel. Da ist nichts Peinliches dran. Wenn du Peinlichkeiten suchst, warte, bis wir Laura Lord alias Dixie Davenport kennenlernen.»

«Du, ich bin gespannt auf sie. Wenn sie so schön ist wie auf den Bildern, muß sie wirklich umwerfend sein.»

Sie sah ihn mit zusammengekniffenen Augen an. «Daß du dich ja nicht zu sehr für sie interessierst. Ich bin heute abend das einzige Mädchen in deinem Leben, verstanden?»

Er lächelte. «Ich mag dich, wenn du eifersüchtig bist.»

«Wo ist Joel mit seinem Flittchen?» sagte Alma auf der Terrasse zu Alicia und Curtis. Ihr fünfter Ehemann, Philippe Marquis de Cresson, kam mit zwei Gläsern Champagner hinzu.

«Sie müssen jede Minute hier sein», sagte Curtis.

«Ich finde es ziemlich geschmacklos von Joel, eine Hollywood-Mieze zur Verlobungsfeier seiner Schwester mitzubringen. Danke, Liebling.» Alma nahm Philippe den Champagner ab. «Aber das ist typisch Joel. Er tanzt immer nach seiner eigenen Pfeife. Ah, ich glaube, da sind sie. Mein Gott, sie sieht wirklich phantastisch aus.»

Alle drehten sich um. Joel und Laura traten durch die geöffnete Glastür auf die Terrasse. Joel war im Smoking, Laura trug ein weißes Seidenkleid mit einem mit silbernen Pailletten bestickten kurzen Rock. Das tief ausgeschnittene Oberteil enthüllte einen wundervollen Busen. Ihre langen, sensationellen Beine endeten in weißen Pumps mit Straßschnallen.

Heiliger Strohsack, dachte Curtis, jetzt weiß ich, warum er Filme machen will.

Joel machte Laura mit seiner Familie bekannt. «Mutter, Dad, Tante Alma, ich möchte euch Laura Lord vorstellen.»

Laura lächelte und streckte die Hand aus. «Es ist sehr liebenswürdig von Ihnen, mich einzuladen, Mrs. Collins», sagte sie vollendet, wie sie es im Anstandsunterricht gelernt hatte. «Joel hat mir von Ihrem Haus erzählt. Es ist einfach reizend.»

Alicia gab ihr die Hand. «Danke, Miss Lord.»

Laura wandte sich nun Curtis zu, und ihr Lächeln erstrahlte noch heller. «Ich freue mich sehr, Sie kennenzulernen, Mr. Collins.»

Sie ist das verführerischste Geschöpf auf Erden! dachte Curtis, als er ihr die Hand gab. Und Joel läßt sie die heilige Johanna spielen?

«Deine Mutter ist so schön», sagte Laura zehn Minuten später, als sie mit Joel tanzte. «Und sie scheint sehr nett zu sein.»

«Das ist sie. Ich liebe sie über alles.»

«Und deine Tante Alma. Donnerwetter, was die für Schmuck hat. Sie scheint mir allerdings etwas kühl.»

«Im Bett ist sie's nicht. Sie ist eine Nymphomanin.»

«Was ist das?»

«Sie ist mannstoll, je jünger, je lieber. Früher war sie Bildhauerin, aber sie hat ihre Kunst für Sex aufgegeben.»

Laura kicherte.

«Tante Alma besaß die Vornehmheit, ihren ersten Ehemann totzuquetschen, als das Bett, in dem sie mit ihrem Liebhaber lag, während des großen Erdbebens zusammenbrach.»

«Du hast eine verrückte Familie.»

«Reiche Leute nennen das ausgefallen.»

«Reiche Leute», seufzte Laura. «Nie hätte ich gedacht, daß ich mal auf so einer Party sein würde.» Joels Hand preßte sich fester an ihren Rücken. Ihre Körper drängten sich enger aneinander. Endlich geht er ran, dachte sie. Nicht auszudenken, daß all das Schöne hier eines Tages mir gehören kann, wenn ich es richtig anstelle... Diese verdammten Nacktaufnahmen! Warum habe ich dafür Modell gestanden? Warum?

Aber sie wußte, warum. Sie war bis auf ihre letzten fünf Dollar abgebrannt gewesen.

Joel hatte im zehnten Stockwerk des neuen Hotels am Nob Hill zwei aneinandergrenzende Suiten gemietet. Laura lag um vier Uhr morgens nackt im Bett. Sie konnte nicht schlafen. Ihr Kopf war angefüllt mit Erinnerungen an den sagenhaften Abend bei den Collins. Endlich hatte sie die Wunderwelt der ganz Reichen kennengelernt.

Die Tür zu Joels Suite ging auf, und ein schmaler Lichtstreifen fiel über den Teppich auf ihr Bett. Laura setzte sich auf und hielt sich das Laken vor die bloßen Brüste. Langsam öffnete die Tür sich weit.

Joel stand dort in einem seidenen Morgenrock. Sein Umriß hob sich vor dem Licht aus seinem Wohnraum ab. Leise kam er herein und trat ans Bett. Laura sah ihn an, während er sie durch seine dicken Brillengläser betrachtete. «Ich war heute abend stolz auf dich», flüsterte er, während er den Gürtel seines Morgenmantels löste. «Du hast dich benommen, als ob du dazugehörtest.»

«Ich dachte, vielleicht gehörte ich dazu, wenn auch nur für einen Abend. Vielen Dank, daß du mich mitgenommen hast.»

«Mein Vater war von dir beeindruckt. Er versprach mir, alles zu tun, was in seiner Macht steht, um uns bei unserer Werbekampagne zu unterstützen.»

«Donnerwetter.»

«Sag nicht immer Donnerwetter. Du hörst dich an wie ein staunender Backfisch. Ich mache dich zur schönsten, berühmtesten Frau der Welt.» Er setzte seine Brille ab und legte sie auf den Nachttisch. Dann sah er Laura wieder an. «Ich liebe dich. Ich habe bisher noch nie geliebt. Es macht mir irgendwie Angst.»

«Warum sollte die Liebe dir Angst machen?»

«Weil ich fürchte, daß du mir wehtust.»

»Liebster Joel, ich würde dir nie, niemals wehtun. Ich sagte dir doch, du bist der erste Mann, der gut zu mir war.»

Er blinzelte sie unaufhörlich mit seinen kleinen Augen an. «Hast du mir die Wahrheit über dich erzählt?»

«Ja.»

«Ich weiß, es gab Männer in deinem Leben. Ich weiß von Bob Crane, dem Kameramann bei Paramount. Ich erwarte nicht, daß eine so schöne Frau wie du noch Jungfrau ist. Aber gab es noch andere?»

«Bloß ... mein Vater.»

«Du sagtest, er wollte dich mißbrauchen. Hat er's getan?»

Sie schloß die Augen. «Er hat mich vergewaltigt. Deshalb mußte ich weg von zu Hause. Ich sagte ihm, ich wollte ihn nie wiedersehen.»

«Meine arme Laura.»

Sie hatte Tränen in den Augen. «Deshalb liebe ich dich», flüsterte sie. «Verstehst du das nicht? Du hast mein schreckliches, häßliches Leben in ein Wunder verwandelt.»

«Sag nicht, daß du mich liebst. Du mußt nicht lügen.»

«Es ist aber wahr, Joel.»

«Ich bin seltsam und unansehnlich. Ich erwarte nicht, daß du mich liebst. Laß nur zu, daß ich dich liebe, Laura. Und du darfst mich nie, niemals belügen.» Er zog seinen Morgenrock aus und ließ ihn fallen. Sie starrte auf seinen mageren, fast unbehaarten Körper. Sie ließ das

Laken sinken und schlug es zurück, ihm ihre Nacktheit darbietend. Langsam stieg er ins Bett und legte sich auf sie. Sie breitete die Arme aus und umfing ihn, als er sie mit einer Leidenschaft küßte, die sie in Erstaunen versetzte.

Sie hatte die Liebe in ihm nur ahnen können, weil er seine Gefühle sorgsam hinter einer Maske verbarg. Doch jetzt hatte er die Maske abgelegt.

42

Die Phantommorde haben aufgehört», sagte Gil Amster. Er saß in Barkies Imbißstube neben Cliff Parker auf dem Barhocker. «Hat jemand von Ihnen eine Ahnung, warum?»

Der Chefinspektor, der einen zerknitterten grauen Anzug trug, biß in seinen Hamburger. «Vielleicht hat er genug von Blutbädern.»

«Hm. Oder vielleicht sind ihm die Masken ausgegangen.» Gil sah sich um. Es war halb drei, das mittägliche Gedränge hatte sich gelichtet. Dann senkte er die Stimme. «Ich möchte wirklich gern wissen, ob Sie irgendwelche Anhaltspunkte haben.»

«Das könnte Ihnen so passen, Gil.» Cliff konnte den Reporter gut leiden, aber wie gegenüber allen Reportern hielt er den Mund.

«Ich meine, Sie müssen doch irgendwas haben.»

Cliff kaute schweigend. Gil bestellte einen Cheeseburger. Er rang mit seinem Gewissen und mit seinem Reporterhunger auf vertrauliche Informationen. Die Phantommorde waren die heißeste Story des Jahres. Das Verrückte war, daß Gil vertrauliche Informationen besaß, aber Angst hatte, Gebrauch davon zu machen. «Hören Sie, Inspektor, was wäre, wenn *ich* etwas über den Fall wüßte?»

Cliff sah ihn an. «Wovon reden Sie?»

Gil zündete sich eine Zigarette an. Seine Finger hinterließen einen Schweißflecken auf dem Zigarettenpapier. Wenn Wendy dahinterkäme ... «Was, wenn ich eine Information hätte, die Ihnen weiterhelfen würde? Würden Sie mich dann wissen lassen, was los ist?»

«Kommen Sie mir nicht mit so 'nem Scheiß, Gil. Wenn Sie was wissen, müssen Sie's mir sagen, das dürfte Ihnen bekannt sein. Andernfalls sperr ich Sie wegen Unterschlagung von Beweisen ein.»

«Sie müssen mir Ihr Wort geben, niemandem zu erzählen, woher Sie das haben», flüsterte Gil. «Keiner Menschenseele. Es könnte Wendy und mich unsere Stellung kosten.»

Cliff sah ihn eindringlich an. «Sie haben mein Wort», sagte er schließlich. «Schießen Sie los.»

«Ein Mitglied einer sehr mächtigen Familie in diesem Staat sammelt Masken. Masken, kapieren Sie? Und ich weiß zufällig, daß er eine Stunde, bevor Ellen Busby ermordet wurde, sein Haus verließ. Er könnte es also gewesen sein.»

«Von wem sprechen Sie?»

«Joel Collins.»

«Heiliger Strohsack.»

«Er ist irgendwie sonderbar, wissen Sie.»

«Ja, davon hab ich gehört. Danke für den Tip, Gil. Und eine Hand wäscht die andere. Wir haben einen Anhaltspunkt.»

Gil war wie ein Piranha, der Blut riecht. «Was?»

«Alle ermordeten Mädchen hatten etwas gemeinsam.»

«Was?»

«Das kann ich Ihnen nicht sagen.»

«Haben Sie einen Verdacht?»

«Ja.»

«Ist es ... Joel Collins?»

«Hier ist Ihr Cheeseburger.»

«Sein Name ist Ted Spalding», sagte Joels Sekretärin. «Ein junger Farmer aus Iowa. Er ist sehr aufgeregt, Mr. Collins, und will Sie unbedingt sprechen.»

«Weswegen?»

«Er sagt, es ist wegen Dixie Davenport.»

Joel trommelte mit den Fingern auf seinen Schreibtisch. «Führen Sie ihn herein.» Kurz darauf kehrte die Sekretärin mit dem großen, rothaarigen Burschen mit dem sommersprossigen Gesicht zurück. Er hatte einen schlechtsitzenden Anzug an und hielt einen Strohhut in der Hand.

«Mein Name ist Joel Collins. Wie ich höre, möchten Sie mit mir über Miss Davenport sprechen?»

«Worauf Sie sich verlassen können! Sie hat ihren Namen geändert, jetzt nennt sie sich Laura Lord. Ich hab ihre Bilder in der Zeitung gesehen und alle Geschichten gelesen. Daß sie die Johanna von Orleans spielt. Ich will Ihnen was sagen, Mr. Collins: Suchen Sie sich lieber eine andere, weil Dixie Davenport nämlich eine Diebin und eine Hure ist!»

«Eine Diebin?»

«Worauf Sie sich verlassen können. Sie hat mir dreiundvierzig Dollar aus der Brieftasche geklaut und ist mit meinem Wagen getürmt. Und jetzt ist sie 'ne große Filmdiva – na, das is'n Ding! Wenn sie mir mein Geld nicht zurückzahlt, geh ich zur Polizei, und sie landet im Kittchen, wo sie hingehört, die kleine Schlampe.»

«Moment mal. Wo war das?»

«Im Lazy-Daze-Motel bei Des Moines. Vor sechs Monaten. Ich hab Dixie aufgelesen... sie fuhr per Anhalter nach Hollywood, um zum Film zu kommen, und Gottverdammich, sie war das aufreizendste Geschöpf, das ich je gesehen hatte.»

«Haben Sie... haben Sie mit ihr geschlafen?»

«Aber ja, und auf dem Gebiet ist sie gut. Sie kennt alle Tricks, das ist mal sicher. So wie die angibt, hat sie mit der Hälfte aller Männer in Amerika geschlafen, und das würde mich kein bißchen wundern. Und am nächsten Morgen klaut das gemeine Luder mir meine ganzen Moneten aus der Brieftasche und meine Autoschlüssel und haut mit meinem Model T ab – und der war voll abbezahlt!»

Joel war kreidebleich geworden. Er überlegte einen Moment. «Das ist eine schwerwiegende Beschuldigung, Mr. Spalding. Woher weiß ich, daß Sie die Wahrheit sagen? Über Laura ist in den letzten Wochen viel geschrieben worden. Woher weiß ich, daß Sie das nicht erfunden haben, um Geld von mir oder ihr zu erpressen?»

«Ich bin kein Erpresser!» rief Spalding und schwenkte seinen Strohhut. «Und ich will Ihnen sagen, wie gut ich das kleine Flittchen kenne: Sie hat ein pfenniggroßes rotes Muttermal direkt über ihrem Sie-wissen-schon.»

Joel zuckte zusammen. «Sie sprechen die Wahrheit», flüsterte er. Er zog eine Schreibtischschublade auf und nahm ein dickes Scheckheft heraus. «Würden Ihnen tausend Dollar genügen, Mr. Spalding?»

Der junge Farmer glotzte. «Soviel war der Wagen nicht wert. Er hatte dreißigtausend Kilometer drauf. Er war vielleicht zweihundert Dollar wert.»

«Aber Sie hatten Unannehmlichkeiten, und Sie hatten Ausgaben für die Fahrt nach Kalifornien.»

«Schon, aber ich wollte sowieso eines Tages hier runterziehen, weil das Klima so schön ist und so...»

«Trotzdem.» Joel schrieb den Scheck aus, riß ihn heraus und reichte ihn über den Schreibtisch. Ted nahm ihn, las die Zahl und schluckte. «Donnerwetter, Mr. Collins, das ist furchtbar anständig von Ihnen. Vielen Dank. Und... ich hoffe, Ihr Film wird ein Renner.»

«Das hoffe ich auch. Aber ich sehe, ich werde mich wohl mal mit meiner Diva unterhalten müssen.»

«Sagen Sie ihr, sie soll anständig werden, und daß sie 'nen Mordsdusel hat, so 'nen netten Kerl wie Sie als Produzenten zu haben.»

«Danke.» Ted schob den Scheck in seine Tasche und ging zur Tür. Er tanzte förmlich aus dem Büro.

Laura rekelte sich in ihrer Marmorwanne in dem Haus, das Joel für sie gemietet hatte. Umgeben von großen Flaschen mit Chanel No. 5, dem Parfüm, das Coco Chanel vor acht Jahren kreiert hatte, sinnierte sie, daß die Begegnung mit Joel dasselbe war, wie wenn ihr Aladins Wunderlampe in die Hände gefallen wäre. Wenn sie ihn rieb, was sie häufig tat, weil Joel es liebte, sich den Rücken massieren zu lassen, stand ihr das ganze sagenhafte Collins-Vermögen zur Verfügung. Und das Beste von allem, Laura besaß in Joel einen jungen, glühenden Liebhaber, in den sie nicht ohne guten Grund wahnsinnig verliebt war.

Als sie ihren Arm mit dem riesigen Schwamm einseifte, ging die Tür zum Badezimmer langsam auf, und ein großer Mann mit einer silbernen Maske erschien. Wie jedermann in Kalifornien hatte Laura die Schlagzeilen über den mysteriösen Phantommörder verschlungen, und als sie das Tranchiermesser in seiner rechten Hand sah, schrie sie auf. Er kam über den Marmorboden auf sie zu und legte die Messerspitze an ihre Kehle. Sie erstarrte vor Entsetzen, ihre hervorquellenden Augen starrten auf eine Silbermaske, die sich nur Zentimeter über ihrem Gesicht befand. «Bitte», flüsterte sie, «töten Sie mich nicht.»

«Ich habe dir gesagt, du darfst mich nie belügen», flüsterte der Mann, und da wußte sie, daß es Joel war. «Du hast mir nichts von Ted Spalding erzählt.»

«Von wem?»

«Dem Farmer aus Iowa, dem du den Wagen gestohlen hast. Er war heute im Atelier und hat mir alles erzählt. Du hast mich belogen.»

«Ich hab nicht gelogen. Ich hab dir bloß nicht alles erzählt. Und nimm das Messer weg, bevor du mir wehtust.»

«Du hast mir wehgetan, genau wie ich befürchtet hatte. Ich mag es nicht, wenn man mir wehtut.»

Sie fing an zu schluchzen. «Bitte, Joel, ich hab Angst ... bitte.»

«Mit wem hast du noch geschlafen?»

«Niemand! Nimm das Messer weg. Und die Maske, warum trägst du eine Maske?»

«Ich hab dir mein Leben geweiht. Ich gebe dir alles. Wenn du mich zum Narren hältst –»

«Das tue ich nicht.»

«Was sollte ich sonst noch wissen?»

«Nichts... gar nichts!»
«Schwörst du es?»
«Ja, ich schwöre! Bitte nimm das Messer weg, bitte!»
Sie war nahezu hysterisch. Langsam nahm er das Messer weg und richtete sich auf. Dann nahm er die Maske von seinem Gesicht, zog seine Brille aus der Tasche und setzte sie auf. Immer noch schluchzend, starrte Laura ihn an. «Bist du... bist du der Mörder? Bist du das Phantom?»
«Natürlich nicht. Aber ich hielt dies für eine dramatische Art, dich glauben zu machen, daß ich wirklich verrückt bin. Jetzt hast du mir dein Wort gegeben, daß es in deiner Vergangenheit nichts mehr gibt, was ich wissen sollte. In Zukunft verlange ich vollkommene Ehrlichkeit von dir.»
«Du hast mich zu Tode geängstigt!» schrie sie, als er sich anschickte, das Badezimmer zu verlassen. «Du hast mich furchtbar erschreckt!»
Er drehte sich um und bedachte sie mit einem kalten Blick. «Gut», sagte er und ging hinaus.
Heftig zitternd schluchzte sie unaufhörlich. Sie fragte sich, ob er vielleicht wahnsinnig sei. Waren sie sich auch sehr nahe gekommen, so ahnte sie doch wenig von dem, was in Joels Kopf vorging; sie wußte nur, daß er die meiste Zeit in einer Traumwelt von Filmen zu weilen schien. Vielleicht hatte er einen Phantomfilm im Sinn, als er auf die Idee verfiel, sie mit der Maske und dem Messer zu erschrecken, aber vielleicht auch nicht. Eines erkannte sie jetzt mit beängstigender Klarheit: Wenn das, was er über Ted Spalding erfahren hatte, ihn zu so einem verrückten Benehmen veranlassen konnte, was würde er erst tun, wenn er George Evans' Nacktaufnahmen zu sehen bekäme? «Ich muß sie haben», flüsterte sie. «Ich muß.»
Am nächsten Morgen nahm sie ein Taxi zu dem Photoatelier am Hollywood Boulevard. Sie wollte um keinen Preis wie eine Filmdiva aussehen und sich vom Chauffeur in dem weißen Hispano-Suiza vorfahren lassen, den Joel ihr gekauft hatte. Deshalb zog sie ein schlichtes blaues Hauskleid an, band ein Kopftuch um die blonden Haare und setzte eine Sonnenbrille auf. Das Photoatelier befand sich in einem kleinen zweistöckigen Gebäude inmitten eines Häuserblocks, der einst bessere Tage gesehen hatte. Sie bezahlte das Taxi und eilte ins Atelier. Sie wußte, daß Evans, ein Junggeselle, allein im zweiten Stockwerk wohnte und daß er keine Assistenten hatte, sondern alles selber machte. Er entwickelte seine Platten in der rückwärtigen Dunkelkammer. Das kleine, nach vorne gelegene Empfangszimmer enthielt ein paar billige Stühle, einen Tisch mit ein paar alten Illustrierten und

einem mit Kippen gefüllter Aschenbecher. Das Empfangspult neben der Tür zum Arbeitsraum war unbesetzt, deshalb ging Laura hin und läutete. Kurz darauf öffnete George selbst die Tür. «Oh, Miss Davenport.» Er lächelte. «Ich meine, Miss Lord, Verzeihung.»

«Ich muß Sie sprechen.»

«Kommen Sie herein.» Er ließ sie vorbei, und sie betrat das Atelier, in dem sie sich erst kürzlich vor der lüsternen Kamera entkleidet hatte. Schwarze Scheinwerfer starrten blind auf eine mit einem Tuch bedeckte Wand, vor die George seine Modelle plazierte. «Zigarette?»

«Nein danke.»

Er zündete sich eine an, wobei er Laura beäugte. «Was kann ich für Sie tun?» Er blies sein Zündholz aus und warf es auf die Erde.

«Wieviel verlangen Sie für die Bilder?»

Er lächelte. «Ich habe Sie erwartet, Miss Lord.»

«Wieviel?»

Er musterte sie. «Eine Million Dollar», sagte er schließlich.

«Das ist verrückt. Eine Million für ein Dutzend Photographien?»

«Eine Million.»

«Aber ich habe keine Million Dollar.»

«Holen Sie sich das Geld bei Ihrem Freund – Sie Luder.»

«Verstehen Sie denn nicht? Ich kann es nicht von ihm bekommen!»

«Wieso nicht?»

«Ich kann's einfach nicht. Ich gebe Ihnen zehntausend Dollar. Die kann ich mir auf meinen Wagen borgen.»

«Eine Million.»

«Bitte ...»

«Eine Million. Ich gebe Ihnen Zeit bis morgen. Andernfalls gehe ich mit den Bildern zu Joel. Er wird eine Million dafür bezahlen.»

«Bitte», flehte sie und fing an zu weinen. «Ich muß sie haben. Ich zahle später, wenn der Film abgedreht ist. Dann werde ich einen Haufen Geld wert sein.»

«Sie sind jetzt einen Haufen Geld wert. Lassen Sie die Heulerei, meine Liebe. Sie kennen die Bedingungen. Eine Million bis morgen. Machen Sie's gut, Miss Lord.» Er blies ihr den Rauch ins Gesicht.

«Sie gemeiner Kerl», schniefte sie.

«Kein Grund, persönlich zu werden. Ihr Hollywood-Typen seid alle gleich. Ihr könnt euch noch so aufdonnern mit Pelzen und Juwelen und in schicken Autos herumkutschieren, aber darunter seid ihr eine Bande von Huren.»

Sie versetzte ihm einen harten Schlag. Seine Reaktion erschreckte sie: Er hob die Hände, um sie anzugreifen. Doch gleich darauf hatte er sich wieder gefaßt. «Raus hier, du Hure», flüsterte er. Weinend lief sie in den Sonnenschein hinaus. Eine Million Dollar! Rasch überschlug sie ihre Möglichkeiten. Konnte sie sich eine Million von Joel leihen? Aber was könnte sie ihm sagen, wofür sie das Geld brauchte? Nein, das war unmöglich. Während sie sich die Wangen abwischte, sah sie zum Atelier zurück. Ja, das war's. Ihre einzige Chance. Das einzige, das ihre Karriere retten konnte. Sie mußte die Photographien stehlen. Mit einem Gefühl der Erleichterung winkte sie ein Taxi herbei.

Gegenüber dem Photoatelier wurde sie von einem Mann in einem hellblauen Mercedes beobachtet. Es war Joel Collins.

Am nächsten Morgen um vier Uhr zehn verlangsamte ein Taxi auf dem Hollywood Boulevard die Fahrt. «Das ist nahe genug», sagte Laura auf dem Rücksitz. Sie gab dem Chauffeur einen Zwanzig-Dollar-Schein. «Warten Sie hier auf mich, dann bekommen Sie noch mal zwanzig.»

«Auf Sie warte ich bis zum Frühstück, Süße», sagte der Taxifahrer augenzwinkernd. «Aber wissen Sie, dies ist nicht gerade das sicherste Viertel der Stadt.»

«Ich kann schon auf mich aufpassen. Ich weiß nicht, wie lange ich bleibe, aber ich glaube nicht, daß es länger als eine halbe Stunde dauert.» Sie stieg aus. Die Straße war fast verlassen, aber beim nächsten Häuserblock erspähte sie einen Polizisten. Laura eilte durch eine Gasse, bis sie an der Rückseite von George Evans' Atelier anlangte. Im Erdgeschoß befanden sich drei Fenster, von denen eins mit Brettern vernagelt war. Das war die Dunkelkammer. Laura stellte ihre Tasche auf die Erde und versuchte das erste Fenster. Verriegelt. Sie versuchte das zweite. Verriegelt. Sie kramte einen Moment in ihrer Tasche herum, dann förderte sie einen schwarzen Gummisaugnapf und einen Glasschneider zutage, die sie sich in der Zimmermannswerkstatt des Filmateliers ausgeliehen hatte. Geschwind schnitt sie ein großes Viereck in das Fenster und entfernte es mit dem Saugnapf, genau wie es der Zimmermann ihr gezeigt hatte. Dann schob sie das Fenster hoch. Sie stellte ihre Tasche hinein und kletterte in das dunkle Atelier. Sie nahm eine Taschenlampe aus ihrer Tasche, knipste sie an und ließ den Lichtstrahl durch den Raum schweifen. Die Scheinwerfer standen da wie große schwarze Wächter. Der Lichtkreis erhellte die mit dem Tuch bedeckte Wand, vor der sie nackt Modell gestanden hatte. Er fand die Requisitenschränke, und sie ließ ihn über die Wachstrauben flimmern, die sie vor sich gehalten hatte. Ein Ständer mit Kostümen sprang ihr ins Auge. Als ihre Lampe einen breitkrempigen, mit Federn geschmückten Damenhut aus dem vorigen Jahrhundert streifte, fiel ihr ein Bild von George ein, auf dem das Modell nichts anhatte außer diesem Hut, die große Schleife keck unterm Kinn gebunden. Schließlich traf der Strahl auf einen Schrank, an den Laura sich erinnerte. George verwendete noch Glasplatten – eine mühsame, überholte Methode, die dem Photographen jedoch Porträts von verblüffender Schärfe ermöglichte. Er verwahrte seine Platten in diesem Schrank. Sie näherte sich vorsichtig und zog rasch eine der zahlreichen flachen Schubladen nach der anderen heraus, von denen jede eine Platte enthielt, bis sie eine von ihren mit den Trauben fand. Die übrigen elf befanden sich in den Schubladen darüber.

Da sie wußte, daß die Platten schwer waren, hatte sie die Tasche mitgebracht, außerdem Zeitungspapier, um sie voneinander getrennt einzuwickeln. Sie brauchte etliche Minuten dazu. Dann hob sie die Tasche auf und richtete die Taschenlampe auf das Fenster.

Bis zu diesem Augenblick war sie gelassen vorgegangen und hatte trotz ihrer Anspannung einen kühlen Kopf behalten. Aber jetzt hatte sie es eilig, und dabei stolperte sie über den Ständer eines Scheinwerfers. Der kippte, und sie rutschte aus. Der Scheinwerfer schlug mit ungeheurem Krachen hin, Laura fiel auf die Glasplatten und zerschmetterte sie. Sie hatte beabsichtigt, sie zu Hause zu vernichten, weil der Lärm sonst George aufwecken würde. Sie ermahnte sich, nicht in Panik zu geraten, geriet dennoch in Panik, sprang auf, um die Taschenlampe aufzuheben, die, noch eingeschaltet, über den Fußboden rollte. Sie bückte sich gerade nach ihr, als sie ein Paar Schuhe sah. Sich aufrichtend, ließ sie den Strahl an den Beinen und dem Oberkörper eines großen Mannes hinaufgleiten, der neben der Treppe stand. Ein Mann mit einer Silbermaske. Ein Mann, der ein Schlachtermesser in der rechten Hand hielt. «Joel!» rief sie und wich in Richtung Fenster zurück. «Ich mußte die Bilder holen...» Sie fing vor Angst an zu weinen. «Aber sie sind jetzt vernichtet. Ich bin gestolpert und auf sie gefallen. Schau –»

«Und das ist dein Todesurteil», flüsterte der Mann mit der Maske, während er sich ihr näherte. «Solange die Platten existierten, waren sie Geld wert und du warst in Sicherheit. Aber jetzt bist du wie all die anderen Luder, die ich photographiert habe –»

«George?» flüsterte sie verwirrt. «Sind *Sie* George?»

«Ja, es ist George. George der Bestrafer. Du mußt für deine Unmoral bestraft werden.»

«Sie sind verrückt –»

«Ihr Huren von Hollywood habt diese friedliche Stadt in ein Sündenbabel verwandelt, und ihr müßt für eure Sünden büßen.»

«Laura, geh weg!» rief ein Mann, der durchs Fenster geklettert kam. Sie richtete die Lampe auf ihn. Zu ihrem Erstaunen war es Joel. Als der Maskierte sich wutschnaubend mit seinem Messer auf sie stürzte, lief Joel hin und packte ihn. Während Laura sie schreiend mit dem zitternden Strahl der Taschenlampe anstrahlte, kämpften die zwei Männer miteinander. Brüllend wie ein Wahnsinniger, stieß George Joel sein Messer in den Bauch. Joel keuchte, als George das Messer herauszog.

«Joel!» schrie Laura. Er war vornüber gesunken und hielt sich den Bauch. Sie richtete den Strahl auf George. Er hielt das Messer in die Höhe, von dem Blut auf seine Silbermaske tropfte. «Hure von Babylon!» rief er. «Bereite dich auf deinen Untergang vor!» Sie schrie unentwegt, als er sich auf sie stürzte. Ein Schuß krachte vom Fenster her, dann noch zwei. Evans schrie auf, machte eine halbe Drehung nach links und schlug vorwärts auf die Erde. Männer kletterten durchs Fenster. Als Laura ihre Lampe auf sie richtete, sah sie, daß es Polizisten waren. «Joel!» Sie kniete sich neben ihn. Er lag auf der Seite und hielt sich den Bauch, aus dem Blut hervorströmte.

«Rufen Sie einen Krankenwagen», rief sie. «O mein Gott... Joel, mein Liebling.»

«Verzeih mir», flüsterte er. «Ich hab dich neulich abends erschreckt. Das war dumm und grausam von mir –»

«Vergiß es! Warum bist du hier?»

«Ich war dir gefolgt... um herauszufinden...» Er schloß die Augen.

«Der Krankenwagen ist unterwegs», meldete Cliff Parker und kniete sich neben Laura. Jemand knipste die Atelierlampen an. «Er hat eine Menge Blut verloren. Der Wahnsinnige hat ihn regelrecht aufgespießt.»

«Er kann nicht sterben... Er darf nicht sterben.»

Cliff Parker sah die zitternde Blondine an. «Sie lieben ihn wirklich, nicht wahr?» Seine Stimme klang leicht verwundert.

Mit Tränen in den Augen wandte sie sich dem Inspektor zu. «Er ist der einzige Mann, der mich wie eine Dame behandelt hat», flüsterte sie.

«Zehn Tage lang haben wir Evans von der Buchhandlung nebenan aus überwacht», sagte Cliff eine Stunde später, als er mit Laura im Krankenhaus wartete, während die Ärzte Joel operierten. «Als Sie sich heute morgen in die Gasse schlichen, waren wir völlig überrascht.»

«Warum haben Sie ihn überwacht?»

«Einige von meinen Männern, äh... Sagen wir einfach, sie sammeln schmutzige Bilder. Sie erzählten mir, daß alle fünf von dem Phantommörder ermordeten Mädchen nackt Modell gestanden hatten. Ich habe eine Reihe Pornohandlungen überprüft und festgestellt, daß bei allen Aufnahmen der ermordeten Mädchen George Evans der Photograph war. Auf diese Gemeinsamkeit hin haben wir ihn unter Beobachtung gestellt. Wir haben uns nebenan einquartiert, aber zehn Tage lang hat er nichts getan außer normalen Dingen wie Einkaufen und geschäftlichen Verabredungen. Möglicherweise hat er geahnt, daß wir ihn beobachteten, ich weiß es nicht. Jedenfalls haben Sie uns einen großen Gefallen getan, indem Sie ihn heute abend aus der Reserve gelockt haben. Das hätte allerdings leicht schiefgehen können.»

«Ich hatte keine Ahnung, daß George verrückt ist. Warum hat er die Masken aufgesetzt?»

«Er genoß es wohl, daß er allmählich berühmt wurde, nehme ich an. Vermutlich hat er *Das Phantom der Oper* gesehen und beschlossen, das Phantom von Hollywood zu werden. Das Leben ahmt das Kino nach. Ich wette, er hat jedes Wort gelesen, das über ihn geschrieben wurde, genau wie Jack the Ripper.»

«Aber warum? Was wollte er beweisen?»

«Evans' Familie besaß einen Zitronenhain auf einem Stück Land, das jetzt Teil der Universal-Ateliers ist. Vielleicht hat das seinen Haß aufs Kino ausgelöst.»

«Ja, er sagte etwas wie: ‹Ihr Huren von Hollywood habt diese friedliche Stadt in ein Sündenbabel verwandelt.›»

«Da haben Sie es. Es gibt viele wie ihn in dieser Stadt. Der Film hat Hollywood und Los Angeles ins Licht der Öffentlichkeit gerückt, und die Klatschkolumnisten machen es zur Stadt der Sünde. George Evans beschloß zurückzuschlagen. Filmschauspielerinnen zu ermorden ist allerdings eine ziemlich ausgefallene Art, mit dem Film abzurechnen.»

Einer von Joels Ärzten betrat das Wartezimmer. Sein lächelndes Gesicht sprach für sich. «Er wird durchkommen», sagte er. «Das Messer hat ein Stück vom Darm zerschnitten, aber wir konnten ihn zusammennähen. Er wird in den nächsten Monaten starke Schmerzen haben, aber ich denke, er bleibt uns noch eine Weile erhalten.»

«Oh, das ist die allerbeste Nachricht!» Laura sprang auf und gab dem Arzt einen Kuß auf die Wange. Der junge Mann schluckte und errötete.

«Ah, ja, hm ... sind Sie Laura?»

«Ja.»

«Kurz bevor wir ihm die Narkose gaben, sagte er mir, daß er, hm ... daß er Sie liebt.»

Laura Lord fing an zu weinen, aber diesmal nicht aus Angst.

«Ich hatte so ein schlechtes Gewissen, weil ich dir das angetan habe», sagte Joel am nächsten Tag. Laura saß im Krankenhauszimmer an seinem Bett und hielt seine Hand. «Die Maske aufzusetzen und dich im Badezimmer zu erschrecken, das war verrückt, und dann hatte ich Angst, du würdest mich für verrückt halten, was ich vermutlich ja auch ein bißchen bin. Aber ich würde dir nie etwas zuleide tun, Laura. Es war einfach eine Überreaktion auf das, was Ted Spalding mir erzählt hatte.»

«Du hattest allen Grund, wütend auf mich zu sein», sagte sie. «Du warst auf der Suche nach dem reinsten Mädchen in Amerika und hast mich bekommen, die ungefähr so rein ist wie Schlamm.»

«Das macht nichts», versicherte er mit matter Stimme. «Aber ich habe mich so geschämt, daß ich mich entschuldigen wollte. Doch als ich vor deinem Haus hielt, stiegst du gerade in ein Taxi, was ich absolut nicht verstehen konnte, weil du doch den Wagen hast. Ich folgte dir zu Georges Atelier, und darauf konnte ich mir ebenfalls keinen Reim machen. Daraufhin habe ich dich beobachtet. Und als du neulich abends noch einmal zum Atelier gingst, bin ich dir wieder gefolgt. Bloß, ich wußte nicht, was du dort wolltest.»

«Weißt du es jetzt?»

«Ich kann's mir denken.»

«Ich will's dir sagen, weil ich will, daß du es weißt. Als ich nach Hollywood kam, war mein Geld rasch alle. Ich sah die Anzeige im *Clarion*. Du hast solche Inserate sicher auch gesehen. ‹Photograph sucht hübsche Modelle. Gute Bezahlung ...› Ich war verzweifelt, darum bin ich in Georges Atelier gegangen. Er wollte, daß ich ihm nackt Modell stand. Und ich hab's getan. Neulich war ich bei ihm, um ihm die Bilder abzukaufen, aus naheliegenden Gründen, und er hat mich erpreßt. Er wollte eine Million Dollar dafür haben, und wenn ich sie ihm nicht gäbe, wollte er mit den Bildern zu dir gehen und sich die Million von dir holen. Mir blieb keine andere Wahl, als die Bilder zu stehlen. Natürlich hatte ich keine Ahnung, daß er das Phantom war. Und dann bist du durchs Fenster geklettert und wurdest niedergestochen, und ich bin schuld daran, und mir ist deswegen gräßlich zumute. Also hab du kein schlechtes Gewissen. Ich bin eine verdorbene Frucht. Eine schöne Karriere, nicht? Ich wurde von meinem Vater vergewaltigt, habe ein Auto gestohlen, mit einem Haufen Männer geschlafen und für schmutzige Bilder Modell gestanden. Viel tiefer kann man nicht sinken. Es liegt auf der Hand, daß ich keine geeignete Kandidatin für die Rolle der heiligen Johanna bin. Ich habe dir genug wehgetan. Ich will dir nicht auch noch deinen Film ruinieren. Such dir eine, die eine überzeugendere Heilige abgibt als ich.»

Er sah sie lange prüfend durch seine dicken Brillengläser an. «Es ist nicht deine Schuld, daß du arm geboren bist», sagte er schließlich, »genauso wenig wie es meine Schuld ist, daß ich reich geboren bin. Du mußtest gegen deine Armut ankämpfen und sahst die Welt in einem ganz anderen Licht als ich. Ich wollte dich rein haben, und es machte mich wahnsinnig, als ich feststellte, daß du es nicht warst. Aber wer ist schon rein in dieser verrückten Welt? Du hast George Evans Anzeige im *Clarion* gelesen, der Zeitung meiner Familie, inwiefern bin ich also heiliger als du? Und überdies liebe ich dich, mit Schlamm und allem Drum und Dran.»

Sie lachte, als sie sich die Augen wischte.

«Allerdings stimme ich mit dir überein, was die heilige Johanna betrifft. Du bist die Falsche für die Rolle. Offen gesagt, du bist zu sexy. Ich lasse das Projekt ‹Johanna von Orleans› fallen. Weißt du, Laura, ich bin ursprünglich ins Filmgeschäft eingestiegen, um Filme über die Schönheit zu machen. Aber wenn niemand hingeht, was haben sie dann für einen Sinn? Ich habe ein neues Drehbuch und möchte, daß du es liest. Ich glaube, es ist genau das richtige für dich.»

«Wie heißt es?»

Er lächelte matt. «Die Schöne der Nacht.»

«O Joel.« Sie fing wieder an zu lachen. «Das hört sich an wie für mich geschaffen.»

«Er war bei seiner Tochter», erzählte Wendy Fairfax Gil Amster. Sie saßen bei Barkies in der Ecknische. «Ich hab rausgekriegt, daß Joel Collins vor ein paar Jahren ein Hausmädchen geschwängert hat. Sie lebt mit ihrer zweijährigen unehelichen Tochter in einem Haus am Strand von Santa Monica. In der Nacht, als du ihm gefolgt bist, hatte er gerade einen Anruf erhalten, daß seine Tochter krank war, und er fuhr zu ihr nach Santa Monica.»

«So viel zu meiner Theorie, daß Joel Collins das Phantom war.»

«Na ja, das war meine dumme Idee. Gott sei Dank hat keiner von uns es irgendwem erzählt, vor allem nicht der Polizei.»

Gil Amster dachte, was seine Frau nicht weiß, macht sie nicht heiß.

Die Schöne der Nacht, die Geschichte einer blonden Sexbombe, die die Freundin eines New Yorker Alkoholschmugglers ist, den sie an die Polizei verrät und der in einem Hagel von Maschinenpistolenkugeln stirbt, wurde 1929 zehn Tage nach dem Börsenkrach in ganz Amerika gestartet. Joels zeitliche Koordination hätte nicht besser sein können. Das erschütterte Publikum suchte Zuflucht in der Dunkelheit der

Filmpaläste, und es war von Laura Lords glutvoller Darstellung begeistert. Der Film war ein Kassenschlager, und Laura wurde über Nacht berühmt. Für Joel war es jedoch ein Pyrrhussieg. Seine Begeisterung für den Film erstarb, als ihm klar wurde, daß das Publikum wirklich Titten und Maschinenpistolen sehen wollte statt des Schönen, von dem er geträumt hatte. Zur Freude seines Vaters eröffnete Joel ihm, daß er nichts mehr mit Film zu tun haben wollte. Er vermietete das Atelier für ein Vermögen an Metro-Goldwyn-Meyer und kehrte nach San Francisco zurück, um sich in die Familiengeschäfte einzuarbeiten.

Im Januar 1930 heiratete Joel zum Mißvergnügen seiner Familie Laura Lord. Im Juni desselben Jahres schenkte Laura einem Sohn namens Spencer das Leben. Die Collins, die die Monate ihrer Schwangerschaft zählten, seufzten und schwiegen.

Im Mai 1933, auf dem Höhepunkt der Depression, starb Curtis Collins an einem Schlaganfall, und Laura verkündete nach fünf erfolgreichen Filmen ihren Rückzug von der Leinwand.

1936 gab Joel Collins die Gründung der Collins-Stiftung bekannt, die mit stimmberechtigten Collins-Aktien im Wert von fünfzig Millionen Dollar ins Leben gerufen wurde. Die Stiftung finanzierte die medizinische Forschung des Archer Collins Memorial Hospitals. Joel, menschenfreundlich wie seine Urgroßmutter Emma, spendete auch Millionen aus seinem Privatvermögen für wohltätige Zwecke und unterstützte das Archer-und-Arabella-Collins-Museum der schönen Künste, dem er seines Vaters Sammlung impressionistischer und postimpressionistischer Kunst schenkte. In Erinnerung an Zita, die ihm ihre Millionen hinterlassen hatte, gründete Joel einen Stipendienfonds von einer Million Dollar für bedürftige Kinder, die überragendes Talent für künstlerische Gestaltung bewiesen.

Joel lernte nie, Baseball zu lieben. Laura wurde nie von der Gesellschaft von San Francisco «akzeptiert». Aber sie lebten glücklich zusammen, bis Joel 1956 an Krebs starb.

Spencer Collins erbte mit sechsundzwanzig Jahren das Vermögen seines Vaters, das auf über fünfhundert Milliarden Dollar geschätzt wurde. Aber auf einer Familienversammlung in San Francisco verkündete Spencer, daß er kein Interesse daran habe, sich aktiv an der Führung der zahlreichen Firmen des Collins-Konzerns zu beteiligen. Seine wahre Liebe galt der Arbeit auf der Ranch. In einer von den Anwälten ausgearbeiteten Vereinbarung erhielt Spencer einen persönlichen Anteil von fünfzig Prozent an der Calafia-Ranch. Die Leitung des Collins-Konzerns wurde Spencers einunddreißig Jahre altem Cousin Jeffrey Brett, dem Sohn von Alistair und Charlotte, übertragen.

1960 heiratete Spencer Collins eine Angehörige der oberen Zehntausend von Los Angeles namens Sylvia De Witt. Im Jahr darauf schenkte Sylvia einem Mädchen das Leben, das Claudia getauft wurde.

1980, zwei Jahre nach Beulah Snodgrass/Dixie Davenport/Laura Lord Collins' Tod durch eine Überdosis Schlaftabletten (der nicht als Selbstmord deklariert wurde, obwohl Laura nach dem Tod ihres Mannes stark zu trinken begonnen hatte), veranstaltete die Filmabteilung des Museum of Modern Art in New York die erste Retrospektive mit Laura-Lord-Filmen. *Die Schöne der Nacht* wurde von den Kritikern als «Klassiker» gepriesen.

Epilog

Daddy, ich bin im Bel Air», sagte Claudia, deren Maschine vor zwei Stunden in Los Angeles gelandet war.

«Willkommen daheim, Baby», sagte Spencer Collins.

«Ich hab einen Wagen gemietet und fahre gleich morgen früh los. Hast du dir seit meinem Anruf aus Paris ein paar Gedanken zu Jeffrey gemacht?»

«Allerdings. So ein hinterhältiger Schuft, versucht die Ranch hinter meinem Rücken an eine Bande Ausländer zu verkaufen. Zum Teufel mit ihm! Und ich kann mir auch denken, warum er sie verkaufen will; das erzähl ich dir morgen. Was macht dein Franzmann?»

«Daddy, ich laß mich scheiden.»

«Du läßt dich was?»

«Ich hab's im Flugzeug beschlossen. Apropos hinterhältig: Er hat mich mit Lord Northfield und Billie Tsching zusammengebracht, und ich kann ihm einfach nicht mehr vertrauen. Du hattest recht, ich hab einen Fehler gemacht.»

«Halleluja! Heißt das, du kommst für immer nach Hause? Frankreich ade?»

«Richtig.»

«Gottverdammich, das sind die süßesten Worte, die ich seit langem vernommen habe. Kein gebrochenes Herz?»

«Nun ja, ein bißchen. Du weißt, ich war verrückt nach Guy, aber er liebt nur sein Château und seinen Cognac. Ich hab zwei Jahre gebraucht, um das einzusehen. Es tut weh, aber ich werd's überleben –»

«Schätzchen», unterbrach er sie, «Mickey macht mir gerade ein Zeichen. Ich hab den phantastischen Porsche 926 gekauft, und morgen früh fahr ich die erste Tour. Wenn du morgen herkommst, besprechen wir die ganze Sache.»

«Okay, Daddy.»

«Gute Nacht, Herzchen. Und noch mal, willkommen daheim. Du hast deinen Daddy glücklich gemacht.» Er legte auf.

Claudia, die im Bett saß, stellte das Telefon auf den Nachttisch zurück. Sie lächelte matt. Die einzige Leidenschaft ihres Vaters waren Sportwagen, so wie Guys einzige Leidenschaft sein Cognac war. Männer! dachte sie, dann knipste sie das Licht aus und kuschelte sich ins Bett. Trotz ihrer großen Sprüche sind sie im Grunde kleine Jungen mit ihrem Spielzeug. Dennoch hätte sie nichts dagegen gehabt, Guy neben sich im Bett zu haben. Ach was! Zum Teufel mit Guy.

Spencer und sein Mechaniker Mickey Carlisle verschlossen das Tor der Autowerkstatt mit einem Vorhängeschloß, dann ging jeder zu seinem Jeep. «Der Wetterbericht ist gut», sagte Mickey.

«Ja. Wir sehen uns um sieben, dann dreh ich ein paar Runden.» Spencer stieg in seinen Jeep und machte sich auf den Weg zum Ranchhaus. Vor zwanzig Jahren hatte ihn das Sportwagenfieber gepackt, und er hatte sich an einem Hang oberhalb des Pazifiks nicht nur eine voll ausgerüstete Autowerkstatt gebaut, sondern auch eine eigene, drei Kilometer lange Rennbahn angelegt, eine Extravaganz, die sich nur die ganz Reichen leisten konnten. Aber obwohl er Joel Collins' enormes Vermögen und Laura Lord Collins' Aussehen geerbt hatte, war Spencer de Meyer Collins nie ein besonders glücklicher Mensch gewesen. Fortuna hatte ihm bei der Geburt so verschwenderisch zugelächelt, daß er mit einem eingefleischten Mißtrauen gegen die Menschen aufwuchs, als ob ihm jemand etwas wegnehmen könnte. Solange er jung war, hatte er seine Launenhaftigkeit und sein Mißtrauen beherrschen können und das mehr oder weniger normale Leben eines reichen Mannes geführt. Doch als er älter wurde, verbrachte er immer mehr Zeit auf der Ranch und hielt sich immer weniger in Los Angeles und San Francisco auf.

Als seine Frau Sylvia 1974 bei einem Flugzeugunglück mit einer privaten Maschine ums Leben kam, zog er sich noch mehr zurück, so daß die Leute ihn fortan den Eremiten von der Calafia-Ranch nannten. Ihm war sehr daran gelegen, die Schönheit Kaliforniens vor den Übergriffen der Zivilisation zu bewahren. Er sprach oft begeistert von seinem Vorfahren, dem ersten Archer Collins, der sich im vorigen Jahrhundert für die Indianer eingesetzt hatte, und meinte, Archers und Joe Thunders Philosophie vom Leben mit der Natur sei das wahre Gold Kaliforniens. Er benutzte seinen Einfluß auf die Collins-Stiftung, um Vereinigungen, die sich bemühten, die Erde vor der Zerstörung zu bewahren, riesige Geldsummen zufließen zu lassen. Sein Erzfeind waren die Landerschließer, ein Wort, das er voll Gehässigkeit aussprach.

Er parkte seinen Jeep vor dem Ranchhaus, das Star und Juanito vor fast neun Jahrzehnten gebaut hatten, und ging hinein. Er aß wie gewöhnlich allein. Das Essen wurde von Ana, der Frau eines seiner mexikanischen Rancharbeiter, gekocht und aufgetragen. Anderes Hauspersonal hatte er nicht. Nach dem Essen sah er sich in der Bibliothek eine Fernsehsendung an, dann stieg er die düstere Holztreppe zu dem Turmzimmer hinauf, wo Star sich vor vielen Jahren zu Tode getrunken hatte, und ging zu Bett. Der Mann, der alles hatte, führte ein kümmerliches Leben. Wenn jemand einen Beweis dafür wollte, daß Geld nicht unbedingt glücklich macht, dann war der verschrobene Milliardär Spencer Collins dieser Beweis.

Um zwei Uhr morgens hielt ein Range Rover mit vier jungen Chinesen am Strand unterhalb von Spencers Autowerkstatt. Die Männer sprangen heraus, erklommen den Hang und liefen zur Werkstatt. Einer, ein gelernter Schlosser, entfernte das Vorhängeschloß. Sie drängten hinein und richteten ihre Taschenlampen auf den Porsche 926, der auf der Hebebühne stand. Der Schlosser nahm eine Diamantsäge aus seinem Werkzeugsack, kroch unter den Wagen und sägte das vordere Lenkgetriebe an.

Spencer setzte seinen Sturzhelm auf und stieg in den weißen Porsche 926, den er mit Mickey aus der Werkstatt auf die Asphaltbahn geschoben hatte. Spencer schloß die Plexiglashaube und drückte den Startknopf. Der Porsche heulte auf. «Viel Glück!» rief Mickey. Spencer legte den ersten Gang ein.

Es war ein schöner Morgen. Die Sonne strahlte auf das meist baumlose, hügelige Land herunter, wo Spencer seine Rennbahn angelegt hatte, ein ungleichmäßiges Oval in der Landschaft. Spencer wandte sich auf der dem Ozean zu gelegenen Strecke nach Norden. Er beschleunigte rasch: 60, 70, 80 ... Der Motor lief gleichmäßig, der Wagen lag gut. Das ist mein bisher bester Wagen, dachte Spencer.

120, 130.

Der Wagen war ein Geschoß. Spencer nahm die erste Kurve und ging die Oststrecke an. Er flog nahezu über die niedrigen Erhebungen.

150, 160. Spencer fuhr jetzt in südlicher Richtung zurück zur Werkstatt.

170, 175. Er schaltete herunter, dann brachte er den Wagen neben Mickey zum Stehen.

«Er ist fabelhaft!» rief er, nachdem er die Haube aufgemacht hatte. «Mühelos hundertfünfundsiebzig. Erhöhen wir den Druck auf vier Bar, und dann versuch ich zweihundert.»

«In Ordnung.»

Zehn Minuten später startete Spencer erneut. Wieder umfuhr er die Bahn, aber diesmal beschleunigte er weiter, nachdem er 175 erreicht hatte.

180, 190, 200.

«Mannomann!» rief er vor sich hin, als die Tachonadel die 200 überschritt. Er befand sich nun wieder auf der Südstrecke der Bahn und raste auf die letzte Kurve zu. Er drehte das Lenkrad herum.

Nichts geschah. Spencer de Meyer Collins starrte hilflos auf die Werkstattmauer, die auf ihn zugerast kam. Der Porsche 926 krachte mit Tempo 200 in die Werkstatt. Die Feuerkugel und der Rauch waren bis Long Beach zu sehen.

«Claudia Collins?» Claudia stand an der Rezeption des Hotels und bezahlte ihre Rechnung mit ihrer American-Express-Karte. Sie drehte sich um und sah einen Mann in einem konservativen grauen Anzug und einer blauen Tupfenkrawatte.

«Ja?»

«Ich bin Arthur Stevens, der Anwalt Ihres Vaters. Kann ich Sie einen Augenblick sprechen?» Sie nahm ihre Kreditkarte entgegen, und er führte sie durchs Foyer in eine stille Ecke. «Es hat einen Unfall gegeben», sagte er ruhig. «Der Mechaniker Ihres Vaters hat mich angerufen. Spencer hat die Beherrschung über seinen Porsche verloren. Er ist in die Werkstatt gekracht.»

Sie zuckte zusammen. «Ist er ...?»

Der Anwalt nickte. «Der Wagen ist explodiert. Es tut mir leid.»

Claudia dachte an den schwierigen Mann, mit dem sie so viele Meinungsverschiedenheiten gehabt hatte. Dann fiel ihr plötzlich das Pony ein, das er ihr schenkte, als sie sechs war, und wie geduldig er ihr das Reiten beigebracht hatte.

«Claudia, es ist mir zuwider, es Ihnen auf diese Weise beizubringen.»

«Ist schon in Ordnung», hörte sie sich sagen.

«Ich fahre zur Ranch. Wollen Sie mit mir kommen?»

Sie war wie betäubt. «Ja, danke... Das ist vielleicht besser...» Tränen verschleierten ihren Blick, und sie fühlte eine nagende Leere im Magen, als hätte sie zwei Tage nichts gegessen.

Mit einemmal war sie die letzte Collins.

«Keiner kann mir weismachen, daß das ein Unfall war», sagte sie eine Stunde später, als sie in Arthurs silbernem Mercedes 380 SL auf der San-Diego-Autobahn nach Süden krochen. Ein umgekippter Anhänger anderthalb Kilometer vor ihnen hatte den Verkehr fast ganz zum Erliegen gebracht.

«Mir kann das auch niemand weismachen», erwiderte Arthur. «Das wäre ein zu verrückter Zufall. Außerdem war Spencer ein vorsichtiger Fahrer. Aber etwas sagt mir, daß wir niemals imstande sein werden, es zu beweisen, weil der Wagen vollständig zerstört wurde. Mickey hat jedenfalls die Polizei gerufen, aber sie haben nur die Fingerabdrücke von Mickey und Ihrem Vater gefunden.»

«Hat Daddy Ihnen von Lord Northfield und Billie Tsching erzählt?»

«Ja.»

«Und wie sie meinen Mann bedroht haben?»

«O ja. Wenn es Mord ist, sind sie die Hauptverdächtigen, doch ich bezweifle, daß wir ihnen irgend etwas nachweisen können. Die Asiaten übernehmen allmählich hierzulande das organisierte Verbrechen, und in Los Angeles und San Francisco gibt es eine Menge Mitglieder der Triaden. Billie ist Bürger von Hongkong, und seine Bank wäscht Drogengelder, die von den Triaden nach Hongkong gebracht werden, weshalb sie ihm gerne gefällig sind. Ein Anruf von Billie genügt. Ein Auftrag ergeht an ein paar Schläger in Los Angeles. Ein Verbrechen wird begangen, und keiner kann Billie damit in Verbindung bringen. Es ist perfekt ausgeklügelt. Billie und Northfield wollen Ihre Ranch. Mit Ihrem Vater konnten sie unmöglich verhandeln, deshalb ...» Er zuckte die Achseln.

«Und Sie denken natürlich, ich habe solche Angst, daß ich alles tue, was sie wollen.»

«Haben Sie Angst?»

«Verdammt noch mal ja, ich habe Angst, aber ich bin auch wahnsinnig wütend. Ich lasse mich keinesfalls von einem popeligen Hongkonger Drogenhändler von meiner Ranch verjagen.»

Arthur lächelte sie an. «Das gefällt mir. Aber Billie ist kaum ein popeliger Unternehmer. Wenn meine Informationen stimmen, wäscht Billies Bank Milliarden von illegalen Drogendollars, und gibt es einen besseren Ort als die Calafia-Ranch, um sie zu investieren, 26 000 Hektar mitten in der schnellstwachsenden, reichsten Region in Amerika?»

«Halten Sie es für möglich, daß Billie die Ranch als Tarnung für Drogengeschäfte benutzen will?»

«Die Vorstellung gefällt mir nicht, aber möglich wäre es. Sie hätten den Küstenstrich für Schiffe, und nachts könnten Flugzeuge landen. Verdammter Verkehr!» Der Mercedes war zum Stehen gekommen. Lautes Hupen ertönte.

«Daddy sagte gestern abend am Telefon, daß er weiß – vielmehr wußte –, warum mein Cousin Jeffrey Brett die Ranch verkaufen will. Haben Sie eine Ahnung, wovon er sprach?»

«Ja. Spencer glaubte, daß Jeffrey dem Collins-Konzern Geld gestohlen hat.»

Claudia starrte ihn an. «Aber Jeffrey ist der Präsident des Konzerns.»

«Richtig. Schon mal was von Insider Trading gehört? Spekulationen aufgrund von Insider-Informationen? Letztes Jahr rief Jeffrey Ihren Vater an und wollte sich zwanzig Millionen Dollar von ihm leihen. Ihr Vater hat ihn zum Teufel geschickt.»

«Sie konnten sich nicht ausstehen.»

«Ausschlaggebend ist der Zeitpunkt von Jeffreys Anruf, zwei Tage nach dem Börsenkrach voriges Jahr. Spencer glaubte, Jeffrey hat schwer spekuliert und große Verluste gemacht. Er hat ein Wirtschaftsprüferbüro mit der Prüfung der Bücher beauftragt. Sie haben noch nichts gefunden, und vielleicht werden sie auch nichts finden. Aber meinem Gefühl nach hatte Ihr Vater recht.»

Claudia lächelte grimmig. «Noch ein Erstklaß-Gauner in der Familie Collins. Aber das überrascht mich nicht. Daddy hat Jeffrey immer so genannt wie Napoleon seinerzeit Talleyrand.»

«Nämlich?»

«Scheiße in Seidenstrümpfen.»

«Das ist gut.»

Claudia starrte eine Weile vor sich hin. «So weit wird es nicht kommen», sagte sie unvermittelt.

«Was?»

«Auf Nigels Jacht hat Billie gesagt, Amerika sei am Ende, eine zweitrangige Macht, und wir würden wieder als Kolonie enden, weil die reichen Ausländer Amerika aufkaufen würden. Nein, so weit wird es nicht kommen! Ich schulde es meinen Vorfahren, die diesen Staat mit aufgebaut haben – selbst den Gaunern unter ihnen –, daß ich gegen die reichen Ausländer kämpfe. Billie Tsching und Nigel werden die Calafia-Ranch nicht bekommen!»

Arthur betrachtete die schöne blonde Frau neben ihm. Ihre Entschlossenheit imponierte ihm. Er hatte immer gehört, Claudia Collins sei ein verwöhntes reiches Mädchen, das sich in einen französischen

Grafen verknallt hatte. Aber sie war mehr als das. Claudia hatte die stählerne Härte der de Meyers in sich.

1982 hatte Jeffrey Brett an der Montgomery Street in San Francisco einen achtundfünfzigstöckigen Wolkenkratzer aus Stahl und Glas eingeweiht. Der Collins-Konzern hatte Dimensionen angenommen, die sich die Magnaten des vergangenen Jahrhunderts nicht hätten träumen lassen. Die alte King-Schiffahrtsgesellschaft, mit der alles angefangen hatte, war allerdings 1970 mit einem erstaunlichen Mangel an Sentimentalität abgestoßen worden, da sie ein Verlustgeschäft war. Der enorme Konzern hatte seine Fühler überallhin ausgestreckt und besaß jetzt auch mehrere Fernsehsender. Und in seinem luxuriösen Büro im obersten Geschoß des Collins-Gebäudes herrschte der vierundsechzig Jahre alte Jeffrey Brett über das Imperium. Spencer hatte 1956 verkündet, daß er kein Interesse an der Leitung der Geschäfte habe. Die Anwälte arbeiteten ein Abkommen aus, wonach Spencers Cousin Jeffrey Brett die Kontrolle über die Gesellschaft erhielt. Und eine Hälfte an der Ranch, Spencers wahre Liebe, ging an ihn und seine Erben. Jeffrey hatte viele Vorteile, der hervorstechendste davon, daß er der Enkel von Alma Collins Brett war. Er sah gut aus, hatte einen exzellenten Geschmack, großen persönlichen Charme und sprach fließend mehrere Sprachen. Seinen drei Kindern war er ein guter Vater und seiner Frau Irene ein einigermaßen treuer Ehemann. Aber zwei Dinge fehlten ihm: Herz und persönlicher Mut.

Jeffrey sah sich gerade einen Wirtschaftsbericht im Fernsehen an, als der Anruf kam. «Ja?» Er hörte einen Moment zu. Sein Gesicht wurde blaß. «Danke.» Er legte auf. Einer der Redakteure der collinseigenen Fernsehsender hatte ihn informiert, daß Spencer Collins getötet worden war. Schweißperlen erschienen auf Jeffreys Stirn. Einer der mächtigsten Männer in Kalifornien, vielleicht sogar der mächtigste, sah verängstigt aus.

Irene Brett, Jeffreys Frau, hielt das Collier mit den sechs riesigen Smaragden und dreihundert Diamanten in die Höhe und ergötzte sich an der Schönheit der glitzernden Steine. Irene hatte den ganzen Schmuck der Collins geerbt, angefangen von Emmas Sammlung bis hin zu den Juwelen, die einst Alma und Alicia gehört hatten, sowie Zitas burmesische Rubine. Die siebenundfünfzigjährige Nachfahrin eines Eisenbahnkönigs des vergangenen Jahrhunderts war eine attraktive, modisch gefärbte Brünette, deren Abendeinladungen heißbegehrt waren.

Sie erhob sich vom Hocker ihres Toilettentisches und ließ die Hände ihre schmalen Hüften hinabgleiten, wobei sie ihr scharlachrotes Abendkleid zurechtzupfte.

«Glaubst du, wir müssen zu Spencers Trauerfeier?» fragte sie ihren Mann, der soeben aus seinem Ankleidezimmer hereinkam und seine schwarze Fliege band.

«Ich denke, zumindest ich sollte gehen.»

«Ich sehe nicht ein, wieso», sagte Irene. «Er war so ein gräßlicher Mensch. Er hat uns in zwanzig Jahren nicht ein einziges Mal auf die Ranch eingeladen.»

«Aber Claudia könnte gekränkt sein.»

«Na und?»

«Übrigens, ich möchte, daß heute abend alles besonders glatt läuft.»

«Liebling, du wirkst so nervös. Natürlich wird alles glatt gehen. Das tut es doch immer, nicht wahr? Von allem das Beste, wie immer. Das war immer so und wird so bleiben.»

Von allem das Beste, dachte er. Das war die Zusammenfassung dessen, was er sich vom Leben gewünscht hatte. Aber der Preis erwies sich als zweifelhaft.

Perfume saß zur Rechten ihres Gastgebers Jeffrey Brett und schätzte im Geist den Preis des Kleides, das Calista, Lady Northfield, trug. «Ihr Kleid gefällt mir», sagte sie zu Calista, die ihr an der Tafel gegenübersaß. «Zandra Rhodes?»

«Ja», erwiderte Calista, die Perfume gut genug kannte, um ihrer Aufdringlichkeit zuvorzukommen. «Und ja, es war teuer.»

«Darauf geh ich jede Wette ein», sagte Perfume unbeirrt. Sie sah sich in dem eleganten Speisezimmer um und schätzte im Geiste von allem die Preise. «Übrigens, das Collier ist bombastisch, Irene. Ein prachtvolles Stück, und diese Smaragde. Donnerwetter! Wetten, die haben 'ne schöne Stange gekostet!»

Irene lächelte ihr gönnerhaftestes Lächeln. «Sie haben mich gar nichts gekostet, Mrs. Tsching. Mein Mann hat sie von seiner Großmutter geerbt.»

So ein Ekel, dachte Perfume. Aber warte nur, wenn Billie und Nigel mit deinem Schwächling von Mann fertig sind.

«Habt ihr Spencer ermordet?» flüsterte Jeffrey eine Stunde später. Er hatte Nigel und Billie Tsching in seine getäfelte Bibliothek geführt und ihnen Zigarren und Cognac angeboten.

«Spencer ermordet?» Billie trank einen Schluck Remy Martin.

«Wirklich, Jeffrey, was bringt dich bloß auf die Idee, daß wir Spencer Collins ermordet haben?»

«Als du mich von der Jacht anriefst, hast du gesagt, daß du dir Spencer auf deine Art vorknöpfen würdest. Und als ich heute den Anruf erhielt, daß Spencer tot ist, da...» Jeffrey schluckte.

«Ich finde es nicht sehr nett, anzunehmen, daß Mord ‹meine› Art ist. Das ist eine eindeutige Verunglimpfung meines Charakters, nicht wahr, Nigel?»

«Allerdings, Billie. Jeffrey, ich finde, du bist zu weit gegangen. Du solltest dich entschuldigen. Wir sind schließlich anständige Geschäftsleute. Geschäftsleute, darf ich hinzufügen, denen du achtzig Millionen Dollar schuldest.»

Jeffrey zitterte und schwitzte, seine kühle Gelassenheit schwand dahin. Er sah aus wie eine Ratte, die in eine Falle getappt war. «Ich arbeite mit euch zusammen, Nigel. Ihr wißt doch, daß ich die Ranch loswerden will. Aber nie hätte ich mir träumen lassen, daß ihr Spencer ermorden würdet!»

«Schon wieder dieses Wort», sagte Billie. «Wirklich, Nigel, wenn Jeffrey so weitermacht, müssen wir mit ihm was anstellen.»

Jeffrey starrte ihn an. «Du drohst mir?» flüsterte er.

Billies Mondgesicht blieb ungerührt. «Jeffrey, wenn jemand in diesem Raum ein Verbrecher ist, dann du. Laß mich die Situation rekapitulieren. Letztes Jahr hast du auf Hausse spekuliert und unter Vorspiegelung falscher Tatsachen deine Börsenmanöver verschleiert, weil du deine Insider-Informationen als geschäftsführender Direktor des Collins-Konzerns benutzt hast, um den Kurs der Aktien deiner eigenen Firma zu drücken.»

«Das ist ein sehr schweres Vergehen, Jeffrey», sagte Nigel. «Das kann dich ins Gefängnis bringen.»

«Schlimmer noch», fuhr Billie fort. «Du hast Aktien der Collins-Stiftung, deren Präsident du bist, als Hinterlegungssumme benutzt, um mehr Aktien an der Börse zu kaufen.»

«Aktien einer wohltätigen Stiftung zu benutzen, ist sehr schlimm, Jeffrey», bemerkte Nigel. «Es ist nicht nur ungesetzlich und ausgesprochen raffgierig, es ist schlichtweg unfein.»

«Dann kam der Börsenkrach am 19. Oktober, und du wurdest erwischt. Du warst von einem Tag auf den anderen erledigt. Du brauchtest dringend Geld und wagtest wegen deiner kriminellen Aktionen nicht zur Bank zu gehen – nicht mal zu deiner eigenen.»

«Du gingst zu Spencer, um dir bei ihm einen Teil von dem, was du brauchtest, zu leihen, und das war ein dummer Fehler», sagte Nigel.

«Du hättest wissen müssen, daß er dir nichts leiht, und hast nur seinen Verdacht erregt.»

«Als er dich abwies, kamst du zu uns, und wir haben dir die achtzig Millionen geliehen.»

«Wir haben dir sozusagen den Arsch gerettet.»

«Also, lieber Jeffrey, bist *du* der Verbrecher, nicht wir. Wir können beweisen, was du getan hast. Selbst wenn wir Spencers Tod arrangiert hätten, könntest du es nicht beweisen. Daher wirst du weiterhin tun, was wir dir sagen. Ist das klar?»

Jeffrey goß den Rest seines Cognacs hinunter und sah die zwei gutgekleideten Schlangen an. «Ja», flüsterte er.

«Schön. Wir geben Claudia noch eine Chance, Vernunft anzunehmen. Wie du weißt, findet morgen auf der Ranch die Trauerfeier für Spencer statt. Du wirst als trauernder Verwandter natürlich anwesend sein.»

«So was Peinliches wie diese gräßliche Perfume ist mir noch nie begegnet», sagte Irene, die an ihrem Toilettentisch saß und sich die Haare bürstete. Sie war im Nachthemd, aber Jeffrey, der gerade nach oben gekommen war, hatte seinen Smoking noch an. Einen Cognacschwenker in der Hand, lehnte er in der Schlafzimmertür. «Schätzt die Preise, als ob wir ein Basar wären –» Im Spiegel sah sie den Kopf ihres Mannes seitwärts fallen. «Liebling, ist dir nicht gut?» Er ließ den Cognacschwenker fallen, rutschte an der Tür hinab und brach auf dem Fußboden zusammen. «Jeffrey!» Irene sprang auf und lief zu ihm. «Großer Gott, du bist ja betrunken!»

«Hab mir ’nen kleinen Schlaftrunk genehmigt», nuschelte er mit geschlossenen Augen.

«Jeffrey Brett, du bist in zwanzig Jahren nicht einmal betrunken gewesen. Komm, steh auf, ich bring dich ins Bett –»

«Ich hab Angst, Irene», flüsterte er. «Angst.»

«Angst? Wovor?»

«Vor denen!»

«Vor wem? Vor Billie Tsching? Lord Northfield? Vor wem, sag’s mir!» Aber Jeffrey hörte nichts mehr. Trunkenes Schnarchen rasselte aus seinem halb offenen Mund. Irene richtete sich auf. «Nun, dann mußt du eben auf der Erde schlafen», verkündete sie bestimmt. «Ich werde dich nicht in dein Bett schleppen, und hoffentlich hast du morgen einen gewaltigen Kater.» Sie löschte das Licht und ging in ihr Bett. Als sie die Nachttischlampe ausknipste, wiederholte sie für sich: «Angst? Wie merkwürdig!»

Claudia beobachtete die Wachtel, die vor ihr über den Weg schoß. Es war am frühen Morgen des Tages, an dem die Trauerfeier für ihren Vater stattfand. Da von Spencer buchstäblich nichts geblieben war, erübrigte sich ein Begräbnis. Das plötzliche Verschwinden ihres Vaters von dieser Erde ohne jedes Lebewohl stimmte sie traurig, und sie fühlte eine innere Leere. Zwar waren ihr Leichenhallen und offene Särge zuwider, dennoch wünschte sie, sie hätte ihn noch einmal gesehen.

Sie schlenderte vom Ranchhaus zum Strand. Der Himmel färbte sich rosa, vom Meer wehte eine kühle Brise herüber. An diesem Strand war sie als Mädchen oft entlangspaziert. Heute wie damals übte das rhythmische Klatschen der Brandung eine besänftigende Wirkung auf sie aus.

Sie dachte an Arthur Stevens. Er war unerwartet nett gewesen – unerwartet insofern, als man von hochkarätigen Anwälten nicht erwartet, daß sie rücksichtsvolle Menschen sind. Er hatte sie gefragt, ob sie wollte, daß er im Ranchhaus übernachtete, und sie hatte sofort ja gesagt; der Gedanke, unter diesen Umständen allein im Haus zu sein, war ihr unbehaglich. Sie hatten zusammen das Abendessen gekocht und einer des anderen Gesellschaft genossen. Sie fand ihn stark, klug und außerordentlich... beruhigend. Ja, das war das richtige Wort. Sie hatte ihn gerne um sich. Zudem war er, wie sie zugeben mußte, einer der erotischsten Männer, denen sie je begegnet war. Sie war nicht traurig, als er ihr eröffnete, daß seine Frau mit seinem Fitneßtrainer durchgebrannt war.

Als sie am Strand entlangspazierte, betrachtete sie die Landschaft, die sie liebte, dieses Land, für dessen Rettung sie nun kämpfen mußte. Aber wie? Wenn Jeffrey sich mit Lord Northfield und Billie Tsching zusammentat, welche Chancen hatte sie dann?

In diesem Moment erblickte sie vor sich eine ältere Frau mit grauen Haaren, die bei einer toten Möwe kniete. «Guten Morgen», sagte Claudia und trat näher.

«Guten Morgen.»

«Was ist mit der Möwe passiert?»

«Wurde getötet, armes Ding. Hab in letzter Zeit viele sterben sehen. In der Nähe ist eine Müllkippe, da kommen viele Möwen hin. Die fressen alles, wissen Sie. Und manchmal vergiften sie sich an den Abfällen. Gott weiß, was in dem Zeug alles drin ist.»

Noch vor meiner Familie, dachte Claudia, während sie auf die tote Möwe hinabsah, waren die Indianer hier. Und vor ihnen die Vögel und andere Tiere. Ein Vogel mag zunächst nicht wichtig scheinen, aber gibt es letzten Endes etwas Wichtigeres?

Plötzlich wußte sie, was sie zu tun hatte. «Danke», sagte sie zu der alten Frau und rannte den Strand hinauf.

«Wofür?» rief die Frau erstaunt.

Aber Claudia antwortete nicht. Sie mußte Arthur finden. Er war joggen gegangen, und sie hatte ihm die Rennbahn ihres Vaters als hervorragende Laufstrecke empfohlen. Sie hatte die Werkstatt nicht sehen wollen, wo Spencer den Tod gefunden hatte, und war deswegen nicht mitgegangen, aber das spielte jetzt keine Rolle. Sie wußte, wie sie Spencers Tod rächen konnte, aber dazu brauchte sie Arthurs Hilfe.

Eine Viertelstunde später kletterte sie den Hang zur Rennbahn hinauf. Der Tag wurde heiß, und sie keuchte und schwitzte. Sowie sie Arthur in der Ferne auf sie zukommen sah, rannte sie ihm entgegen und winkte. Als sie beieinander angelangt waren, blieb Arthur stehen, trat jedoch auf der Stelle, um seinen Puls hoch zu halten. Er hatte zwei Acht-Pfund-Hanteln in den Händen und trug nichts als Shorts und Laufschuhe. Während sie Atem holte, bewunderte sie seinen schweißbedeckten muskulösen Oberkörper. «Arthur... ich weiß, was ich mit der Ranch mache. Das heißt, wenn Sie meinen, daß es geht...»

Die Trauerfeier war kurz und spärlich besucht, denn Spencer, der Einsiedler, hatte nur wenige Freunde. Anschließend fuhr ein Konvoi von sieben Autos zum Ranchhaus, wo Ana einen bescheidenen Imbiß mit Salaten und Weißwein vorbereitet hatte. Die meisten Anwesenden waren Rancharbeiter. Claudia dachte, was für ein seltsames Finale für eine Familie, die einst für ihre üppigen Empfänge bekannt war und hohes gesellschaftliches Ansehen genoß. Zu Claudias Überraschung kam Jeffrey in seinem Privatjet von San Francisco zur Trauerfeier geflogen. Sie hatte ihn seit Jahren nicht gesehen und stellte fest, daß die Zeit es gut mit ihm gemeint hatte, auch wenn er etwas wacklig auf den Beinen schien. Jeffrey litt unter dem gewaltigen Kater, den Irene ihm gewünscht hatte. Nach mehreren Gläsern Wein schien er jedoch sein Gleichgewicht wiederzufinden. «Ich möchte dich nachher gerne sprechen», sagte er zu Claudia. «Wenn die anderen gegangen sind.»

«Natürlich. Geht es ums Geschäft?»

«Ums Familiengeschäft.»

«Wenn du nichts dagegen hast, hätte ich Arthur gerne dabei. Er vertritt mich jetzt.»

«Oh.» Jeffreys blutunterlaufene Augen sahen zu Arthur hinüber, der einen gutgeschnittenen dunkelblauen Anzug trug. Verdammt, dachte er. Das macht die Sache noch zehnmal schlimmer. Dieser Arthur ist ein verflucht zäher Bursche.

«Ich weiß, dies ist eine ungünstige Zeit, um über Geschäfte zu reden», sagte Jeffrey eine Stunde später. Er befand sich mit Claudia und Arthur in der Bibliothek des Hauses. «Aber da wir gerade alle zusammen sind, wollte ich die Gelegenheit ergreifen und die Ranch zur Sprache bringen. Lord Northfield und Billie Tsching haben mir ein Angebot über zwei Milliarden unterbreitet. Natürlich habe ich nichts verlauten lassen, ob ich es annehmen würde –»

«Würdest du?» unterbrach Claudia.

«Ich würde es mir auf jeden Fall durch den Kopf gehen lassen. Es ist ein ansehnliches Angebot, und Billie und Nigel sind erstklassige Unternehmer. Sie haben mir erzählt, daß sie dir ihr Modell gezeigt haben und daß du beeindruckt warst.»

«Stimmt. Aber wenn die Ranch bebaut werden soll, warum tun wir's nicht selbst? Dann könnten wir es nach unseren eigenen Vorstellungen machen.»

«Stimmt. Aber solange dein Vater lebte, kam eine Bebauung nicht in Frage. Und jetzt haben wir so viele andere Projekte am Hals, daß es Jahre dauern würde, bis wir mit der Ranch beginnen könnten. Billie und Nigel könnten sofort anfangen, und sie bieten einen verdammt guten Preis.»

Claudia trat an das altmodische Kaminsims, das mit Familienphotographien vollgestellt war, darunter auch eine Atelieraufnahme von Emma um die Jahrhundertwende. Claudia betrachtete die Bilder einen Moment, dann wandte sie sich an Jeffrey. «Du würdest die Ranch aufgeben, einfach so?» Sie schnippte mit den Fingern. «Die Familientradition, die Familie vergessen und an reiche Ausländer verkaufen?»

«Die Calafia-Ranch ist nur ein Teil unserer Familientradition, Claudia.»

«Aber ein großer Teil. Hast du denn gar keine sentimentalen Bindungen? Ist es nichts weiter als ein Grundstückshandel für dich?»

Er zuckte die Achseln. «Ich kann nicht ehrlich behaupten, daß ich eine sentimentale Bindung daran hätte, nein.»

«Ist es wie mit der King-Schiffahrtsgesellschaft? Sie war ein Verlustgeschäft, also weg damit.»

«Claudia, sei doch vernünftig. Ich bin so sentimental wie irgendwer, aber die Zeiten ändern sich. Wir können es uns nicht leisten, uns von der Vergangenheit einschnüren zu lassen. Die Toten sind tot; die Welt gehört den Lebenden.»

«Amen. Tatsache ist, Jeffrey, niemand wird die Calafia-Ranch bebauen. Weder Billie noch Nigel, noch wir, noch sonst jemand. Ich habe beschlossen, die Ranch dem Staat Kalifornien zu schenken.»

Jeffrey starrte sie an. «Ich glaube, du machst Witze.»

«Keineswegs. Die Ranch wird für immer so bleiben, wie sie ist. Sie wird dem Publikum zum Kampieren offenstehen – aber nur zu Pferd oder zu Fuß. Autos werden nicht erlaubt. Es wird keine Einkaufsstraßen geben, keine Imbißstände, keine Vergnügungsparks oder Kinos mit mehreren Vorführsälen, keine Müllkippen, keinen Abfall – und Spielkasinos schon gar nicht. Hier wird überhaupt nichts entstehen. Denn indem wir die Ranch natürlich und unberührt lassen, bleibt sie unvergiftet und sauber. Und das ist das großartigste Geschenk, das die Familie Collins dem Staat Kalifornien machen kann, der der Familie Collins so viel gegeben hat.»

«Ich kann es nicht glauben», stotterte Jeffrey. «Du verschenkst eine Milliarde Dollar?»

Claudia lächelte. «Ja. Eine ziemlich großartige Geste, nicht? Ganz im Sinne der Familientradition. Ich habe zwei Treuhandvermögen mit genug Geld für sieben Leben, und ich bin nicht geldgierig wie gewisse Verwandte von mir. Mein Vater hat es so gewünscht, und irgendwie meine ich, daß auch meine Vorfahren es wünschen würden, wo immer sie sind. Du sagst, die Welt gehört den Lebenden, aber das glaube ich nicht. Wir haben eine Schuld gegenüber der Vergangenheit und eine Verpflichtung gegenüber der Zukunft. Und diese Verpflichtung ist, daß wir mit der Zerstörung der Erde aufhören.»

Jeffrey stand auf. «Du bist so verrückt wie dein Vater.»

«So verrückt war Daddy vielleicht gar nicht.»

«Er war ein Irrer. Ich bedaure, dich enttäuschen zu müssen, Claudia, aber die Verfügung über die Ranch liegt nicht allein in deinen Händen. Ich vertrete den Rest der Familie, und –»

«Entschuldige, Jeffrey, aber da sind wir besser informiert. Lesen Sie es ihm bitte vor, Arthur.»

Arthur zog ein Blatt Papier aus seiner Jackentasche. «Als Claudia mir heute morgen ihren Entschluß mitteilte, ließ ich mir von meinem Büro per Telefax die Vereinbarung kopieren, die Spencer 1956 mit Ihnen und dem Rest der Familie getroffen hat. Absatz acht lautet» – er faltete das Papier auseinander – «‹Als Gegenleistung für den Verzicht des Unterzeichneten Spencer Collins auf die Verfügungsgewalt über den Collins-Konzern erklärt sich der Unterzeichnete Jeffrey Brett einverstanden, Spencer Collins sowie seinen Erben und Rechtsnachfolgern nicht nur einen Eigentumsanteil von fünfzig Prozent an besagter Ranch einzuräumen, sondern Spencer Collins sowie seinen Erben und Rechtsnachfolgern ein Einspruchsrecht betreffs der Verfügung über besagte Ranch zu gewähren. Darüber hinaus können die anderen vertragschließenden Parteien – d. h. die übrigen Angehörigen der Familie Collins, die stimmberechtigte Aktien des Collins-Konzerns besitzen – Spencer Collins oder seine Erben und Rechtsnachfolger nicht daran hindern, über besagte Ranch in jeder von ihnen für richtig befundenen Weise zu verfügen.›» Er faltete das Papier zusammen und lächelte.

«Du machst einen schrecklichen Fehler», sagte Jeffrey heiser. «Ich bitte dich, überleg es dir noch mal. Die Ranch kann so erschlossen werden, daß die Ökologie geschützt wird...»

«Nein», sagte Claudia. «Mein Entschluß steht fest. Er stand heute morgen fest, als ich erfuhr, daß die Möwen vergiftet werden. Es wird keine Bebauung geben. Die Ranch bleibt für immer in ihrem natürlichen Zustand, und vielleicht hilft das der Ozonschicht ein bißchen, vom Treibhauseffekt gar nicht zu reden. Jeffrey, um es unverblümt zu sagen, du hast die Familie betrogen.» Sie sah auf ihre Uhr. «Ich hab den Wetterbericht gehört. Es könnte Gewitter geben. Du möchtest mit deinem Jet sicher wieder in San Francisco sein, bevor –»

«Ich hab schon verstanden, Claudia. Bei all deinem schönen Gerede von der Rettung der Erde und der Bewahrung der Familientradition läßt du einen Riß entstehen, der die Familie entzweien kann. Denk daran, wenn du an deine verdammte Ozonschicht denkst. Unterdessen kriegen meine Anwälte zu tun. Etwas sagt mir, daß wir uns in den nächsten zehn Jahren noch oft vor Gericht wiedersehen werden.» Er warf Arthur einen eisigen Blick zu und stürmte hinaus.

Einen Augenblick lang rührte Claudia sich nicht von der Stelle. Dann wandte sie sich Arthur zu. «Können seine Anwälte uns bremsen?»

«Versuchen werden sie's bestimmt. Sie werden vermutlich argumentieren, daß in der Vereinbarung von 1956 ein Verschenken der Ranch nicht berücksichtigt wurde und daß dem Rest der Familie unrechtmäßig Einnahmen entgehen. Andererseits, da Sie gegen alles, was sie mit der Ranch anfangen könnten, Einspruch erheben können, bleibt die letzte Machtbefugnis in Ihren Händen. Irgendwann wird man sich wohl einigen, besonders, wenn wir mit dem Staat irgendwelche Steuervergünstigungen aushandeln können.»

«Hab ich es richtig gemacht?» fragte sie nervös.

«Sie haben es großartig gemacht», sagte er. «Nie im Leben habe ich jemanden so bewundert.»

Wieder betrachtete sie die Photographien auf dem Kaminsims. «Ich glaube», meinte sie schließlich, «Emma würde es gutheißen.»

«Dies ist eines meiner Lieblingsrestaurants», sagte Arthur, als er Claudia zwei Abende später ins gedrängt volle *Chinois* in Santa Monica führte.

«Essen Sie viel auswärts?»

«Ja, seit Katie fort ist. Ich bin kein schlechter Koch, aber ... nun ja, ich gehe gerne aus. Ich bin manchmal ein bißchen einsam.»

Man führte sie an einen Tisch. «Darf ich für Sie bestellen?» fragte Arthur. «Ich finde bestimmt etwas, das Ihnen schmeckt.»

«Natürlich.»

«Ich nehme den gegrillten Lachs mit Cilantrosoße und Nudeln», sagte er zu dem Ober. «Und sie nimmt den Hummerrisotto mit frittiertem Spinat. Und eine Flasche *Mondavi Fumé Blanc.*»

«Das hört sich an, als ob es dick macht.»

«Tut es aber nicht.»

«Erzählen Sie mir von Katie.»

«Wir haben uns auf der Uni kennengelernt, und ich habe mich innerhalb von zehn Minuten in sie verliebt. Nach meinem Studium haben wir geheiratet. Und eines Tages ist sie mit meinem Trainer durchgebrannt.»

«Haben Sie Kinder?»

«Gilbert. Er ist zehn. Ein lieber Junge, der auf seinem Skateboard lebt.»

«Ich würde ihn gern kennenlernen.»

«Möchten Sie nach dem Essen bei mir zu Hause hereinschauen? Ich wohne nicht weit von Ihrem Hotel.»

Der Ober brachte den Wein. Als Arthur sein Glas schwenkte und das Bukett schnupperte, hatte sie ein merkwürdiges *Déjà-vu*-Gefühl. Plötzlich wußte sie, warum. Genau so hatte sie sich vor zwei Jahren bei dem ersten verträumten Mittagessen mit Guy im Château de Soubise gefühlt.

«Mögen sie Rachmaninow?» fragte Arthur, als er anderthalb Stunden später mit seinem Mercedes in seine Auffahrt einbog.

«Ich schwärme für Rachmaninow.»

«Dann sind Sie romantisch veranlagt, wie ich.»

«Sie haben sich innerhalb von zehn Minuten in Katie verliebt, aber ich war binnen fünf Minuten in Guy verliebt.»

Er lächelte. «Und sehen Sie nur, wohin es uns geführt hat. Kommen Sie.» Er schloß die Haustür auf, ging hinein und machte Licht. Zugleich mit dem Licht kamen die ersten Klänge von Rachmaninows drittem Klavierkonzert. «Horowitz», sagte er, als Claudia eintrat. «Fühlen Sie sich wie zu Hause. Ich hole Gil.»

Claudia betrat ein geräumiges Wohnzimmer. Drei elektronische Plastiken blinkten an den Wänden und warfen Blitze auf zwei riesige Streifengemälde in Neonfarben. Es war ein sehr modernes Haus, nicht gerade ihr bevorzugter Stil, aber von gutem Geschmack.

«Hallo.» Sie drehte sich um und sah einen Jungen in der Tür stehen, ein hübsches Kind mit den Gesichtszügen seines Vaters. «Ich bin Gilbert», sagte er. «Dad läßt Ihnen sagen, daß er Wein holt. Und er hat recht.»

«Inwiefern hat er recht?»

«Er sagt, Sie sähen aus wie Prinzessin Di.»

«Oh, danke.»

«Aber Sie wären viel klüger.»

Claudia brach in Lachen aus.

«Gilbert, du redest zuviel», sagte Arthur, der hinter ihm hereinkam. Er trug zwei blaßgrüne Weingläser. «Wir nehmen rasch einen Schlummertrunk, dann bringe ich Sie ins Hotel. Wie finden Sie Gilbert?»

«Ich finde ihn sehr nett und sehr brav.»

«Bin ich aber nicht», sagte Gilbert. «Eigentlich bin ich eine Nervensäge.»

«Das sagt er, nicht ich.» Arthur reichte ihr ein Glas. «Auf den Calafia-Naturpark.» Er stieß mit ihr an.

«O nein, er wird Collins-Naturpark heißen.»

«Ist mir auch recht. Zum Wohl.»

Sie sahen sich in die Augen, während sie tranken. Ob es klug ist, dachte sie, mit seinem Anwalt zu schlafen? Ich meine, falls er fragt.

Am nächsten Morgen um halb sieben zog sie ihren Jogginganzug an, band ihre Turnschuhe zu und verließ das Hotelgelände zu einem Drei-Kilometer-Lauf. Die Straße war so gut wie leer. Sie war gerade den ersten Kilometer gelaufen, als ein grauer Toyota hinter ihr heranfuhr. Plötzlich schoß er vorwärts auf Claudia zu. Zwei Sekunden, bevor er sie anfuhr, wurde ihr die Gefahr bewußt, und sie versuchte, von der Straße zu rennen. Doch der Wagen rammte sie, und sie flog sechs Meter weit und landete in einem Gebüsch.

Der von Asiaten gelenkte Toyota hielt nicht an.

Jeffrey Brett stand Todesängste aus. Die Nachricht von Claudias beinahe tödlichem «Unfall» – er wußte, daß es keiner war – hatte ihn in Panik versetzt. Arthur hatte ihn angerufen und gesagt, daß Claudia den Überfall mit dem Wagen überlebt hatte, jedoch mit einer gebrochenen Hüfte, gebrochenem rechten Bein, zwei gebrochenen Rippen, Peitschenhiebsyndrom und mehrfachen Quetschungen im Krankenhaus lag und, was das Verhängnisvollste war, im Koma war. Die Ärzte gaben ihr eine gute Überlebenschance, aber was das Koma betraf, waren sie weniger zuversichtlich. Sie hatte einen schweren Schlag auf den Kopf bekommen, und es bestand eine entfernte Möglichkeit, daß sie das Bewußtsein nicht wiedererlangte.

Jeffrey trat an die Fensterwand seines riesigen Büros. Achtundfünfzig Stockwerke tiefer breitete sich San Francisco vor ihm aus. Er konnte Rincon Hill sehen, wo Scott King vor hundertfünfzig Jahren sein elegantes Holzhaus errichtet und seine junge Braut Emma heimgeführt hatte. Er konnte Nob Hill sehen, wo Emma und Archer ihren Pseudo-Renaissance-Palast erbaut hatten. Heute stand an der Stelle ein zwanzigstöckiges Hotel.

Jeffrey zog ein Taschentuch aus der Tasche und wischte sich die Stirn. Claudia hatte recht: Er hatte die Familie betrogen und mußte womöglich mit dem für einen Collins undenkbarsten aller Schrecknisse dafür bezahlen: mit Gefängnis. Alles wegen eines altbekannten Lasters: Habgier.

Als einer der reichsten Männer Amerikas hatte Jeffrey ein Einkommen von mehr als fünf Millionen Dollar im Jahr, und doch hatte er jährlich über sieben Millionen ausgegeben. In einem Jahr waren es sogar neun Millionen gewesen. Da waren natürlich die Mädchen. Mit Irene schlafen war wie mit einem Eisklotz schlafen, und er hatte sich anderswo amüsiert. Aber nicht die Mädchen hatten sein Vermögen verschlungen. Da waren die Autos, die Jacht, der Privatjet. Jeffrey hatte die Familienbegeisterung für Kunst geerbt, und er hatte im Laufe der Jahre gut dreißig Millionen für Kunstwerke ausgegeben. Irenes Schmuck und Kleider, eine Zweitwohnung im Trump Tower in New York, ein Château in der Normandie, ein Chalet in Gstaad, ein Gut in Maui. Der Glanz hatte das Gold verzehrt.

An der Börse zu spekulieren war ihm als nahezu narrensicherer Weg erschienen, um das Spiel zu gewinnen. Es war so einfach, die Aktien der eigenen Gesellschaft zu kaufen und zu verkaufen, wenn man jeden Schritt der Firma im voraus kannte. Es war die reinste Geldfabrik. Woher sollte er wissen, daß der gottverdammte Markt zusammenbrechen würde?

«Mr. Brett», ertönte eine Stimme über die Sprechanlage, «Mr. Stevens ist da.»

Er kehrte eilends an seinen Schreibtisch zurück. «Schicken Sie ihn herein.» Er setzte sich schwerfällig hin. Es war soweit. Das letzte Gefecht im Gehege der Collins. Jeffrey zweifelte nicht daran, daß

Arthur alles entdeckt hatte. Seine Stimme am Telefon hatte tödlich geklungen.

Die Stahltür ging auf, Arthur kam herein, die Tür schloß sich. Arthur ging über den weichen violetten Teppich zu Jeffreys Schreibtisch. «Slade Dawson», sagte er. «Zwölf Stunden lang habe ich die Transaktionen mit Collins-Aktien der letzten zwei Jahre studiert, und schließlich habe ich es herausgefunden. Sie sind Slade Dawson.»

Jeffreys Gesicht war aschfahl. «Ich begreife nicht, warum Spencers Wirtschaftsprüfer nicht dahintergekommen sind.»

«Die kennen die Familiengeschichte der Collins nicht so gut wie ich. Sie haben sich den Namen eines Ihrer weniger feinen Vorfahren ausgesucht, um Ihren Handel aufgrund von Insider-Informationen zu vertuschen. Slade Dawson handelte mit Collins-Aktien und hatte bis zum 19. Oktober verdammtes Glück. Dann machte er eine der größten Bauchlandungen des Jahrhunderts. Wer hat Sie rausgeboxt? Billie Tsching und Lord Northfield?»

«Ja.»

«Ich gehe damit zur Börsenaufsichtsbehörde und zum Staatsanwalt. Wenn Sie prozessieren wollen, sehen Sie lieber zu, daß Ihre Anwälte schleunigst herkommen.»

«Ich werde nicht prozessieren.» Jeffrey hörte sich müde an. «Es stimmt, ich habe die Familie betrogen. Aber ich schwöre Ihnen, Arthur, ich hatte keine Ahnung, daß sie Spencer ermorden oder versuchen würden, Claudia umzubringen. Ich bin ein Schuft, aber kein Mörder.»

Arthur musterte sein verängstigtes Gesicht. «Ja, das glaube ich Ihnen, Jeffrey. Offen gesagt, Sie haben nicht den Mumm, jemanden umzubringen. Aber Sie müssen ins Gefängnis, Jeffrey. Wenn Sie mit dem Staat zusammenarbeiten und uns helfen, Billie und Nigel zu überführen, können Sie vielleicht mit einem milden Urteil rechnen.»

Jeffrey stand auf. «Sie werden Billie und Nigel nichts nachweisen können. Niemals. Die sind zu gerissen. Und wenn ich gegen sie aussage, wer weiß, was sie dann meiner Familie antun. Nein, für mich gibt es nur einen Ausweg, Arthur. Und ich beabsichtige nicht, auch nur eine Nacht im Gefängnis zu verbringen.» Blitzschnell hob er einen schweren lederbezogenen Chromstuhl auf und rammte ihn in die Glaswand hinter seinem Schreibtisch. Das Doppelscheibenfenster ging zu Bruch. Plötzlich war das Büro von brausendem Wind erfüllt.

«Jeffrey! Um Himmels willen!» Arthur raste um den Schreibtisch. Jeffrey hatte den Stuhl fallen lassen. Er stand vor dem klaffenden Loch und blickte achtundfünfzig Stockwerke tief hinunter, während der

Wind seinen Anzug und seine Haare peitschte. Er zögerte gerade lange genug, daß Arthur ihn am rechten Arm packen konnte.

«Lassen Sie mich los!» schrie er.

«Zurück!»

«Ich geh in kein verdammtes Gefängnis!» Die zwei Männer rangen vor dem zerschmetterten Fenster. Sie wälzten sich auf der Erde und schlugen aufeinander ein. Dann befand sich Arthur am Rand des Fensters, sein Kopf ragte bereits hinaus, der Wind dröhnte in seinen Ohren. Arthur litt unter Höhenangst, und eine beängstigende Sekunde lang wandte er den Kopf nach unten und sah auf die Montgomery Street hinab. Die Autos waren wie winzige Ameisen. Dann fühlte er, wie Jeffrey sich von ihm abstieß. «Sagen Sie Claudia, es tut mir leid!» rief er und stürzte aus dem Fenster. Arthur sah ihn taumeln, die Augen fest geschlossen, den Mund zu einem Schrei geöffnet.

Der Schrei erstarb wie eine einsame Eisenbahnpfeife. Dann war es still.

Sie sieht aus wie Dornröschen, dachte Arthur. Er saß im Krankenhaus an Claudias Bett. Sachte nahm er ihre rechte Hand. «Du mußt dagegen ankämpfen, Claudia», sagte er sanft. «Die Ärzte sagen, dein Hirn muß sich selbst heilen, sie können da nichts machen. Es sind jetzt schon drei Tage. Bitte wach auf.»

Sie atmete tief, mit geschlossenen Augen. Ihre Hirnwellen und ihr Herzschlag wurden elektronisch überwacht und piepten friedlich auf dem grünen Monitor an ihrem Bett. Ein dünner Schlauch verschwand in ihrem linken Nasenloch.

«Du mußt aufwachen», fuhr Arthur fort. Der Arzt hatte ihm von einer Theorie berichtet, nach der Koma-Opfer Stimmen hören könnten, auch wenn sie nicht reagierten. Es gab Berichte von Fällen, wo Menschen aus einem Koma regelrecht herausgeredet worden waren. Arthur fand, es sei einen Versuch wert. «Wir alle brauchen dich, Claudia. Du bist die letzte Collins. Jeffrey ist tot, und Irene verkauft Emmas Schmuck, um Billie Tsching und Nigel auszuzahlen. Irene und der Rest der Familie sind mit der Schenkung der Ranch an den Staat einverstanden, damit ist alles vorbei. Mit Billie und Nigel sind wir fertig. Wir haben sie geschlagen, Claudia, also bitte, wach auf.»

Claudia rührte keinen Muskel.

«Ich weiß nicht, ob du mich hören kannst», fuhr Arthur fort, «aber ich habe einen egoistischen Grund, weshalb ich wünsche, daß du aufwachst, und es ist nicht nur, weil du eine äußerst wichtige Klientin bist.» Er wischte sich die Augen. «Gott, wie ungeschickt ich das sage.

Weißt du, ich habe mich in dich verliebt. Das ist vermutlich eine Verrücktheit von mir, aber was soll ich sagen? Ich finde dich wunderbar und möchte mit dir schlafen. Und Gilbert findet dich großartig. Okay, ich tu's schon wieder. Es dauerte zehn Minuten, bis ich in Katie verknallt war, aber bei dir dauerte es nur zwei. Jedenfalls, wenn du mich hören kannst, ich bin regelrecht verrückt nach dir.»

Die Tür ging auf und eine Krankenschwester erschien. «Wie geht's ihr?» flüsterte sie.

Er zuckte die Achseln. «Immer dasselbe. Ich weiß nicht. Ich werde langsam deprimiert.»

Die Schwester trat an die andere Seite des Bettes. «Es braucht seine Zeit», sagte sie. «Ich muß die Patientin jetzt waschen, Mr. Stevens.»

Arthur stand auf und betrachtete das Dornröschen. «Gute Nacht, Claudia. Ich komme morgen wieder. Und denk daran, was ich dir gesagt habe: Du mußt kämpfen.»

«Sie sind ein guter Freund», sagte die Schwester.

«Hm. Und ich wäre gerne mehr als ein Freund.» Er seufzte.

Als er im Flur auf den Aufzug wartete, hörte er die Schwester. «Mr. Stevens!» Sie kam winkend zu ihm gelaufen. «Sie ist wach! Sie hat gerade ein Wort gesagt!»

«Welches?»

«Sie hat ‹Emma› gesagt. Wer ist Emma?»

Lachend rannte Arthur in Claudias Zimmer zurück. «Ein Prachtweib, ein großartiges Mädchen!»

Zwei Monate später hielt er Claudia in seinen Armen, als er vorsichtig in seinen Swimmingpool stieg. Sie war endlich aus dem Krankenhaus entlassen worden. Ihr rechtes Bein war vom Gips befreit, ihre Hüfte genagelt, die Schnitte und Quetschungen waren verheilt. Er hatte sie zu sich nach Hause geholt, hatte private Pflegerinnen engagiert, die sie rund um die Uhr betreuten, und jeden Morgen ging er mit ihr in sein Schwimmbecken, um ihr bei den Bewegungsübungen mit ihren Beinen zu helfen. Rachmaninows «Rhapsodie nach einem Thema von Paganini» erklang leise aus den Lautsprecherboxen neben dem Becken. «Weißt du, du wirst mir langsam zur Gewohnheit», sagte sie lächelnd, die Arme um seinen Nacken gelegt.

«Hoffentlich ist es keine schlechte.»

«Kaum. Du warst wunderbar zu mir. Weit über die Pflichten eines treuen Anwalts hinaus. Ich verdanke dir so viel, Arthur.»

«Ich habe ein Telefax von Maître Legrand erhalten.»

«Guys Anwalt? Und?»

«Keine Probleme. Anscheinend heiratet Guy die Witwe von nebenan.»

«Madame Valmont? Oh, wie praktisch.»

»Inwiefern?»

«Sie besitzt sechzig Hektar Land, auf das Guy schon immer scharf war. Sie wollte nie verkaufen, aber jetzt, wo sie Witwe ist, heiratet Guy sie, um an das Land zu kommen.»

«Tja, wie die Yuppies sagen, Grundbesitz ist das wahre Leben. Du kannst jetzt mit Treten anfangen.» Sie standen bis zum Hals im Wasser. Er hielt sie, und ihre langen Beine begannen langsam unter Wasser zu treten.

«Ich hatte heute nacht einen merkwürdigen Traum», sagte sie.

«Was für einen?»

«Ich hab geträumt, ich war im Krankenhaus, und du saßest an meinem Bett. Und du sagtest ... laß mich überlegen; wie war das noch? Du sagtest: ‹Ich habe mich in dich verliebt. Das ist vermutlich eine Verrücktheit von mir, aber was soll ich sagen? Ich finde dich wunderbar!›»

Er starrte sie an. «Das war kein Traum. Ich habe das wirklich gesagt! Soll das heißen, du warst wach und hast mir nichts gesagt?»

Sie zuckte die Achseln und schenkte ihm ein rätselhaftes Lächeln. «Wer weiß? Aber wenn du mich nicht bald küßt, werde ich sehr unglücklich sein. Weißt du, wir Collins-Frauen hatten immer eine Schwäche für gutaussehende Männer.»